Bestsellers

TERRY BROOKS

I TALISMANI DI SHANNARA

Traduzione di Delio Zinoni

ARNOLDO MONDADORI EDITORE

Titolo originale dell'opera: *The Talismans of Shannara*

I edizione Omnibus novembre 1993
I edizione Bestsellers Oscar Mondadori aprile 1995

ISBN 88-04-39987-2

Questo volume è stato stampato
presso Arnoldo Mondadori Editore S.p.A.
Stabilimento Nuova Stampa - Cles (TN)
Stampato in Italia. Printed in Italy

Ristampe:

1 2 3 4 5 6 7 8 9 10 11 12

1995 1996 1997 1998 1999 2000

I TALISMANI DI SHANNARA

A tutti i miei amici della Del Rey Books
Allora e adesso,
quanto ci siamo divertiti!

PIANURE DI CENERE
CONFINE
TERRITORIO
DEL KERSHALT
TERRE DEL NORD
MONTAGNE DEL
KENSROWE
DESERTO DI
KIERLAK
Worl Run
Baen Draw
Halys
Cut
Innisbore
SARANDANON
Arborlon
Fiume Lete
PIANURE DI STRELEHEIM
Rill Song
Valle
di
Rhenn
PARANOR
Fortezza dei Druidi
Boschi
Grigi
Acque
Opache
TERRE DELL'OVEST
Pykon
MONTAGNE DELLO SPERONE
ROCCIOSO
Passo di Kennon
Fiume Mermidon
Grimpen
Ward
Collina
Sibilante
Kern
MALATERRA
Guglia
Nera
Lama Spettrale
FOSSA
CALLAHORN
Varfleet
Tyrsis
TIRFING
MONTAGNE
DELL'IRRYBIS
Lago
Myrian
TERRE DEL SUD
SPARTIACQUE
AZZURRO
Wing
Hove
Foreste
del Duln
Fiume Rappahalladran
Valle
d'Ombra
Leah
PIANURE DI CLETE

Acquitrino
di Malg
MONTAGNE CHARNAL
ANAR
SUPERIORE
sso di Jannisson
PIANURE DI RAAB
F. Raab
TERRE DELL'EST
Fiume Raab
TERRABUIA
Gruppo del Toffer
VECCHIA PALUDE
Storlock
pta dei Re
Chard
Rush
Lago dello Spettro
Maelmord
Sorgente del
Cielo
Valle
d'Argilla
Passo di Giada
Pietra del focolare
Graymark
Emporio di
Rooker Line
Picchi
Dun Fee Aran
ontagne
Runne
MONTAGNE DEL WOLFSKTAAG
Passo del Cappio
MONTAGNE DEL CORVO
Foreste dell'Anar
Fiume Argento
Capaal
Cillidellan
Culhaven
CUNEO
ude della
nebbia
PIANURE DEL TUMULO
ANAR INFERIORE
SHELLY SHAPIRO '89

1

Il crepuscolo scese sulle Quattro Terre: un lento velarsi della luce, un graduale allungarsi delle ombre. L'afa della giornata di tarda estate cominciò ad attenuarsi, mentre la rossa sfera di fuoco del sole calava a occidente e l'aria stagnante e riarsa si raffreddava. Il silenzio che accompagna la fine del giorno avvolse la terra, mentre foglie ed erbe rabbrividivano nell'attesa della notte.

Alla foce del Mermidon, dove questo si immetteva nel Lago Arcobaleno, Sentinella del Sud si alzava, nera e impenetrabile e silenziosa. Il vento sfiorava le acque del lago e del fiume, ma non si avvicinava all'obelisco, come se avesse fretta di giungere in qualche posto più invitante. L'aria vibrava intorno alla nera torre, e il calore si irradiava a ondate dalle sue pietre creando immagini fantasmagoriche che sfrecciavano e fuggivano. Un cacciatore solitario, lungo la riva, alzò apprensivo gli occhi nel passare, e proseguì veloce.

All'interno, gli Ombrati eseguivano i loro compiti in spettrale silenzio, incappucciati e senza volto e pieni di determinazione.

Rimmer Dall era in piedi accanto a una finestra aperta sulla campagna che imbruniva, e osservava il colore svanire dalla terra mentre la notte strisciava di soppiatto da oriente, per raccogliere ciò che le apparteneva.

La notte, nostra madre, nostro conforto.

Teneva le mani intrecciate dietro la schiena, rigido nell'abito scuro. Il cappuccio gettato all'indietro gli lasciava scoperta la faccia dalle ossa sporgenti e la barba rossa. Aveva un aspetto duro, privo di sentimenti, e se la cosa gli fosse importata ne sarebbe stato compiaciuto. Ma era trascorso molto tempo da quando il Primo Cercatore aveva provato un qualche interesse per il proprio aspetto... molto tempo da quando aveva anche solo destato la sua curiosità. L'aspetto esteriore era irrilevante; Rimmer Dall poteva essere qualsiasi cosa scegliesse. Era ciò che bruciava dentro a contare, a dargli vita.

I suoi occhi luccicarono mentre guardava oltre ciò che gli stava di fronte e vedeva ciò che un giorno sarebbe stato.

Vedeva la promessa.

Si mosse un poco, solo con i suoi pensieri nel silenzio della torre. Gli altri non esistevano per lui, fantasmi privi di sostanza. Sotto, nelle viscere della torre, poteva sentire i suoni della magia all'opera: il ronzio profondo del suo respiro, il rombo del suo cuore. Ascoltava senza pensarci, un'abitudine che portava sicurezza alla sua mente turbata. Loro era il potere, trasferito dall'etere alla sostanza, infuso di forma e apparenza, fornito di uno scopo. Era il dono degli Ombrati, e apparteneva solo a loro.

Malgrado i Druidi e gli altri.

Provò a fare un debole sorriso, ma la sua bocca si rifiutò di accondiscendere, ed esso sparì nella linea stretta delle labbra. La sua mano sinistra, guantata, si contorse entro la stretta delle dita nude della destra. Potenza per potenza, forza per forza. Sul suo petto, scintillava l'insegna argentea della testa di lupo.

Thrum, thrum, giungeva il suono della magia, in azione sotto di lui.

Rimmer Dall si voltò verso le ombre della stanza... una stanza che fino a poco tempo prima aveva tenuto prigioniero Coll Ohmsford. Adesso l'Uomo della Valle non c'era più... fuggito, credeva lui; lasciato fuggire, in realtà, e tenuto prigioniero in un'altra maniera. Era andato alla ricerca di suo fratello Par.

Colui che possedeva la vera magia.

Colui che sarebbe stato suo.

Il Primo Cercatore si scostò dalla finestra, si sedette al tavolo di legno, e il peso della sua massiccia figura fece scricchiolare la fragile sedia. Intrecciò le mani davanti a sé, e abbassò la faccia granitica.

Tutti gli Ohmsford erano di nuovo nelle Quattro Terre, tutti gli eredi di Shannara, tornati dalle loro ricerche. Walker Boh era tornato da Eldwist malgrado Pe Ell; la Pietra Nera degli Elfi era stata recuperata, la sua magia scoperta, Paranor riportata nel mondo degli uomini, e Walker stesso era diventato il primo dei nuovi Druidi. Wren Elessedil era tornata da Morrowindl, assieme ad Arborlon e agli Elfi; la magia delle Pietre degli Elfi era stata riscoperta, e la sua stessa identità e la sua eredità erano state svelate. Dei tre incarichi affidati da Allanon due erano stati portati a termine.

Quello di Par doveva essere l'ultimo, naturalmente. Trovare la Spada di Shannara. Trovare la Spada, ed essa avrebbe rivelato la verità.

Giochi da vecchi e da ombre, meditò Rimmer Dall. Missioni e incarichi, ricerche della verità. Lui conosceva la verità meglio di loro, e la verità era che niente di questo aveva importanza, perché alla fine la magia era tutto, e la magia apparteneva agli Ombrati.

Lo infastidiva che, malgrado i suoi sforzi per impedirlo, sia gli Elfi che Paranor fossero ricomparsi. Coloro che aveva mandato per impedire che gli eredi di Shannara tornassero avevano fallito. Avevano pagato il loro fallimento con la morte, ma questo non serviva a placare la sua irritazione. Forse avrebbe dovuto essere infuriato... forse perfino un po' preoccupato. Ma Rimmer Dall era sicuro della sua forza, certo del suo controllo sugli eventi e sul tempo, fiducioso che il futuro era ancora nelle sue mani. Malgrado Teel e Pe Ell l'avessero deluso, c'erano altri che non l'avrebbero fatto.

Thrum, thrum, sussurrava la magia.

E così...

Le labbra di Rimmer Dall si increspavano Tutto quello che serviva era un po' di tempo. Un po' di tempo perché gli eventi che già aveva messo in moto seguissero il loro corso, e allora sarebbe stato troppo tardi per i Druidi morti e per i loro piani. Tenere separati lo Zio Oscuro e la ragazza. Impedire che si comunicassero le loro conoscenze. Impedire che unissero le loro forze.

Impedire che trovassero gli Uomini della Valle.

Quello che gli serviva era un diversivo, qualcosa che li tenesse occupati. O meglio ancora, qualcosa che determinasse la loro fine. Eserciti, naturalmente, per massacrare Elfi e nati liberi, soldati della Federazione e Serpidi ombrati, e qualsiasi altra cosa fosse riuscito a scovare per liberarsi di quegli stupidi. Ma qualcosa di più, qualcosa di speciale per i figli di Shannara, con tutte le loro magie e gli incantesimi druidici.

Meditò a lungo sulla questione, mentre il grigio crepuscolo si tramutava in notte intorno a lui. La luna si alzò a est, una falce contro il nero del cielo, e le stelle divennero argentee punte di spillo. La loro luce penetrò nel buio dove sedeva il Primo Cercatore, e trasformò la sua faccia in un cranio.

Sì, annuì alla fine.

Lo Zio Oscuro era ossessionato dalla sua eredità di Druido. Gli avrebbe mandato qualcosa di adatto a questa debolezza, qualcosa che l'avrebbe confuso e frustrato. Gli avrebbe mandato i Quattro Cavalieri.

E la ragazza. Wren Elessedil aveva perso il suo protettore e consigliere. Le avrebbe dato qualcuno per riempire quel vuoto. Le avrebbe dato uno scelto da lui stesso, uno che l'avrebbe coccolata e confortata, che avrebbe quietato le sue paure, per poi tradirla e privarla di tutto.

Gli altri non erano un pericolo serio... neppure il capo dei nati liberi e l'Highlander. Non potevano fare nulla senza gli eredi degli Ohmsford. Se lo Zio Oscuro veniva imprigionato nella sua Fortezza e il breve regno della Regina degli Elfi finiva, i piani dell'ombra del Druido preparati con tanta cura sarebbero crollati miseramente. Allanon sarebbe ripiombato nel Perno dell'Ade con il resto dei suoi spettrali compagni, consegnato al passato cui apparteneva.

Sì, gli altri erano insignificanti.

Ma si sarebbe lo stesso preso cura di loro.

E anche se tutti i suoi sforzi fossero falliti, anche se fosse riuscito solo a inseguirli e cacciarli come fa un cane con la sua preda, tuttavia questo sarebbe stato sufficiente, se alla fine l'anima di Par Ohmsford fosse caduta nelle sue mani. Gli bastava questo per porre fine per sempre a tutte le speranze dei suoi nemici. Solo questo. Mancavano pochi passi al precipizio, e l'Uomo della Valle stava già muovendosi verso di esso. Suo fratello sarebbe stato l'esca che l'avrebbe portato alla rovina, come un lupo attirato da una capra Coll Ohmsford. Ormai era completamente assoggettato all'incantesimo di Mirrorshroud, schiavo della magia del mantello. L'aveva rubato per mascherarsi, senza sospettare che questo faceva parte dei piani di Rimmer Dall, senza immaginare che si trattava di una trappola mortale per fare di lui una pedina del Primo Cercatore. Coll Ohmsford avrebbe dato la caccia al proprio fratello, costringendolo a un duello. L'avrebbe fatto perché il mantello non gli avrebbe permesso altro, insinuando dentro di lui una follia che solo la morte del fratello avrebbe potuto sedare. Par sarebbe stato costretto a combattere. E poiché gli mancava la magia della Spada di Shannara, poiché le sue armi convenzionali non sarebbero state in grado di fermare quella sorta di Ombrato in cui si era trasformato suo fratello, e poiché sarebbe stato terrorizzato dall'idea che quello fosse un altro trucco, avrebbe usato la magia della canzone.

Forse avrebbe ucciso suo fratello, ma questa volta l'avrebbe ucciso per davvero, e poi avrebbe scoperto... troppo tardi per tornare indietro... cosa aveva fatto.

O forse no. Forse avrebbe lasciato fuggire suo fratello... e sarebbe stato condotto alla rovina.

Il Primo Cercatore alzò le spalle. In un modo o nell'altro, il risultato sarebbe stato il medesimo. In un modo o nell'altro l'Uomo della Valle era finito. Se usava la magia, la serie di choc che senza dubbio ne sarebbe risultata lo avrebbe squilibrato. Avrebbe perso il controllo della magia e sarebbe diventato uno strumento nelle mani di Rimmer Dall. Rimmer Dall ne era certo. Poteva esserlo perché, a differenza degli eredi di Shannara e del loro protettore, lui comprendeva la magia elfa, la magia che era sua per diritto di sangue. Comprendeva cos'era e come funzionava. Sapeva ciò che Par non sapeva: cosa stava accadendo alla canzone, perché si comportava in quel modo, come si era liberata di ogni impedimento per diventare una creatura selvaggia che cacciava a suo piacere.

Par era vicino. Era molto vicino.

Il pericolo di lottare con la bestia è che si diventa come lei.

Era quasi uno di loro.

Presto sarebbe successo.

Naturalmente, c'era la possibilità che l'Uomo della Valle scoprisse la verità circa la Spada di Shannara prima di allora.

L'arma che portava, quella a cui Rimmer Dall aveva rinunciato con troppa facilità, era il talismano che cercava o un falso? Par Ohmsford ancora non lo sapeva. Era un rischio calcolato che non lo scoprisse. Ma anche se l'avesse scoperto, a cosa gli sarebbe servito? Le spade avevano due tagli, e potevano ferire da una parte e dall'altra. La verità poteva fare a Par più male che bene...

Rimmer Dall si alzò e andò ancora alla finestra, un'ombra nel nero della notte, avvolta e raccolta contro la luce. I Druidi non capivano; non avevano mai capito. Allanon era già stato un anacronismo prima che diventasse ciò che Bremen aveva voluto. Druidi... usavano la magia come dei pazzi che giocano col fuoco: stupefatti dalle sue possibilità, ma terrorizzati dai rischi. Non c'era da stupirsi se le fiamme li avevano bruciati tanto spesso. Ma questo non impediva loro di rinunciare al dono misterioso. Sempre così pronti a giudicare altri che cercavano di controllare il potere, in primo luogo gli Ombrati, da vederli come nemici, e cercare di distruggerli.

Come avevano distrutto se stessi.

Ma c'era simmetria e significato nella visione della vita degli Ombrati, la magia non era un giocattolo per loro, ma il cuore di ciò che erano: abbracciata, protetta, adorata. Niente mezze misure, che servivano solo a negare l'accesso alla vita, o interessate cautele imposte perché nessun altro potesse servirsene. Niente ammonizioni né avvertimenti. Gli Ombrati erano semplicemente ciò che la magia li rendeva, e la magia, una volta accettata, li avrebbe resi qualsiasi cosa.

Le cime degli alberi e i picchi delle Runne erano gobbe scure contro la superficie piatta e argentea del Lago Arcobaleno. Rimmer Dall guardò il mondo, e vide ciò che i Druidi non erano mai stati in grado di vedere.

Il mondo apparteneva a coloro che erano abbastanza forti per impossessarsene, per tenerlo, per plasmarlo. Esisteva per essere usato.

I suoi occhi bruciavano, rossi come sangue.

Era un'ironia della sorte che gli Ohmsford avessero servito così a lungo i Druidi, svolgendo i loro incarichi, conducendo le loro ricerche, seguendo le loro visioni verso verità che non erano mai esistite. Le storie erano leggenda. Shea e Flick, Wil, Brin e Jair, e ora Par. Era stato tutto inutile. Ma adesso era finita. Poiché Par avrebbe servito gli Ombrati, e così facendo avrebbe reciso per sempre i legami fra gli Ohmsford e i Druidi.

«Par. Par. Par.»

Rimmer Dall sussurrò il nome nella notte. Era una litania che riempiva la sua mente con visioni di potere a cui nulla poteva opporsi.

Rimase a lungo accanto alla finestra, e si concesse di sognare il futuro.

Poi di scatto si voltò e scese nelle profondità della torre per nutrirsi.

2

Il sotterraneo sotto il mulino era pieno di ombre, i pallidi raggi di luce che filtravano attraverso le assi del soffitto svanivano rapidamente nel buio. Scacciato dal suo rifugio, inseguito attraverso le vuote catacombe, inchiodato infine contro la botola chiusa attraverso la quale aveva pensato di fuggire, Par Ohmsford era accucciato come un animale in trappola. Teneva la Spada di Shannara stretta a sé come a proteggerla, mentre l'intruso che l'aveva perseguitato fin lì si fermava di scatto e sollevava una mano per scostare il cappuccio che gli nascondeva la faccia.

«Ragazzo» sussurrò una voce nota. «Sono io.»

Il cappuccio del mantello gli era sceso sulle spalle, e la testa scura era rimasta nuda. Ma le ombre erano troppo fitte...

La figura fece un passo avanti, incerta, la mano con il lungo pugnale che si abbassava. «Par?»

I lineamenti dell'intruso vennero d'improvviso illuminati da un raggio di nebulosa luce grigia, e Par esalò bruscamente il respiro.

«Padishar!» esclamò con sollievo. «Sei davvero tu?»

Il lungo pugnale sparì sotto il mantello, e la risata dell'uomo fu bassa e inattesa. «In carne e ossa. Per le Ombre, credevo di non trovarti più! Sono giorni che frugo Tyrsis in lungo e in largo, in ogni angolo e in ogni buco, e ogni volta trovo solo Federali e Cercatori Ombrati!»

Avanzò fino ai piedi delle scale, con un largo sorriso, le braccia spalancate. «Vieni qui, ragazzo. Fatti vedere.»

Par abbassò la Spada di Shannara e scese i gradini, pieno di stanchezza e di gratitudine. «Credevo che fossi... avevo paura che...»

Allora Padishar lo circondò con le braccia, stringendolo e battendogli sulla schiena, sollevandolo infine dal pavimento come se fosse stato un sacco di stracci.

«Par Ohmsford!» lo salutò, posando finalmente a terra l'Uomo della Valle e stringendogli le spalle fra le mani, mentre lo scrutava tenendolo alla distanza delle braccia. Il sorriso era quello di sempre: luminoso e spontaneo. Rise di nuovo. «Hai proprio un'aria malconcia!»

Par fece una smorfia. «Neanche tu sei messo meglio.» Sulla faccia e sul collo del grosso uomo c'erano delle cicatrici che vedeva per la prima volta. Par scosse la testa, sopraffatto dalla gioia. «L'avevo immaginato che eri riuscito a fuggire dall'Abisso, ma sono contento di averne la prova.»

«Ah, ne sono successe di cose da allora, ragazzo, te lo posso garantire!» I lunghi capelli di Padishar erano spettinati, e gli occhi erano cerchiati di scuro per mancanza di sonno. Si guardò intorno. «Sei solo? Non me l'aspettavo. Dov'è tuo fratello? Dov'è Damson?»

Il sorriso di Par svanì. «Coll...» cominciò, e non riuscì a finire. «Padishar, non posso...» Le sue mani si strinsero intorno alla Spada di Shannara, come se fosse stata una corda per un naufrago. «Damson è uscita questa mattina. Non è ancora tornata.»

Gli occhi di Padishar si strinsero. «Uscita? Per andare dove, ragazzo?»

«In cerca di un via per fuggire dalla città. O in mancanza di questo, di un altro nascondiglio. La Federazione ci ha scovati dappertutto. Ma lo sai. Li hai visti tu stesso. Padishar, da quanto tempo ci stai cercando? Come hai fatto a trovare questo posto?»

Le grosse mani si abbassarono. «Soprattutto fortuna. Ho provato in tutti i nascondigli in cui avresti potuto essere, quelli più recenti, quelli che Damson aveva sistemato per noi l'anno scorso. Questo è uno vecchio, sono passati cinque anni da quando è stato preparato, e negli ultimi tre non è stato usato. Me ne sono ricordato solo dopo che avevo esaurito tutti gli altri.»

A un tratto ebbe un sobbalzo. «Ragazzo!» esclamò, gli occhi che fissavano la spada nelle mani di Par. «È questa? È la Spada di Shannara? L'hai trovata, dunque? Come hai fatto a portarla fuori dall'Abisso? Dove...?»

Ma all'improvviso, dall'oscurità, giunse un rumore di stivali su gradini di legno, un tintinnio di armi e un vociare. Padishar ruotò su se stesso. I rumori erano inconfondibili. Dei soldati stavano scendendo dalla scala posteriore verso la stanza che Par aveva appena lasciato, verso la stessa porta varcata da Padishar. Senza soffermarsi, setacciavano le gallerie alla luce delle torce che fumavano e sfrigolavano vivide nell'oscurità.

Padishar si girò di scatto, afferrò il braccio di Par e lo trascinò verso la botola. «Uomini della Federazione. Devono avermi seguito, oppure sorvegliavano il mulino.»

Par inciampò, nel tentativo di tirarsi indietro. «Padishar, la porta...»

«Calma, ragazzo» lo interruppe l'altro, sollevandolo quasi di peso fino in cima alle scale. «Saremo fuori prima che ci raggiungano.»

Andò a sbattere contro la botola, e barcollò all'indietro, con un'espressione sconcertata sul volto.

«Ho cercato di avvertirti» sibilò Par, liberandosi e guardando in direzione degli inseguitori. La Spada di Shannara si alzò minacciosa. «C'è un'altra uscita?»

La risposta di Padishar fu di gettarsi più volte contro la botola, con tutte le sue forze e il suo peso. Il battente rifiutò di cedere, malgrado alcune delle assi si incrinassero sotto i colpi.

«Per le Ombre!» sbottò il capo dei fuorilegge.

Soldati della Federazione si riversarono nel sotterraneo. Li guidava un Cercatore dal mantello nero. Videro Padishar e Par, fermi immobili sui gradini che portavano alla botola, e corsero verso di loro. La spada in una mano, il lungo pugnale nell'altra, Padishar scese i gradini per affrontarli. I primi che lo raggiunsero vennero abbattuti subito. Gli altri rallentarono, gli girarono attorno con cautela, facendo delle finte e cercando di attaccarlo ai fianchi. Par si pose dietro di lui, per difenderlo alle spalle. Lentamente i due indietreggiarono su per la scala, fuori dalla portata degli assalitori, costringendoli a una posizione più bassa.

Ma era un combattimento disperato. Erano venti contro uno. Un attacco in forze, e sarebbe finita. La testa di Par andò a sbattere con violenza contro la botola. Si voltò il tempo sufficiente per darle un'ultima spinta. Niente da fare. Sentì un'ondata di disperazione montargli dentro. Erano in trappola.

Sapeva che avrebbe dovuto usare la canzone.

Sotto di lui, Padishar si lanciò contro gli assalitori, facendoli indietreggiare per una dozzina di scalini.

Par evocò la magia, e sentì la musica salirgli alle labbra, stranamente cupa e con un sapore amaro. Non era stata più la stessa da quando era fuggito dall'Abisso. Niente lo era più. I soldati della Federazione organizzarono un contrattacco che costrinse Padishar a risalire la scala. Il sudore luccicava sulla faccia vigorosa del fuorilegge.

Poi d'improvviso qualcosa si mosse sopra di loro e la botola si spalancò. Par gridò a Padishar di seguirlo, e senza più curarsi dei soldati corsero su per le scale, sbucando nel mulino.

Damson Rhee li attendeva, e i capelli rossi svolazzavano fuori dal mantello che l'avvolgeva, mentre correva verso un varco nella parete di assi del mulino, e chiamava perché la seguissero. Alcune forme scure apparvero d'improvviso e le tagliarono la strada, gridando ad altri di accorrere. Damson si avventò su di loro con un balzo felino. Dalle sue mani nude sgorgò un fuoco che si frantumò in tante fiamme guizzanti verso le facce degli assalitori. Poi passò fra di loro simile a un lampo, la magia che si muoveva a destra e a sinistra, aprendole un varco. Par e Padishar la seguirono di corsa, urlando come pazzi. I soldati cercarono invano di riorganizzarsi. Nessuno raggiunse Par. Combattendo come un indemoniato Padishar li uccise dov'erano.

Poi furono fuori, sulla strada, respirando l'aria umida della notte, il sudore che colava sui loro volti, il fiato che usciva sibilando come vapore. Il buio era calato assieme a una foschia polverosa che avviluppava in una fitta coltre gli stretti vicoli. La gente corse via gridando, mentre soldati della Federazione sbucavano da ogni parte, urlando e imprecando, scaraventando a terra chiunque trovassero sul loro cammino.

Senza una parola, Damson imboccò un vicolo, guidando Par e Padishar in un tunnel buio che puzzava di immondizia ed escrementi. Gli inseguitori non tardarono ad arrivare, ma nello stretto spazio si ostacolavano a vicenda. Damson prese per un vicolo laterale, poi si infilò nella porta secondaria di una taverna. Attraversarono una sala malamente illuminata, passarono accanto a uomini chini sui tavoli o abbandonati sulle sedie, aggirarono barili; superarono il bancone di mescita e uscirono infine dalla porta principale.

Un malconcio porticato lastricato di legno, con un basso soffitto, si stendeva da una parte e dall'altra. La strada era deserta.

«Damson, perché ci hai messo tanto?» le sibilò Par mentre correvano. «Quella botola...»

«Colpa mia» rispose lei con rabbia. «L'avevo bloccata con dei macchinari per nasconderla. Pensavo che sarebbe stato più sicuro per te. Mi sono sbagliata. Ma non li ho portati io i soldati. Devono aver scovato il posto da soli. Oppure hanno seguito Padishar.» Il grosso uomo fece per parlare, ma lei lo interruppe. «Adesso muoviamoci. Stanno arrivando.»

E dal buio davanti e dietro a loro le forme scure dei Federali si riversarono sulla strada. Damson si voltò di scatto, tornò sui suoi passi e si infilò in un vicolo così angusto che era difficile perfino camminare. Urla di rabbia li inseguirono.

«Dobbiamo tornare alla Strada di Tyrsis!» ansimò lei, senza fiato.

Attraverso una stretta apertura sbucarono in un mercato, scivolando su resti di cibo, andando a sbattere contro bidoni. Un'alta porta a doppio battente bloccò loro la via. Damson cercò inutilmente di aprire il chiavistello, e alla fine Padishar lo spezzò con un potente calcio.

Dei soldati si fecero loro incontro mentre uscivano, le spade sguainate. Padishar li caricò, sparpagliandoli. Due caddero, per non rialzarsi più; gli altri fuggirono.

Un movimento improvviso alla sua sinistra costrinse Par a voltarsi. Un Cercatore emerse dalla notte, la testa di lupo che scintillava sul mantello scuro. Par gli mandò contro la magia della canzone sotto forma di un serpente mostruoso, e il Cercatore cadde all'indietro, urlando.

Corsero lungo la strada, voltarono a un incrocio, poi a un altro. Le forze di Par erano messe a dura prova, il respiro gli usciva a rantoli e minacciava di soffocarlo, aveva la gola secca per la polvere e la paura. Era ancora debole per la battaglia nell'Abisso, e non si era ripreso dai danni causati dall'uso della magia. Si strinse la Spada di Shannara al petto, come a proteggerla, ma il suo peso cresceva a ogni passo.

Girarono un angolo e si fermarono nell'androne di una stalla, ascoltando il tumulto crescere intorno a loro.

«Non possono avermi seguito!» dichiarò Padishar d'improvviso, sputando sangue attraverso le labbra tagliate.

Damson scosse la testa. «Non capisco, Padishar. Conoscevano tutti i nascondigli segreti, si erano appostati in ognuno di essi. Perfino questo.»

Gli occhi del capo dei fuorilegge lampeggiarono quando comprese. «Avrei dovuto capirlo prima! È stato quell'Ombrato, quello che ha ucciso Hirehone, quello che si era mascherato da Nano!» Par alzò di scatto la testa. «In qualche maniera ha scoperto tutti i nostri nascondigli e li ha svelati ai Cercatori, come ha fatto con la Sporgenza!»

«Aspetta! Quale Nano?» chiese Par confuso.

Ma Damson si era rimessa in movimento, tirandosi dietro gli altri due; si infilò in un passaggio e raggiunse una piazza in cui sbucavano una mezza dozzina di strade. Proseguirono stanchi, nel caldo e nella foschia, avvicinandosi alla Strada di Tyrsis, la strada principale della città. La mente di Par turbinava di domande, mentre avanzava barcollando ma deciso. Un Nano li aveva traditi? Steff o Teel... o qualcun altro? Cercò di sputare per liberarsi la bocca da quel senso di aridità. Cos'era accaduto alla Sporgenza? E dov'era, si chiese d'improvviso, Morgan Leah?

Una fila di soldati apparve davanti a loro, bloccando la strada. Damson spinse rapida Padishar e Par all'ombra degli edifici. Stretti contro il muro, avvicinarono le teste.

«Ho trovato la Talpa» sussurrò lei, gettando occhiate a destra e a sinistra, mentre si alzavano nuove grida. «Ci aspetta alla conceria sulla Strada di Tyrsis, per accompagnarci lungo le gallerie, fuori dalla città.»

«È fuggito!» esclamò Par.

«Te l'ho detto che è un tipo pieno di risorse.» Damson tossì e sorrise. «Però dobbiamo raggiungerlo, se vogliamo che ci serva a qualcosa... dall'altra parte della Strada di Tyrsis, un poco più avanti di quei soldati. Se dovessimo separarci, non fermatevi. Continuate a correre.»

E prima che qualcuno potesse fare obiezioni, ripartì, sfrecciando dal loro riparo in un vicolo fra negozi sbarrati. Padishar si lasciò sfuggire una protesta irritata, poi la seguì di corsa. Par fu l'ultimo. Sbucarono dal vicolo nella via successiva, e voltarono verso la Strada di Tyrsis. Dei soldati apparvero di fronte a loro, un piccolo gruppo che frugava nella notte. Padishar si avventò furioso contro di loro, la spada che roteava crudele con un luccichio argenteo. Damson condusse Par a sinistra, oltre i combattenti. Altri soldati apparvero, e d'improvviso erano dappertutto, sbucavano dal buio in manipoli, li circondavano rabbiosi. La luna si era nascosta dietro un banco di nuvole, e i lampioni erano spenti. Era così buio che non si riusciva a distinguere gli amici dai nemici. Damson e Par lottarono in mezzo al tumulto, liberandosi dalle mani che volevano afferrarli, scansando i corpi che cercavano di bloccare loro la strada. Udirono il grido di battaglia di Padishar, poi un fragore di lame che cozzavano.

Dinanzi a loro la notte venne illuminata d'improvviso da un lampo arancione, mentre qualcosa esplodeva al centro della Strada di Tyrsis.

«La Talpa!» sibilò Damson.

Corsero verso la luce, una colonna di fuoco che ardeva nella notte sibilando. Delle figure correvano in ogni direzione. Par venne sballottato qua e là e si trovò separato da Damson. Si voltò per cercarla, e cadde in un groviglio di braccia e gambe, mentre un soldato in fuga lo investiva. L'Uomo della Valle lottò per rialzarsi, la chiamò freneticamente. La Spada di Shannara rifletteva il fuoco arancione mentre lui si girava da una parte e dall'altra, gridando.

Poi Padishar lo raggiunse, sbucando dal nulla, e lo sollevò da terra, se lo issò sulle spalle e corse verso la sicurezza offerta dagli edifici bui. Delle spade cercarono di colpirli, ma Padishar era forte e veloce, e nessuno poteva uguagliarlo, quella notte. Il capo dei nati liberi si lanciò contro gli ultimi soldati della Federazione, sul passaggio che costeggiava gli edifici sul lato opposto della Strada di Tyrsis. Corse saltando su botti e bidoni, gettando lontano a calci le panche, scansando i supporti dei tendoni e i resti dei lavori della giornata.

La conceria apparve davanti a loro, silenziosa e in apparenza vuota. Padishar la raggiunse a passo di carica e attraversò la porta come se non ci fosse, scardinandola con la spalla abbassata.

Una volta dentro, mise giù Par e si voltò, infuriato.

Non c'era segno di Damson.

«Damson!» gridò.

Soldati della Federazione stavano convergendo sulla conceria da ogni direzione.

La faccia di Padishar era striata di rosso e nero, per il sangue e la polvere. «Talpa!» gridò disperato.

Una faccia pelosa sbucò dalle ombre, sul retro della conceria. «Da questa parte» li chiamò la voce calma della Talpa. «Presto, per favore.»

Par esitò, sperando di vedere Damson, ma Padishar gli afferrò la tunica e lo trascinò con sé. «Non c'è tempo, ragazzo!»

Gli occhi della Talpa brillarono quando i due lo raggiunsero, e la faccia si sollevò con aria d'attesa. «L'adorabile Damson...» cominciò, ma Padishar scosse la testa bruscamente. La Talpa sbatté le palpebre, poi si girò senza una parola. Li condusse attraverso una porta che dava su una serie di magazzini, poi scesero in un sotterraneo. Lungo una parete che sembrava perfettamente sigillata, la Talpa trovò un pannello che si aprì a un suo tocco, e senza una sola occhiata ai due si infilò dentro.

Si trovarono in cima a una scala che conduceva nelle fogne della città. La Talpa era di nuovo a casa sua. Si precipitò giù nelle fredde e umide catacombe, la luce appena sufficiente per consentire a Par e a Padishar di seguirlo. Giunto in fondo alle scale, porse una torcia annerita di fuliggine al capo dei fuorilegge, che senza una parola si inginocchiò per accenderla.

«Avremmo dovuto tornare a prenderla!» sibilò Par a Padishar, infuriato.

La faccia dell'altro, segnata dalle cicatrici, si sollevò dall'ombra, e sembrava incisa nella pietra. Lo sguardo che rivolse a Par era terribile. «Stai zitto, Uomo della Valle, prima che mi dimentichi chi sei.»

Fece scoccare una scintilla dalla pietra focaia e accese una fiammella a un'estremità della torcia catramata, poi i tre si avviarono lungo i tunnel delle fogne. La Talpa sgattaiolava veloce davanti a loro, nella penombra fumigante, trovando sempre con sicurezza la strada, e guidandoli nel sottosuolo della città, lontano dalle mura. Le grida degli inseguitori erano svanite del tutto, e Par pensò che se anche i soldati della Federazione fossero riusciti a trovare l'ingresso segreto, avrebbero presto perso la strada nelle gallerie. Si rese conto d'improvviso che stava ancora stringendo la Spada di Shannara, e dopo averci pensato un momento, la rimise nel fodero con cautela.

I minuti passarono, e a ogni passo Par disperava sempre più di rivedere Damson Rhee. Desiderava disperatamente aiutarla, ma l'espressione sulla faccia di Padishar l'aveva convinto che almeno per il momento era meglio tenere a freno la lingua. Senza dubbio Padishar doveva essere in pena quanto lui.

Superarono un ponticello di pietra su un pigro canale, e si addentrarono in un tunnel così basso che furono quasi costretti a procedere carponi. Al termine, il soffitto tornava ad alzarsi, e dopo una serie di incroci raggiunsero una porta. La Talpa toccò qualcosa che fece scattare una pesante serratura, e la porta si aprì per lasciarli passare.

Dentro trovarono un assortimento di vecchi mobili e di altro ciarpame, che se non era lo stesso che la Talpa aveva rischiato di perdere nella sua fuga dai soldati federali una settimana prima, ne era certamente il duplicato. Gli animali impagliati sedevano in una fila ordinata su un vecchio divano di pelle, gli occhi che li fissavano vuoti, mentre entravano.

La Talpa si avvicinò subito a essi, chiamandoli con dolcezza: «Mio bravo Chalt, dolce Everlind, mia Westra, e piccola Lida». Mormorò altri nomi, a voce troppo bassa per essere intesi. «Salve, bambini miei. State bene?» Li baciò uno dopo l'altro e li risistemò con cura. «No, no, le cose nere non vi troveranno qui, ve lo prometto.»

Padishar passò la torcia a Par, raggiunse un catino e cominciò a spruzzarsi d'acqua la faccia incrostata di sudore. Quando ebbe finito rimase fermo lì, le mani appoggiate sul tavolo su cui era posato il catino, la testa stancamente abbandonata.

«Talpa, dobbiamo scoprire cos'è successo a Damson.»

La Talpa si voltò. «L'adorabile Damson?»

«Era accanto a me» cercò di spiegare Par, «poi i soldati si sono messi in mezzo...»

«Lo so» lo interruppe Padishar, alzando gli occhi. «Non è stata colpa tua. Non è stata colpa di nessuno. Forse è riuscita a fuggire, ma erano in tanti...» Sospirò. «Talpa, dobbiamo sapere se l'hanno presa.»

La Talpa sbatté pigramente le palpebre, e gli occhietti brillarono. «Queste gallerie passano sotto le prigioni della Federazione. Alcune arrivano fin dentro le mura. Posso guardare. E ascoltare.»

Lo sguardo di Padishar era fermo. «Anche nel corpo di guardia dell'Abisso, Talpa.»

Ci fu un lungo silenzio. Par si sentì gelare in tutto il corpo. No. Non lì. Non Damson.

«Vado con lui» disse con voce sommessa.

«No.» Padishar scosse la testa con forza. «La Talpa sa muoversi più in fretta e più in silenzio.» I suoi occhi erano colmi di disperazione, quando incontrarono quelli di Par. «Vorrei andare quanto te, ragazzo. Lei è...»

Esitò, e Par annuì. «Me l'ha detto.»

Si guardarono in silenzio.

La Talpa attraversò la stanza con passo felino, e ammiccò alla luce della torcia che Par ancora stringeva. «Aspettate qui fino al mio ritorno» disse.

E se ne andò.

3

Il viaggio che aveva condotto Par Ohmsford dal suo ormai lontano incontro con l'ombra di Allanon al Perno dell'Ade fino a quel luogo e a quel momento era stato lungo e difficile. Attendeva nella tana sotterranea della Talpa, e osservando i resti e gli scarti delle vite degli altri non poté fare a meno di pensare a come questi riflettessero la sua vita.

Damson.

Serrò gli occhi per fermare le lacrime che minacciavano di sgorgare. Non poteva affrontare l'idea di perderla. Stava solo cominciando a rendersi conto di quanto la fanciulla significasse per lui.

«Par.» Padishar pronunciò il suo nome con dolcezza. «Vieni a lavarti, ragazzo. Sei esausto.»

Par era d'accordo. Fisicamente, emotivamente, e spiritualmente. Era prostrato in ogni maniera possibile, prosciugato di ogni energia, le sue ultime speranze ridotte a brandelli.

Trovò delle candele e le accese alla fiamma della torcia, prima di spegnerla. Poi andò al catino e cominciò a lavarsi, adagio, in una sorta di rito, pulendosi della sporcizia e del sudore come se così potesse cancellare tutto il male che gli era accaduto durante la sua ricerca della Spada di Shannara.

Teneva ancora la Spada nel fodero, sulla schiena. Interruppe le sue abluzioni e se la tolse, appoggiandola a un vecchio cassettone con lo specchio rotto. La fissò come avrebbe potuto guardare un nemico. La Spada di Shannara... ma lo era davvero? Ancora non lo sapeva. L'incarico che Allanon gli aveva assegnato era stato di trovare la Spada, e benché una volta avesse creduto di esserci riuscito, adesso si trovava di fronte alla possibilità di aver fallito. Il suo incarico era stato quasi dimenticato durante gli eventi seguiti alla morte di Coll e alla lotta per rimanere in vita nelle catacombe di Tyrsis. Si chiese quanti degli incarichi di Allanon fossero stati dimenticati o ignorati. Si chiese se Walker o Wren avessero cambiato idea.

Finì di lavarsi, si asciugò, e quando si voltò vide Padishar seduto a un tavolo con tre gambe, quella mancante sostituita da una cassa messa in piedi. Il capo dei nati liberi mangiava pane e formaggio e beveva birra. Fece cenno a Par di accomodarsi davanti a un piatto di cibo già preparato per lui, e Par si avvicinò in silenzio, si sedette e cominciò a mangiare.

Aveva più fame di quanto avesse pensato, e finì in pochi minuti. Intorno a lui le candele scoppiettavano e sfrigolavano nella semioscurità, come lucciole in una notte senza luna. Il silenzio era rotto dal rumore lontano di acqua che gocciolava.

«Da quanto tempo conosci la Talpa?» chiese a Padishar, non potendo sopportare il senso di vuoto che il silenzio produceva dentro di lui.

Padishar strinse le labbra. La sua faccia era così graffiata e tagliuzzata che sembrava un puzzle mal composto. «Circa un anno. Damson me l'ha fatto incontrare un giorno nel parco, dopo il tramonto. Non so come lei l'abbia conosciuto.» Lanciò un'occhiata agli animali impagliati. «Un tipo strano, ma l'ha presa in simpatia, nessun dubbio su questo.»

Par annuì in silenzio.

Padishar si appoggiò allo schienale della sedia, facendola scricchiolare. «Raccontami della Spada, ragazzo» chiese, muovendo davanti a sé il boccale di birra, rigirandoselo fra le dita. «È quella vera?»

Malgrado tutto, Par sorrise. «Buona domanda, Padishar. Vorrei saperlo anch'io.»

Poi raccontò al capo dei fuorilegge cosa gli era accaduto dopo che avevano lottato insieme per fuggire dall'Abisso: come Damson aveva trovato i due fratelli Ohmsford nel Parco del Popolo, come avevano incontrato la Talpa, come avevano deciso di tornare nell'Abisso un'ultima volta per impadronirsi della Spada, come aveva incontrato Rimmer Dall nella cripta e senza alcuna difficoltà gli era stato consegnato quello che si diceva fosse l'antico talismano, come Coll si era perso, e infine come lui e Damson da allora erano fuggiti da un nascondiglio all'altro, a Tyrsis.

Ciò che non riferì a Padishar fu l'avvertimento di Rimmer Dall: proprio come il Primo Cercatore, anche lui, Par, era un Ombrato. Perché se questa era la verità...

«La porto con me, Padishar» terminò, scacciando il pensiero e indicando la lama polverosa, appoggiata al cassettone, «perché continuo a pensare che prima o poi riuscirò a capire se è quella vera.»

Padishar aggrottò cupo la fronte. «C'è un trucco da qualche parte. Rimmer Dall non è amico di nessuno. O la spada è un falso, o ha delle buone ragioni per credere che tu non riesca a usarla.»

Se sono un Ombrato...

Par deglutì. «Lo so. E finora non ci sono riuscito. Continuo a metterla alla prova, a invocare la sua magia, ma non succede niente.» Fece una pausa. «Soltanto una volta, mentre ero nell'Abisso, dopo che Coll... ho raccolto la Spada dove l'avevo lasciata cadere, e mi sono sentito bruciare le dita come se fosse stata fatta di carboni ardenti. Solo per un momento.» Meditò di nuovo sull'episodio, ricordandolo. «La magia della canzone era ancora viva. Tenevo ancora nelle mani quella spada di fuoco. Poi la magia sparì, e la Spada di Shannara ridivenne fredda.»

Il grande uomo annuì. «Allora è questo, ragazzo. Qualcosa nella magia della canzone interferisce con la Spada. Ha senso, no? Potrebbe trattarsi di uno scontro fra magie. Se è così, Rimmer Dall ha potuto darti la Spada senza preoccuparsi per le conseguenze.»

Par scosse la testa. «Ma come faceva a sapere che sarebbe andata così?» Secondo lui era più probabile che il Primo Cercatore sapesse che la Spada era inutile per un Ombrato. «E Allanon? Non lo sapeva? Perché mi avrebbe mandato alla ricerca della Spada, se non posso usarla?»

Padishar non aveva alcuna risposta a queste domande, naturalmente, così per un momento i due si limitarono a guardarsi. Poi il grosso uomo disse: «Mi spiace per tuo fratello».

Par distolse lo sguardo per un momento. «È stata Damson a impedirmi di...» Respirò a fondo. «Ad aiutarmi a superare il dolore quando credevo fosse insopportabile.» Fece un pallido e triste sorriso. «Io l'amo, Padishar. Dobbiamo trovarla.»

Padishar annuì. «Ammesso che si sia persa, ragazzo. Non sappiamo niente di sicuro.» La sua voce suonava incerta, i suoi occhi erano turbati, distanti.

«Non potrei sopportare di perdere anche lei, dopo Coll.» Par non volle abbassare lo sguardo.

«Lo so. La riporteremo indietro sana e salva, te lo prometto.»

Padishar prese la fiasca della birra e se ne versò una generosa misura nel boccale, poi, come ripensandoci, ne versò un po' in quello di Par. Bevve a lunghi sorsi, e rimise giù il boccale. Par capì che aveva detto tutto quello che intendeva dire sull'argomento.

«Parlami di Morgan» disse Par con voce calma.

«Ah, l'Highlander, il Cavaliere!» Padishar si illuminò. «Mi ha salvato la vita nell'Abisso, dopo che tu e tuo fratello eravate scappati. E me l'ha salvata ancora, assieme a quella di tutti gli altri, alla Sporgenza. Una brutta faccenda, quella.»

E raccontò cosa era accaduto: come la Spada di Leah si fosse spezzata durante la loro fuga dall'Abisso e dai suoi Ombrati, come la Federazione avesse seguito le loro tracce fino alla Sporgenza e stretto l'assedio, come fossero arrivati i Serpidi, come Morgan avesse capito che Teel era un Ombrato, come lui, il Cavaliere e Steff avessero inseguito Teel nelle profonde caverne dietro la Sporgenza, dove Morgan aveva affrontato Teel da solo e aveva ritrovato quel tanto della magia della sua Spada spezzata sufficiente per distruggerla, come i nati liberi fossero sfuggiti alla trappola della Federazione, e come Morgan li avesse lasciati per tornare a Culhaven, dai Nani, e mantenere la promessa fatta a Steff morente.

«Gli ho promesso che sarei andato a cercarti» concluse Padishar. «Ma prima sono stato costretto a nascondermi al Bordo di Fuoco, per curarmi il braccio rotto. Sei settimane. Mi fa ancora un po' male, anche se non lo faccio vedere. Dovevamo incontrare Axhind e i suoi Troll delle Rocce al Passo di Jannisson, dopo due settimane, ma ho fatto sapere loro che dovevano aspettarne altre sei.» Sospirò. «Tanto tempo perso, e ce n'era così poco da perdere. È come fare un passo avanti e due indietro. Comunque, alla fine, mi sono rimesso abbastanza per mantenere la promessa e venire a cercarti.» Fece una risata amara. «Non è stato facile. Dovunque guardassi, erano appostati i Federali.»

«Pensi sia stata Teel, dunque?» chiese Par.

L'altro annuì. «È l'unica spiegazione. Ha ucciso Hirehone dopo avergli rubato l'identità e i segreti. Hirehone era fidato, conosceva i nascondigli. Teel, gli Ombrati, devono avere ottenuto da lui le informazioni, strappandogliele dalla mente.» Sputò. «Creature nere! E Rimmer Dall fingeva di essere tuo amico! Che menzogne!»

O peggio, la verità, pensò Par, ma non lo disse. Temeva che la sua affinità con il Primo Cercatore, qualunque fosse la sua natura, permettesse a Rimmer Dall di impadronirsi dei segreti che avrebbe altrimenti tenuto nascosti, perfino di quelli di cui non era direttamente a parte, quelli dei suoi amici e compagni.

Era un pensiero folle. Troppo per essere creduto. Ma del resto, molto di ciò che aveva visto nelle ultime settimane era dello stesso genere, no?

Meglio credere che fosse tutta colpa di Teel, si disse.

«Comunque» continuò Padishar, «ho messo sentinelle a guardia del Bordo fin da quando ci siamo stabiliti lì, perché Hirehone ne era a conoscenza, e questo significa che anche gli Ombrati possono saperlo. Ma finora tutto è rimasto tranquillo. Fra una settimana avremo l'incontro con i Troll, e se loro saranno d'accordo di unirsi a noi, avremo un esercito in piena regola, l'inizio di una vera resistenza, il centro di un fuoco che brucerà tutta la Federazione, e che alla fine ci libererà.»

«L'appuntamento è sempre al Passo di Jannisson?» chiese Par, pensando ad altre cose.

«Partiremo non appena tornerò con te. E con Damson» aggiunse rapido, con decisione. «Una settimana è più che sufficiente per fare ogni cosa.» Non ne sembrava del tutto sicuro.

«Ma Morgan non è ancora tornato?» insistette Par.

Padishar scosse la testa. «Non preoccuparti per il tuo amico, ragazzo. È duro come il cuoio e veloce come il lampo. E molto determinato. Dovunque sia, qualunque cosa faccia, se la caverà. Presto lo rivedremo.»

Stranamente, Par si sentiva incline a dargli ragione. Se mai era esistito qualcuno capace di trovare una via d'uscita in qualsiasi brutto impiccio, questo era Morgan Leah. Ripensò agli occhi svegli dell'amico, al sorriso pronto, alla nota maliziosa sempre presente nella sua voce, e scoprì che gli mancava molto. Un'altra vittima di quel viaggio, perso da qualche parte lungo la strada, strappatogli come un bagaglio in eccesso. La metafora però era sbagliata: i suoi amici e suo fratello avevano dato la vita per salvarlo. Tutti, prima o poi. E lui cosa aveva dato loro in cambio? Cosa aveva fatto per giustificare un simile sacrificio?

Cosa aveva fatto di buono?

I suoi occhi si posarono ancora una volta sulla Spada di Shannara, seguendo le linee della mano alzata con la torcia fiammeggiante. Verità. La Spada di Shannara era un talismano di verità. E la verità che più di tutte desiderava scoprire in quel momento era sapere se quella lama, per la quale tanti sacrifici erano stati compiuti, era autentica.

Come poteva riuscirci?

Davanti a lui, Padishar si stirò e sbadigliò. «È ora di riposare un po', Par Ohmsford» consigliò alzandosi. «Avremo bisogno di tutte le nostre forze per ciò che ci attende.»

Raggiunse il divano su cui erano allineati gli animali impagliati, li raccolse e li scaraventò senza tanti complimenti su una sedia. Poi si sistemò comodamente sui cuscini di logora pelle, gli stivali che penzolavano da una parte, la testa nell'incavo di un braccio, e pochi minuti dopo russava.

Per un po' Par rimase sveglio a guardarlo, lasciando che i foschi pensieri gli si sedimentassero nella mente, impedendo alla sua risoluzione di abbandonarlo, come una foglia secca soffiata via dal vento. Aveva paura, ma la paura non era una cosa nuova per lui. Era l'erosione della speranza ciò che più lo sconvolgeva, il crollo della sua certezza che qualsiasi cosa dovesse succedere, avrebbe trovato un sistema per affrontarla. Cominciava a chiedersi se era davvero così.

Finalmente si alzò e andò alla sedia sulla quale Padishar aveva gettato gli animali impagliati. Li raccolse con cura: Chalt, Lida, Westra, Everlind e gli altri, e li portò dove aveva appoggiato la Spada di Shannara. Uno a uno li dispose intorno alla Spada, come a guardia... quasi che così facendo potessero aiutarlo ad allontanare i demoni dal suo sonno.

Quando ebbe finito, raggiunse il fondo della tana della Talpa, trovò qualche cuscino scartato e delle vecchie coperte, si fece un giaciglio in un angolo dominato da una collezione di vecchi dipinti, e si sdraiò.

Ascoltava il gocciolare dell'acqua e non si accorse di scivolare nel sonno.

Si risvegliò che era solo. Il divano dove Padishar aveva dormito era vuoto, le camere della Talpa silenziose. Tutte le candele erano spente, tranne una. Par ammiccò davanti al puntino luminoso, poi si guardò intorno nella penombra, chiedendosi dove fosse andato Padishar. Si alzò, si stirò, usò la candela per accendere le altre, e guardò il buio ridursi a ombre sparse. Non aveva idea di quanto a lungo avesse dormito: il tempo perdeva ogni significato in quelle catacombe. Aveva di nuovo fame, così mangiò un po' di pane, formaggio, frutta e birra, e intanto fissava la Spada di Shannara, appoggiata in un angolo, circondata dai figli della Talpa.

Parlami, pensò. Perché non mi parli?

Finì di mangiare, infilandosi il cibo in bocca senza gustarlo, bevendo la birra senza interesse, gli occhi e la mente concentrati sulla Spada. Si alzò dal tavolo e andò a prenderla, tornò a sedersi portandola con sé. Per un po' la tenne appoggiata sulle ginocchia, fissandola. Infine la estrasse dal fodero e la sollevò davanti a sé, girandola da una parte e dall'altra, la luce delle candele che si rifletteva sulla superficie levigata.

I suoi occhi erano pieni di frustrazione.

Talismano o inganno... cosa sei?

Se era il primo, c'era decisamente qualcosa che non andava nel loro rapporto. Lui era il discendente di Shea Ohmsford e il suo sangue di Elfo era buono quanto quello del suo famoso antenato; avrebbe dovuto essere in grado di evocare con facilità il potere della Spada. Se era davvero la Spada, naturalmente. In caso contrario... Scosse la testa irritato. No, quella era la Spada di Shannara. Lo era. Lo sentiva nelle ossa. Tutto ciò che sapeva della Spada, tutto ciò che aveva imparato su di essa, tutte le canzoni che aveva cantato intorno a essa in tanti anni gli dicevano che lo era. Rimmer Dall non gli avrebbe dato un falso; il Primo

Cercatore era stato troppo ansioso che Par accettasse la sua guida in fatto di magia, per rischiare di alienarsene le simpatie con un inganno che prima o poi sarebbe stato scoperto. Qualsiasi altra cosa Rimmer Dall potesse essere, era astuto... troppo astuto per giocargli un tiro così banale...

Par lasciò il pensiero a metà, non così sicuro come avrebbe voluto. E tuttavia, il suo ragionamento non faceva una piega, i conti tornavano. Rimmer Dall voleva che lui accettasse di essere un Ombrato. Un Ombrato non poteva usare la magia degli Elfi perché...

Perché?

Forse la verità l'avrebbe distrutto e la sua magia non l'avrebbe permesso?

Ma quando la Spada di Shannara l'aveva bruciato, nell'Abisso, dopo che aveva distrutto Coll e gli Ombrati che erano con lui, non era stata forse la magia della lama a reagire alla sua, e non viceversa? Quale delle due magie opponeva resistenza all'altra?

Strinse i denti, e le mani si serrarono intorno all'impugnatura intagliata. La mano alzata con la torcia gli premeva contro il palmo. Che problema c'era? Perché non riusciva a trovare la risposta?

Tornò a infilare la Spada nel fodero, e rimase seduto immobile nel silenzio illuminato dalle candele. Pensava. Allanon gli aveva dato l'incarico di trovare la Spada di Shannara. A lui, non a Wren o a Walker, eppure anche loro avevano sangue Shannara nelle vene, no? Allanon aveva mandato lui. Domande note si ripetevano nella sua mente. Poteva il Druido non sapere se un simile incarico era impossibile? Anche come ombra, non era in grado di intuire che la magia di Par era un pericolo, che Par stesso era un nemico?

A meno che Rimmer Dall non avesse ragione, e il nemico non fossero gli Ombrati... ma i Druidi. O forse in un modo o nell'altro erano tutti nemici che si combattevano per il controllo della magia. Ombrati e Druidi, entrambi in lotta per colmare il vuoto creatosi alla morte di Allanon, il vuoto lasciato dallo svanire dell'ultima vera magia.

Era possibile?

Aggrottò le sopracciglia. Fece scivolare le dita lungo il pomo della spada e le fibbie del fodero.

Perché la verità era così difficile da scoprire?

Si chiese cosa fosse accaduto a tutti gli altri che avevano iniziato il viaggio verso il Perno dell'Ade. Steff e Teel erano morti. Morgan disperso. E dov'era Cogline? Cosa ne era stato di lui dopo l'incontro con Allanon e l'assegnazione degli incarichi? Provò un desiderio improvviso di parlare della Spada con il vecchio. Senza dubbio Cogline sarebbe stato capace di dare un senso a tutto quanto. E cosa ne era stato di Wren, e del gigante Rover? E di Walker Boh? Avevano cambiato idea, e avevano deciso di portare a termine le loro missioni, come aveva fatto lui?

Come lui credeva di aver fatto.

I suoi occhi, fissi nel vuoto, si posarono di nuovo sulla Spada. C'era un'altra cosa. Adesso che era entrato in possesso della lama (forse), cosa doveva farne? Dando ad Allanon il beneficio del dubbio su chi era buono e chi cattivo, e se Par stava facendo la cosa giusta, a quale scopo doveva servire la Spada di Shannara?

Quale verità doveva rivelare?

Era stanco di domande senza risposta, di segreti, di menzogne, di mezze verità che gli giravano intorno come avvoltoi in attesa di banchettare. Se fosse riuscito a spezzare anche un solo anello di quella catena di incertezza e confusione che lo teneva prigioniero, se fosse riuscito a tagliare anche un solo laccio...

La porta dall'altra parte della stanza si aprì, e Padishar apparve nell'apertura. «Eccoti qui» esclamò allegro. «Ti sei riposato, spero.»

Par annuì, la Spada ancora posata sulle ginocchia. Padishar la guardò mentre attraversava la stanza. Par allentò la presa su di essa. «Che ore sono?» chiese.

«Mezzogiorno. La Talpa non è ancora tornato. Sono uscito perché speravo di scoprire qualcosa su Damson per conto mio. Ho fatto qualche domanda. Ficcato il naso in qualche buco.» Scosse la testa. «È stata una perdita di tempo. Se la Federazione l'ha catturata, non lo fanno sapere.»

Si lasciò cadere sul divano, esausto e scoraggiato. «Se non sarà tornato prima di sera, uscirò di nuovo.»

Par si sporse verso di lui. «Non senza di me.»

Padishar gli gettò un'occhiata e grugnì. «Immagino di no. Be', Uomo della Valle, forse riusciremo almeno a evitare un altro viaggio nell'Abisso...»

S'interruppe, rendendosi conto all'improvviso di ciò che implicava la frase, poi distolse lo sguardo, a disagio. Par sollevò la Spada di Shannara dalle ginocchia e la posò accanto a sé sul pavimento. «Lei mi ha detto che tu sei suo padre, Padishar.»

Il grosso uomo lo fissò senza parlare, per qualche momento, poi abbozzò un pallido sorriso. «L'amore stimola ogni sorta di sciocchi discorsi.»

Si alzò e andò al tavolo. «Credo che adesso mangerò qualcosa.» Si girò di scatto e con voce aspra disse: «Non ripetere mai più quello che hai detto. A nessuno. Mai».

Aspettò che Par annuisse, poi dedicò la sua attenzione a prepararsi un pasto. Mangiò le stesse cose che aveva mangiato l'Uomo della Valle, aggiungendo un pezzo di carne secca che trovò nella dispensa. Par lo guardò in silenzio, chiedendosi per quanto tempo padre e figlia avessero mantenuto il loro segreto, pensando come doveva essere stato difficile per entrambi. Mentre mangiava, Padishar abbassò nell'ombra il volto dai lineamenti scolpiti nella pietra, ma i suoi occhi brillavano come fiamme di fuoco bianco.

Appena ebbe finito, guardò Par. «Mi aveva promesso... aveva giurato... di non dirlo mai a nessuno.»

Par si guardò le mani intrecciate. «Me l'ha detto perché entrambi avevamo bisogno di una ragione per fidarci l'uno dell'altra. Ci siamo scambiati segreti per trovare questa fiducia reciproca. È stato appena prima di scendere nell'Abisso, l'ultima volta.»

Padishar sospirò. «Se scoprono chi è...»

«No» lo interruppe subito Par. «La riporteremo indietro prima.» Incontrò lo sguardo penetrante dell'altro. «Lo faremo, Padishar.»

Padishar Creel annuì. «Sicuro che lo faremo, Par Ohmsford. Sicuro.»

Passarono ancora parecchie ore prima che la Talpa ricomparisse silenzioso sulla porta, scivolando fuori dal buio come un'ombra, gli occhi luccicanti alla luce delle candele. La sua pelliccia era ritta, e spuntava dai vestiti logori dandogli l'aspetto di una spazzola. Senza una parola andò a spegnere molte candele, lasciando gran parte della stanza avvolta nelle tenebre in cui si sentiva a suo agio. Raggiunse poi i suoi piccoli seduti sul pavimento, tubando sottovoce, li raccolse con tenerezza e tornò a sistemarli sul divano.

Era ancora impegnato in questa operazione, quando la pazienza di Padishar si esaurì.

«Cos'hai scoperto?» chiese con foga. «Diccelo, se pensi di avere un po' di tempo!»

La Talpa non si voltò. «È prigioniera.»

Par sbiancò in volto. Gettò un'occhiata a Padishar, e lo vide in piedi, le mani serrate.

«Dove?» sussurrò Padishar.

La Talpa si prese ancora un momento, per finire di sistemare Chalt contro un cuscino, poi si voltò. «Nella vecchia caserma della Federazione, dietro le mura interne. L'adorabile Damson è chiusa nella torre sud, tutta sola.» Strascicò i piedi. «Mi ci è voluto molto tempo per trovarla.»

Padishar gli si avvicinò e si inginocchiò, portando gli occhi al suo livello. Le cicatrici sulla sua faccia erano rosse come fuoco. «L'hanno...» Cercò le parole. «Sta bene?»

La Talpa scosse la testa. «Non ho potuto raggiungerla.»

Anche Par si fece avanti. «Non l'hai vista?»

«No.» La Talpa batté le palpebre. «Ma è là. Mi sono arrampicato attraverso le mura della torre. Era proprio dall'altra parte. Potevo sentirla respirare attraverso la pietra. Dormiva.»

L'Uomo della Valle e il capo dei nati liberi si scambiarono una rapida occhiata. «È sorvegliata strettamente?» chiese Padishar.

La Talpa si strofinò delicatamente gli occhi con le nocche delle dita. «Ci sono soldati a guardia della porta, ai piedi delle scale, e al cancello d'ingresso. Pattugliano i corridoi e gli accessi. Sono tanti.» Batté le palpebre. «Ci sono anche Ombrati.»

Padishar si accasciò. «Lo sanno» sussurrò.

«No» disse Par. «Non ancora.» Aspettò che gli occhi di Padishar incontrassero i suoi. «Se lo sapessero, non la lascerébbero dormire. Non ne sono sicuri. Aspettano Rimmer Dall.. come hanno fatto l'altra volta.»

Padishar lo fissò senza parlare per un momento, un barlume di speranza gli apparve sul viso. «Forse hai ragione. Perciò dobbiamo farla uscire prima che arrivi.»

«Tu e io» disse Par con calma. «Andiamo tutti e due.»

Il capo dei nati liberi annuì, e fra loro si stabilì un accordo più profondo di quanto avrebbero potuto esprimere le parole. Padishar si alzò, e i due si guardarono nella penombra della squallida stanza della Talpa, preparandosi nel loro animo a qualsiasi cosa li attendesse. Par mise da parte le domande senza risposta e la confusione circa la Spada di Shannara, seppellì i dubbi sull'uso della propria magia. Era in gioco Damson, e lui avrebbe fatto qualunque cosa potesse servire a liberarla. Nient'altro contava.

«Dovremo arrivarle vicino» affermò Padishar sottovoce, guardando la Talpa. «Il più vicino possibile senza essere visti.»

La Talpa annuì solennemente. «Conosco una strada.»

Il grosso uomo gli toccò una spalla. «Dovrai venire con noi.»

«L'adorabile Damson è la mia migliore amica» replicò la Talpa.

Padishar annuì e ritrasse la mano. Si voltò verso Par.

«Andiamo a prenderla subito.»

4

L'uomo nella Fortezza era Walker Boh, e percorreva i bastioni e i contrafforti, le torri e i masti, tutti i corridoi e gli spalti che delimitavano i suoi confini come lo spettro che era stato e il reietto che si sentiva. Paranor, a Fortezza dei Druidi, era tornata nel mondo degli uomini, riportata in vita da Walker e dalla magia delle Pietre Nere. Paranor sorgeva nello stesso luogo di tre secoli prima, elevandosi al di sopra della scura foresta dove si aggiravano i lupi e cespugli con spine lunghe come punte di lancia crescevano protettivi. Sorgeva dalla terra su uno sperone di roccia da dove poteva essere vista in tutta la valle che dominava, dal Kennon al Jannisson, da un crinale all'altro dei Denti del Drago, guglie e mura e portali. Solida come le pietre con cui era stata costruita più di mille anni prima, era la Fortezza delle leggende e delle favole, tornata integra.

Ma per le Ombre, pensò Walker Boh con disperazione, quale prezzo aveva richiesto!

«Mi attendeva in fondo al pozzo della torre, l'essenza della magia dei Druidi che lui mi aveva incaricato di sorvegliare» spiegò Walker a Cogline quella prima notte, la notte in cui era emerso dalla Fortezza con la presenza di Allanon annidata dentro di lui. «Durante tutti questi anni aveva atteso, con il suo spirito o una parte del suo spirito nascosto nella nebbia serpentina che aveva distrutto le Mortombre e i loro alleati, e aveva trasferito Paranor fuori dalla terra degli uomini, fino a quando sarebbe stata chiamata di nuovo. Anche l'ombra di Allanon aveva atteso, a quanto pare, lì nelle acque del Perno dell'Ade, sapendo che la necessità della Fortezza e dei suoi

Druidi si sarebbe un giorno o l'altro dimostrata inesorabile, che la magia e la conoscenza che essi custodivano doveva essere tenuta pronta contro il rischio che l'evoluzione della storia prendesse una via diversa da quella che lui aveva profetizzato.»

Cogline ascoltava in silenzio. Era ancora colmo di stupore per ciò che era accaduto, per ciò che Walker Boh era diventato. Aveva paura. Perché Walker era ancora Walker, ma anche qualcosa di più. C'era Allanon, divenuto parte di lui nella trasformazione da uomo a Druido, nel rito di passaggio che aveva avuto luogo nella cella oscura della Fortezza. Cogline si era avventurato, nella sua forma spirituale, il tempo sufficiente per sottrarre Walker alla pazzia che minacciava di avvilupparlo, se non avesse avuto modo di adattarsi al cambiamento che stava avvenendo. In quei pochi secondi Cogline aveva percepito gli inizi del cambiamento di Walker... ed era fuggito terrorizzato.

«La Pietra Nera attirò la nebbia dentro di sé, e quindi dentro di me» sussurrò Walker, parole ormai ripetute molte volte, come se pronunciarle rendesse più facile comprenderle. Il suo volto rigido affondò nel cappuccio, una maschera ancora mutevole. «Ha portato dentro di me Allanon, ha portato dentro tutti i Druidi... la loro storia, le loro tradizioni, la loro magia, le loro conoscenze e i loro segreti. Tutto ciò che erano stati. Li ha fatti scorrere dentro di me, come fili di un telaio su cui si sta tessendo una nuova tela, e io mi sentivo invaso e impotente a impedirglielo.»

La faccia riparata dal cappuccio si voltò appena verso il vecchio. «Sono tutti dentro di me, Cogline. Si sono fatti una casa dentro di me, decisi a farmi avere la loro conoscenza e il loro potere, e a farmeli usare come li usarono loro. Era il piano di Allanon fin dall'inizio... un discendente di Brin che portasse l'eredità dei Druidi, uno che sarebbe stato scelto quando se ne fosse presentata la necessità, uno che avrebbe servito e obbedito.»

Dita d'acciaio si strinsero all'improvviso sulla spalla di Cogline facendolo sobbalzare. «Obbedire, vecchio! È questo che vogliono da me, ma non è questo che avranno!» Le parole di Walker Boh erano cariche di amarezza. «Li posso sentire che si danno da fare dentro di me, come qualcosa di vivo! Posso sentire la loro presenza mentre sussurrano le loro parole e cercano di farsi ascoltare. Ma io sono più forte di loro! Lo sono diventato nello stesso modo che hanno usato per cambiarmi. Sono sopravvissuto alla prova, e sarò ciò che scelgo di essere, anche se loro vivranno dentro il mio corpo e la mia mente, ombre o memorie del passato che siano! Se devo essere questa... questa "cosa" che hanno fatto di me, darò almeno a essa la mia voce e il mio cuore!»

E camminavano, Cogline freddo come la morte ascoltando il tormento di Walker Boh; Walker caldo come il fuoco che aveva ricominciato a bruciare nelle fornaci sotto le mura di pietra di Paranor, la sua rabbia trasformata nella forza che lo sosteneva contro quello che gli stava succedendo.

Perché la trasformazione proseguiva anche in quel momento, mentre percorrevano i corridoi del castello, il vecchio e colui che stava diventando Druido, dominati dalla silenziosa presenza di Bisbiglio, il gatto delle paludi, dalle sopracciglia nere come quelle dei suoi padroni. La trasformazione dentro Walker era come un vortice di fumo nel vento suscitato dalle mani dei Druidi morti, i loro spiriti vivi dentro colui che avrebbe consentito alla magia di rivivere. Giungeva come conoscenza, rivelandosi a pezzi, talvolta in lampi improvvisi, conoscenza guadagnata e conservata attraverso gli anni, tutto quello che i Druidi avevano scoperto e formato nel loro ordine, tutto ciò che li aveva sostenuti attraverso gli anni del Signore degli Inganni e dei Messaggeri del Teschio e dei Demoni del Divieto, di Ildatch e delle Mortombre, attraverso tutte le prove sostenute contro i mali oscuri mandati a sfidare l'umanità. La magia si rivelava a poco a poco, facendo capolino fra l'agitarsi di mani e di occhi e di parole sussurrate che ribollivano nella mente di Walker Boh e non gli davano pace.

Non dormì per tre giorni interi. Ci provò, esausto fino alla disperazione, ma non appena riusciva a lasciarsi andare, a scivolare nel conforto del riposo di cui aveva disperato bisogno, qualche nuovo aspetto della trasformazione prendeva vita e lo faceva balzare in piedi, come una marionetta tirata dai fili, rendendogli noti i suoi bisogni, la sua presenza, la sua determinazione a essere sentito. Ogni volta lo combatteva, non per impedirgli di emergere alla luce, poiché non c'era senso in questo, ma per essere certo che non venisse accettato senza domande, che la conoscenza venisse esaminata e studiata, che lui riconoscesse il suo volto e potesse evitare di farne un uso cieco. I Druidi non erano i suoi creatori, si ripeteva in continuazione. I Druidi non gli avevano dato la vita e non doveva essere loro permesso di imporre il suo destino. Sarebbe stato lui a farlo, lui a decidere la natura della sua vita, malgrado tutta la potenza della magia, e così facendo sarebbe stato responsabile solo di fronte a se stesso.

Cogline e Bisbiglio rimasero con lui; anche se altrettanto esausti, temevano per lui ed erano decisi a non lasciarlo solo ad affrontare quello che gli stava succedendo. Era la voce di Cogline quella che Walker aveva bisogno di sentire, di tanto in tanto, in risposta alla propria; una parola di ammonimento e di incoraggiamento per lenire i suoi lamenti disgustati. Bisbiglio era la scura e ispida certezza che certe cose non cambiano, una presenza solida e sicura come il succedersi del giorno e della notte, la promessa che c'era un risveglio anche dal peggiore degli incubi. Insieme, lo sostennero in modi che egli non poteva neppure cominciare a descrivere, e che essi, a loro volta, non potevano comprendere. Era sufficiente la consapevolezza del legame che li univa.

Passarono tre giorni prima che la trasformazione compisse il suo corso e giungesse a termine. D'improvviso, le mani cessarono di modellare, gli occhi scomparvero, i sussurri si spensero. Dentro Walker Boh di colpo tutto tornò tranquillo. Allora dormì, e non sognò, e quando si svegliò seppe che pur essendo cambiato in modi che iniziava appena a scoprire, nella parte più profonda di se stesso era ancora la medesima persona che era sempre stato. Aveva conservato l'anima dell'uomo che non si fidava dei Druidi e della loro magia, e malgrado adesso i Druidi vivessero dentro di lui e potessero dire la loro circa il modo in cui regolava la sua vita, tuttavia sarebbero stati governati da convinzioni che avevano preceduto il loro arrivo e che sarebbero sopravvissute alla loro permanenza. Walker si alzò nell'isolamento della sua camera da letto, solo nel buio della stanza senza finestre, in pace con se stesso per la prima volta da quando poteva ricordare; il lungo e terribile viaggio per adempiere al suo incarico era finalmente terminato. Molto era stato distrutto, e non poco era andato perso, ma ciò che contava al di sopra di ogni altra cosa era che fosse sopravvissuto.

Uscì allora a cercare Cogline e lo trovò seduto lì vicino, con il gatto delle paludi accoccolato ai suoi piedi, rughe di ansia incise sulla faccia antica, l'incertezza riflessa negli occhi. Andò dal vecchio e lo fece levare in piedi come se fosse un bambino, perché era diventato incredibilmente forte in seguito al cambiamento, trasformato dalle mani e dagli occhi e dalle voci fino a essere come dieci uomini. Circondò con il braccio sano il vecchio corpo fragile e strinse con affetto il suo consigliere.

«Adesso sto bene» sussurrò. «È finita, e sono sano e salvo.»

Il vecchio ricambiò l'abbraccio, e pianse sulla sua spalla.

Allora parlarono come avevano parlato un tempo, due uomini che avevano provato più della loro parte di sorprese nella vita, uniti dal comune legame della magia dei Druidi e dal fato che li aveva condotti fino a quel luogo e a quel momento. Parlarono della trasformazione di Walker, dei sentimenti che aveva generato, della conoscenza che aveva portato, e dei bisogni che poteva soddisfare. Erano di nuovo integri, uomini di carne e di sangue, e Paranor era tornata. Aveva inizio una nuova era nel mondo delle Quattro Terre, si trovavano nel primo istante del tempo, quello che avrebbe determinato l'evolversi del futuro. Walker Boh era ancora incerto su come avrebbe dovuto usare la magia dei Druidi... e se avrebbe dovuto usarla. C'era da tenere presente la minaccia degli Ombrati, ma la natura e l'estensione di tale minaccia rimanevano un mistero. A Walker erano state trasmesse le conoscenze dei Druidi, ma non l'intuito di come avrebbe dovuto servirsene, soprattutto per quanto riguardava gli Ombrati.

«La trasformazione mi ha lasciato con la consapevolezza di cose che prima mi erano ignote» confidò Walker. «Una è che l'uso della magia dei Druidi si dimostrerà necessario se si dovrà porre fine alla minaccia degli Ombrati. Ma di chi è questa consapevolezza? Mia o di Allanon? Posso fidarmene, mi chiedo? È vera o falsa?»

Il vecchio scosse la testa. «Credo che tu debba scoprirlo da solo. Credo che così voglia Allanon. Non è sempre toccato agli Ohmsford scoprire la verità delle cose da soli? Un gioco, l'hai chiamato una volta. Ma non è molto più di questo? Non corrisponde forse all'essenza della vita? L'esperienza nasce dal fare, non dal sentir dire. Esperimento e scoperta. Cerca e trova. Non sono le macchinazioni dei Druidi che ci costringono a farlo; è il nostro bisogno di conoscere. È, alla fine, il modo in cui noi impariamo. Credo che debba essere anche il tuo modo, Walker.»

La prima cosa da fare, decisero, era scoprire cosa ne fosse stato degli altri eredi di Shannara: Par, Coll e Wren. Avevano portato a termine i compiti affidati loro? Dove si trovavano, e quali segreti avevano scoperto durante le settimane trascorse dall'incontro al Perno dell'Ade?

«Par avrà trovato la Spada di Shannara, o starà cercandola» dichiarò Walker. Sedevano nello studio del Druido, le Storie sparse davanti a loro, lette questa volta alla ricerca di particolari che Walker ricordava dalle precedenti letture ma che ora, dopo la trasformazione, comprendeva in maniera diversa. «Par si era dato completamente alla sua ricerca, con ferrea determinazione. Qualsiasi cosa noi avessimo deciso, lui non si sarebbe arreso.»

«Neppure Wren, credo» affermò pensieroso il vecchio. «In lei c'era altrettanta tenacia, anche se non così visibile.» Incontrò con fermezza lo sguardo di Walker. «L'ombra di Allanon aveva intuito ciò che avrebbe spinto ognuno di voi all'azione, e credo che nessuno abbia mai corso veramente il rischio di tirarsi indietro.»

Walker si appoggiò alla spalliera della sedia, la faccia affilata in parte nascosta dai neri capelli lisci e dalla barba, gli occhi così penetranti che sembravano non potersi far sfuggire nulla. «Fin dal tempo di Shea Ohmsford i Druidi si sono impossessati di noi, vero?» rifletté, freddo e distaccato. «Hanno trovato in noi qualcosa che poteva essere incatenato, e da allora ci hanno tenuti prigionieri. Noi siamo servi dei loro bisogni... e paladini delle Razze.»

Cogline percepì l'aria nella stanza agitarsi, una risposta palpabile al flusso di magia che usciva dalla voce di Walker. L'aveva avvertita più di una volta da quando Walker era uscito dalla Fortezza, un segno della potenza che gli era stata accordata. Più Druido che uomo, era un manifestazione delle arti oscure e delle conoscenze che un tempo lontano il vecchio aveva studiato e respinto, in favore delle scienze del vecchio mondo. Un'occasione perduta, pensò. Ma un vantaggio per la sua salute mentale. Si chiese se Walker avrebbe trovato la pace nella sua evoluzione.

«Siamo solo uomini» disse cauto.

E Walker replicò, sorridendo: «Siamo solo sciocchi».

Parlarono fino a notte fonda, ma Walker rimase incerto sulla linea d'azione da seguire. Trovare gli altri della sua famiglia, sì... ma da dove cominciare e come procedere? L'uso della magia appena trovata era una scelta ovvia, ma questo l'avrebbe svelato agli Ombrati? I suoi nemici sapevano già cos'era successo: che lui era diventato un Druido e che Paranor era stata riportata nel mondo? Quanto era forte la magia degli Ombrati? Fin dove poteva giungere? Non doveva avere troppa fretta di metterla alla prova, continuava a ripetersi. Stava ancora imparando a usare la sua. Stava ancora scoprendo. Doveva muoversi con cautela.

La discussione si protrasse a lungo, e a poco a poco Walker cominciò a rendersi conto che qualcosa era cambiato nei suoi rapporti con Cogline. All'inizio aveva pensato che la propria riluttanza a scegliere una linea d'azione fosse semplice indecisione... anche se era molto poco consono al suo carattere. Capì ben presto che era una cosa completamente diversa. Mentre parlavano, come avevano fatto un tempo, percepiva fra loro una distanza che non c'era mai stata prima, neppure quando lui era stato arrabbiato con il vecchio e non si fidava di lui. Il rapporto era cambiato. Walker non era più l'allievo e Cogline il maestro. La trasformazione aveva lasciato Walker in possesso di conoscenze e poteri molto superiori a quelli di Cogline. Walker non era più lo Zio Oscuro che si nascondeva a Terrabuia. I giorni della sua vita trascorsi appartato dalle Razze e nella rinuncia al suo diritto di nascita erano passati per sempre. Walker Boh si era affidato a ciò che era diventato: un Druido, l'unico Druido, forse l'essere più potente al mondo. Ciò che faceva poteva influenzare la vita di tutti. Walker lo sapeva. Sapendolo, accettava che le sue decisioni fossero solo sue, non condivisibili con nessuno, perché nessuno, neppure Cogline, avrebbe dovuto portare il peso di una simile, terribile responsabilità.

Quando alla fine si lasciarono per andare a dormire, nuovamente esausti per i loro sforzi, Walker si trovò in preda a sentimenti confusi. Era talmente cresciuto al di sopra dell'uomo che era stato da essere per molti aspetti a stento riconoscibile. Era consapevole dello sguardo del vecchio che lo fissava mentre percorreva il corridoio, verso la sua camera da letto, e non poteva scuotersi di dosso la sensazione che si stavano separando, ma non solo per andare a dormire.

Cogline. Il Druido mancato divenuto compagno del Druido futuro... cosa doveva provare?

Walker non lo sapeva. Ma accettò a malincuore che da quella notte in poi fra loro le cose non sarebbero state più le stesse

Dormì, e i suoi sogni furono lievi e pieni di facce e voci che non riusciva a riconoscere. Era quasi l'alba quando si svegliò, in preda a un'ansia che sussurrava insidiosa, portandolo fuori dal sonno come un nuotatore che esce dall'acqua, sbuca alla superficie e respira a pieni polmoni. Per un momento rimase paralizzato dal risveglio improvviso, raggelato dall'incertezza, mentre il cuore gli batteva all'impazzata e occhi e orecchie lottavano per dare un significato al buio che lo circondava. Alla fine riuscì a muoversi, si mise a sedere sul letto, rassicurato dalla sensazione della solida pietra sotto i piedi. Si alzò, accorgendosi che indossava ancora l'indumento scuro con cui si era addormentato, e che era stato troppo stanco per togliersi.

Qualcosa si mosse appena fuori dalla porta, dei passi felpati, uno sfregare contro il legno antico.

Bisbiglio.

Andò alla porta e l'aprì. Il grosso gatto lo fissò dalla soglia. Gli girò attorno, allontanandosi cauto, poi si avvicinò, la grossa testa sollevata, gli occhi scintillanti.

Vuole che lo segua, pensò Walker. Qualcosa non va.

Si avvolse in un pesante mantello e uscì dalla camera, nel silenzio di tomba della Fortezza. Le pareti di pietra attutivano i suoi passi, mentre si affrettava per gli antichi corridoi. Bisbiglio lo precedeva, agile e nero nell'oscurità, muovendosi senza rumore fra le ombre. Oltrepassarono la stanza dove dormiva Cogline, ma non si fermarono. La notte si schiarì mentre procedevano, l'alba si levava da oriente con un tremolio argenteo che diffondeva attraverso le finestre una luce invernale, annebbiata. Walker se ne accorse appena, gli occhi fissi sui movimenti del gatto delle paludi mentre scivolava fra le ombre. Le sue orecchie erano tese per udire, per cogliere un indizio di ciò che stava succedendo. Ma il silenzio persisteva, inviolato.

Dal salone principale salirono alla porta che dava sugli spalti e uscirono all'aperto. L'alba era gelida, vacua. La nebbia ricopriva l'intera vallata, si arrampicava sulla muraglia dei Denti del Drago a est e si estendeva a ovest fino alle Pianure di Streleheim, in una cappa che tutto celava. Paranor era avvolta nei suoi recessi superiori, le alte torri sbucavano come isole dal mare brumoso. La nebbia si muoveva, spinta dai venti che scendevano dalle montagne, e nella pallida luce dell'alba forme strane prendevano vita.

Bisbiglio si lanciò lungo gli spalti, annusando l'aria, la coda che sferzava l'aria in segno di disagio. Walker lo seguì. Girarono attorno al bastione meridionale, senza rallentare, senza vedere nulla, senza udire nulla. Passarono accanto alle rampe di scale e agli ingressi delle torri, come fantasmi in cerca di qualcosa.

Sugli spalti occidentali, Bisbiglio rallentò d'improvviso. I peli sul collo si rizzarono, e il muso nero si contrasse in un ringhio. Walker lo raggiunse e appoggiò una mano rassicurante sulla schiena ispida. Bisbiglio guardava fuori, nella nebbia. Si trovavano proprio sopra la porta ovest della Fortezza.

Walker scrutò nella foschia. Anch'egli avvertiva qualcosa.

C'era qualcosa là fuori.

I secondi scivolarono via, e non apparve nulla. Walker cominciava a spazientirsi. Forse doveva uscire a dare un'occhiata.

Poi d'improvviso la nebbia si ritrasse, come per un senso di ribrezzo, e apparvero i cavalieri. Erano quattro, scheletrici e spettrali nella luce incerta. Avanzavano lenti, con determinazione, grigi come la nebbia che aveva celato il loro arrivo. Quattro cavalieri sui loro animali, ma nessuno era umano, e le bestie erano disgustose parodie, tutte scaglie, artigli e denti.

Quattro cavalieri, ciascuno nettamente diverso dai compagni, ciascuno con una cavalcatura che era il suo specchio.

Walker Boh seppe subito che erano Ombrati. Seppe anche che erano venuti per lui.

Con freddezza, con calma, li studiò

Il primo era alto, magro, cadaverico. Le ossa spuntavano dalla pelle tirata, la forma scheletrica spinta in avanti come un gatto che punti la preda. La faccia era un cranio con la mascella che penzolava aperta e gli occhi fissi erano troppo grandi e troppo vuoti per vedere. Non indossava vestiti, e il suo corpo nudo non era né di uomo né di donna, ma qualcosa di mezzo. Il fiato gli usciva a nuvolette dalla bocca, in un mefitico vapore verde.

Il secondo mancava di qualsiasi sembiante o identità. Aveva forma umana, ma né pelle né ossa: era invece una nuvola buia che sprizzava violenza, ronzava e fremeva. Sembrava fatta di mosche o zanzare intrappolate in una forma di vetro, così fitte da nascondere ogni luce. I rumori minacciosi emanati da questo cavaliere sembravano voler avvertire che in lui si celava una malvagità troppo spaventosa per poterla immaginare.

Il terzo era più immediatamente riconoscibile. Armato da capo a piedi, era irto di aculei, di lame, di armi. Portava mazze e pugnali, spade e asce da battaglia, e innalzava una lunga lancia da cui penzolavano crani e ossa di dita, legati in una catena. Un elmo gli nascondeva la faccia, ma gli occhi che sbirciavano dalle fenditure della visiera erano rossi come fuoco.

L'ultimo cavaliere indossava mantello e cappuccio, ed era invisibile come la notte. Non si vedeva faccia sotto il cappuccio. Non si vedeva la mano che stringeva le redini della sua nerboruta cavalcatura. Era chino in avanti, come un uomo molto vecchio, ricurvo e nodoso, una creatura deformata dall'età. Ma non c'era alcun senso di debolezza in lui, nulla suggeriva che fosse veramente ciò che appariva. Cavalcava senza esitazioni, e a deformarlo non era l'età, ma il peso del fardello che portava per le vite che aveva spento.

Appesa alla sua schiena c'era una falce.

Walker Boh si sentì gelare, riconoscendoli. All'inizio delle storie dei Druidi, tramandate dal vecchio mondo degli Uomini, si faceva menzione di quei quattro. Sapeva chi erano, per cosa erano stati creati. Ora gli Ombrati ne avevano preso le sembianze, avevano assunto l'identità delle cose oscure del passato.

Sentì una stretta al petto. Quattro cavalieri. I Quattro Cavalieri delle leggende, gli uccisori di mortali, usciti da un tempo così lontano da essere stato quasi dimenticato. Ma lui aveva letto i racconti, si ripeté, e sapeva chi erano.

Carestia. Pestilenza. Guerra. Morte.

La mano di Walker si sollevò dalla schiena di Bisbiglio, e il gatto emise un brontolio profondo. Ombrati, pensò Walker, in un misto di stupore e di paura, creati per essere qualcosa che non era mai esistito, pura manifestazione di astrazioni, di modi di uccidere, giunti ora per uccidere me.

Si chiese ancora una volta chi o cosa fossero gli Ombrati, da dove giungesse loro il potere di essere tutto ciò che volevano. La sua trasformazione non gli aveva fornito alcun indizio di questo. Continuava a ignorare tutto ciò che riguardava la loro origine. Sì, erano oscuri come aveva preannunziato l'ombra di Allanon. Sì, erano il male che usava la magia per distruggere. Ma chi erano? Da dove erano venuti? Come potevano essere distrutti?

Dove trovare le risposte a queste domande?

Osservò i Quattro Cavalieri avanzare sulle loro barcollanti e contorte cavalcature, cose che somigliavano vagamente a cavalli ma volevano essere molto di più. Il loro fiato si condensava nell'aria mattutina come un vapore velenoso. Gli artigli graffiavano e sgretolavano la roccia. Le teste si alzavano e le bocche si aprivano mostrando denti ingialliti e ricurvi. Lentamente, i Cavalieri si avvicinavano.

Quando raggiunsero la porta si arrestarono. Non fecero alcun tentativo di attraversarla. Non mostrarono alcun desiderio di avanzare. Allineati, si disposero davanti alla porta, in attesa. Walker attese con loro. I minuti trascorsero, e la luce si fece pian piano più chiara, la nebbia si sbiancò al sopraggiungere dell'alba.

Poi, finalmente, il sole sorse dalle montagne a est, pallido luccichio sopra le cime scure, e sotto le mura. Carestia d'improvviso si fece avanti. Quando fu giunto vicino alla porta, sollevò una mano scheletrica e bussò. Il suono fu appena percepibile, echeggiante, vuoto... il tremore che produce la vita abbandonando il corpo. Walker ebbe un brivido involontario e provò disgusto per la reazione che provocava in lui.

Carestia allora si ritrasse, e uno alla volta i Quattro Cavalieri si voltarono verso destra, disponendosi in una linea allungata per girare attorno alle mura del castello. Passarono sotto a Walker, uno a uno, e lui li guardò sparire e tornare e sparire di nuovo, tenendosi con cura lontani l'uno dall'altro, in maniera che ce n'era sempre uno sotto ciascun muro e a ogni punto cardinale.

Un assedio, comprese Walker. Il colpo battuto alla porta era una sfida, e se non fosse uscito per accettarla, loro avevano intenzione di intrappolarlo dentro. Rimmer Dall e gli Ombrati avevano scoperto che Paranor era tornata e che Walker aveva accettato il manto di Allanon. I Cavalieri erano stati mandati come risposta.

Walker incrociò le braccia. Vedremo chi intrappola chi, pensò cupo.

Rimase a guardare ancora un po' le apparizioni sottostanti, poi andò a svegliare Cogline.

5

Le fognature sotto Tyrsis erano umide e gelide, immerse in un buio crepuscolare che fluiva dai condotti e dalle grate come una colata di inchiostro. La luce del giorno si era allontanata verso ovest, e la notte incombeva allungando le sue ombre dalle case e dai muri, come spettri tornati in vita. Passi e voci svanivano, diretti verso casa, e la stanchezza del giorno morente era un sospiro riecheggiato dal caldo vento d'estate mentre si posava in sacche di immobile, soffocante calore nei canali lungo le strade e i vicoli della città, una coltre che toglieva l'aria, stesa sopra le catacombe del sottosuolo.

Padishar Creel, Par Ohmsford e la Talpa avanzavano lenti attraverso quelle catacombe, tre delle ombre evocate dalla notte imminente, silenziose come la polvere sollevata dagli stivali che passavano lungo le strade soprastanti. Respiravano con la bocca, gli odori delle fogne opprimenti e rancidi entro i condotti serpeggianti, i rifiuti della città in un pigro rivolo accanto ai loro piedi. Di tanto in tanto si arrampicavano su scalette di ferro o di pietra, o strisciavano attraverso strette gallerie, ma sempre allontanandosi dal centro della città, diretti alle mura e alla parete del dirupo, e alla torre di guardia dove Damson Rhee era tenuta prigioniera, e alla prova che li attendeva.

«Non torneremo senza di lei» aveva dichiarato Padishar. «Faremo qualunque cosa necessaria per liberarla. Una volta che l'avremo ripresa, non la lasceremo più.»

«Talpa» aveva sussurrato, inginocchiandosi davanti alla piccola creatura. «Tu ci guiderai dentro e, se possibile, di nuovo fuori. Ma non combatterai, inteso? Tieniti al sicuro. Perché una volta che avremo liberato Damson» e non c'era alcun dubbio nella sua voce, notò Par, «tu solo sai come riportarla in salvo. D'accordo?» E la Talpa aveva annuito solennemente.

«Par, il tuo è un compito ancora più difficile» aveva proseguito il capo dei nati liberi, rivolgendosi all'Uomo della Valle. «Se incontriamo gli Ombrati dovrai usare la tua magia per tenerli lontani. Il Cavaliere è stato capace di farlo con la sua spada, quando siamo stati intrappolati nell'Abisso. Questa volta tocca a te. Io non possiedo nessun mezzo per difenderci contro quei mostri. Se li incontriamo, ragazzo, non esitare.»

Par aveva già deciso che l'uso della canzone, in questa impresa, era scontato, perciò fece la sua promessa. Ciò che non disse agli altri era di non essere più certo di poter controllare la magia. Si era già dimostrata inaffidabile, aveva già dato prova di poter assumere una vita propria, liberando forze che potevano forse consumarlo. Ma le paure che la consapevolezza di questa minaccia generava impallidivano di fronte ai suoi sentimenti per Damson Rhee. Soffocati dai pericoli condivisi per fuggire dalla città e dai soldati che davano loro la caccia, e dal fatto che l'aveva creduta al sicuro con lui, i suoi sentimenti erano subito riaffiorati quando aveva saputo della sua prigionia, e adesso divampavano dentro di lui come un incendio incontrollabile. L'amava. Forse l'aveva amata fin dall'inizio, ma senza dubbio da quando lei l'aveva aiutato a superare i momenti terribili dopo la morte di Coll. Era parte di lui quanto poteva esserlo qualcosa di fisicamente separato, e non sopportava l'idea di perderla. Avrebbe dato tutto quello che aveva per rivederla al sicuro. Tutto. Se questo significava rischiare la furia di una magia che poteva trasformarlo irrimediabilmente e perfino distruggerlo, che così fosse. Se Rimmer Dall aveva ragione su chi e cosa lui era, non poteva fare nulla per sé, in ogni caso. Non si sarebbe tirato indietro dai pericoli della magia, se era in gioco la salvezza di Damson. Avrebbe fatto ciò che doveva.

Perciò si erano avviati, ciascuno convinto che Damson valeva la perdita di tutto, consapevole che il rischio era tale che tutto poteva davvero essere perduto. Adesso le fogne si stendevano davanti a loro in stretti tunnel serpeggianti, il buio che assediava sempre più da presso la poca luce che rimaneva.

Ben presto sarebbero stati costretti a usare le torce per vedere, e questo era assai pericoloso vicino alle mura della città, perché con ogni probabilità qui le creature oscure sarebbero state di guardia tanto sotto terra quanto sopra, e la luce di una torcia si poteva scorgere da molto lontano.

Si affrettarono, e gli occhi acuti e i sensi vigili della Talpa trovavano infallibilmente la strada, sceglievano il cammino sicuro, evitavano i passaggi più difficili. Mentre procedevano potevano udire i rumori della città sopra di loro che filtravano in rivoletti e brandelli, frammenti di una vita separata dalla loro quanto i vivi dai morti. I pensieri di Par vagavano. Era come se fossero sepolti entro la pietra del dirupo su cui Tyrsis era stata costruita, spettri vaganti appena fuori della vista degli uomini. All'Uomo della Valle pareva di essere, in effetti, più fantasma che uomo; nella sua fuga dagli Ombrati e dagli altri pericoli incontrati durante quel viaggio, gli sembrava di essere stato trasformato in una maniera che non comprendeva interamente, ma che l'aveva privato di sostanza e reso etereo. Si muoveva adesso in un'esistenza d'ombra, sempre più povera di amici e di famiglia, intrappolato in una rete di magie che lo stavano distruggendo. Doveva esserci un modo per salvarsi, lo sapeva, ma per qualche ragione non riusciva a scoprirlo.

Raggiunsero un ampio incrocio di tubature e rallentarono, a un segnale guardingo della Talpa. Raccolti sul fondo di un pozzo lungo il quale si arrampicava una scala di pietra, tennero l'ultimo conciliabolo.

«La scala porta a un sotterraneo entro il muro interno» sussurrò la Talpa. Il suo naso era umido e luccicante. «Da lì dobbiamo salire in un corridoio, seguirlo fino a una porta che conduce all'esterno, raggiungerne un'altra e seguire un secondo corridoio fino a un passaggio segreto che ci condurrà su nella torre dove Damson attende.»

Scrutò i due uomini con attenzione.

Padishar annuì. «Guardie della Federazione?»

La Talpa batté le palpebre. «Dovunque.»

«Ombrati?»

«Nella torre, da qualche parte.»

Padishar rivolse a Par un sorriso ironico. «Da qualche parte.

Molto incisivo.» Inarcò le spalle massicce. «D'accordo. Ricordate quello che vi ho detto, tutti e due. Ricordate quello che dovete fare, e quello che non dovete fare.» Guardò Par. «Se fallisco, vai avanti tu... se puoi. Se non ci riesci, vai al Bordo di Fuoco e chiedi aiuto. Prometti.»

Par annuì, pensando, mentre lo faceva, che la promessa era una bugia, che non sarebbe mai tornato indietro finché Damson non fosse salva, qualsiasi cosa dovesse succedere.

Padishar si strinse sulla schiena le cinghie che sostenevano il fodero dello spadone, poi controllò i lunghi pugnali e la corta spada che portava alla cintura, e l'impugnatura di un altro lungo pugnale che gli usciva da uno stivale. Tutti erano accuratamente infilati nei foderi e avvolti nella stoffa, per impedire che il metallo facesse rumore o riflettesse la luce. Par portava solo la Spada di Shannara. La Talpa non aveva armi.

Padishar alzò gli occhi. «Bene. Andiamo.»

In fila, si avviarono su per la scala, tenendosi vicini alle pareti, avanzando con cautela verso la pallida luce che brillava in alto. Apparve una grata, sbarre di ferro che gettavano una ragnatela di ombre giù per i gradini e sui loro corpi. C'era silenzio sopra, un vuoto nulla.

Arrivando alla grata, la Talpa si fermò, in ascolto, la testa piegata di lato, come un animale in caccia... o cacciato. Poi allungò una mano e con forza sorprendente sollevò la grata, quasi senza emettere rumore. Uscì dal pozzo portandosi dietro la grata, mentre anche gli altri due ne uscivano, poi la rimise a posto con cura.

Si trovavano in un sotterraneo che faceva parte di una serie di ambienti collegati tra loro in una lunga fila, che si stendeva da una parte e dall'altra fin dove poteva giungere l'occhio. Dappertutto erano accatastate provviste: casse di armi, attrezzi, vestiti e beni di ogni genere, tutti dotati di cartellini e appoggiati contro le spesse pareti di pietra, su rialzi di legno. Nel locale vicino c'erano barili e, appena visibili nella penombra, le strutture arrugginite di vecchi letti formavano un labirinto di ossa metalliche. In alto sulla parete, appena sotto il soffitto e appena sopra il livello del terreno, una fila di strette finestre sbarrate lasciavano entrare strisce di luce crepuscolare.

La Talpa li guidò attraverso il labirinto di stanze, fra le provviste ammassate, attorno alle cataste di casse, fin dove una rampa di scale conduceva a una pesante porta di legno. Salirono con cautela i gradini, e Par sentì i capelli rizzarsi sulla nuca al pensiero che occhi invisibili potevano osservare ogni loro movimento. Sbirciò a destra e a sinistra, sopra di sé e tutto intorno, ma non vide nulla.

Giunti alla porta si fermarono, mentre la Talpa usava un piccolo strumento metallico per forzare la serratura. In pochi secondi uscirono, e passarono veloci nel corridoio successivo. Adesso si trovavano entro le mura interne della cittadella, la seconda linea di difesa, dove sorgeva la caserma che alloggiava la maggior parte della guarnigione federale. Il corridoio era stretto e diritto, con un susseguirsi di porte e finestre che potevano rivelare a chiunque la loro presenza. Ma nessuno apparve nei pochi momenti necessari per raggiungere l'ingresso che cercava la Talpa, e superarono così un'altra porta quasi prima che Par avesse avuto il tempo di tirare un respiro.

Sbucarono in una nicchia buia, che dava sul cortile fra le mura interne e quelle esterne. Soldati della Federazione erano di guardia alle porte e sui bastioni, figure indistinte nelle ombre della sera. Delle luci splendevano alle finestre dei dormitori e dei locali di guardia, sugli spalti e alle porte. Il silenzio era rotto da scalpiccio di stivali e mormorio di voci. Da qualche parte, una cote affilava il metallo. Par avvertì un nodo allo stomaco. Erano attorniati dai rumori di gente in attività.

Rimasero appiattiti nelle ombre della nicchia per lunghi minuti, ascoltando e osservando prima di proseguire. Par poteva udire il respiro di Padishar, accanto a lui contro la parete. Il suo stesso respiro aveva il ritmo rapido del cuore che batteva veloce. Un fremito proveniente dalla magia della canzone si levò dal profondo del suo petto, dove nascono le emozioni, e lottò per tenerlo sotto controllo. Si ritrovò a pensare a cosa sarebbe successo quando avrebbe cercato di usare la magia. Era lì, e lui l'avrebbe usata... questo era certo. Ma se gli avrebbe obbedito o no, era un'altra faccenda, e gli venne in mente d'improvviso che se in effetti l'avesse sopraffatto, trasformandolo come Rimmer Dall gli aveva profetizzato, allora cosa gli avrebbe impedito di rivoltarsi contro i suoi amici?

Damson, decise. Damson e ciò che lei significava gli avrebbe consentito di tenere sotto controllo la magia.

Poi la Talpa si rimise in moto, allontanandosi dall'ingresso in ombra, e scivolando lungo la ruvida pietra del possente muro. Padishar lo seguì immediatamente, e Par si trovò a correre per tener loro dietro, quasi prima di rendersi conto di quello che stava facendo. Si mossero veloci nelle pozze di ombra, facendosi cauti quando le chiazze di luce delle torce illuminavano il loro cammino, cercando di fondersi con le pietre, di pensarsi invisibili per poterlo diventare veramente. Soldati della Federazione si muovevano tutt'intorno, rumorosi in maniera insopportabile, troppo vicini, e ogni momento Par era certo che li avrebbero scoperti.

Ma pochi secondi dopo erano davanti a un'altra porta, questa volta aperta, e subito la superarono, e si ritrovarono in piena luce...

Un soldato della Federazione li guardò, sorpreso, mentre si preparava a montare di guardia, la lancia fra le mani. Spalancò la bocca e per un secondo rimase immobile. Quell'esitazione gli costò la vita. Padishar gli fu addosso in un baleno. Con una mano gli coprì la bocca. La lama di un lungo pugnale lampeggiò e scomparve nel corpo della guardia. Par vide gli occhi dell'uomo allargarsi per la sorpresa. Vide il dolore, poi il vuoto. Il soldato si afflosciò fra le braccia di Padishar come una bambola di stracci. La lancia cadde e le mani veloci della Talpa l'afferrarono prima che arrivasse a terra. In una sala di pietra e di legno antico, illuminata dalle fiamme che ardevano in cima a torce ricoperte di pece fissate alle pareti, i tre rimasero immobili, senza respirare, con il soldato morto stretto fra loro, ascoltando il silenzio.

Poi Padishar sollevò il corpo sulle braccia, lo portò nell'ombra di una nicchia e lo nascose. Par guardava la scena come da una grande distanza, da un luogo separato, freddo come la pietra che lo circondava. Cercò di non guardare. Poteva udire ancora il rumore che aveva fatto il soldato, morendo. Poteva ancora vedere il suo sguardo.

Percorsero veloci il passaggio, guardinghi, ascoltando il silenzio per captare qualsiasi rumore. Ma non incontrarono nessun altro e, quasi prima che Par se ne rendesse conto, avevano superato una piccola porta rinforzata di ferro, appena visibile perfino dall'interno della nicchia buia in cui era posta.

La porta si chiuse alle loro spalle, e si trovarono in un'oscurità totale pari a quella di una notte senza luna. Par avvertiva un odore di legno e di polvere, sentiva rozze assi sotto i piedi. Ci fu una pausa mentre la Talpa frugava intorno. Poi un rumore di pietra focaia... una volta, due... e la fiamma sottile di una candela gettò un fioca luce. Si trovavano in una specie di ripostiglio, grande appena due metri quadrati, pieno di provviste e di altro ciarpame alla rinfusa. La Talpa spostò con cautela degli oggetti, liberando uno spazio all'estremità dell'ambiente, poi spinse con le spalle la parete. Una sezione di questa, invisibile a occhio nudo, cedette, trasformandosi in una piccola porta che dava verso l'interno.

In un attimo furono dentro. Uno stretto passaggio si apriva fra pareti di pietra e puntelli di legno, così basso che Padishar era costretto a chinarsi per non sbattere la testa. Una grossa mano si sollevò, per tastare; Par vide del sangue sulla mano, e avvertì d'improvviso la vicinanza della propria morte, come se fosse stata vaticinata dagli occhi del soldato ucciso.

La Talpa scivolò accanto a lui e cominciò a guidarli attraverso i muri, verso il basso, fra sporgenze di pietra, chiodi, schegge di legno. Ragnatele sfioravano le loro facce, e piccoli roditori fuggivano squittendo nel buio, davanti a loro. La fiamma della candela era una fioca luminescenza nel buio. Iniziarono a salire, usando pioli inchiodati nei puntelli e gradini tagliati nella pietra, una specie di scala che si arrampicava dentro il muro. Adesso erano nella torre, e si stavano avvicinando alla sommità e alla prigione di Damson. Di tanto in tanto sentivano delle voci, deboli e attutite. L'aria era sempre più calda, soffocante, e Par cominciò a sudare. Il passaggio si fece più stretto e impervio; Padishar aveva difficoltà a procedere.

Poi d'improvviso la Talpa si arrestò, immobile. Anche il capo dei nati liberi e l'Uomo della Valle si fermarono, accucciati nella semioscurità, le orecchie tese. Si udiva solo il silenzio, ma Par avvertiva qualcosa... la sensazione di una creatura viva, in movimento, appena dall'altra parte del muro. Dentro di lui la magia della canzone ebbe un fremito, come un gatto affamato, e il suo fuoco ronfò ansioso. Par chiuse gli occhi e si concentrò per bloccare il suono.

Quello che avvertiva al di là della parete era un Ombrato.

Sentì il respiro che gli si bloccava nella gola, e nella sua mente si formava l'immagine della cosa nera, una visione indotta dalla magia. Si muoveva lungo un corridoio della torre, avvolto in mantello e cappuccio, le dita che palpavano l'aria come tentacoli in cerca di preda. Poteva avvertire anche lui la loro presenza? Sapeva che erano lì? La magia strisciava come un serpente dentro Par Ohmsford, avvolgendosi in rigide spire, raccogliendo le forze. Par la soffocò, la tenne a bada. Troppo presto! Era troppo presto!

L'aria sussurrava nelle sue orecchie come se fosse viva. Strinse i denti e resistette.

Poi l'Ombrato passò, svanendo come un pensiero momentaneo, scuro e malvagio e pieno di odio. La magia della canzone si raffreddò, acquietandosi. Par sentì la tensione abbandonarlo, i muscoli del petto e dello stomaco rilassarsi. Si accorse che Padishar lo guardava inquieto. Padishar allungò una mano per stringergli la spalla, con aria interrogativa. Par sentì l'acciaio nelle dita dell'altro e assorbì un po' della loro forza. Riuscì a rivolgergli un rapido cenno rassicurante col capo.

Proseguirono, sempre più in alto, strisciando nel buio. Tutto intorno era silenzio, svaniti anche i piccoli rumori delle voci e degli stivali dei soldati. La notte era una coltre di quiete, sotto cui ogni cosa vivente sembrava essere scivolata nel sonno. Ingannevole illusione, pensò Par mentre si arrampicava. Pericolosa.

Un momento dopo si fermarono di nuovo, accanto a un muro di pietre cementate con malta, incorniciato da pesanti travi, che reggevano un'estremità del pavimento sovrastante. La Talpa porse la candela a Padishar e cominciò a esplorare il muro con le dita. Qualcosa scattò al suo tocco attento, e una sezione della parete si spostò. Una striscia di luce apparve, pallida e fumosa.

La Talpa si rivolse a Padishar. La sua voce era bassa. «La tengono prigioniera un piano sotto, dopo la seconda porta, da qualche parte.» Esitò. «Potrei portarvi.»

«No» disse subito Padishar. «Aspettaci qui. Aspetta che torniamo.»

La Talpa lo studiò un momento, poi annuì a malincuore. «Seconda porta» ripeté.

Spingendola con tutte e due le braccia, aprì completamente la sezione di parete. Padishar e Par Ohmsford passarono cauti dall'altra parte.

Si trovarono su un pianerottolo, a metà di una scala. Una porta, di fronte a loro, era chiusa e sbarrata da bande metalliche ricoperte di ruggine. Delle torce erano sistemate in anelli metallici fissati alla pietra, la loro luce tracciava i contorni dei gradini consunti, il fumo acre si sollevava nella penombra della torre.

Il silenzio era assoluto.

Alle loro spalle, la porta segreta si richiuse.

Par gettò un'occhiata a Padishar. Il grosso uomo si guardava intorno, guardingo. C'era una rinnovata inquietudine nei suoi occhi. Scosse la testa, per qualcosa che non vedeva.

Cominciarono a scendere, la schiena contro la parete, le orecchie tese. Le scale si curvavano serpeggiando lungo il muro, chiazze di luce che appena si incontravano nei punti di svolta. Uno squarcio di cielo notturno diventava visibile di tanto in tanto attraverso feritoie aperte molto in alto nella pietra. Lo stomaco di Par era in agitazione. Gli sembrò di sentire qualcosa, in cima alla scala: un leggero scricchiolio di stivali, un fruscio di vestiti. Batté le palpebre e si asciugò il sudore dalla faccia. C'era solo il silenzio.

Raggiunsero il pianerottolo successivo. C'era una porta, priva di guardie, non sbarrata. L'aprirono senza difficoltà. Par non era tranquillo. Se Damson era prigioniera là dentro, avrebbero dovuto esserci delle guardie. Gettò di nuovo un'occhiata a Padishar, ma il grosso uomo scrutava il corridoio fiocamente illuminato che conduceva alla seconda porta promessa. Si mossero rapidi verso di essa, e in quel momento Par risentì la magia della canzone tornare d'improvviso in vita dentro di lui. Gli mancò il fiato per la sorpresa, e si piegò quasi in due per il calore che generava, come la porta di una fornace che fosse stata spalancata.

Qualcosa non andava.

Afferrò il braccio di Padishar. L'uomo si voltò, sorpreso. Par si guardò intorno, avvertendo un movimento alle spalle, una presenza oscura... Gli Ombrati! Erano...

E la porta dietro di loro si spalancò con grande fracasso. Tre Cercatori balzarono nel corridoio, forme di Ombrati che si torcevano acquattate fra le pieghe dei neri mantelli, armi che scintillavano alla luce delle torce. Lo spadone di Padishar uscì dal fodero con un fruscio. Par allungò le mani verso la Spada di Shannara, poi le ritrasse come se si fosse avvicinato a dei carboni ardenti. Si sarebbe bruciato se l'avesse toccata! Lo sapeva!

«Padishar!» supplicò.

Il grosso uomo fece per precipitarsi verso la porta dietro di loro, ma anche questa si spalancò, e apparvero altri due mostri vestiti di nero. Entrambe le estremità del corridoio erano bloccate, adesso. Par Ohmsford e Padishar Creel erano intrappolati.

«La Talpa!» imprecò Padishar, certo che fossero stati traditi.

Ma Par non lo udì. I Cercatori si gettarono su di loro, e la magia della canzone esplose in un grido di avvertimento, riempiendo la torre di furia. Lo avvolse come un turbine, spingendolo contro l'attonito Padishar. Par lottò per controllarla, ma la magia lo sopraffece senza sforzo. Poi si spezzò in frammenti incandescenti che si avventarono sugli Ombrati. Le nere figure sollevarono le braccia, ma la magia della canzone si aprì un varco in loro, trasformandoli in cenere. Par urlò, incapace di trattenersi, e la canzone attraversò i muri come l'onda di un fiume in piena che abbatte gli argini, frantumando la malta e aprendosi varchi nella pietra. Padishar si ritrasse, poi afferrò disperato Par e lo trascinò attraverso la seconda porta, richiudendola dietro di loro.

Par cadde in ginocchio, la canzone di nuovo silenziosa.

«Non... non riesco a respirare!» ansimò.

Padishar lo tirò in piedi. «Par! Per le Ombre, ragazzo! Cosa ti sta succedendo? Cosa c'è che non va?»

Par scosse la testa, esausto. L'evoluzione della magia proseguiva dentro di lui, incontrollabile. Di nuovo sostanza, non immaginazione. La magia di Brin, non di Jair. Un fuoco che non riusciva a dominare, che covava in attesa...

Le sue mani afferrarono le braccia del compagno, e il respiro gli tornò, un raffreddamento interiore che calmò la magia. «Trova Damson!» sibilò. «Forse è qui. Padishar! Trovala!»

C'erano grida tutto intorno, le grida di soldati della Federazione che correvano lungo i bastioni e nella torre. Padishar afferrò la tunica di Par e trascinò l'Uomo della Valle dietro di sé, mentre si affrettava lungo un corridoio in cui si aprivano pesanti porte di legno, tutte sbarrate.

«Damson!» chiamò freneticamente il grosso uomo.

Alle loro spalle, dietro la porta attraverso cui erano fuggiti, a Par sembrò di sentire il fruscio degli Ombrati.

«Stanno arrivando!» avvertì, sentendo il calore della canzone crescere di nuovo.

«Damson!» gridò Padishar Creel.

Ci fu una risposta soffocata da dietro una delle porte. Lasciando andare Par, il capo dei nati liberi corse da quella parte, chiamando il nome della figlia. Si sentì di nuovo una risposta, e l'uomo si fermò. Lo spadone si alzò e calò su una delle porte. Delle grida si levarono da una scala alla fine del corridoio. Padishar martellò la porta con una serie di colpi tremendi, poi vi si gettò contro a spallate. La porta si scardinò, e Padishar volò dentro.

Par corse all'apertura e si arrestò. Padishar si era rimesso in piedi, insanguinato e confuso, e Damson Rhee lo stava abbracciando, i rossi capelli impolverati e scomposti, il pallido volto macchiato di sporcizia. I suoi occhi erano pieni di fuoco mentre li alzava per cercare l'Uomo della Valle.

«Par» sussurrò, e corse ad abbracciarlo.

Il corridoio era pieno del fragore di uomini armati. Par si voltò per affrontare l'attacco, ma Padishar Creel lo sorpassò in un istante, e fu nel corridoio. Ci fu un tremendo cozzare di armi.

«Par!» gridò il grosso uomo. «Prendila e scappa!»

Senza pensare, Par afferrò il braccio di Damson e la trascinò fuori dalla cella. Padishar era impegnato con un gruppo di soldati della Federazione. Altri stavano arrivando dalle scale. Il capo dei nati liberi rigettò indietro i primi con forza brutale, e si girò inferocito.

«Accidenti, ragazzo... scappa! Ricorda il nostro patto!»

Poi i soldati furono su di lui, e dovette combattere per la vita. Due caddero, poi un altro, ma molti presero il loro posto. Troppi, pensò Par. Troppi per resistere. Sentì una stretta al cuore. Doveva aiutare l'amico. Ma questo avrebbe significato usare la magia della canzone, il fuoco che non sapeva controllare. Avrebbe significato vedere quegli uomini fatti a pezzi. Avrebbe significato correre il rischio di fare a pezzi anche Padishar.

E aveva promesso.

«Padishar» sentì Damson sussurrargli nell'orecchio, e si accorse che faceva un passo verso il padre.

Immediatamente l'afferrò e la trascinò dalla parte da cui erano venuti. Lontano dalla battaglia. Aveva fatto la sua scelta. «Par!» urlò lei infuriata, ma lui scosse la testa. Raggiunsero la porta chiusa. C'erano Ombrati dietro di essa? Par non li sentì. Non sentiva niente, nel fragore della battaglia che imperversava alle sue spalle.

«Non possiamo lasciarlo!» stava gridando Damson.

Se la tirò vicino. «Dobbiamo farlo.» Davanti a lui, la porta nascondeva ciò che le stava dietro, silenziosa e minacciosa.

Si fece forza, e chiamò la magia della canzone, perché adesso non c'era scelta. La magia fremette, ansiosa.

Ti prego, pensò, lascia che la possa controllare, almeno per questa volta!

Spalancò la porta, pronto a scagliare la sua magia nel corridoio, incandescente e mortale. Lo accolse il silenzio. La luce della luna filtrava dalle crepe fra le pietre spezzate. Detriti ingombravano il pavimento. Il corridoio era deserto.

Gettò un'ultima occhiata a Padishar che combatteva, una solitaria barriera contro la marea di soldati. Non c'era speranza per il capo dei nati liberi, lo sapeva. Era stata una trappola fin dall'inizio. E la trappola stava per chiudersi.

Ma c'era ancora tempo per salvare Damson.

Come si erano accordati di fare, a qualsiasi costo.

Con Damson aggrappata al suo braccio, si lanciò nel corridoio deserto, lasciandosi dietro Padishar Creel.

6

Nel giro di pochi secondi furono sulle scale. Un fragore di armi giungeva dal corridoio dove Padishar teneva a bada i soldati della Federazione.

Par si voltò e chiuse la porta con un calcio.

Da che parte?

Da sotto udiva rumore di stivali e grida di uomini che salivano le scale. Non potevano scendere.

«Lasciami andare!» gridò Damson infuriata, e si liberò con uno strattone. Gli occhi verdi luccicavano di lacrime e di dolore. «L'hai abbandonato!»

Par l'ascoltava appena. Dovevano salire, tornare dove li aspettava la Talpa. A meno che Padishar non avesse ragione e la Talpa li avesse traditi. Era possibile. La Talpa avrebbe potuto farlo già da alcuni giorni, quando i soldati della Federazione li avevano scovati la prima volta, nella sua tana. Ma no: se fosse stato catturato allora, non li avrebbe aiutati a fuggire nella distilleria; avrebbe lasciato che i Federali li prendessero, e sarebbe finita lì. E se invece fosse stato catturato quando era andato in cerca di Damson, l'ultima volta? Preso, e trasformato in un Ombrato?

Damson lo stava tirando per un braccio. «Dobbiamo tornare indietro, Par! Ha bisogno di noi! È mio padre!» Mostrò i denti. «Lui è tornato indietro per te!»

Par si girò di scatto e le afferrò le braccia, tirandosela tanto vicina che poté sentire il calore del suo respiro sulla faccia. «Te lo dirò una volta sola. Gli ho fatto una promessa. Qualsiasi cosa succedesse, tu dovevi essere portata in salvo. Lui si è sacrificato per te, Damson, e non sarà per niente! Adesso corri!»

La fece girare e la spinse su per le scale. Salirono di corsa, sentendo i rumori degli inseguitori farsi più vicini. La faccia di Par era irrigidita nella determinazione. Se la Talpa li aveva traditi, per loro era finita, da qualsiasi parte scappassero. Se non era così, la loro unica speranza era di trovarlo.

Raggiunsero il pianerottolo successivo, e Par cercò invano con gli occhi la porta segreta. Non riusciva a ricordare dove fosse; non vi aveva prestato molta attenzione, quando ne era uscito. Adesso sembrava tutto uguale.

«Talpa!» gridò disperato.

Subito la parete alla sua sinistra si aprì, e la faccia pelosa della Talpa sbirciò fuori. «Qui! Qui, adorabile Damson!» chiamò frenetico.

Si gettarono entro l'apertura, e la Talpa la richiuse alle loro spalle. «Padishar?» chiese ansioso, e la maniera in cui parlò, l'espressione apparsa nei suoi occhi umidi suggerirono a Par, per ragioni che non sarebbe mai riuscito a spiegare, che non c'era stato alcun tradimento.

«L'hanno preso» rispose l'Uomo della Valle, costringendosi a guardare in faccia Damson. La ragazza voltò la testa.

«Venite allora» li spronò la Talpa, e sgattaiolò davanti a loro, la candela in mano. «Presto.»

Ripercorsero il tortuoso e buio cammino entro le mura della torre, ascoltando le grida dei soldati filtrare attraverso la pietra in una soffocata cacofonia. Raggiunsero il ripostiglio e uscirono veloci nel corridoio. Fuori, i soldati correvano accanto alle finestre della caserma, diretti verso la torre e le porte. Le luci delle torce guizzavano disperdendo le tenebre, e il rumore di chiavistelli tirati e di spranghe abbassate nei loro incastri metallici era assordante. Appiattito contro la parete, in una macchia di oscurità, la Talpa rimase immobile un momento, poi fece loro cenno di proseguire. Corsero piegati in due nel corridoio deserto, fino alla porta da cui erano entrati, e uscirono nel cortile.

L'oscurità era calata, la luna e le stelle erano nascoste da nuvole che incombevano basse e cupe sullo sperone di roccia. I fuochi delle torce gettavano una luce fumosa, che poco serviva a dissipare le tenebre. Delle figure correvano in ogni direzione, ma era impossibile distinguere le loro facce.

«Da questa parte!» bisbigliò rauco la Talpa.

Si avviarono a sinistra, lungo il muro, correndo perché tutti correvano. Scivolarono nel buio, tre corpi fra i tanti, di cui nessuno aveva il tempo di interessarsi.

Avevano quasi raggiunto la porta che conduceva nel sottosuolo della città, quando vennero fermati. Un grido li fece voltare, e una figura cupa uscì dall'ombra. Per un attimo Par pensò che fosse Padishar, miracolosamente scampato, poi vide le insegne di un capitano della Federazione sull'uniforme scura. I tre si bloccarono, incerti sul da farsi. Il capitano li raggiunse, e la sua faccia barbuta entrò nella luce.

Allora Damson si fece avanti, tranquilla e rilassata, sorridendogli. Un'espressione confusa apparve sulla faccia dell'uomo. Lei sorrise ancora per un istante, poi lo colpì tre volte sul viso con il taglio della mano, così veloce che Par riuscì a malapena a vedere il movimento. Quindi gli andò addosso, gli prese un braccio e se lo torse su una spalla, scaraventandolo a terra. L'uomo emise un sibilo e cercò di gridare, ma un ultimo colpo alla gola lo costrinse una volta per tutte al silenzio.

Damson si alzò e passando accanto a Par raggiunse la Talpa che già stava sparendo oltre la porta. Par rammentò come l'avesse facilmente sopraffatto quella notte nel Parco del Popolo, quando lui l'aveva creduta responsabile per la trappola della Federazione in cui erano caduti Padishar e gli altri. Avrebbe potuto rifarlo nella torre, si rese conto. Avrebbe potuto costringerlo a tornare, se avesse voluto. Perché non l'aveva fatto?

Erano di nuovo nella cerchia interna di mura, e correvano verso i sotterranei da cui erano usciti. I rumori esterni giungevano sempre più attutiti da strati e strati di pietra. Raggiunsero la botola e scesero lungo la scaletta, fino alle gallerie sottostanti. Da qui si inoltrarono veloci nel buio, allontanandosi dalle mura della città, diretti verso il centro. Ben presto si trovarono nelle profondità delle fogne, e tutto fu silenzio.

«Fermiamoci... fermiamoci un momento» suggerì finalmente Par, senza fiato per la corsa, sentendo il bisogno di pensare al da farsi.

«Qui» suggerì la Talpa, indirizzandoli verso una piattaforma che serviva come base per una scaletta che saliva alle strade, a una confluenza di tunnel e tubazioni. Sopra le loro teste, una pallida luce brillava attraverso una grata. Le strade erano ancora deserte. «Io torno indietro per assicurarmi che non ci abbiano seguiti.»

Sparì nel buio, lasciando loro la candela. L'Uomo della Valle e la ragazza lo guardarono andarsene, poi si sedettero appoggiando le spalle al muro, fianco a fianco, la candela davanti a loro. Par si sentiva svuotato. Fissò il buio oltre la fiamma della candela, mentre la spossatezza si impossessava di lui. Sentiva Damson respirare, avvertiva il calore del suo corpo.

«Lo sai cosa gli faranno» disse lei alla fine. Lui non rispose, gli occhi fissi davanti a sé. «Lo renderanno uno di loro. Lo useranno.»

Se riusciranno a prenderlo vivo, pensò Par. E forse neanche allora. Rimmer Dall è imprevedibile.

«Perché non mi hai costretto a tornare da lui?» chiese Par.

Ci fu un lungo silenzio prima che lei parlasse. «Non ti avrei mai fatto una cosa del genere.»

Lui non disse niente per un momento, lasciando che il significato delle parole gli penetrasse dentro. «Mi dispiace per Padishar» disse alla fine. «Neppure io volevo lasciarlo.»

«Lo so» disse lei sommessa.

Lo disse con voce tanto sicura che lui la guardò per accertarsi di averla sentita bene. I loro occhi si incontrarono. «Lo so» ripeté lei. Il dolore nella sua voce era palpabile. «Non è stata colpa tua. Padishar ti ha fatto promettere di salvarmi. L'avrebbe fatto promettere anche a me, se la nostra posizione fosse stata invertita.» Distolse lo sguardo. «Mi sono solo arrabbiata quando ho visto...» Scosse la testa.

«Stai bene?»

Lei annuì senza una parola, e i suoi occhi si chiusero.

«Sanno chi sei?»

Lei lo guardò di nuovo. «No. Perché?»

Lui respirò a fondo. «La Talpa. Era una trappola quella che abbiamo incontrato, Damson. Ci aspettavano. Avevano qualche ragione per credere che saremmo venuti a cercarti. Quale ragione migliore, se non perché sapevano che tu sei la figlia di Padishar Creel? Padishar pensava che la Talpa ci avesse traditi.»

Ci fu un nuovo lampo di furia nei suoi occhi. «Par, la Talpa ci ha salvati! Ha salvato voi, almeno. Io sono stata solo sfortunata. I soldati mi hanno riconosciuta, e sapevano che ti avevo aiutato a scappare dal mulino.» Esitò. «Anche quella era una trappola, vero? Sapevano che...» Fece un'altra pausa, incerta su quali conclusioni trarre.

«Potrebbe essere stato la Talpa» insistette Par. «Forse è stato catturato quando è venuto a cercarti. O qualche tempo prima.»

«E ci ha aiutati lo stesso a fuggire?» chiese lei incredula. «Perché mai? A che servirebbe? La Federazione ci avrebbe presi tutti e tre, se non ci avesse condotti fuori dalla torre.»

«Lo so. L'ho pensato anch'io.» Scosse la testa. «Ma continuano a scoprirci, Damson. In che modo ci riescono? È come se gli Ombrati avessero un orecchio dietro ogni muro. È insidioso. Qualche volta mi sembra che non rimanga nessuno di cui fidarsi.»

Il sorriso di Damson fu amaro. «Ed è così, Par. Nessuno. Non l'avevi capito? Ci siamo solo io e te. E possiamo fidarci veramente l'uno dell'altra?»

Lui la fissò, incredulo. Un'espressione triste apparve nei suoi occhi, e con un gesto rapido lei lo circondò con le braccia, attirandolo vicino a sé.

«Mi dispiace» disse Damson, e Par la sentì piangere.

«Credevo di averti perduta per sempre» sussurrò fra i suoi capelli. La sentì annuire. «Sono così stanco di tutto ciò. Voglio solo che finisca.»

Si abbracciarono in silenzio, e Par si lasciò trasportare dalla sensazione di averla vicina, chiuse gli occhi e la stanchezza cominciò ad abbandonarlo. Avrebbe voluto essere ancora nella Valle, a casa sua, con la sua famiglia e la sua vecchia vita, e che Coll fosse vivo, e che niente fosse accaduto. Desiderò ricominciare tutto da capo. Non sarebbe stato così ansioso di andare in cerca di Allanon. Non avrebbe accettato con tanta prontezza il compito di cercare la Spada di Shannara.

E non si sarebbe illuso che la sua magia fosse un dono.

Pensò allora a quanta parte di lui fosse stata un tempo la

magia della canzone, e quanto estranea gli sembrasse ora. Si era liberata di nuovo del suo controllo, quando l'aveva invocata nella torre. Malgrado se l'aspettasse, malgrado i suoi sforzi. Anzi, poteva dire davvero di averla invocata, o era venuta spontaneamente quando aveva percepito la vicinanza degli Ombrati? Senza dubbio aveva fatto di testa sua ogni volta, avventandosi su di loro come un'arma, per farli a pezzi. Rabbrividì al ricordo. Non avrebbe mai desiderato una cosa del genere. La magia aveva distrutto le cose nere senza un attimo di esitazione, senza rimorsi. Aggrottò la fronte. No. Non la magia. Lui. Lui li aveva distrutti. Forse non l'aveva voluto, ma l'aveva fatto lo stesso. Non gli piaceva ciò che questo implicava. Gli Ombrati erano quello che erano, e forse era vero che non avrebbero esitato una frazione di secondo a ucciderlo. Ma questo non cambiava ciò che lui era. Poteva ancora vedere gli occhi del soldato ucciso da Padishar. Poteva vedere la vita svanire da essi in un soffio. Avrebbe voluto piangere. Odiava il fatto che fosse necessario, e che lui ne fosse parte. Comprenderne la ragione non rendeva la cosa più accettabile. Eppure, che razza di ipocrita era: disperarsi per una sola vita, e un momento dopo spegnerne mezza dozzina di altre?

Non voleva conoscere la risposta a quella domanda. Non credeva di poterla sopportare. Doveva ammettere che la magia della canzone era in qualche modo cambiata dentro di lui, e nel fare questo aveva cambiato anche lui stesso. Ciò gli riportava alla mente l'affermazione di Rimmer Dall che lui pure era un Ombrato. Dopo tutto, qual era la differenza fra loro?

«Damson?»

La voce esitante della Talpa sussurrò nel buio, e la ragazza si staccò da Par, mentre alzava gli occhi. Buffo, pensò Par, che la Talpa si rivolga sempre a lei sola.

La piccola creatura scivolò nella luce, battendo le palpebre. «Non ci seguono. Le gallerie sono vuote.»

Damson guardò Par. «Cosa facciamo adesso, ragazzo Elfo?» sussurrò, scostandogli i capelli dalla fronte. «Dove andiamo?»

Par sorrise e le prese la mano. «Ti amo, Damson Rhee» mormorò, a voce così bassa che le parole si persero nel frusciare delle vesti.

Si alzò. «Andiamocene da questa città. Cercheremo soccorso. Da Morgan o dai nati liberi o da chiunque. Non possiamo continuare da soli.» Guardò la figura curva della Talpa. «Talpa, puoi aiutarci a fuggire?»

La Talpa gettò un'occhiata a Damson. «Ci sono gallerie sotto la città che vi porteranno alla pianura. Posso guidarvi.»

Par si rivolse a Damson. Per un momento lei non parlò. I suoi occhi verdi erano colmi di pensieri inespressi. «D'accordo, Par. Verrò» disse alla fine. «Lo so che non possiamo restare. Il tempo e la fortuna ci sono contrari, qui a Tyrsis.» Gli andò vicino. «Ma adesso devi fare a me una promessa, come l'hai fatta a Padishar. Promettimi che torneremo a cercarlo. Che non lo lasceremo morire.»

Non pensa neanche lontanamente che possa già essere morto. Lo crede troppo forte per questo. E anch'io lo penso, suppongo.

«Te lo prometto» sussurrò.

Lei lo baciò sulla bocca, con forza. «Anch'io ti amo, Par Ohmsford» disse. «Ti amerò sempre.»

Ci volle il resto della notte per attraversare il labirinto di gallerie che si stendevano sotto Tyrsis, gli antichi passaggi che erano serviti un tempo come via di scampo ai difensori della città, e adesso servivano alla loro fuga. I tunnel formavano un intrico, qualche volta grandi abbastanza per farci passare un carro, qualche volta appena sufficienti per la Talpa e i due che la seguivano. In taluni punti la roccia era secca e asciutta, e odorava di terra vecchia e di abbandono; in altri, era umida e gelida, e puzzava di fogna. I topi squittivano al loro avvicinarsi e sparivano nelle pareti. Insetti sgusciavano via come foglie secche soffiate sulla pietra. Il rumore dei loro stivali e dei loro respiri echeggiava sordo, e sembrava impossibile che non venissero scoperti. Ma la Talpa sceglieva con attenzione il percorso, dirottandoli spesso dal cammino più ovvio, scegliendo sulla base di indizi che solo lui avvertiva e conosceva. Non parlò mai; li guidò attraverso il suo silenzioso mondo sotterraneo come lo spettro che era diventato. Ogni tanto si fermava per guardarli, o per studiare qualcosa che aveva visto sul pavimento del tunnel, o per scrutare nel buio che li circondava, remoto e incomprensibile nelle sue meditazioni. Par e Damson si fermavano con lui, aspettando, guardando, curiosi di conoscere i suoi pensieri. Non fecero mai domande. Par avrebbe voluto, ma se Damson riteneva saggio rimanere in silenzio, per lui andava bene.

Finalmente raggiunsero un punto dove le tenebre davanti a loro erano rotte da un chiarore argenteo, caliginoso. Si avvicinarono attraverso una cortina di antiche ragnatele e di polvere, su per una rampa rocciosa che si stringeva salendo, finché furono costretti ad avanzare piegati in due. Dei cespugli sbarravano la via, così fitti che la Talpa dovette aprire un varco con un lungo coltello che era riuscito a nascondere nella pelliccia. Scostando i rami tagliati, i tre strisciarono attraverso ciò che restava del fogliame, ed emersero alla luce.

Si alzarono in piedi e si guardarono intorno. La montagna con lo sperone di roccia sul quale sorgeva Tyrsis si innalzava alle loro spalle, un parete nera e frastagliata contro la luce dell'alba che avanzava da est, l'ombra della sua cima che si allungava verso nord-ovest sulla pianura, come una macchia scura, fino a sparire fra gli alberi delle foreste lontane. L'aria era calda e odorava di erbe seccate dal sole estivo. Il canto degli uccelli si levava da una macchia di alberi, e libellule sfrecciavano sopra piccole pozze di acqua coperte di alghe, formate da ruscelli che sgorgavano dalle rocce alle loro spalle.

Par guardò Damson e sorrise. «Siamo fuori» disse piano, e lei sorrise a sua volta.

Si voltò verso la Talpa, che ammiccava incerto nella luce a lui poco familiare. D'impulso, allungò una mano verso di lui. «Grazie, Talpa» disse. «Grazie di tutto.»

La faccia pelosa si raggrinzì, e lo sbattere di palpebre si fece più rapido. Una mano si alzò esitante, toccò quella di Par, si ritrasse. «Sei il benvenuto» fu la risposta sussurrata.

Damson si avvicinò, si inginocchiò davanti alla Talpa, e lo circondò con le braccia. «Addio, per ora» sussurrò. «Trovati qualche posto sicuro. Stai lontano dalle cose nere. Rimani nascosto finché non torniamo.»

Le braccia della Talpa si sollevarono e le sue mani rugose accarezzarono le spalle esili della ragazza. «Sempre, adorabile Damson. Sempre, per te.»

Lei allora lo lasciò, e le dita della Talpa sfiorarono delicatamente la sua faccia. A Par sembrò di scorgere delle lacrime agli angoli degli occhi luminosi della piccola creatura. Poi la Talpa si voltò, e sparì nel buio.

I due fissarono per un momento l'imboccatura della galleria, poi si guardarono l'un l'altra.

«Da che parte?» chiese Par.

Lei rise. «Già. Non sai dov'è il Bordo di Fuoco, vero? Qualche volta me ne dimentico. Ormai sembra che tu faccia parte della mia vita.»

Lui sorrise. «Fai fatica a ricordare il tempo in cui non dovevi prenderti cura di me, eh?»

Lei gli lanciò un'occhiata interrogativa. «Io non mi lamento. E tu?»

Par le andò vicino e la strinse per un lungo istante. Non disse nulla; rimase con le braccia intorno a lei, la guancia contro i suoi capelli di rame, gli occhi chiusi. Pensò a tutto ciò che avevano passato insieme, a quante volte le loro vite erano state in pericolo, ai rischi corsi durante il viaggio. Una distanza così piccola per arrivare tanto lontano, pensò. Così poco tempo, per scoprire tante cose.

Le accarezzò la schiena e disse: «Ti dirò una cosa. Qualche volta mi sembra di essere sempre spaventato. Da quando Coll e io abbiamo lasciato Varfleet la prima volta, tante settimane fa, ho avuto paura. Tutto quello che succede sembra costarmi qualche cosa. Non so mai cosa perderò la prossima volta, ed è terribile. Ma quello che mi spaventa di più, Damson Rhee, è l'eventualità di perdere te».

La strinse forte a sé. «Cosa ne pensi?» sussurrò.

La risposta della ragazza fu di stringerlo a sua volta.

Camminarono nel primo mattino senza parlarsi molto, lasciandosi alle spalle la città di Tyrsis, diretti a nord attraverso le pianure, alla boscosa soglia dei Denti del Drago. Il giorno si scaldò rapidamente, i cristalli della rugiada notturna svanirono con il sorgere del sole, e l'umidità si asciugò in mulinelli di polvere. Non videro nessuno per un buon tratto, e poi solo mendicanti e famiglie che andavano in città a vendere i prodotti delle loro fattorie. Par si ritrovò a pensare alla sua casa, ai suoi genitori, a Coll, ma tutto sembrava appartenere a un passato lontano. Avrebbe potuto desiderare che le cose fossero come erano state un tempo, che quanto era accaduto dal suo incontro con Cogline non fosse stato... ma sapeva che era come desiderare che il giorno fosse notte, e il sole la luna. Guardò Damson che gli camminava a fianco, le linee morbide ma forti della sua faccia, i movimenti del corpo, e smise di fantasticare.

A mezzogiorno attraversarono il Mermidon e si fermarono a mangiare nella foresta. Cercarono acqua fresca, bacche, radici, erbe, e si accontentarono. C'era fresco e silenzio fra gli alberi, mentre il calore del giorno soffocava la terra sotto una coltre opprimente. Dopo mangiato decisero di dormire un po', stanchi per le fatiche della notte e desiderosi di trarre vantaggio dal loro rifugio. Mancavano ancora molte ore di cammino al Passo di Kennon, disse Damson. Da lì si sarebbero inoltrati fra i Denti del Drago, e nella valle che un tempo era stata sede di Paranor; quindi, piegando a nord-est, avrebbero raggiunto il Passo di Jannisson e il Bordo di Fuoco. Nel giro di due giorni, promise, sarebbero stati fra i nati liberi.

Ma dormirono più a lungo del previsto, cullati dalla frescura e dal frusciare del vento tra le foglie, ed era quasi il tramonto quando si svegliarono. Si alzarono e partirono subito, ansiosi di percorrere quanta più strada possibile. Se ci fosse stata la luna, avrebbero potuto superare il passo di notte. Altrimenti, avrebbero dovuto attendere il mattino. In ogni caso, volevano raggiungere il Kennon al calare della notte.

Viaggiarono spediti, senza essere ostacolati da erbe alte o cespugli fitti, in quelle foreste frequentate e spaziose, sentendosi riposati e in forma dopo il sonno. Il sole scivolò verso ovest, calando dietro gli alberi finché non fu che un bagliore dorato dietro lo schermo di rami e foglie. La luna apparve in un cielo limpido e blu, e gli uccelli del giorno si fecero silenziosi, davanti alla notte che giungeva. Per la prima volta dopo molti giorni, Par si sentì sereno, in pace con se stesso. Era felice di essere uscito da Tyrsis, dalle sue fogne e dalle sue cantine, dalla costrizione delle sue mura, al sicuro dalle cose che gli avevano dato la caccia. Guardava spesso Damson, sorridendo. Pensò a Padishar e cercò di non essere triste. I suoi pensieri si sparsero fra gli alberi e sul tappeto di terra come piccole creature che giocano. Li lasciò vagare liberi, e ne fu contento.

Neppure una volta gli venne in mente che sarebbe stato saggio nascondere le sue tracce.

Il tramonto bruciava come fuoco sulla pianura sotto Tyrsis, mentre il giorno scivolava verso la notte e il calore cominciava a disperdersi. Le ombre si allungavano, aumentavano, assumendo forme strane e suggestive, che acquistavano vita con il buio. Si levavano da gole e burroni, da foreste e macchie solitarie, stiracchiandosi di qua e di là come per flettere i muscoli al risveglio dal sonno che le aveva preparate alla caccia notturna.

Una di queste ombre si muoveva con insidiosa determinazione lungo le distese vuote che portavano al Mermidon, una vaga macchia di oscurità che si nascondeva nell'erba alta. Con lo scemare della luce si fece più audace, alzandosi di tanto in tanto per annusare l'aria, prima di riabbassarsi a terra per non perdere l'odore che seguiva. Mentre procedeva mangiava, sostentandosi con qualsiasi cosa: radici e bacche, insetti e piccoli animali, qualunque cosa che non riuscisse a fuggire. Quasi tutta la sua attenzione era concentrata sulla pista che seguiva, sull'odore di colui cui dava la caccia con tanta diligenza, colui che era la fonte della sua pazzia.

Giunto al Mermidon si sollevò sulle zampe posteriori, forma curva, contorta, avvolta in un lucido mantello nero, in qualche modo resistente alla polvere e alla sporcizia che ricoprivano colui che lo indossava. Mani scorticate e graffiate al punto da sanguinare stringevano il mantello per non farlo portare via dalla corrente, mentre la creatura guadava il fiume. Il mantello non lo lasciava mai, neppure per un momento. Il mantello lo teneva in vita, in qualche modo, lo sapeva. Il mantello era la sua protezione.

Eppure sembrava nello stesso tempo una fonte della sua pazzia. Una parte della sua mente sussurrava che così era. Lo sussurrava come avvertimento, più e più volte.

Ma la maggior parte di quello che passava nei suoi pensieri gli diceva che il mantello era buono e necessario per la sua sopravvivenza, e che la pazzia era causata da colui che inseguiva. Da lui. (Mio fratello?) Il nome non gli veniva alla mente. Soltanto la faccia. La pazzia gli ronzava nella testa, nelle orecchie, e fuori dalla bocca come uno sciame di zanzare, stimolando, morsicando, consumando la sua ragione, impedendogli di pensare ad altro.

Qualche ora prima, fra le ombre del tardo pomeriggio, uscito nella odiata luce perché la pazzia lo costringeva a lasciare la tana sempre più spesso, aveva finalmente trovato l'odore di colui al quale dava la caccia. (Il suo nome? Qual era il suo nome?) Si aggirava alla base della rupe da più di una settimana, ormai, notte dopo notte, sempre più disperato per il bisogno di trovarlo, di scovarlo, per avere sollievo, per porre fine alla pazzia.

Ma come? Come sarebbe finita?

Non lo sapeva. In qualche modo sarebbe accaduto. Quando avesse scoperto la causa. Quando gli avesse... fatto male come lui gli faceva male...

Il pensiero era sospeso davanti ai suoi occhi, confuso. Ma c'era del piacere nel pensiero, nel gusto e nella sensazione che gli dava.

Denti e occhi scintillavano nella luce della luna.

Sul lato opposto del fiume, l'essere ritrovò la pista con facilità, e ricominciò a seguirla. Era fresca. Chiara come il fetore di qualcosa di morto, lasciato a marcire sotto il sole. Non era lontano. Ancora qualche ora, forse meno...

Un brivido lo scosse. Attesa. Bisogno. I semi della pazzia in fiore.

Coll Ohmsford mise il naso a terra come l'animale che era diventato, e scomparve fra gli alberi.

7

Il crepuscolo stava scivolando nella notte quando Par e Damson raggiunsero le pendici dei Denti del Drago e il sentiero che saliva serpeggiando fino al Kennon. La luce della luna si riversava da nord, il cielo era limpido e splendente di stelle. Il calore del giorno era scemato, e una brezza soffiava dalle montagne.

Fra gli alberi della foresta alle loro spalle, da qualche parte, un gufo lanciò il suo richiamo sommesso, una volta sola.

Poiché c'era abbastanza luce per percorrere il sentiero, e avevano riposato, decisero di proseguire. La notte era adatta a viaggiare, anche fra le montagne, e poterono così recuperare il tempo perduto nel pomeriggio. Lungo il cammino dalle prime pendici al passo, la notte calò e il silenzio si fece più profondo; la foresta e i suoi abitanti svanirono sotto di loro in una pozza di tenebre, mentre le rocce si chiudevano intorno e diventavano profili frastagliati e nudi contro il cielo. I loro stivali facevano scricchiolare i sassi sparsi sul sentiero, il loro respiro divenne più pesante, ma al di là di questi rumori il mondo era silenzioso e immoto.

Il tempo trascorse, la mezzanotte si avvicinava. Erano bene addentro nel passo, ora, vicino al culmine, al punto dove il sentiero avrebbe cominciato a scendere verso la valle successiva. La luce davanti a loro sembrava più intensa di quella dietro, un fenomeno che né l'Uomo della Valle né la ragazza sapevano spiegarsi, e i due si scambiarono più di un'occhiata interrogativa. Solo quando ebbero raggiunto la sommità del passo, affondato tra i picchi montani, e la via davanti a loro era un lungo e ampio corridoio attraverso la roccia, si resero conto che ciò che vedevano non era la luce della luna e delle stelle, ma il bagliore di fuochi di guardia.

Questa volta si scambiarono uno sguardo preoccupato. Perché ardevano fuochi di guardia sul passo? Chi li aveva accesi?

Procedettero con maggiore cautela, tenendosi sul lato in ombra del sentiero, fermandosi spesso per cercare di sentire cosa poteva aspettarli. Ciononostante, quasi non si accorsero degli uomini di guardia appostati su un'altura, qualche centinaio di metri davanti a loro, disposti in maniera tale da vedere chiunque tentasse di passare. Erano soldati, e indossavano le uniformi della Federazione. Par e Damson si nascosero immediatamente fra le ombre.

«Cosa ci fanno qui?» sussurrò la ragazza nell'orecchio di Par.

L'Uomo della Valle scosse la testa. Non c'era alcuna ragione per cui dovessero essere lì. I nati liberi erano ben lontani dal Kennon. Il Bordo di Fuoco era molto più a est. Oltre il passo c'era solo la valle, e non c'era niente nella valle, non c'era più stato niente da quando...

I suoi pensieri si bloccarono, e spalancò gli occhi.

Da quando Paranor era sparita.

Tirò un profondo respiro e lo trattenne, ricordando l'incarico dato da Allanon a Walker Boh. Possibile che Walker fosse...?

Non terminò il pensiero. Non se lo permise. Sapeva che stava balzando alle conclusioni, che la presenza dei soldati sul passo poteva avere molte cause.

Eppure, qualcosa dentro di lui gli sussurrò che aveva ragione. I soldati erano lì perché Paranor era tornata.

Si accostò a Damson, eccitato. Lei lo guardò sorpresa. «Damson» sussurrò. «Dobbiamo superare quelle guardie. O almeno...» I suoi pensieri correvano all'impazzata. «Almeno dobbiamo riuscire a guardare cosa c'è dall'altra parte, nella valle. Possiamo farlo? C'è una strada? Un'altra strada?»

Parlava così in fretta che le sue parole si accavallavano l'una sull'altra. Walker Boh, stava pensando. Lo Zio Oscuro. Si era quasi dimenticato di Walker... aveva praticamente rinunciato a ogni speranza dalla loro separazione, al Perno dell'Ade. Ma Walker era imprevedibile. E Allanon aveva creduto in lui, tanto da affidargli la ricerca di Paranor!

Per le Ombre! Il suo cuore batteva così veloce che sembrava un animale impazzito. E se...?

La mano di Damson sul suo braccio lo fece sobbalzare. «Vieni con me.»

Tornarono sui loro passi fino a una fenditura nelle rocce, da dove si inerpicava un sentiero. Cominciarono lentamente a salire. Il sentiero serpeggiava, talvolta tornando su se stesso, talvolta così ripido che erano costretti a procedere sulle mani e sulle ginocchia, afferrandosi alle rocce e alla vegetazione. Passarono i minuti, e ancora stavano salendo, sudando abbondantemente, respirando con la bocca, i muscoli che cominciavano a dolere. Par non chiese dove stessero andando. Quelle montagne erano state la roccaforte dei nati liberi per anni. Nessuno le conosceva meglio. Damson sapeva quello che stava facendo.

Finalmente il sentiero tornò piano, e piegò verso il bagliore dei fuochi di guardia. Si trovavano adesso in alto fra le cime, molto al di sopra del passo. L'aria qui soffiava gelida e tagliente, e i rumori giungevano attutiti. Procedettero accucciati, perché la roccia da una parte e dall'altra era ripida e scoscesa. Il vento li sferzava con violenza, e la luce dei fuochi si proiettava contro lo schermo del cielo notturno come un nebbioso tramonto autunnale.

Il sentiero terminava sul bordo di uno strapiombo di centinaia di metri. Sotto di loro c'era l'imboccatura settentrionale del Passo di Kennon. Era lì che bruciavano i fuochi di guardia, a dozzine, brillanti e intensi al riparo delle rocce. Tutto intorno si scorgevano forme addormentate, avvolte nelle coperte. I cavalli erano legati in fila. Delle sentinelle sorvegliavano ogni punto di accesso. La Federazione aveva completamente bloccato il passo.

Quasi timoroso di ciò che avrebbe visto (o non visto), Par sollevò lo sguardo oltre l'accampamento, verso la valle. Per un momento non riuscì a scorgere nulla, la vista indebolita per aver fissato i fuochi, e l'intero orizzonte gli apparve avvolto in un mantello di tenebre. Aspettò che gli occhi si abituassero al buio. Lentamente la valle cominciò a prendere forma. Alla luce morbida della luna e delle stelle, i contorni delle montagne e delle foreste si stagliarono contro il cielo; laghi e fiumi si mostrarono in pallidi luccichii argentei, e i grigi opachi e intensi dei campi e delle colline erbose formarono un mosaico contro il nero.

«Par!» sussurrò d'improvviso Damson, e le sue dita gli si strinsero intorno al braccio. Appoggiandosi a lui, eccitata, alzò la mano a indicare un punto.

E lì era Paranor.

L'aveva vista per prima... lontana nella valle, inondata dalla luce lunare, al centro di un ampio pendio. Par trattenne il fiato, e si sporse in avanti, allungandosi più che poté sul bordo del precipizio per accertarsi che gli occhi non lo ingannassero...

No. Nessun inganno. Era davvero la Fortezza dei Druidi, ritornata dal tempo e dalla storia, uscita dai sogni di ciò che avrebbe potuto essere ed emersa nel mondo degli uomini. Par ancora non poteva crederci. Nessun essere vivente aveva mai visto Paranor. Egli stesso aveva solo cantato di essa, evocandola sulla base dei racconti ascoltati, delle storie narrate da generazioni di Ohmsford ormai morti. Sparita per tanti anni, sparita così a lungo che per i più era solo leggenda: e d'improvviso eccola lì, restituita alle Quattro Terre, perfettamente reale, mura e bastioni, torri e parapetti, riapparsa come una fenice dalla terra nel mezzo della tenebrosa cintura delle foreste che la circondavano protettive.

Paranor. In qualche maniera Walker Boh aveva trovato il modo di riportarla indietro.

Il sorriso di Par si allargò da un orecchio all'altro, mentre stringeva a sé Damson così forte che temette di spezzarla in due. Lei lo strinse con altrettanta foga, ridendo sommessa. Poi si separarono, guardarono un'ultima volta la massa scura della Fortezza e tornarono indietro strisciando lungo il sentiero, fino al riparo delle rocce.

«L'hai vista?» esclamò Par, quando furono di nuovo al sicuro. L'abbracciò un'altra volta. «È stato Walker! Ha riportato Paranor! Damson, ci stiamo riuscendo! Stiamo portando a termine gli incarichi affidatici da Allanon! Se io davvero ho la Spada di Shannara e se Wren ha trovato gli Elfi...!» Si interruppe. «Mi chiedo cosa sia successo a Wren. Vorrei sapere qualcosa di più, maledizione! E dov'è Walker? Credi che sia laggiù, nel castello? È per questo che la Federazione ha bloccato il passo... per tenercelo dentro?» Le sue mani gesticolavano eccitate sulla schiena di lei. «E i Druidi? Cosa ne pensi, Damson? Li avrà trovati?»

Lei scosse la testa, sorridendogli. «Non lo sapremo per un po', temo. Siamo ancora fermi sul lato sbagliato del passo.» Smise di sorridere e si liberò con dolcezza delle braccia di lui. «Non c'è modo di aggirare quei soldati, Par. A meno di non ricorrere alla tua magia per camuffarci. Cosa ne dici? Vuoi farlo? Puoi farlo?»

Una morsa di gelo gli attanagliò lo stomaco. Ancora la canzone. Non c'era modo di sfuggirle. Sentì la magia risvegliarsi dentro di lui, nell'aspettativa di essere di nuovo evocata, di essere liberata...

Damson vide l'espressione sulla sua faccia e si affrettò a dire: «No, tu non userai la magia. A meno che non sia assolutamente necessario, e non lo è. Possiamo prendere un'altra strada... A est, lungo le montagne, poi a nord attraverso il Raab. Un viaggio un po' più lungo forse, ma sicuro».

Par annuì, sollevato. Damson aveva compreso d'istinto. Lui aveva paura di usare la magia. Non si fidava più di essa. «D'accordo» disse, sforzandosi di sorridere. «Faremo così.»

«Vieni, allora.» Gli prese la mano. «Torniamo per dove siamo venuti. Potremo dormire qualche ora, e poi ripartire.» Il suo sorriso era luminoso. «Pensa, Par. Paranor!»

Ripercorsero lo stretto sentiero, uscirono dalle rocce nei pressi del passo, poi iniziarono la discesa verso sud. Camminavano rapidi, eccitati da quanto avevano visto, ansiosi di portare agli altri la notizia, ma dopo che la prima ondata di euforia fu passata, Par si accorse di avere dei ripensamenti. Forse era stato troppo precipitoso nel rallegrarsi per il ritorno di Paranor. L'ombra di Allanon non aveva mai spiegato quale scopo avessero gli incarichi che aveva loro affidato. Paranor era tornata, ma che differenza faceva? Erano tornati anche i Druidi? E in questo caso, li avrebbero aiutati nella battaglia contro gli Ombrati?

Oppure, come aveva suggerito Rimmer Dall, si sarebbero rivelati i veri nemici delle Razze?

Mentre percorrevano il tortuoso sentiero verso la buia cintura di foresta sottostante, l'umore di Par si faceva sempre più cupo. Walker aveva diffidato degli scopi di Allanon. Era stato il primo a metterli in guardia contro i Druidi. Cos'era accaduto, dunque, per fargli cambiare idea? Perché aveva deciso di riportare alla realtà Paranor? Par avrebbe voluto potergli parlare, almeno per un momento. Avrebbe voluto poter parlare con quasi tutti i membri della compagnia originale che era andata con lui al Perno dell'Ade. Era stanco di sentirsi solo e abbandonato in quell'impresa. Era stanco di porsi domande senza risposte.

Raggiunsero la base dei Denti del Drago due ore più tardi e si addentrarono fra gli alberi. Alle loro spalle il bagliore dei fuochi di guardia era da tempo svanito dietro le rocce, e l'eccitazione di avere scoperto Paranor si era trasformata in un dubbio insistente. Par tenne per sé i suoi pensieri, ma le occhiate che di tanto in tanto gli lanciava Damson suggerivano che lei non si lasciava ingannare dal suo silenzio. Sembrava a Par che fossero così vicini e si conoscessero così bene, ormai, che le parole non erano necessarie per comunicare. Damson poteva leggere i suoi pensieri. Sapeva quello che lui stava pensando; lo si vedeva dai suoi occhi.

Lei prese il comando quando entrarono nella foresta, voltando verso est lungo le pendici della montagna; superarono una zona di fitto sottobosco, e si trovarono fra alberi meno fitti, con radure e ruscelli, un luogo ideale in cui accamparsi. La notte era piena di piccoli suoni leggeri, in un equilibrio non turbato da alcun predatore. Il vento era scemato, e l'aria davanti a loro si riempiva di nuvolette di vapore per i loro respiri. La luna era sparita dietro l'orizzonte, e rimaneva solo la luce delle stelle a mostrare il cammino.

Percorsero appena un miglio prima che Damson scegliesse una radura accanto a una piccola sorgente per trascorrere il resto della notte. Poche ore, annunciò; si sarebbero rimessi in marcia prima dell'alba. Si avvolsero in coperte prelevate dalla Talpa in uno dei suoi nascondigli sotterranei, e si stesero l'uno accanto all'altra nel buio, fissando gli alberi sopra di loro. Par teneva la Spada di Shannara appoggiata nell'incavo del braccio, la lama lungo il corpo, chiedendosi per l'ennesima volta a quale scopo dovesse servire il suo talismano, chiedendosi come avrebbe mai potuto scoprirlo.

Chiedendosi ancora, in fondo ai suoi pensieri, se essa era veramente ciò che lui credeva.

«Penso che sia una cosa buona» sussurrò Damson un momento prima che lui cadesse addormentato. «Sono convinta che tu non debba preoccupartene.»

Non era ben sicuro di cosa stesse parlando, e anche se ne fu tentato, non lo chiese.

Si svegliò che era ancora buio, l'aurora un pallido bagliore argenteo a est, appena visibile tra le cime degli alberi. Era stato il silenzio a svegliarlo, l'assenza improvvisa di ogni suono: insetti e uccelli si erano zittiti, gli animali si erano immobilizzati, l'intero mondo circostante sembrava vuoto e morto. Si alzò a sedere di scatto, come risvegliandosi da un brutto sogno. Ma era stato il silenzio a interrompere il suo sonno, e lo colpì il pensiero che nessun sogno poteva essere così terrificante.

Le ombre ammantavano la radura, pozze profonde di oscurità. Il buio era sospeso nell'aria come fumo, e c'era un vago accenno di nebbia fra gli alberi. Le mani di Par si posarono sulla Spada di Shannara, la lama puntata davanti a lui come per respingere le sue paure. Si guardò intorno frettolosamente. Non vide nulla, guardò ancora, poi si alzò cauto. Adesso anche Damson si era svegliata, gli occhi assonnati mentre usciva da sotto la coperta, soffocando uno sbadiglio.

Un silenzio di morte, pensò Par. I suoi occhi si mossero ansiosi.

Cosa c'era che non andava? Perché tutto era così tranquillo?

Poi qualcosa si mosse nell'ombra più fitta della radura, un guizzo nero appena avvertibile a occhio nudo, il movimento delle nuvole quando passano davanti alla luna. Ma non c'erano né luna né nuvole, nulla se non il cielo notturno e le stelle che impallidivano.

Damson gli andò accanto. «Par?» chiese in un sussurro.

Lui non distolse gli occhi dal movimento. Cominciava a prendere forma: un insidioso coagularsi che definì ciò che prima non era stato che tenebra.

Apparve una figura piegata e contorta, nera e priva di volto sotto mantello e cappuccio.

Par la fissò. C'era qualcosa di familiare in quell'intruso, qualcosa a cui quasi riusciva a dare un nome. Era per il modo in cui si muoveva, o si teneva in piedi, o respirava. Ma come poteva essere?

La figura si avvicinò, non camminando come avrebbe fatto un uomo o un animale, ma avanzando goffamente, quasi non fosse né l'uno né l'altro e al tempo stesso entrambi. Uscì curvo dal buio più fitto e andò verso di loro, il rumore del suo respiro d'improvviso udibile. Huff, huff, un tossire roco, un sibilo. Rimase nascosto nel suo nero mantello simile a seta, finché d'improvviso alzò la testa e la luce si rifletté nei suoi occhi cremisi, in un fioco bagliore.

Par sentì le dita di Damson chiudersi attorno al suo braccio.

Era un Ombrato.

Una stanca e vana consapevolezza si accompagnò al riconoscimento del nemico. Doveva combattere ancora, dopo tutto. Doveva evocare di nuovo la magia della canzone. Non c'era fine, pensò cupo. Dovunque andasse, lo trovavano. Ogni volta aveva usato la magia credendo che fosse l'ultima, e poi diventava necessario usarla ancora. E poi ancora. All'infinito.

L'Ombrato avanzò, ricurvo sotto il tessuto nero, trascinando gli arti. Sembrava appena in grado di muoversi, e stringeva il mantello come se non potesse sopportare di perderlo. Anche il mantello era una strana cosa... di un nero lucido, pulito come se fosse nuovo malgrado l'aspetto sozzo e stracciato dell'essere che lo indossava. Par sentì la magia della canzone montare dentro di lui, senza che la chiamasse, il nucleo di un fuoco che non sopportava di lasciarsi estinguere. Lasciò che venisse, ben conoscendo l'inutilità di cercare di fermarla, rendendosi conto che non c'era altra scelta. Non tentò neppure una via di fuga dalla radura. Scappare non aveva senso. L'Ombrato avrebbe semplicemente seguito le loro tracce. Avrebbe continuato a cercarli finché non fosse stato fermato.

Finché non lo avesse ucciso.

Ebbe un brivido a quel pensiero. Basta!... vedendo la faccia del soldato nella torre, vedendo tutte le loro facce, i morti di tutti i suoi incontri...

L'essere si fermò. Sotto il mantello, la sua testa si scosse violentemente, come se fosse tormentato da demoni che lui solo poteva vedere. Emise un suono; forse era un pianto.

Poi la sua faccia si sollevò nella luce, e Par Ohmsford sentì il mondo cadergli addosso.

Era Coll.

Contorta, piagata, graffiata, sporca, la faccia davanti a lui era pur sempre quella di Coll.

Per un momento pensò di essere impazzito. Sentì il singulto di incredulità di Damson, si accorse di essere arretrato involontariamente di un passo, e vide le labbra del fratello aprirsi in un distorto tentativo di parlare.

«Par?» giunse l'invocazione.

Par emise un grido basso, disperato, lo interruppe subito, e con uno sforzo supremo si controllò. No. No. Ci avevano già provato una volta e non c'erano riusciti. Quello non era Coll. Era solo un Ombrato che fingeva di essere suo fratello, un trucco per ingannarlo...

Perché?

Cercò una risposta. Per farlo impazzire, naturalmente. Per indurlo... per costringerlo a...

Strinse i denti. Coll era morto! Lo aveva visto morire, distrutto nella fiamma della canzone... Coll che era diventato uno di loro, un Ombrato come quello...

Qualcosa sussurrò in fondo ai suoi pensieri un avvertimento che non prese una forma logica, parole prive di significato al di là del loro intento. Attento, Uomo della Valle! Sii cauto!

Le sue mani stringevano ancora la Spada di Shannara. Senza pensare, ancora perso nell'orrore di ciò che stava vedendo, sollevò la lama e il fodero davanti a sé, come uno scudo.

Immediatamente l'Ombrato gli fu addosso, coprendo la distanza fra loro in un batter di ciglia, muovendosi molto più svelto di quanto sembrasse possibile per un corpo così contorto. Gli balzò addosso, emettendo un grido di angoscia, e la faccia di Coll si sollevò, divenne grande e terrificante, finché non fu contro la sua e poté sentirne il fetore. Mani nodose si chiusero intorno all'elsa della Spada di Shannara, cercando di strappargliela. L'Ombrato e l'Uomo della Valle caddero in un groviglio di braccia e di gambe. Par udì Damson gridare, e rotolò lontano da lei, lottando per il possesso della Spada. Le sue mani scivolarono dal fodero all'impugnatura, cercando una leva per liberarla dalla presa dell'altro. Era faccia a faccia con il suo avversario. Poteva vedere nel profondo degli occhi di suo fratello...

No! No! Non era possibile!

Rotolarono fra gli alberi, fra erbe che sferzavano e tagliavano le mani e la faccia. Il fodero della Spada scivolò via, e fra di loro ci fu solo la lama affilata come un rasoio, che dondolava simile a un pendolo mortale, mentre lottavano. Par si trovò impigliato fra le pieghe dello strano mantello scintillante, e provò un senso di repulsione, come per aver toccato qualcosa di vivo. Dimenandosi selvaggiamente, riuscì a scaraventare lontano la veste. Allungò un calcio, e l'avversario grugnì, colpito dal suo ginocchio. Ma non volle lasciare la presa, le mani serrate intorno alla Spada in una morsa mortale. Par era furioso. L'Ombrato pareva non avere altro scopo che restare attaccato alla Spada. Gli occhi erano fissi sulla lama, la faccia priva di espressione, la mascella pendente. Le mani di Par si spostarono per stringere meglio ciò che restava dell'impugnatura, entrando a stretto contatto con la pelle scabra e sudata del nemico. Le loro dita si intrecciarono, mentre ciascuno cercava di allentare la presa dell'altro, i corpi che si dimenavano e contorcevano...

Par restò senza fiato. Un formicolio gli penetrò nelle dita, passò alle mani e alle braccia. Ebbe uno scatto all'indietro, per la sorpresa: sentì l'Ombrato fare altrettanto. Un'ondata di calore lo percorse, una strana pulsazione calda che aveva come centro il palmo delle sue mani.

Abbassò di scatto lo sguardo.

La lama della Spada di Shannara aveva cominciato a emanare una pallida luminescenza azzurra

Gli occhi di Par si spalancarono. Cosa stava succedendo? Per le Ombre! Era la magia? La magia della Spada di...

Il talismano brillò più forte, e la luce azzurra divenne un fuoco bianco, splendente come il sole a mezzogiorno. Nel suo terrificante bagliore, vide la faccia dell'Ombrato trasformarsi, irrigidirsi per la sorpresa. Par tirò la Spada con tutte le sue forze, ma l'Ombrato non mollò la presa.

Da quella che sembrava una distanza enorme, udì Damson chiamare il suo nome.

Poi la luce della Spada entrò dentro di lui, fuoco bianco lucente che gli scorreva come sangue in tutto il corpo, freddo ma implacabile nella sua presa di possesso. Lo circondò e poi lo strappò da se stesso, risucchiandolo nella Spada e poi nel corpo dell'Ombrato. Lottò per resistere, ma si ritrovò impotente. Penetrò nella figura vestita di nero, sentendo l'altro rabbrividire per l'intrusione. Cercò di gridare e non ci riuscì. Cercò di liberarsi e fu inutile. Penetrò nel profondo dell'Ombrato, con furia e disperazione insieme. L'Ombrato era tutto intorno a lui, era lì prima di lui, occhi e bocca spalancati per l'incredulità, i lineamenti contorti in qualcosa...

Qualcuno...

Coll! Oh, era Coll!

Forse sussurrò le parole. Forse le urlò. Non lo sapeva. Lì, nel buio centro dell'anima del suo avversario, le menzogne svanirono di fronte alla potenza della Spada di Shannara e divennero verità. Non era un Ombrato quello contro cui combatteva, non era un demone oscuro con la faccia di suo fratello, ma era davvero suo fratello. Coll, tornato dal regno dei morti, tornato alla vita, reale come il talismano che entrambi stringevano. Par lo vide rabbrividire per una qualche consapevolezza, e nell'istante successivo si rese conto che era la consapevolezza di ciò che era diventato. Vide le lacrime di suo fratello, sentì il suo grido di disperazione, e lo vide contorcersi come in preda a un veleno. La mente di suo fratello si chiuse, troppo devastata dalla rivelazione di ciò che era diventato per assistere ad altro. Ma Par vide il resto, tutto ciò che suo fratello non poteva vedere. Vide la verità del mantello che lo avvolgeva, una cosa chiamata Mirrorshroud, fabbricata dagli Ombrati, rubata da suo fratello per sfuggire alla prigionia a Sentinella del Sud. Vide Rimmer Dall sorridere cupo, incombente sopra di loro, all'interno di un vortice di immagini. Ma, cosa più terribile di tutte, vide la pazzia che divorava suo fratello, che lo spingeva alla ricerca di Par, della causa presunta del suo dolore, deciso a porre fine a entrambi...

Poi Coll si dimenò in maniera incontrollabile e si liberò, abbandonando la Spada di Shannara. Le immagini cessarono istantaneamente, mentre il fuoco bianco si spegneva. Par rotolò indietro, la sua testa colpì la base di un albero con forza tale da stordirlo. Attraverso un turbinare di nebbia oscura, osservò suo fratello, consumato dalla magia degli Ombrati, ancora avvolto nell'odioso mantello, sollevarsi come uno spettro dell'aldilà. Per un istante Coll rimase accovacciato, le mani premute contro la testa incappucciata, come per schiacciare le visioni ancora imprigionate dentro, urlando contro la sua pazzia. Un attimo dopo era sparito, fuggito fra gli alberi, piangendo mentre correva, finché le grida non furono che un'eco nella sua mente piena di orrore.

Damson gli fu accanto, lo aiutò a rimettersi in piedi e lo sostenne finché non fu sicura che potesse restare ritto da solo. I suoi occhi erano pieni di ansia e paura, e Par si accorse che si spostava in maniera da proteggerlo. Pallide strisce di luce mattutina striavano le loro facce, mentre si stringevano l'uno all'altra. Insieme fissarono le ombre della foresta, come se in qualche modo potessero cogliere un'ultima immagine dell'essere che fuggiva.

«Era Coll.» Par mormorò le parole come se fossero un anatema. «Damson, era Coll.»

Lei lo fissò incredula, non osando replicare.

«E questa!» Sollevò la Spada di Shannara, che ancora stringeva fra le mani graffiate e sanguinanti. «Questa è la Spada!»

«Lo so» sussurrò lei, più convinta da questa seconda affermazione. «L'ho visto.»

Par scosse la testa, cercando ancora di comprendere. «Non so cosa sia successo. Qualcosa ha fatto scattare la magia. Non so cosa. Era qui, racchiusa nella Spada.» Si voltò a guardarla. «Non potevo evocarla da solo, ma mentre entrambi stringevamo la Spada, lottando...» Le sue dita si strinsero attorno al braccio di lei. «L'ho visto, Damson, chiaro come vedo te. Era Coll.»

Damson si irrigidì. «Par, Coll è morto.»

«No.» L'Uomo della Valle scosse la testa, con assoluta certezza. «Non è morto. Così mi era stato fatto credere. Ma non era Coll che ho ucciso nella Fossa. Era qualcuno o qualcos'altro. Quello» indicò verso gli alberi «era Coll. La Spada me l'ha mostrato, Damson. Mi ha mostrato la verità. Coll è stato imprigionato a Sentinella del Sud ed è fuggito. Ma è stato cambiato dal mantello che indossa. C'è una magia malvagia in esso, qualcosa che ti corrompe se lo indossi. È Coll, ma si sta trasformando in un Ombrato!»

«Par, ho visto anch'io la sua faccia. E assomigliava un po' a Coll, ma non tanto da...»

«Tu non hai visto tutto» la interruppe lui. «Io sì, perché stringevo la Spada, e la Spada di Shannara rivela la verità! Ricordi le leggende?» Era così eccitato che si era messo a gridare. «Damson, questa è la Spada di Shannara! Lo è! E quello era Coll!»

«D'accordo, d'accordo.» Damson annuì, cercando di calmarlo. «Era Coll. Ma perché ci dava la caccia? Perché ti ha attaccato? Cosa cercava di fare?»

Par strinse le labbra. «Non lo so. Non ho avuto il tempo di scoprirlo. E neppure Coll sa cosa stia succedendo. Sono riuscito a vedere per un momento ciò che stava pensando... come se fossi stato nella sua testa. Si rendeva conto di cosa gli era stato fatto, ma non sapeva come opporsi. Ecco perché è scappato, Damson. Era pieno di orrore per quello che era diventato.»

Lei lo fissò. «Sapeva chi eri?»

«Non lo so.»

«O cosa fare per salvarsi? Capiva che doveva togliersi il mantello?»

Par tirò un profondo respiro. «Non credo. Non credo neppure che possa farlo.» Sul suo volto c'era un'espressione di profonda afflizione. «Sembrava così perduto, Damson.»

Lei allora lo circondò con le braccia, e lui la strinse come se fosse stata una roccia senza la quale il mare della sua incertezza poteva travolgerlo. Tutto intorno a loro la notte cedeva al giorno, che rischiarava il cielo orientale. Gli uccelli si stavano svegliando con canti di gioia, e un sottile velo di rugiada scintillava sull'erba.

«Devo seguirlo» disse Par, il viso affondato nella spalla della fanciulla, e la sentì irrigidirsi a quelle parole. «Devo cercare di aiutarlo.» Scosse la testa, disperato. «Lo so che significa rompere la promessa di tornare in soccorso di Padishar. Ma Coll è mio fratello.»

Lei si spostò per poterlo guardare in faccia. I loro occhi si incrociarono, e lui non distolse i suoi. «Hai preso una decisione, vero?» Damson sembrava terrorizzata. «Questa è probabilmente una trappola, lo sai.»

Par fece un sorriso amaro. «Lo so.»

Lei batté le palpebre. «E io non posso venire con te.»

«So anche questo. Devi raggiungere il Bordo di Fuoco, e cercare aiuto per tuo padre. Capisco.»

C'erano lacrime negli occhi di Damson. «Non voglio lasciarti.»

«Neanch'io lo voglio.»

«Sei sicuro che fosse Coll? Assolutamente sicuro?»

«Tanto quanto sono sicuro che ti amo, Damson.»

Lei lo abbracciò ancora una volta. Non disse nulla, ma affondò la faccia nella sua spalla. La sentì piangere. Si sentì spezzare, dentro. L'euforia di aver trovato Paranor era sparita, la stessa scoperta quasi dimenticata. Il senso di pace e di appagamento che aveva sperimentato per breve tempo una volta uscito da Tyrsis apparteneva ormai al passato.

Si staccò da lei. «Tornerò da te» disse sommesso. «Dovunque tu sarai, ti troverò.»

Lei si morse il labbro inferiore, annuendo. Poi si frugò fra i vestiti ed estrasse dalla tunica un sottile disco metallico con un buco al centro, in cui era infilato un laccio di cuoio che portava legato attorno al collo. Guardò un momento il disco, poi Par.

«Questo si chiama Skree» disse. «È un tipo di magia. Mi è stato dato tanto tempo fa.» C'era del fuoco nello sguardo che gli rivolse. «Può essere usato una volta sola.»

Poi prese il disco con entrambe le mani e lo spezzò in due, come se fosse stato un ramo secco. Gli porse la metà che si era staccata dal laccio. «Prendilo e legatelo intorno al collo. Portalo sempre addosso. Le due metà si cercheranno a vicenda. Quando il metallo prenderà a luccicare, vorrà dire che siamo vicini. Più è luminoso, più siamo vicini.»

Gli mise fra le mani la metà spezzata del disco. «In questa maniera ti ritroverò, Par. E non smetterò mai di cercarti.»

Lui chiuse le dita intorno allo Skree. Gli sembrava che un abisso si fosse aperto sotto di lui, e stesse per inghiottirlo. «Mi dispiace, Damson» sussurrò. «Non vorrei farlo. Manterrei la mia promessa, se potessi. Ma Coll è vivo, e io non posso...»

«No.» Gli appoggiò le dita sulle labbra. «Non dire altro. Capisco. Ti amo.»

Par la baciò e la strinse forte, cercando di imprimersi nella memoria la sensazione del suo corpo, finché non fu certo che il ricordo fosse diventato indelebile. Poi la lasciò andare, raccolse il fodero della Spada, prese la coperta e l'arrotolò, gettandosela su una spalla.

«Tornerò da te» ripeté. «Te lo prometto.»

Lei annuì in silenzio, e non distolse lo sguardo; così fu lui a voltarsi, e a inoltrarsi fra gli alberi.

8

Era il pomeriggio inoltrato del giorno successivo alla separazione di Par e Damson, quando Morgan Leah giunse finalmente in vista della città di confine di Varfleet. L'estate stava cedendo il passo all'autunno, ma le giornate erano ancora lunghe e lente, piene di caldo che arrivava con il sole e rimaneva a lungo anche dopo il calar della notte. Il Cavaliere si fermò su un'altura a nord della città e osservò il dedalo di edifici e strade serpeggianti, e pensò che nulla sarebbe stato nuovamente lo stesso per lui.

Erano passate più di due settimane da quando si era separato da Walker Boh, lo Zio Oscuro che era andato in cerca di Paranor con la Pietra Nera degli Elfi quale chiave per aprire le porte del tempo e dello spazio che racchiudevano la Fortezza dei Druidi, mentre il Cavaliere partiva alla ricerca di Padishar Creel e dei fratelli Ohmsford.

Due settimane. Morgan sospirò. Avrebbe dovuto raggiungere Varfleet in due giorni, anche a piedi. Ma, d'altra parte, sembrava che niente andasse per il verso giusto, di quei tempi.

Ciò che gli era capitato era un'ironia della sorte, considerando quello che aveva passato nelle settimane immediatamente precedenti. Lasciato Walker, aveva seguito i Denti del Drago verso sud, lungo il versante occidentale del Raab. Aveva raggiunto il ramo inferiore del fiume omonimo al tramonto del secondo giorno, e si era accampato nelle vicinanze, con l'intenzione di attraversarlo all'alba e di terminare il viaggio entro il giorno successivo. Le pianure erano afose e polverose, e dappertutto c'erano sacche della malattia che si era diffusa nelle Quattro Terre, in cui tutto sembrava inaridito e avvelenato. Credeva di essersene tenuto lontano, lungo il tragitto. Ma quando si era svegliato all'alba di quel terzo giorno, si era sentito febbricitante e aveva tali vertigini che riusciva a malapena a camminare. Aveva bevuto un po' di acqua e si era sdraiato di nuovo, sperando che il malore passasse. Ma arrivato a mezzogiorno, riusciva a stento a mettersi seduto. Con uno sforzo di volontà si era alzato, rendendosi finalmente conto di quanto stesse male, sapendo che doveva trovare subito aiuto. I crampi allo stomaco gli impedivano di raddrizzarsi, e la gola era in fiamme. Non aveva la forza per attraversare il fiume, così aveva camminato a monte, nella pianura. Era in preda al delirio quando si era imbattuto in una fattoria, in mezzo a una ombrosa macchia di olmi. Aveva raggiunto barcollando la porta, appena in grado di muoversi e perfino di parlare, ed era caduto a terra quando questa si era aperta.

Per sette giorni aveva dormito, riprendendo conoscenza il tempo necessario per mangiare e bere il poco cibo e l'acqua che gli venivano offerti da chi lo aveva fatto entrare. Non aveva visto alcuna faccia, e le voci che udiva erano indistinte. Talvolta delirava, agitandosi e gridando, riviveva gli orrori di Eldwist e Uhl Belk, rivedeva in continuazione la faccia di Viridiana morente, riprovando l'angoscia di allora mentre guardava impotente. Qualche volta vedeva Par e Coll Ohmsford che lo chiamavano da una grande distanza, e scopriva sempre che, per quanto provasse, non riusciva a raggiungerli. C'erano anche cose oscure nelle sue allucinazioni, ombre senza volto che gli giungevano inaspettate alle spalle, presenze senza nome, ma inconfondibili nella loro essenza. Fuggiva da loro, si nascondeva, cercava disperatamente di combatterle... eppure esse restavano sempre appena fuori della sua portata, minacciandolo in modi che non riusciva a definire, ma poteva solo immaginare.

La febbre era scomparsa alla fine della prima settimana. Quando finalmente era stato in grado di aprire gli occhi e di metterli a fuoco sulla giovane coppia che si era presa cura di lui, aveva visto sulle loro facce un sollievo evidente, e compreso quanto fosse giunto vicino a non svegliarsi più. La malattia l'aveva lasciato privo di forze, e ancora per parecchi giorni dovette essere imboccato. Rimaneva sveglio per brevi periodi, durante i quali riusciva anche a parlare. La giovane donna dai capelli biondo-paglia e gli occhi azzurro chiaro badava a lui mentre il marito lavorava nei campi, e sorrideva preoccupata, dicendogli che i suoi sogni dovevano essere stati brutti. Gli dava da mangiare zuppa, pane, acqua e piccole razioni di birra. Lui accettava con gratitudine, e la ringraziava ripetutamente per le cure. Qualche volta appariva il marito, si metteva a fianco della moglie e lo guardava, la faccia aperta e arrossata dal sole, lo sguardo dolce e il sorriso cordiale. Aveva accennato una volta al fatto che la spada era stata riposta in un luogo sicuro, che non era andata persa. Sembrava che anche questo fosse entrato a far parte dei suoi incubi.

Alla fine delle due settimane, Morgan poteva mangiare con loro, a tavola; si sentiva ogni giorno più forte, stava tornando alla normalità. Ma i ricordi restavano... la sensazione di dolore e di nausea, il senso di impotenza, la paura che quella malattia fosse la porta per le tenebre che sarebbero giunte alla fine della sua vita. I ricordi restavano, perché Morgan era stato troppo spesso vicino alla morte nelle ultime settimane per poterli mettere da parte facilmente. Era rimasto segnato da ciò che aveva provato e sopportato, come se avesse ricevuto delle ferite in battaglia, e perfino il contadino e la moglie potevano leggere nei suoi occhi ciò che gli era stato fatto. Non chiesero mai spiegazioni, ma potevano vederlo.

Si era offerto di ricompensarli per le cure prestate, e com'era prevedibile avevano rifiutato. Quando aveva dato loro l'addio, diciassette giorni più tardi, aveva fatto scivolare la metà del denaro che gli rimaneva nel grembiule consunto della giovane donna, mentre lei era voltata. Lo avevano guardato come dei genitori possono guardare un figlio, finché non era sparito alla vista.

E così non solo il suo arrivo a Varfleet e la sua ricerca di Padishar e Par e Coll erano stati notevolmente ritardati, ma lui era emerso dalla malattia anche con un rinnovato senso della propria mortalità. Morgan Leah era uscito da Eldwist e dalle Montagne Charnal ancora sotto l'effetto della morte di Viridiana, devastato dal senso di perdita, colmo di stupore per la forza da lei dimostrata nell'obbedire al desiderio di suo padre: sacrificare la sua vita per restituire la terra. Spirito primordiale, era diventata più umana di quanto suo padre avesse previsto, ma restava per Morgan un enigma al quale lui non credeva che avrebbe mai trovato una soluzione. Uniti a questa consapevolezza, c'erano l'innegabile orgoglio e la forza che aveva trovato nell'aiutare a sconfiggere Uhl Belk e nel recuperare la magia della Spada di Leah. Quando la Spada era ridiventata intera, lo stesso era accaduto a lui. Viridiana gli aveva fatto questo dono. Morgan si rese conto che con la perdita di Viridiana aveva in qualche modo ritrovato se stesso. Le contraddizioni fra ciò che era stato perduto e trovato combattevano dentro di lui mentre viaggiava verso sud in compagnia di Walker e Horner Dees; era un conflitto che non sarebbe mai stato interamente composto, e fu soltanto dopo che Morgan cadde preda della malattia che la furia interiore fu costretta a lasciare posto all'istinto più fondamentale della sopravvivenza.

Ora, guardando la città, uscito da parecchi mondi di incubo, dalle vite che aveva trascorso in quei mondi, così lontane da poter essere state vissute da qualcun altro, Morgan rifletté che ancora una volta si trovava alle soglie di un'altra vita. Si chiese se quelli che l'avevano conosciuto nel passato l'avrebbero potuto riconoscere adesso.

Entrò a Varfleet come uno fra i tanti viaggiatori che giungevano dal nord, un cavaliere del sud logorato e segnato dalle preoccupazioni, e fu ignorato dalla gente della città, troppo presa dai propri guai. Attraversò i quartieri più poveri, dove le famiglie vivevano in baracche e i bambini chiedevano l'elemosina per le strade, rendendosi conto ancora una volta di quanto poco avesse fatto il cosiddetto Protettorato della Federazione per aiutare il Callahorn. Giunse nella città vera e propria, dove gli odori del cibo e delle fogne si mescolavano sgradevolmente, i venditori magnificavano le proprie merci con voci stridule dai carretti e dalle soglie dei negozi, e i mercanti soddisfacevano le richieste di coloro che potevano permetterselo. Soldati della Federazione pattugliavano le strade, presenza minacciosa dovunque si presentassero, con l'aria di essere a disagio quanto i cittadini che erano incaricati di sorvegliare. A parte le uniformi e le armi, pensò cupo il Cavaliere, sarebbe stato difficile distinguere gli uni dagli altri.

Trovò un negozio di vestiti e spese la maggior parte del denaro che gli restava per comprarsi pantaloni, una tunica, un mantello da foresta di buona fattura, e stivali nuovi. I suoi abiti erano consunti, sporchi e stracciati in maniera irrimediabile, e li lasciò nel negozio, portandosi via solo le armi. Chiese indicazioni per il Whistledown, non sapendo ancora bene cosa fosse, e il negoziante gli disse che era una taverna al centro della città, sulla Striscia del Drago.

Mentre avanzava tra la folla nella calura del mezzogiorno, Morgan ripassò mentalmente le istruzioni che Padishar Creel gli aveva dato qualche settimana prima. Doveva andare al Whistledown e mostrare l'anello con lo stemma del falco a una donna di nome Matty Roh. Lei avrebbe saputo come trovare Padishar. Morgan tastò l'anello, ben nascosto in fondo a una tasca, pronto per quando ne avesse avuto bisogno. Pensò a quante volte aveva dubitato che un simile momento si sarebbe presentato. Gli scabri contorni del falco gli premettero contro la pelle, mentre si rigirava l'anello fra le dita, facendo riaffiorare ricordi del capo dei fuorilegge. Si chiese se Padishar fosse stato costretto a resuscitare dai morti tanto spesso quanto lui, nelle ultime settimane. L'idea gli fece spuntare un sorriso amaro.

Trovò la Striscia del Drago e la percorse fino a una piazza circondata da taverne, locande, case di piacere. Non era una delle zone più raccomandabili della città, ma c'era un gran movimento. Si sistemò le cinghie della Spada di Leah, appesa sulla schiena, sentendosi stanco e triste ma nello stesso tempo leggero, uno strano miscuglio, ma in qualche maniera appropriato. La malattia e la disgrazia lo avevano duramente provato, ma essere sopravvissuto a entrambe aveva rafforzato la sua determinazione. Non c'era molto che non potesse superare, almeno così credeva. Aveva bisogno di questa convinzione. Per settimane aveva guardato i suoi amici e compagni sparire, alcuni per uno scherzo della sorte, altri per le macchinazioni dei loro nemici. Aveva visto i suoi piani ripetutamente frustrati, i suoi propositi alterati più volte per servire uno scopo più alto, o almeno diverso. Aveva sempre fatto ciò che gli era sembrato giusto, e non aveva alcun motivo di rimproverarsi. Ma era stanco di vedere la sua vita risistemata come i mobili di una stanza, dove ogni volta che guardava vedeva tutto cambiato. Aveva rispettato il desiderio di Steff in punto di morte, ed era tornato a Culhaven per salvare Nonna Elise e Zia Jilt. Poi si era dedicato interamente a Viridiana, e al suo viaggio fino a Eldwist. Adesso era il momento di fare ciò che si era ripromesso dopo la fuga da Tyrsis e dall'Abisso. Era il momento di ritrovare Par e Coll, di dare loro la protezione di cui era capace, di restare con loro fino a quando...

Fece un'alzata di spalle. Be', fino a quando non avessero più avuto bisogno di lui, supponeva... in qualunque momento ciò si fosse verificato.

E dove si trovavano adesso? si chiese forse per la centesima volta. Cosa ne era stato di loro, dopo la fuga?

Pensare a loro lo metteva a disagio. Era sempre così. Era trascorso troppo tempo da quando si erano lasciati. Il pericolo degli Ombrati era troppo grande perché gli Uomini della Valle restassero soli ad affrontarlo. Sperava che Padishar li avesse trovati. Sperava che avessero incontrato meno difficoltà di lui.

Ma non ci avrebbe scommesso.

Arrivò alla piazza e vide il Whistledown in un angolo, sulla sinistra. Un'insegna di legno, molto malandata, con un flauto e un boccale schiumante sopra il nome segnalavano la taverna. Era un edificio di legno come tutti, affiancato da altri due a entrambi i lati, e si alzava per tre piani con finestre munite di tende al primo e al secondo, dove poteva trovarsi l'appartamento dei proprietari, oppure qualche camera in affitto. La piazza era piena di gente che andava e veniva, parecchi passavano da una taverna all'altra, alcuni così ubriachi da reggersi in piedi a malapena. Morgan li evitava, facendosi da parte per lasciar passare quelli che incontrava, storcendo il naso per il sudore e la sporcizia dei loro corpi e il puzzo della strada. Raggiunse la porta aperta del Whistledown, entrò, e vide con sorpresa che l'interno della birreria aveva un aspetto completamente diverso dall'esterno. Benché fosse disadorna e con pochi mobili, il pavimento era strofinato e pulito, il bordo di legno del bancone tirato a lucido, i tavoli, le sedie e gli sgabelli sistemati con cura, e su tutto aleggiava il profumo di cedro e di vernice. Le botti di birra facevano bella mostra, in fila dietro il bancone di mescita, e la credenza con i boccali aveva ante di vetro e finiture metalliche. Un paio di pesanti porte oscillanti all'estremità del bancone erano chiuse. Un massiccio camino di pietra dominava la parete a sinistra del bancone, e una stretta scala che conduceva ai piani superiori occupava la maggior parte della parete a destra. Scodelle e strofinacci erano sistemati sul bancone.

Ma fu qualcos'altro ad attirare l'attenzione di Morgan, qualcosa di così evidentemente fuori posto che dovette guardare una seconda volta per essere certo di non sbagliarsi.

C'erano mazzi di fiori selvatici sistemati in grossi vasi sulle mensole che reggevano le botti di birra e sulla credenza per i boccali.

Fiori in un posto del genere! Scosse la testa.

Le porte oscillanti si aprirono ed entrò un ragazzo con una scopa. Era alto e magro, con capelli neri tagliati corti e tratti fini, quasi delicati. Si muoveva con grazia mentre percorreva il bancone in tutta la sua lunghezza, come se danzasse, muovendo la scopa davanti a sé, perso nei suoi pensieri. Fischiettava sommesso, e non si era ancora accorto di lui.

Morgan si mosse un po', per farsi notare, e il ragazzo alzò gli occhi.

«Siamo chiusi» disse. Occhi color cobalto si fissarono sul Cavaliere, un'occhiata franca, quasi di sfida. «Apriamo al tramonto.»

Morgan lo fissò a sua volta. La faccia del ragazzo era liscia e glabra, le mani lunghe e sottili. I vestiti che indossava erano larghi e informi, e gli pendevano addosso come su un attaccapanni, stretti da una cintura alla vita e legati alle caviglie. Indossava scarpe invece di stivali, in pelle cucita, che gli modellavano i piedi.

«È questo il Whistledown?» chiese Morgan, decidendo che era meglio assicurarsene.

Il ragazzo annuì. «Tornate più tardi. E fate un bagno, prima.»

Morgan sbatté le palpebre. Un bagno? «Sto cercando una persona» disse, cominciando a sentirsi a disagio sotto lo sguardo impassibile dell'altro.

Il ragazzo alzò le spalle. «Non posso aiutarvi. Ci sono solo io qui. Provate dall'altra parte della strada.»

«Grazie, ma non sto cercando una persona qualsiasi...» cominciò Morgan.

Ma il ragazzo si era già voltato e spazzava il pavimento davanti al bancone. «Siamo chiusi» ripeté, come se questo sistemasse per sempre la faccenda.

Morgan si fece avanti, una punta di irritazione nella voce. «Aspetta un momento.» Allungò una mano verso la spalla dell'altro. «Aspetta un momento. Hai detto che sei solo...?»

Il ragazzo si girò veloce quando Morgan lo toccò, la scopa si sollevò e l'estremità del manico colpì con violenza il Cavaliere sotto la cassa toracica. Morgan si piegò in due, paralizzato, poi si lasciò cadere su un ginocchio, boccheggiando.

Il ragazzo gli andò alle spalle e si chinò. «Siamo chiusi, vi ho detto. Dovreste stare più attento.» Aiutò Morgan a rimettersi in piedi, con forza sorprendente per essere così magro, e lo guidò verso la porta. «Tornate più tardi, quando apriamo.»

E l'istante dopo, Morgan si ritrovò sulla strada, appoggiato alla parete di legno dell'edificio, le braccia strette attorno al corpo, come se rischiasse di andare a pezzi... il che non era molto lontano dal vero, considerando come si sentiva. Respirò a fondo più volte, e aspettò che il dolore al petto si calmasse.

È assurdo, pensò infuriato. Un ragazzo!

Finalmente riuscì a raddrizzarsi, si massaggiò il petto, si sistemò sulle spalle le cinghie della spada, dove avevano cominciato ad allentarsi, e rientrò nel locale.

Il ragazzo, che adesso stava spazzando dietro il bancone, non parve felice di vederlo. «Avete qualche problema?» gli chiese ironico.

Il Cavaliere avanzò e lo guardò torvo. «Se ho un problema? Non avevo nessun problema finché non sono entrato qui. Non ti pare di essere stato un po' precipitoso con quella scopa?»

Il ragazzo alzò le spalle. «Vi ho chiesto di andarvene e voi non lo avete fatto. Cosa vi aspettavate?»

«Magari un piccolo aiuto. Te l'ho detto che sto cercando qualcuno.»

Il ragazzo sospirò stancamente. «Tutti cercano qualcuno... specialmente la gente che viene qui.» La sua voce era bassa e armoniosa, una strana combinazione. «Vengono qui per bere e sentirsi meglio. Vengono qui per trovare compagnia. Benissimo. Ma devono farlo quando siamo aperti. E adesso non siamo aperti. È chiaro abbastanza per voi?»

Morgan sentì che la pazienza cominciava a venirgli meno. Scosse la testa. «Te lo dirò io cosa è chiaro per me. Che tu sei un gran maleducato. Qualcuno dovrebbe prenderti a schiaffi.»

Il ragazzo mise giù la scopa e appoggiò le mani sottili sul bancone. «Be', non sarai tu a farlo. Adesso gira sui tacchi ed esci da quella porta. E dimentica quello che ho detto prima. Non tornare più tardi. Non tornare per niente.»

Per un momento Morgan pensò di afferrarlo per la collottola e di tirarlo dall'altra parte del bancone. Ma il ricordo del manico della scopa era troppo recente per incoraggiare azioni precipitose, e a parte questo il ragazzo non sembrava per nulla impaurito.

Dominando la rabbia, incrociò le braccia sul petto e non si mosse. «C'è qualcun altro con cui posso parlare, a parte te?» chiese.

Il ragazzo scosse la testa.

«La padrona, magari?»

Il ragazzo scosse la testa.

«No?» Morgan decise di tentare. «La padrona si chiama Matty Roh, per caso?»

Ci fu un lampo di riconoscimento negli occhi cobalto, che sparì in un istante. «No.»

Morgan annuì lentamente. «Ma tu sai chi è Matty Roh, vero?» Era un'affermazione, non una domanda.

Lo sguardo del ragazzo era fermo. «Sono stanco di parlare con te.»

Morgan lo ignorò. «È lei che sono venuto a cercare. E ho fatto un sacco di strada. Ecco perché ho bisogno di fare un bagno, come mi hai scortesemente fatto notare. Matty Roh. Non una sconosciuta che mi tenga compagnia, per qualche scopo innominabile, grazie lo stesso.» La sua voce aveva assunto un tono più duro. «Matty Roh. Conosci il nome; sai chi è. Perciò se vuoi liberarti di me, basta che tu mi dica come posso trovarla, e me ne vado.»

Aspettò, le braccia incrociate, i piedi ben piantati a terra. L'espressione del ragazzo non mutò; i suoi occhi non si staccarono da Morgan. Ma le sue mani scivolarono sotto il bancone e ne emersero stringendo una spada dalla lama sottile.

«E questa cosa sarebbe?» chiese Morgan calmo. «Sono così male accetto?»

Il ragazzo era immobile come una pietra. «Chi sei? Cosa vuoi da Matty Roh?»

Morgan scosse la testa. «È una questione fra me e lei.» Poi aggiunse: «Ti dirò solo questo. Non sono venuto per creare guai. Voglio solo parlare con lei.»

Il ragazzo lo studiò per un lungo momento, lo sguardo fisso, il corpo immobile. Era fermo dietro il bancone come una statua, e Morgan aveva la spiacevole sensazione che fosse indeciso se fuggire o attaccarlo. Osservò gli occhi e le mani, in cerca di un segno che gli svelasse cosa il ragazzo avrebbe fatto. Ma non ci fu alcun movimento. I rumori della strada entravano attraverso la porta aperta, e si spandevano acuti e invadenti nel silenzio.

«Sono io Matty Roh» disse il ragazzo.

Morgan Leah spalancò gli occhi. Per poco non dichiarò che era assurdo. Ma qualcosa nella voce del ragazzo lo fermò. Lo osservò meglio... i lineamenti fini e delicati, le mani sottili, il corpo esile nascosto dentro i vestiti larghi, la maniera in cui si muoveva. Nessuna di quelle cose sembrava proprio adatta a un ragazzo. Ma per una ragazza...

«Matty Roh» disse, ancora visibilmente sorpreso. «Pensavo che fossi un... che fossi...»

La ragazza annuì. «È quello che dovevi pensare.» La sua mano non si staccò dalla spada. «Cosa vuoi da me?»

Per un momento Morgan non rispose. Doveva ancora rassegnarsi all'idea di avere scambiato una ragazza per un ragazzo. E quello che era peggio, le aveva permesso di fargli fare la figura dello stupido. Ma bisognava dare fondo a tutte le proprie risorse, dovendo vivere in un posto come la Striscia del Drago. La ragazza era astuta. Doveva ammettere che il suo travestimento era ottimo.

Infilò una mano nella tasca della tunica, ne estrasse l'anello con la testa del falco, e lo sollevò. «Lo riconosci?»

Lei diede una rapida occhiata all'anello, e la sua mano si strinse sulla spada. «Chi sei?» chiese.

«Morgan Leah» disse lui. «Sappiamo entrambi chi mi ha dato l'anello. Mi ha detto di venire a cercarti, quando avessi avuto bisogno di trovarlo.»

«So chi sei» dichiarò Matty. Il suo sguardo non si staccò da lui, scrutatore. «Porti ancora una spada spezzata, Morgan Leah?»

L'immagine di Viridiana morente gli attraversò come un lampo la mente. «No» disse sommesso. «È stata resa di nuovo integra.» Scacciò il dolore suscitato dal ricordo, e si costrinse ad allungare una mano sopra la spalla e a toccare l'impugnatura della spada. «Vuoi vedere?»

Lei scosse la testa in segno di diniego. «Mi spiace di averti riservato una così brutta accoglienza. Ma è difficile sapere di chi fidarsi. La Federazione ha spie dappertutto... Cercatori, spesso.»

Prese la sua spada e la infilò di nuovo sotto il bancone. Per un momento sembrò non sapere cosa fare. Poi disse: «Vuoi qualcosa da mangiare?».

Lui accettò, e lei lo accompagnò in cucina, dove lo fece sedere a un piccolo tavolo, prese dello stufato da una pentola appesa sul fuoco e lo mise in una scodella, tagliò parecchie fette di pane, versò birra in una caraffa, e portò il tutto a Morgan. Lui mangiò e bevve avidamente, più affamato di quanto lo fosse da giorni. C'erano fiori selvatici in un vaso sul tavolo, e lui li toccò un po' perplesso. Lei lo guardava in silenzio, con la stessa espressione seria sulla faccia, studiandolo con quello sguardo franco e curioso. La cucina era sorprendentemente fresca, con una brezza che soffiava dalla porta posteriore aperta e si infilava su per il camino. I rumori della strada continuavano a entrare, ma il Cavaliere e la ragazza li ignoravano.

«Ti ci è voluto un sacco di tempo per arrivare qui» disse Matty quando Morgan ebbe finito di mangiare. Portò i piatti a un acquaio e cominciò a lavarli. «Lui ti aspettava prima.»

«Dov'è, adesso?» chiese Morgan. Facevano di tutto per non pronunciare il nome di Padishar Creel... come se nominandolo rischiasse di mettere in allarme le spie della Federazione.

«Dove ha detto che sarebbe stato?» chiese lei a sua volta.

Mi sta ancora mettendo alla prova, pensò Morgan. «Al Bordo di Fuoco. Dimmi una cosa. Tu sei molto circospetta con me.

Ma io come faccio a sapere di potermi fidare di te? Come faccio a sapere che sei veramente Matty Roh?»

Lei finì di lavare i piatti, li mise ad asciugare su un bancone e si voltò a guardarlo. «Non puoi. Ma sei tu che sei venuto a cercarmi. Non io. Perciò devi correre i tuoi rischi.»

Morgan si alzò. «Non è molto rassicurante.»

Lei alzò le spalle. «Non deve esserlo. Non è compito mio rassicurarti. Il mio compito è accertarmi che sei veramente quello che dici di essere.»

«E te ne sei accertata?»

Lei lo fissò. «Più o meno.»

Il suo sguardo era impenetrabile. Morgan scosse la testa. «Quando pensi di poterlo sapere con sicurezza?»

«Presto.»

«E cosa succederebbe se tu ti convincessi che sto mentendo? Che sono qualcun altro?»

Lei si mise di fronte e lui, dall'altra parte del tavolo, e l'azzurro dei suoi occhi era così luminoso che sembrava inghiottire tutta la luce.

«Speriamo che tu non debba scoprire la risposta a questa domanda» disse. Sostenne il suo sguardo con aria di sfida. «Il Whistledown resta aperto fino a mezzanotte. Quando chiuderà, discuteremo del dopo.»

Mentre si voltava, Morgan avrebbe giurato che un sorriso le sfiorasse le labbra.

9

Morgan trascorse il resto della giornata nella cucina, con una vecchia che veniva per fare da mangiare ma dedicava la maggior parte del tempo a sorseggiare birra da una fiasca metallica e a rubare cibo dai vasi. La donna gli rivolse a malapena un'occhiata e borbottò qualcosa di indecifrabile circa gli estranei, e così lui venne lasciato praticamente solo. Fece il bagno in una vecchia tinozza, in una stanza sul retro (perché voleva farlo, e non perché glielo aveva consigliato Matty Ròh, si disse), portando secchi di acqua fumante scaldata sul fuoco, finché ce ne fu abbastanza per immergersi. Rimase sdraiato nella tinozza per un bel po', lasciando che venisse lavato via qualcosa di più della sporcizia, e restandoci anche quando l'acqua si fu raffreddata.

Dopo che il Whistledown ebbe aperto, abbandonò la cucina ed entrò nella sala principale, per dare un'occhiata. Si fermò accanto al bancone e osservò i cittadini di Varfleet andare e venire. La gente era ben vestita, sia gli uomini che le donne, e fu subito chiaro che quella non era una taverna per poveracci. Parecchi tavoli erano occupati da ufficiali della Federazione, alcuni con le mogli o compagne. Conversazioni e risate non erano rumorose, e nessuno aveva l'aria di voler creare fastidi. Un paio di volte dei soldati di pattuglia della Federazione si fermarono per gettare dentro un'occhiata, ma proseguirono subito. Un tipo robusto, con capelli ricci e scuri, spillava la birra dalle botti, e una cameriera portava ai tavoli i vassoi con i boccali spumeggianti.

Anche Matty Roh lavorava, ma da principio Morgan non comprese quale fosse il suo lavoro. Talvolta spazzava il pavimento, talvolta puliva i tavoli, e talvolta andava in giro a sistemare qua e là. La osservò per un po', prima di comprendere che in realtà il suo compito consisteva nell'ascoltare le conversazioni dei clienti. Era sempre occupata, e non sembrava mai fermarsi in uno stesso posto per più di un momento, cercando di non dare nell'occhio. Morgan non era in grado di dire se qualcuno sapeva che era una ragazza, ma in ogni caso nessuno le prestava quasi attenzione.

Dopo un po', si avvicinò al bancone portando un vassoio pieno di bicchieri vuoti e si fermò accanto a lui. Mentre prendeva uno strofinaccio pulito, disse: «Attiri troppo l'attenzione, qui. Torna in cucina». E riprese le sue occupazioni.

Irritato, fece quanto gli era stato detto.

A mezzanotte il Whistledown chiuse. Morgan aiutò a ripulire, poi la vecchia cuoca e l'uomo che stava al bancone augurarono la buonanotte e uscirono dal retro. Matty Roh spense le lampade nel salone, controllò le porte, e tornò in cucina. Morgan l'attendeva al piccolo tavolo, e lei si sedette di fronte a lui.

«Allora, cos'hai saputo questa sera?» chiese, in tono semischerzoso. «Qualcosa di interessante?»

Lei gli rivolse un'occhiata fredda. «Ho deciso di fidarmi di te» annunciò.

Il sorriso di Morgan svanì. «Grazie.»

«Perché se non sei quello che dici di essere, allora sei la peggiore spia della Federazione che abbia mai visto.»

Lui incrociò le braccia, sulla difensiva. «Dimentica i ringraziamenti. Li ritiro.»

«Secondo una voce che circola» disse lei, «la Federazione avrebbe catturato Padishar a Tyrsis.» Morgan si irrigidì. Gli occhi color cobalto rimasero fissi su di lui. «C'entra una fuga da una prigione. Ho sentito un capitano della Federazione parlarne. Dicono di averlo preso.»

Morgan ci pensò un momento. «Padishar è un tipo difficile da mettere in trappola. Forse è solo una voce.»

Lei annuì. «Forse. Non molto tempo fa dicevano di averlo ucciso, sulla Sporgenza. Dicevano che il Movimento era finito.» Fece una pausa. «In ogni caso, sapremo la verità al Bordo di Fuoco.»

«Andiamo?» chiese subito Morgan.

«Andiamo.» La fanciulla si alzò. «Aiutami a preparare del cibo da portare via. Io vado a prendere delle coperte. Ce ne andremo prima che faccia giorno. È meglio che nessuno ci veda partire.»

Morgan si alzò e andò alla dispensa. «E la taverna?» chiese. «Non dovrebbe badarci qualcuno?»

«La taverna rimarrà chiusa finché non ritorno.»

Morgan alzò gli occhi dalla bisaccia in cui stava infilando una pagnotta. «Mi hai mentito, vero? Sei tu la padrona.»

Lei lo guardò negli occhi. «Non fare lo stupido, Cavaliere. Non ti ho mentito. Io dirigo, non sono la padrona. Il padrone è Padishar Creel.»

Finirono di preparare provviste e coperte, si misero tutto in spalla, e uscirono dalla porta posteriore. L'aria della notte era calda e piena degli odori della città, mentre percorrevano veloci le strade e i vicoli deserti, attenti a evitare le pattuglie della Federazione. La fanciulla era silenziosa come un fantasma, una sagoma sottile che fendeva le ombre. Morgan si accorse che si era portata la spada che teneva nascosta sotto il bancone, legata sulla schiena insieme alle altre cose. Si chiese, sarcastico, se si era portata anche la scopa. Perlomeno si era sbarazzata di quelle buffe scarpe, sostituite con più utili stivali.

Passarono dalla città nella campagna circostante e si diressero verso il Mermidon, che attraversarono a un guado, per girare poi in direzione est. Seguirono la linea dei Denti del Drago, e all'alba avevano piegato nuovamente verso nord, attraverso il Raab. Camminarono senza sosta fino al tramonto, facendo una pausa a mezzogiorno per mangiare e far passare l'ora più calda. Le pianure erano polverose e deserte, il viaggio non presentò fatti di rilievo. La ragazza parlava poco, e Morgan era contento così.

Al tramonto si accamparono sotto i Denti del Drago, accanto a un immissario del Raab, in una macchia di frassini che si arrampicavano fra le rocce come soldati in marcia. Consumarono il pasto serale mentre il sole spariva dietro le montagne, in un caliginoso mescolarsi di rosso e di oro che si scioglieva sulla pianura. Quando ebbero finito, rimasero seduti a osservare il crepuscolo imbrunirsi e le acque del fiume farsi argentee alla luce della luna e delle stelle.

«Padishar mi ha detto che gli hai salvato la vita» disse la ragazza dopo un po'.

Non aveva parlato per tutta la cena. Morgan la fissò, sorpreso per l'improvvisa affermazione. Lei lo guardava con i suoi impenetrabili occhi azzurri.

«Ho salvato anche la mia, insieme» rispose lui. «Non è stata un'azione del tutto disinteressata.»

Lei incrociò le braccia. «Mi ha detto di proteggerti e di prendermi cura di te. Mi ha detto che ti avrei riconosciuto, quando ti avessi incontrato.»

La sua espressione non era mai cambiata. Morgan sorrise, suo malgrado. «Be', anche lui può sbagliarsi, come tutti.» Attese una risposta, e non ricevendone, con tono un po' scontroso disse: «Magari non ci crederai, ma so badare a me stesso da solo».

Lei distolse lo sguardo, mettendosi più comoda. I suoi occhi scintillavano alla luce delle stelle. «Com'è il paese da dove vieni?»

Lui esitò, confuso. «Cosa vuoi dire?»

«Le Terre Alte, come sono?»

Per un momento Morgan pensò che lo stesse prendendo in giro, poi decise che non era così. Respirò profondamente e si stese a terra, lasciando scorrere i ricordi. «È il paese più bello delle Quattro Terre» disse, e cominciò a descriverlo nei dettagli: le colline con il loro tappeto di erbe e fiori azzurri, lavanda, gialli, i ruscelli bianchi come brina al mattino e rosso sangue al tramonto, la nebbia che andava e veniva con il cambiare delle stagioni, le foreste e i prati, il senso di pace, di essere fuori del tempo. Le Terre Alte erano la sua passione, e lo erano diventate ancor più da quando le aveva lasciate, qualche settimana prima. Gli ricordavano quanto significasse per lui la casa, perfino una casa che non era più realmente sua, da quando la Federazione l'aveva occupata... anche se, in verità, pensò, era ancora più sua che loro, perché lui la portava con sé, nella sua mente, e aveva la sua storia nel sangue, e questo per loro non avrebbe mai potuto essere.

Matty Roh rimase un po' in silenzio, quando lui ebbe finito, poi disse: «Mi piace come descrivi la tua terra. Mi piacciono i sentimenti che provi per essa. Se io vivessi là, credo che li proverei anch'io».

«Ne sono certo» disse Morgan, studiando il suo profilo mentre lei guardava attraverso il Raab, pensierosa. «Ma suppongo che tutti provino gli stessi sentimenti per la propria casa.»

«Io no.»

Lui si raddrizzò. «Perché no?»

La fronte della fanciulla si aggrottò. I suoi lineamenti lisci si incresparono appena, ma l'espressione mutò completamente, diventando assorta e remota. «Suppongo sia perché non ho dei bei ricordi di casa. Sono nata in una piccola fattoria a sud di Varfleet, una delle molte famiglie che occupavano una valle. Vivevo lì con i miei genitori, i miei fratelli e una sorella. Ero la più piccola. Allevavamo mucche da latte e coltivavamo il grano. D'estate i campi diventavano gialli come oro. In autunno, la terra era tutta nera, dopo l'aratura.» Alzò le spalle. «Non ricordo molto altro, a parte questo. Soltanto la pestilenza. Sembra sia passato tanto tempo, ma in realtà non è così. Per prima si ammalò la terra, poi il bestiame, poi la mia famiglia. Tutto moriva. Tutti. Per prima mia sorella, poi mia madre, poi i miei fratelli e mio padre. Era lo stesso nelle fattorie vicine. Accadde così in fretta. Nel giro di pochi mesi, tutti erano morti. Una donna di una fattoria vicina mi trovò e mi portò a Varfleet, tenendomi con sé. Eravamo le ultime. Io avevo sei anni.»

Ne parlava come se fosse una cosa del tutto normale. Non c'erano emozioni nella sua voce. Quando ebbe finito, guardò il cielo. «Penso che incontreremo pioggia» disse.

Dormirono fino all'alba, fecero colazione con pane, frutta e formaggio, e ripresero il loro cammino verso nord. Il cielo si stava annuvolando, e poco dopo aver attraversato il Raab iniziò a piovere. Il tuono rumoreggiò, e i fulmini solcarono il cielo cupo. Quando la pioggia cominciò a scrosciare, trovarono rifugio sotto un vecchio acero, addossato a una parete rocciosa. Si asciugarono la faccia e i vestiti, e si disposero ad aspettare che il temporale passasse. L'aria si raffreddò, e la pianura riluceva per l'umidità.

Spalla a spalla, la schiena appoggiata al tronco, sedevano guardando la foschia, ascoltando il rumore della pioggia.

«Come hai incontrato Padishar?» chiese Morgan, dopo un lungo silenzio.

Lei sollevò le ginocchia, e le circondò con le braccia. L'acqua le imperlava la pelle e luccicava sui suoi capelli neri. «Ho lavorato come apprendista presso Hirehone, non appena sono stata abbastanza grande. Mi ha insegnato a forgiare il ferro e a combattere. Dopo un po', sono diventata più brava di lui in entrambe le cose. Perciò mi ha fatta entrare nel Movimento, ed è così che ho conosciuto Padishar.»

Ricordi di Hirehone si affollarono nella mente di Morgan. Li scacciò dopo un momento. «Da quanto tempo lavori al Whistledown?»

«Un paio d'anni. Offre l'opportunità di imparare molte cose che possono essere utili ai nati liberi. È un posto buono per starci, adesso.»

Lui le gettò un'occhiata. «Ma non per starci tutta la vita, è questo che vuoi dire?»

Lei gli rivolse un fugace sorriso. «Non fa per me.»

«E cosa fa per te?»

«Non lo so ancora. Tu lo sai?»

Morgan ci pensò. «Suppongo di no. Non ho avuto molto tempo di pensarci, in queste ultime settimane. Ho dovuto scappare così in fretta che non ho mai potuto fermarmi a pensare.»

Lei si accomodò contro il tronco. «Io non sono scappata. Sono rimasta ferma, aspettando che succedesse qualcosa.»

Lui si spostò per guardarla meglio. «Anche per me era così, prima di venire a nord. Passavo tutto il mio tempo a escogitare qualcosa per rendere difficile la vita agli occupanti della Federazione... tutti quegli ufficiali e quei soldati che vivevano nella casa che era appartenuta alla mia famiglia, accampando diritti come se fosse loro. Credevo di fare qualcosa, ma in effetti stavo solo fermo.»

Lei gli lanciò un'occhiata curiosa. «E invece adesso scappi. È meglio?»

Lui sorrise e alzò le spalle. «Almeno vedo posti nuovi.»

La pioggia si calmò, il cielo cominciò a schiarirsi, e i due ripresero il viaggio. Morgan si sorprese a guardare Matty Roh di nascosto, a studiarne l'espressione, le linee del corpo, la maniera in cui si muoveva. Pensò che era un tipo interessante, che nascondeva molto più di quanto lasciasse apparire. Esteriormente era fredda e decisa, una maschera costruita con cura per celare emozioni più forti e profonde. Morgan era convinto, per ragioni che non avrebbe saputo spiegare, che lei fosse capace quasi di tutto.

Mancava poco a mezzogiorno quando lei lo guidò fra le rocce, e cominciarono a seguire un sentiero che si addentrava in mezzo alle colline ai piedi dei Denti del Drago. Penetrarono in una cortina di alberi che nascondeva le montagne davanti e la pianura dietro, e quando ne emersero si trovarono di fronte ai primi contrafforti. Il sentiero era sparito assieme agli alberi, e ben presto cominciarono a inerpicarsi lungo pendii scoscesi, facendosi strada come meglio potevano fra i massi. A Morgan venne da chiedersi, malignamente, se Matty Roh sapeva dove stava andando. Dopo un po' raggiunsero un passo e lo seguirono, attraverso una profonda spaccatura. Le pareti di roccia si chiusero intorno a loro, finché non rimase che una striscia di cielo nuvoloso con squarci di azzurro. Gli uccelli prendevano il volo dai loro nidi scoscesi e sparivano nel sole. Il vento fischiava a folate improvvise che percorrevano la lunghezza della spaccatura con un suono stridente.

Quando si fermarono per bere dalle borracce di pelle, Morgan lanciò un'occhiata alla ragazza per vedere come se la cavava. C'era un velo di sudore sulla sua faccia liscia, ma respirava senza difficoltà. Lei si accorse della sua occhiata, e lui si voltò subito.

A un certo punto, nelle profondità della fenditura, Matty Roh si addentrò in un ammasso di rocce che sembravano il prodotto di un'antica frana. Oltre le rocce, trovarono una galleria che si inoltrava nella parete del crepaccio. Vi entrarono, e salirono lungo un passaggio sinuoso che sbucava su un cornicione a metà della parete. Morgan guardò cauto in basso. La roccia cadeva a strapiombo. Uno stretto sentiero saliva ripido, invisibile dal basso. Lo seguirono fino alla sommità della parete, dove trovarono un'altra gola, poco più di una spaccatura nella roccia, così stretta che poteva passarvi solo una persona alla volta.

Matty Roh si arrestò all'inizio della fenditura. «Verranno fra un momento» annunciò, togliendosi la borraccia dalla spalla e porgendogliela.

Lui declinò l'offerta. Se lei non aveva bisogno di bere, lo stesso valeva per lui. «Come faranno a sapere che siamo arrivati?» chiese.

Ancora quel sorriso fugace. «Ci stanno sorvegliando da un'ora. Non li hai visti?»

Non li aveva visti, naturalmente, e lei lo sapeva, perciò Morgan si limitò ad alzare le spalle, lasciando cadere il discorso.

Poco dopo un paio di figure emersero dalle ombre della fenditura: uomini barbuti, dalle facce dure, con archi e pugnali. Salutarono brevemente Matty Roh e Morgan, e fecero loro cenno di seguirli. In fila indiana, entrarono nella fenditura e presero per un sentiero che saliva fra un ammasso di rocce che nascondevano completamente il terreno davanti a loro. Morgan saliva senza incertezze, ma non poté fare a meno di notare che Matty Roh sembrava essere uscita per una passeggiata.

Finalmente raggiunsero un altopiano che si stendeva verso nord, sud e ovest e offriva il panorama più sbalorditivo dei Denti del Drago e delle terre al di là che Morgan avesse mai visto. Era quasi il tramonto, e il cielo aveva assunto una tinta cremisi brillante, attraverso la cortina di foschia che cingeva i picchi delle montagne. Di qui il nome di Bordo di Fuoco, pensò Morgan. A est l'altopiano era addossato a un'altura fitta di abeti e cedri. Era qui che i fuorilegge avevano il loro accampamento: capanne nascoste fra gli alberi e focolari di pietre messe in cerchio. Non c'erano fortificazioni, come alla Sporgenza, poiché l'altopiano era circondato da crepacci frastagliati e profonde gole, con pareti a strapiombo impossibili da scalare per un uomo, e tanto meno per un esercito. Così almeno appariva a giudicare dal punto dove si trovavano, e Morgan supponeva che fosse lo stesso su tutti i lati dell'altopiano, che si stendeva per un quarto di miglio circa. L'unica via d'accesso sembrava essere quella per la quale erano venuti. Ma il Cavaliere conosceva abbastanza bene Padishar Creel per scommettere che ce ne fosse almeno un'altra.

Si voltò mentre una figura massiccia e familiare veniva loro incontro: la barba nera e l'aspetto feroce, senza un occhio e un orecchio, la faccia segnata da cicatrici. Chandos abbracciò Matty Roh con calore, inghiottendola quasi fra le sue braccia, poi tese la mano a Morgan.

«Cavaliere!» lo salutò, stritolandogli la mano. «È un vero piacere rivederti.»

«Anch'io sono felice.» Morgan estrasse la mano dalla dolorosa stretta dell'altro. «Come va, Chandos?»

Il grosso uomo scosse la testa. «Abbastanza bene, considerando tutto quello che è successo.» C'era un'espressione di rabbia e frustrazione nei suoi occhi scuri. La sua mascella si strinse. «Venite con me, dove possiamo parlare.»

Si allontanò dal bordo dell'altopiano, seguito da Morgan e Matty Roh. Le guardie che li avevano accompagnati sparirono da dove erano venute. Chandos si diresse deliberatamente lontano dall'accampamento e dagli altri fuorilegge. Morgan gettò un'occhiata a Matty Roh, ma la faccia della ragazza era impenetrabile.

Quando furono lontani da orecchie indiscrete, lei chiese subito a Chandos: «L'hanno preso, vero?».

«Padishar?» Chandos annuì. «L'hanno catturato due notti fa, a Tyrsis.» Si voltò a guardare Morgan. «Con lui c'era l'Uomo della Valle, quello più piccolo, che piaceva tanto a Padishar... Par Ohmsford. A quanto pare erano penetrati nelle prigioni della Federazione per liberare Damson Rhee. Ci sono riusciti, ma Padishar è stato catturato durante il tentativo. Damson adesso è qui. È arrivata ieri con la notizia.»

«Che ne è stato di Par?» chiese Morgan, domandandosi come mai non si era fatta parola di Coll.

«Damson ha detto che è andato in cerca di suo fratello... qualcosa circa gli Ombrati.» Chandos lasciò cadere l'argomento. «Quello che ci interessa adesso è Padishar.» La faccia sfregiata si aggrottò. «Non l'ho ancora detto agli altri.» Scosse la testa. «Non so se devo farlo o no. Dovremmo incontrarci con Axhind e i suoi Troll al Passo di Jannisson alla fine della settimana. Cinque giorni. Se non ci sarà Padishar, non credo che vorranno unirsi a noi. Cinquemila Troll!» Appariva molto animato, adesso, e tirò un respiro profondo. «Ne abbiamo bisogno se vogliamo sperare di farcela contro la Federazione. Specialmente dopo aver perso la Sporgenza.»

Li guardò speranzoso. «Non sono mai stato molto bravo a fare piani. Perciò se voi avete qualche idea...»

Matty Roh scosse la testa. «Se Padishar è nelle mani della Federazione, non rimarrà vivo molto a lungo.»

Chandos si rabbuiò. «Forse più a lungo di quanto vorrebbe, se i Cercatori riescono a mettergli le mani addosso.»

Morgan rammentò l'Abisso e i suoi abitanti, e rapidamente ricacciò il pensiero. C'era qualcosa che non quadrava in quella faccenda. Padishar era andato a cercare Par e Coll settimane prima. Perché ci aveva messo tanto a trovarli? Perché i fratelli Ohmsford erano rimasti tutto quel tempo a Tyrsis? E quando Par e Padishar erano andati alle prigioni per salvare Damson Rhee, dov'era Coll? Gli Ombrati avevano catturato anche Coll?

Gli sembrava che ci fossero molte cose incomprensibili.

«Voglio parlare con Damson Rhee» annunciò brusco. Si era interrogato su di lei all'inizio, e d'improvviso stava ricominciando a interrogarsi su di lei.

Chandos alzò le spalle. «Dorme. Ha camminato tutta notte per arrivare qui.»

Immagini di Teel si accavallavano nella mente di Morgan, sussurrando insidiosamente. «Allora svegliamola.»

Chandos gli rivolse un'occhiata dura. «D'accordo, Cavaliere. Se pensi che sia importante. Ma te ne assumi tu la responsabilità.»

Raggiunsero l'accampamento e passarono tra i fuochi accesi per cucinare e gli uomini che si affaccendavano attorno a essi. Il sole era ulteriormente calato a occidente, ed era quasi ora di cena. C'era cibo nelle pentole, e gli odori si spandevano nell'aria estiva. Morgan se ne accorse appena, la mente occupata da altri pensieri. Le ombre strisciavano dagli alberi, allungandosi al sopraggiungere della notte. Morgan pensava a Par e a Coll, ancora a Tyrsis dopo tutto quel tempo. Erano fuggiti dall'Abisso settimane prima. Perché erano rimasti? continuava a chiedersi. Perché tanto a lungo?

Mentre le domande si affollavano nella sua mente, rivedeva la faccia di Teel... e l'Ombrato che si era nascosto in lei.

Raggiunsero una piccola capanna nel folto degli alberi e Chandos si arrestò. «È qui. Svegliala tu, se vuoi. Venite a cenare con me quando avrete finito, tutti e due.»

Morgan annuì. Si voltò verso Matty Roh. «Vuoi entrare con me?»

Lei gli rivolse un'occhiata scrutatrice. «No. Credo che tu debba sbrigartela da solo.»

Per un momento sembrò che volesse aggiungere altro, ma poi si voltò e seguì Chandos fra gli alberi. Sapeva qualcosa che non voleva dirgli, decise Morgan. La guardò allontanarsi, pensando ancora una volta che Matty Roh era molto più complessa di quanto lasciasse vedere.

Morgan guardò la capanna, incerto su come affrontare Damson Rhee. Sospetti e paura non dovevano interferire con il buonsenso. Ma non riusciva a scuotersi di dosso l'immagine di Teel come Ombrato. Poteva essere lo stesso con quella ragazza. Il problema era come scoprirlo.

Allungò una mano sopra la spalla per assicurarsi che la Spada di Leah uscisse facilmente, respirò a fondo, poi andò alla porta e bussò. Si aprì quasi subito, e la ragazza con i fiammeggianti capelli rossi e gli occhi di smeraldo lo guardò. Era rossa in viso, come se si fosse appena svegliata, e il suo vestito scuro era in disordine. Era alta, anche se non come Matty, e molto bella.

«Sono Morgan Leah» disse lui.

Lei batté le palpebre, poi annuì. «L'amico di Par. Il Cavaliere. Salve. Io sono Damson Rhee. Scusa, stavo dormendo. Che ore sono?» Sbirciò il cielo attraverso gli alberi. «Quasi il tramonto, vero? Ho dormito troppo.»

Fece un passo indietro, come per rientrare, poi si fermò e lo guardò di nuovo. «Hai sentito di Padishar, immagino. Sei appena arrivato?»

Lui annuì, guardandola in faccia. «Volevo sapere da te cos'era successo.»

«D'accordo.» Non parve sorpresa. Si gettò un'occhiata sopra la spalla, poi uscì alla luce. «Parliamo qui fuori. Sono stanca di restare chiusa al buio. Cosa ti ha detto esattamente Chandos?»

Si addentrò fra gli alberi con passo deciso, e lui fu costretto a seguirla. «Mi ha detto che Padishar è stato catturato dalla Federazione quando lui e Par sono venuti a liberarti. Mi ha detto che Par ti ha lasciata per andare a cercare Coll... che la faccenda aveva qualcosa a che fare con gli Ombrati.»

«Tutto sembra avere a che fare con gli Ombrati, non ti pare?» sussurrò lei, abbassando la testa stancamente.

Raggiunse un tronco abbattuto e si sedette. Morgan esitò, ancora guardingo, poi sedette accanto a lei. La ragazza si voltò a guardarlo. «Ho una storia molto lunga da raccontarti, Morgan Leah» lo avvisò.

Cominciò dal ritrovamento di Par e Coll dopo che erano fuggiti dall'Abisso, a Tyrsis. Raccontò di come avevano deciso di tornare nella tana degli Ombrati un'ultima volta, come avevano chiesto l'aiuto della Talpa e si erano fatti strada attraverso i tunnel sotterranei, fino all'antico palazzo. Da lì i fratelli erano partiti insieme alla ricerca della Spada di Shannara. Par era tornato solo, portando con sé quello che credeva fosse il talismano, quasi impazzito per il dolore e l'orrore, convinto di aver ucciso suo fratello. Lei lo aveva curato per settimane, nella casa sotterranea della Talpa, riportandolo lentamente in sé, facendolo uscire dal suo incubo. Poi erano passati da un rifugio all'altro, con la Spada di Shannara, nascondendosi ai Cercatori e alla Federazione, cercando un modo di fuggire dalla città. Finalmente Padishar li aveva trovati, ma durante un ennesimo tentativo di fuga dalla Federazione, Damson stessa era stata catturata. Padishar e Par erano tornati per liberarla, e questo a sua volta aveva portato alla cattura di Padishar. Abbandonata la città, perché finalmente avevano trovato una via e non c'era nulla che potessero fare per Padishar senza l'aiuto di altri, si erano diretti a nord attraverso il Kennon.

Impulsivamente, lei gli toccò il braccio. «E ciò che abbiamo visto, Morgan Leah, dall'alto del passo, lontano, oltre i fuochi di guardia della Federazione, ma chiaro come vedo te, è stata Paranor. È tornata, Cavaliere, tornata dal passato. Par ne era certo. Ha detto che ciò significa che Walker Boh è riuscito nella sua impresa!»

Poi, di nuovo calma, descrisse il loro viaggio di ritorno dal passo, e il loro fatale incontro con Coll... o con la cosa in cui Coll si era trasformato, avvolto in quello strano mantello luccicante, curvo e contorto come se le sue ossa avessero cambiato posto dentro il corpo. Nella lotta che era seguita, il potere della Spada di Shannara era stato in qualche maniera evocato, svelando ciò che adesso Par era convinto fosse la verità circa il fratello che aveva creduto morto.

«Si è messo all'inseguimento di Coll, naturalmente» terminò lei. «Cos'altro poteva fare? Non volevo che andasse, non senza di me... ma non avevo il diritto di fermarlo.» Fissò gli occhi di Morgan. «Io non sono altrettanto certa che quello che sta inseguendo sia Coll, ma mi rendo conto che lui deve scoprirlo, in una maniera o nell'altra, se vuole trovare pace.»

Morgan annuì. Pensava che Damson Rhee aveva dato molto di sé per aiutare Par Ohmsford, e aveva rischiato più di quanto si sarebbe aspettato che qualcuno rischiasse, a parte lui stesso e Coll. Pensava anche che la storia appena raccontata possedeva una forte parvenza di verità, e sembrava giusta nell'equilibrio generale delle cose. I dubbi che lo avevano accompagnato cominciavano a svanire. Di certo l'insistenza di Par nel recuperare la Spada di Shannara era nel suo carattere, così come questa nuova ricerca del fratello. Il problema adesso era che Par era più solo che mai, e Morgan fu costretto ancora una volta a rammentare a se stesso il proprio fallimento nel proteggere l'amico.

Si rese conto che Damson lo stava scrutando, con uno sguardo duro e indagatore, e d'improvviso ridivenne sospettoso. Damson Rhee... era l'amica che Par credeva, o il nemico dal quale cercava disperatamente di fuggire? Di certo, poteva essere lei la ragione per cui tanto spesso era stato sul punto di essere catturato, la ragione per cui gli Ombrati l'avevano quasi preso in trappola tante volte. Ma d'altra parte, non era proprio lei la ragione per cui era riuscito a salvarsi?

«Non sei sicuro di me, vero?» chiese lei con voce calma

«No» ammise lui. «Non lo sono.»

Lei annuì. «Non so cosa fare per convincerti, Morgan. Non so neppure se voglio tentare. Devo impiegare tutte le energie che mi rimangono per liberare Padishar. Poi andrò alla ricerca di Par.»

Morgan guardò fra gli alberi, pensando agli oscuri sospetti che gli Ombrati seminavano fra loro, desiderando che fosse altrimenti. «Mentre ero sulla Sporgenza insieme a Padishar» disse, «sono stato costretto a uccidere una ragazza che in realtà era un Ombrato.» La fissò a sua volta. «Il suo nome era Teel. Il mio amico Steff era innamorato di lei, e questo gli costò la vita.»

Le raccontò allora del tradimento di Teel e dello scontro finale nelle catacombe sotto le montagne al di là della Sporgenza, dove aveva ucciso l'Ombrato che era stato Teel e aveva salvato la vita di Padishar Creel.

«Quello che mi spaventa è che tu possa essere un'altra Teel, e che Par possa finire come Steff.»

Lei non rispose, lo sguardo fisso in lontananza. C'erano lacrime nei suoi occhi.

Morgan allungò una mano dietro le spalle ed estrasse di scatto la Spada di Leah. Damson lo guardò senza muoversi, gli occhi verdi fissi sulla lama luccicante, mentre lui la conficcava con la punta nel terreno, fra di loro, le mani serrate intorno all'elsa.

«Appoggia le mani sul piatto della lama, Damson» disse a voce bassa.

Lei lo guardò senza rispondere, e per un lungo momento rimase ferma. Lui attese, ascoltando i rumori lontani dei nati liberi che si raccoglievano per consumare il pasto, ascoltando il silenzio più vicino. La luce stava svanendo, e c'erano ombre tutto intorno. Si sentiva stranamente distante da ciò che lo circondava, come se per loro due il tempo si fosse fermato.

Non questa ragazza, si sorprese a pregare. Non un'altra volta.

Finalmente lei allungò le mani e toccò la Spada di Leah, premendo le palme contro il metallo. Poi deliberatamente chiuse le dita sul bordo tagliente. Morgan vide con orrore la lama affondare nella carne e il sangue scorrere.

«Un Ombrato non potrebbe farlo, vero?» bisbigliò Damson.

Con un gesto rapido Morgan le aprì le dita. «No» disse. «Non senza far scattare la magia.» Mise da parte il talismano, strappò delle strisce di stoffa dal suo mantello e le fasciò le mani. «Non era necessario che lo facessi» la rimproverò.

Il suo sorriso era pallido e malinconico. «Davvero? Saresti stato altrettanto sicuro di me, Morgan Leah? Non credo. E se non sei sicuro di me, come potremo aiutarci a vicenda? Deve esserci fiducia fra noi.» Lo fissò dolcemente. «Adesso c'è?»

Lui annuì subito. «Sì. Mi dispiace, Damson.»

Con le mani fasciate, lei gli afferrò le sue. «Lascia che ti dica una cosa.» Le lacrime erano tornate nei suoi occhi. «Hai detto che il tuo amico Steff era innamorato di Teel? Bene, Cavaliere, io sono innamorata di Par Ohmsford.»

Morgan comprese tutto, allora: la ragione per cui lei era rimasta con Par, gli si era data tutta, seguendolo perfino nell'Abisso, l'aveva aiutato e protetto. Era quello che lui avrebbe fatto... che aveva cercato di fare, per Viridiana. Damson Rhee aveva pronunciato un giuramento che solo la morte avrebbe spezzato.

«Mi dispiace» disse di nuovo, pensando a quanto suonassero inadeguate quelle parole.

Le mani di Damson si strinsero attorno alle sue, senza lasciarle. Si guardarono nella luce fioca del tramonto, in silenzio, a lungo. In quel momento Morgan ripensò a Viridiana, alle sensazioni che aveva evocato in lui. Scoprì che gli mancava disperatamente, e che avrebbe dato qualsiasi cosa per riaverla con sé.

«Basta con le prove» mormorò Damson. «Parliamo, adesso. Ti racconterò tutto quello che mi è successo. Tu farai lo stesso. Par e Padishar hanno bisogno di noi. Forse insieme riusciremo a trovare un modo per aiutarli.»

Gli strinse le mani come se non provasse alcun dolore a farlo, e gli rivolse un sorriso incoraggiante. Lui si chinò per riprendere la Spada di Leah, poi insieme si avviarono verso il bagliore dei fuochi. La sua mente era un turbinio vorticoso; ripensava a tutto quello che lei gli aveva detto, separava le impressioni dai fatti, cercava di cogliere qualcosa di utile. Damson aveva ragione. L'Uomo della Valle e il capo dei nati liberi avevano bisogno di loro. Morgan era deciso a non tradire nessuno dei due.

Ma cosa poteva fare?

L'odore del cibo proveniente dai fuochi lo raggiunse, allettante. Per la prima volta da quando era arrivato, aveva fame.

Par e Padishar.

Per primo Padishar, pensò.

Chandos aveva detto cinque giorni.

Se i Cercatori non arrivavano prima...

La visione gli attraversò la mente in un lampo, così chiara che quasi gridò. D'impulso circondò con il braccio le spalle di Damson.

«Credo di sapere come liberare Padishar» disse.

10

Per cinque giorni i Quattro Cavalieri girarono attorno alle mura di Paranor, e per cinque giorni Walker Boh restò sui bastioni del castello a guardarli. A ogni alba si raccoglievano alla porta occidentale, ombre uscite dal buio della notte che recedeva. Uno si faceva avanti, diverso ogni volta, e batteva un colpo alla porta, in segno di sfida. Poiché Walker non si mostrava, essi riprendevano la loro sinistra veglia, dividendosi in maniera che ce ne fosse uno a ogni punto cardinale, uno a ciascuno dei muri principali, cavalcando a passo lento e cadenzato, girando in tondo come uccelli da preda. Giorno e notte cavalcavano, spettri di grigia foschia e di immagini tenebrose, silenziosi come il pensiero e inevitabili come il tempo.

«Incarnazioni dei più grandi nemici dell'uomo» rifletté Cogline quando li vide per la prima volta. «Manifestazioni delle nostre peggiori paure, massacratori di popoli, forniti di forma e apparenza e mandati per distruggerci.» Scosse la testa. «È possibile che Rimmer Dall sia dotato di senso dell'umorismo?»

Walker non lo credeva. Non ci trovava niente di divertente. Gli Ombrati sembravano possedere un'energia bruta e sconfinata, il tipo di energia che poteva consentire loro di diventare qualsiasi cosa. Non era né sofisticata né complicata; era diretta e implacabile come un'inondazione. Sembrava in grado di crescere su se stessa e di spazzar via qualsiasi cosa incontrasse sul suo cammino. Walker non sapeva quanto fossero potenti i Cavalieri, ma era disposto a scommettere che erano più che in grado di tenergli testa. Rimmer Dall non avrebbe mandato niente di meno per affrontare un Druido, perfino uno appena giunto a quella posizione, incerto sulla propria forza, sulle possibilità della sua magia, e sui modi in cui essa poteva servirlo. Almeno uno degli incarichi dati da Allanon agli Ohmsford era stato portato a termine, e ciò rappresentava una minaccia che gli Ombrati non potevano permettersi di ignorare.

Tuttavia lo scopo degli incarichi rimaneva un mistero che Walker non riusciva a risolvere. Osservando i Quattro Cavalieri dall'alto delle mura di Paranor, si interrogava continuamente sul perché di quegli incarichi. Quale missione doveva compiere la Spada di Shannara? A che scopo riportare gli Elfi nel mondo degli uomini? Qual era la ragione del ritorno di Paranor e dei Druidi? O almeno di un Druido, rifletté cupo. Un Druido fatto con pezzi e frammenti di altri Druidi. Era un amalgama di coloro che erano vissuti e morti, dei loro ricordi, dei loro poteri e delle loro debolezze, del loro sapere e della loro storia, dei loro segreti magici. Era un bambino nella sua vita da Druido, e non sapeva ancora come avrebbe dovuto agire. Ogni giorno apriva nuove porte su ciò che altri, prima di lui, avevano conosciuto e lasciato da parte; conoscenze che si rivelavano in illuminazioni improvvise provenienti da recessi insondati della sua mente, come da finestre chiuse che venissero spalancate. Non comprendeva tutto, talvolta dubitava, spesso ne metteva in discussione il valore. Ma il flusso era inarrestabile, ed egli era costretto a misurare e soppesare ogni nuova rivelazione, sapendo che un tempo doveva aver avuto un valore, accettando che poteva averlo ancora.

Ma che ruolo avrebbe dovuto giocare nella lotta per annientare gli Ombrati? Era diventato il Druido che Allanon aveva voluto, e il signore di Paranor. Ma adesso cosa doveva fare? Senza dubbio possedeva una magia che poteva essere usata contro gli Ombrati, così come un tempo i Druidi avevano posseduto una magia per aiutare le Razze. Possedeva anche conoscenza, forse più di qualsiasi uomo vivente, e i Druidi avevano usato anch'essa come arma. Ma sembrava a Walker che il suo nuovo potere mancasse di qualunque cardine distinguibile, che lui avesse bisogno di comprendere la natura del suo nemico prima di scegliere il modo per sconfiggerlo.

Nel frattempo, era lì intrappolato nella Fortezza, dove non poteva aiutare nessuno.

«Non cercano di entrare» osservò Cogline a un certo punto, dopo tre giorni di guardia sulle mura del castello. «Perché credi che non lo facciano?»

Walker scosse la testa. «Forse non ne hanno bisogno. Finché rimaniamo chiusi dentro, il loro scopo è raggiunto.»

Il vecchio si fregò il mento barbuto. Era invecchiato da quando era stato liberato dalla mezza-vita a cui l'aveva consegnato la magia delle Storie dei Druidi. Era diventato più rugoso, più curvo, più lento a camminare e a parlare, fragile al di là di quanto suggerissero i suoi anni. A Walker non piaceva quello che vedeva, ma non diceva niente. Il vecchio gli aveva dato molto, e chiaramente ciò aveva richiesto il suo prezzo. Ma non se ne era mai lamentato, né aveva voluto parlarne, e Walker a sua volta non vedeva ragione di farlo.

«Può darsi che abbiano paura della magia dei Druidi» proseguì Walker dopo un momento, sollevando la mano sana per appoggiarla sulle pietre del parapetto. «Paranor è sempre stata protetta da coloro che volevano entrarvi senza invito. Forse gli Ombrati lo sanno e preferiscono starne fuori.»

«O forse attendono di mettere alla prova la natura e i limiti della magia» disse Cogline sommesso. «Attendono di scoprire quanto sei pericoloso.» Volse gli occhi su Walker senza vederlo, fissando qualcosa al di là dell'uomo. «O semplicemente di stancarsi di aspettare» sussurrò.

Walker meditò sui possibili modi per sconfiggere quegli Ombrati, rigirando nella mente questi modi, come manufatti che nascondessero indizi sul passato. La Pietra Nera era una scelta ovvia, nascosta ora in una cripta profonda, nelle catacombe della Fortezza. Ma la Pietra Nera avrebbe richiesto il suo prezzo, se usata, e Walker non era disposto a pagarlo. Non c'era ragione di pensare che non potesse funzionare contro i Quattro Cavalieri, prosciugando la loro magia, finché non ne fosse rimasto nulla. Ma la natura della Pietra Nera richiedeva che la magia estratta venisse trasferita sul possessore stesso della Pietra, e Walker non aveva alcun desiderio che la magia degli Ombrati divenisse parte di lui.

C'era anche Stiehl, la strana spada che aveva preso all'assassino Pe Ell a Eldwist, l'arma che poteva uccidere qualsiasi cosa. Ma Walker non era entusiasta all'idea di usare l'arma di un assassino, soprattutto se aveva alle spalle la storia di Stiehl, e pensava che qualora fossero state necessarie delle armi, ce n'erano in abbondanza da usare contro gli Ombrati.

Ciò di cui soprattutto aveva bisogno, lo sapeva, era un piano. Aveva tre possibilità: poteva restarsene al sicuro entro le mura di Paranor, sperando che gli Ombrati si stancassero prima di lui; poteva uscire e affrontarli; o poteva cercare di svignarsela senza farsi vedere. La prima offriva solo una remota probabilità di successo, e a parte questo il tempo non era una cosa di cui potesse disporre con grande abbondanza. La seconda sembrava indubitabilmente una follia.

Restava la terza.

Cinque giorni dopo l'inizio dell'assedio, Walker Boh decise di tentare la fuga.

Sotto terra.

Espose il suo piano a Cogline durante la cena, quella sera... una cena alla meglio, con le scarse provviste di tre secoli prima, sospese nel tempo assieme al castello: un particolare che rafforzava la necessità di rompere l'assedio. Sotto il castello c'erano dei tunnel che sbucavano nella foresta circostante, nascondigli noti solo ai Druidi del passato, e adesso a lui. Si sarebbe addentrato in una delle gallerie quella notte, per sbucare alle spalle dei Quattro Cavalieri. Sarebbe stato lontano prima che si accorgessero che era fuggito.

Cogline aggrottò la fronte e parve dubbioso. Gli sembrava troppo facile. Certamente gli Ombrati dovevano aver pensato a una simile eventualità.

Ma Walker aveva preso la sua decisione. Cinque giorni di inattività erano stati più che sufficienti. Doveva provare a fare qualcosa, e questo era quanto di meglio gli venisse in mente. Cogline e Bisbiglio sarebbero rimasti dentro la Fortezza. Se i Cavalieri avessero tentato un assalto prima del suo ritorno, loro sarebbero fuggiti nello stesso modo. Cogline acconsentì a malincuore, turbato da qualcosa che si rifiutò di discutere, così agitato che Walker fu sul punto di costringerlo a una spiegazione. Ma il comportamento enigmatico del vecchio non era una novità, così alla fine Walker lasciò perdere.

Attese la mezzanotte, sorvegliando gli Ombrati dalle mura

per essere certo che proseguissero l'assedio. Così era: forme spettrali che giravano senza posa nel buio sottostante. La nebbia che aveva avvolto la valle per quasi quattro giorni si era sollevata all'alba, e con l'arrivo della notte Walker Boh vide qualcosa di nuovo. In lontananza, verso ovest, dove i Denti del Drago volgevano a nord verso le pianure di Streleheim, all'imboccatura del Passo di Kennon, c'erano dei fuochi di guardia. Un'armata era accampata lì e bloccava ogni passaggio. La Federazione, pensò Walker, fissando i fuochi che ardevano al di là degli alberi e delle colline. Forse la loro presenza al Passo non era collegata con quella degli Ombrati a Paranor, ma lui non ne era convinto. Consapevolmente o no, la Federazione serviva la causa degli Ombrati: era uno strumento nelle mani di Rimmer Dall e di altri nel Consiglio della Coalizione; ed era logico presumere che i soldati al Passo di Kennon avevano qualcosa a che fare con i Quattro Cavalieri.

Non che avesse importanza. Walker Boh non era per nulla preoccupato che i Federali potessero costituire un ostacolo.

Quando giunse la mezzanotte, scese dagli spalti e attraversò la Fortezza. Indossava abiti neri come la notte, ampi e comodi, e non portava armi. Lasciò Cogline e Bisbiglio sul bordo del pozzo di fuoco. I suoi ricordi erano quelli di Allanon e quelli dei Druidi venuti prima di lui, e scoprì di conoscere la strada come se la Fortezza fosse stata sempre la sua casa. Porte mimetizzate nella pietra del castello si aprirono al suo tocco, e i passaggi gli erano familiari quanto i meandri della Pietra del Focolare nei giorni precedenti i sogni di Allanon. Trovò le gallerie che penetravano nella roccia su cui sorgeva Paranor, e si fece strada nelle viscere della terra. Tutto intorno a lui poteva udire il brontolio incessante dei fuochi contenuti nelle fornaci sottostanti la Fortezza, una pulsazione continua nel cuore della roccia, l'unico suono nel buio e nel silenzio.

Gli ci volle più di un'ora per percorrere il tragitto. C'erano numerosi passaggi che si intersecavano ma partivano da un'unica porta, che solo lui poteva aprire. Scelse quello che conduceva verso ovest, cercando l'uscita al riparo degli alberi della foresta che si stendeva fra i Cavalieri e il Passo di Kennon, certo che una volta liberatosi dagli Ombrati avrebbe potuto facilmente superare i soldati della Federazione. Quando raggiunse l'apertura nascosta, si fermò in ascolto. Non si udiva alcun suono sopra di lui. Nessun movimento. Tuttavia, si sentiva inquieto, come se avvertisse che malgrado le apparenze qualcosa non andava per il verso giusto.

Uscì dalla galleria nel buio della foresta, levandosi dalla terra come un'ombra entro un riparo di cespugli e rocce. Attraverso degli squarci nella cortina di rami sovrastanti, poteva vedere le stelle e un frammento di luna calante. C'era silenzio fra gli alberi, come se nulla vivesse fra di essi. Cercò un segno della presenza dei lupi grigi, ma non ne trovò. Tese le orecchie per udire i piccoli rumori degli insetti e degli uccelli, ma non ne udì. Annusò l'aria e c'era uno strano sentore di muffa.

Respirò profondamente e uscì all'aperto.

Udì senza vedere la falce che calava verso di lui, e si gettò di fianco appena prima che colpisse. Morte grugnì per lo sforzo del movimento, una forma nera e incappucciata, da un lato. Walker rotolò rimettendosi in piedi e vide un'altra forma materializzarsi alla sua destra. Guerra, coperta della sua armatura, lame nere e aculei che scintillavano malevoli, lanciò una mazza che colpì con rumore sordo un albero vicino a lui, fendendo il tronco. Walker girò su se stesso, evitando le braccia scheletriche di Carestia, bianche ossa che si protendevano per afferrarlo. C'erano tutti, tutti quanti, si rese conto, in preda alla disperazione. L'avevano trovato.

Corse via, sentendo il ronzio e il sibilo di Pestilenza, accompagnato da una sensazione di calore e da un odore di malattia. Saltò in una piccola gola; la paura gli dava una forza inaspettata, una feroce determinazione che cresceva dentro di lui. I Cavalieri lo inseguirono, a piedi, adesso: frammenti staccatisi dalla notte, come schegge di una lama spezzata. Sentiva i loro movimenti, come il fruscio di foglie al vento, bisbigli sommessi. Non c'era altro: nessun rumore di passi, nessun respiro né scricchiolio di armi o di ossa.

Walker corse fra gli alberi, senza sapere bene quale direzione avesse preso, cercando solo di sfuggire ai suoi inseguitori. Si ritrovò perso negli oscuri meandri della foresta, completamente privo del vantaggio della sorpresa. Gli Ombrati lo incalzavano, veloci e implacabili. Avvertiva i loro movimenti con la coda dell'occhio. L'avevano stanato, e gli davano la caccia come fanno i cani con la volpe.

No!

Si girò di scatto, e usò la magia, gettando una parete di fuoco fra sé e gli inseguitori, scagliando fiamme contro le loro facce come lance incandescenti. Guerra e Pestilenza si ritrassero, ma Carestia e Morte avanzarono senza difficoltà. Naturalmente, pensò Walker, rimettendosi a correre. Carestia e Morte. Il fuoco non aveva effetto su di loro.

Attraversò un torrente e piegò a destra, verso l'altura su cui sorgeva Paranor, torri e mura che si stagliavano contro la notte. Aveva corso da quella parte senza saperlo, e adesso la vedeva come la sua unica speranza di salvezza. Se riusciva ad arrivare al castello prima che lo raggiungessero...

Cogline! Il vecchio stava guardando?

Qualcosa si levò dalla notte, davanti a lui, qualcosa di serpentino, luccicante di umidità. Artigli si protesero verso di lui, denti scintillarono. Era una delle cavalcature degli Ombrati, posta lì per tagliargli la strada. Sfuggì alla presa, come un frammento di notte inafferrabile, la magia che lo rendeva rapido e fuggevole come il vento. La cosa-serpente sibilò e colpì con furia, sollevando schizzi di terra. Ma ormai Walker Boh l'aveva superata, e correva veloce come il pensiero. Davanti a lui si levava il castello dei Druidi... la sua salvezza, il suo rifugio...

Un nero movimento alla sua sinistra lo costrinse a piegare bruscamente: era Carestia con una spada di osso, uno scintillio bianco pallido che gli tagliò il bordo del mantello. Walker perse l'equilibrio e rotolò lungo un pendio, fra cespugli ed erba alta, fino a una pozzanghera di acqua. Qualcosa lo assalì, mancandolo per un pelo, con uno scricchiolio di mascelle. Un altro serpente. Walker si rimise in piedi, scagliando fuoco e fragore in ogni direzione, nel disperato tentativo di proteggersi. Ebbe la soddisfazione di sentire qualcosa urlare di dolore, di sentire qualcos'altro grugnire come se fosse stato colpito da una clava, poi si rimise in movimento. Degli alberi si innalzavano da una parte, e Walker vi sparì nel mezzo, cercando di nascondersi fra le ombre più fitte. Il suo respiro era ansimante e irregolare, tutto il corpo gli doleva. Costernato, si accorse che si stava allontanando nuovamente dal castello, dalla salvezza che aveva sperato di raggiungere.

Un'ombra si mosse alla sua sinistra, rapida e silenziosa, un mantello nero e il luccichio di una lama. Morte. Walker cominciava a essere stanco, esausto per la fuga e i continui cambiamenti di direzione. Gli Ombrati l'avevano circondato e stavano convergendo su di lui. Non pensava di poter raggiungere il castello prima che lo bloccassero. Cercò di cambiare ancora una volta direzione, ma vide del movimento fra sé e la Fortezza, e udì un sibilo e un improvviso frusciare di squame tra l'erba e i cespugli. Riusciva appena a controllare il panico che gli stringeva sempre più la gola. Era stato troppo precipitoso, troppo sicuro di sé. Avrebbe dovuto immaginarlo che non sarebbe stato così facile. Avrebbe dovuto prevedere qualcosa del genere.

Dei rami gli colpirono la faccia e le braccia, mentre si faceva strada in una macchia di bosco più fitto. Dietro, il serpente si avvicinava. Gli sembrava di sentire il suo fiato sul collo, gli artigli e i denti sul corpo. Accelerò il passò, uscì dal sottobosco in una radura, e trovò Morte che lo attendeva, incappucciata, la falce sollevata. L'Ombrato attaccò, mancò il colpo mentre Walker si gettava di lato, menò un secondo fendente, e Walker afferrò la falce per deviarla. Immediatamente una sensazione di gelo gli rese insensibile la mano e il braccio, penetrandogli fin nel midollo delle ossa. Ritrasse di scatto il braccio, scaraventando lontano la falce e chi la maneggiava. Qualcos'altro si mosse da destra, ma Walker si era rimesso a correre, gettandosi nella foresta, e scivolava tra file di scuri tronchi come se fosse diventato privo di sostanza, sentendo il gelo penetrare sempre più.

Quanto freddo!

Le forze gli stavano venendo meno, e non era più vicino alla salvezza di prima. Pensa, si disse infuriato. Pensa! Delle ombre si muovevano intorno a lui: la forma scheletrica di Carestia, l'odioso ronzio di Pestilenza, il brontolio di Guerra nella sua armatura impenetrabile, il fruscio silenzioso di Morte, e assieme a loro i serpenti che li servivano.

Poi, d'improvviso, un ricordo balenò nella mente di Walker Boh, ed egli afferrò il filo di speranza che gli offriva. C'era una botola nascosta nella terra, proprio davanti a lui, e sotto di essa una galleria che conduceva a Paranor. La botola era un ricordo di Allanon, tornato in vita appena in tempo, nel terrore e nell'angoscia del momento. Lì, a sinistra! Walker girò e corse da quella parte, la mano e il braccio che sembravano morti come quello che aveva perso. Non pensarci! Si gettò fra i cespugli, scostando rami e foglie, e scese in una gola.

Ecco!

Abbassò la mano a terra, cercando la porta nascosta con dita prive di sensibilità. Era lì, lo sapeva, in quel punto del terreno. Dei rumori si avvicinarono alle sue spalle. Trovò un anello metallico, lo afferrò e tirò verso l'alto. La porta si sollevò e ricadde con un tonfo, aprendosi. Walker rotolò nell'apertura e giù lungo le scale, poi si rimise in piedi. C'erano delle ombre all'ingresso, che si facevano avanti. Walker sollevò il braccio e la mano danneggiati, combattendo il gelo e l'insensibilità, ed evocò la magia. Il fuoco esplose su per le scale e riempì l'apertura. Le ombre sparirono in una sfera di fuoco. Ci fu una frana di terra e pietra, e l'intero ingresso crollò.

Avanzò barcollante lungo la galleria, tossendo e boccheggiando per il fumo e la polvere. Due volte si voltò a guardare, per assicurarsi che niente lo seguisse.

Ma era solo.

Walker era assediato dai dubbi e dalla paura, mentre tornava verso la Fortezza attraverso le gallerie, assalito da demoni che avevano le facce dei suoi nemici. Gli sembrava di sentire ancora i suoi persecutori Ombrati, scesi nelle viscere della terra per terminare ciò che avevano iniziato. Morte, Guerra, Pestilenza e Carestia... cos'erano la pietra e la terra per loro? Non potevano forse penetrare ovunque? Cosa li teneva fuori?

Ma non lo seguirono, perché malgrado le forme e le identità che avevano assunto, non erano invincibili e non erano le incarnazioni che fingevano di essere. Li aveva uditi gridare di dolore; aveva sentito la loro sostanza. Il gelo nella mano e nel braccio aveva cominciato ad attenuarsi, e Walker accolse con gratitudine il formicolio, risentì il dolore per la perdita dell'altra mano, e desiderò che quella parte della sua vita potesse tornare a vivere.

Si chiese quanto di se stesso sarebbe stato ancora costretto a cedere prima che la lotta finisse. Non era fortunato per il solo fatto di essere vivo? Questa volta era riuscito a sfuggire davvero per un pelo!

Poi, d'improvviso, gli venne in mente che forse non era sfuggito a niente. Forse gli era stato permesso di sfuggire. Forse i Cavalieri avevano solo giocato con lui. Non avevano avuto abbastanza occasioni per ucciderlo, se avessero voluto? Ripensandoci, gli sembrava che avessero voluto spaventarlo, più che ucciderlo, per instillargli tanta paura da renderlo incapace di agire, una volta tornato nella Fortezza dei Druidi.

Ma scartò quasi subito l'idea. Era ridicolo pensare che non l'avrebbero ucciso, potendolo. Avevano tentato e avevano fallito. Lui era stato abbastanza abile, e la sua magia abbastanza forte per salvarlo, anche nella confusione di un'imboscata, e da questo trasse un po' di conforto.

Dolorante ed esausto, rientrò tra le mura di Paranor e salì nella Fortezza. Cogline lo stava probabilmente aspettando. Avrebbe dovuto confessare al vecchio il suo insuccesso. Il pensiero lo disturbava, ed era consapevole che era il suo preconcetto circa l'invincibilità dei Druidi a impedirgli di accettare la sconfitta. Ma non poteva permettersi l'orgoglio. Era ancora un principiante. Stava solo cominciando a imparare.

A poco a poco paure e dubbi lo abbandonarono, i demoni sparirono. Ci sarebbe stata un'altra occasione, si ripromise; un altro luogo e un altro momento in cui affrontare i Cavalieri.

Quando fosse giunto, sarebbe stato pronto.

11

Durante la cena Morgan Leah spiegò a Damson Rhee e a Chandos il suo piano per salvare Padishar Creel. Li portò da una parte, dove nessuno potesse sentirli, raccolti attorno al loro cibo sul nudo sperone di roccia, circondati dai rumori della notte, mentre sopra di loro le stelle diventavano sempre più luminose nel cielo sempre più buio. Per prima cosa Morgan fece ripetere a Damson i particolari della sua fuga dalla città. Lasciò che raccontasse la storia come voleva, guardando ora la ragazza, ora il nato libero dall'aspetto feroce. Quando lei ebbe finito, mise da parte il suo piatto vuoto (aveva ripulito tutto, mentre lei parlava) e si sporse in avanti.

«Si aspetteranno un tentativo di salvare Padishar» disse a bassa voce. «Sanno che non rinunceremo. Sanno quanto lui sia importante per noi. Ma non si aspetteranno che noi veniamo dalla stessa strada. Si aspetteranno un metodo differente, questa volta... magari un assalto in massa, con un gran numero di uomini, o un diversivo seguito da un attacco in forze. Si aspetteranno che cerchiamo di prenderli alla sprovvista. Perciò dobbiamo tentare qualcosa di diverso, prima che si rendano conto di quello che stiamo facendo.

Chandos sbuffò. «Di cosa diavolo stai parlando, Cavaliere?»

Morgan si permise un fugace sorriso. «Per prima cosa, dobbiamo entrare e uscire rapidamente. Più ci metteremo, più diventerà pericoloso. Abbi pazienza, Chandos. Voglio solo che tu comprenda il ragionamento che sta dietro al mio piano. Dobbiamo pensare come loro, in modo da anticipare le loro mosse per intrappolarci, e trovare una maniera per evitarle.»

«Sei sicuro che ci sarà una trappola, dunque?» chiese il fuorilegge, fregandosi il mento barbuto. «Perché non dovrebbero semplicemente sbarazzarsi di Padishar e finirla lì? O fargli quello che hanno fatto ad Hirehone?» Gettò una rapida occhiata a Damson, che teneva le labbra serrate.

Morgan strinse una delle spalle massicce dell'uomo. «Non sono sicuro di niente. Ma pensaci un momento. Se si sbarazzano di Padishar, perdono l'occasione per mettere le mani sul resto di noi. E loro vogliono prenderci tutti quanti, Chandos. Vogliono eliminare per sempre i nati liberi.» Guardò Damson. «Alla fine useranno Padishar nella stessa maniera in cui hanno usato Hirehone. Ma non lo faranno subito. Per prima cosa, sanno che terremo gli occhi aperti. Se Padishar ritorna, quale sarà la prima cosa che ci chiederemo? Se è davvero Padishar, oppure un Ombrato! In secondo luogo, sanno che abbiamo trovato un modo per scoprire la verità su Teel, e sanno che potremmo rifarlo con Padishar. Terza cosa, più importante di tutte, noi possiamo usare la magia, e loro la vogliono. Rimmer Dall ha dato la caccia a Par Ohmsford fin dall'inizio, e questo deve avere qualche relazione con la sua magia. Lo stesso vale per Walker Boh. E per me.»

Si protese verso di loro. «Cercheranno di servirsi di Padishar per attirarci, perché sanno che non tenteremo di salvarlo senza portare con noi la magia, che non sfideremo la loro senza essere in grado di usare la nostra. Vogliono la nostra magia, tutte le magie, e questa è l'occasione migliore che hanno per impadronirsene.»

Chandos aggrottò la fronte. «Pensi dunque che siano gli Ombrati quelli con cui avremo veramente a che fare?»

Morgan annuì. «Sono stati gli Ombrati fin dall'inizio. Teel, Hirehone, i Serpidi, Rimmer Dall, lo Gnawl, la bambina che Par ha incontrato sulle montagne del Toffer... dovunque siamo andati gli Ombrati ci aspettavano. Controllano la Federazione e il Consiglio della Coalizione. Sì, sono gli Ombrati i nostri avversari.»

«Spiegaci il tuo piano» lo sollecitò Damson con voce calma.

Morgan si mise comodo, incrociando le braccia. «Torniamo a Tyrsis attraverso le gallerie: per la stessa strada da cui Damson è scappata. Ci vestiamo con uniformi della Federazione, come ha fatto Padishar all'Abisso. Andiamo in città, nella torre di guardia o nelle prigioni, o dovunque tengano Padishar. Ci andiamo in pieno giorno e lo liberiamo. Entriamo da una parte e usciamo da un'altra, nel giro di pochi minuti.»

Chandos e Damson lo fissarono. «È tutto qui il tuo piano?» chiese Chandos.

«Aspetta un momento» lo interruppe Damson. «Come faremo a ritrovare la strada nelle gallerie? Io non la ricordo.»

«Ne sono convinto» disse Morgan. «Ma la Talpa sì.» Fece un respiro profondo. «Il piano dipende in gran parte da lui. E dal fatto che tu riesca a convincerlo a collaborare.» Si interruppe, fissando i verdi occhi della fanciulla. «Dovrai tornare in città e trovarlo, poi scendere nelle catacombe per guidarci. Dovrai scoprire dove è tenuto prigioniero Padishar, affinché possiamo andare direttamente da lui. La Talpa conosce tutti i passaggi segreti, tutte le gallerie che si trovano sotto la città di Tyrsis. Può trovare un percorso per noi. Se faremo la nostra apparizione proprio in mezzo a loro, non avranno il tempo di fermarci. È l'occasione migliore che possiamo avere... fare quello che si aspettano, ma non nel modo in cui se lo aspettano.»

Chandos scosse la testa. «Non so, Cavaliere. Sanno di Damson. Staranno con gli occhi aperti.»

Morgan annuì. «Ma lei è l'unica di cui la Talpa si fidi. Deve andare per prima, passando per le porte. Io andrò con lei.» La guardò. «Cosa ne pensi, Damson Rhee?»

«Penso di poterlo fare» dichiarò lei tranquillamente. «E la Talpa collaborerà... se non l'hanno già preso.» Aggrottò la fronte, dubbiosa. «Gli staranno dando la caccia in quelle stesse gallerie per cui noi dovremo passare.»

«Ma lui le conosce meglio dei soldati» affermò Morgan. «Hanno cercato per settimane di catturarlo, e non ci sono mai riusciti. Ci bastano solo pochi giorni ancora.» Guardò prima la ragazza poi l'uomo. «È l'occasione migliore che ci si possa presentare. Dobbiamo tentare.»

Chandos scosse ancora una volta la testa. «Quanti uomini saranno necessari?»

«Due dozzine, non di più.»

Chandos lo fissò a occhi spalancati. «Due dozzine! Cavaliere, ci sono cinquemila soldati della Federazione acquartierati a Tyrsis, e chissà quanti Ombrati! Due dozzine di uomini non hanno la minima probabilità di farcela!»

«Una probabilità migliore di duecento... o duemila, se anche ne avessimo tanti. E non li abbiamo, vero?» La mascella del fuorilegge si strinse, sulla difensiva. «Chandos, più piccolo è il gruppo, più probabilità abbiamo di nasconderlo. Si aspettano una forza massiccia. Ma due dozzine di uomini? Possiamo essergli addosso prima che se ne accorgano. Possiamo nasconderne due dozzine in mezzo a cinquemila molto più facilmente di duecento. Due dozzine è tutto quello che ci serve, se arriviamo abbastanza vicino.»

«Ha ragione» disse Damson d'improvviso. «Un gruppo più numeroso sarebbe sentito, nelle gallerie. Non avrebbero nessun posto dove nascondersi, in città. Possiamo far entrare due dozzine di uomini e nasconderli fino al momento buono.» Guardò Morgan. «Quello che non so è se saranno sufficienti a liberare Padishar.»

Morgan incontrò il suo sguardo. «A causa degli Ombrati?»

«Sì, a causa degli Ombrati. Non abbiamo Par con noi, questa volta, per tenerli a bada.»

«No» convenne Morgan, «ma in compenso ci sono io.» Allungò una mano sopra la spalla ed estrasse la Spada di Leah, la portò davanti a sé e la piantò a terra con un gesto drammatico. Lì rimase, vibrando lievemente, la superficie lucida che brillava argentea alla luce delle stelle. Guardò i due. «E io ho questa.»

«Il tuo talismano» mormorò Chandos, sorpreso. «Credevo che fosse spezzata.»

«È stata riparata quando sono andato a nord» rispose Morgan a bassa voce, mentre il viso di Viridiana appariva e poi spariva nella sua mente. «Ho di nuovo la magia. Sarà sufficiente a resistere agli Ombrati.»

Damson guardò gli altri due, confusa. Forse Par non le aveva raccontato della Spada di Leah. Forse non ne aveva avuto il tempo, durante la fuga da Tyrsis. Nessun altro sapeva di Viridiana, a parte Walker Boh.

Morgan non si sentiva di dare spiegazioni, e non lo fece. «Puoi trovare gli uomini?» chiese invece a Chandos.

Gli occhi neri lo fissarono. «Posso, Cavaliere. Venti volte

tanti, per Padishar Creel.» Fece una pausa. «Ma non è poco quello che chiedi loro.»

Morgan estrasse la spada dalla terra e la rimise nel fodero. In lontananza, lungo i bordi del dirupo, i nati liberi sorvegliavano la notte. Fra gli alberi i fuochi bruciavano più bassi, e il rumore di stoviglie si stava attenuando col finire della cena, mentre i pensieri si volgevano al sonno. Delle pipe si accesero, piccoli punti di luce contro il nero della notte, lucciole che si muovevano sotto il riparo degli alberi. Le voci erano basse e tranquille.

Morgan guardò il gigantesco nato libero. «Se ci fosse un modo più facile, Chandos, ne sarei ben felice.» Sostenne lo sguardo dell'altro. «Allora, è sì o no?»

Chandos guardò Damson e il suo orecchino d'oro scintillò mentre girava la testa. «Tu cosa dici?»

La ragazza si tirò indietro i capelli color fuoco, negli occhi un'espressione decisa, con una traccia di rabbia e di speranza. «Io dico che dobbiamo cercare di fare qualcosa, altrimenti Padishar è perduto.» La sua faccia si indurì. «Se fossimo noi al posto suo, lui non verrebbe?»

Chandos si fregò il moncherino di orecchio. «Nel tuo caso l'ha già fatto, no?» Scosse la testa. «Pazzi fino in fondo» brontolò fra sé. «Tutti quanti noi.» Guardò Morgan. «D'accordo, Cavaliere. Due dozzine di uomini, me incluso. Li sceglierò stanotte stessa.»

Si alzò di scatto. «Vorrete partire in fretta, suppongo. Alla prima luce dell'alba, non appena avremo preparato le provviste.» Gettò a Morgan un'occhiata sarcastica. «Non dovremo vivere con quel che troveremo lungo la strada, vero, Cavaliere?»

Morgan e Damson si alzarono assieme a lui. Morgan tese la mano al nato libero. «Grazie, Chandos»

Il grosso uomo rise. «Per cosa? Per aver dato retta al piano di un pazzo?» Strinse lo stesso la mano di Morgan. «Ti dirò una cosa: se funziona, sarò io a ringraziarti dieci volte.»

Brontolando fra sé, si avviò verso i fuochi, con il piatto vuoto in mano, la testa ispida china sul petto possente. Morgan lo guardò allontanarsi, e gli tornarono alla mente tempi passati, luoghi e compagni che si era lasciato alle spalle. Nei suoi pensieri si affollavano tormentosi rimpianti per ciò che avrebbe potuto essere, e provava un senso di vuoto e di solitudine.

Sentì la spalla di Damson sfiorargli il braccio, e si voltò a guardarla. Gli occhi color smeraldo erano pensierosi. «Forse ha ragione lui» disse la fanciulla a voce bassa. «Forse sei un pazzo.»

Morgan alzò le spalle. «Tu mi hai sostenuto.»

«Voglio liberare Padishar. Tu sembri il solo che abbia un piano.» Sollevò le sopracciglia. «Dimmi la verità... c'è qualcos'altro che non hai detto?»

Morgan sorrise. «Non molto. Spero di saper improvvisare, al momento buono.»

Lei non replicò, limitandosi a scrutarlo per un istante, poi lo prese per un braccio e lo condusse lungo il bordo del dirupo. Camminarono senza dire nulla, per un pezzo, andando dagli alberi alle rocce, poi indietro, respirando l'odore dei fiori selvatici e dell'erba portato dal vento che scendeva dalle montagne. Il vento era caldo e piacevole, come seta sulla pelle di Morgan. Alzò la faccia. Avrebbe voluto chiudere gli occhi e perdersi in esso.

«Raccontami della tua spada» disse lei d'improvviso. Lo fissò, malgrado lui distogliesse rapido lo sguardo. «Raccontami come è stata riparata... e come mai c'è tanto dolore in te, Morgan. Perché c'è, vero? Lo vedo dai tuoi occhi. Raccontami. Voglio sapere.»

Le credette, e scoprì d'un tratto che voleva parlarne, dopo tutto. Sedette su una roccia piatta, e nel buio, guardando le montagne, cominciò a parlare.

«C'era una fanciulla di nome Viridiana» disse, le parole che si formavano con difficoltà sulle sue labbra. Si interruppe e fece un respiro profondo. «L'amavo molto.»

Sperò che Damson non vedesse le lacrime che gli salivano agli occhi.

Trascorse la notte avvolto in una coperta al margine degli alberi, il corpo infilato fra le radici di un antico olmo, la testa appoggiata al mantello arrotolato. Il giaciglio improvvisato si dimostrò assai poco soddisfacente, e si risvegliò irrigidito e dolorante. Mentre scuoteva le foglie e la polvere dalla coperta, si rese conto che non vedeva Matty Roh dalla sera prima, non l'aveva vista neppure a cena. Certo, era stato tutto preso dal suo piano per liberare Padishar, il suo meraviglioso piano che, a ripensarci nella pallida luce dell'alba, appariva decisamente improvvisato e scarso di buonsenso. La sera prima gli era parso piuttosto buono. Quella mattina sembrava solo disperato.

Ma ormai era in ballo. Chandos doveva aver già dato inizio ai preparativi per il viaggio di ritorno a Tyrsis. Non c'era nulla da guadagnare nei ripensamenti.

Si stiracchiò e si diresse verso il ruscello che sgorgava dalle rocce, fra gli alberi. L'acqua fredda lo avrebbe aiutato a snebbiarsi il cervello e a scacciare il sonno dagli occhi. Aveva parlato con Damson Rhee fin dopo mezzanotte. Le aveva raccontato tutto di Viridiana e del viaggio a Eldwist. Lei aveva ascoltato senza dire molto, ma in qualche modo si erano sentiti più vicini. Si era accorto che la ragazza gli piaceva, che aveva fiducia in lei. I sospetti iniziali erano svaniti. Cominciava a comprendere perché Par Ohmsford e Padishar Creel fossero tornati a cercarla, dopo che la Federazione l'aveva fatta prigioniera. Pensò che anche lui avrebbe fatto lo stesso.

Tuttavia, c'era qualcosa che lei non gli diceva sui suoi legami con l'Uomo della Valle e con il capo dei nati liberi. Non era né un inganno né una bugia, ma semplicemente un'omissione. Era stata pronta ad ammettere di essere innamorata di Par, ma c'era qualcos'altro, qualcosa di precedente a questo sentimento, e che costituiva il sostegno di tutto ciò che l'aveva condotta a farsi coinvolgere nel tentativo di recuperare la Spada di Shannara dall'Abisso. Morgan non era sicuro di cosa fosse, ma era lì, nella struttura del suo racconto, nel modo in cui parlava dei due uomini, nella forza della sua convinzione di doverli aiutare. Una volta o due Morgan era stato sul punto di afferrare ciò che lei teneva per sé, ma sempre la verità gli era sfuggita fra le dita.

In ogni caso, si sentiva meglio per aver parlato a qualcuno di Viridiana, per aver dato uno sfogo ai sentimenti tenuti rinchiusi dentro di sé fin dal suo ritorno. Aveva dormito bene, dopo, un riposo senza sogni nell'abbraccio del vecchio albero, liberato in parte dal dolore che lo perseguitava da tante settimane.

Sentì il rumore del ruscello davanti a sé, un gorgoglio sommesso nel silenzio. Attraversò una radura, superò un gruppo di cespugli, e si trovò a guardare Matty Roh.

Era seduta di fronte, sulla riva del ruscello, i pantaloni arrotolati e i piedi nudi immersi nell'acqua. Nell'istante in cui Morgan apparve lei fece un balzo e afferrò gli stivali. I piedi uscirono dall'acqua in un lampo di pelle bianca, sparendo quasi subito nell'ombra del corpo. Ma per un istante lui li vide bene, orribilmente sfregiati, e le dita mancavano o erano così deformate da apparire quasi irriconoscibili. I capelli neri della ragazza tremolarono nella luce, per la velocità del movimento, mentre gli voltava le spalle.

«Non guardarmi» sussurrò aspra.

Imbarazzato, Morgan si voltò subito. «Mi dispiace» disse. «Non sapevo che eri qui.»

Esitò, poi seguì il ruscello verso le rocce, l'immagine dei piedi di Matty Roh fastidiosamente chiara nella mente.

«Non occorre che te ne vada» lo chiamò lei, e Morgan si fermò. «Mi basta... un minuto.»

Lui aspettò, guardando fra gli alberi, sentendo delle voci poco lontano, qualche risata, un mormorio.

«Bene» disse lei, e il Cavaliere si voltò. Matty era in piedi accanto al torrente, con i pantaloni srotolati e gli stivali ai piedi. «Mi dispiace di averti trattato male.»

Lui alzò le spalle e le si avvicinò. «Non volevo sorprenderti. Ero ancora un po' addormentato, credo.»

«Non è stata colpa tua.» Anche lei sembrava imbarazzata.

Lui si inginocchiò accanto al torrente e si spruzzò la faccia di acqua, usò del sapone per lavarsi, e si asciugò con una stoffa morbida. Avrebbe fatto volentieri un bagno, ma non voleva perdere tempo. Era consapevole della ragazza che lo guardava mentre si lavava, un'ombra silenziosa al suo fianco.

Terminò e si accoccolò sui talloni, respirando a fondo l'aria del mattino. Si sentiva odore di fiori selvatici e di erba.

«Vai a Tyrsis per liberare Padishar» disse lei d'improvviso. «Voglio venire con te.»

Lui la guardò sorpreso. «Come fai a sapere della spedizione?» chiese.

Lei alzò le spalle. «Ho fatto quello che sono stata addestrata a fare... tenere occhi e orecchie aperti. Posso venire?»

Lui si alzò in piedi e la fissò. I loro occhi erano allo stesso livello. Rimase ancora una volta sorpreso dalla sua altezza. «Perché vuoi farlo?»

«Perché sono stanca di starmene senza far niente, a parte ascoltare di nascosto quello che dice la gente.» Il suo sguardo era fermo e deciso. «Ricordi la nostra conversazione lungo la strada? Ti ho detto che aspettavo che accadesse qualcosa. Bene, è accaduto. Voglio venire con voi.»

Morgan non era sicuro di comprendere, e non sapeva cosa dire in ogni caso. Era già una brutta faccenda che Damson Rhee dovesse tornare con loro, e adesso ci si metteva anche Matty Roh... In un viaggio pericoloso quale senza dubbio sarebbe stato.

Lei fece un passo indietro, scrutandolo. «Non venirmi a dire che sei così sciocco da preoccuparti per me» disse brutalmente. «La verità è che io so prendermi cura di me molto meglio di quanto sappia fare tu. Lo sto facendo da molto più tempo. Forse ti ricorderai di come sono andate le cose al Whistledown, quando hai cercato di afferrarmi.»

«Quello non conta!» sbottò lui, sulla difensiva. «Non ero pronto...»

«No, non lo eri» tagliò corto lei. «Ed è questa la differenza fra di noi, Cavaliere. Tu non sei stato addestrato a essere pronto, io sì.» Gli andò vicino. «Ti dirò un'altra cosa. Sono la spadaccina migliore in circolazione dopo Padishar Creel... e forse brava quanto lui. Se non mi credi, chiedilo a Chandos.»

Lui guardò i penetranti occhi color cobalto, la linea sottile delle sue labbra, le spalle esili ma protese in avanti con fare combattivo, come se lo sfidasse a metterla alla prova.

«Ti credo» disse, ed era sincero.

«E poi» aggiunse lei, senza arretrare, «hai bisogno di me per far funzionare il tuo piano.»

«Come sai del...»

«Tu sei la persona meno adatta per entrare con Damson a Tyrsis» lo interruppe, ignorando la domanda lasciata a metà. «Dovrei farlo io.»

«... piano?» terminò lui, con voce debole. Si appoggiò le mani sui fianchi, sconfitto. «Perché dovresti farlo tu?»

«Perché io non sarei notata, e tu sì. Dai troppo nell'occhio, Cavaliere. Sembri esattamente quello che sei! In ogni modo, la tua faccia è nota ai soldati della Federazione, la mia no. E se qualcosa va storto, tu non sai come cavartela a Tyrsis, io invece sì. Ci sono stata molte volte. Ma la cosa più importante è che non baderanno a due donne. Passeremo davanti ai loro nasi, e non se ne accorgeranno neppure.»

Lo guardò con aria di sfida. «Prova a dimostrarmi che sbaglio» concluse.

Morgan sorrise, suo malgrado. «Immagino che non sia possibile.» Guardò fra gli alberi, sperando che la risposta si trovasse lì, ma non c'era. Tornò a guardare la ragazza. «Perché non chiedi a Chandos? È lui il capo, non io.»

La sua espressione non mutò. «Non credo. Almeno non in questo caso.» Fece una pausa, in attesa. «Ebbene? Posso venire?»

Morgan sospirò, sentendosi d'improvviso molto stanco. Forse lei aveva ragione. Forse portarla con loro sarebbe stata una buona idea. Certo i suoi argomenti erano convincenti. E poi, non aveva appena finito di dirsi che il suo piano aveva bisogno di essere migliorato? Forse Matty Roh era una piccola parte di ciò che gli serviva.

«D'accordo» disse. «Puoi venire.»

«Grazie.» Si voltò e si avviò verso il campo, il mantello che penzolava da una spalla.

«Ma anche Chandos deve dare il suo assenso!» le disse, guardando sempre in lontananza.

«L'ha già fatto!» gli gridò lei in risposta. «Mi ha detto di chiederlo a te.»

Girò la testa e gli rivolse un rapido sorriso, mentre spariva fra gli alberi.

A colazione Chandos fu taciturno e riservato, e Morgan preferì lasciarlo solo, sedendosi invece con Damson Rhee. Il lungo tavolo che occupavano era affollato e gli uomini parlavano a voce alta, così il Cavaliere e la ragazza non si dissero molto, concentrandosi sul cibo e sulla conversazione intorno a loro. Matty Roh fece una breve apparizione, passando accanto a Morgan senza guardarlo. Si fermò per dire a Chandos qualcosa che gli fece aggrottare la fronte. Morgan non udì quello che disse, ma non ebbe difficoltà a immaginare cosa potesse essere.

Quando ebbero finito di mangiare, Chandos si alzò e con voce possente gridò a tutti di mettersi al lavoro, poi chiamò da parte Damson e Morgan. Li portò fuori dagli alberi, verso il bordo del dirupo, aspettando che fossero lontani da orecchie indiscrete prima di parlare. Con espressione cupa annunciò che durante la notte era giunta notizia, attraverso la rete di informatori dei nati liberi, che gli Elfi erano tornati nelle Terre dell'Ovest. Questa notizia risaliva a parecchi giorni prma e non era del tutto affidabile; lui voleva sapere cosa ne pensassero Morgan e la ragazza.

«Credo che sia possibile» disse subito Morgan. «Far tornare gli Elfi nelle Terre dell'Ovest era uno degli incarichi assegnati agli Ohmsford.»

«Se Paranor è tornata, altrettanto è possibile per gli Elfi» concordò Damson.

«E questo vorrebbe dire che tutti gli incarichi sono stati portati a termine» aggiunse eccitato Morgan. «Chandos, dobbiamo sapere se è vero!»

Il fuorilegge tornò ad accigliarsi. «Vuoi un'altra spedizione, adesso... come se una non bastasse!» Tirò un profondo respiro. «D'accordo, manderò qualcuno per controllare, un messaggero per far loro sapere che hanno amici nel Callahorn. Se ci sono, li troveremo.»

Proseguì spiegando che aveva scelto gli uomini per il viaggio a Tyrsis, e che le armi e le provviste venivano preparate in quello stesso momento. Tutto sarebbe stato pronto per metà mattina, e subito sarebbero partiti.

Mentre si voltava per andarsene, Morgan chiese d'impulso: «Chandos, che opinione hai di Matty Roh?».

«Opinione?» il grosso uomo rise. «Penso che lei ottenga praticamente tutto quello che vuole.» Riprese a camminare, poi aggiunse: «Penso anche che faresti meglio a stare in guardia con lei, Cavaliere».

E sparì definitivamente fra gli alberi, gridando ordini.

Damson guardò Morgan. «Di cosa stavate parlando?»

Morgan le raccontò del suo incontro con Matty a Varfleet, e del loro viaggio fino al Bordo di Fuoco. Le disse dell'insistenza della ragazza per essere inclusa nel gruppo destinato a liberare Padishar. Le chiese se sapeva qualcosa circa Matty Roh. Damson disse di no: non l'aveva mai incontrata prima.

«Ma ha ragione circa il fatto che due donne attirano meno l'attenzione» affermò. «E se è riuscita a convincere sia te che Chandos, dico che fareste meglio a stare attenti a lei.»

Morgan se ne andò per preparare lo zaino; si cinse delle sue armi, e tornò sul dirupo. Nel giro di un'ora la compagnia che Chandos aveva scelto si era radunata ed era pronta a partire. Era un gruppo di gente dura e dall'aria efficiente, alcuni degli uomini avevano combattuto fianco a fianco di Padishar contro il Serpide, sulla Sporgenza. Alcuni riconobbero Morgan e lo salutarono. Dopo aver mandato un uomo in avanscoperta, Chandos guidò i rimanenti, fra cui Morgan, Damson e Matty Roh, dal Bordo di Fuoco verso la pianura sottostante.

Camminarono tutto il giorno, scendendo dai Denti del Drago verso il Raab, volgendo poi a sud per attraversare il fiume e proseguire verso Varfleet. Viaggiarono rapidi, anche nella calura del giorno. Il cielo era limpido e senza nuvole, il sole bruciava implacabile e faceva tremolare l'aria sopra le praterie polverose come se fosse acqua. Si fermarono a mezzogiorno per mangiare, poi di nuovo a metà pomeriggio, e al calar della notte avevano raggiunto la pianura che conduceva alla Valle d'Argilla. Vennero messe delle sentinelle, mangiarono, poi si disposero a dormire. Morgan aveva camminato vicino a Damson durante il giorno, e si preparò il giaciglio vicino a lei quella notte. Anche se probabilmente la ragazza non ne aveva né la necessità né il desiderio, lui aveva assunto un atteggiamento protettivo verso di lei, convinto che se al momento non poteva fare niente per Par o Coll, poteva almeno occuparsi di lei.

Matty Roh si era tenuta in disparte per quasi tutto il giorno, camminando lontano dagli altri, da sola. Nessuno parve sorpreso della sua presenza, né chiese spiegazioni. Parecchie volte Morgan pensò di parlarle, ma sempre, vedendo l'espressione rigida del suo viso e la distanza che deliberatamente creava fra sé e gli altri, cambiò idea.

A mezzanotte, inquieto per i sogni e per il pensiero di ciò che li attendeva, si svegliò e raggiunse il bordo della macchia di alberi in cui si erano accampati, per guardare il cielo e la pianura. Lei apparve d'improvviso al suo fianco. Silenziosa come un fantasma, gli era accanto quasi fosse stata ad aspettarlo. Insieme, guardarono la distesa vuota del Raab, e i contorni della terra alla pallida luce delle stelle, respirando ciò che rimaneva della calura del giorno, nella notte che si rinfrescava.

«Il paese in cui sono nata era così» disse lei dopo un certo tempo, con voce distante. «Praterie vuote e piatte. Poca acqua, molto caldo. Stagioni dure e belle allo stesso tempo.» Scosse la testa. «Non come le Terre Alte, immagino.»

Morgan si limitò ad annuire. Un folata di vento le scompigliò i capelli neri. In lontananza un lupo ululò e il grido si spense senza risposta nel silenzio.

«Non sai cosa pensare di me, vero?»

Lui alzò le spalle. «Suppongo di no. Sei un tipo piuttosto indefinibile.»

Il sorriso della fanciulla apparve e scomparve in un istante. I suoi lineamenti delicati erano velati di ombra, e le davano un aspetto scarno nella luce fioca. Sembrava che stesse meditando su qualcosa.

«Quando avevo cinque anni» disse dopo un momento, «appena prima di compiere i sei, poco dopo che era morta mia sorella, giocavo in un campo con il mio fratello più grande. Era un pascolo, quell'anno lasciato a maggese. C'erano delle mucche da latte che pascolavano. Ricordo che notai una delle mucche stendersi sul fianco, in una fossa. Aveva un'aria strana, e andai a vedere cosa le stava succedendo. La mucca mi guardava, con grandi occhi spalancati, spaventati. Sembrava non riuscisse a muggire. Stava morendo, mezza fuori e mezza dentro una pozza che non avevo mai visto prima. Il suo corpo era tremendamente smagrito.»

Incrociò le braccia sul petto, come se avesse freddo. «Non so perché, ma volevo vederla più da vicino. Andai dritto verso di essa, e mi fermai solo a pochi passi di distanza. Avrei dovuto chiamare mio fratello, ma ero piccola, e non pensai di farlo. Guardai la mucca, chiedendomi cosa le era successo. E d'improvviso sentii un bruciore alla pianta dei piedi e mi accorsi che ero in mezzo allo stesso fango in cui era finita la mucca. Il fango era striato di verde e ribolliva. Mi aveva consumato le suole delle scarpe. Mi voltai e scappai, piangendo e chiamando aiuto. Corsi più in fretta possibile, ma il dolore fu più veloce. Mi attraversò tutti i piedi. Ricordo di aver guardato in basso, e di aver visto che mi mancavano alcune dita.»

Ebbe un brivido, ricordando. «Mia madre mi ripulì del fango meglio che poté, ma era troppo tardi. Metà delle mie dita erano scomparse, e i piedi mi bruciavano come se fossero stati messi sulle fiamme. Mi venne la febbre, e rimasi a letto per due settimane. Credevano che sarei morta. Ma sopravvissi. Morirono loro, invece. Tutti.»

Il suo sorriso era amaro e ironico. «Ho pensato che tu dovessi saperlo, dopo l'episodio di questa mattina. Non mi piace che la gente veda quello che mi è successo.» Lo guardò un momento, poi distolse gli occhi. «Ma volevo che tu capissi.»

Rimase ferma accanto a lui ancora un momento, poi gli augurò la buonanotte e si addentrò fra gli alberi. Lui rimase a fissare a lungo il punto dov'era sparita, pensando a quello che aveva detto. Quando tornò al campo, e si fu avvolto nella coperta, non riuscì a prendere sonno. Non poteva smettere di pensare a Matty Roh.

Ripartirono all'alba, ombre nella pallida luce grigia che filtrava da est. La giornata era nuvolosa, e verso mezzogiorno cominciò a piovere. La compagnia marciò attraverso le colline coperte di foreste a nord di Varfleet e del Mermidon, seguendo la linea dei Denti del Drago, verso ovest. Due volte gli esploratori tornarono per avvertirli di pattuglie federali, e furono costretti a nascondersi finché non furono passate. La terra era grigia, e luccicava umida sotto la pioggia. Non incontrarono nessun altro. Morgan camminò con Matty Roh, si era affiancato a lei spontaneamente, e le rimase vicino tutto il giorno. Lei non disse nulla per dissuaderlo, e non si scostò. Parlò poco, ma sembrava contenta della sua presenza. Quando si fermarono per mangiare, condivise con lui i pochi frutti che portava con sé.

Al calar della notte attraversarono il Mermidon e giunsero in vista di Tyrsis. La città incombeva minacciosa, dalla sua rupe, sulla pianura che stavano percorrendo. La pioggia continuava a cadere incessante, trasformando la terra polverosa in fango. Damson e Matty Roh non avrebbero tentato di entrare in città prima della mattina successiva, quando avrebbero potuto mescolarsi con la gente che veniva dai villaggi circostanti per vendere le proprie merci. Chandos mandò avanti un esploratore, per vedere se riusciva a sapere qualcosa di utile dai viaggiatori che lasciavano la città. Il resto della compagnia si accampò in una macchia di vecchi aceri, scoprendo con dispiacere che i posti asciutti erano pochi, e lontani l'uno dall'altro.

Era quasi mezzanotte quando l'esploratore tornò. Morgan era ancora sveglio, accoccolato vicino a Chandos e a Matty Roh, e ascoltavano Damson raccontare ciò che sapeva delle gallerie sotto Tyrsis, e delle prigioni della Federazione. L'esploratore si chinò per sussurrare qualcosa a Chandos, rapido e furtivo. Chandos divenne cinereo. Mandò via l'esploratore, e si voltò verso il Cavaliere e le ragazze.

La Federazione aveva annunciato la sua intenzione di giustiziare Padishar Creel. L'esecuzione sarebbe stata pubblica. Avrebbe avuto luogo due giorni dopo, a mezzogiorno.

Chandos si alzò e si allontanò, scuotendo la testa. Morgan rimase seduto con Damson e Matty Roh in un silenzio sbalordito. I suoi calcoli erano sbagliati. La Federazione aveva deciso di sbarazzarsi di Padishar una volta per tutte. Il capo dei nati liberi aveva meno di due giorni da vivere.

Gli occhi di Morgan incontrarono quelli di Damson, poi quelli di Matty. Stavano tutti pensando la stessa cosa. Qualsiasi piano di salvataggio avessero tentato, dovevano riuscire al primo colpo.

12

Il vento soffiava contro la faccia di Wren Elessedil, rinfrescandola nel caldo sole di mezzogiorno. I capelli corti le sbattevano da una parte all'altra del viso, e il fruscio sibilante nelle sue orecchie soffocava tutti gli altri suoni. Nel vento c'era una sorta di cadenza che la cullava dolcemente, malgrado la sua violenza, che l'avvolgeva come un mantello caldo in una notte fredda. Lei sorrise a quella sensazione, chiuse gli occhi e si abbandonò all'abbraccio.

Wren era seduta a cavalcioni di Spirit, il gigantesco Roc, e volava alta sulle Terre dell'Ovest coperte di foreste, a sud-est di Arborlon, avvicinandosi al Mermidon dove questo sfiorava la vasta palude chiamata Lama Spettrale, per poi discendere verso le pianure di Tirfing. Di fronte a lei sedeva Tiger Ty, a cavalcioni del collo di Spirit, dove questo si univa alle spalle, davanti alle grandi ali. Sia il Cavaliere Alato che la Regina degli Elfi erano saldamente legati alla bardatura dell'uccello, per non correre il rischio di cadere. Il cielo era luminoso e limpido, la luce del sole inondava il mondo da un orizzonte all'altro come oro fuso. Sotto, dove la terra si stendeva in un labirinto di verdi e marroni, l'aria era calda e umida nei lunghi, lenti giorni della tarda estate, e tutto sembrava immobile. Ma lassù, al di sopra dell'afa, dove il vento soffiava fresco e costante, Wren galleggiava senza legami nello spazio e nel tempo, e c'era in lei quel senso di fuga che inevitabilmente genera il volo.

I suoi occhi si aprirono, e c'era dell'amarezza nel suo sorriso. Certo aveva trascorso fin troppo tempo cercando la fuga, in una forma o nell'altra, e adesso conosceva bene quella sensazione.

Erano trascorsi dieci giorni dal suo ritorno nelle Quattro Terre. L'incubo di Morrowindl era alle sue spalle, e cominciava a svanire nei recessi della memoria. Le sue notti erano ancora popolate da sogni di ciò che era stato... dai mostri che avevano perseguitato la piccola compagnia lungo le montagne scoscese del Killeshan fino alla spiaggia, dalle facce di coloro che erano morti, dalla paura e dall'angoscia provate, e dal senso terribile di perdita che, pensava, non l'avrebbe mai lasciata. Si svegliava ancora da quei sogni tremante e con un senso di gelo, malgrado il calore estivo, e si alzava per vagare nelle sale del palazzo, come un'anima in pena. Ancora adesso Morrowindl, inabissatasi nell'oceano in una gigantesca conflagrazione, le sussurrava dal passato, dalla sua tomba d'acqua, e la sua voce le rammentava costantemente come lei fosse giunta dov'era, e quanto le fosse costato.

Ma non c'era molto tempo per soffermarsi su ciò che era stato, poiché le necessità del presente sovrastavano tutto. Lei era la Regina degli Elfi, e le erano stati affidati la sicurezza e il benessere del suo popolo. Questo era il compito assegnatole da Ellenroh, e lei lo aveva accettato. Ma non tutti coloro dei quali si era assunta la responsabilità credevano in lei. Non era facile convincere gli Elfi che era Wren a doverli guidare. Svanita la prima ondata di euforia per essersi liberati da Morrowindl ed essere tornati alle Terre dell'Ovest, avevano cominciato a porsi delle domande. Chi era quella fanciulla che si era dichiarata loro regina? Lei che non era neppure un'Elfa di sangue puro, ma un incrocio di Elfi e Uomini? Chi aveva deciso che dovesse guidarli e governarli, e prendere decisioni che avrebbero influito su tutte le loro vite? Si diceva che fosse la nipote di Ellenroh, la figlia di Alleyne, una discendente degli Elessedil, l'ultima di loro che fosse rimasta per governare. Ma era anche una straniera, uscita dal nulla, sconosciuta e non ancora messa alla prova. Chi era, per essere regina?

Eton Shart e Barsimmon Oridio erano fra coloro che continuavano a dubitare: il suo Primo Ministro e il Generale del suo esercito, uomini che non poteva permettersi di perdere. Non le dicevano queste cose in faccia, e neppure in pubblico, ma la loro freddezza era evidente. Avevano servito Ellenroh a lungo e fedelmente, e non si erano aspettati di perderla. Peggio ancora, non si erano aspettati che qualcuno che conoscevano appena prendesse il suo posto. Certamente non una straniera, e per di più una ragazza. Wren comprendeva la loro reticenza, ma sapeva anche di non poter permettere che restasse a lungo senza soluzione.

Triss e la Guardia Nazionale erano i suoi veri sostenitori. Triss era uscito con lei da Morrowindl, l'aveva vista lottare con la potenza delle Pietre degli Elfi, con i demoni che li avevano perseguitati, e con la responsabilità che le era stata affidata. L'accettava come regina perché era stato presente quando Ellenroh l'aveva nominata, e gli aveva chiesto il giuramento di fedeltà. Triss l'aveva dichiarata regina davanti all'Alto Consiglio, all'esercito, e soprattutto alla Guardia Nazionale, che era votata alla sua protezione. La Guardia Nazionale, a differenza delle altre branche del governo degli Elfi, l'aveva accettata subito e senza riserve. Avendo perso Ellenroh, si erano affidati completamente a lei. Nulla avrebbe recato danno a quella regina, avevano giurato. Quella regina avrebbe avuto la loro totale protezione. Era il genere di sostegno di cui lei aveva un disperato bisogno, e Triss, come capitano della Guardia Nazionale, aveva fatto del suo meglio per farglielo avere.

Tuttavia, il sostegno della Guardia Nazionale da solo non sarebbe stato sufficiente, alla lunga. Wren aveva bisogno di portare dalla sua parte sia l'Alto Consiglio che l'esercito, se voleva essere accettata come regina. Questo significava guadagnarsi la fiducia di Eton Shart e di Barsimmon Oridio, e non sapeva come fare. Malgrado i suoi sforzi per convincerli dei vantaggi di accettarla, essi rimanevano distanti e freddi, cortesi ma decisamente riservati. Non c'era molto tempo. Da dieci giorni gli Elfi erano tornati nelle Terre dell'Ovest, e ormai la Federazione e gli Ombrati lo sapevano. Per più di un secolo la Federazione aveva affermato che gli Elfi erano la fonte della malattia della terra, ed ecco che finalmente si presentava un'occasione per sistemare le cose. Non importava che fossero gli Elfi sbagliati, rifletté Wren. La Federazione non si sarebbe certo preoccupata di fare una distinzione fra buoni e cattivi. Bastava sradicarli tutti, e il problema era risolto.

E questa era la ragione per la quale volava verso sud assieme a Tiger Ty. Lo sforzo per dare inizio alla soluzione finale era già in corso.

Tiger Ty sfiorò il collo di Spirit, e il Roc rispose abbassandosi verso un dirupo che guardava sul fiume. L'uccello scese veloce e aggraziato, e pochi minuti dopo si posò su uno spiazzo erboso, ai margini di una foresta di alberi dalle foglie larghe. Wren si liberò dalle cinghie e scese stirando i muscoli intorpiditi. Non era ancora abituata a cavalcare i giganteschi Roc, anche se ormai l'aveva fatto parecchie volte, dopo il suo ritorno. Anche i Cavalieri Alati avevano cominciato a rientrare nelle Terre dell'Ovest, stanziandosi nuovamente nell'antica Wing Hove, a sud dell'Irrybis. Wren era andata a parlare con loro, per chiedere aiuto, esponendo il pericolo che tutti correvano se gli Ombrati non venivano fermati. Tiger Ty, un membro rispettato della comunità, l'aveva sostenuta, aggiungendo la sua rude valutazione sul carattere di Wren: una ragazza con più fegato di una dozzina di noi messi insieme, aveva detto. Una ragazza brusca di modi, ma sveglia e intelligente. Una ragazza che possedeva la magia degli Elfi, ma la usava con cautela e rispetto. Gli Elfi della Terra, e i Cavalieri Alati, non dovevano lamentarsi.

Wren sorrise al ricordo. I Cavalieri Alati avevano consentito ad aiutarla. Una trentina di loro si erano già stabiliti ad Arborlon, sotto il suo comando personale.

«Qualcosa da mangiare?» chiese Tiger Ty, andandole vicino con quella sua camminata dondolante, le gambe arcuate e sottili. Era brizzolato e bruno di carnagione come sempre, ma un po' meno burbero. Quando le parlava, adesso, c'era qualcosa di nuovo nella sua voce: qualcosa di simile alla deferenza.

Lei annuì, e si sedette sull'erba di fronte a lui. Accettò un pezzo di formaggio e una mela, e una tazza di birra versata da una fiasca di pelle. Incrociò le gambe e stava addentando il formaggio, quando sentì un movimento contro il suo petto. Un musetto peloso sbucò dalla sua tunica, e apparve Fauno, annusando l'aria.

«Ah! Allo Squeak non sfugge nulla, vero?» Tiger Ty rise, tagliò un pezzo del suo formaggio e lo passò alla piccola creatura. Fauno lo prese con cautela, scivolò fuori dagli abiti di Wren, saltò sull'erba, e cominciò a mangiare.

«Gli piaci» osservò Wren.

Tiger Ty sbuffò. «Il che dimostra che gli Squeak degli Alberi sono delle teste di legno!»

Mangiarono in silenzio, e quando ebbero terminato si misero comodi, guardando dall'altra parte del fiume, dove la pianura del Tirfing si stendeva in ondate ininterrotte di erba polverosa.

«Quanto manca, ancora?» chiese Wren dopo un momento.

Tiger Ty alzò le spalle. «Un'ora al massimo. Viaggiavano di buon passo, quando li ho visti.»

Un esercito della Federazione, avvistato dal Cavaliere Alato durante un giro di pattuglia, aveva indotto Wren a uscire da Arborlon malgrado le obiezioni di Triss e della Guardia Nazionale. Wren sentiva che era necessario vedere da vicino il nemico prima di sottoporre il suo piano al Consiglio e ai suoi scettici rappresentanti.

Bevve un ultimo sorso dalla tazza. Se le cose fino a quel momento erano state difficili, aveva la sensazione che stessero per diventarlo ancora di più.

Risalirono su Spirit, si legarono, e si levarono in volo nell'azzurro abbagliante. Fauno era dentro la sua tunica, accovacciato comodamente contro il suo corpo. Spirit guadagnò quota, poi cominciò a planare senza scendere, seguendo il corso sinuoso del Mermidon, fino a dove questo costeggiava la Lama Spettrale. Qui abbandonarono il fiume e seguirono la linea degli Irrybis dove i monti segnavano il confine del Tirfing, a est. Il tempo passava veloce, e parevano trascorsi solo pochi minuti quando Tiger Ty sollevò un braccio e indicò verso sud.

Una grande colonna di polvere si levava nell'afosa aria estiva. Tiger Ty si volse a guardarla, e lei annuì.

L'esercito della Federazione.

Proseguirono verso sud, seguendo una direzione parallela a quella dell'esercito, tenendosi all'ombra delle montagne. Tiger Ty avrebbe compiuto un largo giro, sbucando dietro l'esercito con il sole alle spalle ed evitando in tal modo di essere visti. Fino a quel momento nessuno sapeva dei Cavalieri

Alati. Wren aveva deciso che era meglio se le cose rimanevano così.

Volarono veloci in direzione sud, e quando la colonna di polvere fu rimasta molto indietro, virarono a sinistra. Continuarono finché il sole fu direttamente alle loro spalle, poi puntarono verso la nuvola di polvere. Si innalzarono ancora di più, cercando di avere alle spalle il chiarore più intenso possibile, nel caso che qualcuno scrutasse il cielo.

Pochi minuti dopo, l'esercito della Federazione apparve alla vista.

Era una grossa macchia scura che si stendeva sulla prateria bruciata dal sole, forte di tre compagnie, colonna dopo colonna di fanti e cavalieri con divise rosse e nere, grandi macchine da battaglia di legno e ferro, attrezzi da assedio, carri e vettovaglie. L'esercito sembrava allungarsi all'infinito, la polvere che sollevava oscurava ogni cosa per miglia. Wren sentì un tuffo al cuore, osservando le dimensioni del nemico. Gli Elfi potevano a stento mettere in campo un decimo dei combattenti radunati dalla Federazione, e si diceva che ci fossero altri cinquemila uomini di guarnigione a Tyrsis. Se fossero stati obbligati ad affrontare in campo aperto quell'armata, gli Elfi sarebbero stati annientati.

Questa era l'opinione comune, naturalmente, pensò sconsolata.

Contò con attenzione le file, le colonne, le compagnie, mentre Tiger Ty portava Spirit vicino alla retroguardia, poi faceva impennare il Roc, allontanandosi e puntando di nuovo verso sud, restando sempre entro il bagliore protettivo del sole. Non si udirono grida dal basso, né si alzarono braccia per indicarli. Sembrava che non fossero stati visti.

Ci volle la maggior parte del pomeriggio per il volo di ritorno, e Wren ne approfittò per meditare su ciò che avrebbe detto all'Alto Consiglio, quella sera. Si scoprì a pensare che sarebbe stato bello se avesse potuto semplicemente continuare a volare, fino a un luogo talmente lontano che la Federazione non sarebbe mai riuscita a trovarla. Ma un luogo simile non esisteva. Perché anche se la Federazione non avesse potuto raggiungerla, lo avrebbero fatto gli Ombrati. L'avevano dimostrato a Morrowindl. La malattia degli Ombrati era dappertutto, e nessuno sarebbe stato più sicuro fino a quando non fosse stato trovato un rimedio.

Era quasi il tramonto quando Arborlon, la città d'origine degli Elfi, apparve alla vista: legno colorato, pali metallici, stoffe colorate fra il verde. Spirit compì un largo giro sopra il Rill Song, le acque azzurre del fiume che scintillavano come punteggiate di diamanti nella luce morente, e si posò sulle alture erbose del Carolan. Wren si era appena liberata delle cinghie ed era scesa a terra, quando la Guardia Nazionale, con Triss in testa, arrivò di corsa dalla città, per assicurarsi che la Regina stesse bene. Lei rivolse loro un gesto rassicurante con la mano e un sorriso di saluto, poi si chinò per sussurrare all'orecchio di Tiger Ty.

«Non una parola di quanto abbiamo visto. Non ancora.»

Gli occhi neri e ardenti del Cavaliere Alato la fissarono. «Fino a quando non avrai incontrato l'Alto Consiglio?»

Lei annuì. «Esatto.»

«Non li farà contenti quello che hai da dire... Del resto, non è una novità. Sono dei muli dalle teste di legno!»

Lei fece un sorriso furtivo. «Tu mi conosci. Io sono paziente, come una talpa.»

L'altro fece una smorfia. «Li incontrerai questa sera?»

«Entro un'ora, immagino.»

«Ti spiace se ti accompagno? Ti aiuterò a scavare. Ho zampe robuste.»

L'occhiata che lei gli lanciò era piena di gratitudine. «Grazie, Tiger Ty. Anche i Cavalieri Alati dovrebbero essere rappresentati, questa sera. Puoi venire senz'altro.»

Si voltò mentre Triss e gli altri della Guardia Nazionale la raggiungevano, con espressioni di sollievo sui volti.

«Mia signora, stai bene?» chiese Triss, nella sua solita formula di saluto. Portava ancora i segni della loro battaglia con il Wisteron, a Morrowindl. Il braccio sinistro fratturato era fissato con stecche e sospeso al collo. Ma la forza era tornata nel suo viso scarno, e nei suoi occhi si riflettevano sicurezza e determinazione. Era riuscito a lasciarsi alle spalle quell'esperienza tremenda meglio di lei.

«Bene» rispose, come al solito. «Vorrei che tu radunassi i membri dell'Alto Consiglio, Triss. Tutti, entro un'ora.»

«Sì, mia signora» disse subito l'Elfo, e si voltò allontanandosi sullo sperone.

Wren rivolse un breve saluto con la mano a Tiger Ty, e seguì Triss, dirigendosi verso il Giardino della Vita e il palazzo di Elessedil. Le luci si stavano accendendo lungo i viali e le strade della città, mentre le ombre si addensavano, e l'aria era piena dell'aroma allettante del cibo. Infilò una mano sotto la tunica e tirò fuori Fauno, facendoselo sedere sulla spalla. Respirò a fondo l'aria della foresta, cercando di cogliere l'odore degli alberi e dell'erba. Una brezza si levò dal fiume, fresca e dolce nell'ultima calura del giorno.

La Guardia Nazionale si era spiegata intorno a lei. Le sarebbero stati vicini ovunque fosse andata, immergendosi completamente nelle ombre, protettori invisibili contro ogni minaccia. Sorrise. Si preoccupavano tanto della sua sicurezza, eppure lei era molto più brava di loro a proteggersi contro i pericoli, meglio addestrata e meglio equipaggiata. Si credevano necessari, e lei non faceva nulla per scoraggiare quell'idea. Ma sapeva sempre dov'erano, li sentiva sempre mentre la sorvegliavano, anche nella notte più buia. Era stata abituata a rendersi conto di queste cose fin da quando era stata bambina. Il suo maestro era stato il migliore.

Garth. I ricordi si affollarono dentro di lei, e dovette scacciarli. Garth se n'era andato.

Raggiunse l'ingresso dei Giardini della Vita. La Guardia Nera si mise sull'attenti al suo arrivo, i protettori dell'Eterea, l'albero del Divieto. I loro occhi la seguirono mentre passava, anche se lei non li guardò neppure. Entrò nei Giardini, solitari e appartati, ascoltando i rumori degli insetti che si andavano svegliando nella sera, aspirando i profumi intensi dei fiori e dell'erba, la fragranza della terra nera. Salì la collina dove si trovava l'Eterea, e si fermò di fronte a essa. Lo faceva ogni sera, era una specie di rito. Certe volte si limitava a restare lì, a guardare e a pensare. Altre volte allungava una mano e toccava l'albero, come per fargli sapere della sua presenza. Andare dall'Eterea pareva rinnovare le sue forze, darle una nuova determinazione a vivere. Il rapporto profondo che sentiva con l'albero, con la donna che esso era stato, con la forza e la dedizione che erano contenute nel racconto della sua nascita, le dava conforto. Da carne e sangue a foglie e rami, da donna ad albero, da vita mortale a vita immortale.

Sulla sua spalla, Fauno le si strofinò contro il collo, come per rassicurarla che tutto andava bene.

Una cura per le Razze, meditò lei, cambiando argomento se non umore, ripensando all'esercito che si avvicinava, alla minaccia degli Ombrati a cui doveva cercare di porre termine in qualche modo. Ci sarebbero voluti più che gli Elfi per fare questo, lo sapeva. Allanon l'aveva detto agli Ohmsford, quando li aveva incaricati di eseguire i loro rispettivi incarichi: Par di trovare la Spada di Shannara, Walker di trovare i Druidi e Paranor, e Wren di trovare gli Elfi. Par e Walker erano riusciti nei loro compiti, come lei? Gli incarichi erano stati portati a termine? Doveva scoprirlo. In qualche modo doveva prendere contatto con gli altri della compagnia che si era riunita al Perno dell'Ade. Da una parte, doveva scoprire cosa era accaduto loro, dall'altra informarli di cosa era successo a lei. Era necessario che sapessero la verità sugli Ombrati: erano Elfi che avevano recuperato l'antica magia delle Fate, ed erano stati trasformati da essa, allo stesso modo del Signore degli Inganni e dei suoi Messaggeri del Teschio, cinquecento anni prima. Come avessero recuperato quella magia e come questa li tenesse in vita, restava un mistero. Ma la conoscenza che lei possedeva doveva essere trasmessa agli altri. Lo sapeva d'istinto. Finché questo non fosse stato fatto, sarebbe stato impossibile cercare un rimedio per la malattia degli Ombrati.

Che fare? Già alcuni degli Elfi erano usciti da Arborlon, addentrandosi fra le regioni più remote delle Terre dell'Ovest per stabilirvisi. Gli agricoltori avevano cominciato a coltivare il Sarandanon, la fertile vallata che era servita da granaio alla nazione elfa per secoli. I cacciatori avevano iniziato a battere le foreste a nord, verso il Confine, e a sud, verso lo Sperone di Roccia. Gli artigiani erano ansiosi di aprire nuovi mercati per le loro merci. Dappertutto, c'era una spinta per reclamare le antiche fattorie e città. Cosa più importante di tutte, i Guaritori e i loro seguaci si erano messi alla ricerca di quei luoghi in cui la malattia delle Terre dell'Ovest era più grave, nel tentativo di arrestarne la diffusione, portando con loro una tradizione elfa che datava dagli inizi del tempo. Poiché gli Elfi erano sempre stati guaritori, un popolo che credeva di essere una sola cosa con la terra nella quale era stato generato, sostenitori della filosofia che qualcosa doveva essere restituito al mondo che dava loro vita. Come nel caso degli Gnomi Guaritori di Storlock, che si occupavano dei popoli della terra, i Guaritori Elfi si dedicavano alla terra dei popoli.

Ma essi, così come gli agricoltori, i cacciatori, i mercanti, e tutti gli altri, erano a rischio nelle Terre dell'Ovest, se l'esercito elfo non li proteggeva dalla minaccia che veniva da fuori. Se la Regina degli Elfi non trovava un mezzo per tenere a bada l'esercito della Federazione il tempo sufficiente per farla finita con gli Ombrati...

Lasciò il pensiero in sospeso, volgendo le spalle disgustata all'Eterea. Servivano tante cose e, per quanto tentasse, non poteva procurarle tutte da sola.

Il cielo verso ovest era striato di scarlatto, sopra gli alberi: una macchia luminosa contro l'orizzonte di montagne, che aveva l'apparenza di sangue. O almeno questa fu l'immagine che balenò nella mente di Wren Elessedil.

I tuoi ricordi non ti lasciano mai, pensò... Anche quelli che vorresti lo facessero, anche quelli che vorresti non fossero mai stati.

Uscì dai Giardini, gli occhi fissi a terra. Si chiese cosa ne fosse di Stresa. Erano giorni che non vedeva il Gatto Screziato. A differenza di Fauno, Stresa si trovava più a suo agio nei luoghi selvaggi, e preferiva la foresta alla città. Si era eletto un domicilio da qualche parte, vicino ad Arborlon, e appariva inaspettatamente, di tanto in tanto, ma rifiutava di andare a vivere con lei, nella residenza di famiglia degli Elessedil. Stresa era contento del suo nuovo paese, felice della sua vita solitaria, e aveva promesso più di una volta che sarebbe andato da lei, in caso di necessità. Il guaio era che lei aveva più bisogno del gatto di quanto fosse disposta ad ammettere. Ma Stresa ne aveva già passate tante per lei, e adesso era felice; Wren non aveva il diritto di chiedergli altro, solo per alleviare l'insicurezza del momento presente.

Eppure le mancava molto. Stresa, strana e imprevedibile creatura di quel mondo che tanto era costato agli Elfi, sarebbe sempre stato suo amico.

Era buio, adesso, il sole era sparito sotto l'orizzonte, a ovest, le stelle erano minuscole punte di spillo sparse nel cielo, la luna una falce calante sopra le cime degli alberi a oriente, i suoni della notte dolci e carezzevoli, pieni della promessa del sonno. Magari fosse stato così per lei, pensò. Il sonno sarebbe venuto con difficoltà quella notte, più del solito, poiché doveva incontrarsi con l'Alto Consiglio e decidere del destino degli Elfi. E anche di se stessa, forse.

Uscita dai Giardini, passò nuovamente davanti alla Guardia Nera, ascoltando i rumori appena percettibili della Guardia Nazionale che la seguiva come un'ombra. Qualche volta si trovava a desiderare di essere ancora una Rover, una Vagabonda, e niente di più, la vita di nuovo semplice, senza gli obblighi del governo, libera. Avrebbe rinunciato alla regalità. Avrebbe rinunciato alle Pietre Magiche, quei tre talismani azzurri chiusi nel sacchetto di pelle che le pendeva dal collo, il simbolo della magia che le era stata lasciata in eredità da sua madre, del potere che le era stato dato. Si sarebbe sbarazzata della sua vita come se fosse stata una gonna vecchia, e sarebbe diventata...

Cosa? Cosa sarebbe diventata, si chiese?

In verità, non lo sapeva più... Forse perché non aveva più importanza.

Quando entrò nella sala dell'Alto Consiglio, appena un quarto d'ora più tardi, coloro che aveva convocato l'attendevano, seduti attorno al tavolo. Entrò seguita da Tiger Ty (era rimasto fuori fino a quel momento, incerto su come sarebbe stato accolto, in sua assenza) e raggiunse subito il proprio seggio, a capo del tavolo. Tutti si alzarono in segno di rispetto, ma lei fece subito cenno che si rimettessero seduti.

La stanza era cavernosa. Alte pareti di pietra e legno sorreggevano un soffitto a forma di stella, formato di massicce travi di rovere. L'Alto Consiglio era dominato a un'estremità da una pedana che reggeva il trono dei Re e delle Regine degli Elfi, fiancheggiato dagli stendardi delle case regnanti, e al centro l'antica tavola rotonda con ventun seggi. Lungo le pareti, c'erano file di panche per il pubblico, che poteva assistere alle sedute plenarie del Consiglio.

Quella sera erano presenti sei membri, oltre a lei, e rappresentavano nella sua interezza il cerchio ristretto dell'Alto Consiglio: Triss, capitano della Guardia nazionale; Eton Shart, Primo Ministro; Barsimmon Oridio, Generale dell'Esercito Elfo; Perek Arundel, Ministro del Commercio; Jalen Ruhl, Ministro della Difesa; e Fruaren Laurel, Ministro della Sanità. Soltanto Laurel era nuova, designata su segnalazione del Consiglio quando Wren aveva detto che voleva un ministro responsabile della supervisione dell'opera di risanamento delle Terre dell'Ovest elfe. Laurel lavorava sodo ed era disposta alla cooperazione: una donna di mezza età, con modi seri e piacevoli; ma come Wren, doveva ancora essere messa alla prova. Deteneva una posizione secondaria agli occhi del resto del Consiglio. A Wren piaceva, ma non era sicura di poter fare affidamento su di lei nel caso di uno scontro.

L'avrebbe scoperto quella sera.

Si fermò di fronte alla sua sedia e guardò l'Alto Consiglio. «Ho chiesto al Cavaliere Alato Tiger Ty di sedere a questa sessione del Consiglio, dal momento che l'argomento in discussione riguarda direttamente la sua gente.» Lo pose come un dato di fatto, senza chiedere alcuna approvazione. Fece cenno al nodoso Cavaliere Alato di venire avanti, dalla soglia dove si era fermato. «Siedi lì, prego» disse, indicando un seggio vuoto accanto a Fruaren Laurel.

Tiger Ty sedette. Nella sala si fece silenzio, mentre coloro che vi erano radunati attendevano che lei parlasse. Le porte erano state chiuse, sbarrate dalla Guardia Nazionale per ordine di Wren, fino al momento in cui avesse dato il permesso di riaprirle. Le torce bruciavano negli anelli fissati alle pareti di pietra, e su sostegni alle due estremità della stanza. Il fumo si alzava verso il soffitto, e si disperdeva attraverso degli sfiatatoi posti in alto, lasciando un leggero odore di rame nell'aria.

Wren si raddrizzò. Non si era data la pena di cambiarsi d'abito, decidendo di non fare concessioni all'etichetta. Dovevano accettarla com'era. Aveva lasciato Fauno nelle sue stanze. Avrebbe voluto avere con sé Cogline o Walker Boh, o uno di coloro che erano stati con lei una volta, e adesso erano morti o dispersi chissà dove, ma era inutile desiderare aiuto da qualsiasi parte. Se quella sera doveva riuscire in ciò che si proponeva, doveva farcela da sola.

«Ministri, Membri del Consiglio, amici miei» iniziò, guardando da una faccia all'altra, la voce calma e misurata. «Tutti noi abbiamo percorso molta strada in queste ultime settimane. Abbiamo visto numerosi cambiamenti verificarsi nella vita del popolo elfo. Nessuno di noi avrebbe potuto prevedere ciò che è accaduto; forse alcuni di noi vorrebbero che le cose si fossero svolte in maniera differente. Ma siamo qui, e non c'è modo di tornare indietro. Morrowindl è per sempre alle nostre spalle, e le Quattro Terre sono dinanzi a noi. Quando abbiamo deciso di tornare, sapevamo cosa ci attendeva: una lotta contro la Federazione, contro gli Ombrati, contro la magia elfa orrendamente pervertita, contro il nostro passato che ci si ripresenta davanti per diventare nostro futuro. Sapevamo cosa ci attendeva, e adesso dobbiamo affrontarlo.»

Fece una pausa, lo sguardo fermo. «Ieri i Cavalieri Alati hanno avvistato un esercito della Federazione in marcia dalle Terre del Sud. Oggi, assieme a Tiger Ty, sono volata a sud per verificare di persona. Abbiamo trovato l'esercito entro il Tirfing, a un giorno di marcia dal Myrian. L'esercito conta dieci volte i nostri effettivi e viaggia con macchine d'assedio e da guerra e vettovaglie per almeno un mese. Si dirige verso nord-ovest. Viene a cercarci. Approssimativamente, direi che arriverà qui fra dieci giorni.»

Si fermò, aspettando una reazione. I suoi occhi si spostarono da un viso all'altro.

«Dieci volte i nostri effettivi?» ripeté dubbioso Barsimmon Oridio. «Fino a che punto è precisa la vostra stima, mia signora?»

Wren aveva previsto la domanda. Fornì un conteggio, colonna per colonna, compagnia per compagnia, macchine e carri, fanti e cavalieri, senza tralasciare niente. Quando ebbe terminato, il generale delle sue armate era pallido.

«Un esercito di queste dimensioni ci spazzerà via» disse Eton Shart con voce calma. Come sempre, era composto, le mani intrecciate davanti a sé, l'espressione impenetrabile.

«Se attacchiamo battaglia» lo corresse Jalen Ruhl. Il Ministro della Difesa era magro, con le spalle curve, la voce un brontolio profondo nel petto stretto. «Le Terre dell'Ovest sono grandi.»

«Stai suggerendo di nasconderci?» chiese incredulo Barsimmon Oridio.

«Nascondersi non servirà a niente» intervenne brusco Eton Shart. «Non possiamo lasciare la città, e abbandonare l'Eterea. Se l'Eterea viene distrutta, ci piomberà addosso il Divieto. Meglio perire tutti, piuttosto che accada una cosa del genere.»

Ci fu una lunga pausa mentre i Ministri si guardavano perplessi l'un l'altro.

«Forse qualche concessione?» suggerì Perek Arundel, sempre pronto ai compromessi. Era bello, in maniera delicata, un po' vacua, ma astuto e pronto. Si guardò intorno. «Dev'esserci un sistema per fare la pace con il Consiglio della Coalizione.»

Ancora una volta Eton Shart scosse la testa. «È già stato tentato. Il Consiglio della Coalizione è uno strumento degli Ombrati. Qualsiasi compromesso comporterà l'occupazione delle Terre dell'Ovest, e la sottomissione alla Federazione. Non credo che siamo venuti da Morrowindl per accettare una vita del genere.»

Guardò Wren. «Qual è il vostro pensiero, mia signora? Sono sicuro che vi sarete fatta una vostra idea della situazione.»

Ancora una volta, Wren era pronta. «Mi sembra che le nostre scelte siano due. O fortifichiamo Arborlon e attendiamo qui l'esercito della Federazione, o gli andiamo incontro con il nostro esercito.»

«Andargli incontro?» Barsimmon Oridio era stupefatto. Il suo corpo massiccio si spostò con aria combattiva, la faccia segnata dagli anni si accigliò. «Avete detto voi stessa che le loro forze sono dieci volte le nostre. Che scopo ci può essere a cercare la battaglia?»

«Ci darebbe il vantaggio di non lasciare a loro la scelta del luogo, del momento e delle circostanze» rispose lei. Era ancora in piedi, in modo da poterli guardare dall'alto. «E non ho detto di cercare la battaglia.»

Ancora una volta ci fu il silenzio. Barsimmon Oridio arrossì. «Ma avete detto che...»

«Ha detto che potevamo uscire a incontrarli» lo interruppe Eton Shart. Si era chinato in avanti, adesso, interessato. «Non ha parlato di combatterli.» Il suo sguardo rimase fisso su Wren. «Ma cosa faremo quando saremo là, mia signora?»

«Li impegneremo in continue scaramucce. Li costringeremo a scoprirsi. Colpire e fuggire. Qualunque cosa sia necessaria per ritardare la loro marcia. Attaccare battaglia, se avremo la possibilità di infliggere loro danni seri, ma evitare un confronto in campo aperto, dove saremmo sconfitti.»

«Ritardare la loro marcia» ripeté pensieroso il Primo Ministro. «Ma prima o poi ci staneranno... o raggiungeranno Arborlon. E allora cosa faremo?»

«Nel frattempo, prepareremo delle trappole, fortificheremo la città, raccoglieremo provviste» suggerì Perek Arundel. «Abbiamo resistito ai demoni, quando l'Eterea ha fallito, duecento anni fa. Possiamo resistere anche alla Federazione.»

Barsimmon Oridio grugnì e scosse la testa. «Studia la storia, Perek. Le porte della città furono prese, e venimmo sopraffatti. Se la giovane fanciulla Eletta non si fosse nuovamente trasformata nell'Eterea, per noi sarebbe stata finita.» Girò la testa massiccia. «E poi, avevamo degli alleati in quella battaglia... non molti, ma un po': alcuni Nani e il Libero Battaglione.»

«Forse avremo nuovamente degli alleati» dichiarò d'improvviso Wren, attirando su di sé tutti gli sguardi. «Ci sono dei nati liberi fra le montagne, a nord del Callahorn, in buon numero, e la Resistenza dei Nani nelle Terre dell'Est, e le nazioni Troll a nord. Alcuni di loro potrebbero essere convinti ad aiutarci.»

«Poco probabile» disse aspramente il capo dell'esercito, dichiarando chiusa la questione. «Perché dovrebbero?»

Wren aveva portato la discussione al punto che voleva; il Consiglio era pronto ad ascoltarla, a cercare una risposta a quello che sembrava un dilemma insolubile.

Si raddrizzò. «Perché noi daremo loro una ragione, Bar.» Usò il nomignolo con familiarità, come aveva fatto Ellenroh. «Perché daremo loro qualcosa che prima non avevano. L'unità. Le Razze unite contro il loro nemico, in una causa comune. Un'occasione per distruggere gli Ombrati.»

Eton Shart fece un pallido sorriso. «Parole, mia signora. Cosa significano?»

Lei si voltò a guardarlo. Lui era il più grosso ostacolo in

quella faccenda. Doveva avere il suo appoggio. «Vi dirò cosa significano, Eton. Significano che per la prima volta in tre secoli abbiamo un'occasione per vincere.» Fece una pausa, per dare maggior enfasi alle sue parole. «Rammentate cosa mi ha condotto alla ricerca degli Elfi, Primo Ministro? Lasciate che vi racconti la storia ancora una volta.»

E lo fece, ricominciando da capo: dal viaggio al Perno dell'Ade e dall'incontro con l'ombra di Allanon, alla ricerca di Morrowindl e di Arborlon. Ripeté gli incarichi di Allanon agli Ohmsford. Non aveva mostrato a nessuno le Pietre Magiche, tranne a Triss, ma adesso le estrasse, mentre finiva il suo racconto, le lasciò cadere sul palmo e le fece vedere a tutti.

«Questa è la mia eredità» disse, spostando la mano con le Pietre dall'uno all'altro. «Non la desideravo, non l'ho chiesta, e più di una volta avrei voluto non averla mai ricevuta. Ma ho promesso a mia nonna che l'avrei usata per il bene degli Elfi, e lo farò. Magia per combattere la magia. Gli Ombrati dovranno vedersela con me e con gli altri che l'ombra di Allanon ha chiamato... miei consanguinei, in alcuni casi, e chiunque sia destinato a usare la Spada di Shannara e il potere dei Druidi. Penso che tutti i talismani siano stati riportati indietro, non soltanto le Pietre degli Elfi... tutta la magia che gli Ombrati temono. Se potremo combinare i loro poteri e unire gli uomini e le donne dei nati liberi e della Resistenza, e magari anche i Troll delle Terre del Nord, avremo l'occasione buona per vincere questa lotta.»

Eton Shart scosse la testa. «Ci sono molti "se" in tutto questo, mia signora.»

«La vita è piena di "se", Primo Ministro» rispose lei. «Nulla è garantito. Nulla sicuro. Specialmente per noi. Ma ricordate questo. Gli Ombrati provengono da noi, la loro magia è la nostra. Noi li abbiamo creati. Noi abbiamo dato loro la vita attraverso i nostri sforzi maldestri per ricatturare qualcosa che avrebbe fatto meglio a rimanere nel passato. Vi piaccia o no, la responsabilità è nostra. Ellenroh ne era consapevole, quando decise che dovevamo tornare nelle Quattro Terre. Noi siamo qui, Primo Ministro, per rimettere ordine nelle cose. Siamo qui per porre fine a ciò che abbiamo iniziato.»

«E voi ci guiderete in questa impresa, naturalmente?»

Diede alla domanda l'enfasi sufficiente per far trapelare i suoi dubbi sul fatto che lei possedesse la forza e l'abilità per farlo. Wren soffocò la sua ira.

«Io sono la Regina» osservò con calma.

Eton Shart annuì. «Ma siete molto giovane, mia signora. E non regnate da tanto tempo. Dovete aspettarvi qualche esitazione da quelli fra noi che hanno dato il loro aiuto al governo da molti anni a questa parte.»

«Quello che mi aspetto è il vostro appoggio, Primo Ministro.»

«Un appoggio incondizionato a chiunque sarebbe una follia.»

«La riluttanza a riconoscere la saggezza anche in chi è giovane sarebbe altrettanto folle. Venite al punto.»

La faccia blanda di Eton Shart si irrigidì. Ci furono movimenti di disagio attorno al tavolo. Nessuno lo guardava. Era solo, come lei.

«Non sto mettendo in discussione la vostra...» iniziò.

«Sì, lo state facendo, Primo Ministro» lo interruppe lei bruscamente.

«Dovete ricordare che io non ero presente quando siete stata nominata Regina, mia signora, e...»

«Basta così!» Era furiosa adesso, e non si preoccupò di nasconderlo. «È proprio questo il punto, Eton Shart. Non eravate presente. Non avete visto Ellenroh Elessedil morire. O Gavilan. O il Gufo. O Ewon Cerise. Non eravate presente per vedere Garth dare la sua vita per la nostra durante la battaglia contro il Wisteron. Non avete dovuto aiutarlo a morire, Primo Ministro, come ho fatto io, perché lasciarlo vivere avrebbe significato condannarlo a diventare un Ombrato!»

Si controllò con uno sforzo. «Ho dato tutto ciò che avevo per salvare gli Elfi... il mio passato, la mia libertà, i miei amici, tutto. Non lo rimpiango. L'ho fatto perché mia nonna me l'ha chiesto, e io l'amavo. L'ho fatto perché gli Elfi sono la mia gente, e anche se sono stata lontana tanto tempo, sono ancora una di loro. Una di voi, Primo Ministro. Ho finito di dare spiegazioni. Non ho nulla da rispondere a voi o a chiunque. O sono Regina o non lo sono. Ellenroh mi considerava tale. Questo è stato abbastanza per me; dovrebbe essere abbastanza per voi. La discussione finisce qui.»

Il suo sguardo si posò su Eton Shart. «Dobbiamo essere amici e alleati, Primo Ministro, se vogliamo sperare di vincere la Federazione e gli Ombrati. Dev'esserci fiducia fra noi, questo è indispensabile. Non sarà sempre facile, ma dobbiamo sforzarci di capirci a vicenda. Dobbiamo sostenerci e incoraggiarci, non ostacolarci e deriderci. Non c'è posto per niente di meno, nelle nostre vite. Anche se vorremmo sperare diversamente, dobbiamo accettare ciò che il destino ci ha decretato.»

Fece un respiro profondo, guardando gli altri. «Come già ha fatto una volta Ellenroh, chiedo il vostro aiuto. Il mio parere è che dobbiamo uscire e affrontare l'esercito federale quando e dove decidiamo noi. Credo che scopriremo che ci sono altri che vogliono aiutarci. Nasconderci non ci servirà a niente. Se ci isoliamo, faremo il gioco della Federazione. Non dobbiamo dar loro la soddisfazione di trovarci spaventati e soli. Siamo il popolo più antico della Terra, e dobbiamo essere fedeli al nostro ruolo. Dobbiamo fornire una guida per le altre Razze più giovani. Dobbiamo dare loro la speranza.»

Li guardò. «Chi sta dalla mia parte?»

Triss si alzò subito. Tiger Ty si alzò assieme a lui, con aria decisamente goffa. Poi, con suo piacere e sorpresa, si alzò anche Fruaren Laurel, che per tutto il tempo non aveva detto una sola parola.

Wren attese. Quattro si erano alzati, quattro erano rimasti seduti. Dei quattro in piedi, soltanto tre erano membri dell'Alto Consiglio. Tiger Ty era un emissario della sua gente. Se nulla cambiava, a Wren mancava l'appoggio di cui aveva bisogno.

Si voltò a guardare Eton Shart, poi gli tese la mano, in un gesto insieme di conciliazione e di sfida. Lui la fissò sorpreso, lo sguardo interrogativo. Esitò un attimo, poi accettò la mano tesa e si alzò. «Mia signora» disse, e si inchinò. «Come avete detto, dobbiamo essere uniti.»

Anche Barsimmon Oridio si alzò. «Meglio un gallo da combattimento che un pollo spennato» grugnì. Scosse la testa, poi guardò Wren con un'espressione molto simile all'ammirazione. «Vostra nonna ci avrebbe consigliato nella stessa maniera, mia signora.»

Jalen Ruhl e Perek Arundel si alzarono a malincuore, lanciandosi vicendevoli sguardi rassegnati. Non erano convinti, ma non osavano mettersi da soli contro di lei. Wren rivolse loro un cenno di cortesia. Doveva accontentarsi di quello che poteva ottenere.

«Grazie» disse sommessa. Strinse la mano di Eton Shart e la lasciò. «Grazie a tutti voi. Cerchiamo di ricordarci, nei giorni che verranno, del nostro impegno di questa notte. Che la nostra fede reciproca possa sostenerci.»

Guardò attorno al tavolo ciascuna faccia, e gli occhi che la fissavano. Almeno per il momento li aveva legati a sé, ed era proprio la loro regina.

13

Walker Boh meditò per due giorni prima di tentare nuovamente di sfuggire all'assedio degli Ombrati a Paranor.

Forse non sarebbe andato neppure allora, ma si accorse che stava scivolando in un pericoloso stato mentale. Più pensava a vari sistemi per liberarsi, più gli sembrava fosse necessario rifletterci ancora. Ciascun piano aveva i suoi difetti, e ciascun difetto veniva ingigantito man mano che lo esaminava. Nulla di ciò che riusciva ad architettare sembrava del tutto giusto, e più si dava da fare per scoprire un mezzo a prova di errore per fuggire, più gli veniva da dubitare di se stesso. Alla fine, fu evidente che se continuava così avrebbe perso ogni fiducia, e alla fine sarebbe stato incapace di qualsiasi linea di azione.

Faceva tutto parte di un gioco che gli Ombrati giocavano con lui, temeva.

Il primo incontro con i Quattro Cavalieri l'aveva lasciato fisicamente malconcio, ma non erano quelle ferite a tormentarlo. Era il danno psicologico che non voleva sanarsi, che persisteva dentro di lui come una febbre. Walker Boh si era sempre sentito in grado di controllare la propria vita, capace di manipolare gli eventi intorno a sé e di tenere a bada le intrusioni. Aveva ottenuto questo soprattutto isolandosi entro i confini familiari di Terrabuia, dove i pericoli da affrontare e i problemi da risolvere erano noti e rientravano nella sfera delle sue enormi capacità. Disponeva della magia, di intelligenza unita a uno straordinario intuito, e di altre abilità innate o acquisite... e tutto questo era molto superiore a ciò di cui poteva disporre chiunque contro il quale avesse scelto di misurarsi.

Ma la situazione era cambiata. Era uscito da Terrabuia, e

quella era la sua casa, adesso; la fattoria di Pietra del Focolare era ridotta in cenere, la vita che aveva conosciuto apparteneva a un altro tempo. Aveva percorso un cammino che aveva trasformato la sua esistenza, non meno che se fosse morto. Aveva accettato l'incarico di Allanon e l'aveva condotto a termine fino in fondo. Aveva recuperato la Pietra Nera degli Elfi e riportato Paranor nel mondo. Era diventato il primo dei nuovi Druidi. Qualcuno interamente diverso dalla persona che era stato solo poche settimane prima. La trasformazione gli aveva fornito forza, conoscenza, poteri nuovi. Ma l'aveva anche posto di fronte a nuove responsabilità, a nuove sfide e a nuovi nemici. Restava da decidere se i primi fossero sufficienti a sconfiggere i secondi. Per il momento, almeno, la questione era ancora irrisolta. Walker Boh poteva fallire e perdersi per sempre... o poteva trovare un mezzo per risalire alla salvezza. Era come un uomo sospeso su un precipizio.

Gli Ombrati lo sapevano. Erano venuti a cercarlo non appena si erano accorti del ritorno di Paranor. Walker era ancora un bambino nel suo ruolo di Druido, e questo era il suo momento di maggiore vulnerabilità. Assediarlo, esasperarlo, impedirgli di sviluppare le sue potenzialità, ucciderlo se possibile, comunque menomarlo a tutti i costi: questo era il piano.

E il piano stava funzionando. Walker era tornato a Paranor, dopo il fallimento del suo primo tentativo di fuga, consapevole di parecchie verità molto spiacevoli. Per prima cosa, non possedeva abbastanza forza per liberarsi in un confronto faccia a faccia. I Quattro Cavalieri erano pari a lui, anzi superiori, la loro magia era capace di tenergli testa. In secondo luogo, non poteva sperare di svignarsela di soppiatto. Terza cosa, più grave di tutte, la loro esperienza era superiore alla sua, e non lo temevano. Erano venuti a cercarlo. L'avevano fatto apertamente, senza sotterfugi. L'avevano sfidato a uscire e a combatterli. Giravano intorno a Paranor in aperto disprezzo di qualunque cosa lui potesse fare. Era prigioniero della Fortezza, costretto a trovare un piano per liberarsi, e i Quattro Cavalieri scommettevano che non poteva farcela. Era possibile, doveva ammetterlo, che avessero ragione.

«Te la stai prendendo troppo» lo ammonì Cogline alla fine, trovandolo ancora sulle mura, a fissare i fantasmi che giravano in tondo sotto di lui. Era pallido ed emaciato, come roso da una febbre. «Guardati, Walker. Riesci a stento a dormire. Non ti curi del tuo aspetto... Non hai fatto un bagno da quando sei tornato. Non mangi.»

Una mano fragile del vecchio si accarezzò la barba.. «Pensaci, Walker. È proprio quello che vogliono. Hanno paura di te! Se così non fosse, si limiterebbero a forzare le porte e farla finita. Ma questo non sarà necessario se possono indurti a dubitare di te stesso, a farti prendere dal panico, a scordare la cautela e la determinazione che ti hanno portato fin qui. Se questo accadrà, avranno vinto. Presto o tardi, pensano loro, commetterai qualche sciocchezza, e allora sarà la tua fine.»

Era il discorso più lungo che gli avesse fatto Cogline dal loro ritorno. Walker lo fissò: la faccia segnata dal tempo, il corpo magro e rinsecchito, le braccia e le gambe che gli uscivano dalle vesti come stecchi. Cogline lo aveva accolto con rassicurazioni al suo ritorno, ma era sembrato soprattutto distaccato... proprio come nei giorni immediatamente precedenti alla sua uscita. Qualcosa stava accadendo dentro Cogline, qualche segreto conflitto, ma Walker era stato troppo preoccupato dai suoi problemi, allora come adesso, per trovare il tempo di decifrarlo.

Tuttavia, aveva lasciato che il vecchio lo accompagnasse dai bastioni all'interno del castello, e a un pasto caldo. Mangiò senza entusiasmo, bevve un po' di birra, e decise che dopo tutto un bagno era una buona idea. Rimase seduto nell'acqua fumante, lasciando che lo ripulisse dentro e fuori, sentendo il calore rilassargli la mente e il corpo. Bisbiglio gli tenne compagnia, raggomitolato contro il fianco della vasca, come per condividere il calore. Mentre Walker si asciugava e si vestiva, meditò sull'immensa calma del gatto delle paludi, l'aspetto che tutti i gatti assumevano guardando il mondo intorno a loro, considerandolo nella loro maniera impenetrabile. Un po' di quella calma gli sarebbe stata utile, pensò.

Poi i suoi pensieri mutarono bruscamente direzione.

Cosa stava succedendo a Cogline?

Si lasciò alle spalle i propri guai, assieme all'acqua del bagno, e uscì a cercare il vecchio. Lo trovò nella biblioteca, che leggeva ancora una volta le Storie dei Druidi. Cogline alzò lo sguardo quando lui entrò, sorpreso dal suo aspetto o da qualcosa che aveva intuito... Walker non lo sapeva.

Si sedette accanto a lui su una panca intagliata e coperta di cuscini. «Vecchio, cos'è che ti angustia?» chiese, e gli appoggiò la mano sulla spalla, in un gesto rassicurante. «Vedo la preoccupazione nei tuoi occhi. Dimmi.»

Cogline si strinse nelle spalle. «Sono preoccupato per te, Walker. So quanto debba apparirti tutto strano da quando... be', da quando è cominciata questa faccenda. Non dev'essere facile. Continuo a pensare che debba esserci qualcosa che posso fare, per aiutarti.»

Walker volse gli occhi lontano. Dalla Pietra Nera degli Elfi, pensò. Da quando Allanon è diventato una parte di me, grazie a ciò che resta della magia, per mantenere intatta Paranor fino al ritorno dei Druidi. Strano è il minimo che si possa dire.

«Non devi preoccuparti per me» rispose Walker con un sorriso ironico. Almeno non per questo. La guerra interna fra il passato e il presente era svanita, mentre i due si fondevano, e le vite e le conoscenze dei Druidi diventavano parte di lui. Pensò al modo in cui la magia aveva ribollito dentro di lui, bruciando ogni difesa finché non era rimasto nulla da fare, se non accettarla.

«Walker.» Cogline lo stava fissando. «Non credo che Allanon ti avrebbe messo in questa situazione se non avesse creduto che ti sarebbero rimasti sufficienti poteri per affrontare gli Ombrati.»

«Tu hai più fede di me.»

Cogline annuì con aria solenne. «L'ho sempre avuta, Walker. Non lo sapevi? Ma la mia fede sarà anche la tua, un giorno. Ci vuole solo tempo. Mi è stato dato questo tempo, e l'ho usato per imparare. Sono vivo da molto tempo, Walker. Molto tempo. La fede è una parte di ciò che mi dà la forza di andare avanti.»

Walker staccò la mano. «Io avevo fede in me stesso. L'avevo quando sapevo chi e cosa ero. Ma questo è cambiato, vecchio. Sono diventato una persona completamente diversa, e mi si chiede di riporre la mia fede in un estraneo. Mi è difficile farlo.»

«Sì» concordò Cogline. «Ma accadrà... se tu gliene darai il tempo.»

«Se avrò il tempo necessario» lo corresse Walker Boh.

Uscì, seguito da Bisbiglio, un'ombra nera che passava da una lanterna all'altra, nella penombra, la testa che dondolava ritmicamente, la coda che sferzava l'aria. Walker era consapevole del gatto senza bisogno di pensarci, mentre i suoi pensieri tornavano a rivolgersi agli Ombrati là fuori.

Doveva esserci una via...

La forza da sola non era sufficiente. La potenza della magia druida era impressionante, ma non era mai stata sufficiente da sola, nemmeno per i Druidi del passato. Anche la conoscenza era necessaria. Astuzia. Determinazione. Imprevedibilità. Questa più di ogni altra cosa, forse... una qualità intangibile che costituiva la particolare risorsa di chi sopravviveva. Lui la possedeva? si chiese d'improvviso. Cos'aveva da mettere in campo, oltre la magia che gli era stata data dai Druidi? Si era molto fidato che nulla di quello che gli avevano fatto i Druidi avrebbe cambiato ciò che lui era. Ma era davvero così? E se lo era, quale parte di sé poteva usare adesso per tornare a credere in se stesso?

E non era forse questa la chiave di tutto? Credere abbastanza in se stesso da non dover disperare?

Tornò sulle mura, seguito da Bisbiglio. La notte era limpida e piena di stelle, l'aria odorava di fresco e di pulito. La respirò profondamente mentre percorreva gli spalti, evitando di guardare in basso ciò che lo attendeva, lasciando che la sua mente vagasse libera, senza fardelli. Si ritrovò a pensare a Viridiana, la figlia del Re del Fiume Argento, che aveva dato tutto per restituire la vita a una terra di pietra, per offrire alla terra una possibilità di guarigione. Ne rivide il viso e ne riudì la voce che parlava nel ricordo. Risentì il suo peso lieve di quell'ultima volta che l'aveva portata sul bordo di Eldwist, il senso di sicurezza che emanava da lei, il senso di forza. Morendo, lei adempiva alla sua promessa. Era ciò che aveva voluto. Ma gli aveva lasciato in eredità una parte della sua vita, uno scopo e un bisogno, la determinazione a fare nella vita ciò che lei aveva potuto fare solo nella morte.

Si arrestò, fissando la notte. Quanta strada aveva percorso, pensò con genuino stupore. Che viaggio lungo era stato. Tutto per giungere a quel punto, per arrivare a quel tempo e a quel luogo.

Si voltò a guardare le torri del castello, le mura che si alzavano intorno a lui, scure nella notte. Era lì che doveva terminare la sua vita? si chiese d'improvviso. Era lì che il suo viaggio giungeva alla fine?

In questo caso, la sua era stata una lotta inutile.

Si voltò e guardò giù dalle mura. Uno dei Cavalieri stava passando proprio sotto di lui, una macchia più chiara contro il buio. Morte, pensò, ma era difficile esserne sicuri. Non faceva alcuna differenza, comunque. Malgrado i nomi e le identità fittizie, erano tutti Morte in una forma o nell'altra. Assassini Ombrati, privi di scopo e significato, al di là della loro capacità di distruggere. Perché si erano lasciati trasformare in quella maniera? Quale scelta li aveva resi tali?

Osservò il Cavaliere svanire, e attese il successivo. Per tutta la notte avrebbero girato intorno, e all'alba si sarebbero riuniti ancora una volta di fronte alla porta, per lanciare la loro sfida...

Si bloccò. Tutti insieme, davanti alla porta.

Una bagliore di speranza gli balenò nella mente. E se rispondessi alla sfida?

Con un'espressione determinata sul volto, girò le spalle alle mura e scese alla ricerca di Cogline.

L'alba arrivò con un inargentarsi del cielo orientale, che faceva presagire foschia e calura. L'aria era immobile e pesante perfino a quell'ora, un ricordo dell'afa del giorno precedente, la promessa che l'estate non intendeva cedere facilmente all'autunno. Gli uccelli lanciavano i loro richiami in toni bruschi e stanchi, come se fossero maldisposti ad annunciare la stella del mattino.

I Quattro Cavalieri si erano raccolti dinanzi alla porta, allineati nel grigio, sulle loro cavalcature da incubo. I serpenti artigliavano distrattamente la terra, mentre i loro padroni sedevano muti davanti alle alte mura di Paranor, spettri senza voce, vite senza equilibrio. Mentre la luce sfiorava le punte dei Denti del Drago, Guerra spronò avanti la sua mostruosa cavalcatura, sollevò la mano guantata di ferro, e colpì la porta con un tonfo sordo. Il suono rimase sospeso nel silenzio, un'eco che sparì fra gli alberi e le ombre. La porta vibrò, tornò immobile.

Guerra fece per andarsene.

Walker Boh lo aspettava. Era già fuori dalle mura, uscito attraverso la porta segreta di una torre, ad appena quindici metri di distanza. Era avvolto in un incantesimo di invisibilità, un manto che lo rendeva, al tocco, alla vista, all'odorato, di pietra antica, cosicché appariva semplicemente una parte di Paranor. Non si aspettavano di trovarlo. E anche se così fosse stato, era sicuro di non essere scoperto. Sollevò il braccio sano, la magia già evocata, raccolta dentro di lui fino a essere incandescente, e la scagliò verso gli Ombrati.

La magia esplose contro Guerra e squarciò in due lo spettro ignaro. La cavalcatura-serpente fuggì, le gambe e la parte inferiore del tronco di Guerra ancora in sella, e scomparve.

Walker colpì di nuovo. La magia colse gli altri tre vicini fra loro e impreparati. Il fuoco esplose, avvolgendoli completamente. I serpenti si impennarono e agitarono infuriati gli artigli, girando su se stessi nel tentativo di fuggire. Walker scagliò il fuoco davanti ai loro occhi, affinché non potessero vedere, e nelle loro narici affinché non potessero odorare, e la confusione dei sensi li rendesse furiosi. Gli Ombrati andarono a sbattere gli uni contro gli altri, accecati e confusi.

Ce l'ho fatta! pensò Walker esultante.

La sua forza si stava prosciugando rapidamente, ma lui non rallentò. Lasciò cadere l'incantesimo dell'invisibilità, per poter disporre di tutte le sue energie, e proseguì nell'attacco, trasformando la magia in fuoco, costringendo il fuoco a consumare. Uno dei Cavalieri si staccò dagli altri, fumando e lanciando scintille, come un tizzone preso a calci. Era Pestilenza, il corpo bizzarro che si era frantumato in uno sciame di oscurità, senza più forma né contorni. Carestia era caduta, assieme alla sua cavalcatura, e si contorcevano a terra, in un tentativo disperato di spegnere le fiamme che li consumavano. Morte girava su se stessa, in una frenesia incontrollata.

Poi accadde l'impossibile. Attraverso il fumo e le fiamme, tornando da dove era fuggito con metà del corpo, Guerra riapparve sopra la sua cavalcatura-serpente.

Era ridiventato intero.

Walker guardò incredulo. Aveva tagliato a metà il Cavaliere, aveva visto la parte superiore cadere, e adesso Guerra era tornato indietro come se non gli fosse successo niente.

Caricò Walker, divorando la distanza fra di loro, il corpo proteso in avanti, il metallo dell'armatura che luccicava nella pallida luce dell'alba. Walker poteva udire i tonfi cupi delle zampe unghiate, il respiro roco, lo scricchiolio dell'armatura, il sibilo dell'aria che si apriva davanti all'essere.

Non era possibile!

Istintivamente Walker raccolse la magia per rispondere all'attacco, in un'ultima fiammata, che colpì il Cavaliere e il suo animale in un turbine di fuoco e li fece roteare via dal sentiero che correva intorno al castello, scaraventandoli fra gli alberi, dove disparvero con fragore.

Ma non ci fu tempo per portare a termine l'attacco. Gli altri Cavalieri si erano ripresi. Morte corse verso di lui, il mantello e il cappuccio grigi, la falce scintillante abbassata. La seguì Pestilenza, sibilante come un sacco di serpenti, il corpo che andava riprendendo forma. Walker tagliò le gambe della cavalcatura di Morte, facendoli rotolare entrambi a terra. Ma Pestilenza gli era quasi addosso. Walker balzò di lato, veloce come un gatto. Ma le dita protese del Cavaliere lo graffiarono, mentre gli passava accanto.

Subito un'ondata di nausea lo assalì. Cadde in ginocchio, indebolito e confuso. Era bastato un tocco! Si voltò per seguire con gli occhi Pestilenza e scagliò una nuova lancia di fuoco nella schiena scura dell'Ombrato. Pestilenza si frammentò in uno sciame di mosche nere.

Tutto parve rallentare per Walker Boh. Vide Carestia avvicinarsi a passi pesanti, barcollando. Cercò di reagire, ma le forze sembravano averlo abbandonato. Era consapevole del nuovo giorno, della luce che riempiva il cielo orientale e si diffondeva in fitti e spessi nastri nella veste a strascico della notte che se ne andava. Sentiva il sapore e l'odore dell'aria, delle foglie fresche e dell'erba, mescolato con la polvere e il sudore. Paranor era una mostruosa ombra di pietra al suo fianco, abbastanza vicina da essere toccata, eppure incredibilmente lontana.

Non avrebbe dovuto lasciar cadere il mantello di invisibilità. Aveva perso tutto il vantaggio che possedeva.

Lanciò il fuoco contro Carestia, deviando l'assalto, il corpo scheletrico del Cavaliere che si piegava e si spezzava per il colpo.

Morto, ma non proprio, pensò Walker, sentendosi diventare caldo e febbricitante.

I Cavalieri attaccarono da tutte le direzioni, i serpenti che si risollevavano e convergevano verso di lui. Perché non morivano? Come potevano risorgere in continuazione? Le domande uscirono confuse dalle sue labbra, e all'improvviso si rese conto che le stava pronunciando ad alta voce, in una sorta di delirio. Era debolissimo, mentre tornava incespicando verso le mura, cercando di raccogliere le forze per resistere all'attacco imminente. Il suo piano stava andando a pezzi. Aveva fatto male i calcoli. Qual era l'errore?

Sollevò il braccio e scagliò il fuoco in tutte le direzioni, spargendolo fra i suoi nemici, in uno slancio disperato per tenerli a bada. Ma le sue forze erano ormai esaurite, spese tutte nell'attacco iniziale, succhiate da Pestilenza. La magia servì a malapena a rallentare gli Ombrati, che emersero dalla cortina di fiamme e avanzarono. Guerra scagliò contro di lui una mazza dai bordi taglienti, e Walker la guardò mentre gli si avventava addosso, incapace di reagire. All'ultimo momento riuscì a raccogliere abbastanza magia per dirottarla, ma il ferro lo sfiorò lo stesso, gettandolo contro la pietra di Paranor con tale violenza che gli mancò il fiato.

Il colpo gli salvò la vita.

Mentre cercava sostegno contro le mura di Paranor per non cadere, trovò i bordi della porta nascosta. Per un istante la sua mente si schiarì, e rammentò che si era lasciato una via di fuga, se le cose si fossero messe male. L'aveva scordato nella furia della battaglia, e sotto l'incalzare della febbre e del delirio. Aveva ancora una possibilità. I Quattro Cavalieri stavano convergendo su di lui, a una velocità impossibile. Le dita della sua mano corsero lungo la fessura della porta nascosta, sanguinanti e insensibili. Se solo avesse avuto due mani! Se solo fosse stato tutto intero! Il pensiero giunse e svanì in un istante, la disperazione che l'aveva suscitato scacciata dalla rabbia.

Ci fu uno stridore di metallo e di artigli.

Le sue dita si chiusero attorno al meccanismo di apertura.

La porta si spalancò verso l'interno, trasportandolo con sé, come un fagotto informe. Mentre cadeva, scagliò nell'apertura frammenti di fuoco affilati come rasoi. Li sentì lacerare gli inseguitori, e gli parve forse di sentire gli Ombrati gridare nella sua mente.

Poi si ritrovò nel buio fresco e odoroso di muffa, i rumori e la rabbia chiusi fuori dalla porta, la battaglia finita.

Cogline lo trovò nel passaggio sotto i bastioni del castello, raggomitolato a palla, così esausto che non riusciva a muoversi. Con sforzo considerevole, il vecchio lo trasportò fino al suo letto e lo fece stendere. Lo spogliò, lo lavò con acqua fredda, gli diede delle medicine, lo avvolse nelle coperte. Gli parlò, ma sembrava che Walker non riuscisse a decifrare le parole: rispose, ma quello che disse era confuso. Sapeva di essere vivo, di essere sopravvissuto per combattere un'altra volta, e questo era tutto ciò che contava.

Tremante, dolorante, esausto per la lotta sostenuta, si lasciò mettere a letto, e rimase solo nel buio. Era consapevole di Bisbiglio accovacciato vicino a lui, che faceva la guardia contro qualsiasi pericolo, pronto a chiamare in aiuto Cogline, se necessario. Deglutì per alleviare il fastidio della gola secca, pensando che la malattia sarebbe passata, che quando si fosse svegliato sarebbe stato guarito. Era deciso a esserlo.

I suoi occhi si chiusero, ma in quell'attimo la sua mente si aggrappò a un ultimo, confortante pensiero.

Quel giorno aveva perso una battaglia. I Quattro Cavalieri l'avevano nuovamente sconfitto. Ma aveva appreso qualcosa dalla sua sconfitta, qualcosa che alla fine sarebbe stata la loro rovina.

Tirò un respiro profondo. Il sonno attraversò il suo corpo in calde ondate rilassanti.

La prossima volta che avrebbe affrontato gli Ombrati, si ripromise prima di abbandonarsi del tutto, ammantando il suo giuramento di ferrea risoluzione, l'avrebbe fatta finita con loro.

14

Mentre Walker Boh combatteva per sfuggire ai Quattro Cavalieri a Paranor, Wren Elessedil convinceva l'Alto Consiglio degli Elfi ad affrontare l'esercito della Federazione che marciava contro di loro, Morgan Leah guidava Damson e un manipolo di nati liberi a salvare Padishar Creel prigioniero a Tyrsis, e Par Ohmsford seguiva le tracce di suo fratello Coll.

Era uno sforzo arduo, che richiedeva grande attenzione. Quando Damson e lui si erano separati, aveva subito iniziato la ricerca, consapevole che Coll aveva solo qualche minuto di vantaggio su di lui, pensando che se fosse stato abbastanza veloce l'avrebbe certo raggiunto. Il sole era sorto, il buio che avrebbe potuto ostacolare i suoi sforzi si era disperso in chiazze d'ombra e banchi di nebbia che ancora restavano impigliati fra gli alberi. Coll fuggiva, senza curarsi di nulla che non fosse la visione mostratagli dalla Spada di Shannara. Era confuso e terrorizzato; il suo dolore era stato tangibile. In simili condizioni, quanti sforzi avrebbe fatto per occultare le tracce della sua fuga? Fino a quando poteva correre, prima che le forze gli mancassero?

La risposta non fu quella prevista da Par. Anche se fu in grado di seguire facilmente le orme del fratello, tra i cespugli e l'erba, scoprì che non riusciva a guadagnare terreno. Malgrado tutto (o forse a causa di questo) Coll sembrava aver scoperto dentro di sé una forza inattesa. Scappava da Par, non voleva solo allontanarsi, e non faceva alcuna pausa per riposarsi. E non fuggiva in linea retta: prendeva una direzione, e dopo pochi minuti cambiava all'improvviso, senza alcuna ragione distinguibile, apparentemente per capriccio. Era come se fosse impazzito, come se dei demoni lo perseguitassero, chiusi dentro la sua testa, cosicché lui non sapeva da dove venissero.

E in verità, pensò Par mentre lo seguiva, così doveva sembrare a Coll.

Quando giunse la sera, era esausto. Faccia e braccia erano coperte di polvere e sudore, i capelli aggrovigliati, gli abiti sporchi. Essendosi liberato di ogni cosa superflua per procedere più spedito, portava con sé solo la Spada di Shannara, una coperta e una fiasca di acqua. Malgrado ciò, poteva camminare a malapena. Si chiese come Coll fosse riuscito a restargli davanti. Già da ore avrebbe dovuto essere spossato per la paura. Il Mirrorshroud e la sua magia ombrata dovevano sferzare suo fratello come una frusta sferza un animale. Il pensiero fece disperare Par. Se Coll non rallentava, se non riacquistava almeno una piccola parte del suo discernimento, lo sforzo l'avrebbe ucciso. E se non lo sforzo, qualche fatale disattenzione per la sua sicurezza personale. Nel paese c'erano pericoli che potevano uccidere un uomo, anche se usava tutta la sua prudenza e il suo buonsenso. Al momento, sembrava che Coll Ohmsford non possedesse né l'una né l'altro.

Quando finalmente si fermò, Par scoprì di essere appena a ovest del punto in cui il Mermidon si divideva, un affluente che correva a est verso il Raab, l'altro a sud verso Varfleet e le Runne. Seguendo fino in fondo il secondo ramo, si arrivava al Lago Arcobaleno. E a Sentinella del Sud. Quella era la direzione lungo la quale si muoveva Coll, quando si era fatto troppo buio per seguirne le tracce. Più ripensava alla faccenda, più gli sembrava probabile che suo fratello avesse imboccato quella direzione fin dall'inizio... anche se in maniera tortuosa. Verso Sentinella del Sud e gli Ombrati. Aveva un senso, se la magia del mantello lo aveva completamente sconvolto.

Par si avvolse nella coperta e si appoggiò alla superficie ruvida di un vecchio noce, per ripensare a tutto con calma. La Spada di Shannara giaceva a terra accanto a lui, e le sue dita seguirono i contorni dell'elsa cesellata, con la mano sollevata e la torcia ardente. Se la magia ombrata controllava suo fratello, forse Coll non aveva la più pallida idea di ciò che stava facendo. Forse era andato alla ricerca di Par senza sapere il perché; e forse adesso fuggiva nelle stesse condizioni. Tuttavia la Spada aveva mostrato a Coll la stessa visione che aveva mostrato a Par, e questo voleva dire che Coll aveva visto la verità su se stesso. Par aveva avvertito un legame in quegli istanti; Coll era rimasto unito a lui abbastanza perché entrambi vedessero. Questo aveva in qualche modo cambiato le cose? Avendo visto la verità su se stesso, stava forse cercando di liberarsi della magia ombrata?

Par serrò le palpebre, cercando di vincere la stanchezza. Aveva bisogno di dormire, ma non voleva farlo fino quando non fosse riuscito in qualche maniera a rendersi conto di quello che era accaduto. Damson l'aveva avvertito che l'inseguimento era probabilmente una trappola. Coll non si era imbattuto in loro per caso. Era stato mandato dagli Ombrati. Perché? Per fargli del male o per ucciderlo? Par non ne era sicuro. Come aveva fatto a trovarlo? Da quanto tempo lo cercava? Le domande ronzavano nella sua testa come calabroni inferociti, insistenti, i pungiglioni pronti a colpire. Pensa! Forse la magia del mantello aveva permesso a Coll di trovarlo... l'aveva spinto a trovarlo. La magia aveva contaminato suo fratello, l'aveva trasformato in un essere ombrato, mentre lui credeva che lo aiutasse a fuggire dai suoi carcerieri. Era stato convinto a indossarlo perché potesse dare inizio alla sua opera di inganno...

Par tirò un profondo respiro. Riusciva a stento a respirare, immaginandosi Coll come uno di loro, una delle cose nell'Abisso, le cose che vivevano anche quando erano già morte.

Bevve un po' di acqua, perché era tutto ciò che aveva. Da quanto tempo non mangiava? L'indomani sarebbe dovuto andare in cerca di cibo. Ne aveva bisogno per riacquistare le forze. Non poteva tirare avanti per molto senza mangiare e con poco riposo. Non poteva permettersi di comportarsi scioccamente, se voleva aiutare suo fratello.

Costrinse i suoi pensieri a tornare a Coll, avvolgendosi più strettamente nel mantello, mentre la notte si addensava. Faceva freddo tra gli alberi, vicino al fiume, il calore dell'estate bandito in altri regni. Se Coll non era venuto a ucciderlo, perché era venuto? Senza dubbio non con buone intenzioni. Coll non era più Coll.

Par batté le palpebre. Per rubare la Spada di Shannara, forse?

L'idea era interessante, ma priva di logica. Perché Rimmer Dall avrebbe dovuto consegnare la Spada a Par, e poi mandare Coll a riprenderla? A meno che Coll non fosse lo strumento di qualcun altro, ma questo era ancora più assurdo. C'era un solo nemico in circolazione, malgrado tutte le dichiarazioni del Primo Cercatore. Rimmer Dall si era dato molta pena per far credere a Par di avere ucciso il proprio fratello. Gli Ombrati avevano mandato Coll con uno scopo, ma non era per rubargli la Spada di Shannara.

Si permise di meditare un momento su quanto fosse strano che la Spada gli si fosse finalmente rivelata. Aveva cercato con ogni mezzo di far scattare la magia, e fino a quel momento non c'era riuscito. Aveva sempre creduto che fosse davvero il talismano, che non fosse un falso, anche se Rimmer Dall gliel'aveva data spontaneamente. Ne aveva avvertito il potere, anche quando non gli rispondeva. Ma i dubbi erano rimasti, e più di una volta aveva disperato. Adesso d'improvviso, inaspettatamente, la magia era stata portata alla vita, grazie alla sua lotta con Coll.

E Par non aveva il minimo indizio sul perché.

Scivolò lungo il tronco, fino a distendersi sulla schiena, guardando attraverso i rami frondosi del noce il cielo limpido e pieno di stelle. Aveva solo bisogno di mettersi un po' più comodo, si disse. Di alleviare un po' il dolore dei muscoli. Sarebbe riuscito a pensare meglio. Ne era sicuro.

Mentre se lo ripeteva, piombò nel sonno.

Si svegliò che era l'alba, e Coll lo stava guardando. Suo fratello era accovacciato sopra un cumulo di sassi, a meno di sei metri di distanza, simile a un avvoltoio. Era avviluppato nel Mirrorshroud, le pieghe che rilucevano maligne nella pallida luce argentea, come se della rugiada fosse intrecciata nelle sue fibre. La faccia di Coll era smunta e stravolta, e i suoi occhi, sempre così calmi e fermi, si muovevano rapidi, pieni di paura e ribrezzo.

Par fu così sorpreso che non riuscì a muoversi. Non gli era mai venuto in mente che suo fratello potesse tornare indietro... che potesse avere la presenza di spirito per farlo. Perché era venuto? Per attaccarlo di nuovo, forse per tentare di ucciderlo? Fissò Coll, la faccia tormentata, gli occhi infossati. No, era lì per qualcos'altro. Sembrava che volesse avvicinarsi, parlare, che cercasse qualcosa da lui. E forse era così, pensò Par d'improvviso. La Spada di Shannara aveva dato a Coll il suo primo barlume di verità da quando aveva indossato il Mirrorshroud. Forse ne voleva ancora.

Si alzò lentamente, e fece per allungare la mano.

Subito Coll sparì, saltando dalla roccia nelle ombre degli alberi alle sue spalle.

«Coll!» gridò Par. L'eco si smorzò e morì. Il rumore di Coll che correva svanì nel silenzio, man mano che la distanza fra loro aumentava nuovamente.

Par raccolse bacche e radici, convinto, mentre consumava la sua magra colazione, che se non avesse trovato del vero cibo prima di sera sarebbe stato in guai seri. Mangiò in fretta, e nel frattempo rifletteva su Coll. Aveva visto un tale terrore negli occhi di suo fratello... e una tale rabbia. Verso Par, verso se stesso, verso la verità? Non c'era modo di saperlo. Ma Coll era ancora consapevole di lui, lo stava attivamente cercando, e c'era ancora un possibilità di raggiungerlo.

Ma cosa avrebbe fatto, se ci fosse riuscito? Non ci aveva ancora pensato. Avrebbe usato di nuovo la Spada di Shannara, si rispose quasi senza pensare. La Spada era il mezzo migliore che Coll avesse per liberarsi dal Mirrorshroud. Se Coll poteva essere indotto a vedere la natura della magia che lo possedeva, forse si poteva trovare un modo per gettare via il mantello e la sua magia. Forse Par sarebbe riuscito a strappargielo di dosso, se non altro. Ma la Spada era la chiave. Coll non aveva riconosciuto nulla fino a quando la magia della Spada non l'aveva catturato, ma la verità era apparsa nei suoi occhi, allora. Par avrebbe usato di nuovo il talismano, si disse. E questa volta non si sarebbe fermato fino a quando Coll non fosse stato libero.

Raccolse la coperta e ripartì. La giornata era soffocante, l'aria immobile, e il calore si stava trasformando rapidamente in un'afa umidiccia che impregnava di sudore i vestiti di Par. Trovò le tracce di Coll e le seguì fino al Mermidon, e oltre il fiume, verso nord, poi di nuovo a sud. Questa volta suo fratello aveva proceduto in linea retta per parecchie ore, seguendo la riva orientale fino alle Montagne di Runne. Passò accanto a Varfleet, dall'altra parte del fiume, osservando i pescherecci e i traghetti che manovravano stancamente sulla grande distesa di acqua; pensò che sarebbe stato bello avere una barca, e subito dopo pensò che era inutile avere una barca se doveva seguire delle impronte. Ricordò quella volta che lui e Coll erano fuggiti da Varfleet, qualche settimana prima, ed erano scesi verso sud, lungo il Mermidon. Era stato l'inizio di tutto. Ricordò come erano stati vicini allora, malgrado le discussioni circa lo scopo delle loro vite e il senso della magia di Par. Sembrava fosse successo tantissimo tempo prima.

Verso la metà del pomeriggio raggiunse un piccolo pontile di pescatori con una stazione commerciale parecchie miglia a valle di Varfleet, sul Mermidon. Si trattava di una baracca stipata e in disordine, i cui proprietari erano persone taciturne e ostinate, con le mani callose segnate dal lavoro, le facce bruciate dal sole. Riuscì a scambiare il suo anello con lenza e ami, pietra focaia, pane, formaggio e pesce affumicato. Portò il tutto poco lontano dal pontile, si lasciò cadere a terra e mangiò metà del cibo senza neppure fermarsi per respirare. Appena finito, riprese il cammino verso sud, sentendosi decisamente meglio. La lenza e gli ami gli avrebbero permesso di pescare, la pietra focaia di accendere il fuoco. Cominciava a rendersi conto che raggiungere Coll avrebbe richiesto più tempo di quanto avesse immaginato.

Si chiese ancora perché Coll era venuto a cercarlo... o, più esattamente, perché era stato mandato. Se non era per ucciderlo o per impadronirsi della Spada, non restava molta scelta. Forse la presenza di Coll aveva lo scopo di suscitare in lui qualche reazione. L'avvertimento di Damson gli risuonava ancora nella mente... la caccia era probabilmente una trappola degli Ombrati. Ma come potevano gli Ombrati sapere che il loro incontro avrebbe fatto scattare la magia della Spada di Shannara, e rivelato la verità su Coll, e che Par sarebbe stato in grado di vederlo non come un Ombrato? Coll poteva essere stato mandato quale esca per attirare Par – questo certamente era nel carattere di Rimmer Dall – ma come poteva sapere l'Ombrato che Par avrebbe scoperto l'identità del fratello?

A meno che lui non dovesse scoprirlo...

Par si fermò di scatto. Stava passando sotto una vecchia quercia gigantesca. C'era ombra e fresco. Poteva sentire una brezza soffiare dal Mermidon, l'odore dell'acqua e del bosco. Poteva ascoltare il rumore del fiume che scorreva pigro.

...quando sarebbe stato troppo tardi.

Sentì un nodo alla gola. E se avesse dovuto ripensare la faccenda al contrario? Se non fosse stato Coll a dover uccidere lui, ma lui a dover uccidere Coll?

Perché?

Perché...

Inseguì la risposta. Era quasi lì, proprio al margine del suo ragionamento. Un sussurro di parole che si sforzavano di essere riconosciute, di essere comprese.

Non riusciva a raggiungerle del tutto.

Riprese il cammino, con un senso di frustrazione. Era sulla strada giusta, pur non avendo chiarito ancora tutti i particolari. C'era Coll che lo guidava, che fuggiva senza sapere il perché, che tornava indietro di notte per accertarsi che lo seguisse. C'era la Spada di Shannara, e la sua magia che gli aveva svelato la verità. C'erano gli Ombrati che avevano orchestrato l'intera faccenda, e giocavano con loro, come se fossero attori obbligati a recitare per il godimento di altri.

C'è un rapporto con la magia della canzone, pensò Par d'improvviso. Dev'essere così.

Sarebbe riuscito a capirlo, ne era sicuro. Doveva solo continuare a rifletterci. Doveva continuare a ragionarci su.

Al tramonto del secondo giorno non aveva trovato Coll, e si accampò in una nicchia fra le rocce, che lo proteggeva alle spalle permettendogli al contempo di vedere qualsiasi cosa gli si avvicinasse di fronte. Non accese il fuoco. Gli avrebbe ostacolato la vista nel buio, quando fosse calata la notte. Mangiò ancora un po' delle provviste, si avvolse nella coperta, e si appoggiò alle rocce, in attesa.

La notte si fece sempre più scura, e nel cielo apparvero le stelle. Par osservò le ombre delinearsi e prendere forma nella pallida luce. Ascoltò il pigro scorrere del fiume contro le rocce, e i gridi degli uccelli notturni che volavano in cerchio sulle acque. Respirò l'aria umida e fresca, e per la prima volta in due giorni si permise di pensare a Damson Rhee. Era strano essere senza di lei, dopo essere stati nascosti insieme a Tyrsis, e avere lottato per restare liberi. Si preoccupava per lei, ma si rassicurò pensando che probabilmente stava meglio di lui. Ormai doveva aver raggiunto i nati liberi, ed essere impegnata nello sforzo di liberare Padishar. Ormai era al sicuro.

O almeno, al sicuro quanto poteva esserlo chiunque di loro, finché quella faccenda non fosse finita.

Pensieri di Damson, Padishar, Morgan Leah, Wren e Walker Boh si affollavano nella sua mente, frammenti dei ricordi di coloro che aveva perso lungo la via. Talvolta gli sembrava di essere destinato a perdere tutti. Tanti sforzi spesi, e tanto poco di guadagnato... lo sentiva come un peso tremendo.

Sollevò le ginocchia verso il petto per proteggersi, stringendosi a palla. La Spada di Shannara gli premeva contro la schiena; si era scordato di slacciarla. La Spada, l'incarico che gli era stato affidato da Allanon, la sua occasione di vita, la sua unica speranza di liberarsi un giorno dagli Ombrati... molto era stato dato per essa. Si chiese nuovamente quale dovesse essere lo scopo del talismano. Senza dubbio qualcosa di straordinario, perché una magia così non era stata creata per niente di meno. Ma come sarebbe riuscito a scoprire questo scopo... soprattutto lì, perso in qualche punto delle Runne, mentre inseguiva il povero Coll? Avrebbe dovuto cercare Walker Boh e Wren, gli altri a cui Allanon aveva affidato un incarico.

Ma questo era sbagliato, naturalmente. Doveva fare proprio quello che stava facendo; doveva cercare suo fratello per aiutarlo. Se perdeva Coll, che era stato al suo fianco in tante traversie, che aveva rinunciato a tutto, se lo perdeva dopo averlo già perso una volta, dopo averlo ritrovato...

Scosse la testa. Non avrebbe perso Coll. Non avrebbe permesso che accadesse una cosa simile.

I minuti trascorsero, e Par Ohmsford continuò ad aspettare. Coll sarebbe venuto. Ne era certo. Sarebbe venuto come la notte prima. Forse si sarebbe limitato a sedere guardandolo, ma almeno sarebbe stato lì, vicino.

Infilò una mano dentro la tunica ed estrasse la metà spezzata dello Skree che Damson gli aveva dato. L'aveva legata a un laccio di cuoio che si era appeso al collo. Se Damson era vicina, lo Skree avrebbe dovuto illuminarsi. Lo osservò con attenzione. Il metallo rifletteva la fioca luce delle stelle, ma non brillava. Damson era lontana.

Guardò lo Skree ancora un momento, poi se lo fece scivolare di nuovo sotto la tunica. Un altro pezzo di magia per la sua salvezza, pensò sconsolato. La canzone magica, la Spada di Shannara, e lo Skree. Era ben fornito di talismani, nessun dubbio su questo.

Ma l'amarezza non serviva, e cercò di scacciarla. Slacciò la Spada e l'appoggiò a terra accanto a sé. Da qualche parte, sul Mermidon, un pesce balzò fuori dall'acqua. Dagli alberi alle sue spalle giunse il basso richiamo di un gufo, improvviso e struggente.

Un'eredità di magia, pensò Par, incapace di scuotersi dall'umore nero in cui era caduto, e mi serve solo a chiedermi se Rimmer Dall ha ragione... se non sono un Ombrato.

Il pensiero rimase con lui, mentre fissava nel buio.

La cosa che era un misto fra un Ombrato e Coll Ohmsford scrutava dal suo nascondiglio fra gli alberi, a un centinaio di metri dal punto dove colui che lo inseguiva attendeva la sua comparsa.

Ma non lo farò, no, si disse. Rimarrò qui, al sicuro, al buio, dove sto bene, dove le ombre mi proteggono da...

Da cosa? Non riusciva a ricordare. Da quell'altra creatura? Dalla strana arma che portava? No, qualcos'altro. Il mantello che indossava? Toccò con gesto incerto la stoffa, sentendo qualcosa di spiacevole nella punta delle dita, consapevole ancora una volta della visione avuta durante la lotta con l'altro, con quello che era... che era... Non riusciva a ricordare. Qualcuno che aveva conosciuto. Tanto tempo prima. La confusione lo tormentava; non lo lasciava mai.

L'Ombrato/Coll si spostò silenzioso, gli occhi non abbandonavano neppure per un istante la figura fra le rocce.

Crede di potermi vedere da lì, ma si sbaglia. Non può vedere niente che io non voglia che veda... finché indosso il mantello, finché ho la magia. Vado da lui quando voglio, e mi allontano quando lo desidero. Non può vedermi. Non può prendermi. Mi dà la caccia, ma io lo conduco dove voglio. Lo conduco a sud, a sud verso...

Ma non era sicuro, la confusione oscurava di nuovo i suoi pensieri, distraendolo. Talvolta gli pareva che avrebbe potuto pensare meglio se si toglieva il mantello. Ma sarebbe stato sciocco. Il mantello lo proteggeva, il Mirrorshroud, che gli era stato dato da... no, era stato rubato... no, preso con l'inganno da qualcuno... pericoloso...

I pensieri andavano e venivano, frammentari e fuggevoli. Vorticavano come mulinelli in un fiume, che sfiorano il limo e le rocce del fondo per un istante, prima di spostarsi.

Lacrime di frustrazione gli salirono agli occhi, e sollevò una mano sporca per asciugarle. Qualche volta ricordava cose del passato, del tempo in cui non portava il mantello, in cui era qualcun altro. I ricordi lo rattristavano, e gli sembrava che gli fosse stato fatto qualcosa di cattivo, se i ricordi lo facevano sentire in quella maniera.

Ho visto per un momento, nella luce della mia mente, in quella visione. Ho visto qualcosa su me stesso, su quello che ero, che sono, che potrei essere. Voglio vederlo ancora!

Ora scappava dalla cosa a cui una volta aveva dato la caccia, spaventato da essa senza sapere perché. Il mantello lo rassicurava, ma non sembrava sufficiente a proteggerlo dall'altro. E la fuga dal suo inseguitore lo riportava sempre dove il suo inseguitore lo attendeva, un continuo rincorrersi che non riusciva a comprendere. Se fuggiva dal suo inseguitore, perché la fuga lo riportava indietro? Talvolta il mantello lo calmava e lo proteggeva dall'inseguitore e dai ricordi, ma talvolta sembrava un fuoco contro la sua pelle, che bruciava la sua identità, la rendeva qualcosa di terribile.

Togliti il mantello!

No, pazzo! Il mantello ti protegge!

E così la battaglia infuriava entro la cosa tormentata che era insieme Ombrato e Coll, trascinandolo di qua e di là, stremandolo e rinvigorendolo di nuovo, tirandolo e spingendolo nello stesso tempo, finché non rimase nulla dentro di lui che fosse ragione e pace.

Aiutami, pregava in silenzio. Ti prego, aiutami.

Ma non sapeva a chi stava chiedendo aiuto, o quale forma questo aiuto dovesse prendere. Guardò nel buio colui che lo inseguiva, pensando che il suo cacciatore ben presto avrebbe dormito. Cosa avrebbe fatto, allora? Doveva scivolare giù, strisciando silenzioso come le nuvole che galleggiano nel cielo, e toccarlo, toccare...

Il pensiero non volle completarsi. Il mantello sembrava avvolgersi più stretto intorno a lui, distraendolo. Sì, strisciare giù, forse, mostrare al suo cacciatore che non aveva paura (ma ne aveva!), che poteva fare come voleva nella notte, nel suo mantello, nella sicurezza della magia...

Aiutami...

Le parole gli salivano soffocate alla gola, e cercò di urlarle senza riuscirci. Chiuse gli occhi per il dolore, e si costrinse a pensare.

Portagli via qualcosa, qualcosa di cui abbia bisogno, che gli è cara. Portagli via qualcosa che lo faccia... soffrire come me. La ragione liberò un ricordo familiare. Questo lo conosco. Lo conosco da quando... quando eravamo... eravamo... fratelli! Questo può aiutarmi, può trovare un modo...

Ma la cosa Coll/Ombrato non ne era certa, e il pensiero svanì insieme agli altri, perso fra la miriade di frammenti che si spingevano e lottavano fra loro per essere presi in considerazione nella sua mente confusa. Era insieme attratto e respinto da colui che osservava, e il conflitto non voleva risolversi, per quanti sforzi facesse.

Le lacrime ripresero a sgorgare, spontanee e indesiderate. Le mani sporche e graffiate si serrarono. La faccia martoriata lottò per assumere una forma riconoscibile. Per un secondo Coll tornò, restituito dalla ragnatela di nera magia che lo imprigionava.

Devo agire, fare qualcosa che permetta all'altro di capire! Devo portargli via qualcosa! Devo!

Par era addormentato quando sentì uno strattone al collo. Si dimenò selvaggiamente, nel tentativo di resistere, senza sapere cosa fosse o chi lo provocasse. Qualcosa lo soffocava, stringendogli la gola e impedendogli di respirare. C'era un peso sopra di lui, che lo avvolgeva.

Un Ombrato!

Eppure la canzone magica non lo aveva avvertito, perciò non poteva essere un Ombrato. Chiamò la magia, in un disperato tentativo di salvarsi. La sentì montare con agonizzante lentezza. Qualcosa respirava sopra la sua faccia e il suo collo. Ci fu un lampeggiare di denti, e sentì dei peli ruvidi sfregargli la pelle. Allungò la mano per trovare un punto di appoggio su cui far forza contro l'aggressore. Le sue dita sfiorarono l'impugnatura della Spada di Shannara, e il metallo lo bruciò come fuoco.

Poi la pressione contro la sua gola di colpo si allentò, il peso che lo schiacciava si sollevò, e attraverso una nebbia di luce colorata e di buio vide una forma ricurva e contorta fuggire nella notte.

Coll! Era Coll!

Balzò in piedi, confuso e spaventato, lottando per trovare l'equilibrio e il respiro. Cosa stava succedendo? Coll era stato mandato per ucciderlo, allora? Aveva cercato di soffocarlo? Guardò la forma scura sparire fra le ombre degli alberi e delle rocce. Non poteva sbagliarsi: era Coll. Ne era certo.

Ma cosa stava cercando di fare suo fratello?

Pensò d'improvviso alla Spada e guardò subito a terra. Ma era al suo posto, accanto a lui. Non la Spada, pensò. Allora cosa?

Si tastò il collo, consapevole all'improvviso di un nuovo dolore. Ritirò la mano umida di sangue. Si tastò ancora. Trovò una striscia di carne lacerata. La toccò con cautela.

Poi si rese conto che non aveva più lo Skree.

Suo fratello gliel'aveva rubato. Doveva averlo visto quando lo nascondeva sotto la tunica, nel buio. Si era avvicinato mentre dormiva, era strisciato fino a lui, l'aveva bloccato a terra, tirando il laccio di cuoio quasi al punto da soffocarlo e, non riuscendoci in altro modo, l'aveva spezzato con i denti ed era fuggito portandosi via il talismano di Damson.

Perché?

Perché Par lo seguisse, naturalmente. Perché Par gli desse la caccia.

L'Uomo della Valle rimase fermo a fissare sbigottito il punto in cui era sparito suo fratello. O la cosa che suo fratello era diventato. Nel silenzio della mente gli sembrava di sentire l'altro gridare.

Aiutami, diceva Coll.

Aiutami.

15

Quando ci fu abbastanza luce per vedere, Par si rimise all'inseguimento del fratello. Il sole si era levato presto, il giorno era limpido e luminoso, e le tracce lasciate da Coll facili da seguire, come sempre. Par raddoppiò gli sforzi, dando fondo a tutte le sue energie, deciso questa volta a non farselo sfuggire. Si erano molto addentrati nelle Montagne di Runne, stretti tra i fianchi di un canalone in cui il Mermidon scorreva verso sud, e non c'era molto spazio per deviare. Tuttavia, Coll continuava a staccarsi dalla riva del fiume, come alla ricerca di una via d'uscita. Qualche volta percorreva quasi mezzo miglio, prima che le montagne gli bloccassero la strada. In un'occasione si arrampicò su un basso crinale e lo seguì verso sud per parecchie miglia, prima che questo terminasse contro una parete di roccia costringendolo a deviare di nuovo. Ogni volta Par era costretto a seguire le tracce, temendo che se si teneva lungo la riva del fiume Coll sarebbe tornato sui suoi passi. Lo sforzo dell'inseguimento lo prostrava, e l'aria umida e immobile gli faceva girare la testa. Il giorno passò, giunse il tramonto, e ancora non aveva trovato Coll.

La sera pescò per mangiare, usando la lenza e l'amo comperati il giorno prima, cucinò il pesce sul fuoco, e lasciò quanto rimase (una porzione più che generosa) su una roccia piatta ad alcune decine di metri da dove si era preparato il giaciglio. Rimase sveglio per buona parte della notte, sentendo e vedendo cose che non c'erano, dormicchiando per brevi periodi. Non vide mai Coll. Quando si svegliò, scoprì che il pesce era sparito... ma poteva essere stato mangiato da animali selvatici. Non lo credeva, ma non c'era modo per saperlo con sicurezza.

Per tre giorni ancora continuò l'inseguimento, scendendo lungo il fiume e avvicinandosi sempre più al Lago Arcobaleno e a Sentinella del Sud. Cominciava a temere di non farcela a raggiungere Coll prima che fosse troppo tardi. Suo fratello riusciva sempre a tenersi appena davanti a lui, anche con la sua imperfetta capacità di ragionare, anche nel suo stato di semi-Ombrato. Coll non pensava con chiarezza, non sceglieva il cammino più facile o più rapido, non si preoccupava di nascondere le sue tracce, non faceva nulla, se non tenersi in qualche maniera fuori dalla portata di Par. Era frustrante e preoccupante. Gli sembrava inevitabile che avrebbe trovato Coll troppo tardi per aiutarlo... e forse anche per aiutare se stesso, se gli Ombrati li avessero scoperti. Se Rimmer Dall trovava Coll per primo, cosa doveva fare Par? Usare la Spada di Shannara? Ci aveva provato una volta, senza risultato. Usare la magia della canzone? Aveva provato anche questa, trovandola pericolosamente imprevedibile. Ma forse non avrebbe avuto scelta. Avrebbe dovuto usare la canzone, se era l'unico mezzo per liberare il fratello. Il prezzo che avrebbe pagato non aveva importanza.

Pensava spesso a come la canzone si era evoluta, e a quello che sembrava fargli quando la evocava. Cercò di pensare a cosa poteva fare per proteggere se stesso, per tenere la magia sotto controllo, per impedire che gli sfuggisse completamente di mano. Il potere si manifestava in una maniera che non riusciva a comprendere, evolvendosi proprio come era successo a Wil Ohmsford, tanti anni prima, manifestandosi in maniere nuove e terrificanti, che suggerivano come qualcosa di fondamentale stesse cambiando anche dentro Par. Quando considerava l'ampiezza di quell'evoluzione, ne era terrorizzato. Un tempo era stata la magia di Jair Ohmsford, una canzone che poteva formare immagini nell'aria, immagini che sembravano reali ma erano tali solo nelle menti di coloro che ascoltavano. Adesso assomigliava più alla magia della sorella di Jair, Brin, una magia che poteva veramente cambiare le cose, trasformarle irrimediabilmente. Ma con Par poteva anche creare. Poteva produrre cose dal nulla, come quella spada di fuoco nell'Abisso, o i frammenti di metallo e di vento nella torre di guardia a Tyrsis. Da dove giungeva un potere come quello? Cosa poteva aver trasformato così drasticamente la magia?

A spaventarlo di più, naturalmente, era che la risposta a tutte le sue domande circa l'origine della sua magia era sempre la stessa: un sussurro flebile ma insidiosamente sicuro nella sua mente, le parole che gli aveva detto Rimmer Dall quando si era trovato davanti al Primo Cercatore nella cripta dove era stata riposta la Spada di Shannara.

Tu sei un Ombrato, Par Ohmsford. Tu sei uno di noi.

Dopo sei giorni di inseguimento, quattro dal furto dello Skree, in un calore pomeridiano così intenso che sembrava colorare l'aria e bruciare i polmoni, le tracce di Coll deviarono bruscamente nel fiume e sparirono.

Par si arrestò sul bordo dell'acqua, osservò incredulo il terreno, tornò indietro per essere certo di non ingannarsi, poi si sedette all'ombra di un pioppo dai larghi rami, per raccogliere le idee.

Coll era andato nel fiume.

Guardò le acque, la larga corrente pigra, e la riva opposta costeggiata di alberi. Il Mermidon usciva in quel punto dalle Runne, avvicinandosi al Lago Arcobaleno. Le montagne proseguivano sul lato orientale, mentre su quello occidentale si stendevano colline erbose, e macchie isolate di alberi. Se Coll fosse stato in sé, avrebbe attraversato dove era più facile procedere. Ma Coll era sotto l'incantesimo del Mirrorshroud. Par decise che non poteva essere sicuro di niente. In ogni modo, se suo fratello aveva attraversato il fiume, doveva farlo anche lui.

Si spogliò, si servì della lenza e di qualche pezzo di legno per fabbricare una zattera improvvisata, legò i vestiti, la coperta, lo zaino e la Spada di Shannara su di essa, e scivolò nel fiume. L'acqua era fresca e piacevole. Si spinse nel mezzo della corrente, nuotando ad angolo verso la riva opposta. Se la prese comoda, e approdò circa un miglio a valle. Uscì dall'acqua, si asciugò, si vestì, si mise sulla schiena la Spada e il resto, e cominciò a cercare le tracce di Coll.

Ma non riuscì a trovarle.

Cercò a monte e a valle, fino a che fu buio, senza scoprire niente. Coll era sparito. Par si sedette nel buio, fissando la superficie piatta e scintillante, chiedendosi se per caso suo fratello non fosse affogato. Coll era un buon nuotatore, in condizioni normali, ma era possibile che alla fine le forze gli fossero venute a mancare. Si costrinse a mangiare, bevve dalla fiasca di pelle, si avvolse nella coperta e cercò di dormire. Il sonno non voleva venire. Il pensiero di Coll lo tormentava, i ricordi del passato, il peso di tutto ciò che era accaduto dall'inizio dei sogni. Era assalito da emozioni in conflitto. Cosa doveva fare adesso? E se Coll fosse davvero morto?

L'alba era un bagliore rosso cupo a oriente, oscurato da un ammasso di nuvole a occidente. Le nuvole si stavano accumulando all'orizzonte, dirigendosi verso il Callahorn come una muraglia. La luce del giorno era pallida e incerta, l'aria immobile. Par si alzò e si rimise in cammino, seguendo il fiume verso sud, sempre in cerca del fratello. Era stanco e scoraggiato, sul punto di cedere. Continuava a interrogarsi su quello che stava facendo: inseguiva un fantasma, un Ombrato, e veniva preso in giro come uno stupido animale. Come poteva essere sicuro che fosse davvero Coll? Forse Damson aveva ragione. Non era possibile che gli Ombrati l'avessero raggirato in qualche modo? E se Rimmer Dall avesse manipolato la Spada e cambiato la sua magia, in maniera che ingannasse? Supponiamo che fosse tutta una complicata trappola. C'era modo di saperlo?

Dopo un po' smise del tutto di pensarci, perché non restavano più alternative che non avesse considerato, e si stava esaurendo inutilmente. Si limitò a camminare, seguendo il fiume nei suoi meandri attraverso le colline, scrutando meccanicamente il terreno, mentre tutto ciò che era dentro di lui si chiudeva a poco a poco in un nero silenzio.

A occidente le nuvole cominciarono a farsi più cupe, man mano che si avvicinavano, e un vento improvviso soffiò davanti a esse, come un avvertimento. Gli uccelli si alzarono in volo stridendo, diretti verso le montagne a ovest, lampi di bianco che sparivano fra le ombre.

Davanti a lui, poche miglia a valle, apparve Sentinella del Sud, un nero obelisco che si stagliava contro il cielo. Par la osservò ingrandirsi sempre più, una fortezza che si ergeva ben salda sul cammino della tempesta in arrivo. Gli occhi di Par percorsero le sue mura e le sue torri, mentre si teneva vicino agli alberi e alle rocce per trovare riparo. Nulla appariva all'esterno. Nulla si muoveva.

Poi, d'improvviso, ritrovò le tracce di Coll. Le trovò sulla riva del fiume, dove suo fratello era uscito dopo essere stato trasportato dalla corrente per almeno sette o otto miglia. Era certo che fosse Coll, prima ancora di trovare l'impronta di uno stivale che glielo confermò. La pista piegava verso ovest, in direzione della collina e del temporale in arrivo.

Ma era vecchia di ore. Coll era approdato il giorno prima, e si era messo subito in cammino. Par era in ritardo di un'intera giornata.

Cominciò lo stesso a seguire le tracce, contento di averle almeno trovate, di sapere che suo fratello era ancora vivo. Arrancò faticosamente, allontanandosi dal fiume, mentre la luce scemava con l'avvicinarsi del temporale, l'aria si faceva umida, e l'erba gli sferzava le gambe. Le nuvole si accavallavano sopra di lui, riempiendo il cielo fino a farlo traboccare. Par guardò verso Sentinella del Sud, ma la torre degli Ombrati era scomparsa nella caligine.

La pioggia cominciò a cadere in gocce sparse, fredda sulla pelle surriscaldata, poi pungente quando il vento gliela sbatté contro la faccia.

Qualche momento dopo raggiunse la cima di una collina, e vide Coll.

Suo fratello era disteso immobile nell'erba polverosa, a faccia in giù, sotto una quercia senza foglie percossa dal vento, che si ergeva al centro di una bassa valle. A prima vista sembrava morto. Par corse verso di lui, il cuore pieno di angoscia. No, era tutto quello che riusciva a pensare. No. Poi vide Coll muoversi, vide il suo braccio spostarsi leggermente. Quindi una gamba si sollevò, tornò a stendersi. Coll non era morto; era solo esausto. Aveva finalmente dato fondo a tutte le sue energie.

Par scese dalla collina, fra gli artigli di un vento che ululava e lo assaliva uscendo dal nero della tempesta. Chinò la testa e si spinse avanti. Coll era tornato immobile. Non l'aveva sentito. L'avrebbe raggiunto prima che si fosse accorto di lui.

E poi? si chiese d'improvviso. Cosa avrebbe fatto allora?

Allungò una mano sopra la spalla ed estrasse la Spada di Shannara. Avrebbe comunque trovato il modo di evocare di nuovo la magia del talismano, di tenere fermo suo fratello mentre lo costringeva a vedere la verità, di fare a pezzi il mantello degli Ombrati, di liberarlo per sempre.

Almeno, era quello che sperava. Respirò a fondo l'odore del temporale. Bene, aveva la sua occasione. Coll non poteva essere forte come prima. E non sarebbe stato Par a farsi prendere alla sprovvista.

Mentre si avvicinava a Coll, sotto i rami scheletrici della quercia, un tuono, il primo del temporale, rumoreggiò fra le nuvole nere. Coll sobbalzò al rumore, si rotolò sulla schiena e guardò il fratello, a tre metri di distanza.

Par si arrestò, incerto. Coll lo guardava da sotto l'ombra del cappuccio nero del Mirrorshroud, gli occhi vitrei, inespressivi. Una mano si alzò debolmente per avvolgere più stretto il mantello intorno al corpo inarcato. Piagnucolò, e sollevò le ginocchia.

Par trattenne il respiro e avanzò ancora di un passo, poi di un altro, il vento che lo assaliva, cercava di strappargli i vestiti, sbatteva i suoi capelli da una parte all'altra. Tenne la Spada di Shannara aderente al corpo il più possibile, sperando che non attirasse l'attenzione di Coll.

Un fulmine saettò nel cielo, seguito da un tuono assordante che si riverberò da un orizzonte all'altro.

Coll si alzò in ginocchio, gli occhi spalancati e pieni di paura. Per un istante le sue mani abbandonarono la presa sul mantello, lasciandolo cadere, e la sua faccia riacquistò una parte dell'antico aspetto. Coll Ohmsford ricomparve per un momento, e guardò suo fratello come se non se ne fosse mai andato. C'era nei suoi occhi un'espressione di riconoscimento, un sollievo stupefatto che cancellò il dolore e la disperazione. Par sentì un'ondata di speranza. Avrebbe voluto chiamarlo, garantirgli che tutto sarebbe andato bene di nuovo, dirgli che adesso era al sicuro

Ma l'istante successivo Coll sparì. La sua faccia tornò quella della cosa-Ombrato creata dal Mirrorshroud, distorta in un'espressione maligna. Scoprendo i denti, suo fratello si accovacciò, ringhiando.

Sta per scappare ancora! pensò Par con angoscia.

Invece Coll si avventò su di lui, balzando in piedi e coprendo la distanza che li separava quasi prima che Par potesse sollevare la Spada di Shannara per difendersi. Le mani di Coll si chiusero sopra quelle di Par, tentando di impadronirsi dell'impugnatura del talismano, come per strapparglielo. Par tenne la presa, e lottò con suo fratello per il possesso della Spada. La pioggia si riversava su di loro in un torrente di tale violenza che Par quasi ne rimase accecato. Coll era avvinghiato a lui, così stretto che poteva sentire i battiti del suo cuore. Tenevano le mani serrate sopra le loro teste, mentre tiravano la Spada da una parte e dall'altra, il metallo che luccicava per la pioggia.

Un fulmine cadde a nord, un lampo di luce intensa seguito da un immenso boato. Il terreno tremò.

Par cercò di evocare la magia della Spada, ma non ci riuscì. Era venuta facilmente la volta prima... perché non ora? Cercò di sconfiggere la pazzia di suo fratello, la furia del suo attacco. Cercò di nascondere la paura che non servisse a nulla, che il potere fosse andato nuovamente perduto. Sull'erba scivolosa e sferzata dal vento, i due fratelli Ohmsford lottavano per il possesso della Spada di Shannara e le loro grida si perdevano nel fragore della tempesta. Più volte Par cercò senza successo di evocare la magia. La disperazione s'impadronì di lui. Stava per perdere anche quella battaglia. Coll era più robusto, e lo stava sfiancando. Cosa ancora peggiore, sembrava diventare più vigoroso man mano che le forze di Par scemavano. Non lo mollava un istante, calciando e graffiando, combattendo come se fosse completamente impazzito.

Ma Par non cedette. Si aggrappava con tutte le sue energie alla Spada, deciso a non perderla. Lasciò che il fratello lo facesse indietreggiare, lo spingesse di qua e di là, nella speranza che ciò servisse a stancarlo, a indebolirlo abbastanza da poterlo stordire. Se ci riusciva, aveva una possibilità.

Scoccò un altro fulmine, veloce e sorprendente. Nel bagliore momentaneo, Par scorse delle ombre scure raccogliersi sull'altura che dominava la valle, a dozzine, contorte e ingobbite, gli occhi che luccicavano come sangue.

Poi sparirono, ingoiate dalla nera notte della tempesta. Turbato, Par batté le palpebre per liberarsi dalla pioggia che gli impediva di vedere, cercando di sbirciare oltre il corpo di suo fratello. Cosa aveva visto, lassù? Ancora una volta scoccò un lampo, proprio mentre Coll, con una spinta selvaggia, lo faceva cadere sull'erba fradicia. Questa volta non vide nulla, e lottò per non restare senza fiato mentre colpiva il terreno. Coll gli si gettò addosso, ululando. Ma Par sfruttò l'impeto del fratello, e se lo fece volare sopra la testa, liberandosi.

Si rimise in piedi, confuso, scrutando intorno a sé. Il buio era così profondo che riusciva a stento a vedere la quercia morta. La collina era invisibile.

Coll caricò di nuovo, ma questa volta Par era pronto. Sfuggendo alle sue mani, lo colpì sul capo con l'elsa della Spada. Coll cadde in ginocchio, stordito. Agitò le mani davanti a sé, come per afferrare qualcosa che solo lui riusciva a vedere. Un rivoletto rosso gli scese lungo la faccia, da dove il colpo aveva lacerato la pelle, e il sangue diventava rosa mescolandosi con la pioggia. I suoi tratti cominciarono a cambiare, perdendo la loro apparenza ombrata, tornando umani. Par stava per colpire, tremando per la disperazione e la spossatezza, poi si fermò vedendo gli occhi dell'altro che lo fissavano con meraviglia.

Era suo fratello che lo guardava. Era Coll.

Si lasciò cadere in ginocchio sull'erba scivolosa, di fronte a lui. Le labbra di suo fratello si stavano muovendo, le parole che pronunciava si perdevano nell'ululato del vento e nella pioggia. Tremava per il freddo, e per qualcos'altro. Cominciò a scuotere la testa sotto il cappuccio luccicante del Mirrorshroud, contorcendosi entro le nere pieghe, come se fosse la cosa più difficile che avesse mai fatto nella sua vita. Coll. Par mormorò il suo nome. Le mani di Coll si sollevarono per afferrare le pieghe del mantello ombrato, tremarono violentemente, poi ricaddero. Coll.

Disperato, nel tentativo di aiutare suo fratello prima che l'occasione svanisse, Par conficcò d'impulso la Spada di Shannara in terra davanti a sé, e si allungò per afferrare le mani di Coll. Suo fratello non offrì resistenza, gli occhi vuoti e vitrei. Par guidò le mani di Coll all'impugnatura della Spada, e gli strinse le dita gelide e tremanti intorno a essa, bloccandogliele con le sue. Ti prego, Coll. Ti prego, resta con me. Coll lo fissava, lo vedeva ma al tempo stesso guardava attraverso di lui. La Spada di Shannara li teneva legati, le dita intrecciate, premute contro la torcia incisa nell'elsa.

Par vide il riflesso distorto della sua faccia sulla superficie bagnata della lama. «Coll!» gridò.

Gli occhi di suo fratello si spalancarono. Ti prego, fa' che venga la magia, pregò Par. Ti prego!

Gli occhi di Coll erano fissi su di lui, imploranti.

«Coll, ascoltami! Sono Par! Sono tuo fratello!»

Coll batté le palpebre. C'era un barlume di riconoscimento nei suoi occhi, una scintilla di luce. Sotto le sue mani, Par sentì quelle di Coll stringersi sull'impugnatura della Spada.

Coll!

Una luce balenò lungo la lama della Spada, veloce e accecante, una furia bianca che avvolse tutto per un attimo. Seguì un fuoco, freddo e brillante, che si allargò dalla Spada al corpo di Par. Lo sentì espandersi e ondeggiare, costringendolo a uscire da se stesso e a entrare nel talismano, dove trovò Coll ad attenderlo, per unirsi a lui come in una persona sola. Si accorse di scivolare attraverso il metallo, per poi uscire in un punto molto lontano. Il mondo da cui era venuto sparì... la pioggia e il fango, il buio e il fragore. C'era candore e silenzio. Non c'era altro.

Solo Coll e lui. Solo loro due.

Poi fu consapevole delle scintillanti pieghe nere del Mirrorshroud che avvolgevano la testa e il corpo del fratello, dimenandosi come serpenti. Il mantello era vivo, si muoveva di qua e di là, si contorceva violentemente per resistere a qualcosa di invisibile che minacciava di lacerarlo.

Par udì un sibilo.

La Spada di Shannara. La magia della Spada.

Lasciò che i suoi pensieri scorressero in profondità nella mente del fratello, fino alle tenebre che vi si erano insediate e che adesso lottavano per rimanervi. Ascoltami, Coll. Ascolta la verità. Costrinse la mente del fratello ad aprirsi, scacciando la magia ombrata che lo attendeva, incurante della propria incolumità, dimentico di tutto a parte la necessità di liberare il fratello. La magia della Spada lo proteggeva e lo sosteneva. Ascoltami. La sua voce schioccava come una frusta nella mente del fratello. Raccolse le sue parole e diede loro una forma, immagini che rivaleggiavano con l'intensità della canzone magica, quando raccontava le storie di tre secoli prima. La verità su ciò che Coll era diventato era come un torrente che non poteva essere rallentato o deviato, e si precipitava dentro di lui. Coll vide come era stato corrotto. Vide quello che il mantello gli aveva fatto. Vide come era stato indotto a rivoltarsi contro suo fratello, per adempiere a qualche oscura trama di cui nessuno di loro era consapevole. Vide tutto ciò che era stato così accuratamente nascosto dalla magia ombrata.

Vide anche ciò che era necessario fare per liberarsene.

Il dolore di queste rivelazioni era intenso e penetrante. Par lo sentì riverberare attraverso il fratello in ondate che rifluivano contro di lui. La vita di Coll giaceva nuda davanti a lui, una serie cruda e inesorabile di verità che annichilivano. Par combatté contro il panico e il dolore e li affrontò senza vacillare, saldo perché suo fratello aveva bisogno che così fosse. Poteva sentire il silenzioso grido di angoscia di Coll di fronte a ciò che gli veniva mostrato. Poteva vedere l'angoscia riflessa nei suoi occhi, profonda e tremenda. Non distolse lo sguardo. Non indietreggiò. La verità era il fuoco bianco della Spada di Shannara, che bruciava e purificava, ed era la loro unica speranza.

Allora Coll si gettò indietro e gridò, e l'urlo li riportò dal candido silenzio alla furia nera e ululante della tempesta, inginocchiati insieme nel fango e nell'erba fradicia, sotto l'antica quercia, sotto le nuvole scure e turbinanti. Intorno a loro c'era una foschia inquieta, come se gli ultimi resti della luce del giorno fossero stati strappati via. La pioggia sferzava le loro facce, nascondendo ogni cosa, tranne le loro figure bagnate che stringevano la Spada luccicante. Un fulmine cadde, accecante, e ci fu un tremendo fragore di tuono.

Le mani di Coll Ohmsford si staccarono dalla Spada, strappando anche quelle di Par. Coll si alzò, con un'espressione sbigottita. Ma quella che Par vide era davvero la faccia di suo fratello, senza nulla dell'orrore ombrato che aveva cercato di prendere possesso di lui. Coll portò freneticamente le mani dietro di sé e si strappò di dosso il Mirrorshroud, scagliandolo a terra. Il mantello cadde nel fango e subito cominciò a fumare. Tremò e si contorse, poi prese a bruciare. Verdi fiamme si levarono dalle sue pieghe scintillanti, all'impazzata. Il fuoco si sparse inesorabile, consumandolo, e in pochi secondi il Mirrorshroud fu ridotto in cenere.

Par si alzò in piedi, spossato, guardò il fratello, e vide nei suoi occhi ciò che cercava. Coll era tornato. La Spada di Shannara gli aveva mostrato la verità sul Mirrorshroud: che era uno strumento degli Ombrati, che era stato creato per corromperlo, che l'unico modo per essere libero era togliersi il mantello e buttarlo via. Coll l'aveva fatto. La Spada gli aveva dato la forza.

Ma anche in quel momento di gioia suprema, dopo che la battaglia era stata vinta e Coll gli era stato restituito, Par avvertì un senso di disagio. Doveva esserci ancora qualcosa, sussurrò una voce. La magia avrebbe dovuto fare ancora qualcosa. Ricordi le storie di cinque secoli fa? Ricordi il primo Ohmsford? Ricordi Shea? La magia aveva fatto qualcosa di diverso per Shea, quando lui l'aveva evocata. Gli aveva mostrato la verità su se stesso, rivelandogli per prima cosa che lui aveva cercato di nascondersi, di camuffarsi, di dimenticare, di fingere di non esistere. Aveva mostrato a Shea Ohmsford la verità su se stesso, la verità più dura di tutte, affinché potesse poi sopportare ogni altra verità che fosse stata necessaria.

Perché niente di tutto questo era stato mostrato a lui? Perché tutto aveva riguardato solo Coll?

Un altro lampo, e i pensieri di Par si disintegrarono nel movimento delle forme scure sulla collina che li circondava. Forme così chiaramente rivelate, questa volta, che non ci si poteva sbagliare sulla loro natura. Par si voltò, vedendole accovacciate e in attesa ovunque, scure e contorte, i rossi occhi scintillanti. Sentì Coll venirgli vicino, e assumere una posizione protettiva alle sue spalle. Anche lui le aveva viste.

Un misto di disperazione e di rabbia assalì Par Ohmsford. Gli Ombrati li avevano trovati.

Poi Rimmer Dall avanzò dai ranghi, il volto scheletrico sollevato nella pioggia, gli occhi duri come pietra e rossi come sangue. A una dozzina di passi da loro si fermò. Senza dire una parola, sollevò una mano guantata e li chiamò. Il gesto diceva tutto. Dovevano andare con lui. Gli appartenevano. Erano suoi, ora.

Par udì la voce del Primo Cercatore nella sua mente, la udì chiara come se l'altro avesse parlato. Scosse la testa una volta. Non sarebbe andato. Né lui né Coll. Mai più.

«Par.» Il fratello pronunciò il suo nome a bassa voce. «Sono con te.»

Ci fu un fruscio improvviso, il rumore che fece la lama della Spada di Shannara mentre Coll la estraeva dalla terra. Par si voltò appena. Coll stringeva il talismano con entrambe le mani, rivolto verso gli Ombrati.

Ferocemente deciso a non permettere che nulla li separasse di nuovo, Par Ohmsford evocò la magia della canzone. Essa rispose immediatamente, ansiosa di essere liberata, avida di essere usata. C'era qualcosa di tremendo nella vorace intensità con cui si mostrò. Par rabbrividì di fronte alle sensazioni che gli comunicò, alla brama che gli fece sorgere dentro. Doveva controllarla, si disse, ma disperava di poterlo fare.

Attraverso il buio che li separava, Par vide Rimmer Dall sorridere. Tutto intorno alla cresta della collina, poteva vedere gli Ombrati che cominciavano a scendere; il raschiare di artigli e di zanne si faceva sentire sopra l'ululato del vento, il luccichio degli occhi rossi trasformava la pioggia in vapore. Quanti erano? si chiese Par. Troppi. Troppi anche per la volubile magia della canzone. Si guardò intorno disperato, alla ricerca di un varco. Dovevano fuggire. Dovevano cercare di raggiungere il fiume o la foresta, un luogo qualsiasi dove nascondersi.

Come se un luogo del genere esistesse. Come se ci fosse una speranza, per loro.

La magia si raccolse sulla punta delle sue dita in un bagliore bianco che ribolliva di furia. Par sentì Coll stringersi a lui, e si posero schiena contro schiena, affrontando il cerchio che si chiudeva.

Un lampo scoccò, e il tuono rumoreggiò attraverso l'oscurità, rimbombando fra l'ululare del vento. In lontananza, gli alberi oscillavano e le foglie strappate dai rami si disperdevano come pensieri spaventati. Scappa, pensò Par. Scappa adesso, finché puoi.

Poi una luce si accese ai piedi della vecchia quercia, una luminosità ferma, che sembrava uscire dall'aria. Avanzò nel buio, oscillando lievemente, appena più che una fiammella di candela attraverso la cortina di pioggia. Il movimento degli Ombrati si arrestò. Il vento si acquietò, riducendosi a un sordo fruscio. Par vide il sorriso sparire dalla faccia di Rimmer Dall. I suoi occhi freddi si girarono verso la luce, che usciva dal buio rivelando la figura piccola ed esile che la reggeva.

Era un bambino con una lampada.

Il bambino si avvicinò a Par e Coll senza rallentare, la lampada tenuta alta per illuminare la strada, gli occhi scuri e intensi, i capelli umidi sulla fronte, i lineamenti morbidi, regolari e sereni. Par avvertì la magia della canzone affievolirsi. Non si sentiva minacciato da quel bambino. Non aveva paura. Gettò un'occhiata a Coll, e vide lo stupore negli occhi scuri del fratello.

Il bambino li raggiunse e si arrestò. Non guardò neppure di sfuggita i mostri che ringhiavano minacciosi nel buio oltre il cerchio di luce della sua lampada. I suoi occhi rimanevano fissi sui due fratelli.

«Adesso dovete venire con me, se volete salvarvi» disse con calma.

Rimmer Dall si alzò come uno spirito oscuro, gettando indietro la protezione del suo mantello, cosicché le sue braccia furono libere, quella con il guanto nero che si protendeva quasi a lacerare la luce. «Tu non hai nessun diritto di essere qui!» sibilò, con voce dura e bisbigliante. «Non hai alcun potere, qui!»

Il bambino si girò appena. «Io ho potere ovunque desidero. Io sono il portatore della luce della Parola, ora e sempre.»

Gli occhi di Rimmer Dall erano pieni di fuoco. «La tua magia è antica e consumata! Vattene, finché puoi!»

Par guardava da una faccia all'altra. Cosa stava succedendo? Chi era quel bambino?

«Par!» sentì Coll ansimare.

E vide il bambino trasformarsi d'improvviso in un vecchio, fragile e curvo per l'età, la lampada tenuta lontano, come se vicina potesse bruciarlo.

«E la tua magia» sussurrò il vecchio a Rimmer Dall «è rubata, e alla fine ti tradirà.»

Si volse di nuovo verso Par e Coll. «Venite, adesso. Non abbiate paura. Ci sono alcune piccole cose che posso ancora fare per voi, e questa è una.» La faccia rugosa li guardò. «Non avrete paura, vero? Di un vecchio? Di un vecchio amico di tanti della vostra famiglia? Mi conoscete? Sì, vero? Naturalmente. Naturalmente mi conoscete.» Una mano si sollevò e sfiorò le loro. Era come una vecchia carta su cui scivolavano foglie secche. Qualcosa scintillò dentro di loro, mentre lo faceva. «Dite il mio nome.»

E di colpo seppero. «Tu sei il Re del Fiume Argento» sussurrarono insieme, e la lampada allargò la sua luce per racchiuderli.

Subito gli Ombrati attaccarono. Scesero dai fianchi della collina in una nera marea, le loro urla e grida che frantumavano la strana calma portata con sé dal Re del Fiume Argento. Arrivarono digrignando i denti e artigliando l'aria e la terra nella loro furia. Davanti a loro giungeva Rimmer Dall, trasformato in qualcosa di indescrivibile, un'ombra così veloce che divorò lo spazio fra lui e gli Ohmsford in un istante. Fasce di ferro si serrarono attorno al collo di Par e al petto di Coll, soffocandoli. Ebbero la sensazione di venire inghiottiti dal buio, di precipitare in un pozzo troppo profondo per poter essere misurato. Per un istante furono persi, poi la voce del Re del Fiume Argento li raggiunse e li circondò, proteggendoli come le mani di una madre, liberandoli dalle fasce di ferro e riportandoli fuori dalle tenebre.

La voce di Rimmer Dall era come ferro che stride sulla pietra, e la voce del Re del Fiume Argento scomparve. Di nuovo l'oscurità si addensò e le fasce tornarono a stringersi. Par lottò disperatamente per liberarsi. Sentiva la potenza terribile delle magie usate dai due combattenti: la forza del Primo Cercatore e dello spirito antico combattevano per il controllo della vita di Coll e della sua. Suo fratello in qualche modo si era separato da lui; non lo sentiva più vicino. Per un attimo riuscì a vederlo, a individuarne i tratti familiari, poi anche questo sparì.

«Par, devo dirti...» sentì suo fratello chiamare.

Dentro di lui la magia della canzone si stava accumulando, e le parole di suo fratello vennero soffocate da quell'ondata.

La lampada del Re del Fiume Argento irruppe entro il buio degli Ombrati, facendoli arretrare. Par allungò la mano verso la luce. Ma le tenebre tornarono all'assalto, con un urlo di disperazione e di rabbia. Tagliarono la luce come una falce, separando Par.

Preso dal terrore, Par liberò la sua magia. Uscì ruggendo da lui, come acque in piena per un temporale primaverile, un torrente che non poteva essere rallentato. Par sentì la magia esplodere ovunque, incandescente e spietata, bruciando tutto. Si abbatté intorno a lui come una furia, e non poté fare nulla per fermarla.

Si sentì cambiare, si sentì uscire dal proprio corpo, e la sua faccia trasformarsi, mascherando ciò che lui era. Il mutamento fu terrificante e reale; era come se stesse cambiando pelle.

Vide la lampada del Re del Fiume Argento sparire. Vide le tenebre chiudersi intorno a lui.

Poi la sua forza si esaurì, la coscienza lo abbandonò completamente, e non vide più nulla.

16

Quando Barsimmon Oridio comunicò a Wren – subito dopo la decisione del Consiglio di attaccare l'armata della Federazione mentre era in cammino, piuttosto che attenderla ad Arborlon – che ci sarebbe voluta almeno una settimana per raccogliere e rifornire l'intero esercito, la Regina degli Elfi decise di partire con tutti gli uomini pronti entro due giorni, per fare da avanguardia. Com'era prevedibile, il vecchio guerriero protestò, dichiarò che era insensato portare così pochi uomini contro una forza esorbitante, e chiese cosa avrebbero fatto se fossero stati accerchiati e costretti a combattere. Lei ascoltò con pazienza, poi spiegò che lo scopo dell'avanguardia non era attaccare il nemico, ma sorvegliarne le mosse, e magari indurlo a rallentare, facendogli scoprire la presenza di un'altra armata sul campo. Non c'era ragione di preoccuparsi, lo rassicurò. Bar poteva scegliere il comandante dell'avanguardia, e lei si sarebbe adeguata alle sue decisioni. Bar tergiversò e protestò, ma alla fine cedette, accontentandosi della promessa che Wren avrebbe atteso fino al suo arrivo con il grosso dell'esercito, prima di tentare qualsiasi azione offensiva.

Gli Elfi che si erano stabiliti nelle campagne circostanti vennero avvertiti dell'arrivo di un'armata della Federazione, e del pericolo che questa portava. Coloro che lo desideravano potevano rifugiarsi ad Arborlon, che sarebbe stata la roccaforte del popolo Elfo. Coloro che preferivano rimanere nelle loro case dovevano essere pronti a fuggire, se la Federazione fosse penetrata. I Cavalieri Alati furono mandati nei punti più lontani e a Wing Hove. Nelle regioni più vicine vennero usati dei messaggeri. Le famiglie degli insediamenti prossimi alla città cominciarono ad arrivare quasi subito. Wren li fece sistemare in campi sparsi sulla rupe, lontano dalle difese in costruzione. Questa volta non c'era possibilità di ripararsi dietro le mura. L'Elfitch era stato distrutto durante l'attacco dei demoni all'epoca di Elventine Elessedil, e la Chiglia era stata lasciata a Morrowindl. Sarebbero stati costruiti dei bastioni, ma non avrebbero potuto essere né alti né continui. Le rupi del Carolan e le acque del Rill Song offrivano una certa difesa naturale contro un attacco da ovest, e a nord e a sud c'erano alte montagne, ma la cosa più probabile era che la Federazione arrivasse da est, attraverso la Valle di Rhenn. Se c'erano difese da approntare, dovevano essere fatte lì.

Wren parlò a lungo con i ministri e i comandanti dell'esercito, circa la natura di queste difese. I fitti boschi che si stendevano a est della città fino alla pianura erano per la maggior parte impraticabili per un esercito delle dimensioni di quello in arrivo. Tutti erano d'accordo sul fatto che la Federazione intendeva usare la sua preponderanza numerica per schiacciarli, e sparpagliarsi fra gli alberi non doveva essere una prospettiva piacevole per i suoi comandanti. Perciò sarebbero arrivati seguendo la valle e la strada maestra occidentale, in direzione della città, per potersi schierare. Ma nemmeno questa soluzione si presentava facile. Erano passati molti anni da quando la strada veniva usata regolarmente, quasi mai dopo che gli Elfi erano spariti dalle Terre dell'Ovest. Gran parte era stata di nuovo occupata dalla foresta, e adesso era più una pista che una strada: stretta, tortuosa, con molti punti dove anche un piccolo contingente poteva resistere a lungo contro una forza assai superiore. Delle fortificazioni sarebbero state costruite nella maggior parte di questi punti, tempo permettendo, con fosse e trappole per ritardare l'avanzata del nemico. Intanto il grosso dell'armata elfa avrebbe cercato di rallentare le forze federali sulle pianure a est, affidandosi alla cavalleria, agli arcieri e ai Cavalieri Alati per compensare la preponderanza della fanteria nemica. Se avessero fallito, un'ultima resistenza sarebbe stata opposta nella Valle di Rhenn.

Una squadra di carpentieri venne spedita a intraprendere i lavori di difesa a est, mentre una seconda cominciò a fortificare il Carolan. Un attacco da ovest era improbabile, ma era meglio non lasciare niente al caso.

Nel frattempo ebbe inizio sotto la direzione di Barsimmon Oridio l'enorme lavoro di equipaggiamento e approvvigionamento dell'esercito elfo. Wren non interferì con l'opera del vecchio soldato, contenta che fosse occupato in qualcosa di diverso dal sollevare obiezioni. Lontano da orecchie indiscrete, confidò a Triss che desiderava essere seguita nella spedizione da un grosso contingente della Guardia Nazionale, e a Tiger Ty che voleva una dozzina di Cavalieri Alati. Entrambe le forze sarebbero state sotto il suo comando personale. Lasciare i problemi tattici a uomini come Bar era positivo, ma uno scontro in piena regola era l'ultima cosa che desiderava. Aveva meditato con molta attenzione sull'intera faccenda. Attaccare e fuggire, rallentare: questo aveva detto al Consiglio, ed era ciò che gli Elfi potevano ragionevolmente aspettarsi di ottenere. Garth le aveva insegnato tutto quello che c'era da sapere su questo genere di guerra. Non aveva detto tutto al Consiglio, ma la settimana necessaria per approntare l'armata elfa poteva essere troppo lunga. L'avanguardia, in verità, sarebbe stata uno schermo che le avrebbe permesso di agire più rapidamente. L'armata federale doveva essere scompaginata subito. Erano necessarie tattiche non convenzionali, e la Guardia Nazionale e i Cavalieri Alati erano l'ideale per farlo.

La mattina del terzo giorno Wren partì con una forza di poco superiore ai mille effettivi: ottocento fanti, per la maggior parte arcieri, trecento cavalieri, un centinaio di uomini della Guardia Nazionale al comando di Triss, e la dozzina di Cavalieri Alati che aveva chiesto a Tiger Ty. I Cavalieri Alati erano comandati da un esperto veterano di nome Erring Rift, ma c'era anche Tiger Ty, il quale aveva insistito che solo lui avrebbe portato in volo la Regina, se lei avesse desiderato compiere ulteriori sortite. Barsimmon Oridio aveva designato un veterano magro, dalla faccia dura, di nome Desidio per guidare la spedizione. Wren lo conosceva come un uomo affidabile, tenace, intelligente. Era una buona scelta. Desidio era abbastanza esperto da fare solamente ciò che era necessario. Per Wren andava bene. La Guardia Nazionale era sua, e i Cavalieri Alati erano indipendenti, e avrebbero seguito chi volevano. Una situazione di perfetto equilibrio.

Il fatto che anche lei andasse fu argomento di discussione fra i ministri, ma lei aveva subito messo in chiaro che una Regina degli Elfi doveva sempre essere in prima fila, se voleva che gli altri la seguissero. Fin dall'inizio era stata sua intenzione uscire in battaglia con l'esercito, rammentò loro, e non aveva senso aspettare per farlo. Aveva trascorso una vita a imparare a sopravvivere, e possedeva il potere delle Pietre Magiche per proteggerla. Aveva meno motivo di tanti di preoccuparsi. Non intendeva reclamare privilegi.

Alla fine l'ebbe vinta perché nessuno era disposto a opporsi a lei su quel punto. Alcuni, anzi, pensò malignamente vedendo le occhiate non proprio benevole che le lanciavano Jalen Ruhl e Perek Arundel, forse speravano che avrebbe pagato cara la sua insistenza.

Lasciò Eton Shart a capo del Consiglio e della città. I ministri non l'avrebbero contrastato, e gli Elfi lo conoscevano e lo rispettavano. Sarebbe stato in grado di guidarli in qualsiasi circostanza, e Wren era certa che avrebbe saputo cosa fare. Il Primo Ministro forse non era ancora convinto che lei fosse la regina di cui il suo popolo aveva bisogno, ma aveva dato la sua parola, e lei sapeva che non l'avrebbe violata. Degli altri era meno sicura, anche se Fruaren Laurel sembrava esserle fedele. Ma tutti si sarebbero accodati a Eton Shart.

Barsimmon Oridio andò a salutarla alla partenza, dichiarando che entro pochi giorni l'avrebbe raggiunta, e ricordandole la promessa di aspettarlo. Lei sorrise e gli strizzò l'occhio, e questo lo mise a disagio, tanto che se ne andò impettito. Wren era consapevole di Triss, in piedi da una parte con espressione impenetrabile, e di Desidio che la guardava di sottecchi dall'altra. Tiger Ty era partito all'alba in groppa a Spirit, per controllare i movimenti dell'armata federale. I rimanenti Cavalieri Alati sarebbero partiti al tramonto, e li avrebbero raggiunti al campo vicino alla Valle di Rhenn. I Cacciatori Elfi marciarono fra le grida e gli applausi della gente della città: giovani e vecchi, scesi per vederli andar via, agitando stendardi e nastri, augurando loro il successo. Wren si guardava intorno dubbiosa. Le sembrava tutto molto strano.

La loro partenza era allegra e gaia, senza nessun pensiero per i feriti e i morti che certamente ne sarebbero risultati.

Viaggiarono veloci il primo giorno, allungati in una fila poco compatta per evitare imbottigliamenti, con esploratori dispersi fra gli alberi a intervalli regolari per avvertirli di pericoli incombenti. Erano sul loro territorio, e avevano preso meno precauzioni di quelle normali in un'altra situazione. Wren cavalcava con Triss e con la Guardia Nazionale, ben protetta davanti e alle spalle da Cacciatori. Sorrise ripensando a come fossero cambiate le cose da quando era una semplice ragazza Rover. Ogni tanto doveva resistere all'impulso di saltare giù dal cavallo e di correre via nella fresca quiete degli alberi, di tornare alla vita da cui era venuta, di tornare alla sua pace.

Fauno era stato lasciato a casa, chiuso nella stanza di Wren al secondo piano della dimora degli Elessedil. Lo Streleheim non era un luogo adatto per una creatura della foresta, aveva pensato. Ma lo Squeak aveva idee sue, e non sempre era d'accordo su quello che Wren credeva opportuno per lui. E così, quando l'avanguardia si fermò per riposare e per abbeverare i cavalli, a mezzogiorno, eccolo apparire, balzando dai rami come un fulmine scuro, e atterrare sulla sua esterrefatta padrona. Pochi secondi dopo, la piccola creatura si era comodamente infilata nelle pieghe del mantello di Wren e lei alzò le spalle, accettando ciò che evidentemente non poteva cambiare.

Il calore della tarda estate era umido e appiccicoso, e alla fine della giornata cavalli e uomini erano ricoperti di sudore. Si accamparono in un tratto di fitte noci e querce, a parecchie miglia dalla Valle di Rhenn, vicino a un ruscello e a uno stagno, così da potersi lavare e bere pur restando nascosti nella foresta. Desidio mandò una pattuglia di cavalieri in avanscoperta nel passo, per assicurarsi che tutto fosse a posto, poi si sedette assieme a Wren e Triss per discutere i piani per la giornata successiva. Tiger Ty avrebbe portato notizie sulla posizione dell'armata federale, al suo ritorno, e presumendo che il nemico stesse ancora avanzando in direzione nord attraverso il Tirfing, gli Elfi potevano procedere verso sud, per le pianure aperte, fidandosi degli esploratori per non cadere in un'imboscata, oppure potevano tenersi al riparo degli alberi, lungo il margine della foresta, dove non erano facilmente visibili.

Wren ascoltò paziente, gettò un'occhiata a Triss, poi disse che preferiva viaggiare all'aperto, per procedere più speditamente. Una volta preso contatto con l'armata della Federazione, potevano usare la foresta come nascondiglio, mentre decidevano sul da farsi. Desidio le lanciò un'occhiata scrutatrice alle parole "decidere sul da farsi", ma poi annuì in segno di assenso, si alzò e se ne andò.

Avevano appena finito di cenare, quando Tiger Ty atterrò fra gli alberi, accaldato, impolverato e stanco. Fece posare Spirit a una certa distanza, dove il gigantesco Roc non disturbasse i cavalli, poi raggiunse il campo con passo deciso. Wren e Triss gli andarono incontro, e Desidio li raggiunse. Il Cavaliere Alato fu breve e preciso. L'armata federale aveva raggiunto il Mermidon, e aveva iniziato ad attraversarlo. Entro domani avrebbe completato l'operazione, e sarebbe stata in marcia verso nord. Procedeva molto spedita.

Wren ascoltò le notizie con la fronte aggrottata. Aveva sperato di raggiungerli prima che attraversassero il fiume e di tenerli dall'altra parte. Una speranza vana, a quanto pareva. Gli eventi si stavano muovendo più in fretta di quanto desiderasse.

Ringraziò Tiger Ty, e lo lasciò andare a mangiare.

«State pensando che l'armata elfa è troppo lontana» disse Desidio a voce bassa, il viso scarno ed emaciato.

Lei annuì. «Ci vorrà una settimana e più prima che riescano a essere qui.» I suoi occhi verdi lo fissarono. «Non credo che possiamo permettere alla Federazione di avvicinarsi tanto ad Arborlon, prima di tentare di fermarli.»

Si guardarono a vicenda. «Avete sentito cosa ha ordinato il generale» disse Desidio. «Dobbiamo attendere il grosso dell'esercito.» Il suo viso era impenetrabile.

Lei scrollò le spalle. «Ho sentito. Ma il generale Oridio non è qui. E voi sì.»

Le sopracciglia scure si alzarono interrogative. «Avete qualcosa in mente, mia signora?»

Lei lo guardò negli occhi. «Forse. Sarete disposto ad ascoltarmi, quando verrà il momento?»

Desidio si alzò. «Voi siete la Regina. È mio dovere ascoltarvi, sempre.»

Quando se ne fu andato, Wren rivolse a Triss un sorriso dubbioso. «Lui sa cosa ho in mente, non credi?»

Triss scostò leggermente dal corpo il braccio ferito, poi lo riportò indietro. Entro un giorno avrebbe potuto togliere la stecca ed era impaziente di farlo. Meditò sulla sua domanda, poi scosse la testa. «Non credo che qualcuno sappia cos'hai in mente, mia signora» disse a bassa voce. «È per questo che hanno paura di te.»

Lei accettò l'osservazione senza commenti. Triss poteva dirle qualsiasi cosa. Ciò che avevano condiviso, uscendo da Morrowindl, gliene dava il diritto. Guardò tra gli alberi. Il tramonto spargeva scure pozze d'ombra che divoravano la luce. A volte, da quando Garth era morto, si chiedeva se non cercassero forse di divorare anche lei.

Dopo pochi minuti, un rumore di zoccoli proveniente dal campo attirò la sua attenzione. Gli esploratori mandati nella Valle di Rhenn erano tornati, e avevano portato qualcuno con loro. Si arrestarono con grande fragore, tirando le redini delle loro cavalcature sbuffanti e schiumanti. Gli animali erano stati spronati fino allo stremo. Triss si alzò in fretta, seguito da Wren. I cavalieri e l'uomo che era con loro si stavano facendo strada tra la folla di Cacciatori Elfi fin dove Desidio attendeva, un'ombra scarna contro la luce del fuoco. Ci fu uno scambio di parole, poi Desidio e il nuovo venuto si voltarono e andarono verso Wren.

Mentre si avvicinavano, lei vide che non si trattava di un uomo, ma di un ragazzo.

«Mia signora» disse il comandante, arrivandole vicino. «Un messaggero dei nati liberi.»

Il ragazzo entrò nel cerchio di luce. Era biondo e con gli occhi azzurri, la carnagione molto chiara sotto l'abbronzatura. Era minuto e con l'aria sveglia, compatto di membra ma senza essere muscoloso. Sorrise e si inchinò, piuttosto goffamente.

«Sono Tib Arne» annunciò. «Sono stato mandato da Padishar Creel e dai nati liberi per porgere i saluti al popolo Elfo e per offrire aiuto nella lotta contro la Federazione.» Il suo discorso sembrava imparato a memoria.

«Io sono Wren Elessedil» rispose lei, e gli offrì la mano. Lui la prese, la tenne per un momento, incerto, poi la lasciò andare. «Come ci hai trovato, Tib?»

Lui rise. «Voi avete trovato me. Sono arrivato dal Callahorn in cerca degli Elfi, ma voi mi avete reso tutto più facile. I vostri esploratori attendevano all'ingresso della valle, quando ci sono entrato.» Si guardò intorno. «Sembra che sia arrivato giusto in tempo per qualcosa di importante.»

«Che genere di aiuto offrono i nati liberi?» chiese lei, ignorando l'osservazione. Stava correndo troppo, il ragazzo.

«Io, tanto per cominciare. Sono incaricato di mettermi al vostro servizio, e agire da collegamento con gli altri fuorilegge, fino a quando non arriveranno. I nati liberi si stanno radunando ai Denti del Drago per marciare verso ovest. Dovrebbero essere qui entro una settimana. Cinquemila o più, con i loro alleati, mia regina.»

Wren vide Triss alzare le sopracciglia. «Cinquemila?» ripeté la Regina.

Tib alzò le spalle. «Così mi è stato detto. Io sono solo un messaggero.»

«E anche piuttosto giovane, a quanto pare» osservò lei.

Il suo sorriso fu pronto e rassicurante. «Oh, non così giovane come sembro. E non viaggio da solo. Ho Gloon a proteggermi.»

Wren sorrise a sua volta. «Gloon?»

Lui annuì, poi infilò le dita negli angoli della bocca ed emise un fischio acuto che fece calare il silenzio intorno a loro. Sollevò il braccio destro, e Wren si accorse che su di esso aveva infilato uno spesso guanto di pelle che gli arrivava fino al gomito.

Poi dal buio calò velocissima un'ombra ancora più buia, con un sibilo feroce che tagliò l'aria come un nero fulmine. Atterrò sul guanto del ragazzo con un tonfo, le ali spalancate e alzate, le penne che spuntavano come spine. Wren non poté fare a meno di tirarsi indietro. Era un uccello, ma diverso da ogni altro che avesse mai visto. Era grande, più di un falco o di un gufo, le penne grigio-ardesia con i bordi e le punte rosse, minacciose. Il becco giallo era ricurvo, affilato. Gli artigli erano grandi il doppio di quello che sarebbe stato normale per il resto del corpo, e il corpo stesso era tozzo, tutto nervi e muscoli sotto le penne. L'uccello incassò la testa fra le spalle come un lottatore e fissò Wren con occhi duri e cattivi.

«Cos'è?» domandò Wren al ragazzo, chiedendosi d'improvviso dove si fosse nascosto Fauno... e sperando che si fosse nascosto bene.

«Gloon? È un lanario da guerra, una razza di uccelli da caccia che vengono dal paese dei Troll. L'ho trovato quando era piccolo, e l'ho allevato. L'ho addestrato a cacciare.» Tib pareva molto orgoglioso. «Ci pensa lui a proteggermi.»

Wren non aveva difficoltà a crederci. L'aspetto di quell'uccello non le piaceva neppure un po'. Distolse lo sguardo e lo fissò sul ragazzo. «Adesso devi mangiare, e questa notte potrai riposare con noi, Tib» disse. «Ma penso che domani mattina dovresti tornare fra i nati liberi, e informarli di dove siamo. Abbiamo bisogno di loro il più in fretta possibile.»

Lui scosse la testa. «Stanno già arrivando, e niente di quello che potrei fare servirebbe ad accelerare la loro marcia. Quando saranno più vicini manderanno un messaggio... un altro uccello. E io manderò Gloon.» Sorrise. «Ci troveranno, non preoccupatevi. Ma io devo restare con voi, mia regina, al vostro servizio.»

«Renderesti un servizio migliore tornando indietro» osservò l'implacabile Desidio.

Tib battè le palpebre e parve confuso. «Ma... ma io non voglio tornare!» sbottò impulsivamente. D'improvviso sembrò giovane quanto appariva. «Voglio restare qui. Sta per succedere qualcosa, vero? Voglio partecipare!» Gettò un'occhiata a Wren. «Voi siete Elfi, mia regina, e nessuno ha mai visto degli Elfi! Io... io non sono stato il primo a essere scelto per questa missione. Ho dovuto discutere a lungo per ottenere l'incarico. Non fatemi andar via subito. Potrò aiutarvi in qualche modo. Lo so che potrò. Vi prego, mia regina! Ho fatto tanta strada per trovarvi. Lasciatemi restare un poco.»

«E anche Gloon, immagino?» Wren sorrise.

Lui rispose subito al sorriso. «Oh, Gloon rimarrà nascosto finché non verrà chiamato.» Sollevò il braccio, e il lanario da guerra sfrecciò verso l'alto e scomparve. Tib lo seguì con lo sguardo e disse: «Di solito se ne sta per conto suo».

Wren guardò Desidio, che scosse la testa dubbioso. Tib parve non accorgersene, gli occhi ancora levati al cielo.

«Tib, perché non mangi qualcosa e poi vai a dormire?» consigliò Wren. «Domattina discuteremo del resto.»

Il ragazzo la guardò, batté le palpebre, soffocò uno sbadiglio, annuì e marciò ubbidiente dietro a Dcsidio. Tiger Ty passò accanto ai due proveniente dalla cucina da campo con in mano un piatto di cibo, e gettò un'occhiata da dietro le spalle al ragazzo, mentre raggiungeva Wren.

«Era un lanario da guerra quello che ho visto?» grugnì. «Brutte bestie. Difficile pensare che un ragazzo sia riuscito ad ammaestrarne uno. È facile che ti stacchino la testa con un morso, quelli.»

«Sono così pericolosi?» chiese Wren interessata.

«Sono assassini» rispose il Cavaliere Alato. «Danno la caccia a qualsiasi cosa, perfino a un gatto delle paludi. Non sanno come fermarsi, una volta che hanno cominciato con qualcosa. Si dice che ai vecchi tempi venissero usati per dare la caccia agli uomini... mandati come assassini. Astuti e crudeli.» Scosse la testa. «Brutte bestie, come ho detto.»

Wren gettò un'occhiata a Triss. «Forse è meglio non averlo intorno, allora.»

Tiger Ty si alzò. «Io non lo vorrei di sicuro.» Si stirò. «È tempo di dormire. Gli altri sono arrivati un'ora fa, caso mai non li abbiate visti. Domani mattina ci alzeremo di nuovo in ricognizione. Buonanotte»

Scomparve nel buio, il corpo nodoso, le gambe arcuate, dondolando da una parte all'altra come un vecchio mobile urtato da qualcuno. Wren e Triss lo osservarono allontanarsi senza commenti. Quando fu sparito, si scambiarono un'occhiata.

«Rimando indietro Tib» disse lei.

Triss annuì. Nessuno dei due aggiunse altro.

Wren dormì raggomitolata nella sua leggera coperta di lana, ai margini del cerchio di luce del fuoco, sognando cose che dimenticò non appena svanirono. Due volte si svegliò a causa dei rumori notturni: piccoli squittii e ronzii, lievi movimenti fra i cespugli, il fruscio di cose invisibili molto in alto, fra i rami degli alberi. Faceva caldo e l'aria era immobile, e questo non facilitava il sonno. Gli uomini della Guardia Nazionale dormivano intorno a lei; Triss era a una decina di passi. Ai margini del suo campo visivo vedeva altri di guardia, vaghe ombre nel buio. Accovacciato nella piega del suo braccio, Fauno si stiracchiava di tanto in tanto. Le ore scorrevano lentissime, e Wren passava irrequieta dal sonno alla veglia.

Si era appena sistemata per dormire, ormai nel cuore della notte, quando un muso irsuto spuntò proprio di fronte a lei. Wren fece un balzo di paura.

«Hssst! Calmati, Wren Elessedil!» disse una voce familiare.

Lei si sollevò subito su un gomito. «Stresa!»

Fauno lanciò uno squittio di riconoscimento, e il Gatto Screziato lo zittì con un sibilo. Si avvicinò, si accovacciò sulle zampe posteriori e la guardò con quei suoi bizzarri occhi azzurri. «Non mi sembrava una buona idea lasciarti andare da sola.»

Lei sorrise suo malgrado. «Mi hai spaventata a morte! Come hai fatto a superare le guardie?»

La lingua del Gatto Screziato saettò fra le labbra, e Wren avrebbe giurato che sorridesse. «Suvvia, ragazza elfa. Quelli sono solo uomini. Sssst! Se vuoi sfidarmi, riportami a Morrowindl!» Gli occhi lampeggiarono. «Anzi, ripensandoci, meglio di no. Mi piace qui, nel tuo mondo.»

Wren strinse a sé Fauno che cercava di sgusciare via. «Sono contenta che tu sia qui» disse a Stresa. «Qualche volta mi preoccupo per te.»

«Preoccuparsi per me? Phaagg! E perché mai? Dopo Morrowindl, non mi spaventa più niente. È un buon mondo quello dove vivi tu, Wren degli Elfi.»

«Ma non è tanto buono dove stiamo andando. Lo sai?»

«Hsssttt. Ho sentito. Altre cose nere, le stesse di Morrowindl. Ma quanto sono brutte, ragazza elfa? Sono cose come il rrowwwwll Wisteron?»

Il naso del Gatto Screziato era umido e luccicante alla luce delle stelle. «No» rispose lei. «Non ancora, almeno. Questi sono solo uomini, ma molti più di noi, e decisi a distruggerci.»

Stresa rifletté un momento. «Sempre meglio dei mostri.»

«Sì, meglio.» Respirò la calda aria notturna con un sospiro. «Tuttavia, alcuni di questi uomini producono mostri.»

«Perciò non cambia nulla, giusto?» Il Gatto Screziato arruffò il pelo e si alzò. «Ti starò vicino hssttt ma tu non mi vedrai. Se avrai bisogno di me, phhfftt sarò qui.»

«Potresti restare» suggerì lei.

Stresa sputò. «Sto meglio nella foresta. E anche più al sicuro. Rowwlll. Tu stessa saresti più al sicuro, ma non verrai. Io dovrò essere i tuoi occhi. Hssstt! Quello che vedrò, tu lo saprai per prima.» La lingua saettò. «Fai attenzione, Wren Elessedil. Non dimenticare le lezioni di Morrowindl.»

Lei annuì. «Non lo farò.»

Stresa si voltò e si avviò. «Manda lo Squeak se hai bisogno di me» sussurrò, e se ne andò.

Per qualche tempo lei guardò il buio dove era svanito, con Fauno accovacciato fra le braccia, piccolo e caldo. Alla fine tornò a stendersi, sorrise e chiuse gli occhi. Si sentiva meglio, sapendo che il Gatto Screziato era con lei.

Pochi secondi dopo si addormentò e non si risvegliò più fino al mattino.

17

Al sorgere del sole, l'avanguardia dell'esercito Elfo si apprestò a mettersi in marcia. Wren fece chiamare Tib Arne e gli comunicò che lo rimandava dai nati liberi, per dire loro che aveva trovato gli Elfi e per incitarli a raggiungerli il più in fretta possibile. Gli assicurò che era importante che lui andasse, e che in caso contrario avrebbe accettato la sua richiesta di rimanere. Gli disse che sarebbe stato il benvenuto fra loro, quando il messaggio fosse stato riferito. Tib parve molto dispiaciuto, ed espresse la sua contrarietà, ma alla fine convenne con lei che aveva ragione, e promise di fare del suo meglio per indurre i nati liberi ad affrettarsi. Desidio gli diede un paio di Cacciatori come scorta e protezione (malgrado le sue ripetute affermazioni di non averne bisogno), e i tre si misero in marcia lungo la valle, verso le Pianure di Streleheim. Gloon non si fece vedere, e Wren ne fu contenta.

Agli Elfi occorsero quasi due giorni interi per superare la distanza che li separava dalle forze federali. Viaggiarono rapidi e senza soste, usando le pianure aperte per stringere i tempi, affidandosi ai Cavalieri Alati e agli esploratori a cavallo per evitare di essere scoperti. I Cavalieri Alati riportavano rapporti regolari sull'avanzata dell'armata federale nelle Terre del Sud, che avveniva a rilento. Un giorno era stato necessario per attraversare il Mermidon, un secondo per riparare i danni causati dall'acqua all'equipaggiamento. La Federazione non aveva compiuto grandi progressi oltre la riva settentrionale del Mermidon quando, verso metà pomeriggio del secondo giorno, gli Elfi si trovarono a distanza di tiro.

Due Cavalieri Alati portarono la notizia del contatto, e

giunsero sfrecciando fuori dal sole, che incombeva nel cielo come una incandescente sfera di fuoco bianco. Gli Elfi erano disposti lungo i margini delle foreste occidentali, non lontano da dove il Mermidon si curvava su se stesso uscendo dal Pykon. Quando Wren fu informata che l'armata nemica non distava più di cinque miglia, fece dare ordine da Desidio che gli Elfi si ritirassero al riparo degli alberi, per attendere la notte. Qui, nella fresca ombra, chiamò i comandanti della spedizione.

«Dobbiamo prendere una decisione» li informò.

Erano in cinque: Triss, Desidio, Tiger Ty, Erring Rift e lei stessa. Rift era alto, con le spalle curve e un'ispida barba nera, capelli radi e occhi come schegge di ossidiana. Quale capo dei Cavalieri Alati, la sua presenza era essenziale. Tiger Ty era lì in segno di cortesia e perché Wren si fidava del suo giudizio. Si raccolsero in cerchio sotto un vecchio noce dalla corteccia ruvida, frugando con gli stivali fra gusci e ramoscelli secchi, mentre l'ascoltavano parlare.

«Li abbiamo trovati» proseguì Wren, «ma questo non basta. Adesso dobbiamo decidere cosa fare. Tutti ci rendiamo conto della rapidità con cui avanzano. Un'armata imponente, ma veloce... molto più di quanto avessimo previsto. Cinque giorni, e già hanno attraversato il Mermidon e sono arrivati qui. La nostra armata dista come minimo cinque giorni da noi. La Federazione non intende certo aspettarci. Se potranno proseguire indisturbati, raggiungeranno la Valle di Rhenn entro una settimana, e saremo costretti a difendere le nostre prime posizioni nel punto dove avevamo sperato di difendere le ultime.»

«Il caldo forse li rallenterà un po', in aperta pianura» osservò Desidio.

«Un incendio li rallenterebbe ancora di più» suggerì Rift. Si strofinò la barba. «Se fosse appiccato nel punto giusto, il vento lo porterebbe proprio verso di loro.»

«E anche nelle foreste delle Terre dell'Ovest» finì Triss.

«Oppure il vento potrebbe rivolgersi dalla nostra parte.» Wren scosse la testa. «Troppo rischioso, se non come ultima risorsa. No, credo che abbiamo una possibilità migliore.»

«Uno scontro» dichiarò Desidio con calma. «Ciò che avete

progettato fin dall'inizio, mia signora. Ciò che gli ordini del Generale mi proibiscono di cercare».

Wren sorrise e lo guardò tranquilla. «Vi avevo avvertito che sarebbe giunto un momento in cui sarebbe stato necessario per voi ascoltarmi. Quel momento è giunto. Comandante, so bene quali sono i vostri ordini. So cosa ho promesso al Generale Oridio. E so anche cosa non gli ho promesso.»

Si sporse in avanti. «Se restiamo qui senza far niente, la Federazione raggiungerà la Valle di Rhenn prima di noi e ci imbottiglierà. Arborlon sarà finita. Non ci sarà tempo per nessuno di venire in nostro aiuto, nati liberi o altri. Dobbiamo rallentare la marcia di questa armata, per dare alla nostra il tempo di avanzare fin dove potrà essere efficace. Gli ordini sono ordini, comandante, ma sul campo gli eventi decidono fino a che punto essi devono venire eseguiti.»

Desidio non disse nulla.

«Entrambi abbiamo promesso che l'avanguardia non si sarebbe lasciata coinvolgere in una battaglia prima dell'arrivo del Generale Oridio. Benissimo, manterremo questa promessa. Ma nulla lega le azioni della Guardia Nazionale, che io comando, o dei Cavalieri Alati, che sono liberi di agire come meglio credono. Ritengo opportuno prendere in considerazione i modi in cui potrebbero essere impiegati contro il nemico.»

«Una dozzina di Cavalieri Alati e un centinaio di Guardie Nazionali?» Desidio alzò le sopracciglia, con aria perplessa.

«Più che sufficienti per quello che la Regina ha in mente, io credo» intervenne Tiger Ty. «Sentiamo cos'ha da dirci.»

Desidio annuì. Erring Rift si stava fregando il mento con maggior forza, gli occhi intenti. Triss aveva l'aria di partecipare a una chiacchierata sul tempo.

«Siamo troppo pochi per sfidare la Federazione in campo aperto» disse Wren, volgendo gli occhi da uno all'altro. «Ma dalla nostra parte abbiamo la velocità e la sorpresa, e questi potrebbero essere elementi preziosi in un attacco notturno destinato a confondere e a scompaginare. I Cavalieri Alati possono colpire da ogni direzione, e la Guardia Nazionale è addestrata a essere presente senza essere vista. Se li attaccassimo al buio, quando non ci aspettano? Se li colpissimo nel momento in cui sono vulnerabili?»

Triss annuì. «I carri e le provviste.»

Erring Rift batté le mani. «Le macchine d'assedio!»

«Incendiarle» mormorò Tiger Ty pensieroso. «Distruggerle completamente mentre dormono!»

«Qualcosa di più» intervenne Wren, riportando l'attenzione su di sé. «Confonderli. Spaventarli. Di notte non possono vedere. Questo sarà il nostro vantaggio. Faremo tutto quello che avete suggerito, e in più li indurremo a credere che ci sia un'intera armata contro di loro. Gli andremo addosso tutti insieme, da una dozzina di direzioni diverse, e ci allontaneremo prima che si rendano conto di quanto è successo. Gli lasceremo l'impressione di essere assediati da ogni parte. Non procederanno più tanto in fretta, dopo. Anche quando avranno riparato i danni, saranno più preoccupati di avvistarci, e questo li rallenterà.»

Erring Rift rise. «Hai parlato da vera Rover!» esclamò con entusiasmo, poi aggiunse in fretta: «Mia signora».

«E quale dovrebbe essere la mia parte in tutto questo?» chiese calmo Desidio. «E quella dell'avanguardia?»

Forse Wren si sbagliava, ma le parve di cogliere una nota di aspettativa nella voce dell'altro, come se sperasse che lei avesse davvero qualcosa in mente. Non volle deluderlo.

«Le provviste e le macchine d'assedio sono nella retroguardia. I Cavalieri Alati e la Guardia Nazionale verranno da quella direzione. Se riuscirete a trovare la posizione giusta, comandante, un attacco dei vostri arcieri e della cavalleria, di fronte e sul fianco, contribuirebbe ad accrescere la confusione.»

Desidio meditò sulla cosa. «È possibile che siano più all'erta di quanto voi pensate, e più preparati.»

«Nei confini del loro protettorato? Senza aver visto un solo Elfo durante l'intero tragitto?» Scosse la testa. «Ormai si staranno chiedendo se troveranno mai qualcuno.»

«Possono esserci gli Ombrati» disse Triss.

Wren annuì. «Ma gli Ombrati saranno mascherati da uomini, e non vorranno rivelarsi all'esercito. Ricorda Triss: loro manipolano gli uomini restando nascosti. Se si mostrano, perdono l'anonimato e gettano nel panico l'esercito. Non credo che rischieranno una cosa del genere. Non credo che avranno neppure il tempo di pensarci, se li prendiamo alla sprovvista.»

«Potremo farlo una volta sola.»

Lei fece un pallido sorriso. «Perciò dovremo cercare di ricavarne il massimo possibile, non vi pare?» Guardò Desidio. «Potete aiutarci?»

Lui le rivolse un'occhiata sconsolata. «Quello che volete dire è: posso andare contro gli ordini del Generale Oridio?» Sospirò. «Sono ordini espliciti, ma d'altra parte una certa autonomia è sempre concessa a un comandante sul campo. Inoltre, la vostra stima della situazione in cui ci troveremmo se non facessimo nulla mi pare corretta.»

Guardò gli altri. «Siete tutti d'accordo su questa linea d'azione?» Ciascuno annuì. Il comandante guardò di nuovo Wren. «Allora dovrò fare quanto è in mio potere per salvarvi da voi stessi, anche se questo significherà scendere in campo. Il generale non approverà, ma spero che accetti la logica. Sa che non ho alcuna autorità sui Cavalieri Alati o sulla Guardia Nazionale e certamente nessuna su di voi, mia signora.» Fece una pausa, poi aggiunse a malincuore: «Confesso che sono sorpreso dalla facilità con cui mi lascio persuadere da voi».

«Siete persuaso dalle mie ragioni, comandante» lo corresse lei. «Non è la stessa cosa.»

I cinque si scambiarono delle occhiate. «La decisione è presa?» chiese Tiger Ty burbero.

«A parte le questioni strategiche» disse Wren. «Queste le lascio a voi. Ma è sottinteso che verrò con voi. No, Tiger Ty, niente obiezioni. Guarda Triss... lui ormai non cerca più neppure di discutere.»

Il Cavaliere Alato le lanciò un'occhiataccia, e si rimangiò qualunque obiezione fosse sul punto di fare.

«Quando si comincia, mia signora?» chiese Erring Rift. I suoi occhi neri scintillavano.

Wren si alzò. «Questa notte, naturalmente. Non appena si saranno addormentati.» Si diresse verso il campo. «Vado a lavarmi e a mangiare qualcosa. Fatemi sapere quando il vostro piano sarà pronto.»

Sorrise soddisfatta per il silenzio che la seguì mentre si allontanava, e non si voltò a guardare.

Il giorno moriva colorando l'orizzonte occidentale di rosso e porpora, e le nuvole si formavano e riformavano in un panorama che mutava lentamente. Il calore si attardava mentre il sole spariva e i colori impallidivano, e una fetida umidità nell'aria immobile faceva appiccicare i vestiti e prudere la pelle. Gli Elfi mangiarono presto e cercarono di dormire, ma anche l'ombra della foresta era poco confortevole. All'avvicinarsi della mezzanotte, i Cacciatori Elfi di Desidio vennero svegliati, ricevettero l'ordine di vestirsi e armarsi, e quando furono usciti dalla protezione degli alberi si misero in marcia sulla pianura, scivolando silenziosi verso un'altura, a nord, che dominava l'armata della Federazione immersa nel sonno.

Wren andò con loro, desiderosa di dare un'occhiata a livello del terreno prima di prendere il volo con i Cavalieri Alati. Uscì con un distaccamento della Guardia Nazionale, sotto il comando di Desidio e di Triss, tutti vestiti con i colori verdi e marroni della foresta, per mimetizzarsi, con stivali alti, cinture, e guanti per proteggersi dai cespugli e dai rovi. Portava uno zaino con dentro Fauno (che non aveva voluto essere lasciato indietro), e si era legata un sacchetto di pelle attorno al collo per tenervi le Pietre Magiche. Nella cintura aveva un paio di lunghi coltelli, e nello stivale aveva infilato un pugnale. Pronta a tutto, pensò. Cavalcarono per un tratto sulla pianura, poi smontarono e proseguirono a piedi fino alla prima linea di Cacciatori Elfi, accovacciati nel buio.

Sola con Triss e Desidio, strisciò fin dove poteva vedere dall'alto l'accampamento della Federazione.

L'armata era enorme. Anche se l'aveva vista dall'aria con Tiger Ty, non era preparata a quell'aspetto imponente. Si estendeva in un labirinto formato da centinaia di fuochi da cucina, fin dove l'occhio poteva giungere, una distesa di luci che faceva impallidire le stelle. Parole e risate si diffondevano sulla pianura, chiare come se distassero solo poche centinaia di metri. Stagliate contro il cielo, alla luce dei fuochi, si scorgevano le enormi macchine d'assedio, grandi strutture scheletriche con ossa di legno e giunture di ferro, che si levavano simili a giganti deformi. I carri erano ammassati a gruppi, colmi di provviste e di armi, e l'odore di olio e di pece veniva portato dal vento. Anche se ormai era passata la mezzanotte, molti ancora non dormivano, e vagavano da un fuoco all'altro, stimolati dal tintinnio di bicchieri e di tazze di metallo, attirati da grida e dalla promessa di bevute e di compagnia.

Wren guardò Triss. L'esercito federale era tranquillo, convinto che le sue dimensioni e la sua forza l'avrebbero difeso da qualunque pericolo. Formò con le labbra la parola "sentinelle", con espressione interrogativa. Triss alzò le spalle, indicò a sinistra poi a destra, facendole vedere le sentinelle piazzate dalla Federazione. Erano poche e molto distanziate. Wren aveva avuto ragione nelle sue previsioni: gli invasori non si aspettavano guai.

Scivolarono indietro lungo il pendio, finché furono fuori vista dal campo, poi si alzarono in piedi e tornarono fra le linee degli arcieri e dei cavalieri. Non appena furono lontani a sufficienza, Wren chiamò vicino a sé Triss e Desidio.

«Avvicinatevi il più possibile, comandante» sussurrò a quest'ultimo. «Aspettate che i Cavalieri Alati colpiscano la retroguardia. Quando vedrete le fiamme, attaccate. Prima gli arcieri poi la cavalleria, come abbiamo deciso; poi sganciatevi rapidamente. Non correte rischi. Non fatevi vedere più del necessario. Lasciamo alla loro immaginazione calcolare quanti siamo.»

Desidio annuì. Conosceva il suo mestiere meglio di lei, ma Wren era la Regina, e lui non aveva intenzione di dirglielo. Lei sorrise e gli prese la mano, per esprimergli la sua fiducia, poi si allontanò con Triss. La scorta li stava aspettando. Montarono a cavallo e si diressero verso la foresta.

I Cavalieri Alati e il grosso della Guardia Nazionale attendevano in una radura. Con rami intrecciati e legati con corde di cuoio, erano stati fabbricati una dozzina di cesti, ciascuno abbastanza capiente per portare una dozzina di uomini. I Cacciatori Elfi vi entrarono, armati con archi e corte spade, forme scure e silenziose nella notte. Ciascun cesto sarebbe stato trasportato da un Roc sulla pianura alle spalle dell'esercito federale. Wren raggiunse subito Tiger Ty, che era già seduto su Spirit, e si issò dietro di lui, legandosi con le cinghie. Triss salì sul cesto di fronte. Erring Rift emise un basso fischio, e i Roc si alzarono in volo a uno a uno, le zampe strette attorno alle corde che tenevano i cesti per i quattro angoli, sollevandoli delicatamente da terra, verso il cielo scuro.

Il vento, in ondate fresche, sferzò il viso di Wren Elessedil, mentre Spirit superava le cime degli alberi e piegava verso est e la pianura. I fuochi dell'armata federale apparvero quasi subito, e la loro distesa, da quell'altezza, sembrava ancora più ampia. Erring Rift prese la guida, con il suo Roc Grayl, e fece deviare la formazione in direzione sud, lungo il bordo della foresta, il più lontano possibile dalle luci. Volarono silenziosi, osservando i fuochi ingrandirsi, poi rimpicciolirsi di nuovo, mentre superavano il loro chiarore e tornavano fra le tenebre. Quando furono abbastanza lontani, Rift li riportò verso la luce, compiendo una grande curva sulla pianura.

Wren si strinse a Tiger Ty con una mano, per rimanere salda e per mantenere un contatto. Il Cavaliere Alato era solidamente piantato sulla sua sella, le spalle inarcate in avanti, la faccia girata. Nessuno dei due parlò.

Quando furono tanto vicino quanto potevano permettersi senza essere visti, i Roc si abbassarono. I cesti toccarono terra. Le cinghie vennero slacciate. La Guardia Nazionale uscì dai cesti e sparì nella notte. I Roc si alzarono di nuovo, Wren ancora in sella dietro Tiger Ty, e compirono una lunga virata che li portò lontano. Pochi minuti per dare tempo a Triss di sbarazzarsi delle sentinelle, poi sarebbe giunto il momento.

I Roc tornarono indietro, e volando orizzontalmente puntarono dritti sul campo federale, aumentando la velocità. Questa era la parte più pericolosa: così pericolosa che a Tiger Ty era stato ordinato di limitarsi a portare la Regina degli Elfi come osservatrice. Qualunque cosa accadesse, lei doveva tornare sana e salva. Sfrecciarono verso l'accampamento federale, abbassandosi a una quindicina di metri d'altezza quando raggiunsero i primi fuochi di guardia. Vennero visti all'ultimo momento, e dai soldati si alzarono grida di sorpresa. L'allarme giunse troppo tardi. Con le ali tese, i Roc sfiorarono i fuochi, scegliendo quelli che stavano spegnendosi, e afferrarono le braci infuocate con gli artigli duri come cuoio. Perché portarsi dietro il fuoco, quando era lì a disposizione? aveva fatto osservare Erring Rift. I Roc volarono via, virando a destra e a sinistra in direzione delle macchine d'assedio. I soldati della

Federazione stavano uscendo in massa dalle loro coperte, e cercavano di capire, nella confusione di parole che venivano gridate da quelli già svegli, cosa stesse succedendo. Ormai i Roc avevano raggiunto le macchine d'assedio e i carri con le provviste. Le braci ardenti caddero dai loro artigli sul legno secco e stagionato. Il vento attizzò le braci, e il legno prese fuoco immediatamente. Parte dei tizzoni cadde sui polverosi tendoni di tela cerata, parte sui tetti di assi in cima alle gigantesche torri d'assedio, parte dentro le botti di pece che serviva a cospargere i proiettili delle catapulte.

Il fuoco si alzò ruggendo da una dozzina di punti. Le grida si tramutarono in urla di rabbia e in richieste di acqua, ma le fiamme erano ormai dappertutto. I Roc piombarono su coloro che cercavano di soffocare l'incendio sul nascere e li ricacciarono indietro.

A questo punto la Guardia Nazionale attaccò dalle tenebre, gli archi lasciarono cadere una pioggia di frecce sui soldati della Federazione, che schizzavano qua e là sbandati, abbattendoli mentre cercavano di prendere le armi, uccidendoli senza che sapessero cosa stava succedendo. Lungo i bordi dell'accampamento si materializzarono fanti armati di spada, e tagliarono le redini dei cavalli da guerra e da soma, spronandoli a fuggire nella notte, rovesciarono sacchi di grano e botti di acqua, facendo a pezzi chiunque si mettesse sulla loro strada.

L'armata federale era piombata nella più completa confusione. I soldati correvano in giro all'impazzata, colpendo chiunque e qualsiasi cosa incontrassero, spesso i loro compagni. Gli ufficiali cercavano di ristabilire l'ordine, ma nessuno sapeva distinguere gli amici dai nemici, e i loro sforzi si persero nella confusione generale.

A questo punto i Cacciatori Elfi di Desidio attaccarono di fronte, per primi gli arcieri, lanciando una pioggia di dardi sul campo. Poi la cavalleria sbucò dalla notte con grida terrificanti. Dal cielo, Wren vide i cavalli elfi incunearsi entro i primi ranghi dell'esercito federale, penetrare a fondo poi uscire di nuovo, disperdendo fuochi e uomini, mettendo in fuga nelle tenebre soldati e inservienti.

Ma l'armata della Federazione era molto grande, e gli attacchi avevano appena sfiorato il suo perimetro. Dei ranghi ordinati di uomini si andavano già formando al centro, dove la calma prevaleva, e stavano iniziando una lenta marcia verso l'origine del disordine. Centinaia di fanti, armati di scudi e corte spade, avanzavano fra la mischia, spingendo da parte o calpestando i loro stessi uomini, alla ricerca degli intrusi. Pochi minuti dopo, erano arrivati ai bordi del campo, la luce dei carri e delle macchine d'assedio in fiamme che si rifletteva come sangue sulle loro armature.

Wren scrutò nella notte per scoprire cosa ne fosse stato dei suoi Elfi. I Roc avevano già virato verso sud, e Tiger Ty aveva manovrato Spirit per seguirli. Mentre sfrecciavano veloci nel buio, osservò il campo e non vide segno dei Cacciatori di Desidio o della Guardia Nazionale. I soldati federali stavano uscendo dal cerchio di luce dei fuochi, e cercavano invano un nemico che era già svanito. Nella retroguardia, l'intero convoglio di carri e di macchine era in fiamme, piramidi di fuoco che si alzavano per centinaia di metri nel cielo notturno, emanando un calore talmente intenso che Wren lo poteva sentire perfino dalla groppa del Roc. L'odore di cenere e di fumo saliva denso nelle sue narici, e le grida dei feriti le riempivano le orecchie. Dovunque giacevano uomini, immobili e sanguinanti.

Abbiamo vinto, pensò, ma sentì che l'intensità della soddisfazione iniziale stava diminuendo.

Volarono via, e Spirit rimase in coda agli altri prima di riprendere terreno. Allargandosi, scesero dove i cesti improvvisati attendevano, trovarono la Guardia Nazionale già in posizione, afferrarono le cinghie e sollevarono i cesti in cielo, poi si diressero a ovest, verso la foresta. Tutto finì in pochi minuti. Si ritrovarono sugli alberi, lontano dal folle clamore che si alzava dal campo federale, e atterrarono nel rifugio da cui erano partiti

Senza indugio, Wren chiamò i suoi comandanti per un rapporto sulle perdite subite. I Roc avevano superato il combattimento senza danno alcuno. Tutti gli uomini della Guardia Nazionale erano sani e salvi, tranne uno. Soltanto tre Cacciatori Elfi non erano tornati, disarcionati dalle loro cavalcature.

C'erano un certo numero di feriti, ma solo uno grave. L'attacco era stato un successo completo.

Wren ringraziò Triss, Desidio ed Erring Rift, e ordinò all'avanguardia di fare i bagagli. Si sarebbero diretti a nord subito, prima che la Federazione si mettesse a cercarli, e avrebbero scelto un nuovo punto per nascondersi nelle foreste occidentali. Al mattino, avrebbero verificato i danni inflitti al nemico e approntato piani per il futuro. Era stato un buon inizio, ma la fine era ancora lontana.

Rapidamente gli Elfi si prepararono a partire. Gli uomini si scambiavano mormorii di soddisfazione e strette di mano, mentre lavoravano. Gli Elfi avevano combattuto la prima battaglia nella loro terra natale dopo più di cento anni, e avevano vinto. La lunga notte di Morrowindl era finalmente alle spalle, e si erano liberati di un po' della rabbia e della frustrazione che li avevano accompagnati tutta la vita. Per molti era come sentirsi liberi per la prima volta.

Wren Elessedil comprendeva. Anche lei provava un senso di liberazione. Per la Regina degli Elfi era come se la speranza di sua nonna e la promessa di Garth si fossero avverate. Lo capiva da come gli Elfi la guardavano. Sentiva il loro rispetto. Apparteneva al suo popolo, adesso. Era una di loro.

Entro un'ora tutto era pronto. Nel massimo silenzio, gli Elfi usciti dal passato di Morrowindl svanirono nella notte.

18

Dopo un'ora di marcia, gli Elfi si fermarono e trascorsero il resto della notte in una foresta appena a nord del Pykon, addossata alla massa più grande dei Boschi Grigi, e aperta a sud verso la pianura dove era accampato l'esercito della Federazione. Per tutta la notte si videro le fiamme delle macchine d'assedio e dei carri che illuminavano l'orizzonte, e nel silenzio del loro nascondiglio nella foresta gli Elfi poterono udire grida lontane.

Dormirono in maniera irregolare, e si alzarono all'alba per lavarsi, mangiare e attendere ai propri doveri. Desidio mandò dei cavalieri verso Arborlon, con le notizie dell'attacco e la richiesta personale di Wren a Barsimmon Oridio che il grosso dell'esercito procedesse verso sud il più in fretta possibile. Pattuglie di cavalieri vennero spedite in tutte le direzioni, con l'ordine di accertarsi che nessun'altra armata federale fosse in campo, oltre quella che conoscevano. Particolare attenzione doveva essere prestata alle guarnigioni nelle città del Callahorn. Cavalieri Alati volarono verso sud per accertarsi dei danni inflitti durante l'incursione della notte, cercando in particolar modo di determinare quando la colonna sarebbe stata in grado di ripartire. La giornata era coperta e grigia, e i Roc potevano volare senza essere visti contro lo sfondo scuro delle montagne occidentali e della foresta. Gli altri Elfi, dopo aver accudito agli animali e aver pulito e riparato gli strumenti di guerra, vennero rimandati a dormire fino a mezzogiorno.

Wren trascorse la mattina con i suoi comandanti: Desidio, Triss ed Erring Rift. Tiger Ty si era levato in volo, deciso a verificare direttamente le condizioni dell'armata nemica. Wren era insieme stanca ed eccitata, piena di energia e tesa per la fatica, e sapeva di aver bisogno anche lei di qualche ora di sonno per riavere le idee chiare. Tuttavia voleva che i suoi comandanti, e soprattutto Desidio, adesso che si era guadagnata la sua fiducia, cominciassero a pensare a cosa doveva fare nell'immediato futuro il loro piccolo esercito. In buona parte questo dipendeva da ciò che avrebbe fatto la Federazione. Tuttavia le possibilità non erano infinite, e Wren desiderava che i piani elaborati intorno a tali possibilità si orientassero nella direzione giusta. Con un po' di fortuna, gli invasori non sarebbero stati in grado di riprendere la marcia per parecchi giorni, e questo avrebbe dato al grosso dell'esercito elfo il tempo di raggiungere la Valle di Rhenn. Ma se si fossero mossi prima, sarebbe toccato a Wren e all'avanguardia trovare un sistema per farli rallentare di nuovo. In nessun caso voleva permettere che non si facesse nulla. Rimanere fermi era fuori questione. Avevano conseguito una vittoria importante contro un nemico molto più numeroso, e non intendeva perdere il vantaggio guadagnato. La Federazione adesso doveva guardarsi le spalle, e Wren voleva che continuasse a farlo il più a lungo possibile. Era importante che i suoi comandanti la pensassero come lei.

Era soddisfatta di quanto aveva ottenuto, dopo che ebbero finito di conferire, e andò a letto. Dormì fin quasi a mezzogiorno, e scoprì che Tiger Ty e i Cavalieri Alati erano tornati. Le notizie che portavano erano buone. L'armata federale non stava facendo alcun tentativo di avanzare. Tutte le sue macchine di assedio e la maggior parte delle provviste erano state ridotte in cenere. Il campo si trovava ancora dove l'avevano visto la notte prima, e tutti gli sforzi dell'armata sembravano diretti a curare i feriti, seppellire i morti e recuperare quanto potevano delle provviste. Pattuglie sorvegliavano il perimetro e squadre di approvvigionamento setacciavano le campagne circostanti, ma il grosso dell'esercito si stava ancora rimettendo in sesto.

Eppure, Tiger Ty non era del tutto soddisfatto.

«Non c'è da stupirsi se oggi sono rimasti fermi per riorganizzarsi» disse a Wren, a quattr'occhi. «C'era da aspettarselo, dopo un attacco come quello di ieri. Hanno subito perdite serie, e hanno bisogno di leccarsi le ferite. Ma non lasciamoci ingannare. Stanno facendo quello che facciamo noi: pensano a come reagire. Se domani saranno ancora fermi, sarà il caso di dare un'occhiata più da vicino. Perché di sicuro avranno preparato qualche contromanovra.»

Wren annuì, poi si unirono a Triss per il pranzo. Triss, informato dell'opinione di Tiger Ty, si dichiarò d'accordo. Quella che avevano di fronte era un'armata esperta, e i suoi comandanti si sarebbero dati da fare per riprendersi il vantaggio momentaneamente guadagnato dagli Elfi.

Avevano appena finito di mangiare quando una pattuglia elfa tornò portandosi dietro Tib Arne malconcio e stracciato. La pattuglia stava esplorando la parte inferiore dello Streleheim, verso il Callahorn, quando avevano incontrato il ragazzo che vagava per la pianura, in cerca degli Elfi. Trovandolo solo e ferito, l'avevano portato direttamente al campo.

Tib era tagliato e graffiato in faccia, e coperto da capo a piedi di fango e polvere. Era sconvolto, e all'inizio riusciva appena a parlare. Wren lo fece sedere e gli pulì la faccia con un panno bagnato. Triss e Tiger Ty si avvicinarono per sentire quello che il ragazzo aveva da dire.

«Spiegami cos'è successo» lo invitò Wren, dopo che si fu calmato a sufficienza per parlare.

«Mi dispiace, mia regina» si scusò lui, vergognandosi adesso per aver perso il controllo. «Sono in giro da un giorno e una notte, senza mangiare e bere e non ho mai dormito.»

«Cosa ti è successo?» ripeté Wren.

«Siamo stati attaccati, io e gli uomini che avete mandato con me, non lontano dai Denti del Drago. Sono arrivati di notte, più di una dozzina. Eravamo accampati e ci sono saltati addosso. Gli Elfi hanno combattuto con tutte le loro forze, ma sono stati uccisi. Avrebbero ucciso anche me, se non fosse stato per Gloon. È venuto in mio aiuto, attaccandoli, e io sono scappato nella notte. Ho sentito le grida di Gloon, le urla degli uomini che combattevano, poi più niente. Mi sono nascosto tutta la notte, poi sono tornato indietro a cercarvi. Avevo paura, senza Gloon, paura che ci fossero altre pattuglie che mi dessero la caccia.»

«Il lanario è morto?» chiese bruscamente Tyger Ty.

Tib si sciolse in lacrime. «Credo di sì. Non l'ho più rivisto. Ho fischiato per chiamarlo, la mattina, ma non è venuto.» Guardò Wren, affranto. «Mi dispiace di avere fallito. Non so come hanno fatto a trovarci così facilmente. Sembrava quasi che lo sapessero!»

«Non preoccuparti, Tib» lo confortò lei, appoggiandogli una mano sulle spalle. «Hai fatto del tuo meglio. Mi dispiace per Gloon.»

«Lo so» mormorò lui, ricomponendosi.

«Adesso resterai con noi» gli disse. «Troveremo un altro sistema per comunicare con i nati liberi, altrimenti ci limiteremo ad aspettarli.»

Ordinò da bere e da mangiare per il ragazzo, lo avvolse in coperte di lana, poi prese da parte Tiger Ty e Triss. Si riunirono sotto una quercia gigantesca; il terreno era ricoperto da un tappeto di gusci di ghiande, e le nuvole oscuravano il cielo lasciando filtrare una luce pallida e grigia.

«Cosa ne pensate?» chiese Wren.

Triss scosse la testa. «Erano uomini esperti quelli che sono andati con il ragazzo. Non avrebbero dovuto lasciarsi cogliere alla sprovvista. Penso che siano stati molto sfortunati, oppure che il ragazzo abbia ragione, e che qualcuno li aspettasse.»

«Vi dirò cosa penso io» disse Tiger Ty. «Credo che sia molto difficile uccidere un lanario da guerra, anche quando è possibile vederlo. Figuriamoci quando non è possibile.»

Wren lo guardò. «Cosa intendi dire?»

Il Cavaliere Alato si accigliò. «Che c'è qualcosa in tutta questa faccenda che non mi convince. Non vi pare che un ragazzo sia una strana scelta per portarci notizie dei nati liberi?»

Lei lo fissò un momento senza parlare, pensierosa. «È giovane, sì. Ma proprio per questo dà meno nell'occhio. E sembra abbastanza sicuro di sé.» Fece una pausa. «Non ti fidi di lui, Tiger Ty?»

«Non sto dicendo questo.» Le sopracciglia dell'uomo si aggrottarono intensamente. «Penso solo che dovremmo tenere gli occhi aperti.»

Lei annuì, ben sapendo che i sospetti di Tiger Ty non erano da prendere alla leggera. «Triss?»

Il Capitano della Guardia Nazionale stava giocherellando

con la sua fasciatura. La sera prima aveva eliminato la benda e adesso c'erano solo due stecche sottili, legate intorno all'avambraccio.

Non alzò lo guardo, mentre stringeva un nodo. «Credo che Tiger Ty abbia ragione. Non c'è nulla da perdere a essere cauti.»

Wren incrociò le braccia. «D'accordo, allora. Incarica qualcuno di tenerlo d'occhio.» Si voltò verso Tiger Ty. «Ho una missione importante per te. Voglio che tu ricominci dal punto dove Tib ha abbandonato. Prendi Spirit e vola verso ovest. Cerca i nati liberi e conducili qui, nel caso abbiano delle difficoltà a raggiungerci. Forse ti ci vorranno molti giorni, e non potrai contare sul nostro aiuto. Non ho idea di dove tu possa cominciare a cercarli, ma se sono in cinquemila, non dovrebbe essere faticoso trovarli.»

Nuovamente le sopracciglia di Tiger Ty si aggrottarono. «Non mi va di lasciarti. Manda qualcun altro.»

Lei scosse la testa. «No, devi andare tu. Di te posso fidarmi. Non preoccuparti per me. Triss e la Guardia Nazionale mi proteggeranno. Sarò al sicuro.»

Il Cavaliere Alato scosse la testa. «Non mi piace l'idea, ma se me lo ordini andrò.»

Nell'eventualità che durante il suo viaggio incontrasse Par o Coll Ohmsford, o Walker Boh o magari Morgan Leah, Wren glieli descrisse brevemente, ma in maniera che potesse essere certo di riconoscerli. Infine gli diede la mano e gli fece i suoi auguri.

«Sii cauta, Wren degli Elfi» l'ammonì lui bruscamente, tenendo per un momento la mano della ragazza fra le sue. «I pericoli di questo mondo non sono così diversi da quelli di Morrowindl.»

Wren sorrise, annuì, e il Cavaliere Alato se ne andò. Lei lo guardò raccogliere provviste e coperte, caricarle su Spirit, montare in groppa al Roc e alzarsi in volo. Rimase a lungo a fissare il cielo grigio, dopo che fu sparito alla vista. Le nubi si stavano scurendo. Prima di notte sarebbe piovuto.

Sarà meglio che troviamo un rifugio migliore, pensò. *Dobbiamo sbrigarci.*

«Chiamami Desidio» ordinò a Triss.

Una pioggia intensa avrebbe trasformato in un acquitrino la

pianura dov'era accampata l'armata federale. Era troppo sperarlo, ma non poté farne a meno.

Dacci solo una settimana, pregò, gli occhi fissi sulle nuvole che si ammassavano. Solo una settimana.

La prima goccia di pioggia le bagnò la faccia.

L'avanguardia elfa si radunò, si apprestò alla partenza, e si ritirò nel folto dei Boschi Grigi, in attesa che passasse il temporale. Mentre il giorno scivolava nella notte, cominciò a piovere più fitto, e al tramonto era ormai un acquazzone. I Cavalieri Alati avevano legato i loro Roc lontano dai cavalli, e gli uomini avevano steso fra gli alberi dei teli impermeabili, per tenere all'asciutto se stessi e le provviste. Tutte le pattuglie, tranne quella mandata ad Arborlon, erano tornate con la notizia che nessun nemico si avvicinava, da nessuna direzione, e che non c'era segno di altre forze federali nei dintorni.

Consumarono un pasto caldo, il fumo nascosto dalla pioggia, e si ritirarono per dormire. Wren era preoccupata per tutto ciò che poteva accadere, e si aspettava di restare sveglia per ore; invece si addormentò quasi subito, e il suo ultimo pensiero cosciente fu per Triss e i due della Guardia Nazionale che vegliavano vicino a lei.

Quando si svegliò stava ancora piovendo, con la stessa intensità della sera prima. Il cielo era coperto di nuvole, e la terra impregnata di acqua si stava trasformando in fango. Piovve per tutto il giorno, e per il seguente. Alcuni esploratori uscirono per controllare i movimenti dell'armata federale, e tornarono annunciando che non ce n'erano. Come Wren aveva sperato, le pianure erano fradice e infide, e l'armata del Sud si era rintanata in attesa che il temporale passasse. Rammentò il consiglio di Tiger Ty, di non illudersi che la Federazione non facesse nulla solo perché non si muoveva, ma il tempo era così cattivo che i Cavalieri Alati non erano disposti a volare, e non si poteva scoprire molto finché rimanevano a terra.

Giunse notizia da Arborlon che il grosso dell'armata elfa non sarebbe stato pronto a partire prima di qualche giorno. Wren strinse i denti per la frustrazione. Le condizioni atmosferiche non aiutavano neppure gli Elfi.

Passò un po' di tempo con Tib, curiosa di conoscere qualcosa di più sul ragazzo, e chiedendosi se i sospetti di Tiger Ty avessero qualche fondamento. Tib era espansivo e allegro, tranne quando veniva menzionato Gloon. Incoraggiato delle attenzioni di Wren, parlò volentieri di se stesso. Le disse che era cresciuto a Varfleet, che aveva perso i genitori nelle prigioni della Federazione, era stato reclutato dai nati liberi per aiutare la Resistenza, e da allora aveva vissuto con i fuorilegge. Di solito portava messaggi, perché gli era facile passare quasi ovunque, non avendo un aspetto pericoloso. Rise di questo, e fece ridere anche Wren. Disse che un paio di volte era andato a nord, fino alla fortezza dei fuorilegge fra i Denti del Drago, ma non era rimasto lì, perché era troppo prezioso in città. Parlò con ardore della causa dei nati liberi, e della necessità di sottrarre le Terre di Confine al dominio della Federazione. Non parlò degli Ombrati, né lasciò intendere di sapere qualcosa di loro. Wren ascoltò con attenzione tutto ciò che diceva, ma niente suggeriva che Tib fosse qualcosa di diverso da quello che dichiarava di essere.

Chiese anche a Triss di parlare con il ragazzo, perché si formasse una sua idea. Triss lo fece, e la sua opinione fu la medesima: Tib Arne sembrava essere ciò che dichiarava di essere. Wren rimase convinta. Dopo di che, lasciò cadere la cosa.

Smise di piovere il terzo giorno; a metà mattina le nuvole si dispersero e il cielo tornò azzurro e luminoso. L'acqua continuò a gocciolare dalle foglie e a raccogliersi in pozzanghere, e l'aria si riempì di umidità. Desidio spedì i cavalieri nella pianura, ed Erring Rift mandò a sud un paio di Cavalieri Alati. Gli Elfi si spostarono dal folto della foresta verso i margini della pianura, e si disposero ad aspettare.

Gli esploratori e i Cavalieri Alati tornarono a mezzogiorno con rapporti contrastanti. I Cacciatori non avevano notato nulla, invece i Cavalieri Alati riferirono che l'armata federale si apprestava a togliere il campo e a partire. Essendo già mezzogiorno, non era chiaro cosa questo significasse, poiché l'armata non poteva sperare di fare più di qualche miglio prima del tramonto. Wren ascoltò i rapporti e se li fece ripetere una seconda volta, ponderò la cosa, poi chiamò Erring Rift.

«Voglio andare in volo a dare un'occhiata» gli disse. «Puoi scegliere qualcuno che mi porti?»

Il Cavaliere Alato dalla barba nera rise. «E affrontare Tiger Ty, se qualcosa va storto? No di certo! Ti porterò io stesso, mia regina. In questa maniera, se ci capita di fare una brutta fine, non sarò in circolazione per risponderne!»

Wren comunicò a Triss quello che aveva intenzione di fare, declinando la sua offerta di accompagnarla, e raggiunse Rift che si stava legando a Grayl. Tib la raggiunse, gli occhi spalancati e pieni di eccitazione, e chiese se poteva seguirla. Lei rise e gli disse di no, ma spinta dalle sue insistenze e dal suo disappunto, gli promise che sarebbe potuto andare un'altra volta.

Qualche minuto dopo, volava verso sud in groppa a Grayl, scrutando l'umida coltre della foresta sottostante, e il tappeto di erba a oriente, spazzato dal vento. La nebbia si alzava in umide ondate, e l'aria scintillava come una stoffa lucida. Grayl volò veloce lungo i margini della foresta, oltre il Pykon, finché furono in vista dell'armata federale. Rift guidò il Roc contro lo sfondo degli alberi e delle montagne, tenendosi fra i soldati del Sud e il bagliore del sole pomeridiano.

Wren scrutò il vasto campo. Il rapporto era esatto. L'armata si stava mobilitando, caricava le provviste e formava colonne di uomini. Alcuni soldati erano già in cammino, le divisioni più esterne, in direzione nord. Qualsiasi effetto avesse ottenuto l'attacco elfo, non aveva scoraggiato l'esercito dal perseguire il suo obiettivo originale. La marcia verso Arborlon era ripresa.

Grayl passò accanto al campo, e Rift stava per far tornare indietro il Roc gigante, quando Wren lo afferrò per un braccio e fece segno di continuare. Non sapeva bene cosa cercasse, voleva solo essere certa di non essersi lasciata sfuggire niente. C'erano cavalieri in arrivo dalle città del Sud, venivano scambiati rapporti, mandati rinforzi? Aveva ancora nelle orecchie l'avvertimento di Tiger Ty.

Continuarono a volare, seguendo il nastro fangoso del Mermidon, dove scorreva a sud uscendo dal Pykon e si addentrava nella pianura, prima di girare a est sopra la Lama Spettrale e verso Kern. La pianura si stendeva a sud e a est, vuota e verde e umida nel calore estivo. Il vento le soffiava sulla faccia, facendole lacrimare gli occhi. Erring Rift era curvo in avanti, le mani appoggiate sul collo di Grayl, fermo come una roccia, guidando con il tocco delle mani.

Davanti a loro il Mermidon piegava bruscamente a est, restringendosi e poi allargandosi ancora mentre spariva fra le praterie. Il fiume era gonfio di pioggia, ingombro di detriti provenienti dalle montagne, e procedeva vorticoso lungo il suo letto.

Sulla riva opposta del fiume un bagliore si rifletté su qualcosa di metallico in movimento. Wren sbatté le palpebre, poi toccò la spalla di Rift. Il Cavaliere Alato annuì. Anche lui l'aveva visto. Fece rallentare il Roc e lo guidò più vicino al riparo degli alberi, lungo il lato nord delle Irrybis.

Un altro bagliore, e Wren scrutò attenta. C'era qualcosa di grosso, laggiù. No, parecchie cose, si corresse. E si muovevano goffamente, come formiche giganti...

Poi riuscì a vederle bene, ammassate sulla riva del fiume mentre si preparavano ad attraversarlo in una strettoia, uscendo dal Tirfing, dirette a nord.

Serpidi.

Otto.

Il suo respiro divenne più rapido mentre vedeva chiaramente, adesso, i corpi corazzati, da cui spuntavano aculei e lame, le gambe e le mandibole da insetto, il miscuglio di carne e metallo nato dalla magia ombrata.

Aveva sentito parlare dei Serpidi.

Rift fece virare bruscamente Grayl fra gli alberi, lontano dalla vista delle cose sulla riva, lontano dalla luce rivelatrice del sole. Wren si guardò alle spalle, per essere sicura di non aver sbagliato. Serpidi venuti dalle Terre del Sud, inviati per aiutare l'armata federale che marciava contro Arborlon... era la risposta degli Ombrati all'attacco contro l'esercito della Federazione. Rammentava le storie che le aveva raccontato Garth da bambina, storie che la gente delle Quattro Terre si sussurrava, più che narrare, da cinquant'anni: racconti di come i Nani avessero opposto resistenza all'avanzare della Federazione nelle terre dell'Est, fino a quando i Serpidi non erano stati mandati a distruggerli.

Serpidi. Mandati, adesso, a distruggere gli Elfi.

Un pozzo si aprì dentro di lei, gelido e oscuro. Erring Rift la stava guardando, in attesa che gli dicesse cosa fare. Lei indicò la direzione da cui erano giunti. Rift annuì, e spronò Grayl. Wren si gettò un'ultima occhiata alle spalle e guardò i Serpidi svanire nell'aria surriscaldata.

Per il momento erano andati, pensò cupa.

Ma cosa avrebbero fatto gli Elfi quando i Serpidi sarebbero riapparsi?

19

Walker Boh batté le palpebre.

Era una giornata limpida come cristallo, una di quelle in cui la luce del sole è così intensa e i colori così brillanti da far quasi male agli occhi. Il cielo era sgombro di nuvole da un orizzonte all'altro, un profondo vuoto azzurro che si stendeva all'infinito. In questo vuoto e in questo cielo splendeva il sole di mezzogiorno, una sfera incandescente che poteva essere guardata soltanto socchiudendo le palpebre e distogliendo rapidamente gli occhi. La luce inondava le Quattro Terre, facendo risaltare i colori della tarda estate con straordinaria nitidezza, anche il marrone spento delle erbe secche e della terra polverosa, ma soprattutto i verdi della foresta e delle praterie, gli azzurri dei fiumi e dei laghi e il grigio ferro e il rame bruciato delle montagne e delle pianure. Il calore del sole si alzava a ondate, nei punti dove il vento non lo rinfrescava, ma anche lì tutto appariva stagliato e definito con la precisione di un quadro, e c'era la sensazione che bastasse un grido acuto a mandare tutto in frantumi.

Era un giorno colmo di vita, nel quale tutte le promesse mai fatte potevano trovare compimento, e tutte le speranze e i sogni avverarsi. Era un giorno che faceva pensare alla vita, e i pensieri di morte sembravano una bizzarria fuori posto.

Il sorriso di Walker era debole e amareggiato. Avrebbe voluto conoscere un sistema per far sparire quei pensieri.

Era fermo fuori delle mura di Paranor, vicino all'angolo di nord-ovest, sotto la sporgenza di un parapetto, e scrutava la distesa della terra. Era lì dal sorgere del sole, essendo scivolato fuori attraverso la porta nord mentre i Quattro Cavalieri erano radunati davanti a quella ovest, per lanciare la loro sfida quotidiana. Erano trascorse quasi sei ore e gli Ombrati non l'avevano ancora scoperto. Si era avvolto nuovamente in un incantesimo di invisibilità. L'incantesimo aveva funzionato una volta, aveva detto a Cogline, mentre preparava il suo piano. Non c'era ragione per cui non dovesse funzionare di nuovo.

Finora, così era stato.

La luce del sole inondava le pareti dei Denti del Drago, scacciando anche la più persistente delle ombre, spogliando completamente la superficie piatta della roccia. Poteva vedere oltre la linea degli alberi, a nord, le vuote distese dello Streleheim. Poteva vedere a est fino al Jannisson e a sud fino al Kennon. Torrenti e stagni erano uno scintillio azzurro attraverso gli alberi che circondavano la Fortezza, e gli uccelli volavano in brillanti esplosioni di colori che sorprendevano e deliziavano.

Walker Boh respirò a fondo l'aria di mezzogiorno. Qualsiasi cosa era possibile in una giornata come quella. Qualsiasi cosa.

Indossava un abito grigio e ampio, legato in vita, il cappuccio tirato indietro, cosicché i capelli neri gli scendevano sulle spalle. Aveva la barba, ma tagliata e pettinata. Nulla di questo era visibile, naturalmente. Per chiunque passasse, e in particolare per gli Ombrati, era soltanto una parte del muro. Il riposo e il cibo gli avevano restituito le forze. Le ferite di tre giorni prima erano quasi del tutto guarite, o addirittura dimenticate. Non pensava più a quello che gli era capitato, se non di sfuggita. Era tutto concentrato su quanto doveva accadere adesso, in quel giorno e in quell'ora.

Era il decimo giorno dell'assedio degli Ombrati. Era il giorno in cui intendeva por fine all'assedio.

Si guardò indietro, lungo le mura del castello, mentre uno dei Quattro Cavalieri appariva alla vista. Era Carestia, e stava superando l'angolo che l'avrebbe portato lungo il muro nord, la forma scheletrica piegata sulla cavalcatura serpentina. Non guardava né a destra né a sinistra, perso nella sua peculiare forma di pazzia. Grigio come cenere ed effimero come fumo, avanzava stancamente lungo il sentiero. Passò a parecchi passi da Walker Boh e non alzò lo sguardo.

Oggi, pensò l'ultimo dei Druidi.

Guardò ancora attraverso la valle, pensando ad altri tempi e ad altri luoghi, alla storia che l'aveva preceduto, a tutti i Druidi che erano venuti a Paranor e ne avevano fatto la loro casa. Un tempo erano stati centinaia, ma erano tutti morti tranne uno, quando il Signore degli Inganni li aveva intrappolati lì, un migliaio di anni prima. Soltanto Bremen era sopravvissuto, solitario portatore della speranza per le Razze, detentore della magia druidica. Poi Bremen era passato, ed era venuto Allanon. Adesso Allanon non era più, e restava solo Walker Boh.

La manica vuota del suo braccio mancante era fissata al corpo con delle spille. Con il braccio sano si toccò la spalla e la carne cicatrizzata, pochi centimetri sotto. Ricordava a stento cosa significasse avere due braccia. Gli sembrava strano che dovesse essere così difficile. Ma molte cose gli erano successe durante le settimane trascorse dal suo incontro con l'Asphinx, e si poteva perfino sostenere che ben difficilmente ricordava qualcosa della sua antica vita, tanto profondamente era cambiato. Anche l'ira e la diffidenza nei confronti dei Druidi si erano dissipate, inutili adesso per colui che era diventato loro successore. I Druidi che aveva disprezzato appartenevano al passato. Era sparita la rabbia che aveva provato nei confronti dello Spettro del Lago, relegata nel medesimo passato. Lo Spettro aveva cercato con tutte le sue forze di distruggerlo e aveva fallito. Non ci sarebbe stata un'altra occasione. Lo Spettro del Lago era un'ombra in una terra di ombre. Non poteva uscirne, e Walker non sarebbe più tornato a vederlo. Il passato si era portato via anche Pe Ell e il Re di Pietra. Walker aveva trovato la forza per sopravvivere a tutti i nemici che gli erano stati mandati contro, e adesso erano ricordi che a stento contavano nello schema delle necessità presenti.

Walker respirò a fondo, chiuse gli occhi, e scivolò in un luogo in fondo a se stesso. Adesso stava passando Guerra, tutto lame e aculei, piastre luccicanti d'acciaio e neri buchi per respirare. Walker ignorò gli Ombrati. Adagiandosi nel silenzio e nella calma che sentiva dentro di sé, riandò ancora una volta con la mente a quanto stava per accadere. Passo dopo passo, ripercorse il piano che aveva preparato mentre guariva dalle ferite, i fatti che lui avrebbe provocato, le conseguenze che avrebbe verificato. Questa volta nulla sarebbe stato lasciato al caso. Non ci sarebbero state prove, mezze misure, tregue. Avrebbe vinto, oppure...

Quasi sorrise.

Oppure no.

Aprì gli occhi e guardò verso il cielo. Mezzogiorno era passato, iniziava il pomeriggio. Ma la luce non aveva ancora toccato il suo culmine, e neppure il calore, perciò avrebbe atteso ancora un poco. La luce e il calore sarebbero stati più utili a lui che agli Ombrati, ed era per questa ragione che si trovava lì fuori, a mezzogiorno. Le volte precedenti aveva pensato di svignarsela di notte. Ma la notte era alleata degli Ombrati, poiché erano creature nate dalla notte e da essa prendevano forza. Walker, con la sua magia di Druido, avrebbe preso forza dalla luce.

Dopo tutto, quel giorno sarebbe stata una prova di forze a determinare chi sarebbe vissuto e chi no.

Forze di ogni genere.

Ricordò l'ultima conversazione con Cogline. Era quasi l'alba, e si stava preparando a uscire. C'era stato un movimento sui gradini che conducevano dalla torre di guardia al cortile d'ingresso, dove lui attendeva, ed era apparso Cogline. Il corpo scheletrico era scivolato fuori dalle ombre della scala, tra un fruscio di vestiti e di respiro affannoso. La faccia rugosa aveva dato una breve occhiata a Walker da sotto i bordi del cappuccio logoro, poi si era girata. Cogline si era avvicinato e si era fermato, guardando la porta che conduceva all'esterno.

«Sei pronto?» aveva chiesto.

Walker aveva annuito. Avevano discusso di tutto... o di tutto quello su cui Walker era disposto a discutere. Non c'era altro da dire.

Le mani del vecchio si erano posate sui bastioni di pietra che riparavano e sostenevano la porta rinforzata di ferro, così sottili da sembrare quasi trasparenti. «Lasciami venire con te» aveva detto con voce sommessa.

Walker aveva scosso la testa. «Ne abbiamo già discusso.»

«Cambia idea, Walker. Lasciami venire. Avrai bisogno di me.»

Sembrava così sicuro di sé, rammentò Walker. «No. Tu e Bisbiglio mi aspetterete qui. Rimani vicino alla porta... per aprirla se qualcosa dovesse andar male.»

La mascella di Cogline si era serrata. «Se qualcosa dovesse andar male, non avrai bisogno di me per rientrare.»

Vero, aveva pensato Walker. Ma questo non cambiava le cose. Non intendeva permettere al vecchio e al gatto delle paludi di uscire con lui. Non voleva essere responsabile anche delle loro vite. Avrebbe avuto già abbastanza da fare per restare vivo.

«Credi che io non possa badare a me stesso» aveva detto il vecchio, come se gli leggesse nel pensiero. «Dimentichi che ho badato a me stesso per anni, prima che arrivassi tu... prima che ci fossero i Druidi. Ho anche avuto cura di te, una volta.»

Walker aveva annuito. «Lo so.»

Il vecchio si era mosso a disagio. «Può darsi che io sia destinato a prendermi cura di te ancora una volta, sai. Può darsi che tu abbia bisogno di me, là fuori.» Aveva girato la faccia sotto il cappuccio, per guardarlo. «Io sono vecchio, Walker. Ho vissuto molto a lungo... una vita piena. Non ha più molta importanza quello che può succedermi.»

«Ha importanza per me.»

«Non dovrebbe. Non dovrebbe avere la minima importanza.» Cogline era risoluto. «Perché dovrebbe avere importanza? E da quando ti sono tanto simpatico, poi? Sono stato quello che ti ha trascinato in questa faccenda. Quello che ti ha convinto ad andare al Perno dell'Ade, e poi a leggere la Storia dei Druidi. Te ne sei dimenticato?»

Walker aveva scosso la testa. «No. Non ho dimenticato niente. Ma sono stato io ha compiere le scelte decisive, non tu. Abbiamo discusso anche di questo. Tu sei stato una pedina nelle mani dei Druidi quanto me. Tutto è stato deciso trecento anni fa, quando Allanon strinse con Brin Ohmsford il patto di sangue. Tu non ne hai nessuna colpa.»

Gli occhi di Cogline si erano velati, facendosi remoti. «Io ho colpa di tutto ciò che è accaduto nella mia vita e anche nella tua, Walker Boh. Scelsi all'inizio di intraprendere la via dei Druidi, e scelsi in seguito di abbandonarla. Scelsi di apprendere le antiche scienze, di riportarle in piccola parte alla luce.

Mi sono trasformato in una creatura dei due mondi, Druido e Uomo, prendendo ciò di cui avevo bisogno, tenendo ciò che desideravo, rubando da entrambi. Io sono il legame fra il passato e il presente, e Allanon ha potuto usarmi in quanto tale. Quanto di ciò che io sono ha reso possibile la tua trasformazione, Walker? Fin dove saresti arrivato senza il mio stimolo? Credi per un momento che io non ne fossi consapevole? O che Allanon non ci avesse pensato? No, non posso essere assolto dalla mia colpa. Non puoi assolvermi assumendotela tu.»

Walker ricordava la veemenza nella voce dell'altro, la durezza, l'insistenza. «Allora non cercherò di assolverti, vecchio» aveva risposto. «Ma non assolverò neppure me stesso. Non hai compiuto tu le scelte per me; né mi hai impedito di compierle. Sì, c'erano delle ragioni impellenti per scegliere come ho fatto, ma queste ragioni non mi sono state suggerite da te prima che io stesso le avessi prese in considerazione. E poi, potrei rovesciare il tuo ragionamento, se volessi. Senza di me, quale parte avresti avuto tu in tutto questo? Saresti stato qualcosa di più che un messaggero mandato da Par e da Wren, se non fossi stato legato anche a me? Non credo che potresti affermare questo.»

La faccia del vecchio si era abbassata nascondendosi nell'ombra, vedendo quanto l'altro fosse inflessibile e risoluto.

«Mi potrai aiutare meglio restando qui» aveva concluso Walker, allungandosi per toccare il braccio dell'altro. «Sempre, in precedenza, hai compreso l'importanza di sapere quando agire e quando no. Fallo ancora, per me.»

Così era finita, e Cogline era rimasto con lui fino a quando la sfida degli Ombrati era riecheggiata fra le mura di pietra di Paranor, e Walker era uscito nell'alba scura per andarle incontro.

Forze di ogni genere, ripeté mentre in piedi, accanto alle mura del castello ascoltava avvicinarsi il prossimo Ombrato. Avrebbe avuto bisogno del genere di determinazione di cui disponeva Cogline: quella di non arrendersi di fronte alla più dura e inflessibile fra le leggi della vita, se voleva sopravvivere quel giorno. Carestia, Pestilenza, Guerra e Morte: i Quattro Cavalieri dell'Apocalisse venuti a reclamare la sua anima. Ma quel giorno lui era il Fato, e il Fato avrebbe determinato il destino di tutti.

Alzò gli occhi mentre Pestilenza faceva la sua comparsa. Si raddrizzò. Era giunto il momento.

Walker Boh attese nell'ombra del muro, presenza invisibile mentre il Cavaliere si avvicinava. Arrivava con aria indifferente, apatica, sulla sua cavalcatura-serpente, un nugolo di insetti ronzanti e malefici in forma di uomo. Pestilenza era privo di lineamenti, e quindi di espressione, e Walker non sapeva cosa vedesse o pensasse. Gli passò accanto senza rallentare, gli artigli del rettile che raschiavano il sentiero. Walker lo seguì. L'incantesimo dell'invisibilità gli impediva di essere visto, e il rumore del rettile di essere sentito. Aveva preso in considerazione l'ipotesi di ricorrere all'invisibilità per sfuggire del tutto agli Ombrati. Ma erano stati pronti a scoprirlo, quando aveva cercato di fuggire usando i passaggi sotterranei di Paranor, anche se era stato silenzioso come il pensiero, e sospettava che potessero accorgersi se lui si allontanava dalla Fortezza, dal suo rifugio e dalla fonte della sua forza di Druido. Nemmeno l'invisibilità, forse, l'avrebbe protetto, in quel caso. Meglio usare il proprio vantaggio dove poteva farvi affidamento, aveva deciso, e finirla con i Cavalieri una volta per tutte.

Sulle orme di Pestilenza, iniziò il giro delle mura del castello, il silenzio del mezzogiorno rotto solo dal raschiare delle unghie di rettile e dal ronzare di insetti in gabbia. Uscirono dall'ombra fresca del muro settentrionale, e cominciarono a seguire quello occidentale, passando accanto alla porta dove ogni mattina i Cavalieri si radunavano per lanciargli la sfida. Aveva scelto il muro nord per nascondersi, ben sapendo che sarebbe dovuto restare lì per quattro ore, al caldo, e sperando che l'ombra del castello gli offrisse qualche conforto. Ma sarebbe stato lungo il muro sud che avrebbe combattuto gli Ombrati, dove la luce del sole era più forte. Adesso si stavano lasciando alle spalle anche le ultime ombre offerte dai contrafforti, per entrare nella piena luce.

Girarono attorno all'angolo del muro sud: una distesa piatta e imponente di pietra arroventata che guardava in direzione di una vasta foresta, sotto i fitti picchi dei Denti del Drago. Un cornicione polveroso offriva uno stretto passaggio sotto le mura; era spoglio se non per qualche cespuglio sparso e pochi alberi stentati, e precipitava in un ripido declivio verso la frescura dei boschi. Il calore si levava in un'ondata che minacciava di risucchiare l'aria dai polmoni, ma Walker si fece forza e proseguì sulla scia di Pestilenza, sempre alla stessa distanza. Per un attimo intravide Carestia, molto avanti, che spariva fra le ombre gettate dall'arco del parapetto, sotto il bastione orientale.

I secondi scivolarono via. Walker percepì la tensione montare dentro di lui. Sii paziente, si disse. Aspetta il momento giusto.

Dentro di lui, la magia cominciò a raccogliersi.

Quando Pestilenza fu a metà strada fra la torre di guardia e la porta sud, Walker Boh colpì. Ancora nascosto entro l'incantesimo di invisibilità, scagliò contro Pestilenza un fulmine che abbatté cavallo e cavaliere. L'Ombrato cercò di alzarsi, ma Walker colpì di nuovo, la magia era un fuoco freddo che usciva dalle sue mani, e scagliava indietro il Cavaliere. Già Walker poteva udire il rumore degli altri in arrivo, un grido nella sua mente. Già poteva sentire la loro rabbia.

Carestia apparve per primo, sbucando dall'arco del bastione che l'aveva inghiottito poco prima, il più vicino dei tre. La forma scheletrica curva sulla cavalcatura, le mani ossute protese in avanti, l'Ombrato caricò. Ma lungo il suo cammino c'era una nuvola di fumo e di polvere, provocata da Walker in previsione del suo arrivo, e l'essere non poteva vedere con chiarezza cosa stava accadendo. Quando superò la nuvola, si trovò proprio sopra la sua preda. Walker Boh stava lottando con Pestilenza. Avvinghiato all'Ombrato, cercava di disarcionarlo dal suo rettile che si contorceva, di impedire a entrambi di alzarsi.

Carestia gli sfrecciò accanto, le ossa delle dita protese a sfregiargli il viso.

Lo mancò completamente.

Colpì invece Pestilenza. Che a sua volta gli si avvinghiò.

I due Cavalieri urlarono, mentre le loro due magie si attaccavano a vicenda. Pestilenza cadde all'indietro, indebolito dalla fame e dal bisogno. Carestia si allontanò con passo incerto, in preda alla nausea e al vomito.

Dalle mura di pietra si scagliò fra i due un fuoco che esplose, assestando un colpo tremendo a Carestia, facendolo barcollare.

In quel momento apparve Guerra, dall'angolo ovest delle mura, la grande mazza sollevata sopra la testa mentre accorreva verso la mischia. Il suo serpente soffiava fiamme, e c'era un bagliore di fuoco nelle feritoie per gli occhi. Vide con chiarezza Walker Boh, vide il Druido lottare con Carestia, e attaccò subito. Forse udì Carestia lanciare un grido di avvertimento, ma non vi prestò attenzione. Calò la mazza con forza tremenda, deciso a finire Walker Boh al primo colpo. Ma Walker era sparito, e la mazza colpì invece Carestia, squarciandolo e affondandolo nella sua cavalcatura. Carestia emise un gemito agonizzante e crollò in un mucchio di ossa. Serpente e cavaliere giacquero immobili nella polvere.

Guerra si girò di scatto, e d'improvviso fu coperto da mosche infette, che pungevano e mordevano nonostante l'armatura. Guerra urlò, ma il colpo fu rapido e sicuro. Pestilenza aveva visto Walker Boh schivare il fendente che aveva atterrato Carestia, l'aveva visto lanciarsi contro Guerra e cominciare a strangolarlo. Pestilenza, confuso e malconcio, aveva reagito d'istinto, scagliando febbre e malattia in un rapido contrattacco. Ma qualcosa non era andato per il verso giusto: non era stato Walker Boh a essere colpito, ma il Cavaliere Guerra.

Appiattito contro il muro del castello, Walker ritrasse l'immagine di se stesso entro una nuvola di polvere alle spalle di Guerra che si dibatteva, e scagliò contro Pestilenza un dardo di fuoco, che lo disarcionò del tutto. L'intero tratto di cornicione era immerso in una nuvola di polvere sollevata dai serpenti e dai loro cavalieri impazziti. Le immagini erano un vecchio trucco, che era stato perfezionato dal giovane Jair Ohmsford tre secoli prima nella sua lotta contro le Mortombre. Walker aveva ricordato il trucco e l'aveva usato con successo, quel giorno, confondendo del tutto gli Ombrati sovrapponendo un'immagine di se stesso ora all'uno ora all'altro, mentre teneva la schiena saldamente appoggiata al muro del castello.

Specchi e luce, ma si stavano rivelando più che sufficienti.

Colpito da una dozzina di febbri pestilenziali, Guerra fece girare il suo serpente. Walker Boh era apparso di nuovo, a cavalcioni di Pestilenza, e cercava di strozzarlo. Guerra andò alla carica, mezzo accecato e fuori di sé, impugnando una grande ascia da battaglia. Fu addosso al Druido in pochi secondi, e l'ascia si abbatté, squarciandolo in due.

Ma il Druido non c'era, e la lama squarciò invece Pestilenza e la sua cavalcatura.

Dalla sua posizione a ridosso delle mura, Walker scagliò il fuoco contro Guerra. L'Ombrato cadde, separato dalla sua cavalcatura. Quando questa cercò di rialzarsi, Walker la ridusse in cenere.

Le cavalcature, aveva scoperto, non erano resistenti quanto i loro padroni. E mentre i Quattro Cavalieri erano capaci di riprendersi dalla sua magia, non erano immuni dalla loro. Non gli era sfuggita la maniera in cui lo avevano attaccato le due volte precedenti: uno alla volta, mai tutti insieme. Un assalto in massa l'avrebbe finito, ma non c'era stato. I Quattro Cavalieri erano mortali non solo per i loro nemici, ma anche per se stessi. Imitazioni imperfette della leggenda, le loro magie erano un anatema. Walker aveva fatto conto su questo, come aveva fatto conto sulla luce del mezzogiorno per indebolire quelle creature nate dalle tenebre. Aveva avuto ragione.

Ci fu un disperato agitarsi nel punto in cui Guerra giaceva dentro la sua armatura, cercando di resistere alla malattia che lo divorava. Carestia e Pestilenza erano ammassi immobili accanto ai loro rettili, e un siero verdastro colava dai loro corpi. La foschia si stava diradando, mentre la polvere si posava a terra. Squarci di cielo, di montagne, di foresta tornavano a essere visibili.

Walker si staccò dal muro. Ne restava uno. Dov'era...

La corda nera con un peso all'estremità uscì sibilando dalla foschia, con uno stridore di falco, e si avvolse intorno a Walker, che cadde sulle ginocchia, imprigionato, e poi sulla schiena. Subito Morte apparve, uscendo dal bagliore del sole, la grande falce alzata. Walker boccheggiò, inalando l'aria nei polmoni doloranti. Come aveva fatto a trovarlo? Come aveva fatto a vederlo? Il Cavaliere gli andava addosso, gli artigli del suo rettile raschiavano minacciosi il terreno roccioso. Walker riuscì a rimettersi sulle ginocchia e cercò di liberarsi. Questo doveva essere stato più cauto degli altri. Doveva averlo visto mentre bruciava il serpente di Guerra, rintracciato l'origine del fuoco, e indovinato dove lui si nascondeva.

Abbandonò l'incantesimo di invisibilità, ormai inutile, ed evocò il fuoco druido in un mulinello accecante che fece a pezzi la corda di Morte. Proprio nel momento in cui il Cavaliere lo raggiungeva, si rimise in piedi, alzò uno scudo protettivo e deviò la falce. Malgrado questo, la forza del colpo lo scaraventò a terra. Mentre l'Ombrato si girava, Walker fu di nuovo in piedi e si preparò. Non restava nessuno che potesse combattere quella battaglia per lui; il trucco dell'immagine aveva dato tutto quello che poteva dare. Questa volta era solo.

Evocò ancora il fuoco. Morte contro Fato. Walker si accovacciò.

Il Cavaliere gli passò accanto una seconda volta, e Walker scagliò contro di lui il fuoco. Morte vacillò, la lama della falce venne deviata e mancò il bersaglio. Ma l'aria si fece gelida al suo passaggio, e Walker fu assalito da un'ondata di nausea.

L'Ombrato girò su se stesso, e Walker contrattaccò immediatamente, il fuoco druido che saettava dalla sua mano tesa. La falce si sollevò intercettando il fuoco e frantumandolo. Morte spronò il serpente contro Walker. Altre due volte Walker usò la sua magia, ma il fuoco non riusciva a penetrare nelle difese del Cavaliere. Morte gli era quasi sopra, il serpente sibilava minaccioso fra la polvere e il calore, la falce scintillava. Walker si rese conto che Morte aveva cambiato tecnica di attacco, e intendeva semplicemente calpestarlo. Deviò allora il fuoco druido, e colpì le zampe della cavalcatura, spezzandole. Subito dopo attaccò il corpo che si contorceva, fino a ridurlo una massa di carne fumante.

Il serpente fu percorso da un brivido, si inclinò, perse l'equilibrio e cadde in avanti. Walker saltò via mentre la bestia mostruosa crollava accanto a lui avvolta dalle fiamme, urlando di rabbia. La coda con un movimento convulso colpì Walker al petto, scaraventandolo a terra. Nuvole di polvere si alzavano, mescolandosi al fumo del corpo carbonizzato del serpente, e tutto sparì in una foschia accecante.

Malconcio e sanguinante, i vestiti stracciati, Walker si alzò a fatica. Da una parte il serpente giaceva moribondo, il suo respiro era un rantolo irregolare nel silenzio improvviso. Walker scrutò intorno, nella foschia.

E Morte apparve alle sue spalle, la falce sollevata e pronta ad abbattersi. Walker innalzò una cortina di fuoco e bloccò il colpo, poi si raddrizzò, per affrontare l'assalto. Con la mano afferrò l'impugnatura della falce, e premette il corpo contro quello di Morte. Un gelo paralizzante s'impossessò di lui. La testa incappucciata dell'Ombrato si abbassò, mentre i due si avvinghiavano vacillando sul cornicione, gli strani occhi rossi che lo fissavano, attirandolo lentamente. Walker distolse subito il viso e fece scaturire il fuoco druido dalla mano, lungo l'impugnatura della falce. Morte fece un balzo indietro, il cappuccio che si sollevava alla luce, vuoto dentro tranne che per gli occhi rossi. Una mano abbandonò la falce e colpì Walker, gettandolo indietro. Walker sentì il gelo diffondersi nuovamente dentro di lui. La magia cominciava a venirgli meno. Ancora una volta, Morte colpì, alla gola. Walker lasciò la presa sulla falce e cadde indietro.

Morte avanzò, con decisione, un nero terribile contro la foschia. Walker rotolò in ginocchio, in preda al dolore, stringendosi il petto e lottando per respirare.

La lama della falce si alzò e si abbassò.

E d'improvviso Cogline fu in mezzo a loro, uscito dal nulla, una figura simile a uno spaventapasseri, gli abiti stracciati svolazzanti, ciocche di capelli al vento. Afferrò l'impugnatura della falce e deviò il colpo, facendo affondare profondamente la lama nel terreno accanto a Walker. Walker rotolò via e cercò di alzarsi in piedi, gridando al vecchio. Ma Cogline si era gettato contro l'Ombrato, e lo faceva arretrare. Morte aveva una mano sulla gola di Cogline, l'altra sull'impugnatura della falce, e la stava sollevando per colpire. Il vecchio lottava con ogni brandello di energia, ma l'Ombrato era troppo per lui. Lentamente Cogline fu spinto indietro, la mano sulla gola lo faceva piegare, l'altra cercava una presa migliore sulla falce. Vattene! pregò Walker muovendo le labbra, senza riuscire a pronunciare le parole. Cogline, vattene!

Walker si alzò barcollante, lottando contro la debolezza e il dolore, cercando dentro di sé le ultime forze che gli restavano.

Il corpo scheletrico di Cogline stava cedendo come un pezzo di legno secco sferzato dal vento, sotto l'attacco dell'Ombrato. Poi d'improvviso gridò, la sua mano afferrò una manciata di polvere nera che aveva nascosto nel vestito, e la gettò contro il Cavaliere con un'imprecazione.

Nello stesso istante la falce si abbassò.

La polvere esplose davanti a Morte in un bagliore di fuoco e di rumore, afferrando anche Cogline, e scagliando entrambi lontano. Walker voltò la testa di fronte allo scoppio e alla vista dei corpi massacrati. Poi avanzò incespicando, evocando la magia, accumulando nel pugno il fuoco druido. Vide Morte alzarsi dalla polvere, il mantello nero bruciacchiato e fumante, fiamme che si levavano all'estremità delle maniche. La falce giaceva a terra, in pezzi, e gli occhi rossi lampeggiarono mentre l'Ombrato tentava di raggiungere ciò che ne restava.

Walker gli scagliò addosso il fuoco, attraverso il cappuccio senza faccia, giù verso ciò che viveva dentro. Morte barcollò all'indietro. Walker continuò ad avanzare, il suo fuoco colpiva senza tregua, bruciando e bruciando sempre più. Morte si voltò, cercò di fuggire. Ma non c'era via di scampo. Walker lo raggiunse, infilò il pugno nel cappuccio ondeggiante, e scagliò dentro di esso tutta la magia che gli rimaneva.

Morte ebbe una convulsione, poi esplose in fiamme.

Walker ritrasse il braccio, balzando indietro dalla luce e dal calore. I suoi alleati: la luce e il calore, pensò confusamente... ciò a cui gli Ombrati non potevano sopravvivere. Si guardò alle spalle. Morte bruciava a brandelli sul terreno polveroso, senza vita e immobile.

Walker raggiunse Cogline, che giaceva in una massa disordinata. Delicatamente voltò il vecchio, inginocchiandosi per raddrizzargli le braccia e le gambe, e per appoggiarsi in grembo la testa annerita. I capelli e la barba erano quasi completamente bruciati. Un filo di sangue gli colava dalla bocca e dal naso. Era stato troppo vicino al fuoco per poterne evitare le conseguenze. Walker sentì una stretta al cuore. Il vecchio lo sapeva, naturalmente. Lo sapeva e tuttavia aveva usato la polvere.

Gli occhi di Cogline si aprirono, sorprendentemente bianchi contro il nero della pelle. «Walker?» sussurrò.

Walker annuì. «Sono qui. È finita, vecchio. Sono morti... tutti.»

Un sospiro che terminò in un rantolo. «Lo sapevo che avresti avuto bisogno di me.»

«Avevi indovinato.»

«No.» La mano di Cogline gli afferrò il braccio in un gesto di possesso. «Io lo sapevo, Walker.» Tossì sangue, e la sua voce si fece più forte. «Mi era stato detto. Da Allanon. Al Perno dell'Ade, quando mi aveva avvertito che il mio tempo era trascorso, che la mia vita stava per terminare. Ricordi, Walker? Ti avevo detto solo una parte di ciò che avevo appreso quel giorno. La parte sulla Storia dei Druidi. C'era dell'altro, che ti ho tenuto nascosto. Avresti avuto bisogno di me, mi era stato detto. Mi sarebbe stato dato un po' di tempo, qui a Paranor, per stare con te. Sarei rimasto vivo abbastanza a lungo da rendermi utile, ancora una volta.»

Tossì, piegandosi in due per il dolore. «Capisci?»

Walker annuì. Rammentò quanto fosse sembrato lontano e distaccato il vecchio all'interno della Fortezza dei Druidi. Qualcosa era cambiato, aveva pensato, ma impegnato nella sua lotta per sfuggire agli Ombrati, non si era dato la pena di scoprire cosa fosse. Adesso era chiaro. Cogline sapeva che la sua vita era quasi finita. Allanon gli aveva concesso una sospensione della morte, ma non un'esenzione. La magia delle Storie Druide l'aveva salvato a Pietra del Focolare, perché potesse morire a Paranor. Era stato uno scambio che il vecchio aveva accettato di buon grado.

Walker guardò il corpo straziato. Dove la falce aveva colpito, c'era del ghiaccio intrecciato come un filo d'argento al tessuto dei vestiti.

«Avresti dovuto dirmelo» lo rimproverò dolcemente. C'erano lacrime nei suoi occhi. Non sapeva quando gli fossero venute. Una parte di lui rammentava di essere stato capace di piangere, una volta, molto tempo prima. Non capiva perché ne fosse capace anche adesso, ma pensava che non sarebbe successo mai più.

Cogline scosse la testa, un movimento lento e doloroso. «No. Un Druido non dice ciò che non è necessario.» Tossì ancora. «Lo sai.»

Walker Boh non poté parlare. Si limitò a fissare il vecchio.

Cogline batté le palpebre. «Mi hai detto che ho sempre saputo quando agire e quando no.» Sorrise. «Avevi ragione.»

Deglutì ancora una volta. Poi i suoi occhi divennero fissi, e smise di respirare. Walker continuò a guardarlo, inginocchiato nella polvere e nel calore, ascoltando il silenzio che si allungava ininterrotto, pensando, come amara consolazione, che Allanon si era servito del vecchio per l'ultima volta.

Chiuse gli occhi ciechi di Cogline.

Rimaneva da vedere se il Druido se n'era servito bene.

20

Walter Boh seppellì Cogline nel bosco sotto Paranor, lo mise a riposare in una radura rinfrescata da un torrente che serpeggiava fra una serie di basse rapide, una radura circondata da noci e querce, i cui folti rami ombreggiavano un tappeto di fiori selvatici e di erba verde, con macchie di luce che mutavano a ogni ora del giorno, seguendo il passaggio del sole verso occidente. Era un luogo che rammentava a Walker le piccole valli nascoste di Pietra del Focolare, dove entrambi avevano amato passeggiare. Scelse un punto al centro della radura, da dove le guglie di Paranor potevano essere viste chiaramente. Cogline, che all'ultimo aveva cominciato a pensare a se stesso come a un Druido mancato, era arrivato finalmente a casa.

Poi Walker si soffermò nella radura. Era esausto e dolorante, ma le ferite più profonde erano quelle che non poteva vedere, e gli alberi antichi e l'aria della foresta gli davano un certo conforto. Gli uccelli cantavano, il vento faceva frusciare le foglie e l'erba, il torrente gorgogliava, e tutti questi rumori erano dolci e pieni di pace. Non voleva tornare a Paranor, per il momento. Non voleva passare accanto alle carcasse annerite e bruciacchiate dei Quattro Cavalieri e delle loro cavalcature. Voleva solo cancellare tutto ciò che gli era accaduto, come gesso su una lavagna, e ricominciare da capo. C'era un'amarezza dentro di lui che non riusciva a scacciare, che lo mordeva e lo graffiava con l'insistenza di un animale affamato. L'amarezza nasceva da molte cose... e preferiva non elencarle. Ma soprattutto, naturalmente, provava amarezza nei confronti di se stesso. Gli succedeva sempre, negli ultimi tempi; gli sembrava di essere uno straniero uscito dal nulla, un uomo di cui riconosceva a stento l'identità, una pedina fin troppo disposta a farsi manovrare da uomini morti mille anni prima.

Si sedette accanto al torrente, fissando il rettangolo di terra appena scavata dove giaceva Cogline, e si obbligò a ricordare il vecchio. La sua amarezza aveva bisogno di un balsamo; forse i ricordi del vecchio gliel'avrebbero fornito. Si bagnò la faccia con l'acqua fredda del torrente, lavandola dalla polvere e dalla cenere e dal sangue. Poi si distese in un punto soleggiato, e lasciò vagare i pensieri.

Walker ricordava Cogline soprattutto come maestro, come l'uomo che era venuto a lui in un momento in cui la sua vita era piena di confusione, quando aveva abbandonato le Razze per vivere nell'isolamento di Pietra del Focolare, dove nessuno l'avrebbe fissato sussurrando dietro le sue spalle, dove non sarebbe stato conosciuto come lo Zio Oscuro. La magia era un mistero per Walker, allora, l'eredità della canzone magica giunta attraverso generazioni da Brin Ohmsford in un intrico di fili di cui non gli era possibile venire a capo. Cogline gli aveva mostrato come controllare la magia, così che non si dovesse più sentire inerme di fronte a essa. Gli aveva insegnato come focalizzare la propria vita, facendolo diventare padrone del calore incandescente che ribolliva dentro di lui. Aveva rimosso la paura e la confusione, e gli aveva restituito il senso di un fine e il rispetto per se stesso.

Il vecchio era stato suo amico. Si era preso cura di lui – Walker adesso lo comprendeva – proprio come un padre del proprio figlio. L'aveva istruito, guidato, era stato presente nei momenti di bisogno. Anche dopo che Walker era cresciuto, e fra loro si era creato quel distacco che sopraggiunge allorché padri e figli devono considerarsi alla pari, senza veramente crederci, Cogline gli era rimasto vicino in tutti i modi che Walker gli aveva permesso. Avevano litigato e discusso, si erano accusati a vicenda, e si erano sfidati a fare ciò che era giusto e non ciò che era facile. Ma non avevano mai ceduto né si erano dati per persi; non avevano mai disperato della loro amicizia. Sapere che era stato così, adesso gli era di aiuto.

Qualche volta era facile dimenticare che il vecchio aveva vissuto altre vite prima di quella, e alcune di esse Walker le conosceva appena. Un tempo Cogline era stato giovane.

Com'era stato? Il vecchio non l'aveva mai detto. Aveva studiato con i Druidi: con Allanon, con Bremen, con quelli prima di loro, forse, anche se non l'aveva mai detto esplicitamente. Quanti anni aveva Cogline? Da quanto tempo viveva? Walker si rese conto d'improvviso di non saperlo. Cogline era già vecchio quando Kimber Boh era un bambino e Brin Ohmsford era venuta a Terrabuia alla ricerca dell'Ildatch. Questo era accaduto tre secoli prima. Walker sapeva ciò che aveva fatto Cogline a quel tempo; il vecchio gli aveva parlato di quel periodo, del bambino che aveva allevato, della pazzia che aveva finto e poi abbracciato, di come aveva condotto Brin e i suoi compagni a Maelmord per distruggere le Mortombre. Walker aveva sentito questi racconti; tuttavia non erano che una piccola parte della vita del vecchio... un giorno rispetto a un anno. E il resto? Quali parti della sua vita Cogline non aveva svelato? Parti che ora erano perdute per sempre?

Walker scosse la testa, e guardò Paranor, fra gli alberi. Evidentemente, decise, al vecchio non era importato perdere quelle parti della sua vita. Walker non poteva volergliene se aveva voluto mantenerle segrete. Succedeva a ogni uomo. Tutti tenevano per sé una parte di ciò che erano e di come avevano vissuto; cose che appartenevano solo a loro, che nessun altro doveva condividere. Alla morte, queste cose diventavano buchi neri nei ricordi di coloro che continuavano a vivere, ma così doveva essere.

Si raffigurò nella mente la faccia del vecchio. Ascoltò nel silenzio il suono della sua voce. Cogline aveva vissuto a lungo. Aveva vissuto molte vite. Aveva vissuto più a lungo di quanto avrebbe dovuto. Era stato risparmiato a Pietra del Focolare per venire a Paranor e vederla restituita, ed era morto nella maniera che aveva scelto, dando la propria vita affinché Walker potesse conservare la sua. Sarebbe stato sbagliato dolersi di quel dono, perché in tal modo ne avrebbe sminuito il valore. Cogline aveva vissuto per vederlo trasformato nel Druido che il vecchio non era mai diventato. Aveva vissuto per vederlo tenere fede ai sogni di Allanon e alle speranze di Brin Ohmsford. Fosse un bene o un male, Walker era arrivato fin lì grazie a Cogline.

Sentì che un po' della sua amarezza si dissolveva. L'amarezza era sbagliata. I rimorsi erano sbagliati. Erano catene che legavano e trascinavano in basso. Non poteva derivarne niente di buono. Ciò che serviva era equilibrio e lungimiranza, se il futuro doveva avere un senso. Walker poteva ricordare... e doveva farlo. Ma lo scopo dei ricordi era formare il futuro, afferrare le possibilità e volgerle all'uso loro destinato. Pensò ancora ai Druidi e alle loro macchinazioni, al modo in cui avevano guidato la storia delle Razze. Aveva disprezzato i loro sforzi. Adesso era uno di loro. Cogline era vissuto e morto per renderlo tale. Adesso aveva la possibilità di fare meglio ciò che con tanta facilità aveva criticato in coloro che erano venuti prima di lui. Doveva sfruttarla al massimo. Cogline se lo sarebbe aspettato.

Il sole stava scivolando dietro la coltre della foresta, a ovest, quando Walker si alzò e si fermò un'ultima volta davanti alla fossa dove giaceva il vecchio. Si era un po' riconciliato con quanto era accaduto, si sentiva più in pace. Cogline non c'era più, Walker rimaneva. Avrebbe preso forza, coraggio e decisione dall'esempio del vecchio. Avrebbe portato il suo ricordo nel cuore.

Mentre la luce si faceva cremisi e oro e porpora, nella foschia della calura estiva, procedette attraverso la foresta che si scuriva, verso Paranor.

Quella notte sognò Allanon.

Era la prima volta che gli succedeva, da quando aveva lasciato Pietra del Focolare. Il suo sonno era profondo e continuo, e il sogno non lo svegliò, anche se in seguito gli parve che per una o due volte ci fosse andato vicino. Era esausto per la battaglia, e aveva mangiato poco. Si era lavato e cambiato, poi aveva bevuto un boccale di birra, seduto nello studio favorito di Cogline. Bisbiglio si era accoccolato ai suoi piedi, gli occhi luminosi lo guardavano di tanto in tanto, come per chiedergli cosa fosse accaduto al vecchio. Quando era stato così stanco da reggersi in piedi a malapena, era andato nella sua camera, si era infilato sotto le coperte, e si era lasciato trasportare dal sonno.

Il sogno, gli parve, giunse quasi subito. Era notte e lui camminava da solo sulla roccia nera e scintillante che formava il fondo della Valle d'Argilla. Il cielo era limpido e punteggiato di stelle. Una luna piena brillava bianchissima, sopra la linea frastagliata dei Denti del Drago. L'aria odorava di pulito, come un tempo, e una fresca brezza gli sfiorava il viso. Walker era vestito di nero, tonaca e cappuccio, cintura e stivali, un Druido sulle orme dei Druidi che lo avevano preceduto. Non si chiese chi fosse, giunto dalle tenebre di Pietra Nera, attraverso il fuoco della trasformazione nel pozzo della Fortezza, tornato nel mondo degli uomini. Era padrone di Paranor e servo delle Razze. Era una sensazione strana ed esaltante. La sensazione sembrava appropriata.

Languidi momenti passarono nel sogno, poi si trovò vicino al Perno dell'Ade, le sue acque erano nere e immobili nella notte. Il lago scintillava come vetro nella luce della luna, liscio e lucente, riflettendo il cielo e le stelle. La pietra scricchiolava sotto i suoi piedi mentre camminava, ma a parte quel rumore c'era solo silenzio. Era come se fosse solo nel mondo, l'ultimo uomo a camminare su di esso, in una solitaria veglia nel vuoto che rimaneva.

Raggiunse il Perno dell'Ade e si fermò, rimanendo perfettamente immobile sulla riva. Il vento in quel momento cessò, e il silenzio lo opprimeva da ogni parte. Tirò indietro il cappuccio del mantello; non sapeva perché. A testa nuda, attese.

L'attesa durò solo un momento. Quasi subito il Perno dell'Ade cominciò a ribollire come acqua in una pentola, poi a vorticare, un movimento lento e regolare, in senso orario, che si estendeva da una riva all'altra. Walker seppe cosa stava accadendo. L'aveva già visto. Il Perno dell'Ade sibilò, e gli spruzzi si alzarono come un geyser sopra la superficie, ricadendo in una pioggia di diamanti. Iniziò un suono lamentoso, come di voci intrappolate in un luogo lontano, che imploravano di essere liberate. La valle tremò, quasi riconoscesse le grida, quasi volesse sfuggirle. Walker Boh non si mosse.

Poi Allanon apparve, sbucando dalle nere acque fra un coro di grida, un fantasma in mantello e cappuccio grigi, uscito dal mondo sotterraneo per parlare con l'uomo che era stato scelto come suo successore. Scintillò mentre si sollevava, semitrasparente nella luce della luna, la carne e le ossa del suo corpo mortale da tempo trasformate in polvere, pallida immagine di ciò che era stato un tempo. Salì dalle profondità del lago finché fu in piedi sulla superficie, e qui si fermò, guardando Walker Boh.

«Allanon» lo salutò lo Zio Oscuro, con voce che non riconobbe come sua.

«Hai agito bene, Walker Boh.»

La voce era profonda e sonora, come se scaturisse da qualche luogo cavernoso, dentro le tenebre.

Walker scosse la testa. «Non tanto. Solo in maniera adeguata. Ho fatto quello che dovevo. Ho rinunciato a ciò che ero per ciò che tu hai voluto che fossi. All'inizio ero arrabbiato, ma ho messo da parte l'ira, ormai.»

Le acque del Perno dell'Ade ribollirono e sibilarono di nuovo, mentre l'ombra avanzava, scivolando sulla superficie, apparentemente senza muoversi. Si arrestò quando fu giunta a tre metri da Walker.

«La vita è il tempo delle scelte, Walker Boh. La morte è il tempo per ricordare cosa abbiamo scelto. Qualche volta i ricordi non sono piacevoli.»

Walker annuì. «So che deve essere così.»

«Sei triste per Cogline.»

Walker annuì di nuovo. «Ma anche questo è passato. Le scelte che lui ha fatto erano buone. Anche l'ultima.»

Il braccio dell'ombra si sollevò, lasciandosi dietro una scia di spruzzi che ricaddero come polvere d'argento.

«Non potevo salvarlo. Neppure i Druidi hanno il potere di arrestare la morte. Mi è stato detto da Bremen quando il mio tempo fu prossimo alla fine. Io l'ho detto a Cogline. Gli ho dato l'aiuto che ho potuto: l'occasione di tornare nelle Quattro Terre con Paranor restituita; l'occasione di aiutarti un'ultima volta nella tua lotta contro gli Ombrati. È stato tutto quello che ho potuto fare...»

Walker non disse nulla, guardando l'apparizione, guardando al di là di essa, guardando agli eventi passati, all'ultima azione di Cogline. La morte aveva reclamato per sé il vecchio, ma l'aveva reclamato nei termini che lui aveva voluto.

«Se potessi, ti ridarei tutto ciò che hai perduto, Walker Boh. Ma non posso. Non posso darti nulla di ciò che è passato e nulla di ciò che ancora verrà perso. La vita di un Druido è fatta di molte perdite.»

Nel suo sogno la valle venne oscurata da un velo di nebbia, che passò come pioggia su una foresta, o nuvole sul sole. Fu un passaggio lento e dolce, e portò con sé la sensazione di vite nate e trascorse, il tutto in pochi secondi. C'erano facce, tutte sconosciute; c'erano voci che chiamavano, ridendo o piangendo. Il tempo si allungò, le ore si trasformarono in giorni, i giorni in anni, e Walker rimaneva immutato attraverso tutto questo, lasciato sempre da parte, eternamente solo.

«Sarà così per te. Ricordalo.»

Ma Walker non aveva bisogno di ricordare. Aveva i ricordi di Allanon, per questo. Glieli aveva dati la trasformazione. Aveva i ricordi di tutti i Druidi che erano venuti prima. Sapeva cosa sarebbe stata la sua vita. Sapeva cosa lo attendeva.

«Ricordalo.»

Il mormorio dell'ombra fece fermare di nuovo il tempo. La Valle d'Argilla tornò a fuoco, e i pensieri di Walker Boh tornarono sullo scopo del sogno.

«Perché sono qui, Allanon?» chiese.

«Adesso sei completo, Walker Boh. Sei diventato ciò che dovevi essere, e non rimane altro da fare. Tu ora indossi il manto dei Druidi; lo indosserai al mio posto. Portalo da Paranor alle Quattro Terre. C'è bisogno di te, là.»

«Lo so.»

Spruzzi di schiuma sibilarono e cantarono. La faccia incappucciata di Allanon si chinò.

«Tu non sai. Sei stato trasformato, Walker Boh, ma questo è solo l'inizio. Sei diventato un Druido, sì... ma diventare non è essere. Tua è la responsabilità delle Razze, del loro benessere, Zio Oscuro. Coloro dai quali un tempo volevi isolarti sono ora sotto la tua tutela. Essi attendono...»

«Di essere liberati dagli Ombrati.»

«Che tu mostri loro come essere liberi. Che tu li metta sulla strada. Che tu li guidi fuori dalle tenebre.»

Walker scosse la testa, confuso. «Ma io non so in che modo più di quanto lo sappiano loro.»

La superficie del Perno dell'Ade si coprì di vapori, l'aria si riempì di nebbia. L'umidità si posò sulla faccia di Walker come il gelo di una mattina d'inverno. Toccare le acque del Perno dell'Ade significava la morte, ma non per lui. Poiché i Druidi avevano scoperto dei segreti, molto tempo prima, che permettevano loro di trascendere la morte.

La voce di Allanon era cupa e sicura.

«Lo scoprirai. Possiedi la forza e la saggezza di tutti coloro che sono stati prima. Possiedi la magia delle età passate. Esci da Paranor e trova gli altri figli di Shannara. Ciascuno di voi ha ricevuto un incarico. Ciascuno di voi l'ha condotto a termine. Siete i portatori dei talismani, Walker Boh. Questi talismani vi sosterranno.»

Walker scosse la testa, confuso. «Che talismano porto io?»

L'ombra di Allanon luccicò per un momento, mentre grida lamentose uscivano dal lago, e minacciò di svanire.

«Il talismano più potente di tutti: il manto dei Druidi che hai indossato. Non può essere visto, ma è sempre lì ed è soltanto tuo. Il suo potere cresce man mano che lo indossi; si rafforza ogni volta che viene usato. Pensaci, Walker Boh. Prima di combattere e distruggere i Cavalieri eri meno di ciò che sei ora. Così sarà a ogni sfida che dovrai affrontare e vincere. Sei nella tua infanzia, e stai appena cominciando a scoprire cosa significa essere un Druido. Col tempo, crescerai.»

«Ma per il momento...?»

«Gli incarichi sono sufficienti. Gli incarichi hanno concesso i talismani, e i talismani concedono magia. La magia unita alla conoscenza vedrà la fine degli Ombrati. Così era la prima volta che vi parlai. Così è ora. Se potessi, ti darei di più, Walker Boh. Ma ti ho dato tutto quello che posso, tutto quello che so. Ricorda, Zio Oscuro. Sono separato dal vostro mondo, relegato in un altro. Sono senza sostanza. Appartengo ora ad altre cose. Vedo imperfettamente da dove mi trovo. Vedo solo ombre di ciò che sarebbe e devo affidarmi a queste. Tua è la visione di cui ci si può fidare. Vai, Walker. Trova gli eredi di Shannara e scopri cos'hanno fatto. Nelle loro storie e nella tua troverai ciò che ti serve. Devi avere fede.»

Walker non disse nulla, pensando per un momento che gli si chiedesse ancora una volta di procedere sulla base della sola fede. Ma naturalmente questo era quanto aveva fatto da quando i sogni erano apparsi per la prima volta, ed era stato persuaso a raggiungere il Perno dell'Ade e Allanon. Era davvero così difficile accettare che la fede dovesse guidarlo di nuovo?

Guardò la pallida figura davanti a sé, quasi del tutto trasparente, quasi solo ricordi di una vita passata. «Ho fede» disse all'ombra di Allanon, e lo disse con convinzione.

«Walker Boh...»

La voce dall'ombra era dolce e piena di rimpianti che le parole non potevano esprimere.

«Trova i figli di Shannara. Hai la vista dei Druidi. Hai la saggezza di cui loro hanno bisogno. Non abbandonarli.»

«No» disse con voce rauca Walker. «Non lo farò.»

«Poni fine agli Ombrati prima che distruggano le Quattro Terre completamente. Sento la loro malattia diffondersi perfino qui. Essi rubano la vita della terra. Fermali, Walker Boh.»

«Sì, Allanon. Lo farò.»

«Prestami la tua attenzione, Zio Oscuro. Prestami la tua attenzione un'ultima volta prima di andare. Il sonno ci porta verso l'alba, e dobbiamo prendere sentieri diversi. Ascolta ciò che ancora ho da dirti, e lascia che la tua saggezza e la tua ragione indovinino ciò che rimane celato a entrambi noi. Prestami la tua attenzione, Walker Boh, e ascolta...»

L'ombra si avvicinò, vapore sulle acque del Perno dell'Ade in forma umana, una cortina di nebbia e di luce grigia, uno spettro formato da suoni, uscito da un'oscurità terribile.

Nervoso e incerto, Walker Boh attese, gli occhi abbassati sulle acque ribollenti, guardando il riflesso delle stelle e del cielo, finché entrambi non sparirono nel nero dell'ombra.

Poi sentì il tocco dell'altro sulla sua pelle, ed ebbe un tremito incontrollabile.

Si svegliò al sorgere del sole, una debole luce che filtrava dal corridoio fuori della sua camera buia. Rimase immobile per un certo tempo, pensando al sogno e a ciò che gli aveva mostrato. Allanon gli aveva mandato il sogno in modo che avesse un punto di partenza per la sua nuova vita. Il sogno aveva rinforzato la sua intenzione di cercare Par e Wren, ma gli aveva anche dato motivo di credere in se stesso. Poteva accettare ciò che era diventato, se esisteva almeno una possibilità di liberare le terre devastate e le loro genti dalla schiavitù ombrata.

Trova i figli di Shannara. Non abbandonarli.

Si alzò dal letto, si lavò, si vestì e fece colazione sulle mura del castello, guardando la terra alla luce del nuovo giorno. Ripensò a Cogline, e a tutto ciò che il vecchio gli aveva insegnato. Recitò a se stesso la litania di regole e conoscenze che la sua trasformazione da uomo mortale a Druido gli aveva dato, l'intera storia dei Druidi passati. Ricordò tutti gli insegnamenti sull'uso della magia: quella che già aveva usato, quella che ancora rimaneva da provare.

Per ultima cosa, rimeditò sul sogno e sui segreti che gli aveva mostrato. E c'erano stati dei segreti... pochi ma importanti, alla fine, quando Allanon l'aveva toccato. Ciò che aveva appreso già cominciava a suggerirgli delle risposte a domande che finora erano rimaste senza risposta. L'intera storia delle Quattro Terre, dal tempo del Primo Consiglio a Paranor, forniva lo sfondo per ciò che stava accadendo adesso. Gli avvenimenti delle settimane passate davano colore e forma a questo sfondo. Ma erano il sogno e la nuova intuizione che esso gli aveva fornito a gettare nuova luce sullo sfondo, mostrandolo in tutta chiarezza.

Ciò che ancora mancava, era la ragione per cui Wren era stata incaricata di riportare gli Elfi.

Ciò che mancava era la ragione per cui Par era stato mandato a trovare la Spada di Shannara.

Ma ciò che soprattutto mancava era la verità nascosta dietro il segreto della potenza ombrata.

Alla fine si alzò e scese nelle profondità del castello, Bisbiglio lo seguiva silenzioso come un'ombra. Avrebbe portato con sé il gatto delle paludi, decise. Era stato Cogline a darglielo, dopo tutto; era sua responsabilità prendersi cura di lui, adesso. Non poteva lasciarlo chiuso nella Fortezza, e l'intimità che li univa poteva rivelarsi utile. Sorrise, riesaminando i suoi pensieri. La verità era che Bisbiglio avrebbe fornito un po' della compagnia che gli mancava dopo la morte di Cogline.

Discese nel fondo del pozzo della Fortezza, per appoggiare le mani sulle pareti di pietra, cercando il contatto con la vita imprigionata dentro di esse. La magia venne a lui, obbedendo al suo richiamo, e Walker sistemò un ostacolo in maniera che nessuno potesse entrare fino al suo ritorno.

Poi chiuse le porte di Paranor e uscì di nuovo nel mondo. Scese dal dirupo nella foresta, dove il calore era attenuato dall'ombra. Bisbiglio andò con lui, felice di ritrovarsi fuori dal chiuso delle mura, scivolando fra le ombre per procacciarsi il cibo, tornando di tanto in tanto a fianco di Walker, come per accertarsi che fosse sempre lì. Passarono a nord del punto dove era stato sepolto Cogline, e Walker non si voltò. Aveva già detto addio al vecchio; era meglio lasciare le cose come stavano.

Il giorno scivolava verso la notte, la sfera infuocata del sole scendeva a ovest dietro i Denti del Drago, il calore si dissolveva pian piano nella frescura delle ombre serali. Walker e il gatto delle paludi viaggiavano di buon passo. Davanti a loro, i fuochi di guardia dei soldati federali, accampati nel Passo di Kennon, erano accesi: si consumava il pasto, le sentinelle raggiungevano i loro posti.

Intorno a mezzanotte, Walker e il gatto passarono accanto a loro senza essere visti, e proseguirono verso sud.

21

Le piogge che avevano inondato gli Elfi delle Terre dell'Ovest e l'armata federale erano ancora soltanto nuvoloni neri sull'orizzonte, la mattina in cui due straccivendole male in arnese guidarono il loro vecchio padre cieco attraverso le porte di Tyrsis, assieme a tutti gli altri mercanti, venditori ambulanti, piazzisti e mendicanti che erano arrivati dai villaggi dei dintorni per barattare le loro merci. Come molti di quelli che chiedevano di entrare, avevano trascorso la notte accampati fuori delle mura, ansiosi di varcare per tempo le porte, in maniera di assicurarsi i posti migliori nel mercato all'aperto. Si fecero avanti il più in fretta possibile, le donne rallentate dal vecchio che procedeva a fatica, sorretto da una parte e dall'altra, lungo la strada polverosa.

Le guardie della Federazione erano allineate lungo lo spazio fra le mura interne ed esterne, controllavano tutti quelli che passavano e rimandavano indietro tutti coloro che parevano sospetti. Era insolito che si occupassero di quelli che entravano, poiché in passato la loro attenzione si era sempre concentrata piuttosto su quelli che se ne volevano andare. Ma Padishar Creel, il capo dei nati liberi, doveva essere giustiziato a mezzogiorno dell'indomani, e la Federazione temeva un tentativo di liberazione. Si riteneva che un simile tentativo sarebbe fallito, per quanto bene architettato, perché la guarnigione della città contava il massimo dei suoi effettivi – cinquemila uomini – e le misure di sicurezza erano strettissime. Tuttavia, nulla veniva lasciato al caso, e alle guardie delle porte era stato ordinato di controllare chiunque.

Decisero di trattenere le straccivendole e il vecchio. Fu una scelta fatta a caso, una strategia decisa dal comandante delle guardie come compromesso tra fermare tutti per un controllo, che avrebbe richiesto un tempo infinito, o nessuno, che sarebbe apparso un venire meno al suo dovere. Ai tre venne ordinato di mettersi da parte, in uno spazio al centro del cortile fra le due cinte murarie, per essere interrogati. Dalla folla ricevettero occhiate furtive e sospettose. Meglio voi che noi, sembravano dire. La polvere si alzava al passaggio di tanti piedi, e già a quell'ora, prima che il calore del giorno raggiungesse il suo culmine, l'aria era pesante e appiccicosa.

«Nomi» disse l'ufficiale di guardia alle straccivendole e al vecchio.

«Asra, Wintath, e nostro padre Criape» disse quella con i capelli rossi arruffati. Aveva la faccia piena di pustole, e puzzava di spazzatura vecchia.

L'ufficiale guardò l'altra donna, che subito aprì la bocca, mostrando denti anneriti e una gola rossa, senza lingua. L'ufficiale deglutì.

«Non può parlare» disse la prima donna, sogghignando.

«Da dove venite?»

«Spekese Run» rispose la donna. «Lo conoscete?»

L'ufficiale scosse la testa. Osservò i mucchi di stracci che trasportavano, legati alla schiena. Robaccia senza valore. Gettò un'occhiata al vecchio, che teneva la testa abbassata, sotto il cappuccio. Non si vedeva molto della faccia. L'ufficiale si avvicinò e tirò indietro il cappuccio. La faccia del vecchio si alzò di scatto, e le palpebre nerastre si aprirono rivelando un liquido denso e lattiginoso dove avrebbero dovuto esserci gli occhi. L'ufficiale si sentì venire la nausea.

«Avanti.» Fece un gesto, e se ne andò in fretta a interrogare gli sfortunati che seguivano.

Le donne e il vecchio si rimisero in cammino, tornando fra la folla, passarono fra il cordone di guardie e infine superarono le porte delle mura interne, e si ritrovarono nella città. Solo dopo che si furono addentrati nell'intrico delle vie secondarie, lontano dalla Strada di Tyrsis, dove non c'erano soldati della Federazione, Matty Roh sputò la buccia di frutta secca che portava incollata dentro la bocca, ed esclamò: «Ve l'avevo detto che era troppo rischioso!».

«Siamo passati, no?» rispose irritato Morgan. «Smettila di lamentarti e portami in un posto dove possa lavarmi questa roba dagli occhi!»

«State zitti, tutti e due!» ordinò Damson Rhee, e li spinse ad affrettare il passo.

Ormai avevano i nervi a fior di pelle. Avevano discusso aspramente su chi doveva andare in città, una discussione resa più concitata dalle notizie circa l'imminente esecuzione di Padishar Creel. Un giorno e mezzo era un tempo troppo breve per tentare un salvataggio, ma era tutto quello che avevano a disposizione, e Morgan aveva deciso che il suo piano originale doveva essere cambiato. Invece di mandare Matty e Damson in città da sole, per trovare la Talpa, sarebbe andato anche lui. Se tutto filava liscio, avevano solo un giorno e una notte per rintracciare la Talpa, portare Chandos e gli altri nati liberi attraverso le gallerie fino in città, elaborare un piano di fuga per Padishar, e metterlo in atto. Morgan aveva insistito che doveva entrare anche lui subito, per decidere il da farsi. Non poteva permettersi di attendere la notte e la Talpa per esaminare la situazione. Damson e Matty erano state altrettanto decise nel dire che qualsiasi tentativo di farlo passare dalle porte avrebbe messo a rischio tutti. Sarebbe stato già difficile per loro due da sole, ma doppiamente pericoloso se dovevano portare anche lui. Non poteva fare i suoi piani restando dov'era? Non aveva passato abbastanza tempo in città, per conoscerla bene?

E così via. Ma alla fine, Morgan aveva vinto, osservando che non poteva fare niente finché non sapeva dove tenevano prigioniero Padishar, e non poteva saperlo se non andava in città. Quale prezzo della sua vittoria, c'era stata, da parte delle due donne, la richiesta tassativa di lasciare la Spada. Un travestimento poteva forse funzionare, ma non se si portava dietro l'arma. Le probabilità di essere scoperti erano troppo grandi. Malgrado le sue proteste, nessuna delle due aveva ceduto, e la Spada di Leah era rimasta con Chandos.

Damson li condusse lungo un vicolo, fino alla porta laterale di un edificio abbandonato; aprì la porta e li guidò all'interno. L'ambiente sapeva di chiuso, la polvere era sospesa nell'aria in strati visibili. Damson chiuse la porta. Attraversarono la stanza fino a una seconda porta, e a un'altra stanza ugualmente soffocante. Una terza porta dava su un piccolo cortile, pieno delle ombre del mattino e del vago odore di fiori selvatici, che sbocciavano inattesi in un angolo soleggiato. Raggiunsero un capannone pieno di vecchi attrezzi e banchi da lavoro. Damson lasciò qui i suoi compagni e si allontanò con una bacinella di metallo. Tornò con la bacinella piena di acqua, e i tre si sedettero per lavarsi.

Quando si furono ripuliti, frugarono fra i mucchi di stracci e ne estrassero i loro vestiti. Liberatisi di quelli vecchi, li indossarono e si sedettero sui banchi per discutere le mosse successive.

«Io uscirò per prima per cercare di contattare la Talpa» disse Damson, che si stava ancora pettinando i rossi capelli arruffati. Se li legò poi con cura e si mise un fazzoletto sulla testa. «Ci sono dei segnali che io posso lasciare, e che lui comprenderà. Fatto questo, tornerò e vedremo cosa potremo scoprire circa Padishar. Poi dovrò sistemarvi da qualche parte mentre vado ad aspettare la Talpa. Può darsi che non venga, se ci vede tutti quanti... non conosce nessuno di voi due, e sarà molto cauto, dopo quello che è successo. Se viene, lui e io andremo a cercare Chandos e gli altri, e ci ritroveremo all'alba. Se non viene...»

«Non dirlo» la interruppe Morgan. «Cerca solo di fare del tuo meglio.»

Damson guardò Matty. «Quanto conosci la città?»

«Abbastanza bene da stare lontana dai guai.»

Damson annuì. «Se mi succede qualcosa, dovrai tirare tu Morgan fuori da qui.»

«Aspettate un momento!» esclamò Morgan. «Non ho intenzione di...»

«Tu farai quello che ti diciamo noi. I tuoi piani non contano niente se io fallisco. Se la Federazione ha preso la Talpa, o cattura me, non c'è più niente da fare.»

Morgan la guardò, zittito dalla determinazione e dalla rabbia che vide negli occhi verdi di lei.

Matty gli prese un braccio e lo tirò indietro di un passo. «Mi prenderò cura di lui» promise.

Damson annuì, e la sua faccia si addolcì un poco. Si alzò, si avvolse nel mantello, rivolse loro un breve cenno del capo, e sparì per dove era venuta. Morgan la guardò allontanarsi, sentendosi inerme. Aveva ragione. Non c'era nulla che potesse fare se lei falliva. Qualunque fosse il piano che lui aveva architettato, il successo dipendeva dalla ragazza e dal fatto che la Talpa facesse entrare Chandos e i nati liberi in città. Senza i nati liberi e la magia della sua Spada, non sarebbe stato in grado di aiutare Padishar. Un filo davvero sottile a cui affidare tutto, pensò cupamente.

«Vuoi mangiare qualcosa?» chiese allegra Matty Roh, guardandolo con i suoi occhi scuri, e gli offrì una mela.

Attesero all'ombra del capannone fin quasi a mezzogiorno, isolati nel piccolo cortile chiuso. L'aria si fece umida e appiccicosa, mentre il sole tracciava un lento sentiero fra le pietre e l'erba rinsecchita, arrampicandosi lungo il muro settentrionale da est a ovest, come un rivolo di vernice. Morgan dormicchiò un poco, stanco per la lunga marcia e la notte inquieta passata davanti alla porta, nel suo scomodo travestimento. Si ritrovò a pensare a Par e a Coll e ai tempi prima degli Ombrati e di Allanon, alle ore trascorse insieme a cacciare e a pescare fra le colline, alla sua infanzia, ai giorni lunghi e lenti quando la vita sembrava un gioco eccitante. Pensò a Steff e a Nonna Elise e Zia Jilt. Pensò a Viridiana. Erano ricordi di un passato che perdeva un po' del suo colore ogni giorno che passava. Sembravano scomparsi tutti dalla sua vita molto tempo prima.

Il sole era giunto allo zenit quando Damson Rhee finalmente tornò. Era arrossata per il caldo e coperta di polvere, ma c'era dell'eccitazione nei suoi occhi.

«Hanno rinchiuso Padishar nella stessa torre dov'ero io» annunciò, sedendosi su un bancone e togliendosi il mantello. Bevve un lungo sorso dalla tazza di acqua che Matty Roh le offrì. «In città lo sanno tutti. Hanno intenzione di portarlo davanti alla porta principale domani a mezzogiorno, e di impiccarlo sotto gli occhi di tutta la popolazione.»

«Come sta?» chiese Morgan. «Sei riuscita a saperne qualcosa?»

Damson scosse la testa, deglutendo. «Nessuno l'ha visto.

Ma fra i soldati si dice che camminerà con le sue gambe fino al patibolo.»

Gettò un'occhiata a Matty Roh. Questa aggrottò le sopracciglia. «In città lo sanno tutti, vero?» Guardò Damson pensierosa. «Io non mi fido molto delle cose che sanno tutti. Spesso, per mia esperienza, significa che sono solo chiacchiere.»

Damson esitò. «Tutti ne sembravano molto sicuri.» Si fermò. «Ma suppongo sia necessario accertarcene, no?»

Matty Roh appoggiò i gomiti sulle ginocchia e il mento sulle mani, il viso fanciullesco intento. «Mi hai raccontato di come ti hanno usata per prendere in trappola Padishar.» Morgan la guardò sorpreso. Era la prima volta che ne sentiva parlare. Quanto altro le aveva raccontato Damson che lui non sapeva? «Ha funzionato una volta, perciò ci sono buone probabilità che ci riprovino. Ma cambiando le regole. Faranno in maniera che questa volta nessuno riesca a scappare. Invece di usare un'esca viva, magari useranno... quello che sanno tutti.»

Morgan annuì. Avrebbe dovuto pensarci da solo. «Un'esca. Si aspettano un tentativo di salvataggio, e fanno in modo di portarci nel posto sbagliato. Tengono Padishar da qualche altra parte.»

Matty annuì solennemente. «È quello che sospetto.»

Damson si rimise in piedi. «Ho lasciato per la Talpa dei segnali che non gli sfuggiranno. Se verrà, sarà questa notte. Mi resta fino ad allora per scoprire dove tengono veramente Padishar.»

«Vengo anch'io.» Morgan si alzò e prese il mantello.

«No.» La voce di Matty Roh giunse improvvisa e ferma. Si alzò e si mise fra i due. «Non andrà nessuno di voi.» Prese il suo mantello. «Andrò io.» Guardò Morgan. «Tu potresti essere riconosciuto, adesso che ti sei tolto il travestimento, e in ogni caso non puoi andare dove ci sia la possibilità di apprendere davvero qualcosa. Farai meglio a restare qui.» Si voltò verso Damson. «E tu non puoi permetterti di farti vedere ancora. Dopo tutto, sanno chi sei. È già stato abbastanza rischioso questa mattina. Qualsiasi cosa accada, devi restare al sicuro fino a quando non potrai incontrarti con la Talpa e far entrare gli altri. E non lo potrai fare se verrai scoperta e ti ritroverai in compagnia di Padishar Creel. E per finire, io sono più esperta di te in queste faccende. So come ascoltare e come scoprire le cose. È il mio mestiere.»

Gli altri due la guardarono per un momento, senza parlare. Quando Morgan fece per dire qualcosa, Damson lo zittì con un'occhiata. «Ha ragione. Anche Padishar sarebbe d'accordo.»

Ancora una volta Morgan cercò di parlare, ma Damson lo prevenne dicendo: «Ti aspetteremo qui, Matty. Sii molto cauta».

Matty annuì e si mise il mantello sulle spalle. Il suo viso minuto era deciso, la mascella serrata. «Non aspettatemi se non sarò tornata prima del buio.» Rivolse a Morgan un rapido sorriso ironico. «Custodiscimi nei tuoi pensieri, Cavaliere.»

Poi attraversò il cortile e scomparve.

Attesero Matty Roh tutto il giorno, nascosti nel capannone, cercando di trarre il conforto che potevano dall'ombra che esso forniva. Il sole passò lento nel cielo, il calore si accumulava sulla sua scia, l'aria era immobile e polverosa nel cortile chiuso.

Per trascorrere il tempo, Morgan cominciò a raccontare a Damson come lui e Padishar avevano combattuto insieme contro la Federazione, sulla Sporgenza. Ma parlarne non servì ad alleviare la tensione, come aveva sperato. Perché gli riportò un ricordo che aveva sperato di dimenticare... non quello di Steff o di Teel o del Serpide, o anche della lotta nelle catacombe, ma del senso tremendo e pauroso di incompletezza che aveva provato quando era rimasto privo della magia della Spada di Leah. Riscoprire la magia della spada, dopo anni di letargo attraverso le generazioni, aveva aperto delle porte che non poteva fare a meno di pensare che sarebbe stato meglio fossero rimaste chiuse. La magia gli aveva dato un tremendo senso di dipendenza, un elisir di potenza che era più forte della ragione o dell'auto-negazione, insidioso nel suo intento di dominare, assoluto nella sua necessità di comandare. Ricordava come questo potere l'avesse legato, e come fosse stata dolorosa la sua perdita, come l'avesse privato del coraggio e della determinazione quando ne aveva avuto più bisogno... finché ora, tornato in possesso di quel potere, era terrificato all'idea di quanto gli sarebbe costato usarlo di nuovo. Questo gli fece pensare a Par, e alla maledizione, non una benedizione, che era per lui la canzone magica, una magia potenzialmente dieci volte più forte di quella della Spada di Leah, una magia con cui lui era stato costretto a fare i conti fin dalla nascita, e che ora si era evoluta in una maniera paurosa, fino a minacciare di consumarlo completamente. Morgan pensò che era stato più fortunato dell'Uomo della Valle. Molti avevano aiutato il Cavaliere: Steff, Padishar, Walker, Viridiana, Horner Dees, e adesso Damson e Matty Roh. Ciascuno di loro aveva portato una certa misura di equilibrio e di ragione nella sua vita, impedendogli di perdersi nella disperazione che altrimenti l'avrebbe reclamato. Alcuni gli erano stati portati via per sempre, altri allontanati dagli eventi. Ma erano stati vicini a lui quando ne aveva avuto bisogno. Su chi aveva potuto fare affidamento Par? Coll, strappatogli dai trucchi degli Ombrati? Padishar, catturato dalla Federazione? Walker o Wren, o qualcuno degli altri che si erano incamminati per quel viaggio senza fine? Cogline? Certamente non lui stesso. No, c'erano stati solo Damson e la Talpa... e per lo più solo Damson. Adesso anche lei aveva dovuto lasciarlo, e Par si ritrovava solo.

Un pensiero ne generò un altro, e benché avesse cominciato parlando di Padishar e della Sporgenza, alla fine si ritrovò a parlare di ciò che lo tormentava di più, del suo amico Par, a cui, gli sembrava, era venuto a mancare, e non una volta sola. Aveva promesso a Par che sarebbe rimasto con lui; aveva giurato che l'avrebbe accompagnato a nord come suo protettore. Non aveva saputo mantenere la promessa, e adesso avrebbe voluto avere un'altra occasione, solo una, per rimediare alla sua manchevolezza.

Anche Damson parlò dell'Uomo della Valle, e il timbro della voce tradì i suoi sentimenti più di qualsiasi parola, un sussurro del suo senso di perdita, e del suo stesso fallimento. Aveva preferito Padishar Creel a Par e, malgrado la decisione potesse essere giustificata, non c'era alcun conforto per lei in questa consapevolezza.

«Sono stanca di dover scegliere, Morgan Leah» mormorò a un certo punto. Erano rimasti in silenzio per un po', seduti nel loro rifugio, sorseggiando acqua calda per non restare disidratati. Fece un gesto d'impotenza con la mano. «Sono stanca di essere obbligata a scegliere, o di dover sempre prendere decisioni che non voglio prendere, perché qualsiasi cosa decida so che farò del male a qualcuno.» Scosse la testa, delle rughe di dolore incise sulla fronte. «Sono stanca, Morgan, e non so se ce la farò a tirare avanti ancora.»

C'erano lacrime nei suoi occhi, suscitate da pensieri e sentimenti a lui nascosti. Morgan scosse la testa. «Tirerai avanti perché devi, Damson. Ci sono persone che dipendono da te. Lo sai. Padishar lo sa. E dopo, Par.» Si raddrizzò. «Non preoccuparti, lo troveremo, tu e io. Non ci fermeremo finché non ci saremo riusciti. Non possiamo stancarci prima, vero?»

Sapeva di avere un'aria protettiva e non gli piaceva. Ma lei annuì, e si asciugò le lacrime. E continuarono ad aspettare Matty Roh.

Giunse la notte, e la ragazza ancora non era tornata. Le ombre oscurarono la luce, e il cielo si rabbuiò rapidamente riempiendosi di stelle. A ovest, dove loro non potevano vedere, il fronte del temporale si stava avvicinando sempre più, e dentro le mura della città l'aria cominciò a rinfrescare.

Damson si alzò. «Non posso più aspettare, Cavaliere. Devo andare subito, se voglio trovare la Talpa e avere il tempo per portare i nati liberi in città.» Indossò il mantello e se lo legò alla gola. «Aspetta Matty qui. Quando torna, cerca di scoprire cosa puoi fare per aiutarci.»

«Quando torna» ripeté Morgan. «Ammesso che torni.»

Lei lo toccò leggermente sulla spalla. «Qualunque cosa accada, io tornerò qui il più in fretta possibile.»

Lui annuì. «Buona fortuna, Damson. Abbi cura di te.»

Lei sorrise e sparì nel cortile buio, fra le ombre. Il rumore dei suoi passi echeggiò sulle pietre, e svanì nel silenzio.

Morgan rimase seduto da solo, nel buio, ascoltando i rumori della città attenuarsi lentamente e morire. Nel cielo, le nuvole cominciarono a oscurare le stelle. La notte si fece più profonda, e una calma insolita scese sulla città. Padishar, pensò, resisti, stiamo arrivando. In qualche maniera stiamo arrivando.

Cercò di dormire, ma non ci riuscì. Cercò di trovare qualcosa da fare, ma tutto comportava l'uscita dal suo nascondiglio, e c'era il rischio di non tornare più. Doveva aspettare. Piani di evasione gli riempivano la mente, ma erano effimeri come fumo, fondati su congetture, non su fatti, e inutili. Desiderò di essersi portato la Spada di Leah, per non sentirsi così indifeso. Desiderò di aver compiuto scelte migliori nei suoi sforzi per aiutare gli amici. Desiderò di essere in un angolo oscuro, e fu costretto a smettere di desiderare questo e quello, per la paura di ritrovarsi paralizzato dai rimpianti.

Si stava avvicinando la mezzanotte, quando udì un rumore di stivali sulle pietre del cortile, e alzò gli occhi uscendo da un sonno leggero, per vedere Matty Roh che si materializzava nella pallida luce delle stelle. Balzò in piedi, e lei gli fece segno di non far rumore. Lo raggiunse e si sedette accanto a lui, respirando affannosamente.

«Ho corso per l'ultimo miglio» disse. «Temevo che ve ne foste andati.»

«No.» Attese. «Stai bene?»

Lei lo guardò, e i suoi occhi erano tormentati. «Damson?»

«È andata a cercare la Talpa, e ad accompagnare Chandos e gli altri attraverso le gallerie. Ci raggiungerà qui prima dell'alba.»

Il sorriso che lei gli rivolse era ansioso e incerto. «Sono contenta che tu sia qui.»

Anche lui sorrise, ma il sorriso gli sembrò sbagliato, e lo lasciò svanire. «Cos' è successo, Matty?»

«So dov'è.»

Morgan respirò a fondo. «Dimmi tutto» la sollecitò, intuendo che non doveva incalzarla troppo. C'era un velo di sudore sulla sua pelle, e quella strana espressione nei suoi occhi.

Lei si chinò, finché le loro spalle si toccarono. I suoi lineamenti delicati, da ragazzo, erano tesi, e un senso di urgenza emanava da lei come una luce. «Ho cominciato dalle birrerie, guardando e ascoltando. Mi sono fatta degli amici, soldati e ufficiali giovani. Ne ho ricavato quello che potevo, e ho continuato. Il nome di Padishar veniva menzionato, ma solo di passaggio, in rapporto con l'esecuzione. È venuta la notte, e ancora non ero riuscita a sapere dove lo tenevano.»

Deglutì, prese una tazza di acqua dalla bacinella e bevve con avidità. Morgan poté sentire la forza del suo corpo sottile, mentre si muoveva contro di lui.

Matty si voltò. «Ero sicura che lo tenessero in qualche posto che la gente avrebbe evitato. La torre di guardia era uno stratagemma. Allora dove? Ci sono prigioni, ma da esse possono sempre filtrare voci. Doveva essere da qualche altra parte, in un posto dove nessuno vorrebbe andare.»

Morgan impallidì. «L'Abisso?»

Lei annuì. «Sì.» Tenne gli occhi fissi su di lui. «Sono andata al Parco del Popolo, e ho trovato il corpo di guardia pieno di soldati. Perché mai? mi sono chiesta. Ho aspettato che ne uscisse un ufficiale, uno di alto rango, bene informato. L'ho seguito, e mi sono seduta con lui a bere. Ho lasciato che mi convincesse ad andare con lui in un posto appartato. Quando siamo stati soli, gli ho puntato un coltello alla gola e gli ho fatto qualche domanda. Lui è stato evasivo, ma sono riuscita a convincerlo a dirmi ciò che già sapevo... che Padishar era prigioniero in quelle celle.»

«Ma è ancora vivo?»

«Vivo per essere giustiziato pubblicamente. Non vogliono che poi si spargano voci di una sua ipotetica fuga. Vogliono che tutti lo vedano morire.»

Si guardarono nel buio. L'Abisso, pensava Morgan, con un senso di vuoto allo stomaco. Aveva sperato di non doverci tornare più, di non andarci neppure vicino. Pensò alle cose che ci vivevano, gli Ombrati imperfetti, i mostri intrappolati dalla barriera di magia che aveva distrutto la Spada di Leah...

Scacciò il pensiero. L'Abisso. Almeno sapeva cosa aspettarsi. Adesso poteva elaborare un piano.

«Hai saputo qualcos'altro?» chiese.

Lei scosse la testa. Poteva vedere la sua gola pulsare, il casco nero dei capelli che incorniciava la faccia delicata.

«E l'ufficiale?»

Ci fu un lungo silenzio, mentre Matty lo guardava negli occhi, vedendo qualcosa al di là di essi, lontano. Poi la ragazza fece un sorriso vacuo.

«Quando ho finito con lui, gli ho tagliato la gola.»

22

Rimasero seduti senza parlare, fianco a fianco sul bancone da lavoro, vicini fino a toccarsi, e guardando nel buio. Parecchie volte Morgan pensò di alzarsi, di muoversi, ma temeva che lei equivocasse sul motivo per cui lo faceva, così rimase dov'era. Un suono di risate, roche e sgradevoli, penetrò il silenzio del cortile, proveniente dall'esterno, e parve mettere a dura prova nervi già tesi. Morgan non sapeva quanto tempo fosse passato. Sapeva che avrebbe dovuto dire qualcosa. Avrebbe dovuto affrontare la fosca immagine suscitata dalle parole di Matty Roh. Ma non sapeva come farlo.

Un cane abbaiò in lontananza, un lungo brontolio intermittente che s'interruppe di colpo.

«Non ti piace che l'abbia ucciso» disse lei alla fine. Non era una domanda; era un'affermazione.

«No, non mi piace.»

«Credi che avrei dovuto agire diversamente?»

«Sì.» Non gli piaceva fare quell'ammissione. Non gli piaceva come suonava. Ma non poté evitarla.

«E tu cosa avresti fatto?»

«Non lo so.»

Lei gli appoggiò le mani sulle spalle, e lo fece voltare, faccia a faccia. I suoi occhi erano punti di luce azzurra. «Guardami.» Lui ubbidì. «Tu avresti fatto la stessa cosa.»

Lui annuì, ma non ne era convinto.

«L'avresti fatto, perché se ci rifletti, non c'era scelta. Quell'uomo sapeva chi ero. Sapeva che intenzioni avevo. Non poteva avere dubbi. Se l'avessi lasciato vivo, anche se legato e nascosto da qualche parte, avrebbe potuto scappare. O essere trovato. O sarebbe potuto accadere qualche altro imprevisto. E in tal caso, per noi era la fine. I tuoi piani, qualsiasi piano tu abbia in mente, non avrebbero avuto la minima possibilità di riuscita. E io devo tornare a Varfleet. Se mi avesse visto là, mi avrebbe riconosciuta. Capisci?»

Lui annuì ancora. «Sì.»

«Ma continua a non piacerti.» La sua voce era un sussurro aspro. Scosse la testa, i capelli neri risplendettero. C'era una tristezza inconfondibile nella sua voce. «Neanche a me, Morgan Leah. Ma ho imparato molto tempo fa che per sopravvivere devo fare una quantità di cose che non mi piacciono. E non c'è rimedio. È passato molto tempo da quando ho avuto una casa o una famiglia o un paese, o qualcosa o qualcuno su cui contare, tranne me stessa.»

Lui l'interruppe, vergognandosi d'improvviso. «Lo so.»

Matty Roh scosse la testa. «No, non lo sai.»

«Lo so. Ciò che hai fatto era necessario, e io non dovrei avere niente da ridire. È l'idea che mi dà fastidio, immagino. Io ti penso in un'altra maniera, molto diversa»

Lei fece un sorriso triste. «È solo perché tu non mi conosci bene, Morgan. Mi hai visto in una maniera sola, per un breve periodo di tempo, ed è così che ti appaio. Ma sono molte più cose di quello che hai visto. Ho già ucciso degli uomini. Li ho uccisi faccia a faccia, e di soppiatto. L'ho fatto per restare viva.» C'erano lacrime nei suoi occhi. «Se non riesci a capire questo...»

Si interruppe, mordendosi le labbra, e si alzò bruscamente, allontanandosi. Morgan non cercò di fermarla. La guardò andare dalla parte opposta del cortile e sedersi sulle pietre, la testa appoggiata a un muro, nell'ombra più fonda. Rimase lì al buio, immobile. Il tempo scivolò via, e le palpebre di Morgan si fecero pesanti. Non dormiva dalla notte precedente, e poco anche allora. L'alba sarebbe giunta prima che lui se ne fosse reso conto, e l'avrebbe trovato esausto. Non aveva ancora elaborato un piano per salvare Padishar Creel... non ci aveva neppure pensato. Si sentiva vuoto di idee e di speranze.

Alla fine, stese il mantello sul pavimento del capanno, si fece un cuscino con gli stracci che loro tre avevano portato, e si stese. Cercò di pensare a Padishar, ma si addormentò quasi subito.

A un certo punto, nel corso della notte, venne svegliato da un movimento accanto a sé. Sentì Matty Roh raggomitolarsi contro di lui, premerlo con il suo corpo. Un braccio esile lo circondò, e la mano di lei cercò la sua.

Rimasero abbracciati così per il resto della notte.

Era quasi l'alba quando il tocco della mano di Damson sulla spalla lo svegliò. C'era una tenue luce negli spazi fra le ombre, che preannunciava l'arrivo del giorno, linee pallide e argentee sui muri degli edifici circostanti. Batté le palpebre, per liberarsi dagli ultimi residui di sonno, e si accorse di chi giaceva accanto a lui. Era ancora abbracciato a Matty, e la risvegliò dolcemente. Si alzarono insieme, un po' malfermi e irrigiditi.

«Sono arrivati» disse Damson. I suoi occhi non rivelarono niente di quanto pensasse per averli trovati insieme. Indicò dietro di sé. «La Talpa li ha nascosti in una cantina, non lontano da qui. Mi ha trovata ieri sera, poco dopo che vi ho lasciato, mi ha accompagnata attraverso le gallerie, e insieme abbiamo portato qui Chandos e gli altri. Siamo pronti. Avete trovato Padishar?»

Morgan annuì, del tutto sveglio, adesso. «Matty l'ha trovato.» Guardò la faccia da elfo della fanciulla. «Io non credo che ci sarei riuscito.»

Damson sorrise a Matty, con sollievo, e le prese le mani fra le sue. «Grazie, Matty, avevo paura che fosse tutto per niente.»

Gli occhi cobalto di Matty luccicarono come pietre. «Aspetta a ringraziarmi. Dobbiamo ancora farlo uscire. È prigioniero nel corpo di guardia dell'Abisso.»

Damson serrò la mascella. «Naturalmente. C'era da aspettarselo.» Si girò di scatto. «Morgan, come faremo a...»

«Muoviamoci» la interruppe lui. «Te lo spiegherò quando avremo raggiunto gli altri.»

Se riuscirò a inventare qualcosa nel frattempo, aggiunse fra sé. Ma un'idea cominciava a prendere forma in fondo alla sua mente, un piano che gli era venuto da solo, appena sveglio. Si gettò sulle spalle il mantello, e i tre abbandonarono il piccolo cortile, attraversarono le stanze e uscirono all'aperto.

La città era vuota e silenziosa, la strada un corridoio nero che penetrava fra i muri degli edifici, fino a sparire in un intrico di vicoli e stradine. Camminarono rapidi, scivolando sulle pietre assieme alle loro ombre, attraverso le tenebre della notte morente. La mente di Morgan stava lavorando, esaminando possibilità, esplorando mezzi e modi, considerando alternative. Avrebbero giustiziato Padishar a mezzogiorno. Sarebbe stato impiccato alle porte della città. Per farlo avrebbero dovuto trasportarlo dal corpo di guardia dell'Abisso alle mura esterne. Come l'avrebbero fatto? Lungo la Strada di Tyrsis, che era grande e facilmente sorvegliabile. A piedi? No, troppo lento. A cavallo o su un carro? Sì, in piedi su un carro, perché tutti potessero vederlo...

Imboccarono un vicolo senza uscita, tra due edifici. A metà strada c'era una porta, e vi entrarono. Dentro era buio, ma a tentoni raggiunsero una seconda porta sulla parete opposta, che si aprì mostrando la luce di una lampada. Chandos era in piedi accanto alla porta, la spada in mano, la nera barba ispida. Aveva un aspetto feroce, nell'ombra, gigantesco e coperto di ferro. Ma il suo sorriso fu pronto e caloroso, e lui li guidò giù per una scala, fino alla cantina dove gli altri aspettavano.

Ci furono saluti e strette di mano, un senso di anticipazione, di prontezza. C'era voluta quasi l'intera notte al piccolo gruppo di ventiquattro uomini per raggiungere Tyrsis attraverso le gallerie, ma sembravano tutti freschi e impazienti, gli occhi pieni di determinazione. Chandos porse a Morgan la Spada di Leah, e il Cavaliere se la legò alla schiena. Era ansioso quanto loro

Cercò con gli occhi la Talpa, ma non lo vide. Quando chiese notizie, Damson rispose che stava di guardia.

«Ho bisogno che lui mi indichi dove le gallerie corrono sotto le strade» annunciò. «E per questo occorre che tu tracci una mappa della città.»

«Hai un piano, Cavaliere?» chiese Chandos, avvicinandosi.

Buona domanda, pensò Morgan. «Sì» rispose, sperando che fosse vero.

Poi li fece avvicinare e illustrò i suoi propositi.

L'alba era grigia e opprimente, le nere nuvole temporalesche erano arrivate ai confini del Callahorn, gettando la loro ombra scura a est delle Runne. Faceva caldo, e non tirava un alito di vento nella città di Tyrsis, mentre i suoi cittadini si svegliavano per iniziare la giornata di lavoro, l'aria carica dell'odore di sudore, di polvere, e di antichi fetori. Uomini e donne gettavano occhiate ansiose al cielo, sperando nella pioggia imminente per avere un po' di sollievo.

Mentre la mattina scivolava verso il mezzogiorno, l'eccitazione per l'esecuzione del fuorilegge Padishar Creel cominciò a crescere. La folla si raccolse alle porte della città, irritata e stanca per il caldo, desiderosa di avere qualche distrazione. I negozi si chiusero, i venditori ritirarono le merci dalle bancarelle, e il lavoro fu accantonato in quella che ben presto divenne un'atmosfera da carnevale. C'erano pagliacci e giocolieri, venditori di bevande e dolci, saltimbanchi e mimi, e dappertutto cordoni di soldati federali, con le uniformi nere e scarlatte, schierati lungo la Strada di Tyrsis, fra le mura esterne e interne. Verso mezzogiorno si fece più buio, mentre le nuvole si affollavano da un orizzonte all'altro, e la pioggia cominciò a cadere fra una sottile foschia.

Al centro della città, il Parco del Popolo era silenzioso e deserto. Il vento del temporale in arrivo faceva frusciare le foglie degli alberi e agitava gli stendardi all'ingresso del corpo di guardia. Un carro era arrivato, tirato da cavalli e circondato da guardie federali. Un telo sostenuto da cerchi metallici lo rivestiva tutto, i fianchi e le ruote erano rinforzati con spranghe di ferro. I cavalli pestavano gli zoccoli a terra e si coprivano di schiuma, e l'afa velava di sudore le facce degli uomini in uniforme. Occhi attenti scrutavano gli alberi e i sentieri del parco, le mura che circondavano l'Abisso, e le ombre che si addensavano intorno. Le punte delle picche e le lame delle asce scintillavano. Le voci erano basse e furtive, come se qualcuno potesse sentire.

Poi le porte del corpo di guardia si aprirono e un plotone di soldati ne uscì con Padishar Creel. Il capo dei nati liberi aveva le braccia legate saldamente dietro la schiena e la bocca imbavagliata. Camminava a fatica, dolorosamente. C'era del sangue sulla sua faccia, lividi e tagli ovunque. Sollevò la testa malgrado la sofferenza evidente e gli occhi erano duri e fieri, mentre scrutava i suoi catturatori. Pochi osarono sostenere quello sguardo, e preferirono concentrare la loro attenzione altrove, aspettando che fosse passato per gettargli occhiate furtive. Il fuorilegge venne condotto dietro al carro e fatto salire. I lembi del telone vennero accostati, il carro fu fatto girare, e i soldati si disposero in due file ai lati. Quando tutto fu pronto, il corteo cominciò a muoversi lento.

Ci volle un bel po' prima di uscire dal parco, i cavalli tenuti accuratamente a freno, le file di soldati che circondavano il carro come una muraglia. Erano più di cinquanta, armati di tutto punto, e penetrarono come un cuneo fra gli alberi, fino alla Strada di Tyrsis. I pochi passanti che incontravano venivano subito allontanati, e il carro entrò in città. I soldati si allargarono, preceduti da squadre che perlustravano portoni e rientranze, incroci e vicoli, e sgombravano qualsiasi impedimento trovassero. Adesso la pioggia cadeva regolare, le gocce schizzavano sulle pietre della strada formando macchie scure, e cominciavano a raccogliersi in pozzanghere. In lontananza si sentì un rimbombo di tuoni, prolungato, che riecheggiò entro le mura della città. La pioggia cadde più fitta, e la visibilità diminuì.

Il carro aveva raggiunto uno slargo dove si intersecavano una serie di strade, quando apparve la donna. Piangeva istericamente, gridando ai soldati di fermarsi. Aveva gli abiti in disordine e la faccia bagnata di lacrime. Avevano con loro il capo dei fuorilegge, vero? Lo portavano all'impiccagione, vero? Bene, gridò con veemenza, poiché egli era responsabile per la morte di suo marito e dei suoi figli, bravi uomini che avevano combattuto per la causa della Federazione. Voleva vederlo penzolare dalla forca. Voleva essere sicura di non perdersi lo spettacolo.

Il corteo si arrestò, mentre altri apparivano raccogliendo il grido della donna, eccitati dal suo discorso infuocato. Impiccate il fuorilegge, urlavano inferociti. Si spinsero avanti, un gruppo di straccioni che alzavano le braccia e gesticolavano esagitati. I soldati li tennero a distanza con le picche e le lance, e il comandante del plotone ordinò loro di farsi indietro. Nessuno si accorse della grata di un tombino di scolo che si aprì proprio sotto il carro, dove questo si era arrestato, né vide le ombre che scivolavano fuori una a una, accucciandosi sotto di esso.

Impiccatelo subito! gridava la folla, continuando a premere contro i soldati. L'ufficiale aveva estratto la spada, e gridava furioso ai suoi uomini di sgombrare la strada.

Poi, d'improvviso, le forme sotto il carro balzarono fuori da tutte le parti, alcune sul sedile del conducente, altre sul carro stesso. Il cocchiere e l'ufficiale vennero scaraventati sulla strada, le mani intorno alla gola. Altri soldati vennero gettati giù dal retro del carro, e finirono a terra, insanguinati e immobili. I soldati che circondavano il carro si voltarono d'istinto per vedere cosa stesse succedendo, ma nel giro di qualche istante la metà cadde a terra, mentre i nati liberi, che a quel punto costituivano il grosso della folla, li uccidevano con i pugnali che avevano tenuto nascosti. Si alzarono urla e grida, e i soldati si sbandarono, cercando di usare le loro armi.

Morgan Leah balzò sul sedile del carro, afferrò le redini e incitò i cavalli. Il carro balzò in avanti, i cavalli avevano gli occhi sbarrati per la paura. I soldati si gettarono addosso al Cavaliere, cercando di salire e di bloccarlo, ma Matty Roh apparve al suo fianco, la spada veloce e mortale in pugno. Il carro sfondò la prima linea dei soldati, alcuni dei quali finirono sotto gli zoccoli dei cavalli, altri schiacciati dalle ruote. Morgan tirò le redini e fece deviare i cavalli in una stradina laterale. Alle loro spalle la battaglia continuava a infuriare, corpo a corpo. La colonna di soldati federali era decimata. Non più di un gruppetto erano ancora in piedi, e si erano messi con le spalle contro un muro, e battevano alle porte delle case.

Damson Rhee, ormai finita la sua recita da vedova piangente, corse a raggiungere il carro. Si aggrappò al sedile e si issò a bordo. I nati liberi li stavano seguendo anch'essi, e colmavano rapidamente la distanza fra loro e il carro. Per qualche secondo parve che il piano di Morgan stesse funzionando. Poi qualcosa si mosse fra le ombre, a un lato della strada, e Morgan, momentaneamente distratto, si voltò a guardare. In quell'istante, il carro incappò in una buca piena d'acqua, uno degli assi si ruppe, una ruota schizzò via, e le bardature si spezzarono. Il carro s'inclinò pericolosamente su un fianco, e un attimo dopo si rovesciò, scaraventando tutti sulla strada.

Morgan finì in un groviglio insieme a Matty Roh e Damson Rhee. Lentamente si rimisero in piedi, infangati e pesti. Il carro era distrutto. Il tiro di cavalli terrorizzati sparì lungo la strada, fra la pioggia. Chandos sbucò dai rottami, con le braccia possenti avvolte intorno a Padishar. Il capo dei fuorilegge aveva le mani libere ed era senza bavaglio. Un fuoco ardeva nei suoi occhi, mentre cercava di reggersi da solo.

«Non fermatevi!» gridò rauco. «Muovetevi!»

Gli altri nati liberi li raggiunsero, gli abiti macchiati di sangue e strappati. Erano meno di prima, e alcuni erano feriti. Dalle loro spalle giungevano grida, mentre un nuovo squadrone di soldati irrompeva nella piazza.

«Presto! Da questa parte!» li chiamò Damson, e cominciò a correre.

La seguirono lungo la strada piena di fango, attraverso un labirinto di edifici bagnati dalla pioggia. Dalle pietre calde e umide si alzava una foschia che nascondeva le cose già a pochi metri di distanza. Altri soldati federali apparvero, sbucando dalle strade laterali, con le spade sguainate. I nati liberi li assalirono senza fermarsi e li cacciarono indietro. Matty Roh combatteva in prima fila, rapida come un gatto e mortale, aprendo la strada agli altri. Chandos e Morgan combattevano ai due lati di Padishar, il quale, benché non mancasse dello spirito necessario, non aveva la forza di difendersi. Cadeva in continuazione, e alla fine Chandos fu costretto a prenderlo sulle spalle e a trasportarlo.

Raggiunsero un ponte che attraversava il letto di un torrente in secca, e lo passarono a fatica. Senza il carro, si stavano rapidamente stancando. Quasi la metà di coloro che erano giunti in città per salvare Padishar erano morti. Parecchi dei rimanenti erano feriti in modo tanto grave che non potevano più combattere. Soldati federali arrivavano da ogni parte, richiamati dalle porte, dove era giunta la notizia della fuga. Il piccolo gruppo lottava valorosamente, ma il tempo non era dalla sua parte. Ben presto ci sarebbero stati troppi soldati per poterli evitare. Nemmeno la pioggia e la nebbia li avrebbero più protetti.

Uno squadrone di cavalieri sbucò così veloce che non ci fu modo di scansarsi. Morgan vide Matty balzare di lato, e cercò di fare lo stesso. I corpi dei nati liberi volarono da ogni parte. I cavalli inciamparono e caddero nella mischia, assieme ai loro cavalieri. Grida e urla si levavano dalla massa di uomini in lotta. Chandos era sparito sotto un cumulo di soldati. Padishar cercò di allontanarsi e cadde sulle ginocchia. Morgan era solo in mezzo al ponte, e menava fendenti a qualsiasi cosa cercasse di avvicinarsi. Lanciò il grido di battaglia della sua famiglia: «Leah, Leah!» cercando di trarre forza da esso, e di radunare coloro che ancora erano in grado di combattere.

Per un momento pensò che fossero perduti.

Poi Chandos riapparve alla vista, insanguinato e terribile, scaraventando intorno a sé soldati federali come se fossero pezzi di legno, mentre raggiungeva Padishar, appoggiato al parapetto del ponte, e lo aiutava ad alzarsi. Damson li stava chiamando, da qualche parte davanti a loro. Matty Roh ricomparve, assalì l'ultimo Federale ancora in piedi, lo uccise con un solo colpo, e corse avanti. Morgan e i nati liberi la seguirono, scivolando sulle pietre del ponte, ricoperte di una patina di pioggia e sangue.

All'estremità opposta del ponte trovarono Damson che li attendeva, davanti alle porte aperte di un magazzino, gesticolando. Corsero verso di lei, sentendo alle spalle i rumori degli inseguitori: stivali che correvano nel fango, armi che tintinnavano, imprecazioni e grida di rabbia. Entrarono nell'oscurità dell'edificio, e Damson chiuse le porte alle loro spalle, bloccandole con una spranga. La testa della Talpa sbucò da una botola quasi invisibile nelle ombre, e sparì di nuovo.

«Nelle gallerie!» ordinò Damson, indicando la botola. «Presto!»

I nati liberi si affrettarono a ubbidire, quelli sani aiutarono i feriti. Chandos andò per primo, un po' trascinando e un po' trasportando Padishar Creel, e scomparve dalla vista. Le grida degli inseguitori raggiunsero la porta del magazzino, e si sentirono dei colpi contro il legno. Picche e lance cominciarono a spaccare la barriera di legno. Morgan si arrestò, a metà strada dal tunnel. Matty Roh si preparava ad affrontare da sola l'assalto imminente, la spada sguainata.

«Matty!» chiamò Morgan.

L'ultimo dei nati liberi si infilò nella botola. La spranga di legno si spezzò sotto i colpi delle asce e le porte cominciarono a cedere. Matty Roh arretrò lentamente, riluttante anche ora a cedere terreno. Sembrava piccola e vulnerabile di fronte alla marea di uomini armati, ma si teneva ritta come se fosse stata di ferro.

«Matty!» gridò ancora Morgan, poi corse da lei. Afferrandola per un braccio la trascinò verso l'ingresso del tunnel, proprio mentre le porte si spalancavano e i soldati si riversavano nella stanza. Davanti a tutti c'erano i Cercatori, con mantelli e cappucci, l'insegna con la testa del lupo che scintillava sulle loro uniformi. Le loro grida, nel vederlo, furono sibili di gioia. Morgan si voltò per affrontarli, in piedi davanti all'ingresso del tunnel. Era troppo tardi per fuggire. Se ci avesse provato, l'avrebbero preso alle spalle, e anche gli altri sarebbero stati perduti. Se rimaneva, avrebbe rallentato l'inseguimento, e gli altri avrebbero guadagnato secondi preziosi. Matty Roh si appostò al suo fianco. Pensò per un momento di dirle di fuggire, ma una rapida occhiata alla sua faccia gli fece capire che avrebbe solo sprecato il fiato.

L'assalto giunse da tre lati, ma Morgan e la ragazza combatterono con una ferocia che nasceva dalla disperazione, e lo respinsero. La Spada di Leah si trasformò in un fuoco azzurro incontrando il ferro dei Cercatori, distruggendo le difese ombrate e trasformando in cenere le cose nere. Alcuni dei soldati federali videro quello che stava accadendo, e indietreggiarono con grida soffocate e imprecazioni. Matty Roh attaccò al primo segno di indebolimento delle difese, la sua lama sottile era così veloce che appena si riusciva a vederla, i suoi movimenti erano fluidi ed efficienti mentre seguiva l'arma nell'assalto. Morgan le fu subito vicino, coprendole le spalle, spinto dall'improvvisa ondata di magia che dal talismano di Leah scorreva nelle sue membra. Lanciò nuovamente il suo grido di battaglia: «Leah, Leah!» e si gettò contro gli uomini che aveva davanti. I Cercatori morirono subito, e i soldati che li avevano seguiti inciamparono e caddero l'uno sull'altro, nella fretta di fuggire. Anche Matty Roh lanciò un grido acuto, che si levò al di sopra della cacofonia di urla e gemiti che venivano dai feriti. Morgan si sentiva la testa leggera, vuota di pensieri, di desideri, di bisogni, di tutto ciò che non fosse il fuoco della magia.

Poi d'improvviso l'attacco dei Federali cessò, e coloro che ancora erano vivi fuggirono dalle porte, spargendosi per le strade di Tyrsis.

Morgan girò su se stesso pieno di furia, spronato dalla magia, e la Spada di Leah, irradiando fuoco, tagliò come una falce i pali verticali che reggevano il soffitto, e l'intero edificio cominciò a crollare.

«Basta!» gridò Matty, afferrandolo per un braccio e trascinandolo via.

Per un istante Morgan lottò contro di lei, poi si rese conto di quello che stava facendo, e cedette. Corsero verso la botola e si infilarono al sicuro, proprio mentre il soffitto cedeva, e seppelliva tutto con un boato spaventoso.

Una volta sotto, corsero nel buio delle gallerie senza sapere dove andavano. Una luce brillava in lontananza, fioca e invitante, e si affannarono come pazzi per raggiungerla. Il senso di completezza che Morgan aveva provato usando la magia della Spada cominciò a svanire, aprendo in lui un pozzo oscuro di desideri, di bisogni disperati, il senso di una perdita irreparabile. Combatté contro di esso, dicendosi che non doveva permettere alla magia di governarlo, come già aveva fatto, richiamò alla mente le immagini di Par, di Walker, e infine di Viridiana, per rafforzare il suo spirito. Cercò la mano di Matty e la strinse. Lei serrò la presa, come se avvertisse la sua paura, e lo tenne stretto.

Non lasciarmi, pregò Morgan in silenzio. Non lasciarmi cadere.

Polvere e umidità riempivano i suoi polmoni, e dovette tossire, lottando per respirare. La stanchezza lo appesantiva, come una catena attorno alle membra e al corpo. Continuarono a correre, e la luce si fece più intensa e vicina. Il respiro ansante di Matty si mescolava con il rumore dei loro stivali sulla pietra. Il sangue gli pulsava nelle orecchie.

Poi furono sotto la luce, una lama di luce proveniente da un tombino che si apriva su una strada sovrastante. La pioggia cadeva attraverso l'apertura, formando una cortina argentea, e il tuono rumoreggiava nel cielo. Matty si lasciò cadere contro una parete, trascinandolo con sé. Si sedettero contro la pietra fredda, ansimando.

Poi lei si voltò a guardarlo, gli occhi coloro cobalto che brillavano di una luce folle, il viso lucido di pioggia. Sembrava volesse urlare di gioia. Sembrava che avesse scoperto qualcosa che credeva perduto per sempre.

«È stato fantastico!» sussurrò, e rise come una bambina.

Quando vide lo stupore sul volto di Morgan, si sporse rapida in avanti e lo baciò con foga sulla bocca. Lo baciò a lungo, circondandolo con le braccia e stringendolo forte.

Poi lo lasciò andare, rise di nuovo e lo spinse ad alzarsi. «Vieni, dobbiamo raggiungere gli altri! Vieni, Morgan Leah! Corri!»

Proseguirono lungo la galleria, accompagnati nel buio dai rumori del temporale. Non corsero a lungo, costretti a camminare quando mancò loro il fiato. Gli occhi si erano adattati all'oscurità, e potevano scorgere il movimento dei topi. L'acqua piovana si precipitava giù dalle grate in torrenti sempre più massicci, e ben presto ebbero l'acqua alle caviglie. Passarono dalla luce di un tombino all'altra, le orecchie tese per captare i rumori di coloro che potevano seguirli, oltre a quelli di coloro che cercavano. Udirono grida dalle strade, cavalli al galoppo, rumori di carri, di stivali. La città era piena di soldati che davano loro la caccia, ma per il momento tutti i rumori erano in superficie.

Ancora nessun segno di Damson e dei nati liberi.

Alla fine raggiunsero una biforcazione che li costrinse a scegliere. Morgan fece del suo meglio, ma non c'era nulla che potesse aiutarli a decidere. Se la pioggia non avesse invaso il fondo delle gallerie, avrebbero potuto trovare delle tracce. Proseguirono fianco a fianco, Matty Roh che gli si stringeva contro come se temesse di perderlo nel buio. La distanza fra le grate cominciò ad aumentare, finché il tunnel divenne così scuro che riuscivano a malapena a vedere.

«Credo che abbiamo sbagliato» disse Morgan sottovoce, irritato.

Tornarono indietro e riprovarono. La nuova galleria piegava bruscamente da una parte, poi dall'altra, e ancora una volta la distanza fra le grate si allargò, e la luce cominciò a scemare. Trovarono una torcia annerita infilata in una fessura della parete, e riuscirono ad accenderla usando una striscia di stoffa e le pietre focaie di Matty. Ci volle un bel po' di tempo per ottenere una fiamma, nell'umidità, e quando finalmente riuscirono a far bruciare la torcia, sentirono dei movimenti nella galleria piena d'acqua, alle loro spalle.

«Hanno scavato fra le macerie... o hanno trovato un altro ingresso» sussurrò la ragazza, e gli rivolse un sorriso d'intesa. «Ma non ci raggiungeranno... e se ci riuscissero, se ne pentiranno. Vieni!»

Si addentrarono in gallerie che si fecero sempre più strette. Alla fine le grate sparirono del tutto, e la torcia divenne la loro unica luce. Le ore trascorsero, e alla fine fu chiaro che si erano persi irrimediabilmente. Nessuno dei due lo disse, ma entrambi lo sapevano. A un certo punto avevano scelto la direzione sbagliata. Era ancora possibile che trovassero una via d'uscita, ma Morgan non ci sperava troppo. Perfino Damson, che viveva nella città e scendeva spesso nelle gallerie, sapeva di non potersi orientare nel labirinto sotterraneo senza la Talpa. Si chiese cosa ne fosse stato di lei e degli altri nati liberi. Si chiese se li credevano morti.

Trovarono un'altra torcia, in condizioni migliori, e la presero. Quando la parte coperta di pece della prima si fu bruciata, Morgan accese la seconda con il mozzicone che restava, e proseguirono. Si stavano addentrando sempre più nello sperone roccioso, e non sentivano né vedevano più la pioggia. I rumori si attutirono, poi sparirono; restava solo il suono del loro respiro e dei loro passi. Morgan cercava di mantenere sempre la stessa direzione, ma i tunnel piegavano e si intersecavano così spesso che dopo un po' dovette rinunciare. Il tempo scorreva, ma non avevano modo di misurarlo. Cominciavano ad avere sete e fame, ma non c'era niente da mangiare o da bere.

Alla fine Morgan si fermò e si voltò a guardare Matty. «Non stiamo andando da nessuna parte. Dobbiamo provare qualcos'altro. Torniamo indietro. Forse potremo uscire in città, questa notte, e svignarcela dalle porte domani.»

Era una speranza remota, perché la Federazione li stava senza dubbio cercando ovunque, ma qualsiasi cosa era meglio che vagare nel buio senza una meta. Ben presto la notte sarebbe calata, e Morgan continuava a pensare agli Ombrati che, a detta di Damson, si aggiravano nelle gallerie vicino all'Abisso. Se ne avessero incontrato uno? Era troppo pericoloso rimanere lì sotto ancora per molto.

Tornarono indietro, scegliendo le gallerie che portavano in alto, mentre la torcia lentamente si consumava. Sapevano che il tempo era poco; se non arrivavano in fretta alle strade, non avrebbero avuto più luce, e sarebbero rimasti bloccati nel buio. Adesso però avevano cominciato a sentire dei rumori in lontananza, movimenti di uomini nell'acqua, mormorii di voci. I loro inseguitori si erano spiegati in forze, e i due non sapevano come evitarli.

Ci volle parecchio prima che raggiungessero finalmente le fognature, e cogliessero un bagliore attraverso una grata. La luce era scarsa, doveva essere quasi sera. La pioggia si era calmata, la città era vuota e silenziosa. Camminarono finché non trovarono una scaletta che portava verso l'alto, e Morgan cominciò a salire, dopo aver tirato un lungo respiro. Quando sbirciò attraverso le sbarre, vide davanti a sé dei soldati, silenziosi e minacciosi, nel buio. Ridiscese senza far rumore, e proseguirono.

La torcia finì, calò la sera... il cielo era così nuvoloso che quasi nessuna luce penetrava nelle gallerie, e il rumore degli inseguitori svanì in lontananza, sostituito dal tramestio dei topi e dal gocciolare dell'acqua. Tutte le grate che trovarono erano sorvegliate. Continuarono a muoversi perché non c'era altro da fare, temendo che se si fossero fermati non sarebbero più stati in grado di proseguire.

Morgan cominciava a disperare, quando gli occhi apparvero davanti a lui. Occhi di gatto, che brillarono nel buio, e poi sparirono.

Morgan si fermò di scatto. «Hai visto anche tu?» sussurrò a Matty Roh.

Avvertì, più che sentire, che lei annuiva. Rimasero fermi a lungo, restii a muoversi finché non sapevano cosa li attendeva. Quegli occhi non erano di un gatto.

Poi ci fu un rumore di acqua e di stivali.

«Morgan?» chiamò qualcuno sottovoce. «Sei tu?»

Era Damson. Morgan rispose, e un istante dopo lei li abbracciava, e diceva che li stava cercando da ore, frugando le gallerie da un capo all'altro, tentando di trovare le loro tracce.

«Da sola?» chiese Morgan incredulo. Era così felice di vederla che gli girava la testa. «Hai qualcosa da mangiare e da bere?»

Lei porse loro una fiasca di pelle e del pane e formaggio. «La Talpa mi ha aiutato» disse Damson, sempre sussurrando. «Quando avete fatto precipitare il soffitto del magazzino, è crollata anche una parte della galleria. Forse non ve ne siete neanche accorti. Comunque, siamo stati separati, e voi avete preso la direzione sbagliata.» Scosse la capigliatura rossa e sospirò. «Per prima cosa abbiamo dovuto portare fuori Padishar e gli altri. Non c'è stato tempo per pensare a voi. Quando loro sono stati in salvo, io e la Talpa siamo venuti a cercarvi.»

Nel buio, da una parte, gli occhi luminosi della Talpa balenarono. Morgan era perplesso. «Ma come avete fatto a trovarci? Ci eravamo persi completamente, Damson. Come...?»

«Avete lasciato una traccia» disse lei, stringendogli un braccio per calmarlo.

«Una traccia? Ma l'acqua piovana ha lavato tutto!»

Lei sorrise, anche se evidentemente cercava di trattenersi. «Non nella terra, Morgan... nell'aria.» Lui scosse la testa, confuso. «Talpa» chiamò lei. «Spiegaglielo.» Ammiccò, come se fosse assonnato, e il suo naso si arricciò, guardando il Cavaliere. «Il tuo odore è molto forte» disse. «Lungo tutte le gallerie. L'adorabile Damson ha ragione. È stato facile seguire le vostre tracce.»

Morgan spalancò gli occhi. Poté sentire la risata soffocata di Matty Roh, e diventò paonazzo.

Si fermarono il tempo sufficiente per mangiare, poi si rimisero in marcia, questa volta guidati dalla Talpa. Non ci furono incontri né con soldati della Federazione né con fantasmi ombrati, e tutto andò liscio come l'olio. Mentre procedevano, i pensieri di Morgan andavano dal passato al presente, in una sorta di lento e deliberato esame introspettivo. Considerò se stesso e il modo in cui era cambiato. Quando ebbe finito, scoprì di non essere dispiaciuto. Le lezioni che aveva appreso erano importanti, ed era diventato migliore lungo la strada che l'aveva portato a nord di Leah.

Quando emersero dal fianco della montagna, a settentrione, il cielo era tornato limpido, pieno della luce delle stelle e della luna. L'aria lavata dalla pioggia odorava di foresta, e il vento che spirava da occidente era fresco e delicato come una piuma. Si fermarono tutti insieme sull'erba ancora umida per il temporale, guardando i Denti del Drago, oltre la pianura e le colline.

Morgan gettò un'occhiata a Matty Roh e vide che anche lei lo stava osservando, un lieve sorriso sulle labbra, i suoi pensieri misteriosi e segreti, e stranamente irresistibile. Era semplice e graziosa, riservata e impertinente, e una dozzina di altre contraddizioni, un paradosso di umori e di comportamenti che Morgan non comprendeva ma che avrebbe voluto conoscere. La vedeva in frammenti di ricordi: come il ragazzo per cui l'aveva scambiata al Whistledown, come la ragazza con i piedi rovinati e il passato di orrore al Bordo di Fuoco, come la spadaccina veloce e mortale che affrontava i soldati federali e gli Ombrati a Tyrsis, e come l'audace trovatella che poteva essere demone o folletto da un momento all'altro.

Non poté trattenersi. Le sorrise, cercando di condividere un segreto che solo lei conosceva.

Damson si era inginocchiata davanti alla Talpa. «Non vuoi venire con noi?» gli chiese. La Talpa scosse la testa. «Diventa sempre più rischioso per te, ogni volta che torni.»

La Talpa ci pensò un attimo. «Non ho paura per me, adorabile Damson. Ho paura per te.»

«I mostri, gli Ombrati, sono in città» gli ricordò lei dolcemente.

Lui alzò le spalle e la guardò con grande serietà. «I mostri sono ovunque.»

Damson sospirò, annuì, e lo abbracciò. «Arrivederci, Talpa. Grazie di tutto. Grazie anche a nome di Padishar. Ti devo tanto.»

La Talpa ammiccò. I suoi occhi luccicavano.

Damson si rialzò. «Tornerò a trovarti appena possibile» disse. «Te lo prometto.»

«Quando avrai trovato l'Uomo della Valle?» La Talpa parve d'improvviso imbarazzato.

«Sì, quando avrò trovato Par Ohmsford. Torneremo entrambi.»

La Talpa si passò una mano sulla faccia. «Ti aspetterò, adorabile Damson. Ti aspetterò sempre.»

Poi si voltò e si infilò fra le rocce, confondendosi con le ombre della notte. Morgan e Matty Roh lo guardarono sparire, senza poterci veramente credere. La notte era immobile e fredda, vuota di rumori e piena di ricordi che si accavallavano come parole pronunciate troppo in fretta, e tutto sembrava un sogno che poteva finire aprendo gli occhi.

Damson si voltò a guardare Morgan. «Io vado a cercare Par» annunciò a voce bassa. «Chandos ha portato Padishar e gli altri al Bordo di Fuoco, dove si riposeranno un giorno o due prima di andare a nord a incontrare i Troll. Io ho fatto quello che potevo per lui, Morgan. Non ha più bisogno di me. Ma Par Ohmsford sì, e intendo mantenere la promessa che gli ho fatto.»

Morgan annuì. «Capisco. Vengo con te.»

Matty Roh assunse un'aria di inesplicabile sfida. «Bene, vengo anch'io» dichiarò. Scrutò prima una faccia poi l'altra, per vedere se c'erano obiezioni, poi chiese con tono più ragionevole: «Chi è Par Ohmsford?».

Morgan quasi scoppiò a ridere. Aveva scordato che Matty conosceva ben poco di quello che stava succedendo. Non c'era ragione che non dovesse sapere tutto. Se n'era guadagnata il diritto seguendoli a Tyrsis, per liberare Padishar.

«Spiegaglielo lungo la strada» intervenne Damson, dandosi un'occhiata intorno. «Qui siamo troppo esposti. Non dimenticare che ci stanno ancora dando la caccia.»

Pochi minuti dopo, si erano messi in marcia in direzione del Mermidon. Un'ora di cammino li avrebbe portati al riparo della foresta, dove si sarebbero presi qualche ora di riposo. Era il meglio che potessero sperare per quella notte.

Mentre camminavano, Morgan raccontò di nuovo la storia di Par Ohmsford e dei sogni di Allanon. Le tre figure rimpicciolirono lentamente in lontananza, giunse la mezzanotte e iniziò il nuovo giorno.

23

Trascorsero il resto della notte in una macchia di querce bianche lungo la riva del Mermidon, poche miglia sotto il Passo di Kennon. Era un luogo fresco e ombroso, protetto dal calore della tarda estate che si raccoglieva nelle prime ore del mattino sulle pianure aperte, e si svegliarono solo a giorno inoltrato. Si lavarono e mangiarono le provviste che aveva portato Damson, ascoltando il fluire incessante del fiume e l'effervescente cinguettio degli uccelli. Morgan si sfregò il sonno dagli occhi e cercò di ricordare tutto quello che gli era accaduto il giorno prima, e che già stava diventando vago nella sua mente, come memorie registrate molto tempo prima. Il fatto che Padishar Creel fosse di nuovo salvo, per quanto lontano fosse questo evento, era ciò che contava, si disse stancamente, e lasciò che la questione scivolasse nella distanza del passato.

Mentre mangiava pane e formaggio e pensava a ciò che li attendeva si infilò gli stivali. Il giorno era una promessa calda e afosa, che tremolava fra le ombre screziate dei rami e delle foglie, e poteva portarlo ovunque. Il passato era un ricordo delle vicissitudini della vita, il caso che giocava uno spareggio con l'opportunità e restituiva quello che voleva. Le sofferenze e le perdite che Morgan aveva subito l'avevano forgiato come ferro passato nel fuoco, e attorno a lui si era formato un vuoto attraverso il quale aveva creduto che nulla potesse più passare, una zona morta dove le ferite e le delusioni e la paura non potevano sopravvivere, uno scudo che gli permetteva di tenere tutto lontano da sé, in maniera da tirare avanti anche quando pensava di non potercela fare. Il problema, naturalmente, era che teneva lontane anche altre cose... la speranza, la tenerezza, l'amore, per esempio. Poteva accettarle quando voleva, ma c'era sempre il pericolo che penetrassero anche gli altri sentimenti. Lasciandone passare uno, si rischiava di farli passare tutti. Era l'eredità lasciatagli da Steff e da Viridiana, dalla Sporgenza e da Eldwist, dalle ombre dei Druidi e dagli Ombrati. Era una verità che lo perseguitava.

Mise da parte pensieri e dubbi, finì di mangiare, si alzò e si stiracchiò.

«Pronto?» chiese Damson Rhee. Era arrossata per l'acqua fredda che si era spruzzata sulla pelle, i capelli fiammeggianti erano stati spazzolati, e splendevano al sole. Era bella e piena di vita, e di una determinazione che si irradiava come il calore di una fiamma. Morgan la guardò e pensò ancora una volta a quanto fosse fortunato Par ad avere una donna come quella innamorata di lui.

Matty finì di lavare il suo piatto e lo porse a Damson perché lo riponesse nello zaino. «Dove si va adesso?» chiese con i soliti modi spicci. «Come faremo a trovare Par Ohmsford?»

Damson mise il piatto assieme agli altri. «Seguiremo le sue tracce.» Strinse le cinghie dello zaino e si alzò. «Con questo.»

Infilò la mano sotto la tunica e ne tirò fuori quello che sembrava mezzo medaglione legato a un laccio di cuoio. Morgan e Matty si avvicinarono. Il medaglione era in realtà un semplice disco metallico, senza alcun disegno, e a giudicare dal bordo ancora lucido era stato spezzato di recente.

«Si chiama Skree» spiegò Damson, sollevandolo alla luce, dove brillò di un bagliore ramato. «Ho dato l'altra metà a Par quando ci siamo separati. Il disco è stato ricavato da un solo metallo in una sola forgiatura, e può essere usato una sola volta. Le due metà attirano chi le possiede. Quando sono vicine si illuminano.»

Matty Roh si mostrò scettica. «Quanto vicino bisogna essere?» I suoi neri capelli erano corti e dritti intorno alla faccia da folletto, gli occhi profondi e indagatori. Appariva appena lavata e fresca, più giovane di quanto fosse in realtà, pensò Morgan, e non lasciava indovinare ciò che poteva essere.

Damson sorrise. «Lo Skree è una magia semplice L'ho visto funzionare; so cosa può fare.» Il sorriso si attenuò. «Vogliamo provare?»

Tenendo il medaglione con la mano tesa, lo puntò a ovest, a nord, a est. Lo Skree non mostrò nulla. Damson gettò loro una rapida occhiata. «Par andava verso sud» spiegò. «L'ho lasciato per ultimo.»

Puntò la mano verso sud. La superficie di rame dello Skree forse pulsò di una pallida luminescenza, ma Morgan non ne era affatto sicuro. Damson tuttavia annuì soddisfatta.

«È piuttosto lontano, a quanto pare.» Il suo sorriso era esitante, mentre incontrava i loro sguardi. «Bisogna sapere come leggerlo.» Tornò a infilare il mezzo disco sotto la tunica. «Sarà meglio mettersi in marcia.»

Prese lo zaino e se lo mise in spalla. Matty Roh rivolse a Morgan un'occhiata e scosse la testa, come per dire: Hai visto qualcosa che a me è sfuggito? Morgan alzò le spalle. Non ne era sicuro.

Si avviarono nel caldo del mattino seguendo il Mermidon nel suo sinuoso cammino verso Varfleet, tenendosi il più possibile all'ombra degli alberi. Una brezza soffiava dal fiume, rinfrescandoli un poco, ma il paesaggio all'intorno era desolato e immobile. Le cime dei Denti del Drago erano nude e grigie per la calura estiva, e le colline verso sud apparivano bruciate e secche. Il sole si alzava in un cielo senza nuvole, e i suoi raggi li colpivano con ondate di calore. Animali morti giacevano sparsi sulla pianura, i corpi contorti e in putrefazione. Ampi tratti delle foreste del Callahorn si erano ammalati, lasciando affiorare la terra nuda. Qua e là si scorgevano pozze di acqua stagnante e verdastra, minacciose e puzzolenti. Gli alberi erano spogli e inariditi, come carcasse di creature appese a seccare. Spesso le zone di terra malata si stendevano per miglia. Morgan poteva sentire l'odore della putrefazione nell'aria. Non era solo il caldo dell'estate e il secco; era il veleno degli Ombrati, che aveva visto più volte venendo da nord, una devastazione della terra causata in qualche maniera dalle cose oscure. E diventava sempre peggio.

Il mezzogiorno si dissolse nel pomeriggio, mentre aggiravano Varfleet a nord, sempre seguendo il Mermidon che cominciava a piegare verso sud. Incontrarono un gruppetto di venditori ambulanti e altri mercanti in cammino, ma il caldo teneva la maggior parte dei viaggiatori lontano dal sole, così avevano la strada fluviale quasi solo per loro. Videro la prima pattuglia della Federazione nei pressi di Varfleet, e si nascosero fra gli alberi per lasciarla passare.

Damson usò di nuovo lo Skree, mentre aspettavano, e il risultato fu il medesimo. Il disco brillò lievemente quando venne puntato verso sud... o forse era soltanto un riflesso del sole. Ancora una volta Morgan e Matty Roh si scambiarono un'occhiata furtiva. Faceva caldo ed erano stanchi. Cominciavano a chiedersi se quella magia li stesse conducendo da qualche parte, o se Damson si lasciasse solo guidare da una speranza.. C'erano altri modi per rintracciare Par, se il disco non funzionava, ma nessuno dei due aveva intenzione di porre la questione a Damson, per il momento.

Avevano bisogno di una barca per scendere lungo il Mermidon fino al Lago Arcobaleno, affermò la ragazza rimettendo via lo Skree. Avrebbero viaggiato tre volte più in fretta che a piedi. Matty alzò le spalle e disse che sarebbe entrata in città, dal momento che per lei era meno pericoloso, e sarebbe tornata a riprenderli non appena avesse trovato ciò che faceva al caso loro. Posò a terra la sua coperta, e scomparve nel caldo soffocante.

Morgan sedette con Damson all'ombra di un antico salice, vicino alla riva del fiume, da dove potevano vedere chiunque si avvicinava, da qualsiasi direzione. Il fiume era pieno di detriti, dopo il temporale del giorno prima, e i due lo guardarono scorrere lento; gli occhi di Morgan erano pesanti per la mancanza di sonno, e li chiuse per ripararsi dalla luce.

«Non siete ancora sicuri di me, vero?» sentì Damson chiedergli dopo qualche tempo.

Lui la guardò. «Cosa vuoi dire?»

«Ho visto l'occhiata che vi siete scambiati tu e Matty, quando ho usato lo Skree.»

Lui sospirò. «Non vuol dire che io non sia sicuro di te, Damson. Vuol dire solo che non ho visto niente, e questo mi preoccupa.»

«Bisogna sapere come usarlo.»

«Me l'hai già detto. Ma se ti sbagliassi? Non puoi farmene una colpa se sono scettico.»

Lei sorrise ironica. «Invece sì. Prima o poi, è indispensabile che noi tre ci fidiamo gli uni degli altri. Se non lo facciamo, ci cacceremo in un sacco di guai. Pensaci, Morgan.»

Lui lo fece, e ci stava ancora pensando quando Matty sbucò dalla foschia, con un'espressione di stanchezza dipinta sul volto.

«Abbiamo la barca» annunciò, lasciandosi cadere all'ombra del salice, e prendendo la tazza di acqua che Damson le offriva. Se la spruzzò sulla faccia impolverata, lasciandola colare. «Una barca, provviste e armi, il tutto pronto sulla riva. Potremo salirci dopo il tramonto, quando non saremo visti.»

«Qualche problema?» chiese Morgan.

Lei gli rivolse un'occhiata dura. «Non ho dovuto uccidere nessuno, se è questo che vuoi dire.» Poi si stese per riposare, e non fece più parola.

Quando la notte arrivò, seguirono la riva del fiume fino alla città, finché raggiunsero i moli settentrionali, dove Matty Roh aveva ormeggiato la barca. Era vecchiotta, a fondo piatto, con pertiche, remi, un albero e una vela, ed era fornita di cibo e armi, come Matty aveva promesso. Salirono a bordo in silenzio e presero il largo; navigarono fino alla prima insenatura deserta, dove tirarono a riva la barca, e si misero subito a dormire. All'alba si alzarono e ripartirono. Seguirono il Mermidon verso le Runne fino al tramonto, e si accamparono in un cuneo roccioso che si apriva su uno stretto banco di sabbia, chiuso da una macchia di frassini. Consumarono una cena fredda, si avvolsero nelle coperte e dormirono di nuovo. Erano trascorsi due giorni senza che nessuno avesse parlato molto. I nervi erano a fior di pelle, e l'incertezza circa la direzione presa aveva interrotto qualsiasi serio sforzo di comunicare. C'era stato un legame fra loro, a Tyrsis, che adesso mancava: forse a causa dei dubbi che nutrivano l'uno verso l'altro, forse a causa del disagio per ciò che poteva attenderli. A Tyrsis c'era stato un piano, o almeno l'abbozzo di un piano. Ora c'era solo una vaga determinazione a cercare Par Ohmsford finché non l'avessero trovato. Allora sapevano dove si trovava Padishar, e avevano la sensazione di mantenere un qualche controllo sulla situazione. Ma Par poteva essere ovunque, e nulla suggeriva che non fosse già troppo tardi per aiutarlo.

Fu con immenso sollievo di tutti, dunque, che quando

Damson tirò fuori lo Skree la mattina seguente e lo puntò verso sud, il rame brillò nell'ombra delle rocce che li circondavano. Ci fu un momento di esitazione, poi i tre sorrisero come vecchi amici che si riscoprissero, e si rimisero in viaggio con rinnovata determinazione.

La tensione si allentò, e ancora una volta ritornò il senso di cameratismo che avevano condiviso nel liberare Padishar. La barca scivolava verso sud sulle onde del fiume, tornate di nuovo placide e limpide. Il giorno era caldo e senza vento, la navigazione lenta, ma le due donne e l'uomo trascorsero il tempo scambiandosi sogni e pensieri, superando le barriere che avevano lasciato innalzarsi fra di loro, conversando finché non si trovarono di nuovo a proprio agio insieme.

La notte li trovò bene addentro nelle Runne, le montagne erano una muraglia piena di ombre che nascondeva le stelle e lasciava vedere soltanto uno stretto corridoio di cielo. Si accamparono su un'isola formata quasi completamente da sabbia e da legni portati dalla corrente intorno a una macchia di pini stentati. L'aria era sempre afosa ed era piena degli odori pungenti del fiume: pesci morti, banchi di fango, giunchi. Morgan pescò qualcosa e lo cucinarono su un piccolo fuoco, bevendo un po' della birra di Damson e guardando il fiume scorrere come un nastro d'argento. Damson usò lo Skree, e questi risplendette di un vivo color rame quando venne puntato verso sud. Finora tutto bene. Mancava meno di un giorno di navigazione al punto dove il Mermidon sfociava nel Lago Arcobaleno. Forse lì avrebbero saputo qualcosa circa la posizione di Par.

Dopo un po' Damson e Matty Roh si stesero sulle loro coperte per dormire, mentre Morgan raggiungeva la riva e sedeva, meditando su altri luoghi e altri tempi. Avrebbe voluto riunire le fila di tutto ciò che era accaduto, nello sforzo di trovare un senso in ciò che stava per accadere. Era stanco di fuggire da un nemico di cui ancora non sapeva quasi nulla e, come era solito, credeva che se ci avesse pensato abbastanza a lungo prima o poi avrebbe capito qualcosa. Ma le fila gli sfuggivano dalle dita come soffiate dal vento, e non riusciva a raccoglierle. Così, le domande che lo perseguitavano da settimane rimanevano senza risposta.

Stava scavando nella sabbia con un bastone, quando apparve Matty e gli si sedette a fianco.

«Non riuscivo a dormire» disse. La sua faccia era pallida e fredda, alla luce delle stelle, gli occhi impenetrabili. «Cosa stai facendo?»

Morgan scosse la testa. «Pensavo.»

«A cosa?»

«A tutto e a niente.» Le rivolse un rapido sorriso. «A quanto pare non riesco ad arrivare a nessuna conclusione. Credevo di poter mettere in chiaro alcune cose, ma i miei pensieri continuano a vagare.»

Lei per un momento non disse nulla, volgendo gli occhi per guardare sul fiume. «Ti sforzi troppo» disse alla fine.

Lui la guardò.

«Ti butti su qualsiasi cosa come se fosse l'ultima occasione che hai. Sembri un bambino alle prese con un incarico che la madre gli ha assegnato. È tanto importante per te, che non ti puoi permettere di fare neppure il più piccolo errore.»

Lui alzò le spalle. «Be', non sono proprio così. Forse posso sembrarlo, in questo momento, ma io non sono davvero così. E poi, chi è che sta giudicando, adesso?»

Lei lo fissò negli occhi. «Non ti sto giudicando. Ti sto solo fornendo la mia impressione. È diverso da quello che hai fatto tu. Tu mi hai giudicato.»

«Oh.» Non ci credette neppure per un momento. La sua faccia lo lasciò capire, e lui non si preoccupò di nasconderlo. «Comunque, sforzarsi non è una brutta cosa.»

«Ricordi quando ti ho detto di aver ucciso molti uomini?» Lui annuì. «Era una bugia. O almeno un'esagerazione. L'ho detto solo perché mi avevi fatto arrabbiare.» Distolse lo sguardo, pensierosa. «Ci sono un sacco di cose che non capisci di me. Non credo di potertele spiegare tutte.»

Morgan la fissò, ma Matty si rifiutò di guardarlo. «Be', non ti ho chiesto di spiegarmi niente» rispose lui sulla difensiva.

Lei lo ignorò. «Sei molto bravo con quella spada. Quasi quanto me. Potrei insegnarti a usarla ancora meglio, se mi lasciassi. Potrei insegnarti molte cose. Ricorda quello che ti è successo al Whistledown quando hai cercato di afferrarmi. Potrei insegnarti anche quello.»

Lui arrossì. «Non sarebbe successo se...»

«... se fossi stato pronto.» Lei sorrise. «Lo so, l'hai già detto. Ma il punto è che non eri pronto... e guarda cos'è successo. Essere pronti è quello che conta. Me l'ha insegnato Padishar. Essere pronti è certamente più importante che sforzarsi.»

Morgan strinse la mascella. «Hai finito di farmi la lezione? O c'è qualcos'altro che vorresti aggiungere?»

Il sorriso sparì dalla faccia della ragazza. Non lo guardò, e tenne gli occhi sul fiume. Lui fece per aggiungere qualcosa, poi ci ripensò. D'improvviso lei apparve stranamente vulnerabile. La guardò sollevare le ginocchia e circondarsele con le braccia, e abbassare la testa fra di esse. Poteva sentire il suo respiro, calmo e regolare.

«Mi piaci molto» disse alla fine Matty Roh. Tenne la faccia nascosta. «Non voglio che ti succeda qualcosa.»

Lui non seppe cosa dire. Si limitò a guardarla.

«È per questo che sono qui» disse Matty. «È per questo che sono venuta.» Sollevò la testa e lo guardò. «Cosa ne dici?»

Lui scosse la testa. «Non so cosa pensare.»

Lei respirò a fondo. «Damson mi ha detto di Viridiana.»

Pronunciò le parole come se temesse che potessero incendiarsi nella sua bocca. Lo guardò negli occhi, e Morgan vide che era spaventata per quello che lui avrebbe potuto pensare, ma ugualmente decisa a finire quello che aveva da dire. «Damson mi ha detto che eri innamorato di Viridiana, che perderla è stata la cosa più terribile che ti sia mai capitata. Me l'ha detto perché gliel'ho chiesto io. Volevo sapere qualcosa su di te che tu non volevi dirmi. Poi avrei voluto parlarne con te, ma non sapevo come fare. Sono brava ad ascoltare, ma non tanto a chiedere.»

Morgan batté le palpebre. Rivide mentalmente Viridiana, una creatura perfetta, dai capelli d'argento, effimera come fumo. Il dolore che provò nel rammentarla fu palpabile. Cercò di ricacciarlo indietro, ma era inutile. Non voleva ricordare, ma il ricordo era sempre presente, appena ai margini dei suoi pensieri.

D'impulso Matty Roh gli appoggiò una mano sulla sua. «Potrei ascoltarti, ora, se tu vuoi» disse. «Mi piacerebbe che me lo permettessi.»

Morgan pensò: No, non voglio parlarne, non voglio neppure pensarci, non voglio parlarne con te né con nessun altro! Ma poi gli tornò alla mente l'immagine di lei che si bagnava i piedi rovinati nel torrente e gli raccontava come le era successo, come il veleno della terra aveva cambiato per sempre la sua vita. Il dolore dei suoi ricordi era forse inferiore? Pensò a Viridiana mentre giaceva morente, riparando la Spada di Leah spezzata, affidandogli una parte di se stessa, qualcosa che avrebbe trasceso la sua morte. Ciò che si era lasciata dietro non doveva essere tenuto nascosto o segreto. Doveva essere condiviso.

E i ricordi, lo sapeva, non erano tesori di vetro da tenere conservati dentro una cassa. Erano nastri colorati da appendere al vento.

Girò la mano e strinse quella di lei. Poi si chinò in maniera da poter vedere chiaramente la sua faccia, e cominciò a parlare. Parlò a lungo, trovandolo dapprima difficile, poi sempre più facile, addentrandosi nel labirinto di emozioni che sorgevano dentro di lui, cercando le parole che talvolta non volevano venire, costringendosi a proseguire anche quando credeva di non potercela fare.

Quando ebbe finito, lei lo abbracciò, e un parte del dolore scivolò via.

Ripresero il cammino all'alba, il cielo era grigio e nebbioso, con una promessa di pioggia. Le nuvole giungevano da ovest come una nera e pesante valanga che cancellava tutto lungo il suo cammino. Faceva caldo sul fiume, l'aria era immobile, e lo sciabordio delle onde contro le pareti del canyon echeggiava cupo, mentre scendevano lungo la corrente. Morgan alzò l'albero e la vela, ma c'era poco vento ad aiutarli, e dopo un po' li tirò giù di nuovo e lasciò che fosse la corrente a trasportarli. Era quasi mezzogiorno quando passarono sotto Sentinella del Sud, il nero obelisco che si innalzava immenso e silenzioso e impenetrabile, la sua ombra che cadeva come una maledizione del Mermidon. Lo guardarono con ripugnanza, mentre passavano, immaginando le cose oscure che vi si nascondevano, a disagio all'idea di poter essere osservati. Ma nessuno comparve, e i tre proseguirono il loro viaggio senza intoppi.

Sentinella del Sud rimpicciolì in lontananza, si confuse nella foschia, e sparì.

Poco dopo raggiunsero la foce del fiume, e le rive si allargarono, trasformandosi nel Lago Arcobaleno, la superficie liscia come vetro e di un azzurro intenso. L'arcobaleno da cui il lago prendeva il nome era pallidamente visibile, sospeso sull'acqua come un vessillo sbiadito che si fosse staccato dal suo pennone. Guidarono la barca fino alla riva occidentale, la tirarono in secca, e si addentrarono su un tratto di terreno pianeggiante, che a est e a sud scendeva verso l'acqua, e a nord-ovest si allargava a formare una pianura deserta, coperta di erba rada e cespugli stentati, fino a una linea di colline all'orizzonte. Respirarono profondamente e si guardarono intorno, senza vedere segno di vita fin dove potevano spingere lo sguardo.

Damson si gettò indietro i capelli rossi, se li legò intorno alla fronte con un fazzoletto, e tirò fuori lo Skree. Tenendolo sul palmo, allungò il braccio verso sud. Morgan osservò il mezzo disco brillare rossastro.

Lei fece per metterlo via, poi ci ripensò, e controllò ciascuno degli altri punti cardinali. Quando lo puntò verso nord, la direzione da cui erano venuti, lo Skree brillò una seconda volta, una pallida pulsazione. Damson lo guardò incredula, chiuse la mano su di esso, si voltò nella direzione opposta, tornò a voltarsi una terza volta, e riaprì la mano. Ancora una volta lo Skree baluginò.

«Perché fa così?» chiese subito Matty Roh.

Damson scosse la testa. «Non lo so. Non ho mai sentito che potesse comportarsi in una maniera simile.»

Si rivolse di nuovo verso sud e spostò adagio la mano lungo l'orizzonte, da est a ovest e viceversa. Poi fece la stessa cosa rivolta a nord, scrutando la superficie martellata dello Skree. Non c'erano errori in quello che vedeva. Lo Skree si illuminava in entrambe le direzioni.

«È possibile che sia stato rotto ancora, e i pezzi portati in due direzioni?» chiese Morgan.

«No. Può essere diviso una volta sola. Se viene spezzato una seconda volta diventa inutilizzabile. » Damson appariva turbata. «Ma qualcosa è successo. A sud, lo Skree punta verso la regione del Fiume Argento, a ovest di Culhaven, sopra il

Tumulo. È il più forte dei due.» Si guardò sopra le spalle. «A nord, è centrato su Sentinella del Sud.»

Ci fu un lungo silenzio, mentre riflettevano. Un airone lanciò il suo grido dal lago, uscì dalla foschia in un lampo argenteo, e sparì di nuovo.

«Due indicazioni» disse Morgan, e scosse la testa, appoggiandosi le mani sulle anche. «E una è falsa.»

«Allora a quale delle due credere?» chiese Matty. Fece qualche passo, come se avesse in mente qualcosa, poi si voltò e tornò indietro. «Qual è quella vera?»

Ancora una volta Damson scosse la testa. «Non lo so.»

Gli occhi cobalto di Matty guardarono l'orizzonte, dove le nuvole si stavano accumulando. «Allora dovremo controllarle tutte e due.»

Damson annuì. «Immagino di sì. Non conosco altro sistema.»

Morgan si lasciò sfuggire un sospiro di frustrazione. «E va bene. Prima a sud. Questa indicazione è la più intensa.»

«E abbandoniamo Sentinella del Sud?» Matty scosse la testa. «Non possiamo farlo. Qualcuno deve stare qui, nel caso che Par Ohmsford sia là dentro. Pensaci, Cavaliere. Se fosse là, e cercassero di portarlo via? Se si presentasse un'occasione di liberarlo e non ci fosse nessuno? Potremmo perderlo, per dover poi ricominciare tutto da capo. Non credo che possiamo permettercelo.»

«Ha ragione» disse Damson.

«Benissimo, allora tu resti, Damson, e io vado a sud» dichiarò Morgan, irritato per non averci pensato per primo.

Ma Matty Roh scosse di nuovo la testa. «Devi essere tu a restare. La tua spada è l'unica arma efficace che abbiamo contro gli Ombrati. Se dovremo combattere per liberarlo, la tua Spada è un talismano contro la loro magia. Io sono brava, Morgan Leah, ma so anche quando ho di fronte un avversario più forte di me. Questa faccenda non mi piace più di quanto piaccia a te, ma non c'è altra soluzione. Damson e io andremo a sud.»

Ci fu un lungo silenzio mentre si guardavano: Morgan combatteva contro l'impulso quasi irresistibile di respingere bruscamente quella che avvertiva come una follia, Matty con i suoi occhi color cobalto, fermi e decisi, il peso della sua argomentazione che si rispecchiava nella loro luce.

Alla fine Morgan distolse lo sguardo, la ragione vinse sulla passione, in una riluttante sottomissione alla necessità e alla speranza. «D'accordo» disse a bassa voce. Le parole erano amare, aspre. «D'accordo. Non mi piace, ma faremo così.» Guardò lontano. «Ma se trovate Par e c'è da combattere, tornate a prendermi.»

Matty annuì. «Se potremo farlo.»

Morgan fece una smorfia pensando all'implicazione di quelle parole, scosse la testa con rabbia e guardò Damson come a sfidarla. Ma Damson si limitò ad annuire. Morgan esalò lentamente un respiro. «Se potrete» ripeté cupo.

Discussero ancora un poco, mettendosi d'accordo su quello che avrebbero fatto se il tempo e le circostanze l'avessero permesso. Morgan scrutò il paesaggio, poi indicò a ovest, dove uno sperone di roccia dominava il lago e la pianura circostante. Da lì sarebbe stato in grado di controllare tutto ciò che entrava o usciva da Sentinella del Sud. Se nulla fosse accaduto nel frattempo, era lì che l'avrebbero trovato al loro ritorno.

Le accompagnò fino alla barca, da dove prelevarono provviste sufficienti a Morgan per una settimana. Poi le abbracciò con qualche esitazione, prima Damson poi Matty. La ragazza lo strinse forte a sé, come per fargli capire la sua riluttanza ad andarsene. Non disse nulla, ma con le mani gli premette contro la schiena, e le sue labbra gli sfiorarono la guancia. Lo guardò negli occhi, mentre si staccava da lui, e Morgan ebbe la sensazione che gli lasciasse qualcosa di sé con quell'occhiata. Fece per rivolgerle un sorriso rassicurante, ma si era già voltata.

Quando furono partite, svanite fra la nebbia che si era addensata sul fiume, si diresse verso il suo posto di guardia, avanzando stanco fra le ombre che si addensavano. Le nuvole ricoprivano il cielo da un orizzonte all'altro, e l'aria aveva iniziato a raffreddarsi. Si era levato un vento proveniente dalla pianura, che gli soffiava polvere e sabbia negli occhi. In lontananza, verso ovest, la pioggia era una cortina scura che si muoveva nella sua direzione. Si tirò sulla testa il cappuccio del mantello, e abbassò gli occhi a terra.

Aveva appena raggiunto la sua destinazione quando la pioggia arrivò, uno scroscio che spazzò la pianura e inondò tutto nel giro di pochi istanti. Morgan si rifugiò sotto i grandi rami di un abete, sistemandosi contro il tronco. Rimase asciutto sotto il suo riparo, e il temporale passò senza toccarlo. La pioggia proseguì per parecchie ore, poi si fece più leggera, infine cessò. I nuvoloni passarono verso est, il cielo si schiarì, e il tramonto fu un incendio rosso e porpora sull'orizzonte.

Morgan lasciò la protezione dell'abete e trovò una macchia di aceri dalle larghe foglie che gli permetteva di restare nascosto pur offrendogli una buona visione di Sentinella del Sud e del Mermidon verso est, di una buona fetta del Lago Arcobaleno a sud, e di una porzione delle colline sotto le Runne, attraverso le quali doveva passare chiunque cercasse di raggiungere la fortezza degli Ombrati da nord e da ovest. Era una posizione ideale per osservare tutto nel raggio di una dozzina di miglia. Niente male, decise, e si dispose ad attendere la notte.

Mangiò un poco del cibo che si era portato e bevve acqua. Si chiese se Damson e Matty Roh avessero cercato di attraversare il Lago Arcobaleno prima che arrivasse il temporale, oppure se avessero deciso di aspettare. Si chiese se si fossero accampate lungo il fiume, e se stessero guardando dalla sua parte, in quel momento.

Il cielo si fece grigio e cominciarono ad apparire le stelle. Morgan guardò verso Sentinella del Sud. Avrebbe voluto penetrare con gli occhi oltre le sue mura. Cercò di non pensare a quanto poteva accadere entro di essa. Troppa immaginazione poteva essere pericolosa. Studiò la pianura verso est, desolata e priva di vita: terra bruna, alberi morti e grigi, come una macchia che si irradiasse dalla torre degli Ombrati. Anche i margini, notò, si stavano scurendo, infettati dal veleno. Gli alberi marcivano e l'erba si seccava. Lo sperone su cui si trovava era un'isola già a rischio.

Sfoderò la Spada di Leah e la tenne fra le braccia. Un talismano contro gli Ombrati, l'aveva chiamata Matty Roh. Ma era anche una forza che rubava l'anima di chi la possedeva, e c'era poco che potesse fare per proteggersi. Ogni volta che usava la magia, era un confronto di volontà: la sua e quella della Spada, entrambe in lotta per la supremazia, per assumere il controllo. Tre secoli prima Allanon aveva risposto all'invocazione disperata di Rone Leah, concedendo una piccola parte della magia druida all'antica arma, e l'eredità di quel dono, o di quella maledizione, era un sapore dolce-amaro che una volta provato chiedeva di essere provato ancora.

Come la canzone magica per Par. Come tutta la magia che era stata o che sarebbe mai stata... canti di sirene, di una forza che trascendeva ogni altra, e chiedevano inesorabilmente di essere cantati.

Fece un sorriso amaro. Stai attento a quello che chiedi. Non era questo l'antico ammonimento rivolto a coloro che pregavano per ciò che non avevano?

Il sorriso svanì. Forse l'avrebbe scoperto quando fosse giunto ancora il momento di evocare la magia della Spada... come senza dubbio avrebbe dovuto fare, prima o poi. Forse il tocco di Viridiana, la magia che aveva sanato il suo talismano, si sarebbe rivelato alla fine altrettanto mortale quanto quello degli Ombrati.

Il pensiero gli lasciò una sensazione di freddo e di vuoto, e di solitudine impossibile. Rimase seduto immobile nell'ombra, fissando il paesaggio, aspettando che le tenebre lo avvolgessero.

24

Tre giorni prima era passato un altro temporale, decisamente più violento, un acquazzone torrenziale, pieno di tuoni e di lampi, accompagnato da un vento ululante, il tipo di diluvio che capitava frequentemente nelle Terre di Confine verso la tarda estate, con l'accumularsi del calore e della pressione. Piombò sul Callahorn all'imbrunire, inondò la terra per tutta la notte, e sparì a sud con il giungere dell'alba.

Sull'onda del suo passaggio, una figura solitaria si alzò dalla terra fradicia ai margini del Lago Arcobaleno, resa irriconoscibile dal fango, e curva come se fosse appesantita da catene.

Occhi scuri sbatterono e cercarono di mettersi a fuoco. Il giorno era lento a svegliarsi, preoccupato forse che il temporale potesse tornare, le nuvole dai bordi scuri che si attardavano ancora nel cielo color piombo, l'alba era grigia e cauta, mentre si scrollava di dosso le ombre ostinate della notte. La figura esitò incerta, poi avanzò incespicando fino alla riva del lago e vi immerse le mani e la faccia, infine tutto il corpo, lavandosi fino a mostrare stracci e pelle nuda.

Fango e detriti galleggiavano sull'acqua scura, e Coll Ohmsford si alzò, guardandosi intorno.

All'inizio non riuscì a ricordare nulla oltre al suo nome... anche se di questo era ben certo, come se la sua identità un tempo fosse stata in pericolo. Riconobbe il Lago Arcobaleno, il terreno su cui posava i piedi, e il paese che lo circondava. Era sulla riva meridionale del lago, a ovest di Culhaven e a nord delle Pianure del Tumulo. Ma non sapeva come ci fosse arrivato.

Guardò la spada che teneva in mano (era riuscito a lavarsi

senza lasciarla andare?) e si rese conto che stringeva la Spada di Shannara.

Poi i ricordi tornarono impetuosi, facendolo piegare su se stesso come se avesse ricevuto un pugno nello stomaco. Le immagini lo assalirono. Era stato catturato dagli Ombrati e imprigionato a Sentinella del Sud. Era riuscito a scappare, ma in verità era stato Rimmer Dall a permettergli di scappare. Gli era stato fatto credere che il Mirrorshroud l'avrebbe nascosto, mentre in verità l'aveva distorto in modi che preferiva non ricordare, trasformandolo in uno di loro, ricreandolo a loro immagine. Aveva perso il controllo su se stesso, diventando qualcosa di molto simile a un animale, e si era messo a frugare il paese alla ricerca di suo fratello Par, senza una ragione chiara o uno scopo, oltre a una vaga intenzione di fargli del male. Avvolto nelle scure pieghe del Mirrorshroud, aveva inseguito, trovato e attaccato suo fratello...

Respirava convulso con la bocca. Il petto gli si contrasse, lo stomaco ribollì.

Suo fratello.

... e aveva cercato di ucciderlo... e l'avrebbe fatto, se qualcosa non lo avesse fermato.

Scosse la testa, dibattendosi nel labirinto dei ricordi. Era fuggito da Par, confuso e impazzito, dilaniato fra chi era stato e ciò che era diventato. Si era tirato dietro Par, rendendosi conto a malapena di quello che stava facendo, fuggendo di giorno, cercando di notte, sempre cacciando, perso da qualche parte in fondo a se stesso. L'odio e la paura lo spingevano, ma la loro origine non sempre era chiara. Sentiva che la presa del Mirrorshroud cominciava ad allentarsi su di lui, ma non sapeva bene se questa era una cosa buona oppure no. Stava cambiando di nuovo, ma non riusciva ad arrivare fino in fondo, legato ancora dalla magia ombrata. Nelle tenebre, tornava a cercare suo fratello, pensando di ucciderlo, pensando nello stesso tempo di trovare la salvezza, i pensieri che si contorcevano l'uno attorno all'altro, come serpenti. Seguimi! aveva pregato Par... poi aveva cercato di scappare così in fretta e così lontano che suo fratello non potesse seguirlo.

Si strinse le braccia intorno al corpo, per ripararsi dal gelo che soffiava dentro di lui, e guardò la distesa nebbiosa del lago, ricordando. Per quanti giorni era scappato? Per quanto tempo si era perso?

Seguimi!

Allora aveva rubato il disco di metallo, quello che Par portava legato intorno al collo... l'aveva rubato senza sapere il motivo, solo perché lo aveva visto tenerlo in mano e accarezzarlo, fra le ombre del tramonto, aveva intuito che per lui era importante, e aveva pensato così di far del male a Par, ma anche che rubando il disco avrebbe indotto suo fratello a seguirlo.

Come era accaduto.

Fino alla terra desolata, sotto Sentinella del Sud.

Perché era fuggito fin lì? La ragione gli sfuggiva, un sussurro elusivo nel suo subconscio. Aggrottò la fronte, sforzandosi di comprendere. Era stato spronato dalla magia del Mirrorshroud, costretto a tornare...

I suoi occhi si spalancarono. A trascinarsi dietro Par perché...

E Par l'aveva raggiunto là, accanto all'antica quercia colpita dal fulmine, l'aveva trovato esausto, distrutto. Avevano combattuto un'ultima volta, lottando per il possesso della Spada di Shannara, cercando di infrangere le barriere che li separavano, ciascuno a suo modo... Par evocando la magia della Spada in maniera che Coll potesse essere libero, Coll lottando a sua volta per... per...

Cosa?

Per dire a Par. Per dirgli.

«Par» sussurrò, terrorizzato, e il ricordo di ciò che la verità della Spada gli aveva rivelato lo bruciò come un fuoco. Guardò la lama sporca di fango, le incisioni sotto le sue dita... la mano che teneva sollevata un torcia accesa. La fissò riconoscendola e meravigliandosi, e le sue dita si mossero lungo l'emblema, come alla ricerca di segreti nascosti.

Tutti quei mesi passati a cercare la Spada di Shannara, pensò, e non l'avevano mai capito. Tanti sforzi spesi per recuperarla, una lotta segnata da battaglie disperate e da vite perdute, e mai una sola volta l'avevano sospettato. L'incarico di Allanon li aveva trascinati, a capofitto. Aveva trascinato Par, e Coll era stato pronto a seguirlo. Trova la Spada di Shannara, aveva ordinato l'ombra del Druido. Soltanto allora le Quattro Terre potranno essere guarite. Trova la Spada, aveva sussurrato nel turbine di grida che si levavano dal Perno dell'Ade.

E Par Ohmsford così aveva fatto... Senza sospettare neppure una volta che non era lui quello prescelto per usarla.

Il cuore di Coll Ohmsford batteva all'impazzata; respirò a lungo e lentamente per calmare il pulsare del sangue. Provò uno stimolo quasi irresistibile a disperarsi, a causa di ciò che l'inganno avrebbe potuto costare loro, ma non volle lasciarsi trascinare fino a quel precipizio. Con entrambe le mani strette intorno al talismano, si allontanò dal Lago Arcobaleno, fino a un gruppo di aceri che spargevano ombre maculate su una collinetta erbosa. Confuso e indebolito, si sedette dove la luce del sole riusciva a raggiungerlo attraverso i rami, e cercò di mettere ordine fra le immagini che aveva liberato nella memoria.

Par l'aveva seguito fino alla pianura a ovest di Sentinella del Sud, e avevano combattuto un'ultima volta, fratello contro fratello. Par era andato a cercarlo perché il Mirrorshroud era una magia ombrata da cui Coll non poteva liberarsi. Aveva cercato di usare la Spada di Shannara per dare a Coll ciò di cui aveva bisogno per spezzare le sue catene: la comprensione di cos'era diventato e di come era stato alterato. La verità, la caratteristica della Spada, lo avrebbe aiutato a fuggire. Par era stato certo che fosse davvero la Spada di Shannara quella che possedeva, perché la verità si era rivelata quando Coll l'aveva assalito, fuori da Tyrsis. Evocata dalla furia della loro lotta, si era scatenata dentro entrambi, svelando a Par che Coll era vivo, e fornendo a Coll una terrificante immagine di ciò che era diventato. Se la magia della Spada fosse penetrata in suo fratello, aveva creduto Par, Coll sarebbe stato liberato.

Gli vennero le lacrime agli occhi, rammentando l'espressione intensa sul viso di Par mentre si avvinghiavano lottando, nella furia del temporale. Rivide le labbra di suo fratello muoversi, sussurrare. Coll. Ascoltami. Coll. Ascolta la verità.

E la verità era scaturita come un incendio dalla Spada di Shannara, un fuoco bianco che purificava tutto, penetrando in Coll e frantumando la magia ombrata, permettendogli di strapparsi di dosso il Mirrorshroud e di gettarlo via per sempre. La verità era giunta, e Coll era stato liberato.

Ma la verità non era mai stata la verità di Par... e non era mai toccato a Par affidarla. Era la verità di Coll... e solo a lui toccava accettarla.

A est il sole aveva cominciato a filtrare attraverso le nuvole temporalesche, il grigio dell'alba lasciava spazio alla luce dorata del giorno. Coll la fissò e gli parve che tutta la tristezza che aveva finora provato si fosse concentrata in un singolo istante.

Par non aveva evocato la magia della Spada di Shannara. Era stato Coll a farlo. Non una volta, ma entrambe, e ciascuna senza rendersi conto di ciò che stava facendo o di ciò che controllava. Coll, non Par, era l'Ohmsford a cui la Spada era destinata. Ma la verità, in questo caso come in molti altri, era evanescente come fumo e ci voleva del tempo per comprenderla. Allanon non aveva dato a Coll nessun incarico quando si erano riuniti al Perno dell'Ade... eppure il potere di evocare la magia della Spada di Shannara era suo. Era anche ovvio, a pensarci. Era il fratello di Par, e come lui erede della magia elfa. Dividevano lo stesso sangue elfo e la stessa nascita. Ma era a Par che era stata affidato l'incarico, e su Par tutto si era concentrato, in seguito. Par era stato mandato a recuperare la Spada, armato della sua magia e della sua inflessibile determinazione, certo del suo scopo anche quando gli altri, nella piccola compagnia, avevano dubitato. Par era stato mandato, e Allanon doveva sapere che non avrebbe fallito. Ma perché non era stato detto loro che la Spada era destinata a Coll? Perché a lui non era stato chiesto nulla?

Unì le mani e le intrecciò davanti a sé. Ricordava la sensazione provata quando aveva dato vita alla magia della Spada, un fuoco inesplicabilmente freddo. Anche intrappolato nell'incantesimo del Mirrorshroud, l'aveva sentita arrivare come un'ondata che spazzava ogni cosa. Le verità avevano distrutto le barriere della magia ombrata; piccole verità, dapprima: ricordi d'infanzia e di giovinezza, poi più grandi, più dure e insistenti, colpi che avevano rafforzato la sua determinazione, l'avevano indurito a poco a poco contro ciò che sarebbe venuto. Le verità erano dolorose, ma anche salutari, e quando l'ultima gli fu di fronte – la verità su cos'era diventato – fu capace di accettarla e di porre fine agli inganni di cui era stato circondato.

Aveva raccontato la storia della Spada di Shannara un migliaio di volte... come il talismano aveva preso vita nelle mani di Shea Ohmsford, cinque secoli prima, come gli aveva svelato la sua stessa natura e poi aveva smascherato il Signore degli Inganni. Aveva raccontato la storia tante volte che poteva raccontarla anche nel sonno.

Ma nemmeno questo l'aveva preparato a ciò che provava ora, dopo aver sperimentato la magia della Spada. Essere stato posto di fronte alla verità l'aveva spogliato delle illusioni e delle convinzioni che l'avevano protetto per tutta la vita. Era stato privato delle barriere protettive che aveva eretto per se stesso contro i propri errori e fallimenti più gravi. Era rimasto nudo ed esposto. E ora si sentiva sciocco e pieno di vergogna.

E terrorizzato per Par.

Perché la Spada di Shannara nel liberarlo gli aveva rivelato anche una serie di verità su Par. Una di queste era che Par non poteva usarla. Un'altra era che non se ne rendeva conto. Una terza, era che la causa dei problemi di suo fratello si trovava nella canzone magica.

Segreti svelati... li aveva visti tutti. Ma Par no. Per ragioni ancora sconosciute, la canzone non permetteva a Par di evocare la magia della Spada, non gli permetteva di portare la magia dentro di sé, e di vedere la verità su se stesso. La canzone era un muro che teneva fuori la magia della Spada, nascondendo ciò che essa avrebbe rivelato, tenendo prigioniero suo fratello. Coll non sapeva perché, ma sapeva che era così . La canzone faceva qualcosa a Par, e Coll non era certo di cosa fosse. Aveva sentito la sua resistenza al potere della Spada quando aveva lottato con lui per il possesso dell'arma. L'aveva sentita respingere la magia, tenendola dentro Coll, come per assicurarsi che la verità rivelata appartenesse a lui e non a suo fratello.

Perché? si chiese. Perché doveva essere così? Perché Allanon non aveva detto loro nulla su questo, o su chi poteva usare la Spada, o sul motivo per cui la Spada era necessaria? Quale era lo scopo della Spada? Erano stati mandati a recuperarla, e ci erano riusciti. Adesso cosa dovevano farne?

Anzi, cosa doveva farne lui?

I raggi del sole gli sfiorarono la faccia, e Coll chiuse gli occhi, sollevando il viso verso la luce. Il calore era dolce, e lui se ne lasciò avviluppare come in una coperta. Era stanco e confuso, ma era anche al sicuro, e altrettanto non si poteva dire di Par.

Indietreggiò dalla luce e riaprì gli occhi. Il Re del Fiume Argento aveva cercato di portarli via tutti e due, ma lo sforzo era fallito. Par si era lasciato prendere dal panico e aveva usato la canzone, e la sua magia si era scontrata con quella del loro salvatore. Coll era stato portato alla luce, al sicuro lontano, mentre Par era ricaduto nelle tenebre e nelle mani degli Ombrati.

E adesso era prigioniero di Rimmer Dall.

La bocca di Coll si strinse. Aveva urlato per Par, guardandolo cadere, poi si era sentito avvolgere e cullare dalla luce che l'aveva portato via. Il Re del Fiume Argento gli aveva parlato, parole di fiducia e di conforto, parole di promessa. La voce del vecchio era suonata dolce nelle sue orecchie. Sarebbe stato al sicuro, aveva sussurrato. Avrebbe dormito, e per il momento dimenticato, ma al suo risveglio avrebbe ricordato di nuovo. Avrebbe tenuto la Spada di Shannara, poiché lui era designato a usarla. L'avrebbe portata con sé nella ricerca del fratello, e se ne sarebbe servito per salvarlo.

Coll annuì al ricordo. Fare per Par ciò che Par aveva fatto per lui. Cercare Par ed evocando la magia della Spada di Shannara costringerlo ad affrontare le verità che la canzone gli nascondeva, e liberarlo.

Ma da cosa?

Un'oscura inquietudine si ridestò in lui, mentre ricordava le paure di Par su come si stava evolvendo la magia della canzone. Rimmer Dall aveva avvertito entrambi gli Ohmsford che Par era un Ombrato, che la canzone lo rendeva tale, e che correva il pericolo di essere consumato dalla magia perché non sapeva come controllarla. Li aveva avvertiti che solo lui poteva impedire all'Uomo della Valle di distruggersi. Non c'era da credere nemmeno a una parola del Primo Cercatore, naturalmente. Ma se aveva almeno in piccola parte ragione? Sarebbe stato senza dubbio un motivo sufficiente perché la canzone impedisse alla verità della Spada di giungere a Par. Poiché se davvero Par era un Ombrato...

Coll sospiò bruscamente, con rabbia. Non si permise di finire il pensiero, di accettare la possibilità. Come poteva Par essere un Ombrato? Come poteva essere uno di quei mostri? C'era qualche altra ragione per ciò che stava accadendo. Doveva esserci.

Smettila di arrovellarti! Sai cosa devi fare! Devi trovare Par!

Si alzò e rimase a guardare il lago velato di nebbia, esausto a causa della lotta per restare vivo e delle rivelazioni della Spada. Ripensò agli anni trascorsi a occuparsi di suo fratello, mentre crescevano... Par così imprevedibile e litigioso, che lottava per comprendere e controllare la magia che viveva dentro di lui, e Coll che faceva da paciere, usando la sua corporatura e la sua indole calma per impedire che le cose sfuggissero di mano. Quante volte si era alzato in difesa di Par, gli aveva fatto da scudo nelle punizioni, l'aveva salvato dai pericoli? Quante volte aveva messo da parte i propri dubbi per poter stare a fianco del fratello e proteggerlo? Non riusciva neanche a contarle. Non voleva. Era una cosa che doveva fare, e basta. Lo avrebbe rifatto anche adesso. Par e lui erano fratelli, e i fratelli si aiutano a vicenda, quando è necessario. La scelta era stata fatta molto tempo prima.

Trova Par e liberalo.

Prima che sia troppo tardi.

Guardò la Spada di Shannara, e passò le dita sul pomo, ricordando la sensazione della magia che scorreva in lui. La sua magia. La magia che credeva non avrebbe mai posseduto. Era una strana sensazione sapere che quel potere era suo. Ricordava con quanto ardore l'avesse desiderato un tempo, non tanto per ciò che poteva fare, ma perché aveva creduto che potesse avvicinarlo a Par. Ricordava quanto si fosse sentito solo dopo l'incontro con Allanon... l'unico degli Ohmsford a cui non fosse stato affidata una missione. Ricordava di aver pensato che tanto valeva non esserci nemmeno. Quel ricordo lo bruciava anche adesso.

Dunque cosa avrebbe fatto dell'occasione che gli era stata offerta?

Si guardò, stracciato e malconcio, senza acqua né cibo, senza armi (a parte la Spada), senza denaro o oggetti da barattare. Guardò nuovamente il lago, e la nebbia che cominciava a diradarsi con il sorgere del sole.

Trova Par.

Suo fratello doveva essere a Sentinella del Sud. Ma sarebbe stato ancora suo fratello? Coll credeva di poterlo raggiungere, di saper trovare i mezzi per superare qualunque ostacolo; ma cosa sarebbe successo a suo fratello nel frattempo? Sarebbe servita la Spada di Shannara ad aiutarlo contro ciò che gli Ombrati potevano avergli fatto? Sarebbe servita a qualcosa la magia se Par fosse diventato uno di loro?

Le domande erano inquietanti. Se le considerava più a fondo, poteva perfino cambiare idea e non andare.

Ma è stato forse diverso quando Par è venuto a cercare me? Ha chiesto se ero ancora suo fratello?

Scacciò dalla mente le domande, afferrò la Spada di Shannara, e si mise in cammino.

Procedette in direzione est, seguendo la costa verso la foce del Fiume Argento. Andare a ovest era fuori discussione, perché significava addentrarsi nella Palude della Nebbia, e sapeva che era meglio evitarla. Le nuvole sparirono, uscì il sole, e la terra cominciò a infuocarsi. Umidi vapori si alzavano a ondate dal terreno fradicio, mentre le pozze create dal temporale ritornavano asciutte trasformandosi in polvere. Aironi e gru volavano planando sul lago, e l'acqua si increspava argentea al loro passaggio.

Ancora estraneo alla sua nuova vita, pensò a lungo a tutto ciò che gli era accaduto, cercando di incastrare i pezzi del rompicapo che ancora non avevano trovato una collocazione. Il principale fra questi, era l'ossessione di Rimmer Dall per Par. Che il Primo Cercatore fosse preso da questa ossessione era ormai indubitabile. Troppo tempo e troppa fatica erano stati spesi, per pensare altrimenti. Prima c'era stato il complicato inganno per far credere a Par che Coll fosse morto. Poi a Coll era stato permesso di tornare in vita, contaminato dal Mirrorshroud, ed era stato mandato alla ricerca di Par. E perché Rimmer Dall aveva dato a Par la Spada di Shannara, dal momento che Par non poteva usarla? A che serviva tutto questo? Perché Par era così importante per il Primo Cercatore? Se fosse stato un ostacolo sul suo cammino, sarebbe stato ucciso molto tempo prima. Invece, Rimmer Dall pareva giocare una complicata partita, di cui facevano parte la ricerca della Spada di Shannara, la finta morte di Coll, il ripetuto suggerimento che Par fosse la cosa che lui cercava di distruggere. Cosa stava cercando di fare Rimmer Dall?

In qualche maniera, Coll ne era certo, la faccenda era collegata all'incarico che Allanon aveva dato a suo fratello, di trovare la Spada di Shannara. Forse lo scopo della Spada era di rivelare la verità nascosta dietro tutti gli inganni. Forse lo scopo era un altro. Qualunque fosse, c'erano raggiri e manovre che né lui né Par ancora comprendevano, ma che in qualche modo dovevano sbrogliare.

Si riposò verso mezzogiorno, bevve l'acqua di un torrente e desiderò avere qualcosa da mangiare. Si stava avvicinando al Fiume Argento, e ben presto avrebbe piegato a nord, verso il Raab. Si era irrobustito a Sentinella del Sud, allenandosi con Ulfkingroh, ma il sovvertimento operato in lui dal Mirrorshroud l'aveva molto indebolito. La fame lo tormentava, e alla fine cedette. Usando la Spada, si fabbricò una lancia con un ramo di salice, e andò a pescare. Camminò sul bassofondo del lago fino a una insenatura tranquilla, e si fermò con l'acqua che gli arrivava alle ginocchia, aspettando che passasse un pesce per infilzarlo. Gli ci vollero una dozzina di tentativi, ma finalmente riuscì a prenderne uno. Lo portò a riva, poi si ricordò che non aveva nulla per cuocerlo. Non poteva mangiarlo crudo... non dopo le giornate trascorse sotto l'incantesimo del Mirrorshroud. Si frugò negli abiti alla ricerca di materiali per accendere un fuoco, ma trovò solo lo strano disco che aveva rubato a Par, infilato in una tasca. Irritato e frustrato, ributtò il pesce nel lago e riprese il cammino.

Il pomeriggio si trascinava stancamente. Coll riposò più volte, stordito per il caldo soffocante, incapace di concentrarsi. Gli sarebbe servito dormire, ma aveva deciso di continuare fino al cadere della notte. Ogni tanto aveva la visione di Par nei riflessi del calore che si sollevava dall'erba, lo sentiva parlare, lo vedeva muoversi. Ricordi andavano e venivano, mescolandosi con le immagini, e svanendo quando cercava di avventurarsi più vicino. Aveva bisogno di un piano migliore, si disse. Non era sufficiente tornare a Sentinella del Sud. Non sarebbe mai riuscito a salvare Par da solo. Aveva bisogno di aiuto. Cos'era successo, si chiese, a Morgan Leah e agli altri? Che ne era stato di Walker Boh e di Wren? Dov'era Damson? Stava cercando Par anche lei? Padishar Creel l'avrebbe aiutato, se Coll fosse riuscito a trovarlo. Ma Padishar poteva essere ovunque.

Al crepuscolo, scorse davanti a sé il Fiume Argento, un nastro luminoso che si snodava nell'entroterra. Giunto a un'insenatura, dovette girare attorno a un acquitrino di acque verdastre e tiepide, circondate da una vegetazione avvelenata e grigiastra, il fetore della putrefazione pesante nell'aria. Respirando con la bocca, si affrettò a superare l'ostacolo.

Uscendo da una macchia di pini, vide un carro e si fermò.

Cinque uomini, seduti intorno a un fuoco dove si stavano preparando la cena, alzarono gli occhi. Le facce dure lo fissarono senza muoversi. C'era della carne che cuoceva su uno spiedo, e del brodo in una pentola. Gli odori lo raggiunsero, allettanti. Un tiro di muli, staccati dal carro, brucavano l'erba. Delle coperte erano stese in giro, in preparazione della notte. Gli uomini si stavano passando una fiasca di birra a vicenda.

Uno di loro fece cenno a Coll di unirsi. Lui esitò. Gli altri lo chiamarono, invitandolo a mangiare e bere con loro, chiedendogli cosa mai gli fosse successo, per essersi ridotto così.

Coll avanzò, rendendosi conto di quanto dovesse apparire strano; ma aveva un bisogno disperato di cibo. Si sedette fra gli uomini, gli vennero dati un piatto e un boccale di birra. Aveva appena addentato il primo boccone, quando gli arrivò un colpo dietro l'orecchio, e gli furono addosso tutti insieme. Lottò per alzarsi, per liberarsi, per fuggire, ma c'erano troppe mani a trattenerlo. Venne preso a pugni e calci, fino quasi a perdere conoscenza. La Spada di Shannara gli fu strappata. Ai piedi e alle caviglie gli legarono delle catene, e lo gettarono sul carro. Li implorò di non farlo. Li pregò di lasciarlo libero, dicendo loro che stava cercando suo fratello, che doveva trovarlo, supplicando che lo lasciassero andare. Quelli risero con disprezzo, e gli dissero di starsene zitto, altrimenti l'avrebbero imbavagliato. Venne fatto sedere, e gli diedero una tazza di brodo e una coperta.

La sua spada, gli dissero, si poteva vendere bene. Ma lui l'avrebbero venduto ancora meglio alla Federazione, come schiavo nelle miniere di Dechtera.

25

Par Ohmsford sognava.

Sognava di correre in una foresta nera di ombre e priva di vita. Era notte, il cielo visibile attraverso la cortina di rami e foglie, di un blu profondo, senza luna né stelle. Par vedeva con chiarezza, mentre correva, ma non riusciva a determinare la fonte della luce che glielo consentiva. I tronchi degli alberi si muovevano davanti a lui, ondeggiando come steli d'erba sferzati dal vento, costringendolo a continue deviazioni per evitarli. I rami si abbassavano sfiorandogli la faccia e le braccia, cercando di trattenerlo. Voci sussurravano, chiamandolo.

Ombrato. Ombrato.

Era atterrito.

Gli abiti che indossava erano umidi di sudore, e sentiva gli stivali sfregargli dolorosamente contro le caviglie. Ogni tanto incontrava stagni o ruscelli, ed era costretto a saltarli o a deviare, perché sapeva d'istinto che erano acquitrini che l'avrebbero imprigionato se vi si fosse avventurato dentro. Correndo, tendeva le orecchie per captare i rumori di altre cose viventi. Continuava a pensare che non poteva essere solo, che una foresta doveva essere abitata da altre creature. Continuava anche a pensare che la foresta prima o poi sarebbe terminata, che non poteva andare avanti all'infinito. Ma più correva, più profondo si faceva il silenzio e più oscuri gli alberi. Nessun suono rompeva l'immobilità. Nessuna luce penetrava nella selva.

Dopo un po' fu consapevole di qualcosa che lo inseguiva, una cosa nera e senza nome che correva veloce quanto lui, che lo tallonava implacabile come la sua ombra. Cercò di distanziarla, ma non ci riuscì. Cercò di far perdere le tracce deviando da una parte e dall'altra, ma la cosa deviò con lui. Cercò di appiattirsi contro un tronco mostruoso e antico, di qualche pianta indistinguibile, e la cosa si arrestò insieme a lui, e attese.

Era la cosa a sussurrare.

Ombrato. Ombrato.

Continuò a correre, senza sapere cosa fare, il panico lo travolgeva, la disperazione spazzava via la speranza. Era intrappolato dagli alberi e dal buio e non poteva scappare, e sapeva che prima o poi la cosa l'avrebbe preso. Sentiva il sangue pulsargli nelle orecchie, e il tremore scomposto del suo respiro. Il petto ansava, le gambe gli dolevano. Credeva di non farcela più ad andare avanti, ma sapeva che non poteva fermarsi. Allungò la mano per prendere la sua arma, e si accorse di non averla. Cercò di attirare qualcuno in aiuto con la pura forza di volontà, ma i nomi e le facce di coloro che poteva chiamare non apparvero.

Poi si ritrovò sulla sponda di un fiume, nero e veloce nella notte, che correva con la forza di un'inondazione in un canale ampio e diritto. Sapeva che non era un vero fiume, che era qualcos'altro, ma non sapeva cosa. Vide un ponte che lo attraversava e corse verso di esso. Alle sue spalle sentiva la cosa che lo inseguiva. Saltò sul ponte, un ampio arco costruito con legno inchiodato. I suoi stivali non fecero alcun rumore mentre correva. I suoi passi erano silenziosi. Il ponte gli era sembrato una via di fuga quando l'aveva imboccato, ma si accorse che non riusciva a vedere la riva opposta. Si guardò alle spalle, e anche la foresta era sparita. Il cielo si era abbassato e l'acqua era salita, e d'improvviso si trovò in una scatola che si chiudeva intorno a lui.

La cosa che lo seguiva emise un sibilo. Stava guadagnando rapidamente terreno, e si ingrandiva mentre la scatola si restringeva.

Par allora si voltò, sapendo che non sarebbe mai riuscito a sfuggire, che era stato condotto in una trappola, che qualsiasi cosa avesse sperato di guadagnare fuggendo, era persa. Si voltò, e in quel momento si ricordò che non era privo di difese, dopo tutto, che possedeva ancora la canzone, e che la magia elfa l'avrebbe protetto contro qualsiasi cosa. Fu colto da un'ondata di speranza, ed evocò la magia in sua difesa. Essa esplose attraverso di lui con euforica furia, un lampo bianco che trasformò il suo sangue in fuoco e il suo corpo in ghiaccio. La sentì riempirlo, avvolgerlo nell'armatura del suo potere, renderlo indistruttibile.

Attese con trepidazione la cosa che lo inseguiva.

Essa uscì dalla notte come un gatto, una creatura senza forma né sostanza. Ne avvertì la presenza molto prima di vederla. Intuì che guardava, che respirava, che si sollevava. Fu prima da una parte, poi dall'altra, poi tutto intorno a lui. Ma sapeva in qualche modo che non era in pericolo finché non la vedeva in faccia. Si contorceva e ondeggiava intorno a lui, restando sempre fuori della sua portata, e Par attese che si stancasse.

Poi cominciò a materializzarsi, e non era strana o deforme, e neppure tanto grande. Il suo corpo aveva la forma e le dimensioni di quello di Par, ed era in piedi davanti a lui, interamente visibile, tranne la faccia. Par raccolse la magia della canzone sulla punta delle dita, e la tenne pronta come una freccia sulla corda tesa di un arco, ansiosa di essere lanciata, affilata come un rasoio. La cosa di fronte a lui guardava. La testa era rivolta verso di lui, adesso, ma la faccia era ancora indistinta e oscurata. La voce sussurrò nuovamente.

Ombrato. Ombrato.

Poi la faccia si rivelò, e Par guardò se stesso.

Ombrato. Ombrato.

Par rabbrividì e scagliò la magia della canzone contro la cosa. Essa l'afferrò, e la magia svanì. La scagliò una seconda volta, un colpo tremendo che avrebbe trasformato la cosa in fumo. Essa lo ingoiò come se fosse aria. La faccia gli sorrise, un sorriso vacuo, dai contorni incerti, un miraggio che rischiava di essere inghiottito dal calore.

Non lo sai?

Non vedi?

La voce sussurrò, insinuante, ironica, piena di odio, e lui attaccò ancora, e ancora e ancora, la magia che sgorgava da lui. Ma qualcosa di strano stava succedendo. Più chiamava la magia, più la cosa pareva compiaciuta. Poteva sentire la sua soddisfazione come se fosse palpabile. Poteva sentire il suo piacere. La cosa stava cambiando, diventava più concreta, si nutriva della magia.

Non capisci?

Par ansimò e indietreggiò, rendendosi conto che anche lui stava cambiando, perdeva forma e definizione, si disintegrava come un pezzo di legno sul fuoco, si trasformava in cenere. Si toccò, in preda alla disperazione, e vide le proprie mani passare attraverso il corpo. La cosa venne più vicina, allungando le braccia. Vide se stesso riflesso nei suoi occhi.

Ombrato. Ombrato.

Vide se stesso e si rese conto che non c'era più alcuna differenza fra loro due. Lui era diventato la cosa.

Urlò quando lo prese fra le sue braccia, attirandolo a sé.

Il sogno finì, e Par si svegliò con un sobbalzo. Si sentiva girare la testa, il respiro gli usciva a rantoli, nel silenzio. Solo un sogno, pensò. Si coprì la faccia con le mani, e attese che il mondo smettesse di girargli intorno. Un incubo, ma così reale! Deglutì, cercando di scacciare la paura che ancora persisteva.

Riaprì gli occhi e si guardò intorno. Si trovava in una stanza nera come la foresta nella quale era fuggito. La stanza odorava di muffa e di chiuso. Le finestre sulla parete opposta si aprivano su un cielo nuvoloso e senza luna. L'aria era calda e appiccicosa, e non c'era vento. Era seduto su un letto formato da un'intelaiatura di legno e un pagliericcio. Aveva gli abiti umidi e coperti di fango secco.

Allora ricordò.

La pianura, il temporale, la battaglia con Coll, la magia della Spada di Shannara, l'arrivo degli Ombrati, l'apparizione del Re del Fiume Argento, la luce e poi il buio... le immagini gli scorsero davanti agli occhi in un istante.

Dov'era?

Una luce brillò d'improvviso dall'altra parte della stanza, un bagliore sulle dita di un braccio coperto fino al gomito da un guanto. La luce si posò su una lampada, e la lampada si accese, illuminando le ombre.

«Adesso che sei sveglio, forse potremo parlare.»

Una forma avvolta in un mantello nero entrò nel cerchio di

luce, alta e sottile e incappucciata. Si muoveva in silenzio, con grazia e sicurezza. Sul suo petto brillava la bianca insegna della testa di lupo.

Rimmer Dall.

Par si sentì gelare dalla testa ai piedi, e si trattenne a stento dal fuggire. Gettò una rapida occhiata alle pareti di pietra, alle finestre sbarrate, alla porta di legno rinforzata di ferro che si trovava alle spalle di Rimmer Dall, chiusa. Era prigioniero a Sentinella del Sud. Cercò la Spada di Shannara. Era sparita. E anche Coll.

«Sembra che tu non abbia fatto un sonno tranquillo.»

La voce sussurrante di Rimmer Dall galleggiava nel silenzio. Il Primo Cercatore lasciò cadere il cappuccio sulle spalle, e la sua faccia scarna e barbuta venne illuminata, tutta angoli e piani, una maschera priva di espressione. Se si rendeva conto del terrore di Par, non lo mostrò. Andò a una sedia e si accomodò. «Vuoi qualcosa da mangiare?»

Par scosse la testa, non fidandosi ancora a parlare. Sentiva la gola secca e contratta, i muscoli del corpo irrigiditi. Non farti prendere dal panico, si disse. Resta calmo. Si costrinse a respirare adagio, con regolarità. Si sedette sul letto, appoggiando i piedi a terra, ma non cercò di alzarsi. Rimmer Dall lo guardava con occhi impenetrabili, la bocca una linea sottile, il corpo immobile. Come un gatto in attesa, pensò Par.

«Dov'è Coll?» chiese infine Par, e scoprì che la sua voce era ferma.

«Il Re del Fiume Argento l'ha portato via.» La voce sussurrante era tranquilla, stranamente confortante. «Si è preso anche la Spada di Shannara.»

«Ma sei riuscito a impedirgli di prendere me.»

Il Primo Cercatore rise sommesso. «Sei stato tu stesso a farlo. Io non ho mosso dito. Hai usato la canzone, e la magia si è ritorta contro di te. Ha respinto il Re del Fiume Argento.» Fece una pausa. «La magia si fa sempre più imprevedibile, vero? Ricordi che ti avevo avvertito?»

Par annuì. «Ricordo. Ricordo tutto. Ma quello che ricordo non ha importanza, perché non ti crederei neppure se mi dicessi che il sole sorge a est. Mi hai mentito fin dall'inizio. Non so perché, ma l'hai fatto. E sono stanco di ascoltarti, perciò sarebbe meglio che tu facessi quello che hai in mente, una volta per tutte.»

Rimmer Dall lo studiò in silenzio. Poi riprese: «Dimmi su cosa ti ho mentito».

Par era furioso. Fece per parlare, poi si interruppe, rendendosi conto d'improvviso che non poteva ricordare alcuna specifica bugia detta dall'uomo. Le bugie erano lì, evidenti come la testa di lupo che brillava sul suo mantello nero, ma gli sembrava di non riuscire a metterle a fuoco.

«Quando ci siamo incontrati ti ho detto che ero un Ombrato. Ti ho dato la Spada di Shannara, e ti ho permesso di provarla su di me, per scoprire se mentivo. Ti ho avvertito che la tua magia era un pericolo per te, che ti stava trasformando, e che non saresti stato capace di controllarla senza aiuto. Dove ho mentito?»

«Hai preso prigioniero mio fratello dopo avermi fatto credere che l'avevo ucciso!» gridò Par balzando in piedi, con fare minaccioso malgrado la sua decisione precedente. «Mi hai fatto credere che fosse morto! Poi l'hai lasciato fuggire con il Mirrorshroud, perché diventasse un Ombrato e io potessi ucciderlo di nuovo! Ci hai messo l'uno contro l'altro!»

«Davvero?» Rimmer Dall scosse la testa. «E perché avrei dovuto farlo? Cosa ne avrei guadagnato? Dimmi quale scopo avrebbero avuto queste azioni.» Restò seduto con tutta calma, davanti all'ira di Par, in attesa. Par rimase a guardarlo, infuriato, ma non rispose. «No? Allora ascoltami. Non ti ho fatto credere di aver ucciso Coll... L'hai creduto da solo. È stata la tua magia a farlo, trasformandoti e distorcendo quello che vedevi. Ricordi? Ricordi che pensavi di avere perso il controllo?»

Par trattenne il respiro. Sì, era andata proprio così: la sensazione di volare fuori di se stesso, di essere scardinato.

L'Ombrato annuì. «I miei Cercatori hanno trovato tuo fratello dopo che tu sei fuggito, e l'hanno portato da me. Sì, sono stati un po' bruschi con lui, ma non sapevano chi fosse, solo che si trovava dove non avrebbe dovuto trovarsi. L'ho trattenuto a Sentinella del Sud, cercando di convincerlo ad aiutarmi a trovarti. Credevo che fosse la mia ultima risorsa. Quando è fuggito, ha portato il Mirrorshroud con sé... ma io non l'ho aiutato a rubarlo. L'ha preso da solo. Sì, il Mirrorshroud lo ha trasformato; la magia è troppo forte per un uomo normale. Tu, Par, avresti potuto indossarlo senza esserne contagiato. E io non vi ho messo l'uno contro l'altro... L'avete fatto da soli. Ogni volta che sono venuto da te ho cercato di aiutarti, e ogni volta sei fuggito. È ora che tu la smetta di fuggire.»

«Certo ti piacerebbe!» sbottò Par furioso. «Ti renderebbe tutto più semplice!»

«Pensa a quello che stai dicendo, Par. È privo di senso.»

Par serrò i denti. «Privo di senso? Dovunque io vada trovo Ombrati in agguato, che cercano di uccidere me e i miei amici. E quello che è successo a Damson Rhee e a Padishar Creel, a Tyrsis? Immagino che sia stato tutto un errore.»

«Un errore, sì, ma non mio» rispose calmo Rimmer Dall. «La Federazione vi ha dato la caccia, ha catturato la ragazza e poi il capo dei nati liberi. I Cercatori che hai distrutto nella torre di guardia, quando avete liberato la ragazza, erano lì su ordine della Federazione. Non sapevano chi eri, solo che eri un intruso. Hanno pagato con la vita. Devi ammetterlo.»

Par scosse la testa. «Non ti credo. Non credo a nulla di quello che dici.»

Rimmer Dall si spostò leggermente sulla sedia. «È quello che mi hai detto ogni volta che abbiamo parlato. Ma pare che ti manchi qualsiasi ragione concreta a sostegno della tua affermazione. Quando mai ho fatto qualcosa per minacciarti? Quando mai ho detto qualcosa se non con sincerità? Ti ho raccontato la storia degli Ombrati. Ti ho detto che la magia è un nostro diritto di nascita, un dono che può aiutare, che può salvare. Ti ho detto che il nemico è la Federazione, che ci ha dato la caccia cercando di distruggerci in ogni occasione, perché teme e odia ciò che non può o non vuole capire. Nemici, Par? Non tu e io. Noi siamo della stessa razza. Noi siamo uguali.»

Par rivide di colpo il sogno, e il ricordo fece scattare qualcosa di oscuro e di inesorabile dentro di lui. Scappare da se stesso, dalla magia, dal suo diritto ereditario, dal suo destino... era possibile, forse?

«Se siamo della stessa razza, se non sei mio nemico, allora mi lascerai andare» insistette.

«Oh no, non questa volta.» L'uomo scosse la testa, e il suo sorriso era una contrazione agli angoli della bocca. «L'ho già fatto, e per poco non ti sei distrutto con le tue mani. Non sarò così sciocco di nuovo. Questa volta faremo a modo mio. Parleremo, guarderemo, esploreremo, scopriremo, e, spero, impareremo. Dopo di che, potrai andare.»

Par scosse la testa con rabbia. «Non voglio né parlare né guardare, né niente di tutto il resto. Non c'è nulla di cui parlare.» Lo guardò minaccioso. «Se cercherai di trattenermi, userò la canzone.»

Rimmer Dall annuì. «Fai pure. Usala.» Fece una pausa. «Ma ricorda quello che la magia ti sta facendo.»

Mi sta cambiando, pensò Par, riconoscendo il peso dell'avvertimento. Ogni volta che la uso, mi cambia. Ogni volta, perdo un po' del controllo che ho su di essa. Cerco di impedire che accada, ma sembra che non ci riesca. E non so quali saranno le conseguenze, ma ho la sensazione che non saranno piacevoli.

«Non sono un Ombrato» disse cupo.

Lo sguardo di Rimmer Dall era vuoto e immobile. «È solo una parola.»

«Non mi interessa. Non lo sono.»

Il Primo Cercatore si alzò e andò a una finestra. Guardò la notte, con aria pensierosa e distante. «Un tempo mi preoccupavo di chi ero e di come ero chiamato» disse. «Mi consideravo uno scherzo di natura, una pericolosa aberrazione. Ma ho imparato che sbagliavo. La cosa importante non era ciò che la gente pensava di me; era ciò che pensavo io di me stesso. Se permettevo a me stesso di essere fermato dalle opinioni degli altri, sarei diventato ciò che essi desideravano che io diventassi.»

Si voltò verso Par. «Gli Ombrati sono esseri che vengono distrutti senza ragione. Veniamo accusati senza una causa. Possediamo una magia che potrebbe essere utile in molteplici modi, e non ci viene permesso di usarla. Chiediti questo, Par: è forse diversa la situazione per te?»

Par si sentì d'improvviso esausto, oppresso dal peso di ciò che gli era accaduto e dalla propria confusione. Rimmer Dall era calmo, sicuro di sé, irremovibile. I suoi argomenti erano persuasivi. Par non riusciva a individuare un punto dove il Primo Cercatore avesse mentito. Non riusciva a mettere a fuoco una situazione in cui avesse fatto del male. Era sempre sembrato che lui fosse il nemico; così avevano detto Allanon e Cogline: ma dov'era la prova? E quanto a questo, dov'erano il Druido e il vecchio? Dov'era qualcuno che potesse aiutarlo?

Il ricordo del sogno lo tormentava. Fino a che punto il sogno aveva detto la verità?

Si voltò verso il letto da cui si era alzato, e tornò a sedersi. Sembrava che nulla fosse andato per il verso giusto dal momento in cui aveva accettato l'incarico di Allanon di recuperare la Spada di Shannara. E nemmeno la Spada si era rivelata di qualche utilità. Era solo, abbandonato, impotente. Non sapeva cosa fare.

«Perché non ci dormi su?» gli suggerì calmo Rimmer Dall. Si stava già dirigendo verso la porta. «Ti farò portare da mangiare e da bere, e poi potremo parlare ancora.»

E sparì attraverso la porta quasi prima che Par pensasse di alzare gli occhi. Si alzò di scatto per fermarlo, poi tornò a sedersi. Aveva di nuovo la sensazione che il mondo gli girasse attorno. Si sentiva il corpo debole e pesante. Forse doveva tornare a dormire. Forse sarebbe riuscito a ragionare meglio, dopo.

Ombrato. Ombrato.

Era possibile che lo fosse?

Si raggomitolò sul paglericcio e scivolò nel sonno.

Sognò ancora, e il secondo sogno fu una variante del primo, oscuro e terrificante. Si svegliò bagnato di sudore, tremante, i nervi a fior di pelle, e vide che la luce del giorno filtrava attraverso le finestre. Il cibo gli venne portato da un Ombrato silenzioso, vestito di nero, e per un momento Par pensò di distruggere la creatura con la sua magia e di fuggire. Ma esitò, incerto sulla saggezza della scelta, il momento passò, e la porta si chiuse di nuovo.

Mangiò, bevve, e non si sentì meglio. Sedette nella penombra della sua prigione e ascoltò il silenzio. Di tanto in tanto poteva udire i gridi degli aironi e delle gru, e il vento che fischiava sommesso contro le pietre del castello. Andò alle finestre e guardò verso est, in direzione del sole. Sotto di lui, il Mermidon usciva serpeggiando dalle Montagne di Runne per sfociare nel Lago Arcobaleno, le acque gonfie per il temporale e ingombre di detriti. Le finestre erano profondamente incassate nelle mura, e permettevano di vedere solo una piccola fetta della terra circostante, ma Par poteva sentire l'odore degli alberi e dell'erba, e il rumore del fiume che scorreva.

Si sedette sul letto, cercando di pensare al da farsi. Fu allora che si accorse di un sordo pulsare che proveniva dalle viscere del castello, una strana vibrazione che percorreva la pietra e il ferro come un tuono temporalesco, bassa e insistente. Pareva un'onda continua e incessante, ma ogni tanto gli sembrò di sentirla spezzarsi, e di intuire una nota differente. Ascoltò con attenzione, avvertendo i movimenti nel suo corpo, e si chiese cosa fosse.

Giunse mezzogiorno, e Rimmer Dall tornò. Così nero che sembrava assorbire la luce intorno a lui, scivolò simile a un'ombra attraverso la porta e si materializzò sulla seggiola. Chiese a Par come si sentiva, come aveva dormito, se il cibo era stato sufficiente. Era gentile, calmo, ansioso di conversare, ma insieme distante, come se temesse che qualsiasi tentativo di avvicinarsi a Par avrebbe aggravato delle ferite ancora aperte. Parlò degli Ombrati e della Federazione, dell'errore che Par commetteva confondendo le due cose, del pericolo di credere che entrambi fossero nemici. Parlò ancora della diffidenza di Par nei confronti dei Druidi, dei modi in cui questi manipolavano e ingannavano, della loro ossessione per il potere. Rammentò a Par la storia della sua famiglia, e di come i Druidi si fossero serviti degli Ohmsford per raggiungere fini che essi credevano necessari, e nel farlo avessero trasformato per sempre le vite di coloro che avevano utilizzato.

«Non soffriresti a causa della canzone magica, se non fosse per ciò che è stato fatto a Wil Ohmsford tanti anni fa» dichiarò il Primo Cercatore, la voce come sempre bassa e intensa. «Puoi capirlo meglio di me, Par. Tutto ciò che hai dovuto sopportare nelle ultime settimane è stato causato dai Druidi e dalla loro magia. Di chi è dunque la colpa?»

Parlò poi della malattia che colpiva le Quattro Terre e dei passi che era necessario intraprendere subito per curarla. Non erano gli Ombrati a provocare la malattia. Era l'incuria delle Razze, di coloro che un tempo erano stati così attenti a conservare e proteggere. Dov'erano gli Elfi quando c'era bisogno di loro? Spariti, perché la Federazione li aveva fatti fuggire, spaventata per la loro eredità di magia. Dov'erano i Nani, da sempre i migliori guardiani della terra? Ridotti in schiavitù dalla Federazione, perché non potessero costituire un pericolo per il governo.

Parlò per un certo tempo, poi d'improvviso sparì ancora, svanendo fra la pietra e il silenzio del castello. Par rimase seduto dov'era, senza muoversi, sentendo ancora nella sua mente il sussurro del Primo Cercatore, la cadenza della sua voce, il suono delle sue parole, e la litania delle sue argomentazioni che iniziavano, finivano, iniziavano ancora. Il pomeriggio trascorse, e il sole impallidì a ovest. Giunse il crepuscolo e arrivò la cena. Par accettò ciò che gli veniva offerto dal silenzioso servitore, e questa volta non pensò alla fuga. Mangiò e bevve distrattamente, fissando le pareti della cella, pensando.

Venne la sera, e con essa Rimmer Dall. Questa volta Par lo attendeva, si aspettava il suo arrivo, come il tuono durante un temporale. Udì scorrere il chiavistello della porta, la vide aprirsi, e vide il Primo Cercatore entrare. La figura avvolta nel mantello nero raggiunse la solita sedia senza una parola. Si fissarono in silenzio.

«Cosa non ti ho detto ancora che dovrei dirti?» chiese Rimmer Dall alla fine, immobile nelle ombre che si addensavano.

Par scosse la testa. Il Primo Cercatore gli aveva dato troppe risposte, e troppi argomenti su cui meditare, ed essi si agitavano nella sua mente come i vetri colorati di un caleidoscopio. Una parte di lui continuava a resistere a tutto quello che sentiva. Ostinata e intrattabile, non gli permetteva di credere; non gli permetteva neppure di pensarci. Par avrebbe voluto che lo facesse. Il suo sonno era pieno di incubi, la sua veglia affollata da un insensato rincorrersi di pensieri contraddittori. Voleva che finisse.

Non disse questo a Rimmer Dall. Chiese invece dei rumori che si sentivano all'interno del castello: il pulsare nelle pareti, il gemito acuto, la sensazione di qualcosa che si muoveva. Il Primo Cercatore sorrise. La spiegazione era semplice: era il Mermidon che scorreva attraverso un canale sotto la fortezza, le acque che sbattevano contro le pareti di antiche caverne sotterranee. Certe volte le vibrazioni si potevano sentire per un raggio di qualche miglio. Certe volte si sentivano nelle ossa.

«Disturbano il tuo sonno?» si informò.

Par scosse la testa. Erano gli incubi a disturbare il suo sonno. «Se dovessi decidere di crederti» disse, lasciando uscire le parole prima che il suo lato ostinato potesse intromettersi, «cosa faresti per aiutarmi a controllare la magia della canzone?»

Rimmer Dall rimase perfettamente immobile. «Ti insegnerei come farlo. Ti insegnerei a convivere con essa. Potresti imparare a usarla senza danni.»

Par fissava davanti a sé senza vedere. Voleva credere. «Pensi di poterlo fare?»

«Ho avuto a disposizione anni per imparare. Sono stato costretto a farlo con la mia magia, e ho imparato la lezione. La magia è un'arma potente, Par, e può rivoltarsi contro chi la usa. Sono necessarie disciplina e comprensione per governarla. Io potrei fornirti entrambe.»

La mente di Par era come piombo, le palpebre pesanti. La stanchezza era una nuvola oscura che non gli permetteva di pensare. «Potremmo parlarne, suppongo.»

«Parlarne, sì. Ma anche provare.» Rimmer Dall si era chinato in avanti. «Il controllo della magia si acquisisce con la pratica; è un'abilità che si deve conquistare. La magia è un dono innato, ma richiede addestramento.»

«Addestramento?»

«Posso mostrarti cosa intendo. Potrei farti entrare nella mia mente, farti vedere come funziona la magia dentro di me. Potrei fornirti l'accesso ai modi con cui la blocco e la indirizzo. Poi tu potresti fare lo stesso per me.»

Par alzò gli occhi. «Come?»

«Potresti lasciarmi vedere dentro la tua mente. Lasciare che io la esplori per aiutarti a installare le protezioni di cui hai bisogno. Potremmo lavorare insieme.»

Proseguì spiegando con cura e in modo persuasivo, ma Par aveva smesso di ascoltare, in preda a qualcosa di vagamente allarmante, qualcosa che non sapeva definire ma che senza dubbio era presente. La parte ostinata che si rifiutava di credere a qualsiasi cosa dicesse il Primo Cercatore si era levata di scatto e aveva chiuso la sua mente come una botola. Fece finta di ascoltare, udì frammenti di ciò che l'altro diceva, e diede risposte che non lo impegnavano.

Cos'era? Cosa stava succedendo?

Dopo un po', Rimmer Dall lo lasciò solo. «Pensa a quello che ti ho detto» lo invitò. «Medita su ciò che può essere fatto.» La notte calò, e l'oscurità nella camera di Par divenne completa. Si stese per dormire, esausto senza alcuna ragione, poi lottò contro l'impulso di chiudere gli occhi perché non voleva che gli incubi tornassero. Fissò il soffitto, poi guardò dalle finestre il cielo limpido e pieno di stelle. Pensò a suo fratello e alla Spada di Shannara, e si chiese cos'avesse fatto di loro il Re del Fiume Argento. Pensò a Damson e a Padishar, a Walker e a Wren, e a tutti gli altri che erano stati coinvolti nella sua lotta. Si chiese vagamente che scopo avesse avuto la lotta.

Alla fine si addormentò prima di rendersene conto, e affondò in un'oscurità confortevole. Ma l'incubo affiorò subito, e per la terza volta si trovò di fronte a se stesso come fantasma di Ombrato. Si agitò e lottò per svegliarsi, e quando ci riuscì giacque sudato e ansimante nel buio.

Si rese conto allora, con agghiacciante certezza, che c'era qualcosa di spaventosamente sbagliato.

Bastava guardare quello che gli stava succedendo. Non riusciva a dormire senza sognare, e il sogno era sempre lo stesso. Mangiava, ma perdeva le forze. Trascorreva tutto il tempo nella sua stanza senza fare niente, eppure era sempre stanco. Non riusciva a pensare coerentemente. Non riusciva a concentrarsi, le sue energie venivano risucchiate.

Tutto questo non accadeva per caso, si disse. Qualcosa lo provocava.

Si sedette sul letto, mise i piedi a terra e fissò le ombre della stanza. Pensa! Lottò contro la spossatezza, contro le catene dell'apatia e del disorientamento. E venne la consapevolezza: un lento districarsi di fili annodati. C'erano due possibilità. La prima era che la magia della canzone lo stesse contagiando in qualche modo nuovo, e che lui avesse bisogno di fare ciò che Rimmer Dall lo esortava a fare. La seconda era che la magia fosse ombrata, che Rimmer Dall stesse lavorando per abbattere le sue difese, e che tutti i suoi discorsi di aiutarlo fossero un trucco.

Ma un trucco per ottenere cosa?

Par respirò a fondo, per calmarsi. Avrebbe voluto tornare a infilarsi sotto le coperte, ma non osava. Provò l'impulso di urlare, ma lo soffocò. Rimmer Dall mentiva o diceva la verità? Quali erano le sue reali intenzioni, in tutta quella faccenda? Par si strinse le mani per impedirsi di tremare. Gli sembrava di precipitare, e non sapeva come fermarsi. Se Rimmer Dall diceva la verità circa la canzone, allora aveva bisogno del suo aiuto. Se mentiva, era un inganno così complesso e ramificato che andava al di là dell'immaginazione dell'Uomo della Valle, poiché doveva essere all'opera dal momento in cui il Primo Cercatore era venuto a cercarlo alla birreria Blue Whisker.

Per le Ombre! Devo saperlo!

Par si alzò, si avvicinò alla finestra e guardò nella notte, respirando l'aria fredda. Era paralizzato dall'indecisione. Come sarebbe riuscito ad apprendere la verità? C'era qualche maniera per vedere oltre la sua incertezza, per accorgersi se era in atto un inganno? La Spada di Shannara non gli aveva mostrato nulla. Nulla! Cos'altro poteva provare?

Osservò le ombre gettate dalle nuvole muoversi come animali fra gli alberi e sul fiume. Doveva prendere tempo, si disse, poteva ascoltare e parlare, ma non poteva permettere che succedesse nulla. Doveva trovare un mezzo per disperdere la sua confusione, per distinguere la verità dalla menzogna, e nello stesso tempo trovare un sistema per non disintegrarsi completamente.

Chiuse gli occhi, affondò la faccia fra le mani, e si chiese come ci sarebbe riuscito.

26

Il calore si levava dalle praterie a est dei Boschi Grigi in ondate tremolanti, il sole pomeridiano era una sfera infuocata nel cielo senza nuvole, l'aria densa del sapore e dell'odore di sudore e di polvere. Wren Elessedil era stesa bocconi sulla cima di una collina e osservava l'armata della Federazione farsi strada sulla pianura come un lento insetto dalle molte gambe.

Insensato e ostinato, pensò cupa.

Non guardò gli altri: Triss, Erring Rift e Desidio. Sapeva già cos'avrebbe visto sulle loro facce. Sapeva già cosa stavano pensando.

Da più di un'ora osservavano l'avanzata della Federazione, non perché si aspettassero di scoprire alcunché di nuovo, ma per il bisogno di fare qualcosa oltre a stare seduti in attesa dell'inevitabile. Gli Elfi erano nei guai. La marcia dell'esercito nemico a nord del Rhenn era ripresa due giorni prima, e il tempo stringeva. Barsimmon Oridio aveva completato la mobilitazione e l'approvvigionamento del grosso dell'esercito elfo, e si dirigeva a est, verso il passo, a marce forzate che avrebbero condotto gli Elfi nella Valle di Rhenn almeno tre giorni prima del nemico. Ma gli Elfi erano ancora in numero di dieci a uno, e qualsiasi genere di confronto diretto avrebbe avuto come risultato la loro distruzione. Peggio, i Serpidi continuavano la loro marcia, ed erano più sempre vicini al lento esercito degli uomini del Sud. Entro quattro, forse cinque giorni, i Serpidi li avrebbero raggiunti e sarebbero diventati la loro avanguardia, la punta di diamante di un'azione di ricerca e distruzione. A questo punto, sarebbe stata la fine degli Elfi.

Wren avvertì un vago senso di disperazione, e lo respinse con rabbia.

Cosa posso fare per salvare la mia gente?

Si concentrò di nuovo sull'armata che procedeva lentamente e cercò di pensare. Un'altra incursione notturna era fuori questione. L'esercito federale era all'erta adesso, e non si sarebbe lasciato cogliere alla sprovvista una seconda volta. Pattuglie di cavalleria giravano notte e giorno intorno al corpo principale dell'armata, sorvegliando il terreno circostante in cerca di qualsiasi segno di Elfi. Una volta o due dei cavalieri più audaci che intelligenti si erano perfino addentrati nei boschi. Wren li aveva lasciati passare, mentre gli Elfi si ritiravano fra gli alberi, più invisibili delle ombre. Non voleva che la Federazione sapesse dove si trovavano. Non voleva dar loro un vantaggio inutile. Non che avesse importanza. Le pattuglie li tenevano a distanza, e le sentinelle venivano dislocate a un quarto di miglio dall'accampamento, al cadere della notte. I Cavalieri Alati potevano piombare dall'alto, ma Wren preferiva non rischiare la sua arma più preziosa quando non aveva nient'altro da mandare in rinforzo.

E poi, poco importava quello che faceva all'armata federale, se prima non trovava un sistema per fermare i Serpidi. Sebbene fossero ancora lontani, erano il pericolo più tremendo e immediato. Se riuscivano a raggiungere il Rhenn o anche le foreste occidentali, nulla avrebbe impedito loro di aprirsi la strada fino ad Arborlon. I Serpidi non avrebbero avuto bisogno di trovare una via di accesso. Non si sarebbero preoccupati di imboscate o di trappole. Non avevano bisogno di esploratori o di pattuglie per individuare il nemico. I Serpidi avrebbero scovato gli Elfi ovunque si fossero nascosti e li avrebbero distrutti nella stessa maniera in cui avevano distrutto i Nani cinquant'anni prima. Wren conosceva le storie. Sapeva contro quale genere di nemico dovevano combattere.

Il sudore le copriva la faccia come una maschera umida. Respirò lentamente, fece cenno agli altri e cominciò a scendere strisciando dalla cima della collina. Quando furono di nuovo al riparo degli alberi, si alzarono e raggiunsero i cavalli e i Cacciatori Elfi che li avevano accompagnati. Nessuno parlò. Nessuno aveva niente da dire. Wren veniva per prima, cercando di apparire decisa, anche se così non era, preoccupata perché cominciava a perdere la fiducia conquistata guidando l'attacco di tre notti prima, una fiducia di cui aveva bisogno, se voleva controllare gli eventi una volta che fosse giunto Barsimmon Oridio. Era la Regina degli Elfi, si disse. Ma anche una regina poteva sbagliare.

Montarono e raggiunsero il campo. Wren ripensò a quanto era accaduto dall'arrivo di Cogline, chiedendosi cosa ne fosse stato del vecchio, e di tutti gli altri che si erano trovati al Perno dell'Ade per parlare con l'ombra di Allanon. Provò un vago senso di rimpianto per non sapere nulla dei loro destini. Avrebbe voluto andare a cercarli per dire loro dell'origine degli Ombrati. Intuiva che era importante che lo sapessero. Qualcosa, nella natura degli Ombrati, avrebbe portato alla loro distruzione. Anche Allanon doveva averlo saputo. Ma se era così, perché non l'aveva semplicemente detto? Scosse la testa. C'era qualcosa di più complicato sotto; doveva esserci. E d'altra parte, cosa non lo era in questa lotta?

Raggiunsero l'avanguardia, parecchie miglia a nord, smontarono, consegnarono i cavalli. Wren si appartò dagli altri, senza dire una parola, prese del cibo, non perché avesse fame ma perché sapeva di dover mangiare, e si sedette all'estremità di una panca, guardando fra gli alberi. Le risposte erano laggiù, da qualche parte, si disse. Non poteva fare a meno di pensare che essi erano legati al passato, che la storia si ripete, che si impara da ciò che è già avvenuto. Le lezioni apprese a Morrowindl le si presentarono davanti agli occhi sotto forma di facce morte e di brevi immagini di sacrifici senza fine. Portare via gli Elfi da quella trappola mortale aveva avuto un costo così alto che non poteva essere solo per finire in quel modo, per morire qui invece che là.

Avrebbe voluto avere Garth accanto a sé. Le mancava la sua presenza rassicurante, il modo in cui riusciva a fare apparire semplice qualsiasi problema. Per quanto male si fossero messe le cose, Garth aveva sempre tirato dritto, portandosela appresso quando era piccola, lasciandosi guidare da lei quando era cresciuta. Le mancava tanto. Le vennero le lacrime agli occhi, e se le asciugò subito, imbarazzata. Non avrebbe più pianto per lui. L'aveva promesso.

Si alzò e portò il suo piatto a un tavolo, cercando con gli occhi Erring Rift. Avrebbe volato di nuovo a sud, decise, per dare un'altra occhiata ai Serpidi. Doveva esserci un sistema per fermarli, o almeno per rallentarli. Forse le sarebbe venuta qualche idea. Era una pallida speranza, ma era tutto quello che aveva. Avrebbe voluto che Tiger Ty fosse lì con lei; le trasmetteva un po' della sicurezza che le aveva dato Garth. Ma il vecchio Cavaliere Alato non era ancora tornato dalla sua missione alla ricerca dei nati liberi, e condurre i nati liberi in aiuto degli Elfi era più importante che fornire conforto a lei.

Scorse Rift e lo chiamò con un fischio.

«Andiamo a dare un'altra occhiata ai Serpidi» annunciò, guardandolo con fermezza negli occhi. La faccia barbuta dell'uomo si rabbuiò. «È necessario. Non metterti a discutere.»

Rift scosse la testa. «Non mi sognerei mai di farlo» borbottò. «Mia signora.»

Lei gli prese il braccio, e camminarono insieme nell'accampamento. «Non resteremo fuori a lungo. Solo un'occhiata per vedere dove sono, d'accordo?»

Occhi color ossidiana la fissarono per un attimo. «Sono troppo maledettamente vicini, ecco dove sono. Lo sappiamo già tutti e due.» Si strofinò la barba. «Non c'è nessun mistero. Dobbiamo fermarli. Non hai per caso un piano per farlo?»

Lei gli rivolse un debole sorriso. «Sarai il primo a saperlo.»

Si stavano avvicinando alla radura dove erano posati i Roc, quando Tib Arne li raggiunse, senza fiato e rosso in viso.

«Mia signora! Mia signora! Avete intenzione di volare su uno dei grandi uccelli? Portatemi con voi questa volta, vi prego! Avete detto che l'avreste fatto, mia signora. Che mi avreste portato la prossima volta. Vi prego! Sono stanco di starmene seduto qui senza fare niente.»

Lei si voltò a guardarlo. « Tib...» cominciò.

«Vi prego!» la implorò il ragazzo, fermandosi di fronte a lei. Si tirò indietro il ciuffo di capelli biondi. Gli occhi azzurri brillavano di eccitazione. «Non vi darò alcun fastidio!»

Wren guardò Rift, che le gettò un'occhiata di avvertimento. Ma lei si sentiva così scontenta di se stessa, così stranamente staccata da tutto, da aver bisogno di riacquistare il senso delle proporzioni. Perché no? pensò. Forse avere con sé Tib l'avrebbe aiutata. Forse le avrebbe suggerito qualcosa.

Annuì. «D'accordo. Vieni anche tu.»

Il sorriso di Tib divenne incontenibile. Più o meno come il cipiglio di Erring Rift.

Volarono a sud contro lo sfondo delle montagne, la Regina degli Elfi, il capo dei Cavalieri Alati e il ragazzo, tenendosi vicino a terra. Superarono l'esercito federale, che avanzava lento sulla pianura deserta in un'immensa nuvola di polvere, e proseguirono sopra la distesa desolata delle Acque Opache, verso il nastro azzurro del Mermidon. Il vento soffiava carezzevole e fresco sulle loro facce, e la terra si stendeva sotto di loro a riquadri, in varie sfumature di marrone, punteggiati da lampi di luce che si riflettevano da stagni e torrenti. Wren sedeva dietro Erring Rift, e Tib Arne sedeva dietro di lei. Poteva percepire la tensione del ragazzo, mentre si sforzava di vedere oltre le ali di Grayl la terra sottostante, prima da una parte poi dall'altra, lasciandosi scappare esclamazioni eccitate. Wren sorrise, e si perse nei ricordi.

Soltanto in un'occasione i suoi pensieri tornarono al presente. Per la seconda volta di seguito non si era portata Fauno in volo con Erring Rift. Fauno l'aveva pregata, ma lei si era rifiutata. Forse aveva paura per lo Squeak, paura che cadesse dalla groppa del Roc. Forse era qualcos'altro. Non lo sapeva bene.

Le ore passarono. Raggiunsero il Pykon, trovarono il canale serpeggiante del Mermidon e volarono veloci verso sud. Ancora nessun segno dei Serpidi. Wren scrutò con attenzione il paesaggio, temendo che i mostri si fossero infilati fra gli alberi, dove non potevano più essere seguiti. Ma qualche secondo dopo uno scintillio metallico brillò in lontananza, ed Erring Rift guidò Grayl in una curva che li allontanò dal Mermidon e li fece avvicinare alle montagne occidentali. Si tennero vicini alle rocce giungendo in vista dei Serpidi, che erano ammassati a est del fiume, sulle tracce dell'esercito federale. Wren osservò gli esseri simili a insetti muoversi instancabili fra il calore e la polvere, mostri al servizio di padroni non umani e di bisogni non tollerabili. Pensò agli esseri che si era lasciata alle spalle a Morrowindl, e si rese conto che in effetti non se li era lasciati alle spalle. Le nere creature che la magia elfa aveva creato laggiù erano semplicemente state ricreate lì in un'altra forma. La storia si ripeteva, pensò. Dunque quali erano le lezioni che doveva trarne?

Passarono sopra i Serpidi due volte, poi Wren disse a Erring Rift di atterrare su un pianoro fra una serie di colline coperte di boschi, ai piedi dello Sperone Roccioso. Da lì potevano osservare la marcia dei Serpidi sulle praterie, le zampe flessibili che si alzavano e abbassavano con passo cadenzato.

Wren si sedette senza fare commenti. Tib Arne si sedette accanto a lei, le ginocchia sollevate, le braccia attorno alle gambe, l'espressione concentrata mentre fissava i Serpidi. Serpidi. Wren formò con le labbra la parola senza pronunciarla. Come potevano essere fermati? Scavò il terreno con il tacco dello stivale, pensando. Alle sue spalle Erring Rift stava controllando le cinghie di Grayl. Il vento sussurrava fra gli alberi, fresco sulla pelle. Pensò al Wisteron, un lontano cugino dei Serpidi, affondato finalmente nella palude vicino alla quale aveva la tana.

Rift le toccò una spalla, porgendole una fiasca di acqua. Lei la prese, bevve, la offrì a Tib che rifiutò. Si alzò e camminò assieme a Rift fino al bordo del pianoro, osservando di nuovo i Serpidi. Cosa poteva fermarli? Mangiavano e dormivano come le altre creature? Avevano bisogno di acqua? Respiravano l'aria?

Si asciugò il sudore sulla faccia.

«Dovremmo tornare» disse Rift a bassa voce.

Lei annuì e non si mosse. Sotto di loro i Serpidi proseguivano l'avanzata, i raggi del sole si riflettevano sulle armature, la polvere si alzava sotto i passi pesanti.

Il Wisteron, stava pensando. Risucchiato nella terra.

Batté le palpebre. C'era qualcosa di importante in questo, si rese conto. Qualcosa di utile...

Poi udì un fischio, basso e familiare, e fece per voltarsi. Tib Arne apparve accanto a lei, i capelli biondi e gli occhi azzurri, sorridente ed eccitato. Il ragazzo rise e indicò verso la pianura. «Guardate.»

Lei guardò nell'aria tremolante per l'afa, ma non vide nulla.

Accanto a lei Erring Rift emise un rantolo improvviso e barcollò in avanti. Dietro di lei ci fu un tonfo pesante, come se fosse caduto un albero, e un grido che le gelò il sangue.

Si voltò, qualcosa la colpì alla testa, e tutto diventò buio.

Molto più a est, i Denti del Drago già cominciavano a gettare la loro ombra, con il calare dell'ultima luce pomeridiana. Tiger Ty cavalcava Spirit con il favore di un vento leggero e regolare, che li portava verso nord, al di sopra dei picchi più alti, verso le pianure bruciate dal sole. La giornata era stata infruttuosa, come tutte le altre da quando era partito alla ricerca dei nati liberi. Dall'alba al tramonto scrutava la terra cercando una traccia dell'armata promessa, e non trovava nulla. C'erano pattuglie della Federazione ovunque, alcune di dimensioni considerevoli, come quella che bloccava il passo sul lato sud delle montagne. Aveva lasciato Spirit il tempo necessario per andare a scambiare due parole con della gente per strada e chiedere notizie; aveva così appreso di una fuga da una prigione in una città di nome Tyrsis, dove il capo dei nati liberi Padishar Creel era stato rinchiuso in attesa dell'esecuzione; erano stati i suoi seguaci a liberarlo. Era un'impresa non da poco, e tutti ne parlavano. Ma nessuno sembrava sapere dove fosse in quel momento, o dove fossero gli altri nati liberi, quanto a questo.

O almeno, non lo dicevano.

Il fatto che Tiger Ty fosse un Elfo e non conoscesse quasi niente delle Quattro Terre non lo aiutava molto. Costretto dalla sua ignoranza, era ridotto a cercare alla cieca. Era riuscito a scoprire che i fuorilegge si erano probabilmente nascosti fra le montagne sopra cui adesso stava volando, ma queste erano estese e piene di posti dove nascondersi, e avrebbe potuto passare cinquanta giorni a cercarli senza trovarli.

In effetti, stava cominciando a pensare che la sua missione fosse senza speranza. Ma aveva promesso a Wren che avrebbe trovato i nati liberi, e non era meno determinato di quanto lo fosse stata lei quando era volata a Morrowindl alla ricerca degli Elfi.

Scrutò la roccia nuda e desolata: sembrava tutta uguale. Non c'era niente da vedere. Le montagne si stendevano ancora verso nord, e Tiger Ty fece virare Spirit, seguendo di nuovo il crinale. Aveva già effettuato quella manovra due volte, seguendo un percorso leggermente diverso, in maniera da controllare un settore diverso della vasta distesa, ben sapendo che c'erano centinaia di posti che non aveva ancora osservato.

Il suo corpo era teso per la frustrazione e la stanchezza. Se c'era un'armata di nati liberi, perché era così maledettamente difficile da scoprire?

Il suo pensiero andò a Wren e agli Elfi della Terra, e si chiese se l'armata federale si era già rimessa in marcia. Sorrise, ricordando l'attacco notturno. Quella ragazza ci sapeva fare, niente da dire. Aveva del fegato. Appena cresciuta e già un capo. Gli Elfi della Terra, pensò, sarebbero arrivati esattamente fin dove le avessero permesso di portarli. Se non l'ascoltavano erano stupidi al di là...

Un lampo di luce dalle rocce sottostanti spezzò la catena dei suoi pensieri. Scrutò con attenzione. Il lampo si fece vedere di nuovo, rapido ma distinto. Un segnale, senza dubbio. Ma da parte di chi? Tiger Ty spronò Spirit in un volo a spirale, in maniera da poter studiare meglio la zona. Il lampo brillò una terza e una quarta volta, poi si interruppe, come se chi lo aveva lanciato fosse convinto di essere stato visto. La fonte del segnale era uno sperone posto in alto sul massiccio centrale, verso settentrione, e avvicinandosi poté vedere un gruppo di quattro uomini in piedi al centro, in attesa. Erano all'aperto e non cercavano di nascondersi, e non sembrava che ce ne fossero altri nelle vicinanze, né che ci fossero posti dove nascondersi. Buon segno, pensò il Cavaliere Alato. Ma sarebbe stato all'erta ugualmente.

Fece posare Spirit sullo sperone, pronto per qualsiasi agguato. Il Roc gigante si arrestò sul bordo, lontano dai quattro. Per qualche minuto Tiger Ty rimase fermo dov'era, esaminando il terreno. Gli uomini di fronte al lui attendevano, pazienti. Tiger Ty, soddisfatto, allentò le cinghie e smontò. Rivolse un avvertimento a Spirit, e avanzò fra l'erba secca e le pietre spezzate. Due dei quattro gli andarono incontro, uno alto e magro e come scolpito nella roccia, l'altro con la barba nera e l'aria feroce. Quello alto zoppicava.

Quando furono a meno di sei passi, Tiger Ty si fermò. I due fecero lo stesso.

«Era il vostro segnale?» chiese Tiger Ty.

Quello alto annuì. «Sono due giorni che voli qui sopra, cercando qualcosa. Abbiamo deciso che era ora di scoprire di cosa si tratta. La leggenda dice che solo i Cavalieri Alati cavalcano i Roc giganti. È così? Vieni da parte degli Elfi?»

Tiger Ty incrociò le braccia. «Dipende da chi me lo chiede. C'è un sacco di gente di cui non ci si può fidare, di questi tempi. Siete di questi?»

L'uomo con la barba nera arrossì e fece un passo avanti, ma uno sguardo dell'altro lo bloccò. «No» disse, sollevando le sopracciglia con aria interrogativa. «E tu?»

Tiger Ty sorrise. «Suppongo che questo giochetto potrebbe andare avanti un bel pezzo, no? Siete nati liberi?»

«Ora e per sempre» disse l'uomo alto.

«Allora siete quelli che sto cercando. Mi chiamo Tiger Ty. Sono stato inviato da Wren Elessedil, Regina degli Elfi della Terra.»

«Dunque gli Elfi sono davvero tornati?»

Tiger Ty annuì.

L'uomo alto sorrise, soddisfatto. «Io sono Padishar Creel, capo dei nati liberi. Il mio amico si chiama Chandos. Benvenuto nelle Quattro Terre, Tiger Ty. Abbiamo bisogno di te.»

Tiger Ty annuì. «E noi abbiamo ancora più bisogno di te. Dov'è il tuo esercito?»

Padishar Creel parve confuso. «Il mio esercito?»

«Quello che dovrebbe marciare in nostro aiuto! Siamo minacciati da un'armata federale dieci volte più grande di noi: cavalleria, fanteria, arcieri, macchine da assedio... be', di queste ne sono rimaste poche, ma ci sono sempre abbastanza armati da spazzarci via come formiche. Il ragazzo ha detto che eravate in marcia con cinquemila uomini per venirci in aiuto. Non bastano ancora, ma qualsiasi rinforzo è il benvenuto.»

Chandos aggrottò cupo la fronte, strofinandosi la barba. «Un momento. Di quale ragazzo stai parlando?»

Tiger Ty lo fissò. «Quello con il lanario da guerra.» Un'improvvisa inquietudine si impadronì del Cavaliere Alato. «Tib Arne.» Guardò da una faccia all'altra. «Occhi azzurri, capelli color paglia, piccoletto. L'avete mandato voi, no?»

Gli uomini di fronte a lui si scambiarono una rapida occhiata. «Abbiamo mandato un uomo di quarant'anni come minimo. Si chiama Sennepon Kipp» disse Chandos. «Lo so bene. L'ho scelto di persona.»

Tiger Ty si sentì gelare fin nel midollo. «Ma il ragazzo? Non lo conoscete per niente?»

Gli occhi di Padishar Creel si fissarono su di lui. «È la prima volta che ne sentiamo parlare, Tiger Ty. Ma scommetto che adesso sappiamo chi è.»

Una luce brillante filtrò negli occhi socchiusi di Wren, mentre riacquistava conoscenza. Voltò la testa, battendo le palpebre. Una mano le afferrò i capelli e la tirò in piedi, e la voce che bisbigliò nelle sue orecchie era piena di odio e disprezzo.

«Sveglia, sveglia, Regina degli Elfi.»

La mano la lasciò andare e lei ricadde sulle ginocchia, la testa che ancora le doleva per il colpo ricevuto. Un bavaglio le chiudeva la bocca, tanto stretto che riusciva appena a respirare attraverso il naso. Aveva le mani legate dietro la schiena, la corda le tagliava i polsi. La polvere e l'odore della paura e del sudore le riempivano le narici.

«Ah, signora, mia signora, la più bella fra le belle, Regina degli Elfi delle Terre dell'Ovest... Che stupida!» La voce divenne un sibilo. «Siediti e guardami!»

Venne colpita da uno schiaffo che la scaraventò a terra, e di nuovo la mano l'afferrò per i capelli e la tirò in piedi. «Guardami!»

Wren alzò il capo e fissò gli occhi azzurri di Tib Arne. Non c'era alcun riso in essi, ora, nulla del ragazzo che era sembrato. Erano duri e freddi, e minacciosi.

«Il gatto ti ha mangiato la lingua?» la schernì, con un sorriso senza allegria. C'era del sangue sulle sue mani. «Il gatto ti ha mangiato la lingua e io mi mangerò il resto. Ma cosa posso fare per voi? Che servizio posso rendere alla Regina degli Elfi?»

Si voltò, ridendo sommesso, scuotendo la testa soddisfatto. Wren si guardò intorno, con angosciosa consapevolezza. Erring Rift giaceva morto a terra, accanto a lei, il pugnale ancora piantato nella schiena fino all'impugnatura. Grayl giaceva poco più lontano, senza vita anch'esso, privo della maggior parte della testa. Sopra di lui, incombeva Gloon, cresciuto fin quasi alle dimensioni del Roc, le penne che si ergevano ritte dal corpo muscoloso. Artigli e becco straziavano il Roc, rossi di sangue. Nel mezzo del suo pasto, Gloon si interruppe e la fissò, le sopracciglia crestate che si corrugavano, e ciò che lei vide negli occhi del lanario da guerra fu una voracità senza limiti.

Il respiro le si bloccò in gola, e non riuscì a distogliere lo sguardo.

«È più grande di come lo ricordavi, vero?» disse Tib Arne, andandole vicinissimo, la sua ombra che l'avvolgeva. La voce da ragazzo contrastava orribilmente con la faccia indurita. «Questo è stato il tuo primo errore... pensare che fossimo quello che sembravamo. Sei stata molto stupida.»

Le afferrò il collo e le fece girare il viso verso di lui. «È stato molto facile, sai. Avrei potuto arrivare al campo in qualsiasi momento, avrei potuto dirti che ero chiunque. Ma ho aspettato, paziente e astuto. Ho visto il messaggero dei nati liberi, l'ho intercettato. Mi ha detto tutto prima di morire. Poi ho preso il suo posto. Tutto quello che mi serviva era averti da sola per qualche momento.»

I suoi occhi saettavano all'intorno. D'improvviso cominciò a colpirla con la mano libera, tenendola in piedi perché non cadesse. «Ma non volevi concedermelo!» Smise di colpirla, e le diede uno strattone per costringerla a guardarlo. I capelli biondi erano scomposti, gli occhi azzurri rilucevano, ma il ragazzo vittorioso non riusciva a nascondere il mostro che si agitava appena sotto la superficie, ansioso di saltare fuori. «Hai cercato di mandarmi via, e mentre ero lontano hai guidato quell'attacco notturno all'armata federale! Stupida, stupida ragazza! Quelli non sono niente! Tutto ciò che hai ottenuto è stato di ritardare un po' gli eventi, di costringerci a far venire i Serpidi più in fretta, di farci lavorare più sodo!»

Si mise in ginocchio davanti a lei, la mano ancora intorno al suo collo in una stretta ferrea. Una sola parola martellava senza sosta nella mente della ragazza annebbiata dal dolore. Ombrato.

«Ma io ho ucciso quegli uomini... o piuttosto l'ha fatto Gloon per me. Li ha ridotti a brandelli, e io li sentivo urlare e non ho fatto niente per affrettare la loro fine. Ma è stata colpa tua se sono morti, non mia. Ho detto a Gloon di nascondersi e sono tornato... troppo tardi per fermare il tuo sciocco attacco notturno, ma in tempo per essere certo che non accadesse di nuovo. Poi ho aspettato, ben sapendo che si sarebbe presentata un'occasione per averti da sola!»

Le rivolse il suo sguardo implorante da ragazzino, e la sua voce si fece beffarda. «Oh, Signora, vi prego, vi prego, portatemi con voi! Me l'avevate promesso! Vi prego! Non vi darò alcun fastidio.»

Lei soffiò dal naso per liberarselo dal sangue e dalla polvere, lottando per restare cosciente.

«Oh, mi dispiace. Qualcosa vi disturba?» La colpì leggermente su una guancia, poi sull'altra. «Ecco! Va meglio così?» Rise. «Dov'ero rimasto? Oh, sì... ho aspettato. E adesso ho finito di aspettare, giusto? Hai voltato la schiena, ho fatto un fischio a Gloon perché eliminasse il Roc, ti ho distratta con i Serpidi mentre pugnalavo il Cavaliere Alato, poi ti ho colpita. Rapido e facile. Sono bastati pochi secondi.»

La lasciò andare e si alzò. Wren si accasciò, ma resistette per non cadere, per non dargli quella soddisfazione. La sua rabbia montava, attraverso la stanchezza e il dolore, restituendole la forza necessaria per mettere a fuoco il ragazzo.

L'Ombrato.

Tib Arne ridacchiò. «Ormai non c'è nessuna speranza per te, Regina degli Elfi. Neanche la più piccola. Ti verranno a cercare, ma non ti troveranno. Né te, né il Cavaliere Alato, né il Roc. Sparirete tutti quanti, semplicemente.» Sorrise. «Vuoi sapere dove? Ma certo che lo vuoi sapere. Per gli altri due non ha importanza, ma per te...»

Si mise le mani sui fianchi e inclinò la testa, in un atteggiamento disinvolto smentito dalla durezza dello sguardo e dalla crudeltà della voce. «Andrai a Sentinella del Sud, da Rimmer Dall... Con queste!»

Infilò una mano in tasca e ne estrasse il sacchetto di pelle che conteneva le Pietre degli Elfi. Wren ebbe un tuffo al cuore. Le Pietre Magiche. La sua sola difesa contro gli Ombrati.

«Sapevamo che le avevi fin da quando hai ucciso il nostro fratello a Wing Hove. Un tale potere... ma non è più tuo. Appartiene al Primo Cercatore, adesso. E anche tu, mia signora. Finché non avrà finito con te. E poi gli chiederò che ti renda a me!»

Si rimise il sacchetto in tasca. «Avresti dovuto lasciar perdere, Regina degli Elfi. Sarebbe stato molto meglio per te. Avresti dovuto rammentare che abbiamo un'origine comune... Elfi usciti dal vecchio mondo, dove eravamo sovrani. Avresti dovuto chiedere di essere una di noi. La tua magia te l'avrebbe permesso. Gli Ombrati sono ciò che gli Elfi erano destinati a diventare. Alcuni di noi lo sapevano. Alcuni hanno ascoltato il sussurro della terra!»

Di cosa sta parlando? si chiese Wren. Ma i suoi pensieri erano confusi e lenti.

Tib Arne si voltò e per un po' guardò Gloon mangiare, poi lo chiamò con un fischio. Il lanario si avvicinò riluttante, brandelli di Roc ancora stretti nel becco ricurvo. Tib Arne accarezzò e calmò il gigantesco uccello, parlandogli sommesso, ridendo e scherzando. Gloon ascoltò intento, gli occhi fissi sul ragazzo, la testa che si chinava con aria obbediente. Wren rimase dov'era, cercando di pensare a cosa poteva fare per salvarsi.

Poi Tib andò da lei, la sollevò con facilità, la buttò sul dorso grigio ardesia di Gloon come se fosse stata un sacco di grano, e la legò. Quindi tornò da Erring Rift e ne gettò il corpo dal pianoro, tra i fitti rovi sottostanti. A un suo comando, Gloon affondò il becco giallo sporco di sangue nella carcassa di Grayl, trascinò lo sfortunato Roc sul bordo e lo fece precipitare. Wren chiuse gli occhi. Tib Arne aveva ragione; era stata stupida al di là di ogni limite.

Il ragazzo tornò da lei e salì in groppa a Gloon.

«Come vedi, la magia ci permette tutto, Regina degli Elfi» disse con asprezza sistemandosi davanti a lei. «Gloon può farsi piccolo o grande come preferisce, rivestito delle penne di lanario, uscito dalla forma ombrata che ha assunto quando ha abbracciato la magia. E io potrei essere il figlio che non avrai mai. Sono stato un bravo figlio, mamma? Cosa dici?» Rise. «Non l'hai mai sospettato, vero? Rimmer Dall l'aveva detto. Ha detto che avresti voluto fidarti di me, che avevi bisogno di qualcuno, dopo aver perso il tuo grosso amico a Morrowindl.»

Wren sentì l'amarezza salirle dentro, mescolata all'umiliazione e alla disperazione. Tib Arne la guardò un momento, e rise.

Poi Gloon allargò le ali, e si lanciarono in volo sopra le pianure, lasciandosi alle spalle le foreste occidentali, i Serpidi, l'armata federale e gli Elfi. Wren osservò ogni cosa sparire gradualmente nel tramonto, e poi fra le ombre, mentre la sera calava con la sua luce grigia e nebbiosa. Volarono verso le tenebre, seguendo la linea del Mermidon in direzione del Callahorn, oltre Kern e Tyrsis, sopra le praterie meridionali.

Giunse la mezzanotte, e scesero verso un pianoro buio su cui attendevano un carro e degli uomini. Come potessero trovarsi lì, Wren non lo sapeva. Gli uomini erano avvolti in mantelli neri e portavano l'insegna con la testa di lupo dei Cercatori. Erano otto, tutti muti, simili a spettri nel silenzio della notte. Avevano l'aria di aspettare l'arrivo di Tib Arne e di Gloon. Tib diede a uno il sacchetto con le Pietre degli Elfi, e altri due prelevarono Wren e la misero dentro il carro. Nessuno pronunciò una parola. Wren si rigirò, cercando di vedere qualcosa, ma i lembi del telone erano già stati legati.

Stesa al buio e nel silenzio, udì il rumore delle ali di Gloon che si levava in volo. Poi il carro ebbe uno strattone e si mise in movimento. Le ruote scricchiolarono, le bardature si tesero e gli zoccoli dei cavalli colpirono il suolo con ritmo regolare, nella notte.

Era sulla strada che conduceva a Sentinella del Sud e a Rimmer Dall, e le sembrava che un abisso si fosse aperto nella terra per inghiottirla.

27

Era quasi l'alba quando Morgan Leah vide il carro e i cavalieri sbucare dalla pianura a ovest, rallentando all'inizio della salita che conduceva alle colline su cui sorgeva Sentinella del Sud. Era il terzo giorno che trascorreva al suo posto di guardia; mentre la terra si andava svegliando, e le stelle e la luna svanivano dal cielo senza nuvole, sulle colline si attardavano fitti banchi di nebbia, annidati nelle depressioni e nelle gole. La terra era un ricettacolo di ombre pre-mattutine che si confondevano con il grigio della notte declinante, gusci immobili e privi di vita che sarebbero stati inghiottiti all'arrivo del mattino.

Tranne, naturalmente, il carro e i cavalieri, ombre reali i cui movimenti risaltavano contro il buio. Morgan li osservò in silenzio, immobile, come se qualsiasi movimento da parte sua potesse farle sparire nella foschia. Erano ancora a una certa distanza, quasi invisibili fra le ombre, tremolanti come neri fantasmi nella notte.

Erano i primi segni di vita che Morgan vedesse da quando aveva iniziato la guardia. Era, lo seppe subito, quello che stava aspettando.

Da tre giorni nessuno era entrato o uscito da Sentineila del Sud. Nessuno si era neppure avvicinato. La terra sembrava priva di vita, a parte alcuni uccelli che sfrecciavano su e giù per il cielo, con instancabile determinazione. Erano passate delle imbarcazioni sul Mermidon e sul Lago Arcobaleno, ma tutte si erano tenute a sud, alla larga dalla fortezza degli Ombrati, da ogni minimo contatto. Morgan aveva osservato a lungo e con attenzione, attento a possibili segni di vita all'interno dell'obelisco, ma non ne aveva visto alcuno. Aveva dormito per brevi periodi, rimanendo sveglio una parte del giorno e della notte, in maniera da ridurre al minimo le possibilità che qualcosa potesse sfuggirgli. Aveva osservato con pazienza, e nulla era accaduto.

Ma adesso c'era un carro con dei cavalieri, e lui era già sicuro che fossero diretti a Sentinella del Sud.

Li studiò ancora, e si convinse che erano Cercatori. Lo capì dai mantelli neri con il cappuccio, da come si muovevano, dall'oscura circospezione del loro avanzare. Giungevano guardinghi, protetti dalla notte, e qualsiasi cosa stessero facendo, non volevano che fosse risaputa. C'erano sei cavalieri, quattro davanti e due dietro, e almeno due cocchieri. Nel silenzio sospeso delle tenebre che volgevano al termine, essi erano un sussurro sulla terra vuota, strisciavano tra le ombre e la foschia, avanzavano verso la luce del giorno.

Tirò un profondo respiro. Erano coloro che aspettava, si ripeté. Non sapeva perché. Non conosceva il loro scopo né indovinava le loro intenzioni. Forse trasportavano Par Ohmsford dentro il carro, o forse no. Non aveva importanza. Qualcosa dentro di lui gli sussurrava che non doveva lasciarli passare. Lo diceva con voce così chiara e sicura che non poteva ignorarla.

Questo è quanto aspettavi. Fa' qualcosa.

Erano trascorsi cinque giorni da quando Damson Rhee e Matty Roh erano partite alla ricerca di Par, seguendo lo Skree, nella speranza che le avrebbe condotte all'Uomo della Valle. Il temporale aveva cancellato ogni traccia, per cui lo Skree era tutto ciò che restava loro per trovare Par. Morgan era rimasto ad aspettarle a Sentinella del Sud. Ma non erano ancora tornate, e non c'era alcun indizio che sarebbero tornate presto. Rimaneva a Morgan decidere se Par era prigioniero degli Ombrati, un compito che sembrava virtualmente impossibile, visto che non aveva alcuna possibilità di entrare e dare un'occhiata.

Ma adesso...

Respirò a fondo. Adesso forse le cose erano cambiate.

Ma doveva decidere in fretta cosa fare. Doveva agire subito.

Guardò il carro, mentre si addentrava fra le colline nebbiose. Poteva intercettarlo, se voleva. Poteva raggiungerlo prima che arrivasse a Sentinella del Sud, tagliargli la strada mentre distava ancora parecchie miglia. Seguì con gli occhi la strada sterrata che il carro avrebbe dovuto percorrere per raggiungere la fortezza, una strada già tracciata da altri carri. Era abbastanza vicino, decise. Poteva fermarlo.

Se voleva.

Un uomo contro otto... Otto Cercatori, probabilmente Ombrati. Strinse la mascella e sorrise sarcastico. Meglio accertarsene.

A est, i primi bagliori di luce argentea cominciarono a fare capolino dall'orizzonte boscoso, mandando ragnatele luminose sulla superficie piatta e scura del Lago Arcobaleno. Il silenzio si fece più profondo, come in attesa di qualcosa.

Immobile sullo sperone di roccia, scrutando il carro e i cavalieri che avanzavano fra le colline, Morgan si accorse di guardare oltre il momento presente, nel passato, e si rivide a Leah, nelle Terre Alte dove la sua famiglia aveva vissuto per secoli, si raffigurò la vita che aveva condotto fino a poco tempo prima. Ricordò come l'aveva descritta a Matty. Aveva trascorso il suo tempo a infastidire gli ufficiali della Federazione acquartierati in quella che era stata un tempo la casa della sua famiglia, accontentandosi di essere un motivo di irritazione, di causare confusione e disagio. Aveva fatto molta strada da allora: era arrivato al Perno dell'Ade e all'ombra di Allanon, poi a Tyrsis e all'Abisso, ai Denti del Drago e alla Sporgenza, a Padishar Creel e ai nati liberi, e oltre ancora, a Eldwist e al Re di Pietra, alle Pietre Nere e al Maw Grint. Aveva combattuto gli Ombrati e i loro servi ed era sopravvissuto a cose inimmaginabili. Si era separato da una vita per entrare in un'altra, trasformato per sempre. Non sarebbe mai più stato la stessa persona... e del resto non l'avrebbe mai voluto. Era trascorsa un'intera esistenza da quando era partito dalle Terre Alte, e le esperienze fatte l'avevano rafforzato in modi che un tempo avrebbe solo potuto immaginare.

La sua vista si schiarì, il passato svanì nei ricordi, il presente divenne una sicura certezza di ciò che era necessario. Scrutò il carro e i cavalieri, e ascoltò il sussurro nella sua mente. Sapeva cosa doveva fare.

Una volta presa la decisione, si mosse rapido. Lasciò tutto, tranne la Spada di Leah. Privo di zaino e mantello, la Spada assicurata alla schiena, scivolò fra gli alberi che ricoprivano a nord lo sperone, senza perdere di vista il suo obiettivo mentre scendeva. Raggiunse le colline sottostanti e le attraversò veloce, dirigendosi verso la gola attraverso la quale dovevano passare il carro e i cavalieri per arrivare a Sentinella del Sud, dicendosi che era ancora in tempo a cambiare idea una volta arrivato lì, se gli fosse sembrato che la cosa non andasse, dicendosi anche che aveva bisogno di un piano, se voleva sopravvivere a un combattimento contro avversari così superiori di numero. La terra era dura e risuonava come vuota sotto i suoi piedi, ma l'erba era umida per la rugiada del mattino, e frusciava al suo passaggio. Nell'aria senza vento c'era odore di alberi e di terra, intenso e pungente. La foschia si fece più fitta man mano che avanzava, ora avvolgendolo, ora lasciandolo libero. Doveva fare in fretta, si disse... rapido come il pensiero e implacabile come il fato. Doveva ucciderne il più possibile prima che si rendessero conto di cosa stava succedendo. Doveva essere più oscuro di loro. Doveva essere più mortale.

Uscì da una conca e si trovò in una macchia di noci neri, misti a ciliegi, gli alberi carichi di foglie rugiadose, e si addentrò fra le colline, con le orecchie tese. Poteva udire il carro, adesso, lo scricchiolio delle ruote soffocato dalla nebbia. Morgan era molto più avanti, e vicino al punto dove l'avrebbe intercettato. Le ombre della notte si opponevano ancora all'arrivo dell'alba. Guardò a est e vide il sole attardarsi fra gli alberi, la sua luce niente più che un vago chiarore sullo sfondo. Gli restava il tempo sufficiente per agire, prima che la luce del sole lo rivelasse. Avrebbe avuto la sua occasione.

Si rimise in marcia, tenendosi al riparo dov'era possibile, muovendosi nel massimo silenzio. Aveva cacciato nelle Terre Alte per anni, prima di venire a nord, alzandosi quando l'alba non era ancora spuntata e mettendosi in cammino con il suo arco di frassino, solo in un mondo in cui era un intruso, imparando a essere un tutt'uno con gli animali che cacciava. Qualche volta li uccideva per mangiarli; più spesso si limitava a seguirli, senza che ci fosse bisogno di togliere loro la vita, per impararne le abitudini e scoprirne i segreti. Era diventato bravo; lo era ancora. Ma anche gli Ombrati erano cacciatori. Potevano avvertire cosa accadeva meglio di lui. Doveva ricordarselo. Doveva essere cauto.

Perché se lo scoprivano per primi...

Respirò a fondo con la bocca, per calmare i battiti del cuore. Qual era il suo piano? Cos'aveva intenzione di fare? Fermarli, ucciderli, scoprire cosa trasportavano nel carro? E se non ci fosse stato dentro nulla? Valeva la pena di tradirsi per niente?

Ma non era per niente. Lo sapeva. Il carro non era vuoto. Non c'era alcuna ragione per cui dei Cercatori dovessero scortare un carro vuoto a Sentinella del Sud. Il carro doveva trasportare qualcosa. La voce dentro di lui, la voce che lo spronava, glielo diceva.

Questo è quello che attendevi.

Per un istante gli venne in mente che poteva essere la voce di Viridiana quella che gli parlava, da qualche mondo sotterraneo, o forse dalla terra cui era tornata, guidandolo verso ciò che lei sola poteva vedere. Ma l'idea gli sembrò illusoria e in qualche modo pericolosa, e la mise subito da parte. La voce era sua e di nessun altro, si disse. La decisione e le conseguenze erano solo sue.

Raggiunse la gola attraverso la quale sarebbero passati il carro e i cavalieri, il luogo dove li avrebbe fermati, e si arrestò immobile, in ascolto. Lontano, da qualche punto nella nebbia, giunsero i rumori del loro avvicinarsi. Fermo al centro della gola, cercò di calcolare quanto tempo gli restava. Poi la percorse tutta, tenendosi da un lato, all'ombra, in maniera che le sue impronte non risultassero visibili, respirando a pieni polmoni l'aria fresca per schiarirsi le idee. Gli passarono nella mente vari piani, in rapida successione, che scartò subito come sogni mattutini. Nessuno andava bene; nessuno sembrava giusto. Raggiunse l'estremità della gola, e cominciò a tornare indietro. Poi si fermò.

Si trovava nel punto più angusto della gola.

Qui, si disse. Qui avrebbe iniziato, dopo che il carro fosse entrato nella strettoia, quando i cavalieri che precedevano fossero rimasti intrappolati davanti e non potessero tornare ad aiutare quelli dietro.

Questo gli avrebbe fornito dei momenti preziosi per liberarsi di almeno due cavalieri, e forse anche di quelli che guidavano il carro, e per scoprire chi o cosa trasportavano. Se non trovava nulla, poteva tagliare velocemente la corda...

Gli sembrò che il battito nel suo petto dovesse fargli esplodere il cuore, e nello stomaco sentiva un vuoto che andava e veniva. Gli girava la testa al pensiero di quello che aveva in mente, insieme terrorizzato ed eccitato, incapace di contenere tutte le emozioni che gli ribollivano dentro.

Ma la voce continuava a sussurrare. Questo è quello che aspettavi. Questo.

Il rumore degli Ombrati in arrivo si fece più forte. A est, la luce era ancora pallida e lontana. Nella gola la foschia si addensava immobile. Aveva sufficiente copertura, decise. Si nascose fra gli alberi ed estrasse la Spada di Leah, accovacciandosi.

Ti prego, fa' che abbia ragione. Fa' che ci sia Par nel carro. Fa' che tutto questo non sia inutile.

Le parole si ripetevano come una litania nel suo cervello, mescolandosi con il sussurro che lo teneva legato alla sua linea di azione, alla certezza che fosse quella giusta.

Non riusciva a spiegarsi la sensazione, non riusciva a giustificarla, al di là della convinzione che qualche volta non bisogna porre domande, ma semplicemente accettare. Era combattuto fra la verità che sentiva, e la possibilità dell'inganno. La ragione consigliava cautela, la passione insisteva per un cieco impegno. I due sentimenti si scontravano dentro di lui mentre attendeva, intrecciandosi in nodi sempre più stretti.

D'improvviso balzò in piedi e corse fra gli alberi fino alla collina retrostante, tenendosi fra le ombre più fitte, respirando con la bocca aperta. Giunto sulla cima, strisciò fin dove poteva guardare verso ovest, il corpo teso e sudato. I cavalieri e il carro apparvero da una cortina di nebbia bianca, lenti e regolari nella loro marcia, snodandosi lungo lo spartiacque. Non mostravano esitazioni o preoccupazione alcuna, non si guardavano intorno. Troppo vicini a casa per stare all'erta. Avrebbe voluto sapere cosa c'era nel carro. Lo scrutò come se così facendo potesse penetrare nel telone che lo ricopriva. Sentì un fuoco bruciargli dentro, mentre lo scontro fra la certezza e il dubbio continuava.

Scivolò fra le ombre e rimase accovacciato, sudando. Cosa doveva fare? Era l'ultima occasione per cambiare idea, per riconsiderare la saggezza della sua decisione. C'era da fidarsi della voce sussurrante? Quali rischi nascondeva?

Poi si alzò e si rimise in marcia, scivolando di nuovo fra le ombre, verso la gola, lasciandosi alle spalle i pensieri, il piano di azione ormai stabilito. Fa' qualcosa. Fa' qualcosa. Il sussurro divenne un grido. Lo afferrò, avvolgendoselo intorno come un'armatura.

Raggiunse il suo appostamento e si lasciò cadere in ginocchio. Entrambe le mani erano strette intorno all'elsa della Spada, il talismano che così spesso aveva rinnegato, e su cui ancora una volta doveva fare affidamento. Con quale facilità era ritornato a esso, pensò meravigliato. Il sudore gli colava dalla fronte, solleticandolo, e se l'asciugò. L'aria fresca della mattina non sembrava sufficiente a raffreddare il suo corpo, e ne respirò parecchie boccate per rallentare i battiti del cuore. Gli sembrava di dover andare in pezzi. Cosa avrebbe fatto la magia della Spada? L'avrebbe salvato o consumato, questa volta?

Il rumore del carro giungeva adesso nitido, le ruote che sobbalzavano sulla strada irregolare, i cavalli che sbuffavano. Morgan attendeva immobile fra le ombre del suo nascondiglio, gli occhi fissi sulla cortina di nebbia. Una mano scivolò lungo la superficie di ossidiana della Spada di Leah, e ricordò come la Spada avesse acquisito la sua forza magica, come il suo antenato Rone Leah l'avesse chiesta ad Allanon per proteggere Brin Ohmsford, come il Druido avesse esaudito il suo desiderio immergendo la lama nelle acque del Perno dell'Ade. Tante cose erano nate da quell'unico atto. Tante vite erano state cambiate.

Strinse le mani intorno all'elsa intagliata fino a farsi sbiancare le nocche.

La nebbia si divise davanti a lui, e i cavalieri ammantati di nero apparvero, incappucciati e senza volto, e in qualche maniera molto più grandi di quanto si fosse aspettato. Il respiro dei cavalli formava nuvolette nell'aria, e dai loro fianchi surriscaldati si alzava il vapore. Si infilarono nella gola seguiti dal carro scricchiolante e ondeggiante, con due cocchieri, e due cavalieri dietro. Morgan Leah era calmo adesso, tutta l'attesa alle spalle, l'evento ormai irrevocabile. Gli esseri spettrali erano chini sulle loro cavalcature e sul sedile, silenziosi e immobili, senza mostrare nessun tratto dei loro visi, nulla dei loro pensieri. Sul petto di ciascuno di essi l'insegna della testa di lupo brillava come bianco metallo. Morgan li contò di nuovo: otto in tutto. Ma potevano essercene altri sotto il telone, che aveva i lembi legati. Il carro poteva esserne pieno.

Tirò un profondo respiro e lo lasciò andare adagio. Poteva farcela? Strinse la mascella. Aveva combattuto contro Cercatori e Ombrati della Federazione da un capo all'altro del Callahorn ed era sopravvissuto. Non era un giovinetto ingenuo e inesperto. Avrebbe fatto ciò che era necessario.

I cavalieri passarono e il carro sobbalzò entrando nella strettoia della gola. Morgan si mise in piedi, agile e silenzioso, impugnando la Spada di Leah. Veloce. Sicuro. Senza esitare.

Abbandonò il suo nascondiglio e balzò alle spalle della retroguardia. Il carro era entrato nella strettoia. Sollevò la Spada e la calò in un arco, con tutte le sue forze, tagliando di netto i due cavalieri alla vita. Essi caddero da cavallo come pezzi di legno, dopo aver emesso un solo borbottio di sorpresa, e morirono sul colpo. Il loro sangue era verdastro e denso sui loro vestiti, mentre ruzzolavano giù, e qualche goccia macchiò le mani di Morgan. I cavalli scartarono di lato, mentre lui correva per raggiungere il carro. Davanti, la gola era immersa nell'ombra degli alberi e dei cespugli, e la processione non rallentò. Morgan raggiunse il carro, afferrò i lembi del telone e si issò a bordo. Tagliò le corde e balzò dentro. La pallida luce dell'alba rivelò una figura che giaceva immobile sul fondo, mani e piedi legati. Le passò accanto senza rallentare, vedendo che le nere figure sedute davanti stavano cominciando a voltarsi. L'impeto lo portò addosso ai due, mentre alzava la Spada ruotando il corpo. Qualcuno lanciò un grido di avvertimento, poi la lama di Morgan tagliò il telone come se non esistesse, e calò sui Cercatori che cercavano di estrarre le loro armi. Urlarono e sparirono alla vista, e nelle mani di Morgan la Spada di Leah prese a brillare come fuoco.

Scostò i lembi stracciati del telone dal sedile, gettando giù con un calcio ciò che restava di un Cercatore. Afferrò le redini, urlò con furia e sferzò i cavalli. Gli animali nitrirono e balzarono avanti, caricando i cavalieri di testa, che stavano per voltarsi a vedere cosa accadeva. Il carro piombò loro addosso, mentre ancora si trovavano nella gola, e non avevano alcun posto dove ripararsi. Tentarono di tornare indietro, di togliersi di mezzo, sbandarono nello stretto passaggio, dimenandosi come contorsionisti, i mantelli neri che svolazzavano. Ma il carro li travolse, abbattendone due subito, uno schiacciato sotto le ruote, l'altro scaraventato fra gli alberi. Il carro sbandò e si inclinò, e i cavalli scartarono. Morgan si alzò sul sedile, mentre passava accanto agli ultimi due Cercatori, sollevando la Spada di Leah per parare i colpi che gli venivano diretti contro.

Precipitandosi con fragore fuori dalla gola, nella pianura che si apriva al termine di essa, Morgan tirò le redini e fece girare i cavalli, rovesciando quasi il carro. Le ruote slittarono sull'erba umida, e lui lasciò cadere la Spada nel carro liberando le mani per controllare il tiro. I due ultimi cavalieri si precipitarono su di lui, nere ombre materializzate dalla nebbia. Anche uno dei due che erano caduti fece la sua comparsa, a piedi. Morgan sferzò i cavalli contro di loro, acquistando velocità. Il sudore gli colava dalla fronte, annebbiandogli la vista. Allungò la mano e prese la Spada, e la sollevò, la magia che scorreva lungo la lama come fuoco. I Cercatori a cavallo lo raggiunsero per primi, ciascuno da una parte, le spade sguainate. Morgan si spostò il più possibile a destra, concentrandosi sull'Ombrato più vicino, abbattendone le difese e spaccandogli il cranio. Sentì un dolore lancinante alla spalla, mentre l'altro Cercatore balzava dal suo cavallo sul sedile del carro, e gli menava un fendente di striscio. Morgan si scostò, rischiò di cadere, e diede un calcio all'Ombrato, cercando di buttarlo giù. Il carro fece un'ampia curva e questa volta senza controllo. Si staccò dalle tirelle e si rovesciò, gettando a terra i due combattenti. Morgan cadde malamente, e una nebbia rossa gli annebbiò la vista, mentre una fitta di dolore gli percorreva tutto il corpo; ma si rimise subito in piedi.

Il Cercatore che l'aveva ferito lo attendeva, e quello a piedi arrivava veloce. Entrambi stavano ritornando al loro stato di

Ombrati, uscendo dai corpi rivestiti di nero, sotto forma di una nebbia fosca, gli occhi rossi e gelidi. Avevano visto il fuoco sulla lama della Spada e sapevano che Morgan possedeva la magia. Mettendo da parte il loro travestimento, stavano evocando la magia ombrata. Un fuoco color cremisi saettò dalle loro armi verso Morgan, ma lui lo parò e si avventò su di loro con furia irrefrenabile, senza più pensare, agendo ora per necessità. Raggiunse il primo e lo rovesciò a terra. La Spada di Leah calò, mandando in frantumi l'arma dell'altro, e il fuoco bruciò dalla gola allo stomaco. L'Ombrato urlò, ebbe un tremito, e giacque immobile.

Morgan si avventò sull'ultimo, senza rallentare, consumato dall'elisir della magia, spinto da forze che non controllava più. L'Ombrato esitò, vedendo la sua faccia e rendendosi conto troppo tardi di essere inferiore. Lanciò il suo fuoco, ma si frantumò contro la lama di Morgan. Poi il Cavaliere gli fu sopra, colpendolo una, due, tre volte, la magia che scorreva lungo il talismano in un improvviso fuoco bianco. L'Ombrato lanciò un grido, cercando di liberarsi, poi il fuoco esplose dentro di lui in un lampo di luce, e l'essere sparì.

Morgan si girò di scatto, frugando il buio con gli occhi, in ogni direzione. La terra era immobile e vuota. A est, il sole faceva capolino all'orizzonte in un'esplosione di oro e argento, la luce si riversava attraverso gli alberi, penetrando le ombre e la nebbia. La gola era un tunnel oscuro, in cui nulla si muoveva. Gli Ombrati giacevano senza vita intorno a lui. Rimaneva un solo cavallo, una macchia scura a una quindicina di metri di distanza, le redini penzolanti mentre scuoteva la testa e batteva gli zoccoli sul terreno, incerto sul da farsi. Morgan lo guardò. Si sforzò di calmare il tremito delle mani sudate, e si raddrizzò lentamente. La magia della Spada svanì, e la lama tornò nera e opaca.

Vicino a lui, un tordo lanciò un richiamo. Morgan Leah ascoltò immobile, e il respiro gli sibilava aspro nelle orecchie. Gli Ombrati di Sentinella del Sud avranno sentito. Verranno a cercarti. Muoviti!

Rimise nel fodero la Spada di Leah e corse al carro rovesciato, ricordandosi di Par, ansioso di scoprire se l'amico stava bene. C'era Par là dentro, continuava a ripetersi. Doveva esserci.

Morgan era stordito e sanguinante, gli abiti sporchi e stracciati, la pelle ricoperta di polvere e sudore. Si sentiva la testa leggera, e provava una pericolosa sensazione di invincibilità.

Naturalmente era Par!

Si arrampicò sul carro e raggiunse la figura legata, accasciata contro una fiancata in frantumi, che lo guardava. L'ombra nascondeva il suo viso, e Morgan si chinò, scrutandolo.

Non era Par colui che aveva salvato.

Era Wren.

28

La Regina degli Elfi fu altrettanto sorpresa di vedere Morgan Leah. Alto, magro, la vista acuta, era esattamente come lo ricordava... ma nello stesso tempo diverso. Sembrava più vecchio, logorato. E c'era qualcosa nello sguardo che le rivolse. Lei batté le palpebre guardandolo. Cosa ci faceva lì? Cercò di rialzarsi, ma le mancarono le forze, e sarebbe caduta a terra se lui non l'avesse afferrata. Morgan le si inginocchiò al fianco, prese dalla cintura un coltello da cacciatore, le tagliò i lacci e il bavaglio.

«Morgan» ansimò Wren, oltremodo sollevata, e si tese per abbracciarlo. «Non sai come sono felice di vederti.»

Lui fece un breve sorriso, e sul suo viso scarno riapparve un po' dell'antica ironia. «Sei conciata male, Wren. Cosa ti è successo?»

Lei rispose stancamente al sorriso, consapevole di come dovesse apparire, la faccia tutta pesta e gonfia. «Ho commesso un grave errore di giudizio, purtroppo. Ma non preoccuparti. Adesso sto bene.»

Lui la prese in braccio e la trasportò dai rottami del carro nella luce dell'alba, rimettendola in piedi con cautela. Lei si fregò i polsi e le caviglie per riattivare la circolazione, poi si inginocchiò per bagnarsi le mani sull'erba ancora umida di rugiada, e se le passò sulla faccia ferita, con delicatezza.

Alzò gli occhi per guardarlo. «Credevo che non ci fossero più speranze per me. Come hai fatto a trovarmi?»

Lui scosse la testa. «Pura fortuna. Non cercavo neanche te. Cercavo Par. Credevo che gli Ombrati trasportassero lui sul carro, a dire il vero. Non avevo la minima idea che fossi tu.»

C'era stato del disappunto nei suoi occhi quando l'aveva riconosciuta. Adesso Wren comprendeva il perché. Era sicuro che fosse Par quello che aveva salvato.

«Mi dispiace di non essere Par» disse. « Ma grazie lo stesso.»

Lui alzò le spalle e il movimento gli provocò una smorfia; Wren si accorse del sangue rosso e verde che gli chiazzava i vestiti. «Cosa ci fai qui, Wren?»

Lei si alzò. «È una lunga storia. Quanto tempo abbiamo?»

Lui si guardò alle spalle. «Non molto. Sentinella del Sud dista solo poche miglia. Gli Ombrati avranno sentito i rumori della battaglia. Dobbiamo andarcene al più presto.»

«Allora sarò breve.» Si sentiva più forte adesso, piena di rinnovata determinazione. Era tornata libera, e intendeva approfittarne il più possibile. «Gli Elfi sono tornati nelle Quattro Terre, Morgan. Li ho trovati su un'isola dello Spartiacque Azzurro, dove vivevano da quasi cent'anni, e li ho riportati indietro. Era l'incarico datomi da Allanon, e alla fine l'ho accettato. La loro regina, Ellenroh Elessedil, era mia nonna. È morta durante il viaggio, e ora la regina sono io.» Vide lo stupore nei suoi occhi e gli afferrò un braccio per impedirgli di parlare. «Ascolta. Gli Elfi sono assediati da un'armata federale dieci volte più forte di loro. Stanno cercando di ritardarne l'avanzata, a sud della Valle di Rhenn. Devo tornare subito da loro. Vuoi venire con me?»

Il Cavaliere la fissò. «Wren Elessedil» disse a bassa voce, come se pronunciasse il nome per la prima volta, poi scosse la testa e la sua voce si indurì. «No, non posso. Devo trovare Par. Potrebbe essere prigioniero degli Ombrati a Sentinella del Sud. Ci sono anche altri che lo stanno cercando, e io ho promesso di aspettarli.»

La sua voce aveva un tono che non consentiva discussioni, tuttavia aggiunse a malincuore: «Ma se davvero hai bisogno di me...».

Lei lo interruppe stringendogli la mano. «Posso tornare da sola. Ma c'è una cosa che devo dirti prima, e devi promettermi che la riferirai agli altri, quando li rivedrai.» La sua mano lo strinse ancora più forte. «Ma dove sono? E che ne è stato di loro, e degli incarichi assegnati da Allanon? Anche gli altri li hanno portati a termine?» Stava parlando troppo in fretta, e si costrinse a rallentare, a rimanere calma, a non guardare verso est, dove il cielo si stava rischiarando. «Siediti, lascia che dia un'occhiata alla tua ferita.»

Lo prese per mano e lo condusse a un ceppo coperto di muschio, ve lo fece sedere, gli tolse la camicia e la tagliò a strisce, pulì e bendò il taglio meglio che poté.

«Par e Coll hanno trovato la Spada di Shannara, ma poi sono scomparsi» le disse mentre la ragazza lo curava. «È una storia troppo lunga per raccontarla adesso. Io sono sulle tracce di Par, e lui probabilmente su quelle di Coll. Non so chi abbia la Spada. Quanto a Walker, ero con lui quando è andato a nord per recuperare una magia che avrebbe riportato indietro Paranor e i Druidi. C'è riuscito e siamo tornati insieme, ma da allora non l'ho più visto.» Scosse la testa. «Paranor è tornata. La Spada è stata trovata. Tutte le missioni sono state portate a termine, ma non so che differenza faccia.»

Lei finì di bendargli la ferita, e si mise di fronte a lui. «Neanch'io. Ma una ragione deve esserci. Dobbiamo solo scoprirla.» Deglutì per calmare l'arsura che sentiva in gola, e i suoi occhi color nocciola lo fissarono. «Adesso ascolta. Questo è quanto dovrai dire agli altri.» Respirò a fondo. «Gli Ombrati sono Elfi. Sono Elfi che hanno riscoperto l'antica magia e hanno pensato di usarla sconsideratamente. Sono rimasti indietro quando il resto della nazione elfa è fuggita dalle Quattro Terre e dalla Federazione. La magia li ha sovvertiti, come fa con ogni cosa: li ha trasformati in Ombrati. Sono un'altra forma degli antichi Messaggeri del Teschio, neri spettri per cui la magia è una tentazione irresistibile. Non so come possano essere distrutti. Ma deve essere fatto. Allanon aveva ragione: sono un male che minaccia noi tutti. Le risposte che cerchiamo si trovano nel compimento delle missioni che ci sono state affidate. Uno di noi scoprirà la verità. Dobbiamo riuscirci. Riferisci loro quello che ti ho detto, Morgan. Promettimelo.»

Morgan si alzò. «Lo farò.»

Il grido di un airone lacerò il silenzio dell'alba, e Wren sobbalzò. «Aspettami qui» disse.

Raggiunse con passo malfermo gli Ombrati caduti e cominciò a frugare nei loro abiti. Uno di essi, lo sapeva, doveva avere le Pietre Magiche che le aveva rubato Tib Arne. La sua ira contro il ragazzo si infiammò di nuovo. Esaminò i primi due e non trovò nulla. Frugò fra le ceneri di quello che Morgan aveva bruciato e non trovò nulla neppure lì. Poi raggiunse il guidatore e il suo compagno, o piuttosto i loro corpi mozzati, e ignorando ciò che era stato loro fatto, cercò con cura in mezzo ai loro vestiti.

Nella tasca di un mantello trovò il sacchetto con le pietre. Sospirò di sollievo, se lo infilò sotto la tunica e tornò zoppicando da Morgan.

A metà strada, vide l'unico cavallo degli Ombrati rimasto, che stava brucando lungo il margine degli alberi. Si fermò un momento pensierosa, poi si mise le dita in bocca e modulò uno strano fischio basso. Il cavallo alzò la testa, rizzando le orecchie. Lei fischiò ancora, variando leggermente il tono. Il cavallo la guardò, poi batté con lo zoccolo a terra. Wren raggiunse senza fretta l'animale, parlando a voce bassa e tendendogli la mano. Il cavallo l'annusò, e lei gli accarezzò il collo e i fianchi. Per qualche istante si esaminarono a vicenda, poi d'improvviso lei gli fu in groppa, sempre parlando sommessa, le redini in mano.

Il cavallo nitrì e si impennò. Lei lo guidò fin dove Morgan attendeva e smontò.

«Ne avrò bisogno, se voglio arrivare in tempo» disse, tenendo saldamente le redini con una mano. «Quello che troviamo ci appartiene, dicono i Rover. Suppongo di non avere dimenticato tutto quello che mi hanno insegnato.» Sorrise e allungò una mano per toccargli un braccio. «Non so quando ci rivedremo, Morgan.»

Lui annuì. «Meglio che ti sbrighi.»

«Ho un debito verso di te, Cavaliere. Non lo dimenticherò.» Balzò in sella. «Ne abbiamo fatta di strada dal Perno dell'Ade, vero?»

«Dal Perno dell'Ade e da tutto quanto. Più strada di quanto mi sarei mai sognato. Abbi cura di te, Wren.»

«E tu pure. Buona fortuna a entrambi.»

I loro sguardi si incontrarono per un lungo momento, e lei assorbì la forza che trovò negli occhi del Cavaliere, traendo conforto dal fatto che non era così sola come aveva creduto, che l'aiuto talvolta giungeva da fonti inattese.

Poi affondò gli stivali nei fianchi del cavallo, e partì al galoppo.

Cavalcò verso ovest, inseguendo la notte che si ritirava, finché la luce del sole la raggiunse, quindi si fermò per far riposare il cavallo e lasciarlo bere da una pozza d'acqua. Si fregò ancora i polsi e le caviglie, lavandosi le ferite e i lividi, e giurò a se stessa che se avesse ritrovato Tib Arne gliel'avrebbe fatta pagare cara. Non mangiava e non beveva da quasi dodici ore, ma non aveva tempo per cercare cibo o acqua, in quel momento. Non appena gli Ombrati avessero scoperto la sua fuga, le sarebbero stati alle calcagna. Avrebbero dato la caccia anche a Morgan Leah, pensò, e si augurò che il Cavaliere avesse un buon nascondiglio.

Rimontò a cavallo e seguendo le vallate erbose fra le colline arrivò alle pianure sotto Tyrsis, che portavano al Tirfing. La giornata stava diventando calda e umida, il cielo era di un azzurro senza nuvole, il sole una fornace incandescente. Gli alberi si fecero sempre più radi, infine sparirono del tutto. Giunse mezzogiorno, e Wren attraversò il Mermidon a un guado, dove le acque scorrevano pigre e basse, allargandosi sulla pianura. Il corpo e la faccia le dolevano per le percosse, ma ignorò il dolore, pensando invece allo scompiglio che doveva aver causato la sua assenza. Ormai la stavano cercando ovunque. Forse avevano già scoperto Erring Rift e Grayl, e la ritenevano morta come loro. Forse avevano abbandonato ogni speranza di trovarla viva, e avevano preferito concentrarsi sull'armata federale e sui Serpidi. Alcuni avrebbero senza dubbio insistito che era meglio dimenticarla. Altri avrebbero benedetto la sua scomparsa...

Scacciò l'idea dalla mente. Non doveva dimostrare niente a nessuno. Rimaneva il fatto che aveva bisogno di tornare indietro. Barsimmon Oridio probabilmente era giunto vicino alla Valle di Rhenn con il grosso dell'armata elfa. Con un po' di fortuna, Tiger Ty sarebbe tornato con i nati liberi. Se riusciva a raggiungerli prima che iniziasse la battaglia...

Si arrestò.

Cosa?

Cosa avrebbe fatto?

Lasciò perdere la domanda. Non importava cos'avrebbe fatto. Bastava che fosse lì, che gli Elfi sapessero che avevano ancora la loro Regina, che la Federazione avrebbe avuto nuovamente a che fare con lei.

Seguì il Mermidon verso nord e trovò acqua per il cavallo sulla pianura, ma non per sé. Il sole picchiava implacabile, disidratando il suo corpo. Era stremata, e anche il cavallo si stava stancando rapidamente. Non poteva andare avanti ancora per molto. Avrebbe dovuto fermarsi e attendere che il caldo passasse. Il pensiero le fece digrignare i denti. Non aveva tempo! Non aveva tempo per fare nient'altro che andare avanti!

Alla fine si riposò, sapendo che era necessario, scoprendo una macchia di frassini vicino alla riva del fiume, dove era abbastanza fresco per sfuggire alla calura. Trovò alcune bacche, più amare che dolci, e una radice che le fornì qualcosa da masticare. Tolse la sella al cavallo e lo legò. Sdraiandosi fra gli alberi, osservò il fiume scorrere, e anche se non ne aveva intenzione, si addormentò.

Era il tardo pomeriggio quando un nitrito sommesso del cavallo la svegliò da un sonno inquieto. Balzò in piedi, e vide che puntava verso sud la testa ispida, e guardando sulla pianura scorse dei cavalieri che si dirigevano verso di lei, a parecchie miglia di distanza: uomini con mantelli e cappucci neri, la cui identità non era difficile da indovinare.

Sellò la sua cavalcatura e partì. Percorse parecchie miglia lungo la sponda del fiume a un trotto veloce, guardandosi ogni tanto alle spalle per vedere se i cavalieri la seguivano sempre. Era così, naturalmente, e aveva la sensazione che altri potessero attenderla a Tyrsis. La luce svanì verso ovest, facendosi argentea, poi rosea, poi grigia, e quando la foschia del primo crepuscolo scese sulla terra, Wren abbandonò il fiume e puntò a ovest, addentrandosi nella pianura. Lì aveva migliori possibilità di liberarsi degli inseguitori, pensò. Era una Rover, dopo tutto. Una volta calata la notte, nessuno sarebbe stato in grado di inseguirla. Tutto quello che le occorreva era un po' di tempo e di fortuna.

Non ebbe né l'uno né l'altra. Poco dopo, il suo cavallo cominciò a vacillare. Lo incitò con mormorii di promessa e pacche di incoraggiamento sul collo e sulle orecchie, ma ormai l'animale era privo di forze. Alle sue spalle gli inseguitori si erano allargati a ventaglio, ancora lontani, ma non per molto. La foschia si stava infittendo, ma la luna e le prime stelle erano già apparse, e ci sarebbe stata luce sufficiente per un cacciatore. Stringendo i denti, tirò avanti.

Quando il cavallo inciampò e cadde, lei rotolò a terra e si rimise subito in piedi; tornò dall'animale, lo fece rialzare, gli tolse la sella e le redini e infine lo lasciò libero. Cominciò a camminare, zoppicando perché le ferite le facevano ancora male, stanca e rabbiosa e decisa a non farsi prendere una seconda volta. Camminò senza voltarsi a guardare per un lungo tratto, fino a quando la notte non fu completamente calata, e l'intera pianura fu inondata da una luce argentea. La pianura era vuota e silenziosa, e lei sapeva che i suoi inseguitori non erano ancora abbastanza vicini da preoccuparsene, altrimenti li avrebbe sentiti, perciò si concentrò sul compito di mettere un piede davanti all'altro.

Quando finalmente si voltò a guardare, non c'era nessuno.

Spalancò gli occhi, incredula. Non c'erano né cavalieri né cavalli, e neppure uomini a piedi, nulla. Respirò a fondo per calmarsi e guardò ancora, non solo a est, ma su tutto l'orizzonte, questa volta, pensando con terrore improvviso che forse era stata aggirata sui fianchi. Ma non c'era nessuno. Era sola.

Sorrise confusa.

E allora vide una nera ombra alta nel cielo, che volava verso di lei, lenta e pigra e inevitabile come il freddo in inverno. Ebbe un tuffo al cuore mentre la osservava prendere forma. Neppure per un secondo pensò che potesse essere uno dei Cavalieri Alati venuti alla sua ricerca. Neppure per un istante lo confuse con un amico. Era Gloon, quello che vedeva. Lo riconobbe subito. Riconobbe il corpo massiccio e muscoloso, la feroce testa crestata del lanario da guerra. Deglutì, cercando di calmare la paura. Non c'era da stupirsi che i Cercatori si fossero ritirati. Non c'era bisogno di affrettarsi, con Gloon a darle la caccia.

Tib Arne doveva cavalcarlo, naturalmente. Rivide nella mente la faccia camaleontica del ragazzo, prima amico poi nemico; umano e poi Ombrato. Risentì nelle orecchie la sua risata stridula, e sulla faccia il suo respiro caldo mentre la colpiva, e in bocca il sapore del sangue...

Si guardò intorno in cerca di un nascondiglio, ma scartò subito l'idea. Era già stata vista, e dovunque si nascondesse sarebbe stata scovata. Poteva scappare o combattere... ed era stanca di scappare.

Infilò una mano sotto la tunica e ne estrasse le Pietre Magiche. Le soppesò in una mano, come se potesse determinare il peso della loro magia e così l'esito della battaglia. Guardò a ovest, ma non c'era nulla da vedere, le foreste ancora nascoste sotto l'orizzonte. Nessuno l'avrebbe cercata, comunque... non così lontano e non di notte. Strinse i denti, ripensando a Garth, chiedendosi cosa avrebbe fatto il Rover. Osservò Gloon avvicinarsi; l'uccello se la prendeva calma, veleggiando leggero sulle correnti d'aria, sicuro della propria forza e della propria abilità. Avrebbe cercato di colpirla al primo passaggio, pensò... rapido e deciso, prima che lei potesse ricorrere alla magia delle Pietre. E non sarebbe stato facile usare le Pietre contro un bersaglio mobile.

Si spostò fino ad avere alle spalle una piccola altura. Meglio che niente, si disse, tenendo gli occhi fissi su Gloon. Pensò a quello che il lanario aveva fatto a Grayl. Si sentì piccola e vulnerabile, sola nell'immensità della pianura, nulla fin dove giungeva lo sguardo, nessuno per aiutarla. Nessun Morgan Leah questa volta. Nessuna salvezza da una fonte inattesa. Avrebbe dovuto cavarsela da sola, e da come avrebbe combattuto, e dalla sua fortuna, sarebbe dipeso se doveva vivere o morire.

La sua mano si strinse intorno alle Pietre Magiche. Vieni a prendermi, Gloon. Vieni a vedere cosa ho in serbo per te. Il lanario da guerra si alzava e si abbassava, con movimenti sicuri e noncuranti, un'ombra scura contro il velluto blu del cielo. Wren attese impaziente. Vieni! Vieni!

Poi d'improvviso Gloon cadde come una pietra e sparì.

Wren balzò in avanti, stupefatta. La notte si stendeva davanti a lei, vasta e scura e vuota. Cos'era successo? Sentì il sudore scorrerle lungo la schiena. Dov'era andato a finire il lanario? Non era possibile che si fosse posato a terra, non aveva senso...

Poi capì. Gloon stava attaccando. Era sceso vicinissimo a terra, in modo che la sua ombra non fosse più visibile, e le stava volando addosso. A che velocità? Quando? Venne presa dal panico e barcollò all'indietro. Non riusciva a vederlo! Cercò di distinguere l'uccello contro il nero dell'orizzonte, ma non riuscì a scorgere nulla. Cercò di sentirlo, ma c'era solo il silenzio.

Dov'è? Dove...

Soltanto l'istinto la salvò. Si gettò a terra, d'impulso, e udì la massa del lanario sfrecciarle accanto, gli artigli che si protendevano a soli pochi centimetri dal suo viso. Wren sbatté con violenza sul terreno, sentendo in bocca il sapore della polvere e del sangue, il dolore che le trafiggeva di nuovo il corpo ferito.

Si rialzò in piedi all'istante, si girò nella direzione verso cui le sembrava fosse andato l'uccello ed evocò la magia delle Pietre, lanciandola nella notte in un ventaglio di luce azzurra. Ma il fuoco brillò nel vuoto, senza colpire nulla. Wren si inginocchiò, scrutando disperata il paesaggio illuminato dalla luna. Sarebbe tornato... ma lei non poteva vederlo! L'aveva perso! Sotto l'orizzonte era invisibile. Venne presa dalla disperazione. Da che parte sarebbe arrivato? Da che parte?

Colpì alla cieca, a destra e a sinistra, poi si gettò a terra, rotolò, si rialzò, colpì ancora. Sentì la magia scontrarsi con qualcosa. Ci fu un grido, seguito dal passaggio di Gloon, alla sua sinistra, sibilante come vapore. Guardò nella direzione del suono, pulendosi gli occhi dalla polvere. Niente.

Si alzò e corse. Scacciando ogni pensiero di dolore, corse sulla pianura deserta verso una canalone che distava una trentina di metri. Lo raggiunse e vi si tuffò dentro. Ci fu il fruscio ormai familiare, e il passaggio di qualcosa di nero sopra la sua testa. Gloon l'aveva mancata per poco, ancora una volta. Si appiattì nel canalone, guardando il cielo. C'erano la luna e le stelle, e nient'altro. Per le Ombre! Si mise in ginocchio. Il canalone le offriva una certa protezione, ma non sufficiente. E la notte non le era di aiuto, perché la vista del lanario da guerra era dieci volte migliore della sua. Poteva vederla con chiarezza nel canalone, mentre Wren non poteva vedere lui.

Si alzò e scagliò all'intorno la magia elfa, sperando nella fortuna. Il fuoco si sparse sulla pianura, e sentì il potere inondarla. Urlò di entusiasmo, incapace di trattenersi, vide il lanario piombarle addosso proprio all'ultimo istante, lanciò la magia... troppo tardi... e si gettò a terra. La sua velocità la salvò, perché il fuoco azzurro delle Pietre Magiche costrinse l'uccello a cambiare direzione all'ultimo istante, mancandola di nuovo.

Questa volta vide Tib Arne: appena una rapidissima immagine mentre le sfrecciava accanto, i capelli biondi al vento. Sentì il suo grido di rabbia e frustrazione, e gli urlò a sua volta, con furioso scherno.

Il cielo tornò immobile e la terra silenziosa. Wren si rannicchiò nel canalone, tremante e sudata, le Pietre Magiche chiuse nella mano. Avrebbe perso la battaglia, se non faceva qualcosa per cambiare la situazione. Prima o poi Gloon ce l'avrebbe fatta.

In quel momento udì un nuovo grido, questa volta proveniente da lontano, da ovest, un grido selvaggio che lacerò il silenzio soffocante. Si voltò verso di esso; era qualcosa di noto, eppure stentava a identificarlo... Un uccello, un Roc. Ritornò, veloce e battagliero.

Spirit! Era Spirit!

Vide la sua nera forma uscire dalla notte, da molto in alto, rapido come il pensiero. Spirit, pensò... e questo voleva dire Tiger Ty! Si sentì inondare dalla speranza. Fece per alzarsi, per gridare, poi tornò ad appiattirsi a terra. Gloon era ancora pronto a cogliere la prima opportunità per finirla. Frugò con gli occhi le tenebre, invano. Dov'era il lanario?

E Gloon sbucò dal buio per raccogliere la nuova sfida, il corpo nero e massiccio che guadagnava velocità. Wren si alzò in piedi, lanciando un grido di avvertimento. Spirit scese, poi all'ultimo istante possibile deviò, cosicché il lanario da guerra gli sfrecciò accanto senza danni, e si gettò all'inseguimento. I giganteschi uccelli girarono l'uno attorno all'altro studiandosi a vicenda, facendo delle finte, schivandosi, cercando di acquisire un vantaggio. Wren strinse i denti, bloccata a terra e inerme. Gloon era più grosso di Spirit e addestrato a uccidere. Gloon era un Ombrato e aveva la magia dalla sua parte. Spirit era coraggioso e veloce, ma che probabilità aveva di vincere?

Ci fu un momento convulso in cui i due uccelli si avventarono l'uno contro l'altro, fra grida furibonde, per separarsi di nuovo. Ancora una volta presero a girarsi intorno, ciascuno cercando di mettersi sopra l'altro. Wren uscì dal canalone, e li seguì per la pianura, perché non voleva perdere il contatto, ed era decisa a dare una mano. Non poteva lasciare quella battaglia a Tiger Ty e al Roc. Non era la loro battaglia. Era la sua.

Ancora una volta gli uccelli si azzuffarono, artigli e rostri che laceravano e strappavano. Ombre nere contro il cielo illuminato dalla luna, roteavano con le ali che battevano all'impazzata, scendendo a spirale. Wren li rincorse, le Pietre Magiche in mano. Se solo riuscissi ad arrivargli abbastanza vicino! era tutto quello che riusciva a pensare.

All'ultimo istante, i due uccelli si separarono, volando disordinatamente, lasciando cadere penne e cartilagini e sangue dai corpi straziati. Wren digrignò i denti per la rabbia. Gloon si scosse e si alzò in una lunga e lenta spirale. Spirit si impennò e ricadde all'indietro, incerto e ondeggiante. Cercò di raddrizzarsi, ebbe un tremito, piombò verso terra e svanì. Wren emise un grido soffocato di terrore... poi trattenne il fiato, meravigliata, mentre Spirit d'improvviso riappariva, di nuovo sicuro di sé, miracolosamente ristabilito. Una finta! Era proprio sotto Gloon, adesso, e si levò dal terreno come un razzo, sfrecciando nella notte per colpire l'avversario. Ci fu un rumore come di due rocce che si scontrino. Entrambi gli uccelli gridarono, poi si separarono, gli artigli che graffiavano l'aria.

Uno dei cavalieri cadde, sbalzato dall'impatto. Braccia e gambe che si agitavano nell'aria, urlando di terrore, precipitò come un masso e colpì la terra con un tonfo. In aria, la battaglia proseguì, il Roc e il lanario che si affrontavano come se la perdita di un cavaliere non facesse alcuna differenza. Wren non era riuscita a distinguere chi fosse caduto. Corse sulla pianura, il cuore che le batteva follemente, la gola serrata per la paura. Corse a lungo senza vedere nulla. Poi d'improvviso ecco davanti a lei una forma insanguinata e contorta, che cercava di sollevarsi da terra, chissà come ancora viva.

Wren rallentò la corsa, e un viso sfigurato si voltò a guardarla. Rabbrividì quando quegli occhi incontrarono i suoi. Era Tib Arne. Cercò di parlare, ma dalla bocca gli uscì un gorgoglio incomprensibile, in cui si distingueva solo l'odio per lei. Sotto le ferite sanguinanti era ancora un ragazzo, ma fu l'Ombrato che alla fine si liberò, levandosi come una nera ombra, avventandosi addosso a Wren. Lei sollevò immediatamente le Pietre Magiche, e il fuoco azzurro squarciò la cosa nera, e la consumò.

Quando guardò di nuovo, gli occhi azzurri di Tib Arne la fissavano privi di vita.

Sentì un grido sopra di sé, del lanario o del Roc, e alzò lo sguardo appena in tempo per vedere Gloon scendere, con Spirit alle calcagna. Il lanario aveva abbandonato la battaglia aerea e si stava avventando su di lei. Wren si accucciò sotto la sua ombra, senza un posto in cui nascondersi, il canalone troppo lontano. Sollevò le Pietre Magiche, ma i suoi movimenti erano lenti, e sapeva di non avere il tempo per salvarsi.

Poi Spirit ebbe un ultimo guizzo e afferrò Gloon alle spalle, colpendolo con il becco, facendogli perdere l'equilibrio. Gloon si girò, cercando di dilaniare il Roc, e in quell'istante Wren scagliò per l'ultima volta la magia delle Pietre. Centrò Gloon in pieno, e la fiamma lo avvolse, cominciando a bruciarlo, divorandolo mentre cercava di fuggire. Gloon lanciò un grido di rabbia, si contorse selvaggiamente e tentò di volare. Ma la magia elfa ormai si era impadronita di lui. Ondeggiò, si raddrizzò, le ali che sbattevano. Wren lo colpì di nuovo, il fuoco azzurro che diventava bianco incandescente. Il lanario da guerra precipitò, in una scia di fiamme. Piombò a terra, ebbe un tremito, e rimase immobile.

Pochi secondi dopo, il fuoco l'aveva ridotto in cenere.

Nel silenzio che seguì, Spirit discese silenzioso sull'erba. Tiger Ty smontò e si avvicinò a Wren, con quella sua andatura dinoccolata, la faccia coriacea coperta di sudore. Wren allungò le mani per afferrare quelle del Cavaliere Alato.

«Stai bene, ragazza?» chiese lui a bassa voce, e lei poté vedere la profonda preoccupazione negli occhi penetranti.

Sorrise. «Bene, grazie a te. È la seconda volta oggi che vengo salvata da amici che credevo perduti.» E gli raccontò di Morgan Leah e degli Ombrati a Sentinella del Sud.

«Ho trovato i nati liberi sui Denti del Drago, ieri mattina.»

Le mani nodose non volevano lasciare quelle della ragazza, come nel timore che lei potesse svanire. «Il loro capo mi ha detto di non aver mandato il ragazzo, di aver mandato qualcun altro. Ho capito cos'era successo. Li ho lasciati con la promessa che ci avrebbero raggiunti al più presto, e sono tornato per te. Troppo tardi, credevo. Eri già scomparsa. Ti abbiamo cercata tutto il giorno. Abbiamo trovato Rift e Grayl, ma di te nessuna traccia. Sapevo che il ragazzo ti aveva portata via. Ma sapevo anche che se ci fosse stata una possibilità, saresti fuggita. Sono partito da solo con Spirit, dopo che gli altri erano rientrati per la notte, e ho continuato a cercarti.» Le lanciò un'occhiata severa. «Per tua fortuna.»

«Per mia fortuna» annuì lei.

«Maledizione, non ti avevo avvertita di non levarti in volo con nessuno, se non con me?»

Lei gli si appoggiò, e per un attimo le sue emozioni furono così intense che non riuscì a parlare. «Non ricordarmelo» mormorò.

Forse lui vide il dolore nei suoi occhi. Forse lo sentì nella sua voce. La guardò ancora per un momento, poi le lasciò le mani e fece un passo indietro. «Basta che tu non lo faccia mai più. Ho impiegato un sacco di tempo e di sforzi per ritrovarti.» Si schiarì la gola. «Vado a vedere che Spirit non abbia ferite gravi.»

Passò alcuni minuti a occuparsi del Roc, muovendo delicatamente le mani sul corpo ricoperto di penne nere. Spirit lo guardava con occhi fieri. Quando il Cavaliere Alato gli parlò, il Roc abbassò il becco, spalancò le ampie ali e si scosse.

Soddisfatto, Tiger Ty le fece cenno di raggiungerlo. Rivolse un'occhiata orgogliosa a Spirit. «Avrebbe vinto anche da solo» disse burbero.

Per un momento Wren non disse nulla. Poi sorrise. «Credo anch'io.»

Tiger Ty l'aiutò a salire e la legò. Accarezzò con affetto il Roc, e montò a sua volta. Wren guardò il paesaggio notturno, vuoto e immobile tranne nel punto in cui giacevano i resti fumanti di Gloon. Si sentiva esausta, la testa leggera, ma anche viva. Gli effetti della magia elfa le percorrevano ancora il corpo come scintille.

Era sopravvissuta un'altra volta, pensò, e si chiese per quanto tempo ci sarebbe riuscita.

«Non vinceranno» disse d'improvviso. «Non glielo permetterò.»

Tiger Ty non le chiese cosa volesse dire. Non parlò. Si limitò a guardarla e assentì una sola volta. Poi con un fischio fece levare Spirit in volo, e il grande uccello si alzò veloce nel buio.

29

Morgan Leah guardò Wren sparire nel buio della notte che indietreggiava. Il suo disappunto per non aver trovato Par era mitigato dalla soddisfazione di sapere che i suoi sforzi non erano stati vani. Di tutte le persone possibili, trovare proprio Wren! Cominciava a credere che il mondo fosse molto più piccolo di quanto sembrava; e se lo era, i figli di Shannara e i loro alleati avevano una possibilità di farcela contro gli Ombrati, dopo tutto.

Si voltò verso est, guardò l'orizzonte che si andava schiarendo, e la luce grigio argento che si riversava attraverso le cime degli alberi e i pendii delle montagne in pozze che pian piano si allargavano. L'alba era giunta. La protezione della notte era già svanita, e si trovava più a rischio di quanto avesse previsto.

Gettò un'occhiata al carro rovesciato, alle forme nere degli Ombrati caduti, e non poté fare a meno di pensare: è opera mia. Li ho affrontati tutti da solo.

Ma adesso dove poteva andare? Gli Ombrati di Sentinella del Sud sarebbero arrivati presto. Le sue tracce erano facili da scoprire, l'avrebbero inseguito, per vendicarsi di ciò che aveva fatto. Respirò a fondo, e si guardò intorno ancora una volta, come per trovare una via di scampo. Non poteva tornare sullo sperone. Quello sarebbe stato il primo posto dove lo avrebbero cercato. Avrebbero scoperto le sue tracce e percorso il cammino a ritroso, sperando che fosse tanto stupido da tornare dove si era nascosto.

Fece un debole sorriso. Non era così stupido, naturalmente, ma non era una cattiva idea far sì che loro lo credessero.

Retrocedette lungo la gola fino al punto in cui vi era entrato e ripercorse i suoi passi attraverso gli alberi e le colline, senza preoccuparsi di nascondere le tracce, ma confondendole il più possibile per far credere che fossero in molti, poi tornò indietro, prestando molta attenzione, questa volta, perché gli Ombrati potevano nel frattempo essere arrivati. Ma non era così: la gola e la pianura erano vuote, eccetto che per i morti. Procedette lungo le tracce del carro, usando i solchi per nascondere le impronte, e le seguì per parecchie miglia fra le colline, prima di deviare a nord, fra l'erba alta, fino a una cresta rocciosa. Se era fortunato, non avrebbero trovato il punto dove aveva deviato, e sarebbero stati costretti e setacciare tutta la zona. Questo gli avrebbe forse concesso il tempo sufficiente per andare dove aveva deciso.

Naturalmente, tutto ciò non contava nulla se gli Ombrati erano capaci di seguire le tracce con il fiuto, come animali; in tal caso era nei guai qualsiasi cosa facesse, a parte rotolarsi nel fango e strofinarsi addosso erbe puzzolenti, e non era pronto a questo. Quali poteri possedevano quei mezzi-Elfi? Gli sarebbe piaciuto saperne di più su di loro, avere avuto il tempo di chiederlo a Wren, ma ormai era troppo tardi. Doveva correre il rischio. Respirò a pieni polmoni l'aria del mattino, e pensò quanto era fortunato ad avere la magia della Spada di Leah a proteggerlo, e si rese conto che gli era stata data una risposta alla domanda che l'aveva tormentato: cioè se il potere l'avrebbe salvato o consumato. Naturalmente questo non significava che fosse ormai al sicuro, che potesse usarlo tranquillamente ogni volta che voleva, che la prossima volta le cose sarebbero andate nello stesso modo. Significava solo che per il momento era sopravvissuto. Del resto, ormai era chiaro che la sopravvivenza era il massimo che poteva sperare, il massimo che tutti loro potevano sperare, nella battaglia contro gli Ombrati.

Un giorno le cose cambieranno, si disse... Ma si chiese se davvero sarebbe stato così.

Il panorama davanti a lui si serrò in una massa di colline, crinali, gole soffocate dai cespugli, e fitte foreste addossate alle Montagne di Runne. Si muoveva su un terreno roccioso, cercando di camminare con cautela nei punti dove delle pietre mosse o dei rami spezzati avrebbero potuto tradirlo. Aveva fatto questo calcolo: a sud c'era lo sperone su cui si era messo di guardia, e gli Ombrati avrebbero cominciato da lì a dargli la caccia. Ovest era la direzione presa da Wren, e senza dubbio l'avrebbero inseguito anche da quella parte. A nord si trovavano le città del Callahorn: Tyrsis, Kern e Varfleet, e questa sarebbe stata la scelta successiva. L'ultimo posto dove avrebbero guardato era a est, la regione che circondava Sentinella del Sud, la loro fortezza, perché non era logico che qualcuno che aveva appena annientato una delle loro pattuglie per salvare la Regina degli Elfi si dirigesse dalla stessa parte della pattuglia.

Regina degli Elfi, meditò, interrompendo i suoi pensieri. Wren Elessedil. La piccola Wren. Scosse la testa. L'aveva conosciuta appena durante la sua infanzia, con Par e Coll a Valle d'Ombra. Era difficile credere a ciò che era diventata.

Fece una smorfia. Era quanto si poteva dire di tutti loro, pensò con rimpianto, e allontanò il pensiero con un'alzata di spalle.

Il sole era ormai sopra l'orizzonte, le ombre della notte erano tornate a nascondersi, la calura estiva si stava alzando dall'erba e dagli alberi, con un sentore di aria fetida e terra secca. Morgan trovò un torrente che usciva da una roccia, lo seguì fino a una rapida dove l'acqua era limpida, e bevve. Non aveva né cibo né acqua, e doveva procurarsi entrambi se voleva sopravvivere. Pensò per un momento a Damson e a Matty, e sperò che non avessero scelto proprio quel giorno per tornare dalla loro missione a sud. Invece di trovare lui sullo sperone, avrebbero trovato gli Ombrati. Non era un pensiero piacevole. Avrebbe dovuto avvertirle, naturalmente... Ma per farlo doveva restare vivo.

Abbandonò il torrente e prese a salire. Dal riparo di una macchia di pini scrutò le colline verso sud, alla ricerca di inseguitori. Rimase a lungo immobile, osservando la regione. Nulla apparve. Alla fine, si rimise in marcia, piegando verso est, verso le montagne, il fiume e Sentinella del Sud. Era al di sopra della fortezza, nel folto degli alberi dove non poteva essere visto, ma abbastanza vicino da non perdere il contatto. Procedeva di buon passo malgrado la ferita, avendo relegato il dolore in un angolo della mente; si faceva strada con la sicurezza e la determinazione di un cacciatore esperto, capace di percepire ciò che gli stava accadendo intorno, di sentirsi parte della terra. Ascoltava i suoni degli uccelli e degli animali, comprendeva ciò che facevano, sapeva che nulla era fuori posto.

Si stava avvicinando il mezzogiorno, e ancora non c'era alcun indizio di inseguimento. Cominciò a sperare di essere in salvo. Trovò della frutta e delle erbe selvatiche da masticare, e altra acqua potabile. E quando raggiunse le pareti delle Runne, piegò di nuovo verso sud. Spostò la Spada di Leah sull'altra spalla, per alleviare la pressione sulla ferita, e ripensò alla sua storia. Tanti anni passati in letargo, relitto di un'altra epoca, la sua magia dimenticata fino all'incontro con gli Ombrati durante il viaggio verso Culhaven. Un caso, e nulla più. Strano come le cose succedevano. Meditò sugli effetti che la Spada aveva avuto sulla sua vita, i modi in cui aveva agito in favore e contro di lui, l'eredità di speranza e disperazione che gli aveva lasciato. Pensò che ormai non gli interessava più sapere se l'approvava o no, se reputava il suo legame con la magia una benedizione o una maledizione, perché in fondo non aveva alcuna importanza: la magia esisteva, semplicemente. Viridiana, pensò, aveva riconosciuto l'inevitabilità della cosa meglio di lui, e gli aveva ridato la Spada intera, perché lei sapeva che se la magia era destinata a Morgan, doveva essere sua per intero, senza menomazioni o imperfezioni. Viridiana aveva saputo quali erano le regole del gioco; la sua eredità era stata di insegnargli quelle regole.

Si fermò per riposare quando il caldo del giorno fu al culmine, e si innalzava dalla terra riarsa in ondate che facevano tremolare l'aria. Si sedette all'ombra di un vecchio acero, le larghe foglie intrecciate sopra la sua testa, come una tenda, mentre uccelli e scoiattoli si muovevano fra i rami, apparentemente incuranti della sua presenza, presi dalle loro occupazioni. Guardò fra gli alberi in direzione delle colline e delle pianure a sud e a est, la Spada di Leah piantata a terra, fra le ginocchia, le braccia incrociate sulla guardia. Si chiese se Wren fosse al sicuro. Si chiese dove fossero tutti quanti, tutti quelli che si erano imbarcati con lui in quell'avventura, e che a un certo punto aveva perso lungo il cammino. Alcuni naturalmente erano morti. Ma gli altri? Scavò la terra con il tacco dello stivale, e avrebbe voluto vedere cose che gli erano nascoste, poi pensò che forse era meglio non vederle.

Con il tardo pomeriggio, la temperatura tornò sopportabile, e Morgan riprese il cammino. Le ombre si stavano di nuovo allungando, a partire dagli alberi, dalle rocce, dai canaloni e dai crinali dietro cui si erano nascoste. Sentinella del Sud riapparve alla vista, il suo nero obelisco si innalzava dalla pianura avvelenata che univa la foce del Mermidon al Lago Arcobaleno. Il lago stesso era piatto e argenteo, uno specchio della terra e del cielo, i colori pallidi e slavati nella luce che svaniva. Gru e aironi volteggiavano sulla sua superficie, bianchi lampi indistinti sullo sfondo della foschia grigia del crepuscolo imminente.

Si fermò per guardare, e questo forse gli salvò la vita.

Gli uccelli d'improvviso si zittirono, e fra gli alberi davanti a lui intravide un movimento, appena percettibile ma indiscutibile, lontano e incerto nella luce fioca. Morgan scivolò fra i cespugli, silenzioso come un'ombra, e si immobilizzò. Dopo qualche momento apparvero degli Ombrati: uno, due, poi altri quattro, una pattuglia che avanzava senza rumore fra gli alberi. Sembrava non stessero seguendo una pista, ma soltanto cercando, e l'idea che potessero usare l'odorato gelò Morgan. Distavano ancora parecchie centinaia di passi, e si muovevano lungo il pendio secondo un tragitto che li avrebbe portati al di sotto di dove lui si nascondeva... ma attraverso la pista che aveva percorso. Avrebbe voluto fuggire, volare lontano da lì veloce come il vento, ma sapeva di non poterlo fare e si costrinse ad aspettare. I cacciatori indossavano vestiti neri, con il cappuccio, e non avevano l'emblema dei Cercatori. Non c'erano simulazioni, e questo significava che non si sentivano minacciati, o che non gli importava. Nessuna delle due possibilità appariva rassicurante.

Li guardò passare fra gli alberi, come parti della notte in arrivo, e sparire alla vista.

Si rimise subito in marcia, scivolando rapido, ansioso di mettere la maggior distanza possibile fra sé e i cacciatori vestiti di nero. Cercavano lui o qualcun altro? Chiunque, forse, dopo quello che era stato fatto alla loro pattuglia, preoccupati che ci fossero altri in agguato. Non aveva importanza, decise. Il fatto era che lo stavano cercando, e c'era il rischio che prima o poi lo trovassero.

Modificò il suo piano precedente, senza rallentare neppure un istante per pensare. Non sarebbe rimasto da quella parte del Mermidon. Avrebbe attraversato il fiume e aspettato sull'altra riva, in un punto da dove poter controllare l'eventuale arrivo di Damson e di Matty. Era un peccato che non potesse tenere d'occhio anche Sentinella del Sud, ma era troppo pericoloso starsene da quelle parti. Meglio attendere Damson e scoprire cosa le aveva rivelato lo Skree. Poi la ragazza poteva riprovare con la sua magia, se era necessario. Sì, non c'era altro da fare.

Era molto vicino a Sentinella del Sud, adesso, e si accorse che non poteva raggiungere il Mermidon e attraversarlo senza uscire dal riparo degli alberi. Questo significava che doveva attendere il buio, e il buio distava ancora parecchie ore. Troppo tempo per fermarsi in un posto, lo sapeva. Si accovacciò all'ombra e scrutò il terreno sotto di sé, cercando un motivo per rivedere le sue valutazioni. Gli alberi si diradavano scendendo dalle Runne, fino a sparire del tutto, sulla pianura che si stendeva a est del fiume. Digrignò i denti per la frustrazione. Avrebbe dovuto tornare sui suoi passi fra le montagne e cercare un valico che portasse a est, oppure girare tutto attorno, fino al punto da dove era partito. La seconda alternativa era impossibile, la prima piena di incognite.

Ma mentre valutava le varie possibilità, scorse un movimento fra gli alberi, davanti a sé. Si raggelò di nuovo, scrutando le ombre. Forse si era sbagliato, si disse. Sembrava che non ci fosse niente.

Poi la figura vestita di nero apparve per un attimo alla luce, prima di mescolarsi di nuovo con le ombre.

Un Ombrato.

Si rituffò nel folto degli alberi, la decisione ormai presa. Cominciò ad arrampicarsi fra le rocce, più in alto. Avrebbe cercato un valico fra le Runne, per poi attraversare il fiume. Se non ci fosse riuscito, sarebbe tornato sui suoi passi, con la protezione del buio. Non gli piaceva l'idea di aggirarsi da quelle parti di notte, con gli Ombrati ancora alla sua ricerca, ma le sue possibilità di scelta stavano diminuendo con allarmante rapidità. Si costrinse a respirare a fondo e lentamente per calmarsi, mentre scivolava fra gli alberi. C'erano troppi Ombrati in giro per non pensare che si trattase di una ricerca deliberata. In qualche modo avevano scoperto dove si trovava e stavano chiudendo il cerchio. Sentì un nodo alla gola. Era già sopravvissuto a una battaglia, quel giorno, ma non gli sorrideva l'idea di dover sopravvivere a un'altra.

Il tramonto si avvicinava, e le foreste che ricoprivano le montagne erano avvolte in una quiete senza vento. Proseguì con passo metodico e silenzioso, sapendo che il più piccolo rumore poteva tradirlo. Sentiva il peso della Spada di Leah premergli sulla schiena, e resistette alla tentazione di impugnarla. Era lì, se ne avesse avuto bisogno, si disse... ma sperava proprio che la necessità non si presentasse.

Stava superando un crinale, quando vide l'ombra muoversi fra gli alberi, dall'altra parte di una gola fitta di cespugli. L'ombra apparve e svanì in un attimo, e Morgan ebbe l'impressione di averla intuita, più che vista veramente. Ma non c'era da sbagliarsi sulla sua identità, e si rannicchiò subito, strisciando fra i cespugli più fitti, alla sua destra, puntando sempre verso l'alto. Uno solo, concluse. Un cacciatore solitario. Il sudore sulla faccia e sul collo gli aveva reso la pelle calda e appiccicosa, e i muscoli della schiena erano così tesi da fargli male. Sentì la ferita pulsargli di nuovo, dolorosamente, e desiderò un sorso di birra per bagnare la gola riarsa. Scoprì che la via era bloccata dalla parete di un dirupo, e si volse a malincuore. Aveva la sensazione di essere guidato, e cominciava a pensare che alla fine avrebbe trovato pareti ovunque.

Si arrestò ai margini di un basso precipizio, e guardò indietro fra gli alberi ricoperti di muschio. Nulla si muoveva, ma c'era lo stesso qualcosa, che si avvicinava con lenta determinazione. Morgan pensò di tendergli un agguato. Ma qualsiasi genere di lotta avrebbe richiamato tutti gli Ombrati presenti nella foresta. Meglio proseguire. C'era sempre tempo per combattere.

Gli alberi cominciarono a diradarsi, mentre le rocce affioravano in formazioni sparse, e i pendii si trasformavano in dirupi. Era giunto alla massima altezza possibile senza lasciare la copertura degli alberi, e ancora non c'era segno di un valico che lo conducesse dalla parte opposta della catena di montagne. Gli parve di sentire un fiume rumoreggiare, da qualche parte oltre la parete di roccia, ma forse era solo la sua immaginazione. Trovò riparo in una macchia fitta di abeti, e ascoltò la foresta intorno a sé. C'erano dei movimenti davanti e sotto, adesso. Gli Ombrati lo avevano circondato. Dovevano aver trovato le sue tracce. C'era ancora abbastanza luce per farlo, e stavano venendo a prenderlo. Forse non l'avrebbero raggiunto prima che si fosse fatto troppo buio per seguire le sue impronte, ma non pensava che facesse molta differenza, adesso che erano così vicini. Gli Ombrati erano più a loro agio di lui nel buio, ed era solo una questione di tempo prima che lo intrappolassero.

Per la prima volta, si permise di pensare all'eventualità di non farcela a scappare.

Allungò una mano ed estrasse la Spada. La lama di ossidiana brillò debolmente nella luce del crepuscolo, e l'impugnatura gli diede una sensazione di conforto. Immaginò di sentire la sua magia rispondergli sussurrando, rassicurandolo che sarebbe stata pronta quando lui l'avesse chiamata. Il suo talismano contro le tenebre. Abbassò la testa e chiuse gli occhi. A tanto era giunto? Un'altra battaglia, in una serie infinita di battaglie per restare vivo? Cominciava a stancarsi di tutta quella faccenda. Non poteva fare a meno di pensarlo. Era stanco, e nauseato.

Lascia perdere!

Aprì gli occhi, si alzò e si addentrò fra gli alberi, verso sud, verso la pianura di Sentinella del Sud, cambiando idea circa l'opportunità di restare nascosto. Si sentiva meglio in movimento, come se il movimento fosse più naturale, in qualche maniera più sicuro.

Scivolò cauto nella foresta, le orecchie tese per sentire coloro che cercavano di prenderlo in trappola. Le ombre cambiavano intorno a lui, piccoli movimenti di luce, lievi trasformazioni che gli facevano battere il cuore. In lontananza, un gufo ululò sommesso. La foresta era un fiume notturno in lento, costante movimento, che scintillava e scorreva.

Si guardò ripetutamente alle spalle, cercando il cacciatore

solitario, ma non vide nulla. Gli Ombrati davanti a lui erano ugualmente invisibili, ma lui aveva l'impressione che non conoscessero la sua posizione bene come l'altro. Sperò che non potessero comunicare mediante il pensiero, ma non ci avrebbe scommesso. Sembrava ci fossero poche limitazioni alla magia che riuscivano a controllare. Ah, ma questo era falso, si rimproverò. C'erano sempre delle limitazioni. Il problema era scoprirle.

Raggiunse una macchia di cedri addossati a una parete di roccia e vi si addentrò, accovacciandosi nuovamente per ascoltare. Per lunghi minuti rimase immobile quanto la pietra alle sue spalle ma non udì nulla. Eppure gli Ombrati erano sempre in agguato, lo sapeva. Stavano ancora cercando, frugando...

Poi li vide: erano due, vicini, e avanzavano fra gli alberi a meno di cento metri sotto di lui, ombre vestite di nero, dirette verso il suo nascondiglio. Sentì un tuffo al cuore. Se si fosse mosso, l'avrebbero visto. Se rimaneva dov'era, l'avrebbero trovato. Un'ampia gamma di scelte, pensò con amarezza. Stringeva ancora la Spada di Leah, e le sue mani si serrarono sull'impugnatura. Avrebbe dovuto combattere. Era costretto a farlo, e sapeva come sarebbe finita, probabilmente.

Ripensò alla Sporgenza, a Tyrsis, a Eldwist, a Culhaven, e a tutti gli altri posti dove era stato intrappolato e messo alle strette mentre cercava di fuggire, e pensò disperato e furioso: non basta una volta...

Poi la mano si chiuse intorno alla sua bocca come una morsa di acciaio, e venne trascinato indietro fra gli alberi.

30

Il crepuscolo scese sulla regione a sud del Lago Arcobaleno, in una foschia porpora e argento che strisciò dall'Anar come un gatto, per inseguire un tramonto infuocato fra le Querce Nere e le terre a occidente. La luce del giorno morente era morbida come seta, e mitigava la calura con una brezza che spirava dal profondo della foresta, fresca e dolce. Le fattorie che punteggiavano le terre al di sopra del Tumulo erano immerse in una mescolanza di ombre e di luce che dava loro l'aspetto di un dipinto. Gli animali tenevano il muso puntato in direzione della brezza, immobili sui pascoli di un verde sempre più scuro. Sorveglianti e garzoni rientravano dal lavoro, e si sentiva il rumore dell'acqua nei catini e l'odore del cibo che cuoceva. C'era serenità nelle ombre che si allungavano, e sollievo nell'aria che rinfrescava. C'era un raccoglimento che confortava e prometteva riposo per coloro che avevano terminato un'altra giornata di lavoro.

In una macchia boscosa, su una bassa collina ai piedi dell'Anar, appena a nord della Pianura del Tumulo, il fumo si alzava dal camino mezzo rovinato di un vecchio capanno da caccia. Il capanno era formato da quattro pareti di legno, piene di fessure, un tetto di assi malconcio, una veranda crollata da un lato, e un pozzo di pietra fra gli alberi più fitti. Un carro era fermo lì accanto, e i muli erano legati ai margini della foresta. Gli uomini che avevano condotto il carro erano dentro, seduti su panche e occupati a mangiare, tutti tranne uno che faceva la guardia sui gradini di pietra del portico, sorvegliando la valle a sud e a est. Erano in cinque, contando quello fuori, erano malvestiti e sporchi, e avevano lo sguardo duro. Portavano spade e coltelli, e mostravano le cicatrici di molte battaglie. Quando parlavano, le loro voci erano aspre e forti, e le loro risate senza gioia.

Agli occhi di Damson Rhee e di Matty Roh, non sembravano persone con cui si potesse ragionare.

Erano accovacciate in un canalone, riparate da un intrico di cespugli, e si guardarono a vicenda.

«Sei sicura?» chiese la più alta ed esile delle due.

Damson annuì. «È là dentro.»

Rimasero in silenzio, come se mancassero loro le parole per proseguire la conversazione. Avevano rincorso il carro per l'intera giornata, fin da quando avevano trovato le impronte delle ruote, seguendo lo Skree dal Lago Arcobaleno. Avevano attraversato il lago tre giorni prima, salpando dalla foce del Mermidon davanti alla tempesta, dopo aver lasciato Morgan Leah. I venti che precedevano veloci il temporale le avevano sospinte attraverso il lago, e il temporale le aveva raggiunte quando erano quasi a riva. A quel punto erano state investite con tanta violenza dai venti che la barca si era capovolta, a est della Palude della Nebbia, ed erano state costrette a nuotare fino a riva. Erano riuscite a salvarsi benché inzuppate ed esauste, portandosi dietro la maggior parte delle provviste, e avevano trascorso la notte in una macchia di frassini che offriva poco riparo dall'umidità. Da lì avevano proseguito verso sud, guidate dalla luce dello Skree, cercando qualche traccia di Par Ohmsford. Non ce n'era stata alcuna prima delle impronte del carro, e adesso degli uomini che l'avevano guidato.

«Non mi piace» disse sottovoce Matty Roh.

Damson Rhee prese la metà spezzata dello Skree, la rinchiuse fra le mani e la puntò verso la capanna. Splendeva come fuoco, ramato e intenso. Guardò Matty. «È là.»

L'altra annuì. I suoi vestiti erano logori e strappati da spine e rocce, e averli lavati era servito a pulirli ma non a migliorarne l'aspetto. Il suo viso da fanciullo era abbronzato e segnato da righe di sudore, e la sua fonte si aggrottò, mentre fissava la mezzaluna di metallo luminoso.

«Dobbiamo dare un'occhiata più da vicino» disse. «Quando farà buio.»

Damson annuì. I capelli rossi erano intrecciati e trattenuti da una fascia sulla fronte, e i suoi vestiti nelle stesse condizioni di quelli di Matty. Era stanca e aveva una gran voglia di un pasto caldo e di un bagno, ma sapeva che per il momento doveva farne a meno.

Scivolarono lungo il canalone fin dove avevano lasciato le loro provviste; si sedettero per mangiare frutta e formaggio, e bere un po' d'acqua. Nessuna delle due parlò mentre consumavano il pasto, e le ombre si allungavano. Il buio si chiuse intorno a loro, la luna e le stelle apparvero, e l'aria rinfrescò fino a diventare quasi piacevole. Erano molto diverse l'una dall'altra. Damson era fiera ed estroversa e sicura delle sue azioni; Matty era fredda e distante, e credeva che non si potesse dare niente per scontato. Ciò che le univa, al di là della comune missione, era una ferrea determinazione, forgiata durante i molti anni trascorsi a sopravvivere al servizio dei nati liberi. I tre giorni passati insieme a cercare Par Ohmsford avevano generato un reciproco rispetto. Si conoscevano molto poco quando avevano iniziato, e in verità si conoscevano poco ancora adesso. Ma ciò che sapevano era sufficiente a convincerle che potevano fidarsi l'una dell'altra, in un momento decisivo.

«Damson» disse Matty Roh d'improvviso. Il silenzio si era fatto più profondo, e la sua voce era un sussurro. «Ti è mai capitato di trovarti nel bel mezzo di qualche cosa e di chiederti come sia successo?» Sembrava quasi imbarazzata. «È esattamente così che mi sento adesso. Sono qui ma non so bene perché.»

Damson le si fece vicina. «Vorresti essere da qualche altra parte?»

«Non lo so. No, credo di no.» Sporse le labbra. «Ma sono confusa. So perché sono venuta, ma non capisco cosa mi abbia fatto decidere.»

«Forse la ragione non è così importante. Forse essere qui è tutto quello che conta.»

Matty scosse la testa. «Non credo.»

«Forse non è poi così difficile capirlo. Io sono qui per Par. Perché gliel'ho promesso.»

«Perché lo ami.»

«Sì.»

«Io non lo conosco neppure.»

«Ma conosci Morgan.»

Matty sospirò. «Lo conosco meglio di quanto lui conosca se stesso. Ma non lo amo.» Fece una pausa. «Non credo.» Distolse lo sguardo, turbata dalla sua ammissione. «Sono venuta perché ero stanca di rimanere senza far niente. Questo è quello che ho detto al Cavaliere. Era vero. Ma sono venuta per qualcosa di più importante. E non so bene cosa sia.»

«Io credo che possa essere Morgan Leah.»

«No, non lo è.»

«Io credo che tu abbia bisogno di lui.»

«Bisogno di lui?» Matty era incredula. «È il contrario, non ti pare? È lui che ha bisogno di me!»

«Anche questo è vero. Avete bisogno l'una dell'altro. Vi ho osservato, Matty... te e Morgan. Ho visto come lo guardi quando lui non se ne accorge. Ho visto come lui guarda te. C'è qualcosa fra voi, ed è più di quanto tu non ti renda conto.»

La ragazza alta scosse la testa. «No.»

«Ti preoccupi per lui, non è vero?»

«Non è la stessa cosa.»

Damson la guardò per un momento senza dire nulla. Lo sguardo di Matty era fisso in un punto indeterminato, gli occhi color cobalto vuoti e tristi. «È ancora innamorato di Viridiana.»

Damson annuì. «Immagino di sì.»

«Sarà sempre innamorato di lei.»

«Forse sì, Matty. Ma Viridiana è morta.»

«Non ha importanza. Ti sei accorta di come parla di lei? Era bellissima e magica, ed era innamorata di lui.» Gli occhi azzurri si socchiusero. «È troppo difficile competere con una cosa del genere.»

«Non devi farlo. Non è necessario.»

«Sì che lo è.»

«La dimenticherà, con il tempo. Non potrà farne a meno.»

«No, non la dimenticherà. Mai. Non vorrà farlo.»

Damson sospirò e distolse lo sguardo. La notte era profonda e immobile intorno a loro, silenziosa e come in attesa. «Lui ha bisogno di te» sussurrò alla fine, non sapendo cos'altro dire. Tornò a guardarla. «Viridiana se n'è andata, Matty, e Morgan Leah ha bisogno di te.»

Si guardarono nel buio, misurando la verità delle parole, soppesandone il significato. Nessuna delle due parlò. Poi Matty si alzò e guardò verso la capanna. «Dobbiamo entrare a dare un'occhiata.»

«Vado io» disse Damson alzandosi. «Tu aspetta qui.»

Matty la prese per un braccio. «Perché non io?»

«Perché io so che aspetto ha Par e tu no.»

«Allora andiamo tutt'e due.»

«E rischiare tutt'e due?» Damson fissò l'altra negli occhi. «Lo sai meglio di me che non è il caso.»

Matty la guardò un momento, sulla difensiva, poi le lasciò il braccio. «Hai ragione. Io aspetto qui. Fa' attenzione.»

Damson sorrise, si voltò e scivolò nel buio. Si mosse rapida lungo il canalone, fino a quando non fu a nord della capanna. Una lampada ardeva all'interno, spandendo una luce giallastra dalle finestre senza imposte sui lati e dalla porta sulla parete anteriore. Si arrestò, pensando. Dall'interno giungevano voci maschili, ma un bagliore rossastro e l'odore di tabacco l'avvertirono che la sentinella era ancora seduta sui gradini del portico. Osservò le sagome scure dei muli legati vicino alla capanna, poi udì un rumore di vetri rotti e un'imprecazione. Gli uomini bevevano e discutevano.

Proseguì lungo il canalone, e raggiunse il retro della capanna, con l'intenzione di arrivare alla parete sud, temendo che gli animali dessero l'allarme se si avvicinava da nord. Le nuvole scivolavano come fantasmi sopra la sua testa, mutando l'intensità della luce mentre passavano sulla luna e le stelle. Damson scivolò lungo il margine degli alberi, confusa fra le ombre, attenta a dove metteva i piedi, anche se probabilmente le voci e le risate avrebbero soffocato ogni rumore. Quando fu giunta dietro la capanna, lasciò gli alberi e raggiunse di corsa la parete posteriore, poi si spostò lungo di essa, in direzione della finestra che dava a sud. Adesso poteva udire le voci con chiarezza, poteva avvertire la rabbia e la minaccia. Erano uomini violenti: non c'era alcun dubbio su questo.

Raggiunse la finestra, carponi, e si alzò con cautela per sbirciare all'interno.

Coll Ohmsford giaceva sul retro della capanna ammuffita e cadente e ascoltava gli uomini discutere, mentre giocavano a dadi. Era avvolto in una coperta, voltato verso la parete. Mani e piedi erano incatenati insieme, a un anello inchiodato nelle assi. Gli avevano dato cibo e acqua, e si erano dimenticati di lui. Meglio così, pensò stanco, visto la loro sgradevole disposizione d'animo. Bere e giocare li avevano incattiviti più del solito, e Coll non aveva alcuna voglia di scoprire come poteva finire se si ricordavano di lui. Era già stato picchiato due volte da quando era stato catturato: la prima perché aveva cercato di scappare e l'altra quando uno di loro si era arrabbiato per qualcosa, e aveva deciso di sfogarsi su di lui. Era contuso, ferito, dolorante, e dopo essere stato sballottato l'intera giornata sul carro, tutto quello che desiderava era essere lasciato solo a dormire.

Il problema, naturalmente, era che non si poteva dormire in simili condizioni. La stanchezza e il dolore non erano sufficienti a sopraffare il rumore. Così giacque ascoltando, e chiedendosi cosa poteva fare per cavarsela. Ripensò alla fuga. Viaggiavano adagio, con il carro e i muli, ma mancavano solo tre o quattro giorni a Dechtera e, una volta arrivati lì, sarebbe stata la fine per lui. Aveva sentito parlare delle miniere, dove lavoravano soprattutto schiavi Nani. Morgan gli aveva descritto le miniere, dopo averne sentito parlare da Steff. Servivano da penitenziario per i Nani che si opponevano all'occupazione federale, in particolare per quelli della Resistenza. I Nani spediti nelle miniere non tornavano mai. Nessuno ne tornava. Morgan aveva sentito dire di abitanti delle Terre del Sud mandati a lavorare nelle miniere, ma fino a quel momento Coll non aveva mai creduto che fosse del tutto vero.

Fissò le assi crepate e scheggiate della parete. A quanto pareva, era destinato ad apprendere molte verità nel peggiore dei modi.

Respirò a fondo, trattenne il fiato, lo lasciò andare piano, stancamente. Di tempo gliene restava poco, e la fortuna era sparita da un pezzo. Era in condizioni migliori di quanto ci si potesse aspettare, il suo addestramento con Ulfkingroh a Sentinella del Sud l'aveva preparato al peggio. Ma era una scarsa consolazione adesso, legato in quel modo. Non vedeva alcuna speranza di trovare la libertà dalle sue catene senza una chiave. Aveva cercato di forzare le serrature, ma erano robuste e massicce. Aveva cercato di convincere i suoi catturatori a lasciarlo camminare, ma gli avevano riso in faccia. Il suo piano per salvare Par da Rimmer Dall e dagli Ombrati era solo un ricordo. Era lontano da esso quanto dalla sua casa a Valle d'Ombra, ed era così lontano da questa che gli sembrava di avere già superato il punto di non ritorno.

Uno degli uomini diede un calcio a una sedia, si alzò e uscì. Coll arrischiò una rapida occhiata dalla sua coperta. La Spada di Shannara giaceva sul tavolo. Si stavano giocando la Spada, o la quota di ciascuno su di essa. I tre ancora seduti al tavolo brontolarono qualcosa di spiacevole nei confronti di quello che se n'era andato, ma non distolsero gli occhi l'uno dall'altro.

Coll tornò a rivolgersi alla parete e chiuse gli occhi. Non serviva a niente che quegli uomini non avessero alcuna idea del valore reale della Spada. Non serviva a niente che solo lui potesse usare la sua magia, e che tanto dipendesse da questo. Giunti a quel punto, pensò disperato, niente se non un miracolo poteva aiutarlo.

Cosa farò?

«È lui?»

La luce della luna si rifletteva sulla faccia di Matty Roh, dandole un aspetto spettrale sotto i corti capelli neri. Damson bevve dalla fiasca che le veniva offerta e guardò verso la parte da cui era venuta, pensando che forse poteva essere stata seguita. Ma la notte era silenziosa, e la terra vuota e immobile sotto le stelle.

«È lui?» ripeté Matty con voce ansiosa e insistente.

Damson annuì. «Dev'essere lui. Era rannicchiato in fondo alla stanza, sotto una coperta, e non sono riuscita a vederlo in faccia, ma non importa. La Spada di Shannara era sul tavolo, e su questo non ci sono dubbi. È lui. L'hanno incatenato. Sono cacciatori di schiavi. Ho guardato nel carro, tornando. È pieno di ceppi e catene.» Fece una pausa, mentre un'ombra di inquietudine le attraversava il viso. «Non so come li abbia incontrati, o come si sia lasciato catturare, ma non doveva succedere. La magia della canzone doveva essere più che sufficiente per gente del genere. Non capisco. C'è qualcosa che non va.»

Matty non disse nulla, in attesa.

Damson le ridiede la fiasca di acqua e sospirò. «Vorrei aver potuto vederlo in faccia. Ha alzato gli occhi, appena per un momento, ma era troppo buio per distinguere chiaramente.» Scosse la testa. «Mercanti di schiavi... non c'è speranza di ragionare con loro.»

Matty spostò i piedi. «Il ragionamento non è il genere di cosa che capiscano. Noi siamo donne. Se gli offrissimo l'occasione, ci prenderebbero, ci userebbero a loro piacere, poi ci taglierebbero la gola. Oppure ci venderebbero assieme a Par.» Guardò nella notte. «Quanti ne hai contati?»

«Cinque. Quattro dentro e uno di guardia fuori. Bevono e giocano a dadi, e litigano fra loro.» Fece una pausa. «Mentre dormono, potremmo entrare e liberare Par.»

Matty la guardò con fermezza. «Difficile, nel buio. Non riusciremmo a distinguere gli amici dai nemici, in un combattimento. E se Par è incatenato alla parete, ci vorrà troppo tempo e troppo rumore per liberarlo. E poi, potrebbero anche restare svegli tutta notte, da come si sono messe le cose. Non possiamo saperlo.»

«Possiamo aspettare un po'. Un giorno o due, se sarà necessario. Prima o poi si presenterà un'occasione.»

Matty scosse la testa. «Non abbiamo tempo. Non sappiamo quanto ci metteranno ad arrivare dove sono diretti. Magari ce ne sono altri che li attendono. No. Dobbiamo agire adesso. Questa notte.»

Ora toccò a Damson essere perplessa. «Questa notte» ripeté. «Come?»

«Tu come credi? Se sono riusciti a trovare una maniera per catturare Par malgrado la sua magia, sono troppo pericolosi per scherzare con loro.» Matty Roh parve valutarla. «Se siamo abbastanza veloci, saranno morti prima di accorgersene. Ti senti di farlo?»

Damson tirò un profondo respiro. «E tu?»

«Seguimi e guardami le spalle. Ricordati di quanti sono.

Non perdere il conto. Se cado, scappa a tutta velocità.» Si raddrizzò. «Sei pronta?»

«Adesso?»

«Prima cominciamo, prima finiamo.» Damson annuì senza parlare, sentendosi lontana da quanto stava accadendo, come se guardasse da una posizione elevata. «Io ho solo un coltello da caccia.»

«Usa tutto quello che hai. Ricorda solo ciò che ti ho detto.»

La ragazza più alta lasciò cadere il mantello e scelse fra le sue cose la sottile spada da combattimento, e se la legò sulla schiena, nella stessa maniera in cui Morgan Leah portava la sua. Si infilò un paio di coltelli da lancio alla vita e un pugnale da caccia dalla larga lama negli stivali. Damson guardò senza parlare. Due contro cinque, stava pensando. Ma i rischi erano ancora più grandi. Quelli erano combattenti esperti, tagliagole che le avrebbero uccise senza pensarci una seconda volta. Cosa siamo noi per loro? si chiese, e decise che era una domanda stupida.

Si mossero nella notte, scivolando tra l'erba come fantasmi, e Damson guidava Matty per la stessa strada che aveva percorso in precedenza, osservando la luce delle lampade a olio nella capanna farsi più brillante. Le voci degli uomini le raggiunsero, rauche e violente. Damson non riusciva più a vedere il bagliore della pipa sui gradini della veranda, ma ciò non significava che la sentinella non fosse ancora lì. Si spostarono a nord della capanna, fra gli alberi, e arrivarono sul retro, appiattendosi contro la rozza parete di legno. Dentro, il rumore del gioco continuava.

Sbirciarono dall'angolo sud della capanna verso il davanti. Non c'era alcun segno della sentinella. Matty prese il comando, la spada sguainata e puntata di fronte a sé, si avvicinarono alla finestra e sbirciarono dentro. La scena era immutata. Il prigioniero era ancora avvolto nella coperta, e giaceva a terra in fondo alla capanna. Quattro uomini erano seduti al tavolo. Damson e Matty si scambiarono uno sguardo veloce, poi si diressero verso il fronte della capanna. Raggiunsero l'angolo e guardarono sotto la veranda cadente.

La sentinella era sparita.

Matty si rabbuiò in viso, ma strisciò lo stesso verso la luce, la spada pronta, in direzione della porta aperta. Damson la seguì, guardandosi a destra e a sinistra, e pensando: Dov'è? Erano quasi arrivate alla porta, quando la sentinella sbucò dal buio, forse dopo avere controllato gli animali, guardando da quella parte e brontolando fra sé. Non vide le due donne fino a quando non salì sulla veranda, poi emise un grugnito di sorpresa e fece per prendere la sua arma. Matty fu più veloce. Passò la spada nella mano sinistra, estrasse con la destra uno dei coltelli da lancio e lo scagliò contro l'uomo. La lama gli trapassò il petto, ed egli scivolò giù dalla veranda con un sibilo di dolore.

Oltrepassarono la porta e furono nella capanna, Matty davanti e Damson alle sue spalle. La stanza era piccola e piena di fumo, e ingombra di cose, e furono subito addosso ai mercanti di schiavi. Damson poteva vedere chiaramente le loro facce, il sudore sulla loro pelle, la rabbia e la sorpresa nei loro occhi. Gli uomini balzarono su dal tavolo, estraendo le armi dalle cinture e dai foderi. Si sentirono urla e imprecazioni, bicchieri e tazze di metallo che cadevano, birra che si versava a terra. Matty uccise l'uomo più vicino e si avventò sul secondo. Il tavolo si rovesciò, spargendo ovunque ciò che vi era sopra. Uno degli uomini si diresse verso il prigioniero, ma Matty era troppo vicina per essere ignorata, ed egli si voltò per affrontare l'assalto. Un secondo uomo cadde, la gola che versava sangue, annaspando con le mani e rotolando via. I due che rimanevano si gettarono addosso a Matty con spade e pugnali che scintillavano alla luce della lampada, e la fecero arretrare verso la parete. Damson si scansò, cercando un varco. Qualcuno tentò di afferrarla alle spalle, e il quinto uomo, il sangue che gli colava dalla ferita al petto, entrò barcollando dalla porta, le mani protese. Damson si divincolò, scivolosa per il sangue, poi lo spinse fuori e giù per i gradini. I muli ragliavano e calciavano contro le pareti della capanna, terrorizzati.

Matty si scagliò contro gli uomini che la fronteggiavano, e lottò per non essere messa all'angolo, chiamando Damson. Una lampada cadde, spargendo olio dappertutto, e le fiamme si levarono dal pavimento della capanna. Damson si gettò sulle spalle dell'uomo più vicino, graffiandogli gli occhi. Quello ululò di dolore, lasciò cadere le armi, e lottò con le mani nude per liberarsi di lei. Lei lo lasciò andare, e afferrò il suo pugnale. L'uomo le si gettò addosso, folle di rabbia, incurante di tutto, inciampò e cadde fra le fiamme. Gli abiti presero fuoco, e lui corse fuori dalla porta, urlando nella notte.

L'ultimo uomo resistette ancora un momento, poi si lanciò anche lui verso la porta. Le fiamme cominciavano a lambire le pareti, raggiungevano le travi del soffitto, divoravano avide il legno secco. Damson e Matty Roh corsero sul fondo della capanna, dove il prigioniero si era levato in ginocchio e stava tirando l'anello che lo legava alla parete. Matty lo spinse da parte senza una parola, estrasse dallo stivale il grosso coltello da caccia e colpì il legno finché l'anello non si staccò. Poi i tre corsero verso la porta, le fiamme tutto intorno a loro, il calore che bruciacchiava i capelli e la pelle. Erano quasi arrivati fuori, quando il prigioniero si voltò e corse fra il fumo e le fiamme, trascinandosi dietro le catene, e frugò fra gli oggetti sparsi a terra, finché trovò la Spada di Shannara.

Fu solo quando tutti furono fuori, annaspando e tossendo fumo e polvere, mentre la capanna bruciava alle loro spalle, che Damson si rese conto che non era Par Ohmsford quello che avevano salvato, ma suo fratello Coll.

Non ci volle molto per liberare i polsi e le caviglie di Coll dai ceppi, mentre gettavano occhiate ansiose nella notte, al di sopra delle loro spalle. Poi scivolarono via veloci, lasciandosi dietro le rovine fumanti della capanna, il carro vuoto e i corpi dei morti. I muli erano fuggiti da un pezzo, e i mercanti di schiavi sopravvissuti erano svaniti con loro, la terra era deserta. Coll e le due donne odoravano di fuoco e di cenere, ed erano sporchi del sangue degli uomini uccisi. Matty aveva ricevuto parecchie ferite superficiali, e Damson era graffiata in faccia, ma entrambe erano sfuggite a ferite serie. Coll Ohmsford camminava come uno a cui fossero state spezzate le gambe.

Al riparo degli alberi, dove avevano lasciato le loro cose, si ripulirono alla meglio, mangiarono qualcosa, bevvero dell'acqua, e cercarono di capire cos'era successo. Scoprirono subito che Coll aveva con sé l'altra metà dello Skree, quella che aveva rubato a Par mentre era sotto l'influenza del Mirrorshroud, e questo spiegava perché Damson e Matty credevano di seguire Par. Non spiegava invece perché lo Skree si fosse illuminato in due direzioni quando Damson l'aveva usato vicino a Sentinella del Sud, anche se, dopo aver sentito la storia di Coll su quanto era accaduto ai due fratelli, si poteva presumere che la magia di Par avesse influenzato in qualche maniera il disco. La magia di Par sembrava in grado di influenzare praticamente tutto ciò con cui veniva in contatto, osservò Coll. Qualcosa stava accadendo all'Uomo della Valle, e se non lo ritrovavano in fretta e non scoprivano cosa lo stava straziando, lo avrebbero perso per sempre. Coll non poteva dire a Damson e a Matty come mai fosse così, ma ne era convinto. La magia della Spada di Shannara gli aveva rivelato molte verità che in precedenza gli erano state nascoste, e questa era una di esse.

Non ci fu discussione su ciò che avrebbero fatto in seguito. Tutti erano d'accordo, anche Matty Roh. Misero negli zaini le poche cose che avevano e ripartirono diretti nuovamente a nord, sulla prateria, in direzione del Lago Arcobaleno e delle terre circostanti, preparandosi al confronto con gli Ombrati e Rimmer Dall. Morgan Leah sarebbe stato là ad attenderli, e tutti insieme avrebbero tentato un altro salvataggio. In quattro, quando fosse giunto il momento di affrontare i nemici, aiutati dai loro talismani e dalle piccole magie, dal coraggio e dalla determinazione, e da null'altro. Ciò che avevano intenzione di fare era poco meno che pazzesco, ma si erano lasciati alle spalle la ragionevolezza da molto tempo. Accettavano il fatto al pari del giungere del nuovo giorno da est, i suoi primi bagliori che illuminavano l'orizzonte di striature dorate. Come accettavano che le disparate direzioni delle loro vite li avevano portati a un incrocio in cui avrebbero condiviso un destino comune. C'erano nella vita dei momenti inevitabili che non potevano essere alterati, lo sapevano, e quello era senza dubbio uno di essi.

Tutti, nel silenzio dei loro pensieri non condivisi, speravano che quella particolare inevitabilità si risolvesse in qualcosa di buono.

Morgan Leah ebbe appena il tempo di tirare il fiato.

L'attacco fu così veloce e inatteso che si ritrovò a terra prima di poter pensare a una reazione, la mano ancora stretta fermamente intorno alla sua bocca, una forma avvolta in un mantello nero che lo schiacciava. Aveva perso la sua Spada, l'unica cosa che avrebbe potuto aiutarlo, ed era così stupefatto per essere stato colto alla sprovvista che rimase paralizzato come un animaletto preso in trappola, benché la sua mente gli urlasse di muoversi. La gola gli si chiuse, e smise di respirare. Sapeva di essere morto.

Un grosso muso munito di baffi si accostò al suo viso, quasi curioso di scoprire che razza di creatura fosse, e gli occhi gialli e luminosi di un gatto delle paludi lo fissarono.

«Calma, Cavaliere» gli sussurrò nell'orecchio una voce familiare, rassicurante. «Stai tranquillo. Sono io.»

La mano lasciò la presa, e Morgan ricominciò a respirare, con boccate rapide e irregolari. Sentì i nodi nel suo corpo allentarsi, il gelo nel suo stomaco sciogliersi. «Silenzio, però» sussurrò la voce. «Sono ancora vicini.»

Poi il muso del gatto si allontanò, e Morgan si trovò a guardare Walker Boh.

31

Stresa andò da Wren Elessedil solo verso l'alba. Le stelle indugiavano ancora nel velluto nero del cielo, e la foresta era fitta di ombre. Soltanto un lieve chiarore a est, fra gli alberi, tradiva l'avvicinarsi del nuovo giorno. Wren si alzò quando il gatto apparve, ansiosa e sollevata. L'aveva atteso tutta la notte, anche se magari ci avrebbe messo un altro giorno prima di raggiungerla. Le sue orecchie elfe avvertirono i movimenti della creatura prima ancora che emergesse dal buio, e lo chiamò.

«Stresa» sussurrò. «Vieni qui.»

Il gatto si fece avanti obbediente, le spine appiattite contro il corpo muscoloso, il muso alzato per annusare l'aria, gli occhi lucenti come candele.

«Ti vedo benissimo, Regina degli Elfi» mormorò il Gatto Screziato andandole vicino. «E ti sento pure benissimo.»

Wren sorrise al suono della voce familiare. Erano passati meno di tre giorni da quando aveva creduto che non l'avrebbe mai più risentita. La prova che aveva subito per opera di Tib Arne e di Gloon le aveva fornito un senso nuovo delle cose che una volta dava per scontate con troppa facilità. Era strano come il sussurro della morte rendesse d'improvviso più acuto l'udito. Si domandò quante volte avrebbe avuto bisogno di risentirlo prima di ricordare la lezione.

«Cos'hai trovato?» gli chiese, accovacciandosi in maniera da poter vedere meglio il muso.

Stresa annusò. «Una via d'ingresso per loro e una via d'uscita per noi. Phffftt. Si può fare.» Si guardò intorno. «Dov'è lo sstttpp Squeak?»

Wren indicò con un gesto. «Fa la guardia a est, assieme agli altri. Non volevo che qualcuno sentisse cos'avevamo da dire. È buffo vedere com'è migliorata la nostra comunicazione.»

Gli aculei del Gatto Screziato si rizzarono, poi tornarono ad appiattirsi. «Non vedo cosa ci sia di tanto difficile. Gli Squeak non hanno molto da dire. Hsssttt. Cerchiamo di sbrigarci, Regina degli Elfi.»

Wren si trattenne dal sorridere. Non era opportuno provocarlo. «Dunque possiamo farcela, noi due assieme?»

«Questa non è Morrowindl, e le Acque Opache non sono lo In Ju. Naturale che possiamo farcela. Sppptt!» Sputò. «Avrei dovuto pensarci da solo.»

Erano passati appena tre giorni dalla sua fuga dagli Ombrati, e Wren era in procinto di sfidarli un'altra volta. Era arrivata in volo al campo con Tiger Ty, ed era stata accolta con gioia e stupore dagli Elfi dell'avanguardia, che l'avevano data ormai per persa. Erano ancora accampati ai margini dei Boschi Grigi e osservavano l'avanzata regolare dell'armata federale, sorvegliando il nemico mentre attendevano l'arrivo di Barsimmon Oridio e del resto dell'armata elfa. Desidio fu particolarmente caloroso nell'accoglierla, le disse chiaro e tondo che gli Elfi avevano bisogno della sua guida, e che lui era ai suoi ordini; parlò più in quell'occasione che in tutto il tempo da che erano partiti da Arborlon. Triss era furibondo con lei, la rimproverava di aver favorito il rapimento con la sua impulsività, la avvertiva che non doveva più allontanarsi senza la Guardia Nazionale, anzi, senza lui stesso. Lei li salutò entrambi con strette di mano, e con l'assicurazione che non avrebbe più corso un simile rischio... ma sapendo già che era proprio quello che aveva intenzione di fare.

Durante la sua assenza, l'avanguardia non era stata inattiva. Desidio e Triss avevano messo da parte tutte le divergenze di strategia, per proseguire ciò che lei aveva iniziato con tanto successo, portando contro la Federazione un secondo attacco la notte medesima in cui lei era stata presa: carri e provviste erano stati incendiati, gli animali fatti fuggire, le truppe addormentate colpite; in breve, avevano fatto tutto il possibile per tormentare il nemico e confonderlo, e impedirgli di avanzare. Con la morte di Erring Rift, il comando dei Cavalieri Alati era passato a Tiger Ty, il più esperto fra loro e un capo sotto cui si sentivano a loro agio. Tiger Ty, scontroso e burbero, ma pronto a raccogliere la sfida, aveva mandato i Cavalieri Alati in aiuto degli Elfi della Terra. L'armata federale era stata preparata meglio della prima volta, ma non ancora abbastanza da impedire danni considerevoli alle provviste e agli animali. Gli Elfi avevano perso più di una dozzina di uomini questa volta, ma il colosso federale era stato fermato ancora, costretto ad arrestare la marcia il tempo necessario per recuperare i cavalli, procacciarsi cibo e acqua, curare i feriti.

Barsimmon Oridio aveva raggiunto la Valle di Rhenn e stava scendendo per incontrarli. Messaggeri erano giunti dal vecchio generale, annunciando che l'aiuto era imminente. Desidio e Triss avevano rimandato i messaggeri con i saluti della Regina, preferendo non rivelare per il momento che Wren era scomparsa. Nessuno dei due era disposto ad ammettere che non potesse più tornare, malgrado quanto era accaduto a Erring Rift e a Grayl. Wren apprese con piacere che avevano tenuto nascosta la sua scomparsa.

Ma aveva già deciso che l'avanguardia doveva fare molto più che limitarsi ad attendere Bar e il resto dell'esercito. Aveva meditato sulla cosa durante il volo di ritorno sopra le praterie, il corpo spossato dalla battaglia con Tib Arne e Gloon, ma la mente lucida e acuta. Sapeva cosa fare, e doveva essere fatto indipendentemente da ogni altra azione. I Serpidi dovevano essere fermati. Avrebbero guadagnato in fretta terreno sull'armata federale adesso, dopo essere usciti dal Tirfing e aver attraversato il Mermidon, ed essendo ormai sulle praterie a est del Pykon. Ancora pochi giorni e sarebbero arrivati, e si sarebbero uniti ai loro alleati nella caccia agli Elfi. Quando ciò fosse accaduto, sarebbe stata la fine. Gli Elfi non avevano alcuna difesa contro i Serpidi, né per numero né per capacità né per forza, e le macchine degli Ombrati li avrebbero inseguiti attraverso le foreste occidentali fino ad Arborlon, e qui li avrebbero finiti.

Non intendeva permettere che ciò accadesse, aveva promesso, e aveva ripensato a Morrowindl e agli esseri che le avevano dato la caccia sull'isola, e poi agli esseri che avevano dato la caccia agli Ohmsford durante gli anni in cui questi avevano servito i Druidi, finché, sorprendente e inattesa, era giunta la risposta.

Ma ancora una volta avrebbe messo a rischio la sua vita, e ancora una volta avrebbe richiesto l'uso delle Pietre Magiche.

Aveva esposto il suo piano a Desidio, a Tiger Ty e a Triss quella notte stessa, e tutti e tre erano rimasti inorriditi. L'avevano pregata di rinunciare, di trovare qualcos'altro, di provare una tattica differente. L'avevano implorata di pensare a cosa avrebbe significato per gli Elfi se fosse scomparsa di nuovo... e questa volta per sempre. Ma lei li aveva messi a tacere con la ragione e i duri fatti, con la forza della volontà e degli argomenti, e alla fine erano stati costretti ad accettare la sua decisione, pur se malvolentieri. Erano riusciti tuttavia a strapparle una concessione: Tiger Ty e Triss sarebbero andati con lei fin dove sarebbe stato possibile.

Questo era successo due giorni prima. Lo stesso giorno era partita verso sud in compagnia di Triss, Tiger Ty, cinquanta Guardie e mezza dozzina di Cavalieri Alati. I Roc avevano trasportato le Guardie nei cesti giganti, tenendosi al riparo degli alberi e delle montagne, dove non potevano essere visti dalle pianure, e Wren aveva volato assieme a Tiger Ty. Aveva fatto fermare il gruppo il tempo necessario per mandare Fauno nei Boschi Grigi in cerca di Stresa. Aveva spiegato al Gatto Screziato quali erano le sue intenzioni, e dal momento che tanto dipendeva da lui, aveva atteso la sua assicurazione che il piano avrebbe funzionato. Quando gliel'aveva data, l'aveva preso con sé sulla groppa di Spirit, si era infilata Fauno nello zaino, ed erano partiti.

Desidio e gli altri dell'avanguardia erano stati mandati a nord incontro a Barsimmon Oridio, in attesa del suo ritorno.

Erano passati due giorni. Avevano viaggiato tutta notte per arrivare fin lì, e avevano trascorso il primo dei due giorni senza dormire, dedicandosi all'esplorazione dei dintorni.

Wren scosse la testa, guardando il buio fra gli alberi, inalando gli odori del muschio, della corteccia e dei fiori selvatici, e meravigliandosi che tante cose potessero accadere in così breve tempo. Sentì Stresa muoversi nel buio davanti a lei, inquieto, e guardò di nuovo.

«Hai trovato la Cosa?» gli chiese, non sapendo in che altro modo chiamarla.

«Hssstt.» Stresa stava ridendo. «Non Cosa, Wren Elessedil. Cose! Ci sono stati dei cambiamenti in trecento anni, a quanto pare. Ce n'è più di una, adesso.»

E forse ce n'erano sempre state, ma solo una era stata visibile, pensò lei d'improvviso. Si alzò, osservando l'arrivo del nuovo giorno. Davanti a lei, a est, attendevano i Cavalieri Alati e la Guardia Nazionale, e dietro a loro, da qualche parte sulle pianure, i Serpidi. Dietro, a ovest, si stendevano le Acque Opache.

Più di una. Bene, dunque.

«Aspettami, Stresa» ordinò alzandosi, ansiosa adesso di iniziare. «La valle sbocca in un canalone che li porterà direttamente qui. Non dovrebbe mancare molto.»

Stresa si voltò e si addentrò fra le ombre. «Mi farò un sonnellino. Sono stanco di tutto questo frugare. Puzzano le Acque, sai. Pfffttt. Sta' attenta a te, finché non sarai tornata, Regina degli Elfi.»

Lei lo lasciò andare senza commenti, poi si addentrò fra gli alberi, in direzione della luce del sole. La foresta era rada in quel punto, il canalone di cui aveva parlato era più che altro una larga depressione, dove il vento e lo scorrere delle acque avevano cancellato quasi ogni traccia di vegetazione. Trovò Fauno quasi subito, la piccola creatura saltò sulla sua spalla e vi rimase accoccolata mentre lei scivolava fra gli alberi. Il piano avrebbe funzionato, si disse, e per accertarsene lo ripassò nella mente. Il meccanismo era semplice. Era l'esecuzione che avrebbe fatto la differenza. E l'esecuzione era quasi tutta nelle sue mani.

Si addentrò nella valle, seguendo il pendio settentrionale, dove le ombre erano più profonde, scrutando le pianure antistanti coperte da una leggera foschia che nascondeva ciò che vi si trovava. Avevano esplorato con cura il terreno il giorno prima. La Guardia Nazionale lo conosceva bene abbastanza da trarne vantaggio, e i Cavalieri Alati avevano trovato dei nascondigli fra gli alberi, vicino alle Acque Opache. Giochi entro giochi, pensò. Ruote entro ruote. Ricordò Morrowindl, dove aveva imparato a giocare al gatto e al topo con le creature ombrate, a mettere in pratica tutte le astuzie dei Rover che

Garth le aveva insegnato. Pensò a quanto fossero stati preveggenti sua madre e suo padre nell'affidarla alle cure di Garth, sapendo cosa sarebbe stata un giorno la sua vita. Era strano, anche adesso, ripensare a quanto fosse stato sacrificato per lei, ma non era più così difficile accettarlo. La vita delegava le responsabilità a seconda di quanto dettava il bisogno, e mai in parti uguali. Il segreto consisteva nel non lasciarsi impaurire quando si scopriva come stavano le cose.

Fauno squittiva sommesso nelle sue orecchie, e lei allungò una mano per accarezzare il musetto peloso. Dobbiamo proteggerci a vicenda, si disse. Dobbiamo nutrire e amare, se la vita deve avere un vero significato. Ma sfortunatamente, per prima cosa dobbiamo trovare una maniera per sopravvivere agli esseri che vorrebbero impedirci di farlo.

Trovò Triss e la Guardia Nazionale nascosti all'imboccatura della valle, entro una macchia di pini e di folti cespugli. Tutto era immobile e indistinto sulla pianura, la luce del mattino si diffondeva fra la nebbia dandole l'aspetto di neve. C'era molta umidità nell'aria, e un odore pungente, come di rame.

«Distano meno di un miglio da noi» l'avvertì sottovoce Triss, guardandola con occhi calmi e sereni. Come quelli di Garth, un tempo. «Delle pattuglie seguono i loro movimenti, e non saremo colti di sorpresa. Sei pronta, mia signora?»

Wren annuì e infilò Fauno nello zaino che si era portata dietro per lui. Neppure Fauno voleva lasciarla. «Manda qualcuno a chiamare Tiger Ty, e partiamo.»

Venne inviato un messaggero, e i rimanenti della Guardia Nazionale, armati di archi e frecce, scivolarono fuori dai loro nascondigli, sulla pianura, addentrandosi fra le erbe alte e i cespugli. La pianura era umida di rugiada, ma la terra sotto i piedi era dura come pietra. Si mossero adagio, con cautela, accovacciandosi quando gli uomini di testa segnalavano di farlo, aspettando i mostri che erano in arrivo.

E li sentirono prima di vederli, i corpi pesanti e coperti di corazze che scuotevano il terreno, più silenziosi tuttavia nei loro movimenti di quanto Wren avrebbe immaginato. Le pattuglie di avanguardia tornarono indietro per segnalare che i Serpidi erano davanti a loro, a est, distanti non più di mille passi; erano otto in tutto, e marciavano a due a due. C'erano alcuni Cercatori con loro, vestiti di nero e con l'insegna della testa del lupo, inconfondibili. Wren rimase sorpresa. Non aveva mai visto dei Cercatori. Ma la loro presenza non cambiava nulla, perciò diede a Triss l'ordine di schierarsi. Gli uomini della Guardia Nazionale scivolarono nella foschia, disponendosi a ventaglio, silenziosi come fantasmi.

Poi non rimase altro che attendere. I secondi passarono, con agonizzante lentezza. Ascoltarono i rumori dei Serpidi e l'improvviso silenzio della terra circostante, che segnalava il loro avvicinarsi. Triss mormorò qualcosa circa la nebbia. Gettò un'occhiata a Wren, e lei sorrise. Triss distolse gli occhi. Anche ora, dopo tutto quello che avevano passato insieme, manteneva le distanze. Lei era la Regina, dopo tutto, e apparteneva a una sfera diversa dalla sua.

Il cielo continuò a schiarirsi, e la nebbia a diradarsi.

La prima coppia di Serpidi apparve, materializzandosi come una spettrale apparizione, immensi e mostruosi, facendo sembrare minuscole le figure vestite di nero che marciavano al loro fianco. Gli Ombrati erano una ventina, contò rapidamente Wren.

Infilò una mano sotto la tunica ed estrasse le Pietre Magiche. Scintillavano come frammenti di fuoco azzurro. Sono mie solo perché io le usi, pensò. Richiuse le dita sopra di esse, e aspettò.

Quando la seconda coppia di Serpidi passò accanto a loro, Wren si alzò, sollevò la mano con le Pietre, evocò la magia, e scagliò il fuoco azzurro. Questo lampeggiò attraverso la nebbia e la pallida luce mattutina, e colpì i mostri ombrati più vicini. I Serpidi sobbalzarono per la sorpresa, e uno cadde fumando e bruciando. Gli altri si voltarono verso di lei, e subito la Guardia Nazionale attaccò. Una pioggia di frecce cadde sui Serpidi e sugli Ombrati, e dagli Elfi si alzarono grida. Ci furono alcuni momenti di confusione, mentre i Serpidi e i loro guardiani si agitavano incerti, poi contrattaccarono muovendosi pesantemente in cerca dei loro assalitori.

Ma la Guardia Nazionale si stava già ritirando verso la linea degli alberi, lanciando frecce e imprecazioni, e correndo per salvarsi la vita. I Serpidi erano grossi ma molto veloci, e stavano colmando molto rapidamente la distanza. Wren li rallentò con una scarica di fuoco azzurro dalle Pietre, mentre si ritirava con Triss al fianco. Il Serpide caduto si era rialzato, e tutti e otto stavano caricando. Era quanto lei sperava, quello che si era aspettata, ma adesso che stava succedendo era terrificante. Mentre correvano nella foschia, rivide nella mente il Wisteron di Morrowindl, moltiplicato per otto, e dovette combattere contro la paura che il ricordo generava. Poteva sentire il graffiare degli artigli e gli scatti secchi delle mandibole e delle pinze. Vide gli alberi comparire a est fra la nebbia, ripose le Pietre Magiche e corse verso di essi.

Entrarono nella valle prima dei Serpidi, senza preoccuparsi di guardare se erano inseguiti, perché i rumori erano inconfondibili. A metà della valle, Wren si voltò, estrasse le Pietre una seconda volta, e scagliò una cortina di fuoco azzurro verso l'ingresso. Udì i Serpidi lanciare grida furibonde: un rumore simile al grattare di metallo arrugginito, acuto e disumano. I Serpidi superarono la cortina, con la pelle che fumava e le armature che emettevano vapore. Wren scagliò contro di loro un altro turbine di fuoco, sollevandosi sulla punta dei piedi per la forza della magia, tanto che pensò di poter galleggiare nell'aria. Traboccante della sua potenza, cominciò a lanciare urla di sfida.

«Basta!» gridò Triss, tirandola indietro. «Scappa, adesso!»

Un lampo d'ira balenò negli occhi di Wren. Chiuse le dita intorno alle Pietre Magiche, e si girò di scatto, liberandosi. Ma fece quello che l'altro le chiese, correndo assieme a lui nel canalone, fra gli alberi e le ombre fresche. Respirò come se non dovesse mai più riuscire a riempire di aria i polmoni, sentendo la magia percorrerle il corpo, ansiosa ed esigente, chiedendo di essere liberata, implorando di essere usata. Un simile potere! Strinse i pugni e continuò a correre.

Percorsero il canalone, ed entrarono fra gli alberi al di là di esso, i Cacciatori Elfi che facevano strada a Wren e Triss e a un piccolo gruppo di Guardie. I Serpidi arrivarono distruggendo ogni cosa, dai cespugli agli alberi, con un rumore spaventoso. Stava funzionando, pensò Wren. Andava tutto secondo i piani. Ma i Serpidi erano troppo veloci!

In una radura, i Cavalieri Alati li attendevano, con i loro cesti. La Guardia Nazionale salì a bordo, tutti tranne Triss, che aveva insistito per rimanere con Wren. I Roc si levarono in volo e sparirono verso est. Wren attraversò la radura e si addentrò fra gli alberi, preparando un'altra volta le Pietre. Quando i Serpidi comparvero, facendosi strada furibondi fra il sottobosco, masse di metallo dentellato e di arti acuminati, scagliò contro di loro il fuoco, bruciando tutto ciò che vi era nella radura, cancellando ogni traccia della fuga della Guardia Nazionale, mentre al tempo stesso attirava a sé i mostri.

Poi corse fra gli alberi più fitti, assieme a Triss. Stresa comparve d'improvviso, tagliò loro la strada e prese il comando. Non disse nulla, non li guardò neppure, la sua forma massiccia si muoveva molto più veloce di quanto non sembrasse possibile, mentre li conduceva verso le ombre che segnavano il confine orientale della palude chiamata Acque Opache.

Wren si guardò alle spalle per essere sicura che i Serpidi li seguissero ancora, poi riprese a correre. Pochi minuti dopo, erano arrivati fra le Acque. Venitemi dietro. Venitemi dietro, continuava a invocare nella mente, desiderando che così fosse. Il piano che aveva architettato per distruggere i Serpidi era semplice. Attaccarli sulle pianure con un numero tale di uomini da far loro pensare che si trattasse dell'avanguardia elfa, o di un consistente distaccamento di questa, attirarli fra gli alberi e le Acque Opache, lungo una pista che Stresa conosceva e loro no, fino a una trappola da cui non potevano fuggire... una trappola dove la loro forza e la loro astuzia si sarebbero rivelate inutili.

Come per tante altre cose, le risposte al presente avevano la loro radice nel passato, e in questo caso nelle canzoni di Par Ohmsford e nelle leggende dei loro antenati di Shannara.

Guidata da Stresa e accompagnata da Triss, attirò gli esseri ombrati sempre più addentro nella palude, senza far mai loro capire che non stavano inseguendo un esercito, ma solo una ragazza, un uomo e una creatura di un altro mondo. Ogni tanto lanciava il fuoco delle Pietre contro di loro, contro la terra su cui avanzavano, gli alberi coperti di muschio e rampicanti, le acque fetide e verdastre all'intorno. Usava il fuoco per confonderli e irritarli, per tenerli sulle spine e intenti alla loro caccia. Un tempo aveva avuto paura a usare la magia elfa. Ma questo sembrava appartenere a un lontano passato, lontano quanto la vita che aveva conosciuto prima del viaggio a Morrowindl. La magia adesso era un'estensione di lei stessa, una parte dell'eredità di sua nonna, il fuoco che giungeva dal sangue dei suoi antenati, per proteggerla contro qualsiasi minaccia. Se era forte, credeva, niente avrebbe potuto farle del male.

Il cielo si fece più luminoso, con l'avvicinarsi del mezzogiorno. Nelle pause della fuga mangiarono e bevvero qualcosa, mentre ascoltavano per essere certi che gli inseguitori fossero sempre sulle loro tracce. Le Acque si trasformarono in un pantano pieno di radici aggrovigliate, di alberi i cui rami penzolavano come cadaveri, di acqua immobile e senza fondo, di sabbie mobili capaci di inghiottire un uomo in pochi istanti. Stresa sceglieva il loro cammino con cura, trovando sempre il terreno solido, avanzando sempre. Due volte i Serpidi quasi li raggiunsero, inaspettatamente: la prima con una manovra di accerchiamento che per poco non li prese in trappola, la seconda con un assalto che portò gli orrori ricoperti di ferro attraverso gli alberi con tale velocità che arrivarono vicino a schiacciare i tre. La palude sembrava non offrire alcun ostacolo; i Serpidi l'attraversavano come se fosse terreno solido. Wren non sapeva se qualcuno si fosse perso o fosse tornato indietro. Sperava di no, sperava di averli ancora tutti dietro, a darle la caccia. Erano stati creati con quello scopo, e nessun altro, e lei pregava che il loro istinto li avrebbe fatti andare avanti, dove altre creature meno forti o più ragionevoli si sarebbero tirate indietro.

Era appena passato mezzogiorno quando giunsero al lago.

Rallentarono, in maniera da avvicinarvisi più in silenzio che potevano. Alle loro spalle i rumori degli inseguitori echeggiavano fra gli alberi cavernosi, avvicinandosi rapidi. Il lago era grande e di un verde stagnante, silenzioso come una tomba. Si stendeva avvolto in una cortina di nebbia come in un sudario. La riva si perdeva nella foschia da entrambi i lati. La sponda opposta era completamente invisibile. Rampicanti e muschio penzolavano dagli alberi circostanti come stracci verdi, e le radici si attorcigliavano nell'acqua simili a serpenti. Dappertutto era silenzio; né uccelli, né insetti, né pesci, neppure il mormorio di una brezza disturbava la quiete. Sembrava che il tempo si fosse fermato, la vita si fosse bloccata, e tutto attendesse con ansia qualche avvenimento.

Qui, pensò Wren, trattenendo il respiro. È qui che finirà.

Ma non c'era tempo per riflettere. I Serpidi arrivavano attraverso la palude, schiacciando e spezzando tutto ciò che ostacolava ii loro avanzare. Stresa aveva già piegato a destra, lungo la riva, verso una sottile lingua di terra formata da terriccio e radici che si protendeva verso il centro del grande lago. Wren e Triss lo seguirono. Corsero sulla stretta lingua, in direzione del muro di nebbia. Wren guardò verso il cielo, per la prima volta da quando avevano cominciato a fuggire. Ma il cielo era vuoto. Era ancora troppo presto. Corsero leggeri, silenziosi, ascoltando il rumore dei Serpidi. Guardò sul lago, cercando con gli occhi le Cose, ma non c'era niente da vedere, a parte la superficie piatta e opaca dell'acqua.

Erano quasi giunti in mezzo alla nebbia quando i Serpidi sbucarono dagli alberi, arrestandosi, i corpi coperti di ferro da cui penzolavano rampicanti e rami, e fumanti per il caldo. Schiacciavano tutto ciò su cui passavano, mentre avanzavano verso la riva del lago. Con loro erano i Cercatori. Vedendo Wren, mossero veloci verso di lei.

«Eccoli» sibilò d'improvviso Stresa, muovendo la testa verso sinistra.

Wren guardò e vide quelli che sembravano degli scogli affioranti dall'acqua, disposti in fila, incrostati di muschio e di licheni, senonché, guardando meglio, si scorgevano due getti di vapore schizzare da un'estremità, e ci si rendeva conto che erano buchi per respirare. Le Cose erano due, e dietro, quasi persa nella foschia, ce n'era una terza. Ancora lì, come ai tempi di Wil Ohmsford, mostri degli abissi delle Acque Opache.

Stresa si era rimesso in movimento, e Wren lo seguì rapida, cercando di impedirsi di correre, cercando di rendere il proprio passo silenzioso come quello di una nuvola in cielo. Non fare nulla che possa disturbarli, si disse. Lascia che dormano ancora un po'. La nebbia mulinava intorno a loro, ma non era abbastanza fitta per nasconderli dagli esseri che li inseguivano. Anche i Serpidi erano arrivati, vide, lanciandosi una rapida occhiata alle spalle.

Ma erano solo due!

Si arrestò di colpo, ordinando a Stresa e a Triss di fermarsi. Due non erano abbastanza! Li voleva tutti! Girò su se stessa, estrasse le Pietre Magiche e le sollevò. «No!» sentì Stresa sibilare aspro. Ma lei lanciò lo stesso il fuoco, che volò sulle acque stagnanti, trafiggendo i Serpidi che stavano strisciando sulla spiaggia, e ricoprendoli di fiamme. I Serpidi si ritrassero, sferzando la terra. Wren sentì qualcosa muoversi nel lago. Non ancora! I Serpidi sulla spiaggia si agitavano, mentre i loro guardiani cercavano di calmarli. Uno degli Ombrati sparì sotto la furia delle tenaglie di ferro, urlando.

Delle increspature si diffusero lente sulle acque verdi. Wren respirò a fondo. Calma, calma.

Poi colpì ancora, il fuoco elfo esplose sui Serpidi, e questa volta tutti e otto si avventarono su di lei, caricando all'impazzata sulla lingua di terra.

C'erano movimenti dappertutto nel lago, adesso, un lento assestarsi delle scogliere, un raccogliersi di forme scure. Wren se ne accorse con la coda dell'occhio, mentre correva dietro a Stresa e a Triss... le vide da una parte e dall'altra, e poi anche davanti e dietro, e si rese conto del pericolo in cui si trovava. Se le Cose attaccavano ora, nessuno di loro sarebbe riuscito a fuggire. Mostri della palude, più antichi della progenie degli Ombrati, implacabili come il tempo, erano queste le Cose contro le quali aveva portato i Serpidi a scontrarsi. Avevano abitato quella palude quando Wil Ohmsford e Amberle Elessedil avevano attraversato le Acque Opache, più di trecento anni prima, alla ricerca del Fuoco di Sangue. Avevano divorato due dei Cacciatori Elfi mandati a proteggere l'Uomo della Valle e l'Eletta. Wren sperava che adesso avrebbero divorato anche i Serpidi.

Davanti a loro c'era un'isola, poco più che una piatta distesa di terra rocciosa, punteggiata da cespugli e piccole macchie di cipressi. La lingua la raggiungeva, poi si perdeva oltre. Sorgeva dalla nebbia solitaria e priva di vita.

«Presto!» sibilò Stresa.

Si guardò alle spalle e vide i Serpidi, tutti e otto, che si facevano strada lungo la striscia di terra ingombra di radici che si stendeva alle sue spalle. I Cercatori li rincorrevano, alcuni gridando ordini, la maggior parte cercando di non farsi schiacciare. I Serpidi erano ormai incontrollabili, vedendo la loro preda così a portata di mano, sapendo che l'avrebbero raggiunta in poco tempo. Stavano rapidamente colmando la distanza, incuranti del pericolo circostante, troppo sicuri della loro forza e delle loro corazze. La magia elfa poteva bruciare, ma non distruggere. I Serpidi erano cacciatori, pensavano solo a cacciare, mai a nascondersi, mai a ritirarsi. Uno scivolò e cadde, dibattendosi un momento nell'acqua stagnante, prima di tornare sulla terraferma.

Venitemi dietro, sibilò in silenzio Wren. Venite a vedere cosa vi ho preparato.

Poi fu sull'isola, e si voltò una volta ancora, il fuoco delle Pietre Magiche già si stava raccogliendo sulla sua mano. Si sentì raggelare, accorgendosi che forse aveva aspettato troppo. Il più vicino dei Serpidi distava meno di cento passi. Scagliò subito la magia, ma non contro i Serpidi, bensì nel lago, sulle scogliere con i loro orifizi per respirare, sulle Cose.

Il lago esplose in getti di vapore che eruttarono per centinaia di metri nell'aria, mentre forme scure si sollevano sulla superficie, simili a balene. Sulla striscia di terra, i Serpidi rallentarono, confusi da quanto stava accadendo. Le mascelle di ferro che battevano, le pinze che si serravano. Il lago ribolliva intorno a loro, poi le Cose attaccarono. Uscirono dalle verdi acque stagnanti, dalle profondità oscure senza fondo, e strapparono i Serpidi dalla lingua di terra. I Serpidi si dimenarono con furia, ma non trovarono alcun appiglio nell'acqua e vennero trascinati sotto. I Cercatori li seguirono, urlando. Accadde così in fretta che finì quasi prima di cominciare. Ci vollero pochi secondi: un imponente ribollire del lago, un sollevarsi di forme tenebrose, un agitarsi di ferro e di carne, e i Serpidi sparirono.

Tranne uno... quello che si trovava più vicino all'isola. Questo proseguì la sua corsa, lungo ciò che rimaneva della sottile striscia, scuotendo la terra con la furia del suo attacco. Wren deviò il fuoco, per bloccarlo, ma quello passò attraverso le fiamme come se non fossero che foglie oro e scarlatto. Un istante dopo fu sull'isola, così grande da impedire la vista del resto della palude, dove le ultime increspature stavano morendo sulla superficie vuota. Triss gridò e balzò in difesa di Wren, la spada sguainata. Stresa emise un verso acuto, e anche Fauno apparve, uscendo dallo zaino e lanciando strida di paura.

Poi una forma scura uscì come un lampo dalla foschia, più veloce del pensiero, e gli artigli di Spirit afferrarono la testa e il dorso del Serpide, facendolo rotolare su un fianco. Il Serpide si rimise in piedi con uno scatto furibondo. Spirit virò, tornò indietro e lo colpì una seconda volta, ricacciandolo ancora più indietro. Triss afferrò Wren alla vita, se la gettò sulle spalle e attraversò di corsa l'isola, verso la striscia di terra. No! avrebbe voluto gridare lei. Le Cose sono ancora lì! Ma era rimasta senza fiato, e poté solo agitare vanamente le mani. Fauno corse avanti assieme a Stresa, in fila come topi lungo una corda.

Nelle ombre profonde del lago ci fu un nuovo movimento.

Ma Tiger Ty non aveva dimenticato l'incarico assegnatogli da Wren, e Spirit tornò una terza volta, ignorando il Serpide e puntando verso la striscia di terra. Dopo averli seguiti dall'alto fin da quando erano entrati nelle Acque Morte, Spirit adesso era pronto a portarli in salvo. Gli artigli si aprirono per ancorarsi al suolo, e il grande Roc rimase fermo il tempo necessario perché Triss gettasse Wren a Tiger Ty, come un sacco di piume, e poi la seguisse, mentre Fauno balzava a bordo, e perfino Stresa veniva aiutato a salire. Poi Spirit tornò a levarsi in volo, evitando le mostruose mascelle che si alzarono dalla palude, per spazzare la lingua di terra e chiudersi a vuoto.

Salirono adagio; Wren si raddrizzò, si allacciò le cinghie, e guardò in basso. L'ultimo dei Serpidi era accovacciato sull'isola, intrappolato da ogni lato dagli orrori del lago. Le ombre lo coprivano come una malattia. Non poteva fuggire. Sarebbe morto nella palude come gli altri. Wren lo fissò, senza provare alcuna emozione.

Spirit sbucò dalla nebbia, nella vivida luce del sole, e Wren batté le palpebre, abbacinata. Le Acque Opache e ciò che si nascondeva nella loro tenebrosa foschia rimpicciolirono.

Come Morrowindl, relegate nel passato...

Wren rivolse il viso verso il sole, e non guardò più indietro.

32

Le ombre del crepuscolo si allungavano nella notte, e il cielo sopra Sentinella del Sud si addensava di nuvole che nascondevano le stelle e la luna, e promettevano pioggia prima dell'alba. Il calore del giorno si attenuò, polvere e sporcizia tornarono a posarsi al suolo in minuscole particelle che danzavano come fate, mentre l'aria perdeva parte della sua densità. Inverosimilmente, una lieve brezza soffiò dalle Runne. Il silenzio cadde su ogni cosa, liscio come seta e fragile come vetro. La nebbia si appiccicava alla terra con lunghi tentacoli che si insinuavano fra le gole e sulle creste, e trasformavano in un vasto mare bianco la regione avvelenata che circondava Sentinella del Sud.

Schiumando e mulinando, il mare cominciò a ribollire.

Era il tempo dei fantasmi, degli spettri che navigavano il vento come navi il mare, delle cose che camminavano senza lasciare impronte. Era il tempo in cui le speranze e le aspettative e le paure e i dubbi del giorno prendevano forma e uscivano all'aperto, cercando una voce con cui parlare, cercando la redenzione di una nuova fede. Era il tempo in cui la ragione lasciava campo libero a ciò che solo l'immaginazione poteva permettere. Era il tempo dei sogni.

Walker Boh evocò il suo e lo guardò giungere, veloce e sicuro come un falco che plana, e quando lo raggiunse Walker si allungò per incontrarlo, uscì dal suo corpo, leggero come l'aria, lo afferrò e si lasciò trasportare. Senza voce, invisibile, tutt'uno con gli spiriti della notte, uscì dalla foresta sulle pendici delle Runne, scivolando veloce fra i tronchi neri e i rami frondosi, attraverso il silenzio e il buio con la cupa certezza della morte che si avvicinava. Si tenne immobile come ghiaccio d'inverno, mentre usciva sulla pianura desolata e bruciata, passando attraverso la fitta nebbia, diretto al nero obelisco. Andò alla maniera dei Druidi, come gli aveva insegnato Allanon, uno spirito disincarnato. I ricordi lo trascinavano e lo avvolgevano, quelli di Allanon e quelli dell'uomo che era stato. Rammentava entrambi insieme, e si rivedeva come il reietto che non voleva credere, che aveva combattuto contro la transizione inevitabilmente prodotta dalla magia druida. E ancora, Walker Boh si vide come l'ombra del Druido che aveva messo in moto gli eventi che sarebbero culminati in quella transizione, accordando a Brin Ohmsford il legame di sangue che avrebbe trovato in lui il suo coronamento. Era strano essere più di una persona, eppure era anche logico. Non era mai stato in pace con se stesso, e la sua insoddisfazione derivava in gran parte dal fatto di essere incompleto. Adesso era intero, un uomo formato da molti, uno formato da tutti. Stava ancora imparando a essere ciò che era diventato, a sentirsi a suo agio con ciò che era, ma cominciava a percepirsi intero, e pensava che, se non altro, questo risultato l'aveva raggiunto.

La terra sotto di lui era nera e nuda, priva di vita, bruciata e scorticata. Gli Ombrati avevano fatto questo, ma ancora non comprendeva la natura del loro veleno. Quella notte, forse, ci sarebbe riuscito.

Sentinella del Sud si ergeva davanti a lui, il suo nero pinnacolo lo dominava, la sua guglia aguzza toccava il cielo. Poteva avvertire la vita dentro di essa. Poteva sentirne la pulsazione. Sentinella del Sud era viva. C'era magia dentro le sue mura, magia che l'aveva formata e adesso la teneva in vita e la proteggeva. Quella magia era potente ma restia. Poteva accorgersene. Poteva sentire il suo sforzo per liberarsi. In profondità, entro la nera pietra, era accovacciata come un animale in gabbia. Ombrati camminavano dentro e fuori, appena visibili sullo sfondo buio, facendo la guardia. La magia fuggiva da loro.

Una parte della nebbia, una parte della notte, silenzioso come cenere soffiata dal vento, raggiunse le mura. Ignari, gli Ombrati non avvertirono la sua presenza e i suoi movimenti. Arrivò alle porte della fortezza, e scivolò via rapido. Erano troppo ben protette per avventurarvisi, anche sotto forma di spirito. Aspettò che una delle cose scure entrasse attraverso una fessura delle pietre, e la seguì. Sentì il peso della torre calare su di lui, palpabile. Si chiuse in se stesso per proteggersi dal male che imperversava nell'aria, un terribile miscuglio di rabbia, odio e disperazione. Da dove veniva? si chiese sorpreso.

Esitò sulla scelta della direzione, poi d'impulso seguì la magia verso la sua fonte. Solo un momento, solo per dare un'occhiata. La magia emanava dal basso, dalle profondità della terra, sotto la fortezza, tutta tenebre e cieco furore. Walker scivolò lungo i corridoi della torre, facendo attenzione a non sfiorare le pareti o qualsiasi cosa dotata di sostanza, poiché anche nella sua forma spirituale poteva essere percepito. I guardiani lì erano potenti, più di quelli di Uhl Belk a Eldwist, più grandi perfino di quelli dei Druidi nella Cripta dei Re. La magia era potente oltre ogni immaginazione, una forza intensa in grado di distruggere qualsiasi cosa.

Qualsiasi cosa, si corresse, a parte i legami che la imbrigliavano e la tenevano al servizio degli Ombrati.

Scese lungo una scala, che piegava e curvava nel buio, e udì per la prima volta il rumore di qualcosa che soffiava e grattava, il rumore di qualcosa che faticava. Sembrava un drago in catene. Aveva l'odore e il sapore del sudore. Si gonfiava e si sollevava come un mantice entro un fucina, ma non era nulla di così semplice. Era da lì che la magia prendeva vita, comprese Walker. Era da lì che nasceva.

Poi raggiunse dei guardiani oltre i quali neppure uno spirito poteva passare senza essere visto, e fu costretto a tornare indietro. Era vicino a ciò che giaceva intrappolato nei sotterranei di Sentinella del Sud, vicino alla fonte della magia, al segreto che gli Ombrati custodivano con tanta cura. Ma non poteva avvicinarsi oltre, e così il segreto sarebbe rimasto tale.

Risalì le scale, veloce nel buio, un breve scintillio di pensiero e nulla più. Passò accanto ad altri fantasmi ombrati, lungo il suo percorso, e uno o due di essi rallentarono prima di proseguire, ma nessuno lo scoprì. Stava andando adesso alla ricerca di Par, sapendo che l'Uomo della Valle era prigioniero, ansioso di scoprire dove fosse, e se mantenesse ancora il possesso di sé. Poiché c'era motivo di credere che potesse averlo perso. C'era motivo di credere che fosse stato sovvertito, irreparabilmente.

Il cuore di Walker Boh era come pietra mentre considerava le possibilità. I segni indicavano che stava accadendo. Tutto era iniziato con la trasformazione della magia di Par, con l'evoluzione della canzone in qualcosa di più grande di quello che era stata prima che egli iniziasse il suo viaggio verso il Perno dell'Ade e Allanon. Era continuato con il frantumarsi della sua fiducia nell'uso di essa, con la sensazione che in qualche modo la magia gli stesse sfuggendo. Sarebbe finito lì, nella fortezza degli Ombrati, se Par abbracciava la loro causa, se accettava l'idea di essere uno di loro.

E in effetti lo era, pensò cupo Walker Boh.

Ma al tempo stesso non lo era.

Inganni che contenevano altri inganni. Conosceva alcune delle regole, ma non tutte.

Continuò a salire le scale della fortezza, nella tenace ricerca dell'Uomo della Valle, frugando fra i corridoi oscuri e le stanze ancora più oscure, veloce e silenzioso. Rammentò come Par l'avesse convinto ad andare al Perno dell'Ade per parlare con l'ombra di Allanon. Rammentò come Par avesse avuto fede. La magia è un dono. I sogni sono veri. Be', sì e no. Era così. E no. Come per tante cose, la verità si trovava da qualche parte nel mezzo.

Vecchi ricordi ne suscitarono di nuovi, e si vide come Allanon che guidava Cogline lungo i corridoi di Paranor quando la Fortezza dei Druidi era ancora imprigionata nelle nebbie fra i mondi, bandita dalla magia negli abissi inferi. Rivisse il miscuglio di paura e determinazione di Cogline, e in quelle emozioni vide rispecchiato il proprio conflitto interiore. Cogline aveva capito quel conflitto. Aveva cercato di aiutare Walker a imparare a bilanciarne il peso. Umano e Druido... le componenti che lo formavano avrebbero lottato l'una contro l'altra per sempre, i bisogni e i desideri di ciascuna per sempre in guerra. Non sarebbe mai cambiato. Era la promessa che si era fatto quando aveva accettato di prendere su di sé il patto di sangue. L'ultimo degli antichi Druidi o il primo dei nuovi... quale era dei due? Entrambi, pensò. E pensò, anche, che così era stato per Allanon e Bremen e Galaphile e tutti gli altri.

Salì entro la torre oscura, e d'improvviso avvertì il lieve sussurro di una presenza familiare. Emanava dal fondo del corridoio che dava sul pianerottolo su cui si trovava, come un filo di ragnatela. Andò verso di essa, cauto poiché vi era anche una seconda presenza, pure questa familiare. Sentì l'odore di Rimmer Dall come quello di una palude, vasta e poco profonda. Il capo degli Ombrati riempiva l'aria con la sua oscura magia, il suo odore era un profumo tossico. Appena sotto il suo velo, e a malapena riconoscibile, la magia di Par stava accovacciata, oppressa e infuriata.

Walker si avvicinò alla porta dietro la quale si trovavano i due, si arrestò fuori, dove non poteva essere percepito, e si chinò per ascoltare.

«Sarebbe un bene» disse tranquillo Rimmer Dall «se tu non avessi tanta paura del mondo.»

Ombrato.

«Ciò che tu sei non verrà cambiato da come vieni chiamato. O anche da come tu chiami te stesso. È la tua paura ad accettare la verità su te stesso, che ti minaccia.»

Ombrato.

Par Ohmsford sentì il sussurro nella sua mente, in un'incessante ripetizione che non voleva arrestarsi, che lo perseguitava ora sia da sveglio sia nel sonno. E Rimmer Dall aveva ragione... non poteva sfuggire alla sua paura, alla crescente certezza di essere la cosa contro cui aveva combattuto fin dall'inizio, il nemico che l'ombra di Allanon aveva incaricato i figli di Shannara di distruggere.

Si alzò dal letto e andò alla finestra, per fissare la notte. Il cielo era nuvoloso e la terra nebbiosa e immobile, un aspro terreno di gioco per i fantasmi della sua mente. Stava andando a pezzi, lo sapeva. Lo sentiva. I suoi pensieri erano smozzicati e incoerenti, i suoi ragionamenti irti di ostacoli, la sua concentrazione frammentata fino a essere inutilizzabile. Ogni giorno era peggio, il buio circostante lo andava riempiendo come una tazza che adesso minacciava di traboccare. Sembrava non ci fosse via d'uscita. Le sue notti erano perseguitate da sogni di scontri con se stesso quale Ombrato, e i suoi giorni trascorrevano faticosi e dolorosi, vuoti di speranza. Era squassato dalla disperazione. Stava scivolando inesorabilmente verso la pazzia.

E nel frattempo Rimmer Dall continuava ad andare da lui, a parlargli, a offrirgli il suo aiuto. Sapeva quanto fosse malvagia, ripeteva all'Uomo della Valle. Comprendeva le esigenze della magia. Più volte aveva avvertito Par che avrebbe dovuto prima o poi affrontare il problema di chi era, e fare i passi necessari per proteggersi. Se non ci riusciva, e subito, era perduto.

La figura in nero gli andò vicino, e per un istante Par desiderò trovare conforto nella forza dell'altro. L'impulso fu così forte che dovette mordersi le labbra per trattenersi.

«Ascoltami, Par» lo incalzava la voce sussurrante, bassa e suadente. «Quelle creature dentro l'Abisso di Tyrsis erano come te un tempo. Sapevano usare la magia... non come te, perché la loro magia era di un genere inferiore, ma come te nel senso che essa era reale. Si rifiutarono di accettare ciò che erano. Cercammo di raggiungerli, tutti quelli che riuscimmo a trovare. Li implorammo di accettare il fatto di essere Ombrati, e l'aiuto che potevamo offrire loro. Rifiutarono.»

Una mano si posò leggera sulla spalla di Par, e lui si scostò di scatto. La mano non si mosse. «La Federazione li trovò, uno a uno, e li portò a Tyrsis e li mise nell'Abisso, imprigionandoli come animali. Li distrusse. Intrappolati nel buio, privati della speranza e della ragione, divennero in breve vittime. La magia li consumò e li rese i mostri che tu hai visto. Ora vivono un'esistenza orribile. Noi che siamo Ombrati possiamo camminare fra di loro, poiché possiamo capirli. Ma loro non potranno mai più essere liberi, e la Federazione li lascerà lì fino a quando non moriranno.»

No, pensò Par. No, non ti credo. No.

Ma non ne era certo, come non era certo di tante altre cose, adesso. Troppe cose erano successe perché lui avesse ancora delle certezze. Sapeva di essere divorato dalla magia, ma non sapeva di chi fosse quella magia. Aveva deciso che avrebbe atteso fino a quando non fosse riuscito a scoprirlo, ma non aveva compiuto alcun progresso. Era prigioniero come le creature dell'Abisso, e anche se Rimmer Dall gli aveva offerto ripetutamente aiuto, non poteva accettare l'idea che l'aiuto del Primo Cercatore fosse ciò di cui aveva bisogno.

Demoni mulinavano davanti ai suoi occhi, mostri dagli occhi penetranti che lo beffavano e ridevano e sparivano. Lo seguivano dappertutto. Vivevano dentro di lui come parassiti. La magia li nutriva. La magia dava loro vita.

Nelle profondità di Sentinella del Sud il pulsare continuava, lento e inesorabile.

Girò le spalle alla finestra, e al tocco dell'Ombrato. Avrebbe voluto affondare la faccia fra le mani. Avrebbe voluto piangere o urlare. Ma aveva deciso di non mostrare nulla, e intendeva mantenere quella promessa. Tante cose gli erano successe, pensò. Tante cose che non avrebbe voluto. Alcune cominciavano a svanire nel ricordo, come in una nebbia confusa. Altre restavano come un sapore acre di metallo sulla lingua. Sembrava che tutto dentro di lui ribollisse come nuvole sferzate dal vento, formandosi e riformandosi, senza mai mostrare nulla per più di un istante.

«Devi permettermi di aiutarti» sussurrò Rimmer Dall, e c'era nella sua voce un'intensità che Par non riuscì a ignorare. «Non lasciare che questo accada, Par. Offri a te stesso un'occasione. Ti prego. Devi. Sei arrivato fin dove potevi da solo. La magia è un fardello troppo pesante. Non puoi continuare a portarla senza aiuto.»

Le grandi mani si posarono ancora una volta sulle sue spalle, stringendolo saldamente, riempiendolo di forza.

E in quell'istante Par sentì tutta la sua fermezza crollare, frantumarsi come vetro. Era così stanco. Voleva che qualcuno lo aiutasse. Chiunque. Non poteva andare avanti. I demoni sussurravano insidiosi. I loro occhi luccicavano vogliosi. Cercò di scacciarli, inutilmente, e quelli si limitarono a ridere. Digrignò i denti furibondo. Sentì la magia accumularsi dentro di sé, e con uno sforzo la ricacciò indietro.

«Lascia che ti aiuti, Par» lo implorò Rimmer Dall, stringendolo. «Mi ci vorrà meno di un momento per farlo. Ricordi? Lascia che entri dentro di te il tempo necessario per vedere dove la magia ti minaccia. Lascia che ti aiuti a trovare la protezione di cui hai bisogno.»

Basta con Allanon. Basta con i Druidi e i loro avvertimenti. Basta con tutto. Dove sono quelli che dicevano che mi avrebbero aiutato, adesso che ne ho bisogno? Tutti spariti, anche Coll. Sono così stanco.

«Se vuoi» sussurrò Rimmer Dall, «puoi entrare dentro di me per primo. Non è difficile. Puoi uscire da te stesso facilmente, se ci provi. Posso farti vedere come, Par. Basta che mi guardi. Voltati e guardami.»

La Spada di Shannara è perduta. Wren e Walker e Morgan sono spariti. Dov'è Damson? Perché sono sempre solo?

C'erano lacrime nei suoi occhi, e lo accecavano.

«Guardami, Par.»

Si voltò adagio, e cominciò ad alzare gli occhi.

Ma in quell'istante un'ombra passò fra di loro, rapida e leggera, che svanì in un batter di ciglia, e sulla sua onda Par Ohmsford allungò una mano.

No!

Il fuoco esplose fra di loro, generato dalla frizione del loro contatto, spargendo scintille nel buio. Rimmer Dall si allontanò di scatto, i lineamenti della faccia ossuta contratti dalla rabbia. I suoi vestiti neri si gonfiarono, e le mani guantate si sollevarono in una vampata di rossa furia. Par, ancora incerto su quanto era accaduto, spalancò la bocca e cadde all'indietro, sollevando le sue barriere, sentendo la magia azzurra della canzone levarsi a proteggerlo. In un istante si ritrovò avvolto nella luce, e toccò a Rimmer Dall farsi indietro.

Si fronteggiarono nel buio, mentre i fuochi delle rispettive magie si raccoglievano sulle punte delle loro dita, e gli occhi riflettevano ira e paura.

«Stammi lontano!» sibilò Par.

Rimmer Dall rimase immobile davanti a lui ancora per un istante, grande e nero e inflessibile. Poi ritrasse il suo fuoco, abbassò la mano guantata, e uscì a grandi passi dalla stanza, senza una parola.

Par Ohmsford lasciò che anche il fuoco della sua magia morisse. Fissò le ombre che lo circondavano, chiedendosi cosa avesse fatto. Tutt'intorno a lui, i suoi demoni danzavano con apparente allegria.

«Per quanto tempo resterà così?» chiese alla fine Matty Roh.

Morgan Leah scosse la testa. Walker Boh non si muoveva

da più di un'ora. Era in una specie di trance, una sonnolenza auto-indotta. Sedeva avvolto nel mantello scuro, gli occhi chiusi, il respiro lento e appena percettibile. Aveva detto loro di stare a guardia, e di attendere il suo ritorno. Non aveva spiegato dove andava. In verità, non sembrava fosse andato da qualche parte, ma Morgan sapeva che non era il caso di fare domande allo Zio Oscuro.

Si trovavano in una macchia di abeti, in alto tra le foreste che circondavano le Montagne di Runne: Morgan, Matty, Damson Rhee, Coll Ohmsford e Walker Boh. Più lontano, nel buio, gli occhi di Bisbiglio scintillavano guardinghi. La notte era immobile e profonda, il cielo una coltre di nuvole da un orizzonte all'altro, l'aria fresca per l'odore del vento di settentrione, fra gli alberi. Cinque giorni erano trascorsi da quando Walker aveva trovato Morgan e l'aveva salvato dagli Ombrati. Aveva ingannato le cose oscure ammantando una di esse con l'immagine di Morgan, e lasciando che gli altri lo facessero a pezzi. Soddisfatti che l'intruso che cercavano fosse stato distrutto, gli Ombrati si erano ritirati a Sentinella del Sud. Il giorno prima erano riapparsi l'Uomo della Valle e le sue salvatrici, attraversando il Lago Arcobaleno su una piccola imbarcazione. Walker e Morgan li avevano intercettati alla foce del Mermidon, e li avevano portati lì.

«Cosa credi che stia facendo?» chiese ancora Matty con voce ansiosa e inquieta.

«Non lo so» confessò Morgan.

Si chinò in avanti per dare un'occhiata più da vicino, ma si ritirò di scatto sentendo Bisbiglio brontolare minaccioso. Guardò Matty e alzò le spalle. Gli altri due sedevano silenziosi, le facce nascoste dall'ombra. Erano più riposati e ben nutriti di quanto non lo fossero stati da tempo, ma erano anche emotivamente prosciugati e fisicamente esausti a causa della lunga lotta sostenuta per restare vivi. Ciò che li faceva andare avanti era la comune determinazione a trovare Par Ohmsford, e la sensazione che avevano ricevuto da parte di Walker Boh che il viaggio iniziato al Perno dell'Ade fosse vicino alla fine.

«Sta cercando Par» disse d'improvviso Damson, la sua voce era un basso sussurro nel silenzio.

Aveva ragione. Stava seguendo la seconda pista indicata

dallo Skree fino a Sentinella del Sud, per scoprire se l'Uomo della Valle era prigioniero là. Coll era sempre stato certo che suo fratello fosse nelle mani degli Ombrati, e ormai anche gli altri lo erano. Ma Walker cercava anche qualcos'altro, intuiva Morgan. Per il momento preferiva non parlarne e tenere l'idea per sé. Walker sapeva qualcosa che non voleva dire agli altri, ma quello era il modo di comportarsi dei Druidi, e tale era adesso lo Zio Oscuro. Un Druido. Morgan respirò a fondo e si rilassò, fissando il buio. Che strano. Walker Boh era diventato proprio la cosa che un tempo aveva aborrito. Chi l'avrebbe mai creduto? Be', venivano tutti da mondi diversi, pensò filosoficamente. Avevano vissuto tutti vite diverse.

Stava proprio fissando Walker quando gli occhi dell'altro si aprirono, e ne fu tanto sorpreso che sobbalzò. La faccia pallida si levò dentro il cappuccio, bianca come quella di uno spettro, e il corpo magro ebbe un tremito.

«È vivo» sussurrò lo Zio Oscuro, tornando in sé mentre gli altri lo guardavano. «Rimmer Dall e gli Ombrati lo tengono prigioniero.»

Si alzò malfermo sulle gambe, stringendosi le braccia intorno al corpo come se avesse freddo. Gli altri si alzarono insieme a lui, scambiandosi sguardi perplessi. Bisbiglio si avvicinò, dal buio.

«Cos'hai visto?» chiese Coll ansioso. «Hai avuto una visione?»

Walker Boh scosse la testa. Allungò una mano con aria assente per accarezzare la grossa testa di Bisbiglio, mentre il gatto si strofinava contro di lui. «No, Coll. Ho usato un trucco druido e sono uscito dal mio corpo in forma di spirito per entrare nella fortezza degli Ombrati. In questa maniera non potevano accorgersi di me tanto facilmente. Ho trovato Par imprigionato nella torre. Rimmer Dall era con lui. Il Primo Cercatore cercava di convincerlo a lasciargli assumere il controllo della canzone magica. Dice che Par è un Ombrato come lui.»

«L'ha già detto a Par altre volte» mormorò Damson.

«È una bugia» insistette Coll.

Ma Walker Boh scosse la testa. «Forse no. C'è una parte di verità in quello che dice. L'ho avvertita nelle sue parole. Ma la verità è una cosa ambigua, in questo caso. C'è ben più di ciò che viene detto. Par è confuso e arrabbiato e spaventato. È sul punto di accettare quello che gli dice il Primo Cercatore. Era a un passo dal lasciare che l'altro facesse ciò che voleva.»

«No» sussurrò Damson, pallida in viso.

Walker respirò a fondo l'aria notturna, e proseguì: «No, infatti. Ma il tempo che gli rimane è poco. Le sue forze si stanno esaurendo. Ho rischiato una piccola intrusione per impedire l'accettazione, e per il momento non accadrà. Ma dobbiamo raggiungerlo in fretta. Il segreto per distruggere gli Ombrati si trova in Par. È stato così fin dall'inizio. Rimmer Dall è cieco a tutto, nel suo sforzo di portare Par dalla sua parte. Sa del mio ritorno, del ritorno di Wren, delle nostre fughe dagli altri Ombrati. Sa che stiamo stringendo il cerchio intorno a lui. Gli Ombrati sono minacciati, ma lui si concentra solo su Par. Par è la chiave. Se riusciremo a liberarlo dalla sua paura della canzone magica, potremo forse avere tutte le tessere del mosaico. Allanon ci ha incaricati di trovare i talismani e l'abbiamo fatto. Ci ha incaricati di riportare gli Elfi e Paranor, e abbiamo fatto anche questo. Abbiamo tutto ciò che ci serve per sconfiggere gli Ombrati; dobbiamo solo scoprire come usarlo. La risposta si trova laggiù».

Guardò verso la valle, fra gli alberi, dove il nero obelisco di Sentinella del Sud si levava contro l'orizzonte.

«La Spada di Shannara libererà Par» promise Coll, facendo un passo avanti, con determinazione. «So che è così.»

Walker parve non sentirlo. «C'è un'altra cosa. Gli Ombrati tengono imprigionato qualcosa nei sotterranei della fortezza, qualcosa di vivo, incatenato dalla magia contro la sua volontà. Non so cosa sia, ma so che è potente e che dobbiamo trovare il mezzo di liberarlo se vogliamo vincere questa guerra. Gli Ombrati lo sorvegliano a costo della loro vita. I guardiani che lo proteggono sono molto forti.»

Tornò a guardarli. «Gli Ombrati sono di sangue elfo e usano la magia elfa, la magia delle fate. La loro forza e la loro debolezza derivano interamente da questo. Par potrebbe essere uno di loro in un certo senso, perché è di sangue elfo. Non ne sono certo. Ma credo che il problema di ciò che potrà diventare sia ancora da definire.»

«Non si rivolterà mai contro di noi» mormorò Damson, e distolse gli occhi.

«Cosa facciamo, Walker?» chiese sommesso Coll. Stringeva la Spada di Shannara con entrambe le mani, la faccia massiccia dura come un blocco di granito.

«Andiamo da lui, Uomo della Valle» rispose l'altro. «Andiamo da lui prima che sia troppo tardi.»

«Non tutti» intervenne in fretta Morgan, e gettò un'occhiata alle donne.

Walker lo guardò. «Loro sono decise ad andare, Cavaliere.»

Morgan rifiutò di cedere. Non voleva che Damson e Matty entrassero nella tana degli Ombrati. Tutti gli uomini possedevano una magia in grado di proteggerli. Le donne non avevano nulla. Sembrava un errore.

«Non mi lascerete qui» intervenne pronta Damson, e Morgan vide Matty annuire.

«È troppo pericoloso» obiettò il Cavaliere. «Non possiamo proteggervi. Dovete rimanere qui.»

Le donne lo guardarono irritate, e lui sostenne lo sguardo. Per un momento nessuno parlò, i tre parevano sfidarsi a vicenda a dire una sola parola.

Poi Walker alzò una mano e fece segno a Matty e a Damson di andare davanti a lui, e con lo stesso movimento indicò a Morgan e a Coll di farsi indietro. Era più alto di quanto Morgan ricordasse, e anche più largo, come se fosse cresciuto e ingrossato. Era impossibile, naturalmente, ma così appariva. Sembrava fosse più di un solo uomo. Riempiva lo spazio fra di loro, imponente e minaccioso, e la notte divenne silenziosa, in attesa.

«Non posso darvi una magia con cui combattere» disse sommesso alle donne. «Ma posso darvi una magia con cui proteggervi dagli attacchi ombrati. State ferme, adesso. Non muovetevi.»

Allungò un braccio e descrisse un arco intorno a loro. L'aria si riempì di una luminosità che sembrava diffondersi e ricadere come polvere, bruciando e svanendo mentre le toccava, lasciandole per un attimo luccicanti, e poi avvolte di nuovo nel buio.

«Se siete decise a venire» disse, «questo vi aiuterà a tenervi al sicuro.»

Poi li raccolse di nuovo tutti attorno a sé, come bambini nell'abbraccio di un padre. Sembrò d'improvviso stanco e dubbioso, ma insieme deciso ad andare fino in fondo. «Faremo ciò che dobbiamo e ciò che possiamo» disse loro. «Tutte le battaglie che abbiamo combattuto, tutte le strade che abbiamo percorso, tutte le vite che sono state sacrificate lungo il cammino, convergono qui. Questo è quanto mi è stato detto da Allanon dopo il ritorno di Paranor, dopo la mia trasformazione, dopo che Cogline ha sacrificato la vita per me. La fine degli Ombrati o la fine per noi si decidono qui. Nessuno che non lo voglia deve andare. Ma tutti sono necessari.»

«Andiamo» disse prontamente Damson. «Tutti.»

Gli altri, anche Morgan Leah, annuirono.

«Cinque, dunque.» Walker fece un pallido sorriso. «Prima andremo da Par per liberarlo, per restituirgli l'uso della sua magia. Se riusciremo in questo, scenderemo nei sotterranei. Partiamo subito, per poter entrare a Sentinella del Sud all'alba.»

Nel buio della macchia, i cinque si guardarono l'un l'altro e senza parlare strinsero il patto. Avrebbero cercato di terminare ciò che altri avevano iniziato tanto tempo prima e, malgrado potessero sperare altrimenti, erano gli unici rimasti per poterlo fare.

Ombre silenziose, i tre uomini, le due donne e il gatto delle paludi uscirono dagli alberi e scesero lungo il fianco della montagna, prima che giungesse la luce.

33

Due giorni dopo la distruzione dei Serpidi nelle Acque Opache, gli Elfi attaccarono l'armata federale sulle pianure sotto la Valle di Rhenn. Colpirono appena prima dell'alba, quando la luce era fioca e il sonno ancora pesante negli occhi dei nemici. Il cielo era nuvoloso e la pioggia era caduta per tutta la notte, l'aria odorava di umido ed era fredda, il terreno fradicio e infido sotto i piedi. La terra era ricoperta da una bassa coltre di nebbia, che si stendeva dalle foreste occidentali in direzione del sorgere del sole. La prateria aveva l'aspetto di un fantasmagorico mondo sotterraneo, ombre che si muovevano nella foschia, il cielo nero e minaccioso e opprimente, i rumori attutiti e indistinti, che in qualche maniera suggerivano la presenza di cose che non c'erano. Tutto cambiava aspetto, diventava una cosa diversa da ciò che era. Il momento era perfetto per gli Elfi.

Non avevano avuto intenzione di attaccare, in realtà. Avevano preparato una linea difensiva che iniziava dalla Valle di Rhenn per retrocedere, a seconda delle necessità, fino alla città di Arborlon. Ma Barsimmon Oridio era arrivato il giorno prima, ricongiungendosi finalmente con Wren Elessedil e la colonna avanzata, portando l'esercito elfo per la prima volta al massimo degli effettivi. Dopo che la Regina degli Elfi e il generale si furono consultati con Desidio, Tiger Ty e un piccolo gruppo di alti ufficiali, venne deciso che non era il caso di aspettare un attacco della Federazione; l'attesa non faceva che fornire alla Federazione il tempo per spedire nuovi rinforzi, e la miglior difesa era un attacco inatteso. Fu un suggerimento di Desidio, e Wren rimase sorpresa di sentirglielo pronunciare, e ancora più sorpresa di sentire Bar accettare. Ma il vecchio generale, malgrado fosse per natura un conservatore poco incline a mutare le sue decisioni, non era uno sciocco. Si rendeva conto della precarietà della loro situazione, ed era abbastanza intelligente da capire cosa serviva per contrastare la superiorità numerica della Federazione. Preparato nella maniera adeguata, un attacco poteva avere successo. Lo organizzò di persona, esplorò la zona delle operazioni, e all'alba del giorno successivo lo guidò.

I soldati federali si stavano ancora svegliando, dopo aver attraversato la maggior parte della pianura meridionale per raggiungere l'imboccatura della valle, decisi a coprire il tratto rimanente dopo il sorgere del sole e a entrare nella valle per mezzogiorno. Non potevano accamparsi con sicurezza entro Rhenn, sapendo che gli Elfi avevano approntato lì le loro difese, e che probabilmente li avrebbero attesi al varco. Ancora una volta, fecero male i loro calcoli. Gli Elfi irruppero dalla foresta mentre ancora era buio, spiegando gli arcieri in triplice fila lungo i fianchi dell'esercito federale, rafforzandoli con una dozzina di ranghi di fanteria armata con lance e spade corte. Un secondo schieramento di arcieri e di fanti e tutta la cavalleria vennero fatti uscire dalla valle, verso est, per organizzare una seconda linea di attacco contro il fianco nord-est della Federazione. Il tutto venne eseguito nel più assoluto silenzio, usando le tattiche perfezionate dagli Elfi durante la loro permanenza a Morrowindl: piccoli contingenti che si muovevano separatamente e si riunivano solo nel punto dell'attacco. Gli Elfi avevano combattuto per dieci anni, contro nemici altrettanto pericolosi. Non erano incerti né intimoriti. Combattevano per la salvezza, e lo facevano da un pezzo.

Gli arcieri sul fianco ovest colpirono per primi, lasciando cadere una pioggia di frecce sul campo che si andava svegliando. Mentre i soldati federali balzavano in piedi, cercando armi e armature, facendo risuonare il grido di battaglia, i Cacciatori Elfi si lanciarono all'attacco, lance in resta, passando fra i ranghi degli arcieri e piombando in mezzo al nemico. Mentre la battaglia infuriava, gli arcieri al di sopra dell'armata federale sferrarono un secondo attacco. Ormai gli uomini del Sud erano convinti di essere circondati, e cercavano di difendersi da ogni lato. La cavalleria elfa, un corpo relativamente piccolo, uscì dalla nebbia piombando sulle difese ancora disorganizzate della Federazione, e le fece arretrare rovinosamente. L'intera pianura dove si trovava l'accampamento era un mare di corpi in battaglia.

Gli Elfi spinsero l'attacco fin dove potevano senza rischiare di rimanere intrappolati, poi si ritirarono nella nebbia e nel buio. Barsimmon Oridio comandava di persona il fianco occidentale, Desidio quello di nord-est. Wren Elessedil, Triss e un contingente di Guardie Nazionali scrutavano nella mutevole foschia, da un'altura all'imboccatura della valle. Fauno era seduto sulla spalla di Wren, gli occhi spalancati, tremante. Stresa stava perlustrando le foreste a ovest della valle, da solo. Tiger Ty era con i Cavalieri Alati, che venivano tenuti di riserva.

L'attacco si interruppe come nei piani, gli Elfi ripiegarono avvantaggiandosi dell'oscurità e della confusione, e riformarono rapidamente i ranghi. Si trovavano nella valle da quasi due settimane, e gli esploratori avevano studiato con cura il terreno. Il Callahorn poteva anche appartenere alla Federazione, ma gli Elfi conoscevano quel particolare settore meglio dei soldati del Sud. Il fianco ovest si mosse verso il fronte, e quello nord-est puntò a est. Poi attaccarono di nuovo, questa volta facendo avanzare gli arcieri, per colpire a distanza ravvicinata, subito seguiti dai fanti armati di spada. L'esercito federale venne spinto indietro, e gli uomini cominciarono a disperdersi e a fuggire. Il centro tenne, ma i ranghi esterni venivano sistematicamente distrutti. Dappertutto gli uomini giacevano feriti e morenti, e il comando del colosso federale era in una confusione pressoché totale.

Avrebbe potuto finire lì, con i ranghi avanzati della Federazione in rotta sulla pianura, se non fosse stato per uno di quegli imprevisti che sempre condizionano il corso di una battaglia. Galoppando nel pieno dell'attacco portato al fianco est, il cavallo di Desidio venne colpito e cadde in un intrico di corpi. Il comandante rimase incastrato sotto il cavallo, un braccio e una gamba spezzati. Mentre guardava impotente, i difensori federali più avanzati, incoraggiati dalla sua caduta, lanciarono un contrattacco, puntando sul comandante elfo ferito, e gli Elfi abbandonarono il loro piano di battaglia e accorsero a proteggerlo. Liberatolo dal cavallo, lo trascinarono in salvo, ma l'intero fronte crollò.

Sentendo grida di vittoria da destra, i Federali si riorganizzarono e contrattaccarono Barsimmon Oridio. Senza un secondo fronte, il generale elfo fu costretto a indietreggiare, per non essere sopraffatto. La Federazione si gettò su di lui, ancora disorganizzata ma forte di migliaia di uomini, riguadagnando il terreno perduto grazie alla pura forza numerica. Quando ormai sembrava che Bar non potesse più raggiungere la salvezza di Rhenn senza fermarsi e combattere di nuovo, Wren lanciò nella mischia i Cavalieri Alati, che scesero dalle nuvole impegnando duramente i ranghi avanzati dei Federali, rallentando l'attacco il tempo necessario per permettere al grosso delle forze di Bar di fuggire.

L'attacco cessò mentre entrambi i contendenti si fermavano per riorganizzarsi. Gli Elfi tornarono a trincerarsi fra le alture della valle, in attesa dell'avanzata nemica. I Federali, da parte loro, trasferirono morti e feriti nelle retroguardie e cominciarono a riorganizzare la massa dei combattenti per un attacco in forze. Il loro piano era semplice: raggiungere gli Elfi e sopraffarli. Non c'era ragione di pensare che non potessero farcela.

Wren si recò da Desidio e lo trovò in preda a dolori acuti, braccio e gamba steccati e bendati, la faccia cinerea. Era furioso per essere stato ferito, e chiese che lo riportassero fra i suoi soldati. Lei rifiutò, e spalleggiata dagli ordini di Barsimmon Oridio lo rispedì ad Arborlon, ponendo fine al suo coinvolgimento nella battaglia.

Bar le comunicò che un comandante di nome Ebben Cruenal avrebbe preso il posto di Desidio. Wren annuì senza commenti. Entrambi sapevano che nessuno poteva sostituire adeguatamente Desidio.

Il giorno si fece più chiaro, ma le nuvole e la foschia persistevano, lasciando la terra umida e afosa. La mattina scivolò nel mezzogiorno. Gli Elfi mandarono esploratori a sud e a ovest, per scoprire manovre di accerchiamento, ma non ne individuarono. La Federazione, a quanto pareva, era certa che un attacco diretto avrebbe avuto successo.

L'attacco giunse poco dopo mezzogiorno: i tamburi rimbombavano dalla foschia, e l'esercito avanzava, un'ondata dopo l'altra di soldati dalle uniformi nere e scarlatte che marciavano a tempo, con le lance e le spade scintillanti. Arcieri proteggevano i fianchi, e pattuglie di cavalleria avevano l'incarico di prevenire attacchi di sorpresa. Ma gli Elfi non avevano abbastanza uomini per tentare di disperderli, ed erano costretti a concentrare tutte le loro forze in difesa di Rhenn. La Federazione marciava nella valle come dimentica di ciò che l'attendeva, dritta in bocca all'esercito elfo.

Gli Elfi colpirono da tutti i lati. Trincerati e protetti, gli arcieri tempestavano di frecce i ranghi nemici, finché i soldati del Sud furono costretti a marciare sui corpi dei loro stessi compagni. Ma l'avanzata non si arrestava, implacabile, e gli invasori usavano i loro arcieri per proteggersi. Wren guardava con Bar e Triss da un'altura in cima alla valle, ascoltando le grida dei combattenti e il cozzare delle armi. Non aveva mai assistito a niente di simile, e avrebbe voluto fuggire da tanta furia. Bar stava da parte, osservando con animo imparziale, dando ordini ai messaggeri che poi li portavano al fronte, scambiando commenti con i membri del suo staff e di tanto in tanto con Triss. Gli Elfi avevano visto e combattuto molte battaglie. Non era niente di nuovo per loro. Ma per Wren era come trovarsi al centro di un uragano.

Mentre la battaglia proseguiva, pensò all'insensatezza di tutto ciò. La Federazione cercava di distruggere gli Elfi perché credeva che la magia elfa stesse distruggendo le Quattro Terre. Ma benché la colpa fosse in effetti della magia elfa, questa non era stata evocata dagli Elfi attaccati in quel momento, ma da rinnegati. E tuttavia gli Elfi erano responsabili di avere permesso che la loro magia venisse sovvertita, e che nascessero gli Ombrati. E la Federazione era responsabile per aver perpetuato la mal indirizzata caccia alle streghe che aveva addossato tutta la colpa agli Elfi occidentali. Errori e contraddizioni, fraintendimenti e falsità... tutto si intrecciava per rendere possibile la pazzia. La ragione non albergava lì, pensò disgustata Wren. Ma, d'altra parte, in guerra succedeva raramente.

Per un certo tempo gli Elfi mantennero le loro posizioni e l'attacco federale rimase bloccato. Ma gradualmente la pressione di forze tanto preponderanti cominciò a farsi sentire, e gli Elfi furono costretti a indietreggiare, prima lungo i pendii, poi sul fondovalle. Cedettero terreno a malincuore, ma inesorabilmente. L'attacco cominciava a spazzarli via come foglie davanti a una scopa. Bar mandò in campo le ultime riserve, e andò a raggiungere i combattenti. Triss fece avanzare il grosso della Guardia Nazionale, fino a una posizione sul pendio, parecchie centinaia di passi sotto il punto dove si trovava insieme a Wren. I comandi che impartì furono semplici. Non doveva esserci ritirata a meno che lui non avesse dato l'ordine. La Guardia Nazionale avrebbe resistito fino alla morte per proteggere la Regina degli Elfi.

In cielo, i Cavalieri Alati usavano i Roc per bombardare il centro dei ranghi federali con massi e tronchi. I danni inflitti erano tremendi, ma gli arcieri federali avevano ferito due degli uccelli giganti, e gli altri erano costretti a tenersi a distanza. Dalla foschia, a sud, avanzavano ulteriori rinforzi per la Federazione. Erano troppi, pensò Wren costernata. Troppi per essere fermati.

Aveva accettato di rimanere lontana dalla battaglia, per conservare le Pietre Magiche fino al momento in cui fossero state necessarie, o contro i Serpidi e i loro padroni Ombrati, o contro qualsiasi altra cosa potesse essere evocata dalla magia nera. Fino a quel momento nulla del genere era intervenuto nell'attacco. Neppure i Cercatori dai mantelli neri avevano fatto la loro apparizione. Forse ritenevano che non ci fosse bisogno di loro, che l'armata regolare potesse cavarsela da sola. E sembrava che avessero ragione.

Il pomeriggio avanzava con agonizzante lentezza. L'armata federale controllava ormai l'imboccatura della valle, e stava avanzando inarrestabile verso il fondo. Tutti i tentativi di rallentarne la marcia erano falliti. Gli Elfi indietreggiavano, nettamente inferiori di numero, completamente stremati, combattendo con la forza della disperazione. Wren osservò le orde nere e scarlatte avvicinarsi passo dopo passo, e la sua mano si chiuse sul sacchetto che conteneva le Pietre Magiche. Le estrasse. Aveva sperato di non dover usare le Pietre. Non sapeva neppure bene cosa fare. Quelli erano uomini, non Serpidi. Sembrava sbagliato servirsi della magia contro esseri umani. Sembrava inconcepibile. Usare le Pietre la privava di forza e di volontà; lo sapeva dai suoi incontri con gli Ombrati, lì e a Morrowindl. Ma la privava anche della sua umanità, minacciando ogni volta di svuotarla, in una maniera tale che non avrebbe più potuto tornare a essere se stessa. Uccidere provocava sempre questo effetto. Ma sarebbe stato peggio se fosse stata costretta a uccidere esseri umani.

Triss le andò vicino. «Riponile, mia signora» disse a bassa voce. «Non è necessario.»

Era come se le avesse letto nella mente, ma così era fra loro due, fin dai tempi di Morrowindl.

«Non posso permettere che gli Elfi vengano sconfitti» bisbigliò lei.

«Non potrai neppure aiutarli a vincere, se perdi te stessa.» Appoggiò la mano sulle sue. «Mettile via. Il buio si avvicina. Forse riusciremo a resistere fino ad allora.»

Non parlò di quello che sarebbe successo il giorno dopo, quando il colosso federale li avrebbe attaccati di nuovo, ma lei sapeva che era inutile pensarci. Fece come Triss le diceva. Ripose le Pietre Magiche.

Sotto di loro, i combattimenti si erano intensificati. In vari punti i soldati federali avevano sfondato le linee elfe.

«Devo mandare la Guardia Nazionale in loro soccorso» disse Triss subito, staccandosi da lei. «Aspettami qui.» Ordinò al gruppo di Guardie che circondavano la Regina di proteggerla, e sparì lungo il pendio.

Wren rimase a guardare la carneficina. Era sola, adesso, assieme a Fauno e ai suoi otto angeli custodi. Sola in un'isola di calma, mentre tutto intorno a lei il mare infuriava. Odiava quello che vedeva. Odiava quello che stava succedendo. Se fosse sopravvissuta, giurò a se stessa, avrebbe dedicato il resto della sua vita a far rivivere la tradizione dei guaritori elfi, riportando i possessori di quella facoltà nelle Quattro Terre e fra le altre Razze.

Fauno si mosse sulla sua spalla, strofinandole il muso contro la guancia. «Buono, buono, piccolo» mormorò per calmarlo. «Va tutto bene.»

La valle era piena di uomini che correvano lungo i pendii e il fondo, e il rumore della battaglia si era fatto più vicino. Guardò il cielo a ovest, cercando il buio che avrebbe fatto cessare i combattimenti, ma era ancora troppo lontano per offrire qualche speranza. Gli Elfi non avrebbero resistito, pensò cupa. Non sarebbero sopravvissuti.

«Abbiamo fatto tanto per perdere ora» mormorò a se stessa, a voce così bassa che solo Fauno poté sentire. Lo Squeak squittì sommesso. «Non è giusto. Non è...»

Fauno lanciò un grido di avvertimento, e Wren si girò di scatto, trovandosi di fronte un'ondata di Cercatori vestiti di nero, che emergevano dagli alberi alle sue spalle, dove le ombre e la nebbia erano più fitte. I Cercatori avanzarono rapidi e decisi verso di lei, le armi che luccicavano maligne nella pallida luce, le insegne della testa di lupo che scintillavano sui loro petti. La Guardia Nazionale accorse a difenderla, cercando di intercettare gli assalitori. Ma i Cercatori furono rapidi e spietati, e abbatterono gli Elfi non appena si avvicinarono. Risuonarono grida di avvertimento e di aiuto, rivolte a coloro che stavano sotto, ma il fragore della battaglia le coprì completamente.

Wren venne presa dal panico. Sei della Guardia Nazionale erano a terra, e gli ultimi due stavano per cadere. I Cercatori dovevano essersi infiltrati fra le pattuglie, nel folto della foresta, per arrivare fino a lei. Era circondata da tre lati, e il cerchio si stringeva. Una volta che l'avessero intrappolata, non c'erano molti dubbi su come sarebbe andata a finire. Se l'erano lasciata sfuggire una volta. Non avrebbero corso di nuovo lo stesso rischio.

Si voltò per fuggire, inciampò, cadde. I Cercatori avevano ucciso l'ultima delle Guardie e si avvicinavano a lei. Era completamente sola, adesso. Fauno balzò dalla sua spalla, sibilando. Wren infilò la mano sotto la tunica, cercando il sacchetto che conteneva le Pietre Magiche. Le sue dita lo trovarono, lo estrassero, lo sollevarono. Ma ci volle un tempo infinito. Cercò di respirare, e scoprì di avere la gola serrata. Lame di spada si alzarono davanti a lei, mentre i Cercatori le si avventavano addosso. Strisciò all'indietro fra l'erba, mentre cercava di prendere le Pietre Magiche. No! No! Non riusciva a muoversi abbastanza in fretta. Le sembrava di essere una colata di metallo che si stesse raffreddando. Era paralizzata. Occhi rossi scintillavano sotto i cappucci degli attaccanti più vicini. Come avevano fatto ad avvicinarsi tanto? Come era potuto accadere?

Strappò frenetica i lacci del sacchetto, cercando con le dita le Pietre. Il primo dei Cercatori la raggiunse, e lei lo allontanò con un calcio. Si rimise in piedi, e li fronteggiò disarmata. Lanciò un grido furibondo, rinunciò alle Pietre, la sua mano si chiuse a pugno sul sacchetto di pelle e colpì il Cercatore più vicino, deviando la lama dalla sua gola cosicché le scivolò lungo il braccio, strappandole il vestito e penetrando nella carne. Si voltò e colpì con un calcio un altro dei suoi assalitori. Ma erano troppi per poterli affrontare da sola.

Poi Fauno si gettò nella mischia, lanciando il suo minuscolo corpo contro il più vicino degli attaccanti, sibilando, azzannando, graffiando. Gli altri Cercatori ebbero un attimo di esitazione, senza ben capire cosa avevano di fronte, sorpresi dall'improvvisa comparsa dello Squeak. Wren vacillò, poi si rimise in piedi. Fauno! cercò di gridare, ma il fiato non le uscì dalla gola. Il Cercatore che Fauno aveva aggredito si strappò furioso il corpicino dalla faccia e lo sbatté a terra. «No!» urlò Wren, sollevando il braccio che teneva le Pietre Magiche. Fauno colpì il terreno roccioso e il Cercatore calò su di lui lo stivale. Ci fu un rumore di ossa che si spezzavano e un grido acuto.

Nel profondo di Wren Elessedil tuttò si frantumò, in un turbine di furia e dolore e disperazione, e dal nucleo della sua furia sgorgò la magia delle Pietre. Esplose nel suo pugno, disintegrando il sacchetto di pelle, erompendo attraverso le fessure fra le sue dita come acqua fra la sabbia. Colpì il Cercatore che aveva calpestato Fauno e lo consumò. Poi si avventò sugli altri che cercavano di raggiungerla e li abbatté come se fossero stati pupazzi di carta appesi a un filo e lasciati ad affrontare la violenza di una tempesta. Alcuni riuscirono a scamparla e le furono addosso, le mani protese ad artiglio. Altri la raggiunsero e cercarono di trascinarla a terra. Ma Wren era al di là del loro potere, al di là di ogni sensazione, al di là di ogni cosa a parte la magia elfa che si gonfiava dentro di lei. Ormai era solo uno strumento della magia, e nulla poteva riportarla indietro, finché non fosse andata fino in fondo. La magia tornò indietro per afferrare quelli che le erano piombati addosso, e li strappò via, come fili da un vestito. Wren si voltò per distruggerli, ed essi bruciarono come foglie secche nella fiamma della magia. Non emise alcun suono mentre li combatteva, tutte le parole dimenticate, la faccia contorta in una maschera di morte. La battaglia fra gli Elfi e la Federazione svanì in una nebbia rossa. Non vedeva più nulla al di là del terreno su cui lottava. Cercatori venivano verso di lei e morivano, nell'onda di fuoco della magia della Pietre, e l'odore delle loro ceneri era tutto ciò che conosceva.

Poi, d'improvviso, si ritrovò sola, gli ultimi Cercatori che correvano verso gli alberi, fuggendo terrorizzati, le vesti nere stracciate e fumanti. Wren raccolse il fuoco e lo scagliò contro di loro, e con esso se ne andò l'ultimo brandello delle sue forze. Abbassò il braccio, e il fuoco svanì. Cadde in ginocchio. L'erba intorno a lei era carbonizzata e puzzava. C'erano cumuli di cenere ovunque, fra i cadaveri delle Guardie. Wren sentì delle grida provenire dalla valle sottostante, dove Triss e il grosso della Guardia Nazionale si erano attestati per affrontare la Federazione. Non toccatemi, disse Wren in risposta. Non venitemi vicino. Ma non era sicura di avere parlato. Le grida si fecero più forti, risuonando adesso da tutta la Valle di Rhenn. Qualcosa stava accadendo. Qualcosa di inatteso.

Si rimise faticosamente in piedi, e guardò nella luce nebbiosa e fioca.

Lontano, verso est, oltre il punto dove l'imboccatura della valle si apriva sulla pianura, era apparsa un'armata di uomini. Arrivavano di corsa, brandendo le armi e lanciando grida di battaglia. Erano per la maggior parte a piedi, forniti di spade e di archi. Non si unirono alle forze federali, come Wren aveva temuto all'inizio, ma le attaccarono invece con furia e determinazione senza pari, piombando fra loro come una roccia nella terra umida. Le grida che lanciavano erano udibili anche da dove si trovava la Regina. «Nati liberi! Nati liberi!» Si riversarono nel tumulto della battaglia come un vento fresco su una palude. Poi sui fianchi della valle, dove gli Elfi avevano resistito ed erano morti ed erano stati ricacciati, giunsero ondate su ondate di massicci corpi chiusi nelle armature, che sembravano scolpiti nella pietra. Troll delle Rocce, armati con lance lunghe più di due metri, mazze, asce, e grandi scudi listati di ferro, marciarono uscendo dalla nebbia, e incuneandosi nei fianchi della Federazione.

Uniti come una sola forza, i nati liberi e i Troll chiusero in una morsa l'armata nemica. Per parecchi minuti i soldati del Sud mantennero le posizioni perché erano molto superiori numericamente ai loro attaccanti. Ma l'assalto di truppe fresche era troppo per uomini che combattevano fin dalla mattina. I Federali cominciarono a indietreggiare: all'inizio lentamente, poi più in fretta, e alla fine si voltarono e fuggirono. L'intera Valle di Rhenn si vuotò di attaccanti, mentre le truppe si sbandavano. Gli Elfi si unirono all'inseguimento, e le forze dei Troll, degli Elfi e dei nati liberi respinsero il colosso federale nella nebbia e nell'oscurità del Sud, lasciandosi dietro una nuova carneficina, impregnando ancora la terra di sangue.

Wren si voltò e cercò Fauno. Udì Triss chiamarla, arrampicandosi lungo il fianco della valle, e udì i rumori della Guardia Nazionale che lo accompagnava. Non rispose. Si infilò le Pietre Magiche nella tasca della tunica, come se fossero contaminate, e le lasciò lì, le mani ancora formicolanti per il fuoco magico, la mente ancora invasa da un ronzio. Fauno giaceva schiacciato fra i mucchi di cenere, immobile. C'era sangue dappertutto. Wren si inginocchiò accanto allo Squeak e prese fra le mani il corpo straziato.

Stringeva ancora la piccola creatura quando Triss e la Guardia Nazionale finalmente la raggiunsero. Wren non alzò lo sguardo. In una maniera che non riusciva a spiegare, le sembrava di cullare l'intera nazione elfa.

34

L'assalto a Sentinella del Sud iniziò meno di un'ora prima dell'alba.

L'avvicinamento avvenne senza incidenti. Le nuvole continuavano a coprire il cielo, occultando la luce della luna e delle stelle, e avvolgendo la terra in una densa e morbida oscurità. Sotto le nuvole, la nebbia si alzava dal suolo e si abbarbicava agli alberi e ai cespugli e all'erba, come fumo di legna. La notte era immobile e profonda, priva di suoni e movimenti; nulla si spostava sulla terra desolata e bruciata che circondava la fortezza.

Walker Boh li guidò dalle montagne sulla pianura, fra la nebbia e le ombre, usando la magia druida per ammantarli nel silenzio. Passarono come fantasmi nel buio, invisibili come il pensiero e fluidi come l'acqua che scorre. Gli Ombrati non erano in circolazione, quella notte, almeno non dove i cinque umani e il gatto delle paludi camminavano, e la terra apparteneva a loro soltanto. Walker meditava sul suo piano. Pensava che non avrebbero avuto il tempo sufficiente per raggiungere Par, liberarlo e scendere nei sotterranei. La Spada di Shannara sarebbe stata necessaria per spezzare lo sconosciuto potere esercitato su di lui dalla canzone magica, e gli Ombrati sarebbero stati loro addosso nell'istante in cui la Spada fosse stata usata. L'unica soluzione era fare uscire Par dalla sua prigione e portarlo nei sotterranei prima di usare la Spada. Si chiedeva come potevano riuscirci.

Anche Coll Ohmsford stava pensando. Rifletteva che forse era sbagliato credere che la Spada di Shannara potesse aiutare suo fratello. Era possibile che la verità che egli cercava di svelare non avrebbe liberato Par, ma l'avrebbe fatto impazzire. Poiché se la verità era che Par era un Ombrato, allora serviva a ben poco. Forse Allanon aveva assegnato un altro scopo alla Spada, uno scopo che Coll ancora non aveva individuato. Forse la condizione di Par era qualcosa che la Spada non poteva guarire.

A qualche passo da loro, Morgan Leah stava pensando che anche con tutti i talismani che portavano e la magia che controllavano, le probabilità di sopravvivere a quell'impresa erano esigue. Erano state scarse a Tyrsis, quando avevano liberato Padishar Creel, ma lì erano ancora minori. Non tutti sarebbero sopravvissuti, pensava. L'idea non gli piaceva, ma era inevitabile, come un mormorio in fondo alla sua mente. Si chiese se era possibile, dopo essere sopravvissuto a tante cose, l'Abisso, la Sporgenza, Eldwist, e tutti i mostri che aveva trovato in ciascuno di quei posti, che dovesse morire lì. Chissà come, sembrava assurdo. Quella era la fine della sua ricerca, di un viaggio che l'aveva privato di tutto, tranne che della determinazione ad andare avanti. Che dovesse concludersi con la loro morte era sbagliato. Ma sapeva benissimo che era possibile.

Damson Rhee stava pensando a suo padre e a Par, e si chiedeva se avesse barattato l'uno con l'altro, decidendo di lasciar andare Par da solo alla ricerca di Coll, quando questi era ricomparso inaspettatamente fra i viventi. Si chiese se la sua scelta non sarebbe costata la vita di entrambi, e decise che se la sua vita era il prezzo richiesto, l'avrebbe pagato solo dopo aver visto l'Uomo della Valle per l'ultima volta.

Al suo fianco, Matty Roh si stava chiedendo quanto fosse potente la magia che il Druido le aveva dato, se era sufficiente per resistere alle nere creature che avrebbero dovuto affrontare, se le avrebbe permesso di ucciderle. Credeva di sì. Si sentiva avvolta in un'aura di invincibilità. Era dove doveva essere. Tutta la sua vita convergeva lì, nel luogo e nel tempo dove molte cose si sarebbero risolte. Attendeva con ansia di sapere quali sarebbero state le conseguenze.

Avanzando nel buio, una forma nera e snella che scivolava in mezzo all'erba umida di rugiada, Bisbiglio non pensava a nulla, indifferente alle paure e alle razionalizzazioni umane, guidato dall'istinto ed eccitato all'idea di essere a caccia.

Superarono il buio della foresta e arrivarono in vista della torre tenebrosa, senza fermarsi a riflettere, senza neppure guardare, ma avanzando veloci per raggiungerla prima che paure e dubbi li facessero esitare. Sentinella del Sud si innalzava al di sopra della nebbia, indistinta, una nera parete contro le nuvole, con l'aspetto di qualcosa generato dalla notte, e che rischiava di svanire con essa all'approssimarsi dell'alba. Incombeva ferma e immutabile, il sogno più nero che il sonno avesse mai evocato, così maligna che perfino la sua vicinanza era sufficiente ad avvelenare l'anima. Potevano avvertire la sua tenebrosità, mentre si avvicinavano, la misura della sua determinazione, l'estensione del suo potere. La sentivano respirare, e guardare, e ascoltare. Potevano percepire la sua vita.

Walker li portò fino alle mura, dove la superficie di ossidiana si alzava liscia e nera dalla terra, e appoggiò le mani alla pietra. Pulsava come una cosa vivente, calda e umida, e si protendeva verso l'alto quasi in cerca di liberazione. Ma come poteva essere? Lo Zio Oscuro meditò ancora una volta sulla natura della torre, poi si mise in marcia lungo le mura, ansioso di trovare un ingresso. Allungò i sottili tentacoli della sua magia alla ricerca degli oscuri abitanti della torre, ma erano tutti occupati, e non ancora consapevoli della sua presenza. Si ritrasse rapido, non volendoli mettere in allarme, e proseguì con cautela.

Raggiunsero un ingresso formato da una nicchia ad arco che proteggeva un grande cuneo di pietra, una porta. Walker studiò l'ingresso, tastando i bordi e cercando le fessure. Poteva essere forzato, decise, le serrature aperte, i battenti spalancati. Ma avrebbero in tal modo svelato troppo presto la loro presenza? Guardò gli altri, le due donne, il cavaliere, l'Uomo della Valle, il gatto delle paludi. Occorreva raggiungere Par senza essere scoperti. Occorreva guadagnare almeno quel tempo prima di dover combattere.

Si chinò verso di loro. «Sostenetemi. Non lasciatemi andare e non muovetevi da qui.»

Poi chiuse gli occhi e uscì da se stesso in spirito, per entrare nella fortezza.

Nei confini oscuri della sua prigione, Par Ohmsford sedeva rannicchiato sul suo pagliericcio, cercando di conservare la calma. Era disperato, ormai, e gli sembrava che un altro giorno trascorso dentro quella torre avrebbe segnato la sua fine, che un altro giorno passato a chiedersi se la magia lo stesse cambiando irreparabilmente lo avrebbe fatto uscire di senno. Poteva sentire la magia lavorare dentro di lui per tutto il tempo, adesso, scorrere nelle sue membra, ribollire nel suo sangue, pizzicargli la pelle come un prurito che non poteva essere alleviato. Odiava ciò che gli stava succedendo. Odiava ciò che era. Odiava Rimmer Dall e gli Ombrati e Sentinella del Sud e la voragine nera della sua vita, a cui era stato condannato. La speranza non aveva più alcun significato per lui. Aveva perso la fiducia che la magia fosse un dono, che l'ombra di Allanon l'avesse mandato per il mondo a compiere una missione importante, che vi fossero distinzioni fra il bene e il male, e che fosse destinato a sopravvivere a ciò che gli stava accadendo.

Si strinse le ginocchia contro il petto e pianse. Era scoraggiato e colmo di disperazione. Non si sarebbe mai liberato da quel luogo. Non avrebbe mai più rivisto Coll o Damson o alcuno degli altri... se erano ancora vivi. Guardò attraverso le sbarre della stretta finestra, e pensò che il mondo dall'altra parte poteva già essersi trasformato nell'incubo che Allanon gli aveva mostrato tanto tempo prima. Pensò che forse era sempre stato così, e che solo la sua errata percezione delle cose gli aveva fatto credere che fosse diverso.

Ebbe cura di non addormentarsi. Non osava più dormire perché non tollerava i sogni che il sonno gli portava. Sentiva che cominciava ad accettarli come realtà, a credere di essere davvero un Ombrato. Al risveglio il suo senso delle cose era frammentato, e non poteva sfuggire alla sensazione di non essere più se stesso. Rimmer Dall era una figura oscura che prometteva aiuto e offriva qualcos'altro. Rimmer Dall era l'occasione che non osava cogliere... e che alla fine sarebbe stato costretto a cogliere.

No. No. Mai.

Ci fu un movimento nell'aria, dove si trovava la porta sbarrata della sua cella. L'avvertì prima di vederlo, poi scorse delle ombre che attraversavano la notte. Batté le palpebre, credendo che fosse uno dei suoi demoni, giunto a tormentarlo, un'altra manifestazione della pazzia che lo assediava. Passò una mano nell'aria davanti ai suoi occhi, come se questo potesse schiarirgli la vista e fargli vedere meglio ciò che sapeva non esserci. Per poco non rise quando udì la voce

Par. Ascoltami.

Scosse la testa. Perché doveva farlo?

Par Ohmsford!

La voce era aspra e tremante di rabbia. La testa di Par si alzò di scatto.

Ascoltami. Ascolta la mia voce. Chi sono? Pronuncia il mio nome.

Par fissò il nero nulla di fronte a sé, pensando che in verità era impazzito. La voce che stava ascoltando era quella di Walker Boh.

Pronuncia il mio nome!

«Walker» sussurrò Par.

La parola fu come una scintilla nel nero della sua disperazione. Par si raddrizzò di scatto di fronte al bagliore, lasciò cadere le gambe a terra, e le braccia lungo i fianchi. Fissò il buio, incredulo, sentendo i demoni stridere e disperdersi.

Ascoltami, Par. Siamo venuti per te. Siamo venuti a liberarti e a portarti via. Coll è con me, e Morgan. E Damson Rhee.

«No.» Non riuscì a trattenersi. La parola gli uscì dalle labbra prima che potesse pensarci. Ma era ciò che credeva. Non poteva essere vero. Aveva sperato troppe volte. Aveva sperato. E la speranza l'aveva sempre deluso.

Il movimento nell'aria gli si fece più vicino, e Par avvertì una presenza che non poteva vedere. Walker Boh. Come aveva fatto a raggiungerlo? Come poteva essere lì, e restare invisibile? Era forse diventato...?

Sì. Ho fatto ciò che mi era stato chiesto, Par. Ho riportato Paranor sulla terra e sono diventato il primo dei nuovi Druidi. Ho fatto ciò che Allanon mi ha chiesto e ho portato a termine la missione che mi era stata affidata.

Par si alzò in piedi, il respiro accelerato, e allungò una mano verso il nulla.

Ascoltami. Devi scendere dove noi ti attendiamo. Non possiamo raggiungerti lì. Devi usare la canzone magica, Par. Usala per forzare la porta che ti imprigiona. Esci e vieni da noi.

Par scosse la testa. Usare la canzone magica? Adesso, dopo aver fatto di tutto per non usarla? No, non poteva, se l'avesse fatto sarebbe stato perduto. La magia liberata l'avrebbe sopraffatto e trasformato nella cosa contro la quale aveva lottato così a lungo. Avrebbe preferito morire.

Devi, Par. Usa la magia.

«No.» La parola fu un sussurro aspro nel silenzio.

Non possiamo raggiungerti, altrimenti. Usa la magia, Par. Se vuoi liberarti dalla prigione, quella che ti sei costruito da solo così come quella in cui ti hanno rinchiuso gli Ombrati, devi usare la magia. Fallo ora, Par.

Ma Par aveva deciso che quello era un altro trucco, che gli veniva giocato dalla sua magia, o da quella degli Ombrati, voci evocate dalla sua memoria per tormentarlo. Poteva udire i demoni ridere di nuovo. Si voltò, si tappò le orecchie con le mani e scosse con violenza la testa. Walker Boh non c'era. Non c'era nessuno. Era solo, ora come quando era stato portato alla fortezza. Era folle pensare diversamente. Quella era un'altra faccia della sua crescente follia, una superficie lucida che rifletteva ciò che un tempo lui aveva sognato potesse accadere, ma che non sarebbe mai accaduto.

«Non lo farò. Non posso.»

Strinse i denti mentre pronunciava sibilando le parole, quasi fossero un anatema. Si allontanò dalla fonte di ciò che percepiva come una falsa speranza, la voce che non esisteva, rifugiandosi nelle ombre più fitte.

La voce di Walker Boh si fece sentire ancora, calma e persuasiva.

Par. Una volta mi hai detto che la magia era un dono, che ti era stata data per un motivo, che doveva essere usata. Mi hai detto che avrei dovuto credere nei sogni che ci venivano mostrati. Te ne sei scordato?

Par fissò il buio davanti a sé, ricordando. Aveva detto quelle cose quando aveva incontrato Walker a Pietra del Focolare, tante settimane prima, quando Walker aveva rifiutato di andare con lui al Perno dell'Ade. Abbi fede, Par, aveva implorato lo Zio Oscuro. Abbi fede.

Usa la magia, Par. Liberati.

Si voltò, la scintilla di nuovo visibile nell'oscurità della sua disperazione. Voleva credere ancora. Come un tempo aveva implorato suo zio di credere. Se n'era dimenticato, adesso? Si mosse attraverso la stanza, acquistando determinazione mentre si muoveva. Voleva credere. E perché no? Perché non provare? Perché non fare qualcosa, qualsiasi cosa, invece di rinunciare? Vide la porta andare verso di lui, nel buio, la barriera che non poteva superare. A meno che... A meno che non usasse la magia. Perché no? Cosa gli rimaneva?

Walker Boh d'improvviso gli fu a fianco, tanto vicino che poteva sentirlo, anche se non era veramente lì. Walker Boh, uscito dalla sua disperazione, dalla sua sfiducia, per accettare l'incarico di Allanon. Sì. Paranor e i Druidi erano tornati. Sì, Par aveva trovato la Spada di Shannara. E sì, Wren aveva trovato gli Elfi... doveva averli trovati.

Usa la magia, Par.

Non udì l'esortazione, questa volta. Camminò attraverso di essa come se non ci fosse, l'unico rumore era quello del suo respiro, mentre si avvicinava alla porta. Dentro di lui, qualcosa si liberò. Non morirò qui, stava pensando. Non morirò qui.

La magia lampeggiò sulla punta delle sue dita, mentre la scagliava verso la porta, scardinandola come se fosse stata travolta da un vento impetuoso. La porta volò dall'altra parte del corridoio e andò in frantumi contro la parete opposta. Subito Par fu oltre la soglia, e si mosse lungo il corridoio diretto alle scale, sentendo di nuovo la voce di Walker Boh, seguendo le indicazioni che essa gli forniva, ma senza provare nulla dentro di sé tranne il fuoco della magia che turbinava e si schiantava contro le sue ossa, di nuovo libera e decisa a rimanerlo. Non gli importava. Gli piaceva che fosse libera. Voleva che lo consumasse, che consumasse ogni cosa entro la sua portata. Se questa era la pazzia che gli era stata promessa, allora era ansioso di abbracciarla.

Scese rapido le scale, lasciandosi dietro un'ondata di magia, lottando per controllare il potere che sentiva crescere dentro di sé. Ombre scure gli si fecero incontro, e le ridusse in cenere. Ombrati? Qualche altra cosa? Non lo sapeva. La torre si era svegliata, nel buio che precedeva l'alba, i suoi abitanti si levavano richiamati dalla presenza della magia, sapevano di essere attaccati ed erano ansiosi di scoprire la fonte dell'intrusione. Il fuoco gli si avventò addosso da sopra e da sotto, ma lui lo avvertì molto prima che lo colpisse e lo deviò senza sforzo. Un nucleo oscuro si stava formando dentro di lui, una combinazione pericolosa di noncuranza e di piacere nell'uso della magia, e con esso svanirono preoccupazioni e cautele. Stava gettando via la sua umanità. Poteva fare ciò che voleva. La magia gliene dava il diritto.

Walker Boh gli gridava qualcosa, ma Par non poteva più udirlo. Né gli importava. Si affrettò, scendendo sempre più, distruggendo tutto ciò che si presentava sul suo cammino. Nulla poteva sfidarlo, ora. Scagliò davanti a sé il fuoco della canzone, e lo seguì con gioia.

Walker Boh si risvegliò con un sussulto, scuotendo le braccia e liberandosi. I suoi compagni fecero un rapido passo indietro. «Sta arrivando!» sibilò, spalancando gli occhi di scatto. «Ma si sta perdendo nella magia!»

Non ebbero bisogno di chiedere di chi stesse parlando. «Cosa vuoi dire?» Coll gli stringeva ancora il mantello, e gli diede uno scossone violento.

Gli occhi dello Zio Oscuro erano duri come pietra, quando incontrarono quelli dell'Uomo della Valle. «Ha usato la magia, ma ne ha perso il controllo. La sta usando contro tutto. E adesso lasciami andare!»

Si voltò, e appoggiò le mani sulla porta di pietra, e spinse. Una luce gli uscì dalle palme e dalla punta delle dita, insinuandosi nelle connessure del massiccio portale, scorrendo nelle fessure. Le serrature si aprirono e i chiavistelli di ferro si spezzarono. Il tempo della cautela, dell'azione furtiva, era passato. Le porte tremarono e cedettero con uno stridore metallico.

Furono subito dentro, muovendosi in un buio ancora più fitto di quello della notte, sentendo il freddo e l'umido sulla pelle, respirando polvere e odore di cose vecchie attraverso le narici. Ma non trovarono ad attenderli la polvere degli anni e l'abbandono, bensì un terribile fetore che tradiva qualcosa di intrappolato e morente. Boccheggiarono, e Walker suscitò una luce che raggiunse gli angoli più oscuri della stanza in cui si trovavano. Era un gigantesco ingresso che immetteva in una serie di corridoi che si allungavano sotto una passerella posta in alto. Attraverso un arco si scorgeva un cortile deserto.

Dalla lontana oscurità provenivano grida, e odore di bruciato, e il bagliore bianco della magia di Par.

Bisbiglio si era già messo in moto, a lunghi balzi, raggiungendo l'ingresso del cortile. Walker e gli altri lo seguirono, decisi e silenziosi. Ombre si muovevano ai margini del mulinello di luce e di suono, ma nulla li attaccò. Attraversarono il cortile tenendosi rannicchiati, scrutando guardinghi a destra e a sinistra. Gli Ombrati erano lì, vicini. Raggiunsero il lato opposto del cortile, sempre seguendo i lampi di luce e i rumori, e si infilarono in un corridoio.

Davanti a loro, una scala si arrampicava nella torre oscura, ora attraversata dai lampi luminosi del bianco fuoco magico. Par stava scendendo. Rimasero immobili mentre si avvicinava, non sapendo cosa avrebbero incontrato, incerti sul da farsi. Si rendevano conto che in qualche modo dovevano parlargli, riportarlo alla ragione, ma sapevano anche (compresa Matty Roh, per la quale la magia era una specie di enigma) che non sarebbe stato facile, che quanto stava accadendo a Par Ohmsford era terribile e spaventoso. A un comando silenzioso di Walker, si allargarono. Morgan estrasse la Spada di Leah e Coll la Spada di Shannara, i loro talismani contro le cose oscure, e quando Matty vide questo, sguainò la sua sottile spada da combattimento. Walker si mise un passo davanti a loro, pensando che toccava a lui, che era compito suo trovare una via per superare la barriera che la magia della canzone aveva elevato intorno a Par, che era responsabilità sua aiutarlo a scoprire la verità su se stesso.

E d'improvviso l'Uomo della Valle apparve alla vista, mentre scendeva tranquillo le scale, un fantasma immerso nella luce della magia, il potere che gli scintillava all'estremità delle dita, sul viso, nella profondità dello sguardo. Par li vide e al tempo stesso non li vide. Continuò a scendere senza rallentare e senza parlare. Sopra di lui c'era il caos, ma non aveva ancora cominciato a scendere per inseguirlo. Par avanzò, galleggiando, incorporeo, e si diresse verso Walker e senza dare segno di volersi fermare.

«Par Ohmsford!» gridò Walker Boh.

L'Uomo della Valle continuò ad avanzare.

«Par, ritira la magia!»

Par esitò, vedendo Walker per la prima volta, o forse semplicemente riconoscendolo, e rallentò.

«Par. Riponi la magia. Non abbiamo...»

Par scagliò contro Walker una striscia di fuoco che minacciò di strangolarlo. La magia del Druido si levò a difenderlo, deviò la striscia e la ridusse in fumo. Par si fermò del tutto, e i due si fronteggiarono, nell'ombra.

«Par, sono io!» chiamò Coll da un lato.

Suo fratello si voltò verso di lui, ma non ci fu alcun barlume di riconoscimento nei suoi occhi. La magia della canzone sibilava e cantava nell'aria intorno a lui, sbattendo come un mantello nel vento. Anche Morgan lo chiamò, implorandolo di ascoltare, ma Par non guardò neppure lui. Era completamente prigioniero dell'incantesimo della magia, ormai, e null'altro contava per lui, non riconosceva nemmeno le voci dei suoi amici. Si voltò dall'uno all'altro mentre lo chiamavano, ma i suoni delle loro voci servivano solo a rendere la magia più serrata.

Non possiamo riportarlo indietro, pensava Walker disperato. Non risponde a nessuno di noi. Già poteva sentire gli inseguitori avanzare, gli Ombrati avvicinarsi lungo i corridoi. Una volta che Rimmer Dall li avesse raggiunti...

E d'improvviso Damson Rhee si fece avanti, passando accanto a Walker Boh prima che lui potesse opporsi, salì le scale e si avvicinò a Par. Lui la vide arrivare e si voltò, la magia che si raccoglieva scintillando minacciosa sulla punta delle sue dita. Damson si avvicinò, senza armi né magia ad aiutarla, le braccia abbassate, le mani aperte, la testa sollevata. Walker pensò per un attimo di correre a tirarla indietro, ma era troppo tardi.

«Par» sussurrò lei, andandogli vicino, fermandosi a meno di due passi di distanza. Era un gradino più in basso, e quando alzò la testa per guardarlo i capelli rossi le si scostarono dalla faccia e i suoi occhi erano colmi di lacrime. «Credevo che non ti avrei più rivisto.»

Par Ohmsford la fissò.

«Ho paura di perderti un'altra volta, Par. A causa della magia. A causa della paura che essa ti tradisca come ha fatto quando credevi di aver ucciso Coll. Non lasciarmi sola, Par.»

Un barlume di riconoscimento apparve negli occhi folli dell'Uomo della Valle.

«Vienimi vicino, Par.»

«Damson?» sussurrò lui d'improvviso.

«Sì» rispose lei, sorridendo, le lacrime che le scendevano lungo le guance. «Ti amo, Par Ohmsford.»

Per un lungo momento lui non si mosse, fermo sulla scala come se fosse intagliato nella pietra, mentre la magia scorreva lungo il suo corpo. Poi emise un singhiozzo e in lui si risvegliò qualcosa che prima dormiva; serrò gli occhi come per concentrarsi. Il suo corpo fu scosso da un tremito convulso, la magia ebbe un guizzo, poi svanì. Riaprì gli occhi. «Damson» mormorò, vedendola, finalmente, vedendo tutti loro, e barcollò in avanti.

Lei lo afferrò mentre cadeva, e subito Walker la raggiunse, e poi tutti gli altri, e insieme lo fecero sedere sul pavimento, sorreggendolo e scrutando il suo viso devastato.

«Non riesco a respirare» sussurrò. «Non riesco a respirare.»

Damson lo stringeva a sé, gli mormorava che andava tutto bene, che adesso era al sicuro, che l'avrebbero portato via. Ma Walker vide la verità negli occhi di Par Ohmsford. Stava combattendo una battaglia contro la magia della canzone, e la stava perdendo. Qualsiasi cosa gli stesse succedendo, doveva affrontarla subito, doveva essere liberato dalle paure e dai dubbi che lo perseguitavano da settimane.

«Coll» disse a bassa voce mentre facevano inginocchiare Par, e lasciavano che si appoggiasse a Damson. «Usa la Spada di Shannara. Non aspettare. Usala subito.»

Coll fissò lo Zio Oscuro, incerto. «Ma non sono sicuro di quello che farà.»

La voce di Walker Boh divenne dura come acciaio. «Usa la Spada, Coll. Usala, o lo perderemo!»

Coll si voltò senza ulteriori esitazioni e si inginocchiò accanto a Par e Damson. Tenne la Spada di Shannara davanti a sé, entrambe le mani strette intorno all'impugnatura. Era il suo talismano, e sue erano le conseguenze che potevano derivare dall'usarlo.

«Morgan, sorveglia le scale» ordinò Walker Boh. «Matty Roh, i corridoi.» Andò da Par. «Damson, lascialo andare.»

Damson Rhee lo fissò con occhi pieni di dolore. Nello sguardo di Walker vide una calore inatteso, una dolcezza che la rassicurò. «Lascialo andare, Damson» disse il Druido. «Scostati da lui.»

Damson lasciò Par, e l'Uomo della Valle ricadde in avanti. Coll lo afferrò, lo strinse un momento fra le braccia, poi prese le mani del fratello, e le appoggiò sull'impugnatura della Spada, sotto le sue. «Walker» mormorò implorante.

«Usala!» ordinò lo Zio Oscuro.

Morgan li guardò a disagio. «Non mi piace, Walker...»

Ma era troppo tardi. Coll, convinto dalla forza del comando di Walker Boh, aveva evocato la magia. La Spada di Shannara tornò lampeggiando alla vita, e il pozzo oscuro della fortezza degli Ombrati venne inondato di luce.

Avvolto in una nuvola soffocante di incertezza e di paura devastante, Par Ohmsford sentì la magia della Spada penetrare come una fiamma dalle tenebre, e aprirsi un cammino di fuoco dentro di lui. La canzone magica le si gettò contro per bloccarla, come una bianca parete di silenzio risoluto. Porte protettive si chiusero, serrature scattarono, e il tremito della sua anima lo fece sobbalzare. Era consapevole, vagamente, che Coll aveva evocato la magia della Spada, che il potere di farlo era del fratello e non suo, e gli sembrava che tutto venisse capovolto. Si ritrasse dalla magia, incapace di sopportare la verità che essa poteva portare, desiderando solo nascondersi per sempre dentro se stesso.

Ma la magia della Spada di Shannara giunse questa volta rafforzata dalla voce di suo fratello, che implorava dentro di lui. Ascolta, Par. Ascolta. Ti prego, ascolta. Le parole si fecero strada fra le difese della canzone e aprirono la via a ciò che seguì. Pensò all'inizio che fossero solo le parole di Coll a spezzare le difese, a lasciar entrare la luce bianca. Ma poi si accorse che era qualcosa di più. Era il suo bisogno di conoscere una volta per tutte il peggio che c'era da conoscere, di essere liberato dai dubbi e dal terrore generati dall'ignoranza. Aveva vissuto troppo a lungo con essi per continuare ancora in quel modo. La sua magia l'aveva protetto da tutto, ma non poteva farlo quando lui non lo desiderava più. Era con le spalle contro il muro della sua sanità mentale, e non poteva indietreggiare oltre.

Unì la propria voce a quella del fratello, con ansia e desiderio. Dimmi. Dimmi tutto.

La canzone magica sputò e sibilò come un gatto in trappola, ma dopo tutto era ancora ai suoi ordini, la sua eredità e il suo diritto di nascita, e nulla di ciò che essa poteva fare era in grado di resistere alla ragione e al bisogno. Si era piegato ai suoi voleri quando paura e dubbi lo avevano minato, ma non si era mai piegato del tutto, e adesso si sarebbe liberato per sempre della propria incertezza.

Coll, invocò. Suo fratello era accanto a lui, pronto a sorreggerlo. Coll.

Stringendosi l'uno all'altro e alla Spada, intrecciarono le dita, e affondarono nella luce della magia. Coll consolò Par, rassicurandolo che la magia l'avrebbe guarito, non ferito, che qualsiasi cosa fosse accaduta, lui non l'avrebbe abbandonato. L'ultima delle sue difese cedette, le porte si spalancarono e le tenebre si dissiparono. Liberandosi degli ultimi legami della canzone magica, si abbandonò con un sospiro.

E a questo punto la verità cominciò a farsi strada, un sottile rivolo di ricordi che crebbe rapidamente fino a diventare un fiume in piena. Tutto ciò che era avvenuto nella sua vita, i segreti che aveva tenuto nascosti perfino a se stesso, le vergogne e gli imbarazzi, i fallimenti e le perdite che aveva seppellito, uscirono allo scoperto, marciando alla luce, e benché Par all'inizio si ritraesse davanti a loro, provando un dolore acuto e interminabile, la sua forza cresceva a ogni ricordo, e il compito di accettare ciò che significavano, e ciò che rappresentavano per la sua umanità divenne sopportabile.

La luce allora cambiò, e Par si vide com'era adesso, dopo aver cercato la Spada di Shannara dietro l'incitamento di Allanon, ansioso di cambiamento, e di scoprire la verità su se stesso. Ma fino a qual punto ansioso? Poiché ciò che aveva scoperto era di poter essere proprio la cosa contro cui stava lottando. Ciò che aveva trovato era Rimmer Dall che gli diceva che lui non era ciò che credeva di essere, ma qualcosa di completamente diverso, uno degli esseri oscuri, uno degli Ombrati. Solo una parola, aveva sussurrato Rimmer Dall, solo un nome. Un Ombrato, in grado di controllare la magia ombrata, con un potere non diverso da quello degli spettri dagli occhi rossi, capaci di essere ciò che erano, di fare ciò che facevano.

Ciò che vide ora, nella fredda luce bianca della verità della Spada, fu che tutto ciò era vero.

Uno di loro.

Era uno di loro.

Si ritrasse di scatto da quella consapevolezza, dall'inevitabilità di ciò che gli veniva mostrato, e pensò di aver urlato per l'orrore, ma non poté esserne sicuro, nella luce. Un Ombrato! Era un Ombrato. Sentì Coll sobbalzare. Sentì suo fratello scostarsi da lui. Ma Coll non lo lasciò. Continuò a stringerlo. Non importa quello che sei, tu sei mio fratello, sentì. Qualsiasi altra cosa tu sia. Sei mio fratello. Questo trattenne Par dal cadere nella pazzia. Lo tenne ancorato al proprio terrore, alla terrificante scoperta del suo io.

E gli permise di vedere il resto di ciò che la verità avrebbe rivelato.

Vide che il suo sangue e la discendenza elfa lo legavano agli Ombrati, che erano anch'essi Elfi. Venuti dalla stessa stirpe, dalla stessa storia, erano legati come le genti che condividono un medesimo passato. Ma c'era anche la possibilità di essere qualcosa di differente. La sua stirpe era di Shannara quanto degli Ombrati, e non era inevitabile che lui diventasse ciò che la magia poteva renderlo. La sicurezza di essere predestinato a trasformarsi in uno degli esseri oscuri era la menzogna che Rimmer Dall aveva insinuato dentro di lui, nella cripta dov'era custodita la Spada di Shannara, l'ultima volta che era sceso nell'Abisso con Coll e Damson. Era stato Rimmer Dall a lasciargli provare la Spada, ben sapendo che non avrebbe funzionato perché la sua magia non gliel'avrebbe permesso, avrebbe fatto barriera contro una verità troppo spiacevole da accettare. Era stato Rimmer Dall a suggerire che lui era di discendenza ombrata, che era uno di loro, che era un recipiente per la loro magia, dandogli l'incertezza necessaria per impedire che le magie in conflitto della Spada e della canzone trovassero un terreno comune, iniziando in tal modo la lunga spirale di dubbi che avrebbero condotto Par alla sovversione finale, quando la possibilità di ciò che poteva essere diventava talmente incombente da trasformarsi in realtà.

Par boccheggiò e si raddrizzò, comprendendo tutto. Una cosa a lungo creduta diviene vera. Credere a una possibilità la trasforma in reale. Questo era quanto aveva fatto a se stesso, avviluppato in una magia troppo forte perché qualcosa potesse penetrare in lui, se non fosse stato disposto a lasciarla entrare, escluso dalla verità a opera delle sue paure e delle sue incertezze. Rimmer Dall aveva saputo. Rimmer Dall aveva previsto che Par avrebbe lottato da solo contro le possibilità che gli offriva il Primo Cercatore. Lasciamogli credere di aver ucciso suo fratello con la magia. Lasciamogli credere che la magia della Spada di Shannara non potrà mai essere sua. Lasciamogli credere che fallisce a causa di quello che potrebbe essere. Fino a quando, senza esserne consapevole, avesse usato la canzone per tenere a bada la magia della Spada, che possibilità avrebbe avuto di risolvere il conflitto della sua identità? Par sarebbe stato insieme salvatore dei Druidi e pedina degli Ombrati, e le contraddizioni l'avrebbero dilaniato.

«Ma non è necessario che diventi uno di loro» udì se stesso dire. «Non è necessario!»

Rabbrividì sotto il peso delle proprie parole. Il sorriso di Coll lo riscaldò come un sole. Allo steso modo in cui era accaduto per suo fratello, quando la verità della Spada aveva strappato la nera menzogna del Mirrorshroud, la comprensione della verità divenne il sentiero mediante il quale Par tornò a se stesso. Allanon aveva saputo come sarebbe andata? si chiese, mentre cominciava a uscire dalla luce. Allanon aveva previsto che quello era lo scopo della Spada di Shannara?

Quando la magia svanì, e i suoi occhi si aprirono, scoprì con sorpresa che stava piangendo.

35

Ombre e nebbia si mescolavano e si attorcigliavano lungo la Valle di Rhenn, un mare in movimento che rotolava sui corpi dei caduti e con un macabro invito chiedeva ai vivi di unirsi a loro. Wren Elessedil era in cima alla valle con i capi dell'esercito elfo e degli alleati, e meditava sul fascino di quel richiamo. Dai cadaveri, per la maggior parte soldati del Sud abbandonati dai loro compagni, si alzavano braccia piegate dalla morte, segnali per il mondo sotterraneo. Il carnaio si stendeva verso sud, sulla pianura, fino a dove il buio lo inghiottiva, e alla Regina degli Elfi sembrava che potesse proseguire all'infinito, una visione del futuro che attendeva di impadronirsi di lei.

Si era appartata dagli altri: da Triss, da Barsimmon Oridio, dal capo dei nati liberi Padishar Creel e dal suo scorbutico amico Chandos, e dall'enigmatico comandante dei Troll, Axhind. Guardavano tutti verso la valle, come se ciascuno stesse meditando sullo stesso enigma, la mescolanza di ombre, di nebbia e di morte. Nessuno parlava. Erano lì fin da quando era giunta la notizia che la Federazione si era rimessa in marcia. Non era ancora l'alba, la luce del sole era nascosta sotto l'orizzonte orientale, il cielo era gonfio di nubi, il mondo era una distesa nera.

Una disperazione profonda si era impadronita di Wren. Le penetrava nelle ossa, e sembrava senza fine. Credeva di avere pianto le sue ultime lacrime quando Garth era morto, ma la perdita di Fauno aveva riportato lacrime e dolore, e adesso era convinta di non potersene mai più liberare. Le pareva che la pelle le fosse stata strappata dal corpo, e il sangue fosse libero di scorrere, lasciando scoperti i nervi più sensibili. Le pareva che lo scopo della sua vita fosse diventato una prova della sua volontà e della sua capacità di sopportazione. Aveva il cuore gonfio di dolore, e l'anima vuota.

«Era solo uno Squeak» aveva sibilato Stresa, con scarsa convinzione, quando era andato a trovarla, verso mezzanotte. Wren gli aveva raccontato della morte di Fauno, ma la morte non era una novità per Stresa. «Crescono per morire, Wren degli Elfi. Non preoccupartene.»

Le parole non intendevano ferirla, ma lei non aveva potuto fare a meno di protestare. «Non parleresti così se piangessi per te.»

«Phhffft. Un giorno succederà.» Il Gatto Screziato aveva scosso le spalle. «È così che vanno le cose. Lo Squeak è morto per salvarti. Era quello che voleva.»

«Nessuno vuole morire.» Le parole erano state amare e aspre. «Neppure uno Squeak degli alberi.»

E Stresa aveva risposto: «È stata una sua scelta, no?».

E se n'era andato di nuovo nel profondo della foresta occidentale, per spiare ciò che poteva giungere da quella parte, per avvertire gli Elfi, se fosse stato necessario. Si stavano allontanando, percepì Wren. Stresa era una creatura selvaggia, e lei no. Un giorno sarebbe partito per non tornare più, e l'ultimo dei suoi legami con Morrowindl sarebbe svanito. Tutto sarebbe rimasto affidato al ricordo, allora: l'inizio di ciò che adesso lei era, la fine di ciò che era stata.

Si meravigliò che la sua vita avesse potuto evolversi tanto, e che lei continuasse a sentirsi uguale a prima.

Ma forse mentiva a se stessa a questo riguardo, fingendo di non essere cambiata mentre in realtà lo era: semplicemente non riusciva ad ammetterlo. Aggrottò la fronte, nel buio, scrutando il campo di battaglia sottostante, e si chiese quanto di lei fosse sopravvissuto agli orrori di Morrowindl, e quanto fosse andato perso. Avrebbe voluto avere qualcuno a cui porre la domanda. Ma la maggior parte di coloro cui avrebbe potuto rivolgerla erano morti, e quelli che vivevano sarebbero stati reticenti a rispondere. Doveva cercarla da sola, la risposta, e sperare che fosse vera.

La faccia scarna di Padishar Creel guardò nella sua direzione, scrutandola, ma lei finse di non accorgersene. Non aveva parlato con nessuno di loro da quando si era alzata, neppure con Triss, avvolta nella sua solitudine come in un'armatura. I nati liberi erano arrivati, finalmente, portando con sé Axhind e i suoi Troll delle Rocce, i rinforzi per cui lei aveva pregato, ma d'improvviso non riusciva a interessarsi della cosa. Non voleva che gli Elfi perissero, ma uccidere le dava la nausea. La battaglia del giorno prima era terminata in parità, non era stata decisiva, e la giornata odierna non prometteva un risultato diverso. Le forze federali avevano smesso di fuggire, si erano riorganizzate, tornavano all'attacco. Non avrebbero mai smesso, pensò. Erano abbastanza per continuare all'infinito. L'arrivo dei nati liberi e dei Troll rafforzava le possibilità di sopravvivenza degli Elfi, ma non induceva a sperare che la Federazione potesse essere fermata. Rinforzi sarebbero stati mandati dalle città del Sud e da Tyrsis. Un flusso interminabile, se necessario. L'invasione delle Terre dell'Ovest sarebbe continuata, e l'unica cosa da decidere era per quanto tempo sarebbe proseguita la distruzione.

Ricacciò indietro l'amarezza e la disperazione, irritata per la propria debolezza. La Regina degli Elfi non poteva permettersi di cedere, si rimproverò. La Regina degli Elfi doveva sempre aver fede.

Ah, ma in cosa c'era da aver fede?

Che Par e Coll Ohmsford fossero liberi e in possesso della Spada di Shannara, si rispose con decisione. Che Morgan Leah fosse con loro. Che Walker Boh avesse riportato nel mondo Paranor e i Druidi. Che gli incarichi di Allanon fossero stati condotti a termine, che il segreto degli Ombrati fosse stato svelato, e che per loro ci fosse speranza. Queste erano cose in cui aver fede, e qui doveva trovare la sua forza.

Si chiese se suo zio e i suoi cugini e Morgan Leah trovavano ancora forza nelle loro convinzioni. Si chiese se ancora credessero in qualcosa. Ripensò alle perdite che lei aveva subito, e si chiese se loro avessero sofferto altrettanto. Si chiese infine se avrebbero accettato di intraprendere le missioni affidate loro da Allanon qualora avessero conosciuto fin dall'inizio il prezzo da pagare per portarle a termine. Pensava di no.

La luce irruppe da est, mentre il sole saliva oltre il bordo del mondo, un pallido bagliore argenteo che delineò i Denti del

Drago e le foreste sottostanti. La luce filtrò nella valle e scacciò le ombre dalla nebbia, separando le due cose e rendendo il paesaggio netto e preciso. Il rumore di tamburi e di piedi in marcia divenne udibile in lontananza, debole ancora, ma riconoscibile. Padishar Creel stava discutendo con Barsimmon Oridio. Non riuscivano ad accordarsi sulla strategia dell'armata, una volta iniziato l'attacco. Erano entrambi testardi, e non si fidavano l'uno dell'altro. Axhind ascoltava senza dire nulla, impassibile. Triss si era allontanato. Il capo dei nati liberi mal sopportava l'insistenza di Bar che il comando generale fosse affidato a lui. Già una volta Wren li aveva separati. Forse avrebbe dovuto farlo di nuovo, e l'idea non la entusiasmava. Non voleva avere alcuna parte in quello che stava succedendo, non più. Rimase a guardare, senza muoversi, mentre la discussione si faceva più accesa. Triss lanciò un'occhiata dalla sua parte, aspettando che lei intervenisse. A sud, i tamburi si fecero più forti.

Poi d'improvviso apparve Stresa, sbucando dai cespugli, gli aculei che si rizzavano per scuotere la polvere e le foglie, e si affrettava a raggiungerla. Wren si voltò, dimenticando ogni altra cosa. Nell'arrivo del Gatto Screziato c'era un'urgenza che non si poteva ignorare.

«Regina degli Elfi» sibilò Stresa con voce aspra e secca. «Hanno portato dei Serpidi!»

Wren sentì che il cuore le si fermava, e la gola si serrava. «Ma li abbiamo lasciati tutti nella palude» riuscì a dire.

«Ne hanno trovati degli altri! Sssttt!» Il muso umido si sollevò, gli occhi scuri dilatati. «Da Tyrsis, pare. Phhffttt! Soldati anche, ma sono i Serpidi che contano. Almeno cinque. Sono venuto non appena li ho visti.»

Wren si voltò verso gli altri. Padishar Creel e Bar avevano smesso di discutere. Axhind e Chandos erano spalla a spalla, come figure di pietra. Triss le era già al fianco.

Serpidi!

La luce avanzava, e la foschia si disperdeva mentre l'esercito della Federazione usciva dal buio verso la Valle di Rhenn. Giunse con le sue divisioni vestite di nero e scarlatto sparse su tutta l'imboccatura della valle e i pendii, le colonne di uomini fitte e lunghe. La cavalleria copriva i fianchi, e c'erano ripari di legno montati su ruote dietro cui potevano nascondersi gli arcieri, con fessure per scagliare i dardi. C'erano mura di scudi e catapulte di fuoco, e c'erano Cercatori vestiti di nero, a ogni posto di comando.

Ma fu verso il centro dell'armata che si volse ogni sguardo. Lì erano i Serpidi, nero metallo scintillante e membra pelose e dentellate, un miscuglio di macchina e di bestia, che avanzavano ondeggiando verso gli Elfi e i loro alleati, verso gli uomini che erano stati mandati a distruggere.

Wren Elessedil li guardò e non provò nulla. Il loro arrivo segnava la fine degli Elfi, lo sapeva. Il loro arrivo segnava la fine di tutto.

Infilò le mani sotto la tunica in cerca delle Pietre Magiche, e avanzò per la sua ultima battaglia.

«Alzati, Par!»

Coll gli stava gridando, lo tirava per un braccio, cercava di rimetterlo in piedi. Lui ubbidì al comando, ancora intontito per quanto gli era accaduto, confuso per le rivelazioni della Spada di Shannara. Ci fu un movimento lungo le scale, mentre coloro che erano venuti a liberarlo, Walker, Damson, Coll, Morgan e la donna alta e snella dai capelli neri che non conosceva, correvano da lui e lo circondavano. Bisbiglio si aggirava inquieto nella stanza. Ci fu il sussurro di qualcosa che scendeva lungo le scale, ma le ombre nascosero ciò che strisciava fra esse. Le porte che si aprivano sul pozzo delle scale erano tutte chiuse, tranne una che dava su un cortile, e da questa si scorgevano le mura e un portale spalancato sull'esterno. Quella via d'uscita, almeno, era aperta, e in lontananza si scorgeva la luce del mattino salire oltre l'orizzonte delle Runne.

Anche Walker stava guardando da quella parte, notò Par. Walker, completamente vestito di nero, adesso, barbuto e pallido, ma con un aspetto in qualche maniera più forte di prima, colmo di un fuoco che bruciava appena sotto la superficie. Come Allanon, pensò Par. Come Allanon era stato un tempo. Walker guardò un momento verso l'apertura, indeciso, mentre gli altri si stringevano intorno a Par, ma guardavano verso le porte chiuse e il pozzo delle scale, le armi in pugno.

«Da che parte?» sibilò la ragazza dai capelli neri.

Walker si voltò e li raggiunse rapido: aveva deciso. «Siamo venuti per Par e per liberare ciò che tengono imprigionato nei sotterranei del castello. Non abbiamo finito.»

Le braccia di Damson circondarono Par, e lo strinsero come se non volessero mai più lasciarlo andare. Par la strinse a sua volta, dicendole che andava tutto bene, che adesso era salvo, e chiedendosi se davvero fosse così, chiedendosi cosa fosse accaduto. La magia della canzone era di nuovo sua, ma era ancora incerto su cosa potesse farne.

Almeno non sono un Ombrato! Almeno so questo!

Coll era vicino a Walker. «La porta con i chiavistelli, laggiù... si apre su un corridoio, che porta alla scala dei sotterranei. Andiamo?»

Walker annuì. «Presto. State uniti!»

Attraversarono la stanza di corsa, e in quel momento una forma nera si gettò dalle scale addosso alla ragazza dai capelli neri. Lei evitò l'attacco, ma l'essere le si rivolse contro di nuovo, rapidissimo, sibilando, gli occhi rossi, sollevando artigli di fuoco. Ma Bisbiglio l'afferrò prima che potesse colpire, lo dilaniò dall'alto in basso in tutto il corpo e lo scagliò via.

Walker spalancò la porta con i chiavistelli, e il gruppo la superò, lasciandosi alle spalle la scala e i loro inseguitori. Il corridoio era alto e buio, e avanzarono lungo di esso con cautela, frugando con gli occhi le ombre. Bisbiglio era tornato davanti a tutti, i suoi occhi di gatto più acuti di quelli umani. Dal basso giunse un rumore stridente, poi un lungo sospiro. Il castello degli Ombrati tremò in risposta, come la pelle di qualcosa di vivente che rabbrividiva a causa di un battito mancato del cuore. Cosa c'è laggiù? si chiese Par. Non il frangersi delle onde contro la roccia, come gli aveva raccontato Rimmer Dall... un'altra delle sue bugie. Qualcosa di più. Qualcosa di così importante che Walker era disposto a rischiare tutto, piuttosto che lasciarlo perdere. Sapeva cosa fosse? Allanon gli aveva fornito le risposte che tutti loro avevano cercato?

Non c'era tempo per scoprirlo. Ombre riempirono l'apertura alle loro spalle, e Morgan si voltò e scagliò contro di esse il fuoco della Spada di Leah. Si dispersero e sparirono, ma tornarono dopo un attimo. Coll mormorò a Walker istruzioni rapide, indicandogli il corridoio che portava in basso, ma Walker sembrava sapere già dove andare, e spinse Coll dietro di sé. Gli altri li seguirono, tenendosi vicino alle pareti. Delle ombre uscirono dal buio, davanti a loro, ma erano solo un riflesso di quelle che li seguivano. Par tenne stretta Damson, e corse avanti.

Raggiunsero un pianerottolo da cui varie scale a spirale scendevano nelle viscere della fortezza. Il rumore di ciò che veniva tenuto prigioniero divenne chiaro e distinto. Era il respiro di qualche gigantesco animale, lento, sibilante, come se l'aria passasse attraverso una gola riarsa e contratta per la mancanza di acqua. Era il suono stridente di qualcosa in movimento, come dei massi che si spostano in una valanga.

Forme avvolte in mantelli neri apparvero sui gradini sottostanti, e il fuoco ombrato balenò contro il gruppo di umani, come rosse lance appuntite. Walker alzò uno scudo che respinse l'attacco, e colpì a sua volta. Altre ombre apparvero lungo corridoi che intersecavano quello in cui si trovavano. Gli Ombrati erano tutt'intorno a loro, neri e silenziosi, frenetici nei loro attacchi. Morgan si voltò per proteggere la retroguardia, mentre Walker guidava il gruppo, e gli altri stavano accucciati in mezzo a loro. Si mossero rapidi lungo la scala, sentendo il castello rabbrividire, quasi che reagisse a ciò che stava accadendo. Il respiro della cosa sotto di loro si fece più rapido.

D'improvviso ci furono fiamme ovunque. Coll cadde, sollevando la Spada di Shannara per proteggersi, e questa gli scivolò di mano. Senza pensare, Par la raccolse. La Spada non lo bruciò, com'era accaduto nell'Abisso. Era stato tutto a causa delle sue paure? La guardò meravigliato, poi si voltò per aiutare Damson, che stava facendo alzare Coll, e rimise la Spada nelle mani del fratello. Bisbiglio era balzato giù per le scale, assalendo il più vicino degli Ombrati. Il suo pelo liscio era bruciacchiato e fumante, ma squarciò il nemico come se le ferite non esistessero. Walker scagliò bianca luce druida dalle mani, creando una parete che nascose tutto, proteggendoli e respingendo gli Ombrati, aprendo loro la strada per discendere.

Poi Par vide Rimmer Dall. Il Primo Cercatore era sotto di loro, sopra una passerella gettata su un abisso che si spalancava a fianco di un pianerottolo. Era solo, le sue mani stringevano la balaustra, la faccia ossuta era una maschera di rabbia e incredulità. La mano guantata fumava. Guardò Par e Par guardò lui, e qualcosa passò fra loro due, qualcosa che Par avrebbe potuto descrivere come un'intesa, ma sembrava trascendere anche questo.

Nell'istante successivo, sparì, e Par dovette affrontare l'assalto degli Ombrati. La sua magia si era risvegliata, e poteva sentirla montare dentro di sé. L'avrebbe usata adesso, pensò. Avrebbe corso il rischio perché sapeva almeno che usandola non sarebbe diventato uno di loro. Gli Ombrati li stavano assalendo alle spalle, e Morgan si era voltato per affrontarli, urlando agli altri di proseguire. La ragazza dai capelli scuri rimase accanto a lui: erano in due a tenere le scale contro l'orda di mostri.

Walker raggiunse il pianerottolo e guardò oltre il bordo. Par si unì a lui, poi si ritrasse di scatto. C'era qualcosa di enorme là sotto, qualcosa che si sollevava e abbassava, ed emetteva una luce pulsante.

Un forma nera si avventò addosso a Bisbiglio che scendeva le scale, oltre il pianerottolo, e il gatto delle paludi sparì alla vista. Walker e gli altri corsero dietro di lui, mentre la magia di Par sprizzava luminosa da lui, richiamata dal suo grido. Rammentò le sue paure su ciò che essa poteva fare, ma adesso erano solo un ricordo, e lo scacciò quasi nello stesso istante in cui si presentò. Postosi di fronte alla passerella e agli Ombrati che vi erano accucciati, cercò di impedire al loro fuoco di raggiungere Damson e Coll. Coll venne colpito un'altra volta, ma proseguì lo stesso, barcollando, tenendo la Spada di Shannara davanti a sé, e proteggendo Damson.

Udirono Bisbiglio urlare, un grido furibondo di dolore e di paura. Poi si levò davanti a loro con un balzo, la cosa nera che ancora gli stava aggrappata sul dorso. Walker si girò e lanciò il fuoco druido, colpendo la cosa nera in mezzo al corpo e strappandola da Bisbiglio. Il gatto delle paludi girò su se stesso a mezz'aria, afferrò il suo attaccante, e scomparve di nuovo alla vista.

Del fumo si alzò dalle pareti e dal pavimento, dove la magia bruciava, e l'aria si riempì di ceneri. Le viscere di Sentinella del Sud erano nere come pece, a parte la luce emanata dalla cosa sul fondo. Il buio premeva sul gruppo di umani, e gli Ombrati sfrecciavano dentro e fuori da esso, cercando un punto per attaccare. Damson venne colpita e bruciata e scaraventata di lato, così repentinamente che Par non riuscì a impedirlo. Lei si alzò, e ricadde. Coll la sollevò da terra, senza fermarsi, se la mise sulle spalle e proseguì la sua corsa.

Poi una parte dei gradini crollò, e Walker Boh scomparve in mezzo a una valanga di polvere, di pietre e di cenere. Per un istante Par e Coll e Damson, semincosciente, rimasero soli, guardando nel vuoto dove pulsava la luce, appiattendosi contro la parete, terrorizzati. Udirono Bisbiglio ringhiare sotto di loro, udirono Walker urlare di rabbia, e videro il lampo della magia druida.

«Cosa state facendo? Muovetevi!»

Era Morgan Leah, apparso d'improvviso tra il fumo, la Spada di Leah stretta fra le mani e lampeggiante. Zoppicava, e il braccio sinistro gli penzolava lungo il fianco. La donna con i capelli scuri era ancora con lui, altrettanto malconcia, il sangue che le colava lungo la faccia. Uscirono dal fumo e spinsero gli altri verso le macerie. Par rotolò fra le pietre, al buio. Atterrò sui piedi, e venne subito preso d'assalto. Nere forme lo circondarono, ma la magia della canzone lo salvò, levandosi intorno a lui come un'armatura di fiamma per esplodere poi contro gli attaccanti. Gli esseri neri vennero scagliati indietro. Bisbiglio fece la sua comparsa, gli artigli che colpivano, un'ombra che appariva e spariva quasi subito. Par udì il rumore degli altri che lo seguivano, e in pochi attimi furono di nuovo riuniti.

Davanti a loro, la luce pulsava e il rumore del respiro era un grugnito terrificante, di frustrazione e di dolore.

Ripresero ad avanzare, cercando nella polvere e nella cenere Walker e il gatto delle paludi. Gli Ombrati li assalirono a più riprese, ma Morgan e Par li respinsero, tenendo Coll e le donne fra di loro. Damson stava riprendendo conoscenza, ma Coll continuò a trasportarla. L'altra donna camminava da sola, stringendo i denti, gli occhi fiammeggianti. Percorsero un corridoio alto e stretto, che si apriva sul pozzo delle scale, e d'improvviso si trovarono nella stanza con la luce.

Era una specie di caverna, scavata nella roccia molto tempo prima dagli anni e dalla natura, un vasto ambiente da cui si dipartivano gallerie in ogni direzione. Al suo centro si trovava la fonte di luce. Era una massa pulsante e tondeggiante avviluppata da corde di fuoco rosso. Si tendeva e faceva forza contro queste corde, ma non riusciva a liberarsi. Sembrava uscire dal pavimento stesso della caverna, saldata alla roccia e sbocciata da essa, nel buio. Non possedeva alcuna forma, ma qualcosa nel modo in cui si muoveva rammentava a Par un animale in trappola. Il rumore simile a un respiro era prodotto da quel movimento, e l'intera caverna, da cui si levava Sentinella del Sud, sembrava collegata alla cosa, e i sotterranei e le cripte della fortezza tremavano assieme a essa. Quando sospirava, anche la caverna e la fortezza sospiravano.

«Cos'è?» sussurrò Coll, accanto a Par.

Poi videro Walker Boh. Era steso sul pavimento della caverna, e combatteva contro Rimmer Dall, due forme avvolte nei mantelli neri che lottavano con disperata determinazione. La mano guantata di Rimmer Dall era rossa per il fuoco ombrato, quella di Walker avvolta nella bianca fiamma dei Druidi. La roccia sotto i loro piedi fumava per il calore, e l'aria intorno a loro pulsava. Gli occhi di Rimmer Dall erano macchie di sangue, e la faccia ossuta era contratta dalla furia.

Da una parte, Bisbiglio lottava frenetico per raggiungere Walker, gli Ombrati lo stringevano d'assedio per finirlo.

Morgan andò in loro aiuto senza fermarsi un secondo, lanciando il suo grido di battaglia, sollevando la lama nera del suo talismano, in una scia di fuoco. La donna dai capelli neri lo seguì. Coll fissò invece la cosa luminosa e incatenata, e pensò di colpire lì, ma fu costretto a voltarsi per respingere un attacco degli Ombrati, che gli balzarono addosso dalla passerella. Lasciò cadere Damson, e Par che gli era alle spalle la raccolse. Gli Ombrati circondarono Coll e lo costrinsero a indietreggiare. La Spada di Shannara non costituiva una minaccia per loro, e Coll non possedeva nessun'altra magia. Par gli gridò di farsi da parte, ma Coll caricò la massa di creature dai mantelli neri. Par posò a terra Damson e corse in suo aiuto. Coll inciampò e cadde, si rialzò per un momento, poi ricadde definitivamente. Gli Ombrati gli furono addosso. Par lanciò un urlo furibondo e scagliò contro di loro la magia della canzone, facendoli arretrare. Venne investito dal fuoco, da sopra e da ogni direzione, ma protetto dalla sua armatura di magia se lo scosse di dosso.

Coll si era alzato sulle mani e sulle ginocchia quando Par lo raggiunse, ferito e sanguinante. Sollevò la faccia per guardare il fratello, poi gli diede la Spada di Shannara.

«Non ti fermare!» disse, e ricadde.

Par afferrò la Spada e si fece avanti, l'odore acre della cenere e del fuoco gli riempiva le narici. Avanti per fare cosa? Si accorse che Morgan adesso era solo, essendo caduta anche la ragazza dai capelli neri. Non vedeva più Walker né Rimmer Dall. Sentì che le forze cominciavano a mancargli, come conseguenza dell'uso prolungato della magia. Qualunque cosa facesse, doveva farla in fretta. Avanzò, avvicinandosi alla luce, chiedendosi di nuovo cosa fosse, e cosa dovesse fare lui. Liberarla? Non era per questo che Walker Boh aveva detto che erano venuti a Sentinella del Sud? Se era prigioniera degli Ombrati, allora doveva essere liberata. Ma cos'era? Par non era sicuro di niente. Si era a malapena liberato lui stesso, e la sua confusione lo appesantiva ancora con le sue catene.

Guardò la Spada di Shannara, rendendosi conto d'improvviso che la stava impugnando, che l'aveva presa da Coll. Perché l'aveva fatto? La Spada non era destinata a lui. Era destinata a Coll. Lui non era neppure capace di usarla.

Ed ecco Rimmer Dall apparire davanti a lui, la testa di lupo che scintillava alla luce, il mantello nero a brandelli. Aveva il cappuccio gettato all'indietro, e la faccia ossuta, dalla barba rossa, era coperta di sangue. Si mise tra Par e la luce. La mano guantata pulsava di fuoco cremisi. Sorrise, e fu una smorfia terrificante.

«Sei venuto a vedere cosa teniamo qui?» sussurrò con voce roca.

«Levati di mezzo» ordinò Par.

«Non più» disse l'altro, e Par si rese conto d'improvviso che il braccio non aveva alcun guanto, in realtà, che il fuoco che vedeva era tutto quello che restava del braccio stesso, ciò che era sempre rimasto nascosto sotto il guanto. «Ti ho offerto tutte le possibilità che ti meritavi, ragazzo.»

Non c'era alcuna finzione di amicizia o sollecitudine, adesso. L'odio brillava negli occhi di Rimmer Dall, e il suo corpo era contratto dalla rabbia. «Tu mi appartieni! Mi sei sempre appartenuto! Avresti dovuto darti a me quando ne avevi l'occasione! Sarebbe stato più facile, così!»

Par lo fissò a bocca spalancata.

«Sei mio!» esclamò Rimmer Dall. «Non hai ancora capito? Sei mio, Par Ohmsford! La tua magia appartiene a me!»

Gli si scagliò addosso, e Par ebbe appena il tempo di lanciare un grido e di alzare la canzone magica per rallentarlo. E più che rallentarlo non poté fare. Il Primo Cercatore spezzò lo scudo come se fosse stato di carta, e le sue mani si strinsero attorno alle spalle di Par simili a morse d'acciaio. Par pensò confusamente che questo era quanto Rimmer Dall aveva voluto, per tutto quel tempo: la magia della canzone e il corpo di Par per controllarla. Tutte le chiacchiere di volerlo aiutare a dominare la magia erano state una finzione per mascherare la sua ambizione di possederla. Come tutti gli Ombrati, Rimmer Dall anelava alla magia altrui, e pochi possedevano la magia di Par.

Venne scaraventato indietro dal peso dell'altro, costretto in ginocchio. La Spada di Shannara cadde dalle sue dita prive di forza. Alzò le mani per difendersi, evocando la magia, ma era come se fosse stato prosciugato di tutte le energie. Riusciva a malapena a respirare, mentre l'ombra dell'altro lo avvolgeva. Rimmer Dall cominciò a uscire dal proprio corpo, e a entrare in quello di Par. L'Uomo della Valle si accorse di quello che stava accadendo. Urlò e cercò di liberarsi, ma era inerme.

Non questo! pensò terrorizzato. No, non questo!

Si contorse, calciò, cercò di colpire, ma l'io ombrato di Rimmer Dall si stava facendo strada dentro di lui, attraverso la pelle. La sensazione era di freddo e di buio, e lo riempiva di repulsione. Un tempo avrebbe potuto impedirlo, intuì. Un tempo, quando la magia era fuori controllo, scatenata dalle sue paure e dai suoi dubbi, sarebbe stato forte abbastanza da tenere lontano l'altro. Rimmer Dall lo sapeva. I pensieri del Primo Cercatore sfioravano i suoi, e Par si ritrasse da ciò che essi rivelavano. Qualcuno mi aiuti! Avvertì un movimento alla sua sinistra, e Morgan Leah arrivò gridando. Ma Rimmer Dall lo colpì con la mano guantata, lasciando Par per una frazione di secondo, e Morgan sparì in un lampo di fuoco rosso, ripiombando nel buio. La mano tornò a stringersi su Par. L'Uomo della Valle si era ritirato in se stesso, dove la sua magia era più forte, raccogliendola in un nucleo di ferro. Ma Rimmer Dall lo incalzava senza tregua, implacabile. Par avvertì che anche quella parte di lui stava cedendo.

Poi d'improvviso il Primo Cercatore venne scaraventato indietro, e il suo io ombrato si staccò da lui. Par ansimò e batté le palpebre, e vide Walker Boh con la mano sana chiusa intorno alla gola di Rimmer Dall, il fuoco druido che scorreva da essa. Era bruciacchiato e graffiato, la faccia bianca come gesso sotto la barba nera e striata di sangue. Ma Walker Boh era una statua di implacabile determinazione, mentre colpiva il nemico con tutta la forza della sua magia. Rimmer Dall balzò su con un ruggito, agitando la mano guantata, scagliando all'intorno la sua magia ombrata. Qualcosa di quello che gli stava facendo Walker Boh lo teneva separato dal suo corpo terreno, lasciandone fuori l'io ombrato. Le due parti lottavano per riunirsi, ma Walker era fra di esse, e le teneva separate.

Par si trascinò indietro, si rimise in piedi. Le dita di Walker si chiusero in un pugno, stritolando qualcosa dentro Rimmer Dall. L'Ombrato si contorse e urlò, il corpo alto e magro tremante per la furia. Il fuoco ombrato bruciò il pavimento, aprendo una cavità nella pietra. Altri Ombrati corsero in aiuto del Primo Cercatore, ma Bisbiglio si gettò in mezzo a loro, colpendoli con artigli e zanne.

«Usa la Spada!» sibilò Walker Boh a Par. «Liberala!»

Par afferrò la Spada e corse verso la luce. Gli ci vollero pochi secondi, non trovando alcuna opposizione, tutti gli occhi fissi sulla battaglia fra il Druido e il Primo Cercatore. La raggiunse, la massa gigantesca e pulsante, con le sue catene scarlatte, e stringendo la Spada di Shannara con entrambe le mani la posò di piatto contro la luce.

Poi evocò la magia della Spada, pregando che venisse.

Ed essa venne, uscendo con facilità, libera dai legami che la magia della canzone aveva imposto quando i suoi dubbi e le sue paure, e gli inganni di Rimmer Dall l'avevano convinto di essere un Ombrato. Giunse veloce, un faro bianco che si infilò come una lancia nella luce che aveva dinanzi, poi tornò indietro per inghiottire Par. Par vide nuovamente le verità sulla sua vita, le verità sulla sua magia, sulla sua eredità di Shannara e di Ombrato, e sulla sua discendenza elfa. Le respirò a pieni polmoni, come l'aria che gli dava vita, e non cercò di fuggirle.

E allora finalmente vide anche la verità della luce davanti a lui. Vide ciò che avevano fatto gli Ombrati, come avevano usato la loro magia per sovvertire le Quattro Terre. Vide il significato dei sogni di Allanon, e la ragione per cui i figli di Shannara erano stati chiamati al Perno dell'Ade. Vide quello che doveva fare.

Ritrasse la magia della Spada, e lasciò cadere la lama sul pavimento della caverna. Dietro di lui Rimmer Dall e Walker Boh lottavano ancora, in una battaglia che sembrava non avere fine. Il Primo Cercatore urlava... non di dolore, ma di rabbia per quello che Par era sul punto di fare. C'erano Ombrati che arrivavano da ogni direzione, cercando di aprirsi la via oltre Morgan Leah, che si era rimesso in piedi, e Bisbiglio, che sembrava indistruttibile. Ma era troppo tardi per loro. Quel momento apparteneva a Par, ai suoi amici e alleati, a tutti coloro che avevano combattuto per renderlo possibile, i vivi e i morti, i coraggiosi.

Evocò un'ultima volta la magia della canzone in tutta la sua potenza, richiamò tutto quello che bruciava dentro di lui, quello che dal suo diritto di nascita si era trasformato nel mostro che quasi l'aveva consumato. Lo portò alla luce e gli diede ancora la forma del fuoco azzurro apparso per la prima volta quando aveva cercato di fuggire dall'Abisso, quel fuoco che sembrava un frammento di fulmine disceso dal cielo. Lo sollevò sopra di sé e lo scagliò contro i legami cremisi che trattenevano la luce, infrangendoli per sempre.

Par tremò per la violenza del colpo, e per lo sforzo che gli costò: come una lacerazione interiore che lo lasciò svuotato.

La luce esplose, illuminando gli angoli più bui della caverna, e salendo da lì entro Sentinella del Sud. Scacciò le ombre e il buio e trasformò in bianco ciò che era nero. Gridò di dolore ritrovando la sua libertà, poi cercò vendetta per ciò che le era stato fatto.

Prese per primo Rimmer Dall, risucchiandogli la vita come fumo aspirato nei polmoni. Il Primo Cercatore ebbe un tremito violento, cadde in una nuvola di cenere, e cessò di esistere. La luce allora andò a caccia degli altri Ombrati, che già stavano fuggendo disperati, e li inghiottì uno dopo l'altro. Infine si alzò per consumare Sentinella del Sud, percorrendo le nere mura, penetrando nell'ossidiana pulsante. Par venne fatto alzare da Walker, che si chinò a raccogliere la Spada di Shannara. Walker chiamò Morgan, e in pochi secondi riunirono anche gli altri, li rimisero in piedi, trasportando coloro che non potevano camminare. Bisbiglio apriva la strada, diretto a una galleria all'estremità della caverna, di corsa per sfuggire al cataclisma.

Sopra le loro teste, Sentinella del Sud esplose nella luce del mattino, in un geyser di fuoco e cenere.

Stresa fu il primo a percepire il tremore, e sibilò un avvertimento a Wren. «Regina degli Elfi. Phfftt! Lo senti? Hsst! Hsst! La terra si muove!»

Wren era in piedi a qualche distanza da Triss, le Pietre Magiche strette nella mano, e guardava l'armata federale avanzare, in attesa dello scontro con i Serpidi. Avevano raggiunto l'imboccatura della Valle di Rhenn, e l'avanguardia elfa e dei loro alleati era a meno di trecento metri di distanza: la battaglia stava per iniziare. Barsimmon Oridio, Padishar Creel, Chandos e Axhind erano ai loro posti di comando. Tiger Ty aveva raggiunto i Cavalieri Alati. La Guardia Nazionale circondava la Regina su tutti i lati, ma Wren si sentiva tremendamente sola.

Alle parole del Gatto Screziato si girò, poi anche lei sentì il tremore. «Triss» sussurrò.

La terra tremava più visibilmente a ogni ondata di scosse, come una bestia che si risveglia al sorgere del sole, al giungere della luce. Si scosse dal sonno, e il suo grugnito si alzò al di sopra dei tamburi della Federazione e dei soldati in marcia.

Wren trattenne il fiato, costernata.

Cosa stava succedendo?

Poi fuoco e fumo eruttarono in lontananza, a sud-est, oscurando il sole in una folle conflagrazione, e il tremore della terra si trasformò in una scossa tremenda. Gli uomini delle opposte armate si fermarono e si voltarono a guardare, gli occhi che scrutavano l'orizzonte, mentre grida cominciavano a levarsi dalle loro gole. Il fuoco e il fumo divennero una nuvola di nere ceneri, poi d'improvviso ci fu una violenta esplosione di luce bianca che riempì il cielo, pulsante e viva. Si sollevò in un grande arco, passando davanti al sole, tornando indietro, correndo assieme al vento e alle nuvole.

Quando ridiscese precipitosamente nella terra, ricominciarono le scosse, riempiendo l'aria di strepito. Poi irruppe nella valle, perforando la crosta terrestre come innumerevoli lance, sollevandosi fra gli uomini terrorizzati. Wren spalancò la bocca, davanti alla sua luminosità, e sentì le Pietre Magiche penetrarle nel palmo, mentre le stringeva forte, in una reazione spontanea.

La luce saettò qua e là, ma non a caso. Afferrò per primi i Serpidi e li fece a brandelli, lasciandoli fumanti e senza vita. Poi si avventò sui Cercatori, avvolgendoli in sudari di morte, prosciugando in loro la vita, e trasformandoli in mucchi di cenere fumante. Corse fra i ranghi della Federazione, sradicando dalle loro file la razza degli Ombrati, e nel far questo li privò di coraggio e di determinazione, e i soldati che restavano si voltarono e fuggirono, gettando a terra le armi, abbandonando le fortificazioni e le macchine d'assalto, lasciando ogni speranza, a parte quella di restare vivi. Nel giro di pochi secondi, fu tutto finito, gli Ombrati e i Serpidi distrutti, i soldati dell'armata federale in rotta, la prateria disseminata dei resti della battaglia. Accadde così in fretta che Elfi, nati liberi e Troll non ebbero neppure il tempo di reagire, troppo esterrefatti per far altro se non guardare i nemici in fuga, e gettare rapide occhiate fra i loro ranghi, per essere certi che la luce non li avesse toccati.

Sullo sperone in cima alla valle da dove aveva assistito a tutto, Wren Elessedil emise un lento respiro nella quiete che seguì. Triss era accanto a lei, a bocca aperta. Il respiro di Stresa era stridulo, vicino ai suoi piedi. Deglutì, la gola secca, poi guardò ancora una volta nella Valle di Rhenn, mentre un ultimo miracolo stava avvenendo.

Su tutta la pianura desolata e riarsa, fin dove l'occhio poteva spingersi, stavano sbocciando fiori selvatici, alla luce del sole.

36

«Cosa c'era dentro la luce, Walker?» chiese Coll.

Era metà mattina, e si erano radunati all'ombra degli alberi, sui pendii che scendevano dalle Montagne di Runne, a nord delle rovine di Sentinella del Sud. Sotto di loro la fortezza degli Ombrati continuava a bruciare e fumare, le mura ridotte a macerie, la nera pietra un tempo liscia ora divenuta fragile e opaca. Walker sedeva solo, avvolto nei resti sbrindellati del suo mantello. Par e Coll sedevano di fronte a lui. Morgan era appoggiato al grande tronco di un acero rosso, e masticava un filo d'erba guardandosi gli stivali. Matty Roh era vicina a lui, le loro spalle si toccavano. Damson giaceva addormentata, a pochi passi di distanza. Erano malconci ed esausti, coperti di sangue e polvere, e Coll aveva un braccio e alcune costole rotti. Ma la tensione aveva abbandonato i loro corpi, e la stanchezza era svanita dai loro occhi. Non scappavano più, e non avevano paura.

«Era magia» disse Par, con tranquilla convinzione.

Erano fuggiti dai sotterranei della fortezza ombrata attraverso la galleria scelta da Walker, la pietra che cadeva a pezzi intorno a loro mentre correvano nel buio, guidati soltanto dal fuoco druido. La galleria si snodava con molte curve, e sembrava che non dovessero uscirne in tempo. Sentivano i rumori della distruzione della fortezza alle loro spalle, e la spinta dell'aria piena di polvere contro la schiena, mentre le mura crollavano. Temevano di restare intrappolati, ma Walker sembrava sicuro della strada, e lo seguirono senza fare domande. Alla fine la galleria si aprì in mezzo a una macchia di cespugli, sul fianco di una collina sopra la fortezza, e da lì si arrampicarono fino al riparo offerto dagli alberi, per osservare la conflagrazione di fuoco e fumo che segnò la fine di Sentinella del Sud. Damson era svenuta di nuovo, e Walker si dedicò a lei, usando la magia druida, guarendola come aveva guarito Par qualche settimana prima, quando l'Uomo della Valle era stato avvelenato dalle Malebestie. Le ferite le avevano provocato la febbre, ma Walker riuscì a fargliela passare, consentendole così di dormire. Mentre lui curava Damson, gli altri si lavarono e si fasciarono alla meglio.

Adesso, nella luce del sole che si allungava sulle colline a ovest, sedevano a osservare la pianura dove fumavano le rovine di Sentinella del Sud. Dovunque guardassero c'erano fiori selvatici, sbocciati con la caduta della fortezza ombrata e il ritorno della luce. In una profusione di colori, i boccioli ricoprivano ogni angolo di terra fin dove l'occhio poteva giungere, perfino quelle zone che erano state devastate dalla malattia. Il loro profumo, trasportato dalla brezza mattutina, sembrava segnalare un nuovo inizio.

«Magia rubata» corresse Walker Boh.

Ciò che a Par era stato mostrato dalla magia della Spada di Shannara, Walker era stato in grado di intuirlo mediante il suo istinto di Druido. I suoi occhi scuri erano cerchiati di cenere e sporcizia, la faccia era tirata, eppure c'era forza nel suo sguardo fermo. Avevano finito di raccontarsi le loro storie, e ora meditavano sulle ragioni che erano all'origine di ogni cosa successa.

Walker alzò la faccia. «La luce era la magia che gli Ombrati avevano rubato alla terra. In questo modo si erano guadagnati il loro potere. La magia elfa, al tempo delle Fate, mutuava dagli elementi della natura, in particolare dalla terra, poiché la terra era la sua fonte maggiore. Quando gli Elfi recuperarono la magia perduta dopo la morte di Allanon, gli Ombrati furono i rinnegati fra loro, quelli che cercarono di usarla in modi che non le erano propri. Come in precedenza era accaduto ai Messaggeri del Teschio e alle Mortombre, gli Ombrati arrivarono a dipendere a tal punto dalla magia che alla fine questa li sovvertì. Divenne come una droga per loro, indispensabile per sopravvivere. Alla fine fu la loro sola ragione d'essere. Dapprima la rubarono a piccole dosi, e quando il bisogno si fece più forte, quando giunsero a desiderare un potere tale da controllare il destino delle Razze e delle Quattro Terre, costruirono Sentinella del Sud per assorbire la magia in grandi quantità. Trovarono un mezzo per succhiarla dal cuore della terra, e imprigionare ciò che avevano rubato sotto la fortezza. Sentinella del Sud e la magia raccolta in essa divennero la fonte del loro potere ovunque. Ma nell'usarla per diffondersi, per creare cose come i Serpidi, per rafforzare se stessi, indebolivano la terra da cui la magia era stata presa. Le Quattro Terre cominciarono ad ammalarsi, perché la magia non era più abbastanza forte per tenerle in buona salute.»

«I sogni di Allanon» disse Par.

«Prima o poi si sarebbero avverati. Nulla poteva impedirlo, a meno che la magia non venisse liberata.»

«E quando è avvenuto, ha distrutto i suoi carcerieri.»

Walker scosse la testa. «Non nella maniera in cui pensate. Non li ha deliberatamente distrutti. Ciò che è accaduto è stato qualcosa di più radicale. Una volta libera, ha risucchiato dentro di sé tutto ciò che le era stato rubato. Si è ripresa la forza che le avevano tolto. E nel fare questo, gli Ombrati e i loro mostri sono rimasti privi della vita che era in loro. Li ha lasciati vuoti come conchiglie che si seccano su una spiaggia. La magia li teneva in vita. Quando gli è stata tolta, sono morti.»

Ci fu un momento di pensieroso silenzio. «Anche Sentinella del Sud era una cosa viva?» chiese Coll.

Walker annuì. «Viva, ma non nel senso in cui lo siamo noi. Era un organismo, una creatura degli Ombrati, che serviva a proteggerli. Era la madre che li nutriva, una madre che si erano creati con la magia, e che forniva loro il cibo.»

Matty Roh fece una smorfia e smosse la terra con i piedi. «La malattia si è rivoltata contro di loro» mormorò.

«Non capisco perché ci fossero tanti tipi diversi di Ombrati» intervenne Morgan d'improvviso. «Quelli di Sentinella del Sud, come Rimmer Dall e i suoi Cercatori, sembravano in grado di autocontrollarsi. Ma le povere creature dell'Abisso? E la donna dei boschi, o il gigante che abbiamo incontrato sulla strada per Culhaven?»

«La magia influiva su di loro in modi diversi» rispose Par «Alcuni se la cavavano meglio di altri.»

«Alcuni si sono adattati» aggiunse Walker. «Ma molti non ci sono riusciti, pur provandoci. E alcuni di quelli nell'Abisso erano uomini prosciugati delle loro piccole magie dagli Ombrati, deboli sovvertiti dai forti. Ricordi che gli Ombrati hanno cercato di entrare dentro di te, e diventare parte di te? Come la donna dei boschi e la bambina nel Gruppo del Toffer?»

Come Rimmer Dall, pensò fra sé Par, ma non lo disse.

«Avevano bisogno di nutrirsi per sopravvivere, e si nutrivano quando e dove la necessità si faceva sentire. Consumavano gli umani intorno a loro al pari della terra. Se la magia era forte, l'impulso a rubare era ancora più forte. Quando gli Ombrati risucchiavano la magia, le creature alle quali veniva risucchiata impazzivano. Oppure, in alcuni casi, erano gli Ombrati a impazzire, per il desiderio di nutrirsi di essa. Era una sovversione molto distruttiva. Gli Ombrati non lo compresero mai. Il potere che cercavano era loro vietato. La forza che dà vita alla terra e alle sue creature è troppo pericolosa per manipolarla.»

Bisbiglio uscì dall'ombra, bruciacchiato, pieno di ferite e con ciuffi di pelo strappati qua e là. Sembrava non badarci. Il muso era umido per aver bevuto da una sorgente, da qualche parte nel bosco. I suoi occhi luminosi li scrutarono per un momento, poi raggiunse Walker, si sedette, e cominciò a leccarsi.

Par raccolse un fiore che cresceva vicino ai suoi piedi. «Rimmer Dall voleva risucchiarmi la magia della canzone, vero?»

«Voleva più della magia, Par.» Walker si era sistemato comodamente, e Bisbiglio lo guardò per accertarsi che non se ne stesse andando. «Voleva anche te. Voleva diventare te. È difficile da comprendere, ma gli Ombrati avevano scoperto da tempo come lasciare i loro corpi e sopravvivere sotto forma di fantasmi. L'antica magia permetteva loro di farlo; la magia della terra dava loro il potere di essere qualsiasi cosa desiderassero. Ma in questa maniera restavano privi di un'identità, e desideravano ardentemente essere qualcosa di più che fumo. Perciò usavano i corpi degli umani, scartandoli quando erano pronti per essere qualcosa o qualcuno di nuovo.»

Si sporse in avanti. «Ma Rimmer Dall era il Primo Cercatore, il più forte degli Ombrati, e agognava di essere più degli altri. Aveva deciso di essere te, Par, perché tu gli avresti dato giovinezza e potenza superiori a quelle di qualsiasi altro uomo. La canzone magica si stava evolvendo; lui lo sapeva. Ancora di più: sapeva quale cammino stava prendendo l'evoluzione. Il tuo sangue elfo stava riportando la magia a ciò che Brin Ohmsford aveva ereditato da suo padre, la magia nata dalle Pietre Magiche. Ricordi quanto aveva lottato per impedire che essa la distruggesse? Rimmer Dall comprendeva la natura di questa magia. Essa era elfa, ma aveva anche un suo lato ombrato. Se fosse riuscito a prenderne il controllo, avrebbe potuto utilizzarla per i suoi fini. Ma gli serviva la tua collaborazione. La magia era troppo potente, troppo protettiva perché tu fossi sovvertito con la forza. Doveva ingannarti affinché tu lo aiutassi. È stato questo a portarlo alla rovina, infine: la sua ossessione di averti. Vi si è dedicato completamente, trascorrendo il suo tempo a cercare un modo per soddisfarla, dicendoti che eri già un Ombrato, suggerendo che eri il nemico stesso che combattevi, lasciandoti pensare di aver ucciso Coll per poi riportarlo in vita, dandoti la caccia, facendoti credere che senza il suo aiuto saresti impazzito.

«Il suo proposito fu rafforzato dalla scoperta che Allanon ti aveva mandato alla ricerca della Spada di Shannara. Sapeva della tua magia fin da Varfleet, ma intuì una maniera per renderti suo alleato contro il suo nemico più pericoloso. Aveva bisogno di starti vicino per essere certo che non scoprissi la verità, e la tua magia lo aiutò. Essa era di origine elfa, e ogni volta che la usavi gli rivelavi dov'eri. Non era sufficiente a permettergli di catturarti, ma lo teneva sempre sulle tue tracce.»

«Ma si sbagliava circa la Spada di Shannara» insistette Par. «Credeva che io fossi il solo a poterla usare, mentre in realtà era destinata a Coll.»

Walker scosse la testa. «Non so se fosse destinata a uno di voi due in particolare. Mi sembra che fosse destinata a entrambi. Ma era necessario che Coll la usasse per primo, se tu dovevi essere salvato da Rimmer Dall. Tu dovevi trovare un modo per accettare il fatto che anche se le tue paure circa la magia erano vere, esse non erano determinanti per il tuo destino. Allanon è stato attento a non rivelare nulla circa il ruolo di tuo fratello. Probabilmente sapeva che era necessario mantenerlo segreto, se Coll doveva aiutarti.»

«Forse sapeva che gli Ombrati avrebbero scoperto gli incarichi di Allanon» suggerì Morgan. «Perciò ne tenne uno segreto.»

«Ma qual era il loro scopo?» chiese Par d'improvviso. «Sappiamo perché fosse importante recuperare la Spada di Shannara. Ma gli altri?»

Walker respirò a fondo, distolse lo sguardo dalla pianura, rifletté per un momento, poi tornò a voltarsi. Le sue conoscenze e il suo raziocinio gli permettevano di indovinare più rapidamente dei suoi compagni la verità nascosta dietro le apparenze, perciò erano pronti ad affidarsi a lui per una spiegazione. Intuizione, comprensione, percezione e deduzione... abilità che aveva ereditato dai Druidi. E a questo si aggiungeva la potenza della magia, e la responsabilità di usarla con saggezza. Cominciava a comprendere quale fardello Allanon aveva portato per tutti quegli anni.

«Gli incarichi sono stati affidati per compiere più della semplice distruzione degli Ombrati» disse, scegliendo le parole con cura. «Era necessaria una combinazione di cose, se le Quattro Terre dovevano sopravvivere. Innanzi tutto, bisognava comprendere chi fossero gli Ombrati e quali fossero le loro intenzioni, e le ricerche per portare a termine gli incarichi di Allanon hanno provveduto a questo. Più direttamente, c'erano i talismani che hanno aiutato a distruggerli: la Spada di Shannara, le Pietre Magiche, la canzone, la spada di Morgan. E in secondo piano, c'erano le magie che ci hanno permesso di recuperare i talismani.

«Ma gli incarichi sono stati affidati anche per mantenere in vita le Quattro Terre, una volta che gli Ombrati fossero spariti, e per impedire che essi, o cose simili, possano tornare. Gli Elfi sono stati fatti tornare per fornire un equilibrio che altrimenti mancherebbe. Gli Elfi sono i guaritori della terra e delle sue creature, i custodi necessari a tenere al sicuro la magia. Quando sono fuggiti, gli Ombrati non hanno più avuto nessuno in grado di chiamarli a rispondere del loro furto, nessuno che si rendesse conto di quanto stava accadendo. Gli Elfi si prenderanno cura che questo non accada una seconda volta.

«E i Druidi» aggiunse sottovoce «contribuiranno anch'essi

all'equilibrio. È una cosa che non comprendevo, prima, e che ho imparato diventando uno di loro. I Druidi sono la coscienza della terra. Non si limitano a manipolare e controllare. Scoprono cosa turba la terra e la sua gente, e aiutano a rimediare. A volte può sembrare che perseguano soltanto i loro scopi, ma questa incomprensione ha origine dalla paura per il potere che controllano. Rimane aperto il giudizio su ciascuno di loro, naturalmente, e anche su di me, lo so... ma la ragione della loro esistenza viene da un bisogno di servire.» Fece una pausa. «Non potrei essere uno di loro, altrimenti.»

«Un tempo non avresti potuto essere uno di loro in nessun caso» osservò Par a voce bassa.

Walker annuì, e la durezza dei suoi occhi si attenuò. «Un tempo, Par, eravamo tutti molto diversi.»

Cogline sarebbe stato d'accordo, pensò fra sé l'Uomo della Valle. Il vecchio avrebbe riconosciuto subito la verità in quelle parole. Aveva visto il trascorrere di tanti anni, di tempi svaniti dalla memoria e diventati leggenda, la scomparsa dei Druidi e il loro ritorno, la transizione dal vecchio mondo al nuovo. Cogline era stato l'ultimo del vecchio mondo, e avrebbe compreso che l'inevitabilità del cambiamento era l'unica costante della vita.

«Dunque le cose nere sono davvero sparite» disse d'improvviso Matty Roh, come se avesse bisogno di una conferma, senza guardare nessuno mentre parlava.

«Gli Ombrati sono spariti» la rassicurò Walker Boh. Fece una pausa, gli occhi fissi a terra. «Ma la magia che li teneva in vita rimane. Non dimenticatelo.»

Damson in quel momento si mosse, e tutti andarono a controllare che stesse bene. Sopra di loro, la luce del sole si fece più brillante, attraverso la foschia mattutina, e l'aria divenne calda e umida. Sulla pianura, i resti di Sentinella del Sud tremolavano e fumavano nella calura, e dopo un po' assunsero l'aspetto di un miraggio.

Il mezzogiorno venne e passò, mentre la compagnia riposava nella frescura degli alberi. Damson si svegliò per mangiare e bere, poi chiuse di nuovo gli occhi. Sarebbe guarita in fretta, osservò Walker Boh. Presto sarebbe stata di nuovo bene.

Dopo, tutti si addormentarono, uno alla volta, sentendo il

profumo dei fiori selvatici e dell'erba, confortati dal silenzio della foresta. Forse fu la stanchezza a vincerli, ma in seguito Par pensò che doveva essere stato anche qualcos'altro. Sognò che Walker parlava a ognuno di loro mentre dormivano, e raccomandava di ricordare quello che aveva detto circa la magia, e ciò che essa significava per la terra. Quella parte di magia che avevano con loro, e qui parlò soprattutto a Par, dovevano guardarsi attentamente dall'usarla in modo sbagliato o dal trascurarla. Tenetela in serbo per quando sarà necessaria, disse, conservatela con cura per quando dovrà essere usata. Toccò ciascuno in una maniera che non fu subito riconoscibile, passando silenzioso fra di loro, lasciandoli riposati e in pace. Cambiò aspetto mentre si muoveva, rassomigliando talvolta a Walker, talaltra ad Allanon. Prese a Coll la Spada di Shannara. Perché non venga più perduta, spiegò. Coll non fece obiezioni, così come nessuno degli altri. La Spada non apparteneva veramente a loro. La Spada apparteneva alle Quattro Terre.

Poi Walker cominciò a svanire, come un'ombra alla luce del sole. Devo lasciarvi ora, disse, poiché la mia guarigione richiede il Sonno dei Druidi.

Quando si svegliarono era tardo pomeriggio, il cielo si stava colorando di scarlatto e cremisi, la foresta era silenziosa, fresca e immobile. Walker Boh era andato via, e senza bisogno che venisse detto loro, sapevano che non sarebbe tornato.

Qualche momento più tardi, i Cavalieri Alati elfi e i loro Roc apparvero nel cielo occidentale, uscendo dal sole al tramonto: portavano Wren e Padishar e gli altri che avevano combattuto nella Valle di Rhenn, e fu necessario ricominciare tutte le spiegazioni.

37

Il tempo passò, l'estate si trasformò nell'autunno. Il caldo cedette di malavoglia, le giornate si rinfrescarono, divennero più corte, e più preziose nell'attesa dell'inverno. I fiori appassirono e le foglie cominciarono a cambiare colore, una nuova tavolozza sostituì quella vecchia. Gli uccelli volarono a sud, e i venti che soffiavano dalle montagne si fecero freddi. La luce divenne nebbiosa e placida, e parve riversarsi dal cielo in lenti strati silenziosi, soffici come piuma.

Coll Ohmsford tornò a casa, a Valle d'Ombra, per assicurarsi che Jaralan e Mirianna stessero bene, e fu sorpreso di scoprire che la Federazione aveva perso interesse per loro già settimane prima, abbandonando il villaggio e i vecchi Ohmsford, incalzata da altri problemi. L'incontro fu pieno di gioia, e Coll promise subito che non si sarebbe più dedicato ai viaggi per molto tempo.

Par Ohmsford e Damson Rhee andarono a Tyrsis, e vi si fermarono il tempo necessario per assicurarsi che la Talpa fosse sopravvissuto alla caccia che gli avevano dato gli Ombrati. Poi tornarono a Valle d'Ombra, per riunirsi a Coll. Par stava già facendo progetti per il futuro. Avrebbero aperto, loro tre, una locanda da qualche parte in una delle città di confine del Callahorn, dove avrebbero fornito ai viaggiatori buon cibo e camere confortevoli, e qualche volta li avrebbero intrattenuti con storie e canzoni. Qualcosa era accaduto alla canzone magica, durante la liberazione della magia della terra, a Sentinella del Sud. Tutto quello che poteva fare adesso era ciò che aveva sempre fatto: creare immagini. Ma questo bastava a Par e a Coll per raccontare le loro storie, come una volta. Coll sarebbe stato restio ad abbandonare Valle d'Ombra, naturalmente. Ma Par pensava di riuscire a convincerlo.

Gli Ombrati erano spariti dalle città del Callahorn, e c'era una volontà sempre più determinata, da parte degli abitanti, a far sì che anche gli occupanti federali se ne andassero. Quasi subito Padishar Creel cominciò a fare piani per una ribellione, guidata dai nati liberi, che avrebbe scacciato una volta per tutte gli uomini delle Terre del Sud dal Callahorn. Raccontò a quelli che lo aiutavano che i suoi genitori un tempo possedevano delle terre nel Callahorn. La Federazione li aveva imprigionati ed esiliati, ed egli era stato affidato a una zia per essere allevato. Non aveva mai visto i genitori, ma aveva sentito dire che suo padre era comunemente conosciuto come Barone Creel.

Morgan Leah tenne fede alla promessa fatta a Steff, e tornò nelle Terre dell'Est per unirsi alla resistenza dei Nani nella loro lotta contro la Federazione. Matty Roh lo seguì, senza più chiedersi se stava facendo la scelta giusta, non più turbata dal fantasma di Viridiana. Morgan le disse che voleva che andasse con lui. Avrebbero trovato Nonna Elise e Zia Jilt, e sarebbero rimasti fino a quando i Nani non fossero stati di nuovo liberi. Poi sarebbero tornati nelle Terre Alte, e lui le avrebbe mostrato la sua capanna fra le colline. Questo fu quanto lui disse, ma lei pensò che forse voleva dire qualcosa di più.

Wren Elessedil tornò nelle Terre dell'Ovest come Regina degli Elfi, decisa a mantenere il voto fatto, cioè che gli Elfi riprendessero l'antica consuetudine di andare nelle Quattro Terre come guaritori. Assieme a Triss e a Tiger Ty, avendo adesso anche Barsimmon Oridio a sostenerla, non credeva che l'Alto Consiglio avrebbe più messo in dubbio la sua autorità. I suoi guaritori sarebbe stati selezionati fra gli Eletti. Sarebbero stati guardiani non solo del Giardino della Vita e dell'Eterea, ma di tutta la terra. All'inizio non sarebbero stati accettati, ma non avrebbero desistito. Dopo tutto, non era nella natura degli Elfi cedere.

La guerra con la Federazione si intensificò per un certo tempo, poi andò scemando, mentre gli uomini delle Terre del Sud cominciavano a ritirarsi nel loro paese natale. Senza gli Ombrati a influenzare il Consiglio della Coalizione, e dopo la sconfitta della loro armata nella Valle di Rhenn, la spinta a proseguire la guerra venne rapidamente meno. Le sollevazioni nel Callahorn e nelle Terre dell'Est portarono a una crescente insoddisfazione nei confronti del programma espansionistico della Federazione, e alla fine le terre conquistate furono abbandonate del tutto.

Il tempo trascorse, e le stagioni si susseguirono.

Paranor passò indisturbata attraverso l'autunno e l'inverno, ergendosi dalle foreste ombrose che la proteggevano, circondata dalle vette imponenti dei Denti del Drago, una scura massa di mura e spalti, parapetti e torri. Ogni tanto alcuni viaggiatori vi passavano accanto, ma nessuno osava entrare nella Fortezza dei Druidi. Si diceva che fosse abitata da fantasmi, un terreno di gioco degli spiriti, una cripta delle anime dei Druidi morti. Alcuni dicevano che un gatto delle paludi si aggirasse dentro di essa, e talvolta fuori, nero come la notte, grande come un cavallo, e con occhi di fuoco. Alcuni affermavano anche che il gatto delle paludi sapesse parlare come un uomo.

Dentro la Fortezza, Walker Boh dormiva il Sonno dei Druidi, indisturbato. Benché il suo corpo riposasse, il suo spirito vagava spesso sulla terra, correndo nel vento fino agli angoli più remoti, cavalcando le nuvole e le onde. Mentre dormiva, Walker sognava di cose trascorse e di cose da venire, di ciò che era stato e di ciò che doveva ancora essere. Sognava un nuovo Consiglio dei Druidi, un'assemblea degli abitanti più saggi delle Quattro Terre, un consorzio delle conoscenze che avrebbe permesso alle Quattro Terre di crescere e prosperare. Sognava la pace. I suoi sogni si allungavano oltre i viaggi che intraprendeva sotto forma di spirito, poiché non c'erano limiti a ciò che poteva immaginare.

Di tanto in tanto Allanon andava da lui. Era quasi bianco, adesso, un'ombra oscura trasformata in fantasma, contorni che svanivano nella luce. Parlava con Walker, ma le parole si traducevano più in sensazioni che in pensieri. Stava scivolando sempre più lontano dal mondo della luce e della sostanza, e più a fondo in quello sotterraneo, dell'aldilà. Sembrava contento di andarsene, sembrava in pace.

E qualche volta, quando il cuore di Walker era quieto e la sua mente riposata, arrivava anche Cogline. Il vecchio si avvicinava, il suo corpo ridotto a un insieme contorto di ossa, i capelli sparsi in ciuffi radi, i lineamenti affilati e gli occhi limpidi, e sorrideva e annuiva. Sì, Walker, diceva. Ti sei comportato bene.

OSCAR BESTSELLERS

Follett, Il Codice Rebecca
Freeman, Il vento della vita
Robbins H., Gli eredi
Bevilacqua, La califfa
Follett, L'uomo di Pietroburgo
Taylor Bradford, Una vera donna
Cruz Smith, Gorky Park
Krantz, La figlia di Mistral
García Márquez, Cronaca di una morte annunciata
Suyin, Fin che verrà il mattino
Forsyth, Il giorno dello sciacallo
Follett, Triplo
Follett, La cruna dell'Ago
Robbins H., Goodbye, Janette
Freeman, Non è tempo di lacrime
Kaye, Padiglioni lontani
Robbins H., L'uomo che non sapeva amare
Tacconi, La verità perduta
Sheldon, L'altra faccia di mezzanotte
Fruttero & Lucentini, Il palio delle contrade morte
Conran, Segreti
Smith, Sulla rotta degli squali
Follett, Sulle ali delle aquile
Kaye, Vento dell'Est
Krantz, Princess Daisy
Forsyth, Il quarto protocollo
De Crescenzo, Così parlò Bellavista
Forsyth, L'alternativa del diavolo
Robbins H., Ricordi di un altro giorno
Forsyth, Dossier Odessa
Freeman, Ritratti
Robbins H., I mercanti di sogni
Lapierre - Collins, Il quinto cavaliere
Hailey, Aeroporto
Forsyth, I mastini della guerra
McMurtry, Voglia di tenerezza
Freeman, Illusioni d'amore
Bevilacqua, Il curioso delle donne
West, La Salamandra
Collins L., Fortitude

De Carlo, Due di due
Freeman, Sempre per sempre
García Márquez, Il generale nel suo labirinto
Collins L., Dedalo
Cruz Smith, Los Alamos
Bevilacqua, Una misteriosa felicità
Pilcher, La tigre che dorme
Forsyth, Il negoziatore
Bevilacqua, La grande Giò
De Crescenzo, Vita di Luciano De Crescenzo scritta da lui medesimo
Turow, Presunto innocente
Manfredi, Palladion
Freeman, L'ultima principessa
Alberoni, L'orto del paradiso
Krantz, Fino al prossimo incontro
Ellroy, Dalia nera
Gage, Amore in terra
Clavell, Il Re
Williams T., Il canto di Acchiappacoda
West, I giullari di Dio
Higgins, Il giorno del giudizio
King, L'uomo in fuga
Neville, Il segreto del Millennio
Pilcher, Sotto il segno dei Gemelli
Marshall Thomas, La luna delle renne
Medoff, Figli di un dio minore
Cruz Smith, Stella polare
Higgins, Avviso di tempesta
Bevilacqua, Il viaggio misterioso
Pilcher, La casa vuota
Spillane, L'uomo che uccide
McBain, Un'ombra sulla spiaggia
James P.D., La torre nera
Shelby, A un passo dal paradiso
Tacconi, La Signora di Atlantide
Le Carré, La casa Russia
Ellroy, Il grande nulla
Du Maurier, Mia cugina Rachele
Isaacs, Posizioni compromettenti
Campbell R., La bambola che divorò sua madre
Asimov, Nemesis
James P.D., Una notte di luna per l'ispettore Dalgliesh
Manfredi, L'oracolo
Styron, La scelta di Sophie
James P., Presagi
Elegant, Il Mandarino
Slaughter, Donne in bianco
Bevilacqua, La festa parmigiana
Spencer, Amore senza fine
Korda, Fortune terrene
Coscarelli, Fortunate e famose
Michele di Grecia, Sultana
Isaacs, Quasi un paradiso
Condon, Alibi di famiglia
Katzenbach, Facile da uccidere

McLeay, Finché amore non ci separi
James P.D., Per cause innaturali
Pilcher, I giorni dell'estate
McBain, Tre topolini ciechi
Grisham, Il momento di uccidere
Bevilacqua, Il gioco delle passioni
Le Carré, La talpa
Condon, Il fattore determinante
Grafton, A come alibi
Grafton, B come bugiardo
Bevilacqua, Una scandalosa giovinezza
Ellroy, Los Angeles. Strettamente riservato
Dell'Oro, Asmara addio
James P.D., Copritele il volto
Le Carré, Tutti gli uomini di Smiley
Grafton, C come cadavere
Benni, Bar Sport
Le Carré, Lo specchio delle spie
Fruttero & Lucentini, Enigma in luogo di mare
Crumley, Il caso sbagliato
Turow, L'onere della prova
Krantz, La signora della Casa Grande
McCammon, Baal
Pilcher, Autoritratto
McBain, Vespri
Forsyth, Il simulatore
De Crescenzo, Elena, Elena, amore mio
Isaacs, Il nome di una donna
Sgorlon, Il guaritore
De Crescenzo, Zio Cardellino
Sgorlon, La conchiglia di Anataj
Bergonzoni, Le balene restino sedute
Cacucci, Puerto Escondido
Pilcher, Settembre
Gallmann, Sognavo l'Africa
Wood, Il tempo dei sogni
James P.D., Un indizio per Cordelia Gray
Cornwell, Oggetti di reato
Ellroy, Le strade dell'innocenza
Grisham, Il rapporto Pelican
Porter, L'affare Moonlight
Ferrini, L'ultimo comunista
Grafton, D come delitto
Gould, Mai troppo ricchi
Fowles, La donna del tenente francese
Tan, La moglie del dio dei fuochi
Follett, Notte sull'acqua
Condon, I corrotti
Grimaldi, Il sospetto
Konsalik, Il padiglione di giada
Ellroy, Perché la notte
Pompas - Biagi, La notte del destino
Bevilacqua, Umana avventura
Collins J., Amore odio e desiderio
Pilcher, Neve d'aprile

Isaacs, Ora magica
Simmons, Hyperion
Coscarelli, Carriere
Le Carré, Il visitatore segreto
Sclavi, Sogni di sangue
Gunn, Pista cieca
Kellerman, Trauma
Loy, L'estate di Letuqué
Christie, Assassinio sull'Orient-Express
Asimov, Viaggio allucinante
Brooks, La spada di Shannara
James P.D., Una mente per uccidere
McBain, Vedove
Levin, Rosemary's Baby
Castellaneta, Villa di delizia
Abbey - Asprin, Cat Woman
Gage, Nuovi tabù
Sclavi, Tre
Brooks, Le pietre magiche di Shannara
Leonard, Il Corvo
Harris R., Fatherland
Shelby, Oasi di sogni
Ferrigno, Il giorno degli angeli
Muhsen, Vendute!
Sgorlon, La foiba grande
Brooks, L'unicorno nero
Daeninckx, A futura memoria
Markham, A occidente con la notte
Salvalaggio, Piumino da cipria
Forsythe Hailey, Una casa troppo grande
Devon, Io ti voglio
Dorris - Edrich, La corona dei Caraibi
Tacconi, Masada
Cardella, Volevo i pantaloni
Brooks, Il magico regno di Landover
Du Maurier, La prima moglie (Rebecca)
Hyde, La volpe rossa
Charrière, Papillon
MacDonald, Il promontorio della paura
Brooks, La canzone di Shannara
Zecchi, Estasi
Levin, Un bacio prima di morire
James P.D., Sangue innocente
Korda, Sipario
Pilcher, Fiori nella pioggia
Jones, La corona del destino
Pilcher, Voci d'estate
Condon, La Pietra Rossa
Gage, La sfida di Francie
García Márquez, Dodici racconti raminghi
Ellroy, La collina dei suicidi
Sgorlon, Racconti della Terra di Canaan
Grisham, Il socio
Brooks, La regina degli Elfi di Shannara
Petacco, I ragazzi del '44
Heaven, La stirpe degli Astrov
Hoving, Il palazzo in fondo al tempo

Le Carré, La pace insopportabile
Rutherfurd, Russka
Rushdie, I versi satanici
Rose, Hospital
Sclavi, Apocalisse
Hyde, China Lake
Grimaldi, La paura
Edghill, Dimenticare l'oriente
Coriandoli, È permesso?
Ruesch, Paese dalle ombre lunghe
Brooks, Il druido di Shannara
Condon, La vendetta dei Prizzi
Pilcher, Il giorno della tempesta
D'Orta, Io speriamo che me la cavo
Harris T., Drago rosso
Conran, Cremisi
Danella, Ritratto di un uomo
Bingham, Sogni di seta
James P.D., Un gusto per la morte
Brooks, Mago a metà
Weis - Hickman, I draghi della notte d'inverno
Bergonzoni, È già mercoledì e io no
Cornwell, Quel che rimane
Krantz, Scrupoli 2
Villaggio, Caro Direttore, Ci scrivo...
Le Carré, Ingenuo e sentimentale amante
Rendell, Il mistero della brughiera
Vachss, Oltraggio
Sgorlon, La carrozza di rame
Brooks, Gli eredi di Shannara
Pilcher, Profumo di timo
Rendell, Il volto del peccato
Brown F., La statua che urla
AA.VV., Il Sarchiapone e altri animali
Castellaneta, Cerchi nell'acqua
Gage, Pandora
Ignatieff, Asya
D'Eramo, Ultima luna
Saviane, In attesa di lei
AA.VV., In principio era il male
Freedman, Linea di difesa
Lapierre, Più grandi dell'amore
De Crescenzo, Croce e delizia
Des Cars, La maudite
Le Carré, Un delitto di classe
Sgorlon, Il patriarcato della luna
Rendell, Oltre il cancello
James P.D., I figli degli uomini
Donaldson, L'oro bianco
Hill, La signora De Winter
Bevilacqua, Un cuore magico
Le Carré, Chiamata per il morto
Turow, Harvard, Facoltà di legge
Gregory, La stagione dell'arcobaleno
D'Orta, Dio ci ha creato gratis
Rivers Siddons, Le amicizie di Kate

Hoving, Tutankhamon

Sgorlon, Il Caldèras

Saviane, Getsèmani

Dolto, Adolescenza

Campanaro, Il caso Billie Holiday

Pinna, Cinque ipotesi sulla fine del mondo

Weis - Hickman, La stella degli elfi

Dolto, Quando i genitori si separano

Angela - Pinna, Oceano

Williams M., La leggenda di Weasel

Chang, Le donne e il Tao dell'amore

Buscaglia, La coppia amorosa

Pasini, Intimità

Schelotto, Strano, stranissimo, anzi normale

Parsi, I quaderni delle bambine

Buscaglia, Amore

Dolto, Come allevare un bambino felice

De Felice, Intervista sul fascismo

Allegri, Padre Pio

Moody, La vita oltre la vita

Moody, La luce oltre la vita

Asimov, Destinazione cervello

Asimov, Cronache della Galassia

Asimov, Il tiranno dei mondi

Petacco, Le battaglie navali del Mediterraneo nella Seconda guerra Mondiale

Silvestri, Caporetto

Cardini, Il Barbarossa

Granzotto, Annibale

Spinosa, Mussolini, il fascino di un dittatore

Cardini, Francesco d'Assisi

Zweig, Maria Antonietta

Cartier, La seconda guerra mondiale

Gerrold, L'anno del massacro

Asimov, Tutti i racconti (vol. I, parte I)

Weis - Hickman, I draghi del crepuscolo d'autunno

Heinlein, Fanteria dello spazio

Asimov, Il sole nudo

Asimov, L'orlo della Fondazione

Asimov, Lucky Starr e gli anelli di Saturno

Spinosa, Edda. Una tragedia italiana

Petacco, Dear Benito, Caro Winston

Gibson, Monna Lisa Cyberpunk

Farmer, Il grande disegno

Vacca, Il medioevo prossimo venturo

Chang, Il Tao dell'amore

Asimov, Il meglio di Asimov

Sclavi, Tutti gli incubi di Dylan Dog

Ballestra, Compleanno dell'iguana

Weis - Hickman, I draghi dell'alba di primavera

Gibson, La notte che bruciammo Chrome

Pellegrino, Diario di uno stupratore

Boscolo, Nostradamus. L'enigma risolto

Jacquin, Storia degli indiani d'America

Bloch Robert, Psycho

Blatty, L'esorcista

Sgorlon, Il trono di legno

Asimov, Preludio alla Fondazione

Zavoli, La notte della Repubblica

De Crescenzo, Raffaele

Cillario, Parola di Benito

Asimov, Il paria dei cieli

Asimov, Il crollo della Galassia centrale

Asimov, Fondazione e Terra

Asimov, I robot dell'alba

Asimov, Abissi d'acciaio

Asimov, Il club dei Vedovi Neri

Moody - *Perry*, Ricordi di altre vite

Storr, Solitudine

Mack Smith, Le guerre del Duce

39987
1995